Das Buch

Die junge, attraktive Staatsanwältin Alexandra Cooper ist durch ihren Job als Anklägerin von Sexualverbrechen an Schrecken und Tod gewöhnt. Doch als sie eines Morgens in der Zeitung ihren eigenen Nachruf liest, packt sie die Angst. Es stellt sich heraus, daß es sich bei der Ermordeten um ihre Freundin Isabella Lascar, eine Filmschauspielerin, handelt. Alexandra hatte ihr vorübergehend ihr Landhaus auf Martha's Vineyard zur Verfügung gestellt. Doch hatte es der Mörder wirklich auf Isabella abgesehen – oder galt der Anschlag ihr selbst? Ist der Mörder einer der Sexualstraftäter, die sie hinter Gitter gebracht hat? Alex macht sich zusammen mit ihrem langjährigen Freund und Kollegen Mike Chapman vom Morddezernat auf die Suche nach dem Mörder. Und als sich herauskristallisiert, daß der Hauptverdächtige Jed Segal heißt, bricht für sie die Welt zusammen: Kann es sein, daß der Mann, den sie liebt, ein Mörder ist? Ihr Mörder ...?

Die Autorin

Linda Fairstein ist Amerikas profilierteste Anklägerin bei Sexualverbrechen. Seit über zwanzig Jahren leitet sie bei der New Yorker Staatsanwaltschaft die Abteilung Sexualverbrechen und hat in dieser Funktion viele berühmte Fälle bearbeitet. *Die letzte Chance* ist ihr erster Roman. Linda Fairstein lebt mit ihrem Mann in New York.

LINDA FAIRSTEIN

DIE LETZTE CHANCE

Roman

Aus dem Englischen
von Michael Schmidt

WILHELM HEYNE VERLAG
MÜNCHEN

HEYNE ALLGEMEINE REIHE
Nr. 01/10847

Die Originalausgabe
FINAL JEOPARDY
erschien bei Scribner, New York

Umwelthinweis:
Das Buch wurde auf chlor- und säurefreiem Papier gedruckt.

Printed in Germany 1999
Umschlagillustration: Gruner + Jahr Fotoservice/photonica/Hirooki Aoki
Umschlaggestaltung: Atelier Ingrid Schütz, München
Satz: Leingärtner, Nabburg
Druck und Bindung: Pressedruck, Augsburg

ISBN 3-453-15175-5

http://www.heyne.de

1

Es war fünf Uhr morgens. Ich saß auf meinem Wohnzimmersofa, das aktuelle Exemplar der New Yorker *Post* in der Hand, und starrte auf meinen eigenen Nachruf auf der ersten Seite. Die Schlagzeile war schon ein paar Stunden alt, die Polizei ging noch davon aus, mein Kopf wäre auf einer stillen Landstraße in der Nähe von Chilmark in Massachusetts von einem Gewehrschuß zerfetzt worden.

»SEX-STAATSANWÄLTIN ERMORDET – FBI UND STAATSPOLIZEI GEMEINSAM AUF SUCHE NACH DEM MÖRDER«

Mir gegenüber saß Mike Chapman und widmete sich seinem zweiten Eiersandwich und einem Becher lauwarmen Kaffees. Er hatte beides mit der Zeitung mitgebracht. Er war ein alter Hase im Morddezernat, nicht mal die Details der Mordszene verdarben ihm den Appetit: Einschußlöcher, Blutspritzer und Leichensack. »Wie gut, daß du der *Post* in all den Jahren so viele Storys geliefert hast. Es ist ein sehr schmeichelhafter Nachruf…« Er hielt mit dem Kauen gerade so lange inne, um sein vertrautes Grinsen aufzusetzen, dann fügte er hinzu: »Und ein großartiges Bild von dir – sieht aus, als hätten sie die meisten Fältchen wegretuschiert. Dein Telefon wird nicht mehr stillstehen, wenn all die einsamen Kerle in dieser Stadt mitbekommen haben, daß du noch immer am Leben bist – vielleicht landest du ja einen Glückstreffer.«

Meist gelang es Mike, jede Situation zu entschärfen und mich zum Lachen zu bringen. Ich hatte nun aber schon so viele Stunden mit den Tränen gekämpft, ich konnte einfach nicht mehr auf seine kleinen Sticheleien eingehen oder mich auf etwas anderes konzentrieren als auf den fürchterlichen Tag, der vor mir lag. Eine Frau war auf dem Weg, der zu meinem Landhaus führte, ermordet worden. Sie fuhr einen Leihwagen, der in meinem Namen gemietet worden war. Der Leiche der großgewachsenen, schlanken Frau in den Dreißigern fehlte das Gesicht, so daß die örtliche Polizei angenommen hatte, das Opfer sei ich.

Wir befanden uns über zweihundert Meilen vom Schauplatz des Verbrechens entfernt, in den sicheren vier Wänden meiner Hochhauswohnung an der Upper East Side, zwanzig Stockwerke über dem Lärm der Müllwagen, die jeden Morgen vor der Dämmerung durch die Straßen von Manhattan rollen.

Ich hatte zu viele Jahre bei Einbrüchen ermittelt, wo Vergewaltiger über Feuertreppen einstiegen oder sich mit ahnungslosen Bewohnern in die Eingangshallen drängten. Mir stand der Sinn nach einem Luxusgebäude, bei dem der Mangel an Originalität und Charme durch Portiers und eine hohe Miete wettgemacht wurden. Als ich vor zwei Jahren einzog, war meine Mutter für zwei Wochen in die Stadt gekommen, um die Wohnung für mich einzurichten. Die provenzalischen Antiquitäten und die üppig drapierten Vorhänge wollten so gar nicht zu dieser entsetzlichen Unterhaltung passen.

»Wie hast du davon erfahren?« wollte Mike wissen, während er die Krümel von seiner Hose auf den Teppich wischte, bereit, mir nun seine ungeteilte Aufmerksamkeit zu schenken.

»Einer der Jungs in der Abteilung ist gerade dabei, vor Richter Torres ein Verfahren einzuleiten, und erwischte mich gerade noch, als ich mein Büro verlassen wollte. Sein Opfer ist ein Junkie – sie sollte für die Verhandlung präpariert werden und war so high, daß sie ihren Kopf nicht aufrecht halten konnte. Wer weiß, ob sie sich überhaupt noch an irgendeine Einzelheit bei der Vergewaltigung erinnert. Ich besorgte ihr ein Hotelzimmer für die Nacht. Wir hofften, sie vielleicht ausnüchtern zu können, bevor sie den Zeugenstand betrat. Als wir fertig waren, war es bereits halb zehn, und ich rief Joan Stafford an, um mich mit ihr zu einem späten Abendessen zu verabreden.«

»Ich hab' dich doch nicht nach deinem Alibi gefragt, Herrgott noch mal. Wie hast du davon erfahren?«

»Ich kann mich überhaupt nicht konzentrieren, Mike. Bring mich bitte in mein Büro, damit ich vor den anderen da bin – all diese Fragen, das steh' ich nicht durch.«

»Red' doch einfach mit mir, Alex.«

Mir die Ereignisse der letzten Stunden als Zeugin und nicht als Anklägerin zu vergegenwärtigen war eine verwirrende Erfahrung für mich. Ich bemühte mich, zu rekonstruieren, was geschehen war, seit ich kurz vor Mitternacht meine Wohnung betreten hatte, den Anrufbeantworter abgehört und mich ausgezogen hatte.

Erste Nachricht: »Hallo, Alex. Ich bin gerade auf dem Ventura Freeway und bringe das Baby in die Spielgruppe. Erzähl mir mehr über den Fall mit dem Therapeuten, der seine Patientin verführt hat. Es hört sich so faszinierend an. Wie viele Leute, glaubst du, hat er verkorkst? Bis später.« Das war Nina Baum, meine Mitbewohnerin vom College-Wohnheim und noch immer meine beste Freundin, die ihren regelmäßigen Anruf auf einer der endlosen Straßen von L. A. tätigte, auf denen sie ihr Leben zu verbringen schien.

Zweite Nachricht: Nur ein Klicken, jemand hatte sich verwählt.

Dritte Nachricht: »Ja, Coop. Hier Wallace. Der Lieutenant bat mich, dich aufzumuntern. Der Con-Ed-Vergewaltiger hat wieder zugeschlagen. Du kannst im Augenblick nichts machen. Die Lady war im Krankenhaus und ist wieder raus, und wir haben sie erst mal ins Bett geschickt. Du solltest auch ins Bett gehen, und morgen werden wir in deinem Büro aufkreuzen. Immer mit der Ruhe. Gute Nacht.« Die tiefe, vertraute Stimme von Mercer Wallace, der früher beim Morddezernat und nun mein leitender Detective in der Special Victims Squad war. Die Abteilung ermittelte in allen Fällen von sexuellen Übergriffen und Kindsmißbrauch, die in Manhattan passierten.

Vierte Nachricht: »Ich versuche eine Freundin oder nächste Angehörige von Alexandra Cooper zu erreichen. Dies ist ein Notfall. Bitte rufen Sie mich zurück – Chief Wally Flanders, Polizei von Chilmark, auf Martha's Vineyard. Dies ist dringend – rufen Sie an, sobald Sie diese Nachricht hören. Telefon 508-555-3044. Danke.«

Ich kannte Wally seit über zehn Jahren – ich war seit Studienbeginn regelmäßig auf die Insel Martha's Vineyard gefahren. Wally gehörte ebenso zum örtlichen Inventar wie die Fischerboote und der Gemischtwarenladen.

Ich griff nach dem Hörer, wählte seine Nummer und fragte mich, warum er eine Freundin oder Verwandte in meiner Wohnung erwartete, statt mich zu verlangen. Als er sich meldete, war er ganz offensichtlich überrascht, meine Stimme zu hören. »Wo sind Sie denn?« wollte er wissen.

»In Manhattan, in meiner Wohnung, Chief.«

»Hören Sie, Alex, hier ist etwas Furchtbares passiert. Entsetzlich. Hat jemand in Ihrem Haus gewohnt, jemand, dem Sie es überlassen haben?«

»Ja, Wally, eine Freundin von mir ist dort. Es ist schon okay, sie wird dort eine oder zwei Wochen bleiben. Kein Problem, ich habe alles arrangiert.«

Ich dachte fieberhaft nach, aber Vineyard hatte ich noch nie mit kriminellen Problemen in Verbindung gebracht, von gelegentlichen Einbrüchen mal abgesehen. Die Insel war für mich stets ein Refugium gewesen, eine Welt fernab meines harten Jobs, Vergewaltigungsfälle zu untersuchen und strafrechtlich zu verfolgen. Irgend jemand mußte doch das Kommen oder Gehen eines fremden Menschen im Daggett's Pond Way bemerkt und auf einen Einbruch geschlossen haben.

»So einfach ist das nicht, Alex. Ihre Freundin war nicht so lange da, wie Sie dachten. Sie wurde irgendwann gestern nacht erschossen, und meine Leute fanden die Leiche erst vor ein paar Stunden. Sie ist tot, Alex, mausetot.«

»O Gott! O mein Gott!« sagte ich immer wieder leise. Ich konnte es einfach nicht glauben. Sosehr mir der Umgang mit Gewalt und Mord seit mehr als zehn Jahren vertraut war, die schmale Grenze, die mein Privatleben von meinem Berufsleben trennte, war nie überschritten worden.

»Alex? Alex? Sind Sie allein?«

»Ja.«

»Können Sie jemanden kommen lassen, der Ihnen hilft?«

Wobei? dachte ich. Was konnte jemand schon tun, außer mich anzustarren, während ich durchdrehte?

»Verstehen Sie«, fuhr Wally fort, »das große Problem ist doch, daß wir dachten, Sie wären ermordet worden. Daher haben wir versucht, Ihre Familie ausfindig zu machen, um sie zu benachrichtigen. Die Presse glaubt, daß es sich bei der Toten um Sie handelt.«

»Und wie ist das passiert?« schrie ich ihn an.

»Na ja, das ist wirklich schlimm. Wir nehmen an, daß Sie – ich meine, daß Ihre Freundin in einem Cabrio mit offenem Verdeck gefahren ist und von der Staatsstraße auf den Waldweg abbog, der zu Ihrem Haus führt. Jemand muß ihr dort aufgelauert und dann – entschuldigen Sie – einfach einen Schuß abgegeben haben, der sie seitlich am Kopf erwischt hat.«

Vermutlich konnte Wally es nicht hören, aber ich saß auf dem Boden meines Schlafzimmers und weinte, als er seinen Bericht beendet hatte.

»Gestern erhielten wir einen Anruf, wir sollten zum Haus der Pattersons fahren, bei Ihnen draußen. Meine Jungs fanden die Leiche – nicht sehr aufschlußreich, so, wie sie aussah. Einen Ausweis hatte sie auch nicht dabei. Sie gaben das Nummernschild durch und erfuhren, daß der Mustang in Ihrem Namen gemietet worden war. Verdammt noch mal, schließlich war es Ihre Zufahrtsstraße, ein von Ihnen gemieteter Wagen und eine junge Frau mit ähnlicher Figur und Größe wie Sie – alles deutete auf Sie hin.«

»Da haben Sie wohl recht«, erwiderte ich kläglich.

»Na ja, ich bin froh, daß Sie's nicht sind, Alex. Jeder wird froh darüber sein. Das wäre eine Riesenermittlung geworden, wenn man sich jeden Perversen und Irren hätte vornehmen müssen, den Sie hinter Gitter gebracht haben. Darum hab' ich das FBI hinzugezogen – ich hab' mir ausgerechnet, daß wir wohl die ganze Gegend absuchen müßten.«

An dieser Stelle lachte Wally doch tatsächlich ein paarmal. »Ich bin wirklich erleichtert. Ich denke, die überregionalen Zeitungen werden sich nun wohl nicht mehr mit uns beschäftigen.«

Der Chief hatte keine Ahnung, wie falsch er damit lag und wie übel sich das auf diese friedliche kleine Insel auswirken sollte.

»Können Sie uns helfen, Alex? Können Sie uns ihren Namen nennen uns uns sagen, wen wir verständigen sollen?«

Ich murmelte den Namen in den Hörer, aber Wally vernahm ihn laut und deutlich. »Isabella Lascar.«

Die Leitungen der Nachrichtenagenturen liefen heiß bei der Information, daß das Leben des betörend schönen Filmstars Isabella Lascar ausgelöscht worden war und daß ihre entstellte Leiche im kleinen Leichenschauhaus der Insel lag, mit einem Schildchen am Fußende, auf dem fälschlicherweise der Name Alexandra Cooper stand.

2

Mike wartete im Arbeitszimmer und switchte auf der Suche nach Meldungen über den Mord durch die Fernsehkanäle. Ich duschte und zog mich um, dann fuhren wir zu meinem Büro im Gerichtsgebäude. In ganz Manhattan gab es nicht genügend Make-up, um die dunklen Schatten unter meinen Augen abzudecken, daher trug ich nur etwas Lippenstift auf und nahm meine Sonnenbrille mit.

»Du siehst beschissen aus, Blondie«, klärte Mike mich auf, als ich zur Wohnungstür ging. »Ganz schlecht für mein Image – der Portier könnte glauben, ich hätte die Nacht mit einer Braut verbracht, die aussieht wie du.«

»Wenn du findest, daß ich schlecht aussehe, dann warte, wie ich aussehe, nachdem der Bezirksstaatsanwalt mich ein paar Stunden in der Mangel hatte. Los, gehen wir.«

Chapman ist so dunkelhaarig, wie ich blond bin; er hat kräftiges, straff zurückgekämmtes schwarzes Haar, und wenn er will, setzt er ein ansteckendes Grinsen auf. Er ist groß und schlaksig, und von seiner Studienzeit an der Fordham University, wo er sein Examen in Geschichte machte, bevor er in die Fußstapfen seines Vaters trat und zur Polizei ging, hat er sich einen Kleidungsstil bewahrt, der ihn von den meisten seiner Kollegen unterscheidet. Als ich nach meinem Telefonat mit Wally Flanders den Bezirksstaatsanwalt anrief, erfuhr ich, daß er einen Detective beauftragen würde, die nächsten 24 Stunden bei mir zu bleiben, und ich war für Mike Chapmans Frotzeleien genauso dankbar wie für seine Gesellschaft.

Es war kurz vor sechs, als wir zu dem Dienstwagen gingen, den er um die Ecke an der Third Avenue geparkt hatte. Mike schloß die Beifahrertür auf, und ich stieg ein und schob den üblichen Müll beiseite – leere Pappkaffeebecher, zerknüllte Zigarettenpäckchen und die Boulevardblätter von einem ganzen Monat.

»Kannst du mir noch verraten, mit wem du gestern nacht gesprochen hast, nachdem du davon erfahren hast?« wollte Mike wissen, während er in Richtung FDR Drive fuhr.

»Ich habe mit den leichteren Anrufen angefangen. Zuerst meine Eltern, nur um ihnen Bescheid zu geben, daß ich noch lebe. Meine Brüder. Dann Joan, da wir kurz zuvor noch miteinander gegessen hatten, und ich hab' sie gebeten, einige Freunde anzurufen. Schließlich hab' ich mir einen Whisky eingeschenkt und den Bezirksstaatsanwalt angerufen.«

Paul Battaglia, der Bezirksstaatsanwalt des Bezirks New York, vertrat die Auffassung, daß man seinen Namen nur dreimal in einer Zeitung lesen sollte: wenn man geboren würde, wenn man sterbe und wenn er auf einer von ihm einberufenen Pressekonferenz verkünde, daß er gegen einen Anklage erheben würde. Hilfsstaatsanwälte, wie wir 576 Männer und Frauen, die für ihn arbeiteten, genannt wurden, fuhren am besten, wenn sie das grelle Scheinwerferlicht der Medien mieden.

Battaglia war der einzige Bezirksstaatsanwalt, der den meisten New Yorkern ein Begriff war, und dies aus gutem Grund. Er war schon seit fast zwanzig Jahren im Amt. Mit seinen 62 Jahren genoß er landesweit Ansehen, seine Integrität war makellos, und er stand der besten Staatsanwaltschaft im Bezirk vor. Wie die meisten meiner Kollegen war ich unmittelbar nach meinem Jurastudium dazugestoßen, überzeugt, daß es keine bessere Schule für Prozeßanwälte gäbe. Ich wollte die vier Jahre bleiben, die Battaglia als Beweis unseres Engagements verlangte, und mich dann auf die lukrativere private Anwaltspraxis verlegen. Aber wie der überwiegenden Zahl junger Anwälte in diesem Amt hatte die anspruchsvolle Tätigkeit es auch mir angetan – komplizierte Kapitalverbrechen vor Geschworenengerichten zu verhandeln, rund um die Uhr mit Polizisten auf Polizeiwachen und an Tatorten zusammenzuarbeiten und in den endlosen Schlachten gegen das Gewaltverbrechen in dieser großen Stadt generell auf der Seite der Engel zu sein.

Großen Anteil an meinem Hochgefühl hatte mein Respekt vor Battaglia, der mir in den elf Jahren seit meiner Einstellung so viel gegeben hatte. Mir gefiel der Gedanke, daß ich nie etwas getan hatte, um ihn zu enttäuschen – bis gestern nacht.

»Du kennst ihn doch fast genauso gut wie ich, Mike. Die Art von Publicity, die diese Angelegenheit hervorrufen könnte, wird ihm großen Kummer bereiten.«

»Erzähl mir doch mal, was die Lascar in deinem Landhaus eigentlich zu suchen hatte.«

Isabella und ich hatten uns vor drei Jahren kennengelernt, auf Vorschlag von Nina Baum, meiner Zimmergenossin in Wellesley. Nina leitete die Rechtsabteilung der Virgo Studios und war für die Vertragsverhandlungen der Superstars in den meisten Produktionen der Firma verantwortlich.

Wir drei waren ungefähr gleich alt – allerdings verjüngte Isabellas offizielle Biographie sie um ein paar Jahre –, und Isabella und Nina waren gute Freundinnen geworden, nachdem sie an einer Reihe von Projekten miteinander gearbeitet hatten.

Isabella hatte in den späten achtziger Jahren ein paar kleinere Sprechrollen in einigen wichtigen Filmen gehabt, aber erst ihre Liebesszenen mit Warren Beatty in *Delirious* – als seine Geliebte war sie im Hotel du Cap abgestiegen, während Beatty als gerissener Bankräuber die Riviera heimsuchte – machten sie berühmt.

Als Virgo die Filmrechte an dem Bestseller *Probable Cause* erwarb, rief Nina mich an und bat mich um einen Gefallen. Isabella würde die Hauptrolle übernehmen und eine Bundesstaatsanwältin spielen, die gegen einen mächtigen Senator ermittelte und ihn schließlich des Auftragsmords an seiner reichen Frau in ihrem Washingtoner Stadthaus für schuldig befand. Damals hatte ich bereits in einer Reihe von aufsehenerregenden Vergewaltigungs- und Mordfällen verhandelt, und Nina wollte, daß ich Isabella gestattete, einige Zeit mit mir zu verbringen, im Gericht und auch außerhalb, um ihr ein Gefühl für die Arbeit und die Lebensweise einer Staatsanwältin zu vermitteln.

Battaglia und Isabella lernten sich kennen, als ich die beiden eines Tages beim Lunch bekannt machte, in einem Restaurant in der Nähe des Gerichtsgebäudes. Bis dahin hatte er noch nie von ihr gehört. Er sprach ihren Namen falsch aus und nannte sie Miss Lasker. Sie legte ihm die Hand auf den Unterarm und neigte sich ihm lächelnd zu, als sie ihn korrigierte. »Es heißt Lass-CAR, Schätzchen. Betonung auf der zweiten Silbe. Das ist französisch.« Sie sei in einer Novelle Maupassants auf den Namen gestoßen – eine Kurtisane aus Lyon –, hatte Isabella mir später erzählt, und habe ihn als Künstlernamen angenommen.

Ich erinnerte Mike daran, wie Battaglia auf meine Anfrage reagiert hatte. »Er ging sehr gutmütig auf diesen Unsinn ein. Ich fragte ihn, ob Isabella sich in meinem Büro aufhalten dürfe, und er hatte nichts dagegen. Wie üblich hatte er allerdings den richtigen Instinkt. Er bestand nämlich darauf, daß Virgo uns *nicht* im Abspann des Films aufführte, für den Fall, daß die Darstellung weniger schmeichelhaft ausfiele.«

Mike kicherte. »Also basierten die Szenen, in denen sie mit ihrem Boß, drei Senatoren und einem der Geschworenen schläft, nicht auf deinen Erfahrungen?«

»Genausowenig wie ihre verheerenden Kreuzverhöre, Mike. Ich glaube, das einzige, was sie verwendet haben, nachdem sie drei Wochen mit mir verbracht hatte, war die Szene, in der sie das Büro früher verläßt, um zu einem Schuhausverkauf bei Saks zu gehen. Alles andere war typisch Hollywood.«

Mike wußte, daß Isabella und ich seitdem in Verbindung geblieben waren und daß sie mich oft anrief, wenn sie in New York war. Sie hatte nie angerufen, ohne irgend etwas von irgend jemandem zu wollen. Sie galt als ziemliches Miststück, was mich nicht allzusehr überraschte.

»Schätzchen, hier ist Iz«, begann die typische Nachricht.

»Ich bin gerade in der Stadt, im *Carlyle.* Würde dich gern sehen. Ach, übrigens, kennst du nicht jemanden, der mich durch den Zoll lotsen kann, wenn ich nächste Woche aus Mailand zurückkomme?« Oder: »Du erinnerst dich doch an den Ausweis, den du immer hinter die Windschutzscheibe legst, wenn du zu einer Polizeiwache fährst? Kann ich ihn mir nicht für meinen Fahrer ausleihen, wenn ich eine Woche hier bin? Damit könnten wir uns all diese dämlichen Strafzettel ersparen.«

Immer unbedeutende Ärgernisse. Ungehörig, aber unbedeutend.

Das hatte sich vor ein paar Monaten geändert, als Isabella ein ernsthaftes Problem hatte: Jemand belästigte sie. Die ersten Briefe kamen zu ihrem Haus in Bel Air, aber immer wenn sie in Manhattan war, wußte ihr ungebetener Verehrer, daß er seine Briefe ins *Carlyle* schicken mußte, und dann kamen die Anrufe.

Diesmal konnte ich ihr wirklich helfen. Sechs Jahre zuvor hatte Battaglia mich zur Leiterin der Sex Crimes Prosecution Unit in Manhattan befördert, der Abteilung für die Verfolgung von Sexualstraftaten. Ich leitete die Ermittlungen und die Anklage in allen Fällen sexueller Übergriffe, die im Bezirk angezeigt wurden, aber auch in den heikleren, bizarreren Fällen mit Spannern und Verfolgern. Die Abteilung war die erste ihrer Art im ganzen Land, und wir waren stolz darauf, mit unserer innovativen Arbeit das Los von Frauen zu verbessern, denen lange Zeit keine Gerechtigkeit zuteil geworden war, wenn sie als Opfer in diesen traumatischen Fällen vor Gericht standen.

»Isabella rief aus Kalifornien an und fragte, was sie wegen dieser Briefe und Anrufe unternehmen könne. Wir eröffneten das Verfahren an beiden Küsten, und als sie nach New York kam, richteten wir eine Fangschaltung ein, um den Kerl in die Falle zu locken. Wir hörten alle eingehenden Anrufe ab, und obwohl die meisten aus einer Telefonzelle außerhalb seines Hauses in Jersey kamen, wußten wir genau, wo er war.«

Mike erkundigte sich nach dem Inhalt der Briefe.

»Das übliche. Anschauliche Schilderungen, welche seiner Körperteile er an welchen von ihr reiben wollte, warum das besser wäre als alles, was sie je erlebt hätte, daß sie es auf der Leinwand nicht mit ›Spaghettifressern wie Nick Cage und Juden wie Harvey Keitel‹ treiben sollte ..., und wenn sie sich nicht bald mit ihm treffen würde, dann würde ihr schöner Blondkopf in seiner Bowlingtasche am Boden seines Schlafzimmerschranks liegen, so daß ihn kein anderer mehr sehen würde.«

»Jetzt erinnere ich mich wieder an den Fall«, sagte Mike, während er den Blinker setzte, um vom Drive auf die Auffahrt abzubiegen, die zu den schmalen Einbahnstraßen in der Umgebung des Gerichtsgebäudes hinunterführte. »Du hast extra eine Autogrammstunde für die Mitglieder des Lascar-Fanclubs arrangiert – zwölf Zivilpolizisten und einen bescheuerten Wichser. Und der Typ kreuzte tatsächlich auf, mit Bowlingtasche und so weiter.«

»Genau. Wir hatten einen Bus vor dem Hotel abgestellt, mit einem großen Spruchband an der Seite: Operation Drehbuch. Wir bestanden darauf, jeden zu durchsuchen, der einstieg, um zu

Miss Lascars geheimem Aufenthaltsort mitzufahren. Arthur Piggott hatte es ganz eilig dabeizusein – umgeben von zwölf Burschen aus dem Dezernat des Bezirksstaatsanwalts, die ihn später nur ›Piggy‹ nannten und ihn festnahmen, als sie in seiner Tasche eine fünfzehn Zoll lange Machete fanden. Kein harter Brocken für die guten Jungs – selbst du hättest den Fall lösen können.«

»Was geschah mit Piggy?«

»Bellevue-Psychiatrie, er wartet auf seinen Prozeß. Im Augenblick ist er nicht zurechnungsfähig, Mike. Ein bißchen psychotisch – glaubt, er und Isabella wären verheiratet, er könne bloß den Trauschein und die Hochzeitsfotos nicht finden.«

»Und was ist auf Isabellas letztem Trip passiert, Alex?«

»Sie hat mich vor zwei Wochen angerufen, kurz nachdem sie in der Stadt war. Und sie hat mir berichtet, sie würde wieder belästigt. Anrufe und ein paar Briefe, aber sie habe dem nicht viel Gewicht beigemessen und sie darum nicht aufgehoben.«

»Schon wieder Piggy?« fragte Mike.

»Unwahrscheinlich. Ich hab' mich in Bellevue erkundigt, der Richter hatte ihm das Recht zu telefonieren verweigert, und jede Post, die hinausgeht, wird überprüft. Jedenfalls arbeiten zwei von den Jungs an der Sache, aber es gibt kaum weitere Anhaltspunkte.

Und dann rief Isabella erneut an, und das hörte sich schon vertrauter an – es ging mal wieder um einen Gefallen. ›Schätzchen, ich hab dich und Nina so viel über das entzückende kleine Farmhaus reden hören, das du auf Martha's Vineyard hast. Ich bin ganz erledigt von den Belästigungen durch diese irren Typen, und Nina hat gemeint, du hättest sicher nichts dagegen, wenn ich mich für ein paar Tage dorthin zurückziehe und ein paar Drehbücher lese. Gibt's da ein Problem, Alex?‹ Ausnahmsweise einmal«, erklärte ich Mike, »gab's da kein Problem – sie bat mich nicht darum, mein Amt dazu zu benutzen, ihr irgendeine dämliche Vergünstigung zu verschaffen. Ich nahm allerdings an, daß sie den zweiten Verfolger erfunden hatte, um mich glauben zu machen, sie müsse wirklich dringend raus aus der Stadt. Ende September ist es auf der Insel am großartigsten, und ich überließ ihr das Haus gern, ..., zumal ich nicht mit ihr zusammensein und mir all den Scheiß über ›die Industrie‹ anhören mußte.«

»Bist du mit ihr raufgefahren?« fragte Mike.

»Nein. Isabella mußte am Wochenende in Boston sein, daher fuhr sie von dort nach Cape Cod und nahm entweder die Fähre oder das Flugzeug nach Vineyard. Ich hatte den Leihwagen reservieren und auf meine Kreditkarte buchen lassen, weil mein Wagen für den Winter eingestellt ist und ich der Firma ihren Namen nicht geben wollte. Sobald man im Städtchen gewußt hätte, daß ein Filmstar auf der Insel war, hätte sie überhaupt kein Privatleben mehr gehabt.«

»Irgendwelche Anrufe von ihr, sobald sie dort war? Irgendwelche Probleme?«

Ich dachte einen Augenblick nach. »Am ersten Tag rief sie ein paarmal an – sie wollte wissen, wo sich bestimmte Dinge im Haus befinden und wie sie zum Strand kommt, aber sie schien ganz zufrieden und entspannt.«

Ich hatte einigermaßen ruhig gesprochen, als ich Mike dies alles schilderte, aber nun mußte ich doch schlucken, als ich an Isabellas Tod dachte, den ich noch immer nicht fassen konnte, sowie an die Umstände, unter denen es dazu gekommen war.

»Mike, wenn ich ihr bloß nicht das Haus überlassen hätte und wenn ...«

»Was wäre, wenn – das bringt dich doch auch nicht weiter, Menschenskind. Was du getan hast, ist nicht der Grund dafür, daß sie tot ist. Wenn Isabella Lascar das Ziel war, dann hätte die Person, die sie umgebracht hat, ihre Chance so oder so wahrgenommen. Und wenn Isabella Lascar nicht das Ziel war, dann haben wir es mit einer ganz anderen Situation zu tun, und die ist wirklich beängstigend.«

Ich schüttelte ungläubig den Kopf. »Das glaubt auch der Bezirksstaatsanwalt. Er glaubt tatsächlich, jemand habe mich zu töten versucht, nicht Isabella. Aber das ist doch absurd, Mike. Ich weiß, jeder Staatsanwalt macht sich Feinde, aber es ist doch verdammt weit hergeholt zu glauben, daß ich mitten in der Woche Ende September auf einer Landstraße auf Vineyard sein könnte, statt hier in der Stadt – das hätte sich durch einen simplen Anruf in der Zentrale feststellen lassen.«

»Alex, glaubst du denn, wir haben es mit jemandem zu tun, der so logisch denkt? Ich weiß nur, daß Battaglia den Chief angerufen hat, gleich nachdem du mit ihm gesprochen hattest, und ihm zwei Dinge aufgetragen hat. Erstens jemanden zur Redaktion der *Post* zu schicken und sie davon abzuhalten, weiterhin die Schlagzeile zu drucken, die dich als das Opfer ausgab – also die Fassung, die ich dir heute morgen mitgebracht habe –, und dafür zu sorgen, daß sie die korrekte Story über Isabella bringen. Zweitens einen Babysitter für dich zu bekommen, bis diese ganze Sache ausgestanden ist und wir wissen, wer sie umgebracht hat. Mir hat man beide Aufgaben aufgebrummt – daher haben sie mich so früh zu dir geschickt.«

»Ich weiß. Battaglia sagte mir, er würde auf einem Leibwächter bestehen. Du hast zwar Besseres zu tun, Mike, aber ich bat ihn, nach dir zu fragen. Ich brauche einen Freund, der bei mir ist, also sei bitte nicht sauer auf mich. Ich wollte dich.«

»He, darauf würde ich um alles in der Welt nicht verzichten wollen. Du glaubst doch nicht, Leichen in einer Harlemer Crackhöhle oder Kakerlaken auf der Wache wären mir lieber? Das ist ja nicht gerade ein Kampfeinsatz. Im übrigen hab ich dem Chef gesagt, ich müßte nicht mal nach Hause gehen – ich könnte direkt zu deiner Wohnung fahren, weil ich letzten Monat dort saubere Unterwäsche zurückgelassen hätte.«

»Mike, du hast doch nicht …«

»Immer mit der Ruhe, Schätzchen. Du wirst doch wegen dieser Geschichte nicht deinen Sinn für Humor verlieren.«

Er bog zum Hogan Place ab und parkte ein paar Meter neben dem Eingang am südlichen Ende des Gerichtsgebäudes – um 6.20 Uhr war es noch kein Problem, einen Parkplatz zu finden. »Du hast eine Menge Freunde, sie alle werden dir über die nächsten paar Tage hinweghelfen.«

Wir stiegen aus und gingen auf die Stufen zu. »Was hat eigentlich Loverboy zu all dem zu sagen?« wollte Mike wissen, während er mir die Tür aufhielt und wir den schmuddeligen Flur betraten, die Entgegenkommenden mit einem Nicken begrüßten und unsere Ausweise zückten, um den Sicherheitsposten und die Metalldetektoren zu passieren.

Ich merkte nicht einmal, daß ich die Stirn runzelte, als ich die Antwort auf diese Frage zu formulieren versuchte, wußte ich doch, daß Mike so seine eigene Meinung über die Männer hatte, mit denen ich, seit wir uns kannten, etwas gehabt hatte. Mir gefiel der Gedanke, daß dies zum Teil etwas damit zu tun hatte, daß er ein wenig eifersüchtig war. Das ließ sich leicht ins Lächerliche ziehen, und daher machte er oft anzügliche Bemerkungen über die »Würstchen im weißen Kragen«, die ihm bei Büropartys und vor Gericht über den Weg liefen. Auch Jed Segal, ein Investmentbanker, entging Mikes Sticheleien nicht, obwohl er gar nicht in diese Kategorie gehörte. Jed hatte kometenhafte Karriere als Anwalt gemacht und war anschließend nach Washington gegangen. Im letzten Jahr war er nach Kalifornien zurückgekehrt und hatte erfolglos für den Senat kandidiert. Zu meinem Glück hatte ihn vor ein paar Monaten das verlockende Angebot einer Firma nach New York gezogen, gerade als wir uns kennengelernt und zu treffen begonnen hatten.

»Er ist noch nicht wieder aus Europa zurück. Ich , äh... ich hab' ihn zu erreichen versucht, aber du weißt ja – der Zeitunterschied und so weiter. Ich werd's ihm sagen, wenn er heute anruft.«

»Das ist genau das, was du wirklich brauchst, Cooper: einen Kerl, der immer für dich da ist, wenn du in Schwierigkeiten steckst – bloß auf der anderen Seite des Atlantiks. Muß nur noch ein Geschäft abschließen. Dann kommt er wieder, um dich nachts zu beruhigen, und ist ganz aufgelöst und gerührt, und ich werd' euch beide mit meiner Sechsschüssigen beschützen, in deinem Wohnzimmer sitzen und mir die Wiederholungen von *I Love Lucy* angucken, während er sich auf deinem großen Messingbett trösten läßt. Wenn die Polizeischule doch nur MBA-Titel verleihen würde – dann hätte ich Chancen als Kandidat, wenn du verstehst, was ich meine.«

»Nein, denn dann wärst auch du Investmentbanker, Mike«, sagte ich, als wir den Aufzug im achten Stock verließen und den Gang zu meinem Büro betraten, »– aber immer noch ein Arschloch. Komm mir bloß nicht damit.«

»Hab' ich einen Nerv erwischt, Blondie? Vielleicht sogar die Wurzel, was? Loverboy ist tabu. Ich hab's kapiert.«

Ich schloß die Tür zu meinem Büro auf, knipste das Licht an und setzte mich an meinen Schreibtisch, während Mike im Vorraum, wo meine Sekretärin arbeitete, Posten bezog. Er hatte tatsächlich einen Nerv erwischt. Gerade jetzt wollte ich nicht die harte Staatsanwältin sein, die die Probleme von allen anderen lösen und den eigenen Gefühlsballast abschütteln konnte. Ich wollte mich zu Hause auf mein Sofa kuscheln, Jed sollte mich in den Armen halten, mich streicheln und mir versichern, daß alles wieder gut werden würde. Aber ich war nun mal nicht zu Hause, und vermutlich würden noch Tage vergehen, bis Jed da wäre, um mich zu lieben. Ich konnte nur hoffen, daß mich die Geschäftigkeit eines hektischen Tages im Büro vorübergehend von dem Alptraum ablenken würde, der mich so plötzlich heimgesucht hatte.

3

Das Gerichtsgebäude von Manhattan ist riesig, häßlich und grau. Seine Fassade spiegelt das – unzutreffende – Gerücht wider, es sei während der Wirtschaftskrise im Zuge einer Arbeitsbeschaffungsmaßnahme erbaut worden. An den Säulen und über den Eingängen, die sich über mehrere Straßenblöcke hinweg erstrecken, sind die üblichen Maximen über die Suche nach Wahrheit und Gerechtigkeit eingemeißelt. Das noch viel düsterere Innere enthält die vollgestopften Büros Tausender von Arbeitsbienen, die das Alltagsgeschäft der Strafrechtspflege betreiben: Richter, Hilfsstaatsanwälte, Pflichtverteidiger und Bewährungshelfer. Das nördliche Ende des Gebäudekomplexes – der einzige Teil, der im Laufe der letzten fünfzig Jahre umgebaut worden ist – wird *The Tombs*, die Gräber, genannt – das sind die Zellen, in denen die Untersuchungshäftlinge vor der Verlesung der Anklageschrift oder während ihres Prozesses verwahrt werden und die mit dem Gerichtsgebäude durch die sogenannte Seufzerbrücke verbunden sind.

Mike nennt dieses Gefängnis gern die *Landin Lounge*, nach dem Bundesrichter, der es vor zehn Jahren hatte umbauen lassen, als es wegen der Überbelegung zu Unruhen und Prozessen gekommen war. »Na klar, baut doch für diesen Abschaum ein Erster-Klasse-Logis! Gebt ihnen Privatzimmer und farbige Badewannen und eine Turnhalle, damit sie sich fit halten und das nächste Mal schneller rennen können, wenn ich hinter ihnen her bin. Schließlich bringen sie sich ja gegenseitig um, damit sie dort reinkommen, dann kann man es ihnen doch gleich gemütlich machen. Ach ja, und Duschen, sechs Duschen pro Zellenblock. Erinnerst du dich noch an Devon Cranston? Den Obdachlosen, der im Riverside Park hauste und vier Menschen erstochen hat? Du kannst Gift darauf nehmen, daß er sich heute zweimal am Tag in der *Landin Lounge* duscht. Wenn ich aber«, pflegte er dann noch hinzuzufügen, »mein Sandwich für eine Minute auf deinen Schreibtisch lege, dann schwärmen 43 Kakerlaken aus deinen Aktenschränken aus und vertilgen es. Aus deinem Trinkwasserspender sickert Asbest, und von der Decke blättert Bleifarbe ab und fällt in Battaglias Kaffeetasse. Aber: zuerst die Häftlinge! Das ist mal ein Richter, der klare Prioritäten setzt.«

Trotz meiner Dienstjahre und meiner Position war das Zimmer, in dem ich arbeitete, nicht schicker oder größer als die Zimmer meiner Kollegen. Es war ein zweieinhalb mal vier Meter großes Gelaß mit einem einzigen Fenster, das auf ein ödes Amtsgebäude auf der anderen Seite der schmalen Straße hinausgeht. Meine Bemühungen, das Ganze mit ein paar Fotos und Postern freundlicher zu gestalten, wurden von der tristen Ansammlung angeschlagener Möbel konterkariert: einem Schreibtisch, mehreren nicht zusammenpassenden ledergepolsterten Stühlen, einem Bücherregal und hohen Aktenschränken mit fünf Schubladen in einem schmutzigen Grau, dazu ein fadenscheiniger, fleckiger Läufer.

An diesem wie an den meisten anderen Tagen wurde das ganze Durcheinander noch durch Akten von laufenden Ermittlungen und abgeschlossenen Prozessen vergrößert. Sie dokumentierten die Stadtlandschaft der Gewalt, für die meine Kollegen und ich von Gerichts wegen zuständig waren: Karten und Pläne von Dächern, Parks, Treppenhäusern in Sozialwohnungsblocks und eleganten Wohnungseinrichtungen – sie warteten hier darauf, bei einem Verfahren als Beweismaterial gekennzeichnet zu werden oder in die Archive im Keller des gigantischen Gerichtsgebäudes zu wandern, wo sie so lange lagerten, bis sämtliche Berufungsverfahren abgeschlossen waren.

Auf meinem Stahlschreibtisch lag eine hellrote Schreibunterlage, von der allerdings nur selten mehr als ein schmaler Streifen zu sehen war, wegen der Akten und Notizblöcke, die sich darauf stapelten. Sie enthielten Verfahrensakten und Zeugenaussagen, Polizeiberichte und Aktennotizen von Anklägern dieser Abteilung, Laboranalysen von Körperflüssigkeiten und Blutgruppen, Fahndungsfotos, Krankenunterlagen und DNS-Profile von Vergewaltigungsopfern sowie jede andere Form von Müll aus der Welt des Strafrechts.

Ich ging hinaus aus dem Büro und den Gang hinunter zum Konferenzzimmer, um die erste Kanne Kaffee des Tages zu füllen, während Mike noch einmal überprüfte, ob Piggy tatsächlich noch immer in der Klapsmühle von Bellevue war.

»Das wäre aber auch zu einfach gewesen«, sagte er. »Laß uns also überlegen, wo wir jetzt ansetzen sollen.«

»Battaglia möchte, daß wir uns sämtliche schwebenden Fälle von sexueller Belästigung vornehmen, all meine abgeschlossenen Fälle, die zu langjährigen Haftstrafen geführt haben, und die Liste der Kerle, die in der letzten Zeit mit Auflagen entlassen wurden. Meine Kanzleibeamten werden dir helfen, alles zusammenzustellen – die Akten befinden sich alle in ihrem Büro, unten im Gang neben dem Berufungsamt.«

»Du mußt dir deinen Kopf für mich zerbrechen, Alex. Denk an Dinge, die nicht in den Verfahrensakten stehen, Dinge, von denen niemand sonst weiß, Bemerkungen, die du ignoriert hast, weil du schon zu lange im Dienst bist, um noch auf sie zu achten. Anonyme Anrufe, Briefe von Verrückten, Drogensüchtigen, Querulanten.«

»Ich hab' die ganze Nacht darüber nachgedacht, Mike. Die meisten Kerle, die dir und mir über den Weg laufen, sind viel zu blöde, um so etwas wie den gestrigen Mord zu planen. Ich bin sicher, dies hängt mit etwas zusammen, was Isabella jemandem angetan hat, bestimmt.«

»Na schön, Coop, wir müssen noch mal alles durchgehen, also durchkämm' deine Aktenordner nach Ideen. Mein Gott, auf deinem Schreibtisch sieht es ja aus wie auf dem Boden eines Vogelkäfigs! Ich möchte, daß du dir jedes Stück Papier vornimmst, das aktuell ist – und räum doch bei der Gelegenheit mal diese Müllhalde auf.«

Ich gab Mike den Schlüssel für das Büro, das sich meine beiden Kanzleibeamten teilten und in dem alle Berichte der Abteilung gelagert wurden, so daß er sich schon einmal die älteren Fälle und die Bewährungsmitteilungen vornehmen konnte, während ich mir überlegte, wie ich das Durcheinander von Papieren auf meinem Schreibtisch angehen sollte.

Ich griff nach dem Telefon und wählte die Nummer des *Ritz*. Jed liebte dieses elegante, alte Hotel und stieg immer dort ab, wenn er geschäftlich in Paris zu tun hatte. »Non, Madame, Monsieur Segal ist zur Zeit nicht da… Oui, Madame, ich werde ihm natürlich eine Nachricht hinterlassen. Au revoir, Madame Cooper.« In Paris war es Mittag. Jed saß vermutlich in irgendeinem Straßencafé, trank einen guten Bordeaux mit einem Kunden und würde meine Nachrichten wohl erst bekommen, wenn er spätabends in sein Hotelzimmer zurückkehrte.

Im Laufe der nächsten beiden Stunden gelang es mir, mehrere Seiten eines Notizblocks mit Kandidaten zu füllen, die offenkundig in Betracht kamen. Es gab jede Menge aktiver Ermittlungsvorgänge, die angeschaut werden mußten: der Schauspiellehrer, der seine Schüler sexuell mißbrauchte, der Drogenhändler, der Models Beruhigungsmittel gab und von ihnen Videoaufnahmen machte, während er sie vergewaltigte, und der schwule Kunsthändler, der Sadomasospielchen mit jungen Männern veranstaltete, die er in Lederbars aufgabelte. Ganz zu schweigen von den Tausenden von Fällen, bei denen die Beweisaufnahme abgeschlossen war: Serienvergewaltiger, Pädophile und Profis, die gar nicht sexuell abnorm wirkten. Ausnahmsweise einmal war ich erleichtert, als es auf neun Uhr zuging und das Gerichtspersonal die Korridore mit Leben zu erfüllen begann.

Laura Wilkie war schon vor meiner Einstellung die Sekretärin der Sex Crimes Unit gewesen und zu meinem Glück meine Assistentin geblieben. Sie war fast zwanzig Jahre älter als ich – Mitte Fünfzig – und lebte allein in einer kleinen Wohnung auf Staten Island, wo sie sich in ihrer Freizeit um ihren hübschen kleinen Blumengarten kümmerte und Phantasielandschaften malte. Laura war mir gegenüber unglaublich loyal und hielt die Arbeit der 25 Anwälte, die mir unterstanden, besser unter Kontrolle und in Ordnung, als ich es je vermocht hätte. Als Laura hereinkam, freute sie sich, mich an meinem Platz zu sehen, und ließ den täglichen Papierstapel vor mir auf den Schreibtisch fallen.

»Also hat noch jemand außer mir Isabella nicht ausstehen können?« bemerkte sie ironisch.

»Sagen Sie das lieber nicht zu laut, Laura, sonst setzt Chapman Sie noch auf die Liste der Verdächtigen. Was hatten Sie denn gegen sie?«

»Ach, eigentlich nichts, Alex. Sie hat bloß Menschen wie Sie so sehr ausgenutzt, und sie konnte mit Leuten wie mir nichts anfangen. Sie war nicht gerade ein sehr netter Mensch, das ist alles.«

»So schlimm war sie nun auch wieder nicht. Ich weiß, sie konnte grob und gefühllos sein, und das war unverzeihlich. Aber wenn man einen Blick hinter ihre künstliche Fassade warf, merkte man, daß sie clever und lustig und extrem begabt war. Na gut, jetzt muß ich Ihnen mal rasch verklickern, was wir heute noch alles vorhaben.« Und dann schilderte ich ihr die Ereignisse der letzten Nacht, denn Laura würde als Schutzschild zwischen mir und der Außenwelt fungieren. An einem guten Tag kam niemand außer guten Freunden an Wilkie vorbei – sei es am Telefon oder persönlich –, ohne daß sie wußte, worum es ging. Und an einem schlechten Tag wie diesem wäre sie unüberwindlich, wenn ich sie darum bäte.

»Mike paßt auf – jeder, der ohne einen Termin aufkreuzt, wird von ihm unter die Lupe genommen.« Laura nickte. Sie wußte, daß Mike Chapman und ich uns vor über zehn Jahren bei einem meiner ersten Fälle kennengelernt hatten, und auch wenn sein ständiges Machogetue nicht Lauras Stil entsprach, war sie froh über Mikes Freundschaft und wußte, daß ich ihn als fähigen Cop respektierte.

»Der Bezirksstaatsanwalt ist bei einer Haushaltssitzung in der City Hall, und die dürfte ein paar Stunden dauern«, fuhr ich fort. »Er wird mich sofort zu sich rufen, sobald er wieder da ist – das ist also der wichtigste Anruf, den ich erwarte.

Mercer Wallace müßte schon mit einem Opfer unterwegs sein. Kümmern Sie sich im Aufenthaltsraum um sie, ich will Wallace zuerst allein sprechen. Ich möchte die Story von ihm hören, bevor ich mit ihr rede, denn dieser Fall gehört wohl zum Muster des Serienvergewaltigers, den wir suchen. Ich nehme alle Anrufe von den Leuten entgegen, die ein Verfahren laufen haben – Gina hat vielleicht ein paar Fragen während der Juryauswahl, weil es bei ihrem Fall um ein hartes Drogenproblem geht.

Und keine persönlichen Gespräche – kein einziges, mit niemandem.« Außer den drei Leitungen, die über Lauras Schreibtisch gehen, habe ich noch eine Privatleitung, auf der es nur bei mir klingelt; Jed und meine engsten Freunde konnten also durchkommen, wenn sie wollten. »Sagen Sie allen, es ginge mir gut und ich würde später zurückrufen.«

»Wie steht's mit Anrufen von der Presse?« wollte Laura gerade wissen, als Mike mit mehreren Aktenordnern unter dem Arm in mein Zimmer zurückkehrte.

»He, Wilkie, wollen Sie Ihren Job verlieren? Wissen Sie nicht, daß sie nie einen Anruf von einem Reporter entgegennimmt? Raffen Sie es endlich, Laura.«

»Er macht nur Spaß, Laura. Alle Presseanrufe gehen ans Pressebüro. Bitte sagen Sie Brenda, ich werde sie auf dem laufenden halten, sobald ich kann.« Der Bezirksstaatsanwalt hatte eine gut ausgebildete professionelle Mannschaft, die sich mit Medienangelegenheiten befaßte, und meine Freundin Brenda Whitney hatte alle Hände voll damit zu tun, die Hunderttausende von Fällen im Auge zu behalten, die alljährlich durch unsere Behörde liefen. Wir durften ihr ihren Job durch Komplikationen unseres Privatlebens nicht noch mehr erschweren, und daher war es unerläßlich, sie über Details zu informieren, die wahrscheinlich in der Presse auftauchen würden.

Laura sah mich unschlüssig an. »Alex, wie steht's mit den Leuten aus dem Amt? Da wird doch sicher jeder vorbeischauen und sehen wollen, wie Sie damit fertig werden. Wen möchten Sie denn sehen?«

»Ach nein.« Ich stöhnte und versuchte, zwischen mir und der realen Welt eine geistige Barrikade zu errichten. Aber ich konnte einfach nicht die Augen davor verschließen, daß ich mindestens drei Kollegen im Laufe des Tages sprechen mußte. Rod Squires war der Leiter der Prozeßabteilung – er hatte mehrere hundert Anwälte unter sich, die für alle Anklagen bei Gewaltverbrechen zuständig waren, und war Battaglia direkt unterstellt. Er war intelligent und sympathisch und hatte sich mit seinen 45 Jahren nach oben gearbeitet. Er hatte einige der schlimmsten Mordfälle bearbeitet, die die Stadt je erlebt hatte. Er war mir ein großzügiger Mentor gewesen und hatte mich von Anfang an sehr gefördert. »Falls Rod nach mir fragt – ich komme in sein Büro, sobald ich mit Wallaces Fall fertig bin. Und natürlich werde ich Sarah aufsuchen.« Meine Stellvertreterin war eine großartige junge Anwältin. Sie war ein paar Jahre jünger als ich und mit einem ehemaligen Staatsanwalt verheiratet, der gerade zum Richter bestellt worden war. Sie war von ihrem ersten Erziehungsurlaub zurückgekehrt, um mich bei der Leitung der Sex Crimes Unit zu unterstützen. Sarah Brenner war zierlich, ein dunkler Typ und genauso attraktiv wie kompetent. Ich vertraute ihr, ich mochte sie, und ich hatte sie mir ausgesucht, damit sie mit mir die komplexe und heikle Vielfalt der Fälle in den Griff bekam, zu denen sexuelle Übergriffe, Kindsmißbrauch und Gewalt in der Familie gehörten. »Ja, sagen Sie ihr, sie soll sich alle neuen Fälle vornehmen, die hereinkommen. Ich werde so lange aussteigen, bis ich weiß, wie die Mordermittlungen laufen.«

Laura nahm all ihren Mut zusammen, um mich nach der dritten Person zu fragen. »Und Patrick McKinney?«

»Versuchen Sie, ihn so weit wie möglich von mir fernzuhalten, Laura«, fauchte ich. »Er wird ja doch als erster hier herumschnüffeln und hoffen, daß es mir dreckig geht. Ich werde ihm den schmierigen, fetten Hals umdrehen, wenn er auch nur ein Wort zu mir sagt.«

Mike lachte. »Wow! Frauen am Arbeitsplatz!«

»Hör zu, Mike, ich weiß ja nicht, wie es in katholischen Schulen zugeht – die meisten Kerle überleben die Nonnen und haben am Ende noch einen gewissen Sinn für Humor; manche haben etwas mehr Geschmack als du, aber durchaus Humor. Aber dieser Bursche ging daraus wie Mutter Oberin persönlich hervor, mit einem Stock im Hintern, der inzwischen sein Gehirn perforiert haben dürfte.«

Pat McKinney war einer von Rods Stellvertretern. Er war ein paar Jahre älter als ich und so stur und humorlos, wie ein Mann nur sein konnte. Ich kam nie dahinter, was ihn zu einem derart verbiesterten Menschen gemacht hatte, aber irgend etwas brodelte in ihm. Am häufigsten ließ er es an den Frauen aus, die in der Behörde arbeiteten.

»Laura glaubt, daß er mir die Schuld an dem Vorfall mit den Krabben gibt, nicht wahr?«

Sie nickte, und ich erzählte Mike die Geschichte. »Pat weigerte sich, einem der Assistenten in der Asian Gang Unit ein Auslieferungsersuchen zu unterschreiben. Der wollte nämlich einen Zeugen aus Los Angeles einfliegen lassen und den Jungen während des Prozesses in einem Hotel unterbringen. McKinney erklärte, das sei zu teuer, und der Fall sei auch ohne den Zeugen aussichtsreich genug. Ich sagte dem Assistenten, Pat sei an diesem Tag einfach mürrisch und ›krabschert‹ gewesen; wenn er ein neues Ersuchen aufsetzte, würde ich es Rod zum Absegnen vorlegen. Rod unterschrieb, und die Jury sprach den Angeklagten schuldig. Du kennst doch diese Fischläden an der Ecke Canal Street?«

Unsere Behörde befand sich in dem Teil von Lower Manhattan, wo Little Italy und Chinatown sich überschneiden. An der Südseite der Canal Street liegen lauter chinesische Fischläden, die jeden Tag frischen Fisch anbieten.

»Nun, ein paar Tage nach dem Prozeß kam Pat in sein Büro und entdeckte, daß die Tür nicht abgeschlossen war. Er raste zu seinem Schreibtisch, um den Sicherheitsdienst anzurufen, und als er die oberste Schublade aufriß, krabbelten etwa vierzig lebende Krabben über den Rand und sprangen auf seinen Schoß – zappelige kleine Biester, die die ganze Nacht da drin gelegen hatten. Es wundert mich eigentlich, daß du seine Schreie nicht bis zur vierunddreißigsten Straße gehört hast.«

Mike gefiel die Story. »Warst du das?«

»Spinnst du? Ich nehme an, es waren die mit dem Fall betrauten Cops, aber er weiß, daß ich ihn damals ›krabschert‹ genannt habe, also gibt er mir die Schuld.«

In diesem Moment tauchte ein uniformierter Cop in der Tür hinter Lauras Schreibtisch auf. Ein Grünschnabel: Milchgesicht, gewienerte Schuhe, neue Uniform und einen Packen Papiere in der Hand.

»Ich suche nach Mr. Cooper«, verkündete er uns dreien.

»Sie stehen vor ihm – ich bin Cooper. Alex – Alexandra.«

»Oh, Verzeihung. Ich bin Officer Corchado. Man hat mich vom Beschwerdebüro heraufgeschickt – ich habe einen neuen Fall.« Laura setzte sich an ihren Schreibtisch, um mit den Telefonaten anzufangen, und ich winkte Corchado in mein Büro und machte ihn mit Mike bekannt.

»Ich kann das leider nicht für Sie erledigen, weil ich heute mit einer anderen Angelegenheit beschäftigt bin, aber meine Assistentin, Sarah Brenner, wird sich mit Ihnen in Verbindung setzen, sobald sie da ist.«

»Ja, gern, aber mein Lieutenant sagte mir, ich sollte das mit dem Bürovorsteher besprechen. Da gibt's ein Problem mit einer

Gegenklage, und er sagte, Sie würden schon wissen, was man da tun muß.«

»Ja«, erwiderte ich. »Was ist das für ein Problem? Sagen Sie mir einfach, was für einen Fall Sie da haben.«

Corchado erklärte, er und sein Partner seien letzte Nacht kurz nach elf einem 911-Notruf nachgegangen. »Nachbarn hatten angerufen – ein Wohnblock in East Harlem.«

Ich fragte ihn, ob er das Opfer gesehen habe.

»Ja, sie war völlig daneben. Ein Kind, fünfzehn. Sie wurde vom Aufzug aufs Dach gezerrt, als sie gerade zu ihrer Wohnung gehen wollte. Es kam zu einem Kampf. Jede Menge Blut, hauptsächlich aus ihrer Nase, glaube ich, als er sie schlug, damit sie zu schreien aufhörte.«

»Hat er sie vergewaltigt?«

»Ja, Ma'am. Das hat sie jedenfalls gesagt. Sie hörte nicht auf zu weinen, und daher haben wir nicht viel mit ihr geredet. Der Krankenwagen hat sie ins Krankenhaus gebracht.«

»Wie haben Sie den Kerl geschnappt?« wollte ich wissen.

»Kein Problem. Sie kannte ihn. Sagte, er ist mit ihrem älteren Bruder auf die Junior High School gegangen. Als sie sie ins Krankenhaus brachten, gingen mein Partner und ich zu ihrer Wohnung, um ihren Bruder zu holen. Wir sagten ihm, was passiert ist und daß seine Schwester gesagt hat, Otis hat es getan. Ihr Bruder Kenny war unheimlich sauer. Er wußte genau, wer dieser Otis war und wo er wohnte. Sagte uns, der Kerl heißt in Wirklichkeit Herman Myers, daß sie ihn aber Otis nennen, weil er immer in Fahrstühlen herumlungere und auf alte Frauen warte, um sie auszurauben. Er ist erst vor ein paar Wochen wegen dieser Raubüberfälle aus dem Gefängnis entlassen worden. Kenny brachte uns gleich zu seiner Wohnung, wir klopften an, und als Otis auf den Gang herauskam, um mit uns zu reden, schnappten wir ihn uns.«

»Hübscher Fang«, lobte ich Corchado. »Ist das Ihr erstes Kapitalverbrechen?«

»Ja, tatsächlich, Ma'am.«

»Na, herzlichen Glückwunsch. Sie können stolz darauf sein. Laura wird Sie zu Sarahs Büro hinunterschicken, und Anfang nächster Woche wird gegen ihn Anklage erhoben.«

»Ja, schon, aber da ist noch ein Problem. Otis … na ja, sein Anwalt rief auf dem Revier an und will Gegenklage einreichen.«

»Was?!«

»Na ja, Miss Cooper, Kenny hat dem Angeklagten mit einem Baseballschläger auf den Kopf gedroschen. Otis ist im Krankenhaus – hat eine böse Rißwunde am Kopf. Daher hat mir der Lieutenant gesagt, ich soll Sie aufsuchen. Müssen wir Kenny auch einbuchten?«

»Warum um Himmels willen haben Sie denn das zugelassen?« fragte ich, während meine Freude über die Verhaftung sich in Ärger verwandelte.

»Kenny kam mit uns, um uns Otis zu zeigen«, erklärte Corchado, »und ich glaube, er hatte den Schläger schon dabei. Er war gerade vom Spielen zurückgekommen, und daher hab' ich mir nichts dabei gedacht. Er gab ja auch Ruhe, bis wir Myers die Handschellen anlegten, dann fing er an zu heulen und so. Immer wieder schrie er: ›Warum hast du das mit ihr gemacht, sie ist doch noch ein Kind. Mann, warum mußtest du das machen? Sie war doch ein Kind.‹

Gerade als wir ihn zum Streifenwagen bringen, er zwischen mir und meinem Partner, damit niemand an ihn ran kann, dreht sich Otis zu Kenny um und sagt: ›Scheiße, sie war kein Kind. Ihr Loch war so groß, daß ich fast reingefallen bin.‹«

Ich schloß die Augen, als ich mir vorstellte, wie das den armen Kenny getroffen haben mußte, egal, was für ein Typ er war.

»Miss Cooper, es ging alles so schnell, daß ich es gar nicht kommen sah. Kenny wirbelte einfach herum und ließ den Schläger auf Otis' Kopf krachen, und Otis ging in die Knie wie ein nasser Sack.«

»Kenny sollte man einen Orden verleihen«, murmelte Mike auf seinem Stuhl in der Ecke. »Zum Glück braucht ihr euch keine Sorgen wegen einer Hirnverletzung zu machen – scheint so, als ob Otis mit dem Fahrstuhl nie ganz nach oben gekommen wäre. Als ich mit diesem Job anfing, mein Junge, galt man als guter Cop, wenn man einen Angeklagten mit verbundenem Kopf vor Gericht brachte – wir mußten das nicht von Zivilisten erledigen lassen, wir durften selber hinlangen. Wir stellten sie vor den Richter mit bandagiertem Kopf – Turban-Jobs nannten wir das. ›Tja, Euer Ehren, er leistete bei der Verhaftung Widerstand, Sir. Hat sich heftig gewehrt.‹ Mann, früher konntest du auf den Straßen wenigstens einigermaßen für Gerechtigkeit sorgen, aber heute?«

Ich rollte die Augen, als Mike vor dem Grünschnabel seine Schau abzog. »Achten Sie nicht auf ihn, Corchado. Suchen Sie einfach Miss Brenner wegen der Verhaftung in diesem Vergewaltigungsfall auf. Sie wird sich bestens um Sie kümmern. Und was die Gegenklage betrifft, so geben Sie mir mal Ihre Papiere.« Ich nahm den Packen und entdeckte das Datenblatt für den Bezirksstaatsanwalt mit der Spalte für sonstige Bemerkungen zu dem Fall. Über die Beschwerde von Myers wegen der Tätlichkeit schrieb ich mit großen Buchstaben: »Strafrechtliche Verfolgung abgelehnt. Begründung: Nicht im Interesse der Justiz, gemäß Alexandra Cooper, Chief, Sex Crimes Unit.«

»Was soll ich denn seinem Anwalt sagen, Miss Cooper?« wollte Corchado noch wissen.

O Schönheit des Opportunitätsprinzips. »Sagen Sie ihm, Miss Cooper habe gesagt, er hoffe, Otis würde so heftige und so lange Kopfschmerzen haben, daß es beim nächstenmal, wenn er auch nur an eine Erektion denkt, so weh tut, daß er sich das noch mal überlegt und ihn nicht hochbekommt.«

»So ist's recht, Blondie«, gluckste Mike, als Corchado sich verabschiedete. »Die Gelegenheit, ein paar Tage mit mir zu verbringen, ein paar kapitale neue Fälle, einen Mord aufklären – und schon ist deine liebenswerte Gutherzigkeit wieder da. Schreib dein Protokoll, Corchado.«

4

»Wie heißt denn der Polizeichef von Chilmark?« wollte Mike wissen, während er nach meinem Telefon griff, um die Nummer zu wählen.

»Wally Flanders«, erwiderte ich. »Warum willst du ihn anrufen?«

»Ich will bloß wissen, was läuft. Vielleicht gibt's Hinweise oder Neuigkeiten.«

Ich ging hinaus zu Laura, um mich nach den Anrufen zu erkundigen.

Laura begann sie herunterzubeten: »Ihre Mutter rief an. Sie erwartet, daß Sie sich einmal am Tag melden, bis alles geklärt ist. Sie hat gesagt, der Rabbi aus Ihrer alten Synagoge habe angerufen und sich erkundigt, ob Sie geistlichen Beistand benötigen.«

»Rufen Sie sie zurück. Versichern Sie ihr, daß es mir gutgeht. Im Augenblick bekäme ich allen geistlichen Beistand, den ich bräuchte, von Monsignore Chapman.«

»Nina rief aus L. A. an. Können Sie sich vorstellen, daß sie um Viertel vor sieben aufgestanden ist, um anzurufen?« sagte Laura, die die meisten meiner besten Freunde gut genug kannte, um ihre Anrufe kommentieren zu können. »Sie sagt, an der Westküste sei das eine Riesenstory. Nicht Sie, natürlich, sondern Isabella. Nina meint, Isabella habe sich derart unbeliebt gemacht, seit sie vor zwei Jahren groß herauskam, daß praktisch jeder in Hollywood ein Motiv habe… außer O. J. Simpson!«

»Was gibt's sonst noch?« fragte ich, als ich die Namensliste auf ihrem Block sah.

»Sarah ist inzwischen gekommen. Sie weiß Bescheid und will alle neuen Fälle vergeben. Viele Freunde von Ihnen rufen an – ich notiere mir bloß die Namen und sage allen, sie sollen mit Joan Stafford Kontakt aufnehmen. Diane Sawyer rief an, sie will wissen, ob Sie diese Woche in ihre Sendung *Prime Time* kommen können – nichts über Prozesse, nichts über den Fall, nur Erinnerungen an Isabella. Ich hab' sie an Brenda verwiesen. Ebenso Liz

Smith, die einen Kommentar von Ihnen wollte. Und Detective Wallace ist mit seiner Zeugin da. Ich hab' ihr Kaffee und eine Zeitung gebracht; sie ist im Wartezimmer ...« Laura wurde von Mike unterbrochen, der die Hand über meinen Hörer hielt und zu mir herüberrief: »He, Coop, erwartest du einen Burschen namens Spiegel auf deiner Privatleitung?«

»Du weißt genau, daß er Segal heißt, du Spinner. Kannst du zu ihm nicht ein bißchen höflicher sein? Und jetzt verschwindet hier mal kurz – sagt Mercer Wallace, daß ich gleich zu ihm komme, sobald ich telefoniert habe.«

Als sich die Tür hinter den beiden geschlossen hatte, sprudelte ich los: »O Jed, Gott sei Dank, daß du anrufst!« Ich war einfach nicht imstande, etwas zu sagen, was weniger nach dem Dialog einer Daily Soap und mehr nach dem lähmenden Entsetzen klang, das meinen Magen zusammengekrampft hatte. Ich sprach einfach weiter, während er durch das Knistern und Rauschen der Überseeleitung rief: »Alex? Alex? Ich kann dich kaum verstehen.«

»Weißt du denn, was passiert ist, Jed? Bist du immer noch in Paris? Hast du schon was von dem Mord gehört? Wirst du bald heimkommen?«

Ich bombardierte ihn unablässig mit weiteren Fragen. Wegen des fürchterlichen Halls bei der schlechten Verbindung bekam ich die Antworten kaum mit, die Jed mir zu geben versuchte.

»Ja, Alex, ich weiß Bescheid. Meine Sekretärin hat mich gleich heute morgen informiert, und die Story über den Mord macht heute sogar in Europa Schlagzeilen. Ich mach' mir trotzdem große Sorgen um dich – es muß doch schrecklich für dich sein.«

Aus einem unerfindlichen Grund gab ich mir große Mühe, nicht zu weinen, während ich mit ihm sprach. »Ich brauche dich so sehr. Bitte komm zurück – ich möchte nichts weiter, als daß du mich in den Arm nimmst. Bitte sag mir, wann du wieder da bist.«

»Natürlich, Alexandra, ich komme so schnell wie möglich zurück. Ich liebe dich, Schatz. Ich ruf' dich an, sobald ich weiß, wann mein Flug geht. Leider sind alle an diesem Deal Beteiligten hierher nach Paris zu diesen Konferenzen gekommen, ich kann hier unmöglich einfach verschwinden. Sei stark, Schatz – wir schaffen das schon.«

Ich bin es so leid, stark zu sein, begehrte ich innerlich auf, nachdem Jed und ich uns wie verliebte Teenager voneinander verabschiedet hatten und ich aufgelegt hatte. Stark zu sein für Opfer, die es nicht selbst schaffen, stark zu sein für ängstliche Streuner aller Art, die bei mir Zuflucht suchen, stark zu sein für fremde Menschen, die wirklich auf die Freundlichkeit anderer angewiesen sind. Als ich so darüber nachdachte, wurde mir klar, wie sehr es mir doch zu schaffen machte, daß man von mir erwartete, ich müßte für alle anderen jederzeit stark sein – besonders weil kein Mensch mich schwach sehen will.

Ich bin es leid, Scarlett O'Hara zu sein. In meinem nächsten Leben werde ich als zerbrechliche und hilflose Melanie Wilkes zurückkommen.

Ich schneuzte mir die Nase mit einem Taschentuch aus der Packung, die ich für die Opfer vorrätig hatte, die jeden Tag hier durchgeschleust wurden, und gab Laura Bescheid, Detective Wallace zu mir zu schicken.

Ein paar Sekunden später kamen Mercer und Mike zusammen herein. »Bevor ihr anfangt«, sagte Mike, »will Chief Flanders wissen, ob du eine Ahnung hast, wen Isabella nach Vineyard mitgenommen hat.«

»Niemanden, Mike. Das hat sie jedenfalls gesagt. Sie wollte sich für ein paar Tage von allem loseisen und die Drehbücher lesen, die ihr wegen neuer Rollen geschickt worden waren.«

»Na schön, Coop, ich weiß ja, wie sehr du es haßt, wenn andere Leute dich anlügen, aber sie war nicht allein in deinem gemütlichen Versteck. Zumindest nicht die ganze Zeit über. Sieht so aus, als hätte sie einen Gespielen dabeigehabt.«

»Woher wollen die wissen, daß sie nicht allein gewesen ist?« fragte ich und versuchte, meinen Ärger zu unterdrücken. »Vielleicht hat sie ja ein paar Freunde auf der Insel getroffen und sie zu einem Drink eingeladen oder ...« Heute ging mir wirklich alles auf die Nerven. Es gab eigentlich keinen Grund, warum es mich aufregen sollte, daß Isabella ihre letzten Tage auf Erden nicht allein verbracht hatte, aber vermutlich reagierte ich nur deshalb so empfindlich auf die Nachricht, daß sie sich heimlich mit jemandem getroffen hatte, weil ich mich selbst gerade so einsam fühlte.

»Dafür gibt es unübersehbare Anzeichen. Lascar war aber nicht die einzige, die in deinem Bett schlief, Goldlöckchen, auch die andere Hälfte war ziemlich zerwühlt. Kaffeetassen im Abwasch, Essen im Kühlschrank. Stell dir vor, Flanders sagt, seine Frau habe in der Zeitschrift *People* gelesen, Lascar sei Vegetarierin, aber im Mülleimer lag ein großer Steakknochen, und im Kühlschrank befanden sich ein paar Hot Dogs zum Grillen. Direkt neben dem Joghurt.«

»Dann sprecht doch mit ihren Freunden, nicht mit mir. Sie wollte ja offenbar nicht, daß ich es wußte. Und jetzt laß mich mit Mercer über seinen Fall reden, während du der Polizei von Chilmark zeigst, wie man Dick Tracy spielt, okay, Mike? Und falls du *People* brauchst, um den Fall zu lösen, dann besorg ich dir ein Abo.«

Mercer Wallace war einer der besten Detectives in unserer Abteilung. Als die Special Victims Squad endlich verstärkt wurde, wählte der Polizeichef ihn höchstpersönlich dafür, eines der Teams zu leiten. Er war groß, schwarz und sehr klug. Während seine freundliche Art bei Frauen ankam, die gerade Opfer eines Verbrechens geworden waren, konnte er andererseits auch hart sein und Beschuldigten damit signalisieren, daß er kein Mann war, der sich an der Nase herumführen ließ. Er leistete so hervorragende Arbeit, daß ihm die meisten großen Fälle übertragen wurden, auch wenn er noch so überlastet war.

»He, Alex, Chapman hat mir von diesem Mord erzählt. Bist du ...«

»Mercer, sei so gut und laß uns nicht darüber reden. Am besten ist es, wenn ich mich einfach in meine Arbeit stürze, sonst dreh' ich noch durch.« Ich wußte, daß er dafür Verständnis hatte, und darum kamen wir gleich auf das Verbrechensmuster zu sprechen, das sich an der Upper West Side herausgeschält hatte.

»Das ist er wieder, Cooper. Zum vierten Mal. Das Opfer ist 24, freie Illustratorin, und das könnte endlich der Durchbruch für uns sein. Wenn du aus ihr rausgeholt hast, was du brauchst, treffen wir uns mit den Zeichnern in der Zentrale. Sie ist ziemlich sicher, daß sie uns mit einer Zeichnung helfen kann. Sie weiß eine Menge Details, und genau die brauchen die Jungs für ein gutes Phantombild.«

Ich sagte Mercer, ich würde sie nur ganz kurz befragen. Es war noch nicht einmal ein Tag vergangen, seit sie überfallen worden war, aber derselbe Vergewaltiger war für mindestens drei weitere Überfälle im letzten Monat verantwortlich – wenn man sein spezifisches Vorgehen zugrunde legte. Über zwei Dinge waren Mercer und ich uns sicher: Er würde weiterhin Frauen vergewaltigen und möglicherweise noch gewalttätiger werden, wenn wir ihn nicht fanden und aufhielten. Und: Es war wahrscheinlich jemand, den Mercer und ich schon kannten, ein Gewohnheitstäter, ein Sexualverbrecher, der seine Übergriffe mit der gleichen Sprache und den gleichen sexuellen Vorlieben wiederholte, die er früher schon angewandt hatte. Für einen Ersttäter war er viel zu gerissen und professionell, und daher hielten Mercer und ich nach dem Schlüssel, dem kleinen Patzer Ausschau, den er sich schließlich leisten und der uns zu ihm führen würde. In Wirklichkeit freilich beteten wir dabei um einen glücklichen Zufall, denn viel eher würde sich der Fall wohl auf diese Weise lösen lassen.

Laura Wilkie wußte zwar, daß ich keine Anrufe entgegennahm, wenn ich ein Vergewaltigungsopfer befragte, aber ich schärfte ihr noch einmal ein, alles zu notieren, als Mercer wieder auftauchte und Katherine Fryer in mein Büro führte.

Ich verließ meinen Platz hinter dem Schreibtisch, während Mercer uns miteinander bekannt machte, und dann setzten wir uns auf drei Stühle, die einen kleinen Kreis bildeten. Auf diese Weise ließ sich jener Anstrich von Förmlichkeit vermeiden, den ein Schreibtisch zwischen Opfer und Befrager hervorrief, und zugleich kam dies der Intimität zugute, die das Thema dieser Unterredung verlangte. Das funktionierte zwar nicht jedesmal, aber hier hatten wir es mit einem Fall zu tun, bei dem diese Vertrautheit sofort hergestellt werden mußte. Wir hatten keine Zeit, uns höflich aneinander heranzutasten.

Katherine Fryers Nacht war noch schlimmer als meine gewesen, und darum verblüffte mich ihre Beherrschung und scheinbare Ruhe.

»Wissen Sie, warum Sie heute hier sind?« fragte ich sie.

»Ich bin sicher, Detective Wallace hat es mir erklärt, aber ich bin nicht sicher, ob ich alles mitbekommen habe. Alle sind so wunderbar zu mir gewesen, aber ich war stundenlang im Krankenhaus und bin im Moment ein bißchen benommen.«

»Das weiß ich. Ich will Ihnen nur erklären, was nun geschieht. Ich heiße Alexandra Cooper, bin Staatsanwältin und werde mich mit Ihrem Fall befassen. Von heute an stehe ich Ihnen bei, bis Mercer den Täter faßt und wir ihn verurteilen. Ich weiß, daß er ihnen schon jede Menge Fragen gestellt hat, und ich muß die meisten noch einmal stellen. Aber von jetzt an arbeiten wir gemeinsam an dieser Sache, und meine Aufgabe ist es, Sie da durchzubringen, und zwar so angenehm, wie ich kann. Wollen Sie etwas von mir wissen, bevor ich anfange?«

Katherine Fryer verlangte die üblichen Zusicherungen: daß ihr Name nicht in die Zeitung käme und daß ihre Eltern in Pennsylvania nichts von der Vergewaltigung erfahren würden. »Und wenn es zu einem Prozeß kommt – werde ich dann über mein Privatleben ausgefragt, über mein Sexualleben?«

»Nein, Katherine, inzwischen hat es da eine Menge gesetzlicher Verbesserungen und Veränderungen gegeben. Wenn Sie von einem Mann angegriffen wurden, den sie noch nie zuvor gesehen haben, ist Ihre sexuelle Biographie für den Prozeß irrelevant. Eins verspreche ich Ihnen: Hier geht es nicht zu wie in all diesen schrecklichen Fernsehfilmen. Detective Wallace leistet Schwerarbeit – das Schlimmste liegt schon hinter Ihnen. Sobald er den Mann findet und Sie ihn identifizieren, brauchen wir Sie nicht länger als eine Stunde im Zeugenstand.

Lassen Sie mich nur noch einmal die Geschichte mit Ihnen durchgehen, dann können Sie an der Zeichnung mitarbeiten und nach Hause gehen und sich ein wenig ausruhen.«

»Ich kann nicht heimgehen, Miss Cooper. Ich werde mich dort nie wieder sicher fühlen. Ich ziehe zu meiner Schwester nach New Jersey. Mercer wird mit mir zur Wohnung fahren, wo ich ein paar Sachen einpacken will. Ich gebe Ihnen die Telefonnummer meiner Schwester, wo Sie mich erreichen können, bis ich eine neue Bleibe finde.«

So etwas geht wirklich an die Nieren. Da übt eine Frau allein zu Hause ihren Beruf aus und wird das Opfer eines Verbrechens – und dann muß sie ausziehen, weil alles in der Wohnung an diese verheerende Schändung erinnert.

Ich fragte Katherine, was gestern mittag passiert sei, kurz vor ein Uhr, als sie allein in ihrer Küche saß.

»Nun, ich aß gerade, als es an der Tür klingelte. Ich fragte: ›Wer ist da?‹, und eine Stimme sagte: ›Ich bin von Con Edison.‹ Ich sagte, ich würde niemanden von den Stadtwerken erwarten, ich hätte keine Probleme. Während ich durch den Spion sah, erklärte er mir, sein Chef hätte ihn hergeschickt, weil es in allen hinteren Wohnungen Ärger mit den Gasleitungen gäbe. Und da ich sehen konnte, daß er eben wie ein Arbeiter von Con Ed angezogen war, machte ich die Tür auf.«

Ich kannte die Antworten auf die Fragen, die ich stellen wollte schon, und ich wußte auch, daß sich Katherine Fryer immer wieder die gleichen Vorwürfe gemacht hatte, aber ich mußte meine Fragen dennoch stellen.

»Sie sagen, er war wie ein Servicemann von Con Ed angezogen – können Sie mir seine Kleidung nicht noch genauer beschreiben?«

»Na ja, es war einfach ein Flanellhemd mit Jeans, darüber eine Arbeitsjacke und ein Schutzhelm.«

»Stand denn auf dem Helm ausdrücklich ›Con Ed‹? War irgendeine Aufschrift darauf?«

»Nein, da stand nichts drauf.«

»Konnte er sich denn mit irgend etwas ausweisen, was er Ihnen zeigte – etwa ein Namensschild auf seinem Hemd oder einen Ausweis, den er aus der Tasche holte?«

Katherine vermied nun jeden Blickkontakt und gab reumütig zu, sie hätte nicht nach seinem Ausweis gefragt, sondern einfach angenommen, daß er die Wahrheit sagte.

»Ich hab' ihn reingelassen, und er ist gleich in die Küche gegangen, wo mein Essen auf dem Tisch stand, und dann hat er den Backofen aufgemacht und hineingesehen. Ich hab' die ganze Zeit mit ihm geredet und gesagt, ich hätte mich noch nie über Probleme mit meinem Ofen beklagt, obwohl das Gas ein wenig schwach gewesen wäre. Es sei ja ein altes Gebäude – immer würden irgendwo Reparaturen anfallen. Und dann sagte er: ›Vielleicht könnten Sie ja mal Ihren Mann herholen, damit er mir dabei hilft.‹« Katherine hielt inne. Es fiel ihr sichtlich schwer, weiterzusprechen. »Da hab' ich zu ihm gesagt: ›Ich hab' keinen Mann – ich meine, vielleicht kann ich Ihnen ja genauso helfen.‹«

Mercer und mir war klar, daß er genau das hatte hören wollen. Allein zu Hause.

»Darauf stand er auf, drehte sich um und sah mir ins Gesicht. Da hab' ich zum erstenmal das Messer gesehen.«

»Ganz ruhig, Katherine«, sagte ich und beugte mich vor, um meine Hand auf ihre zu legen. »Sie machen das prima. Immer mit der Ruhe – ich weiß, wie schwer das ist.«

»Es war ein langes Messer – es hatte eine lange, schmale Klinge. Ich glaube, er hat es aus dem Werkzeuggürtel geholt, den er umgeschnallt hatte. Es schien mir fünfzehn oder sechzehn Zoll lang zu sein – also sehr, sehr lang. Er packte mich und hielt mir das Messer vors Gesicht. Er sagte, ich solle keinen Laut von mir geben, sonst würde er mir das Gesicht aufschlitzen. Und dann sagte er, er würde mich umbringen, wenn ich nicht täte, was er wollte.

Er brachte mich ins Schlafzimmer und sagte, ich solle mich mit dem Rücken zu ihm ausziehen, ganz ausziehen, und mich dann vor ihn hinknien. Da hat er mich gezwungen, oralen Sex zu machen.«

Als sie innehielt, bot Mercer ihr ein Glas Wasser an, und während sie trank, redete ich sanft auf sie ein.

»Sie machen das wirklich prima, Katherine. Ich werde Sie ab und zu unterbrechen, um Sie nach einigen Details zu fragen. Die Fragen werden sich vielleicht banal anhören, aber ich muß sie einfach stellen. Sie werden sie zum Teil beantworten können und sich an andere Dinge nicht mehr erinnern. Sagen Sie mir bloß, was Sie wissen, okay?«

Sie nickte.

»Hat er sich selbst ausgezogen, Katherine, oder hat er nur seinen Penis entblößt?«

»Er hat sich nicht ganz ausgezogen. Aber er hat seine Jeans ausgezogen und den schweren Gürtel abgelegt. Er hat sein Hemd anbehalten. Und er hat keine Unterhosen angehabt.«

»Wenn Sie von ›oralem Sex‹ sprechen, meinen Sie dann, daß er Sie gezwungen hat, seinen Penis in den Mund zu nehmen?«

»Ja, ja, genau. Immer wieder hat er gesagt, er würde mich umbringen, wenn ich es nicht tue. Dann sagte er, ich solle aufhören. Er zog mich hoch, hob mich auf und warf mich auf mein Bett. Er drückte mich hinunter – mit dem Gesicht nach oben – und drückte mir ein Kissen aufs Gesicht.«

»Hat er bei all dem gesprochen, Katherine, oder hat er überhaupt nichts gesagt?«

»Ja, er hat geredet. Er hat die meiste Zeit geredet. Aber ... ich kann mich wirklich kaum noch an das erinnern, was er gesagt hat. Es war ekelhaft.«

Ich beugte mich vor und versuchte, sie dazu zu bewegen, mir in die Augen zu schauen. Nur wenige ehrliche Menschen können lügen, wenn sie einem direkt in die Augen sehen – eigentlich nur die pathologischen Typen. Ich wußte, daß Katherine Fryer mir genau sagen konnte, was der Täter zu ihr gesagt hatte, wenn ich sie dazu drängte.

»Katherine, in Wirklichkeit können Sie sich an die Dinge erinnern, die er zu Ihnen gesagt hat – vielleicht wollen Sie es nicht, aber ich weiß, Sie haben sie nicht vergessen. Und so unangenehm das auch ist und so sehr es Sie gegen mich aufbringt, möchte ich doch, daß Sie mir jedes einzelne Wort wiedergeben. Das gehört zu seiner Handschrift, Katherine – dadurch kann Mercer ihn finden, weil er das vermutlich schon zu jemand anderem gesagt hat und es das nächste Mal wieder sagen wird. Und es wird ein nächstes Mal geben, wenn wir ihn nicht aufhalten. Aber wir können ihm das Handwerk legen, und dies ist eine Möglichkeit, wie Sie es ihm heimzahlen können. Bitte helfen Sie uns dabei, haben Sie Vertrauen zu uns.«

»Möchten Sie, daß ich rausgehe, Katherine?« erbot sich Mercer, weil er hoffte, daß ihr das angenehmer wäre.

»Nein, nein – das hat nichts mit Ihnen zu tun. Es ist nur so ..., na ja, mir wird schlecht, wenn ich daran denke. Ich bin ja nicht prüde oder verklemmt, aber ...«

Wieder rang Katherine Fryer um Fassung, dann fuhr sie fort: »Das Merkwürdige war, daß er mal über Sex redete und im nächsten Atemzug wissen wollte, wo ich mein Geld hätte. Als ich mich auszog, sagte er zu mir, ich hätte große Brüste – das würde ihm gefallen. Und gleich darauf sagte er, er wolle mein Geld und meine Kreditkarten haben. Ich zeigte auf meine Handtasche. Sobald er mich aufs Bett geworfen hatte, mit dem Kissen über meinem Gesicht, da redete er in einer Tour.

Er wollte wissen, ob sein Schwanz – entschuldigen Sie, das hat er so gesagt – ob sein Schwanz größer wäre als der von meinem Freund … Ob es besser für mich gewesen wäre? … Warum ich solche großen Brüste und so eine kleine Muschi hätte? … Und unvermittelt wollte er wissen, wieviel Geld in meiner Brieftasche wäre. Und dann wieder, wie gut mein Freund im Bett wäre. Und dann … sagte er immer wieder, er würde mich umbringen, wenn ich es nicht schaffte, daß er käme.«

Mercer und ich sahen uns an, als Katherine die Hand über die Stirn legte. Wir wußten genug – es war derselbe Kerl wie in den früheren Fällen. Er gab mir mit einem Blick zu verstehen, es kurz zu machen, damit er sie zur Zentrale mitnehmen konnte.

Sogar das Ende war identisch. Nach der Vergewaltigung und dem Raub fesselte er Katherine mit einem Verlängerungskabel ans Bett, stopfte ihr ein Geschirrtuch in den Mund und legte das Kissen wieder über ihren Kopf. Er riß die Telefonschnur aus der Wand, und dann hörte sie noch, wie er in ihren Kommodenschubladen herumwühlte, bevor schließlich die Wohnungstür hinter ihm ins Schloß fiel. Es dauerte über eine Stunde, bis die entschlossene junge Frau sich von dem Kabel befreit hatte, das er um ihre Handgelenke gezurrt hatte, und einen Nachbarn um Hilfe bitten konnte.

Ich war froh, daß Mercer mir bedeutet hatte, die Vernehmung abzubrechen. Katherine Fryer war erschöpft, und ich hatte nur einen Ausweg aus meinem eigenen Dilemma gesucht und mich in ihren Fall verbissen.

»Okay, Katherine, wir haben Miss Cooper genug gegeben, um sie für eine Zeitlang zu beschäftigen. Lassen Sie uns ein wenig frische Luft schnappen und zur Zentrale rübergehen. Jetzt brauchen Sie nicht mehr zu reden und können mit dem Zeichnen anfangen.« Mercer Wallace stand auf und öffnete die Bürotür, fest entschlossen, mich daran zu hindern, seine Zeugin kaputtzumachen.

»Ich ruf' dich später an, Coop – laß uns mal überlegen, wie wir damit weiterkommen.«

Ich bedankte mich bei Katherine und erklärte, ich würde ihr jede Art von Hilfe zukommen lassen, die sie brauchte.

»Legen Sie sich doch einen Notizblock neben das Bett«, schlug ich ihr vor. »Es werden Ihnen noch mehr Details einfallen. Ob Sie das nun mögen oder nicht, Sie werden das immer wieder vor sich sehen – ausgelöst durch Unterhaltungen, die Sie hören, oder Stichworte und Gesten, die Sie in den Nachrichten oder Fernsehshows bemerken. Schreiben Sie alles auf, woran Sie sich erinnern, ganz egal, wie unbedeutend es Ihnen erscheint, weil Mercer und ich es wissen wollen.«

Wir verabschiedeten uns voneinander, und dann gingen die beiden zu den Fahrstühlen. Sobald sie nicht mehr zu sehen waren, platzte Laura heraus: »Battaglia hat vom Auto aus angerufen. Er ist gleich da und möchte, daß Sie sofort zu ihm kommen.«

»Na, toll. Falls ich in einer Stunde nicht wieder zurück bin, schicken Sie Verstärkung.«

5

An den Wänden des Korridors, in dem die leitenden Mitarbeiter der Behörde saßen, hingen die Porträts von Bezirksstaatsanwälten von New York County aus einem ganzen Jahrhundert. Es waren grimmig dreinblickende Männer, die keinen Spaß verstanden. Die meisten hatten ihr Amt versehen, ohne jemals durch die Anwesenheit weiblicher Anwälte unter ihren Mitarbeitern belästigt worden zu sein. Ich absolvierte das Spießrutenlaufen unter ihren eisigen Blicken, während ich mich anschickte, Battaglia gegenüberzutreten – sicher würden sie gleich zum Leben erwachen, um hinter meinem Rücken über den fürchterlichen Skandal zu tuscheln, den ich über ihren Nachfolger gebracht hatte.

Ich trat an den Schreibtisch der Chefassistentin des Bezirksstaatsanwalts. Rose Malone war eine phantastisch aussehende Frau Ende Vierzig, die als High-School-Absolventin im Zentralsekretariat der Behörde angefangen hatte, aber von Battaglia persönlich dazu auserkoren worden war, über sein Vorzimmer zu herrschen. Dies tat sie nun schon seit fast zwanzig Jahren. Wir beide hatten während meiner Amtszeit viele Stunden miteinander verbracht und verstanden uns gut. Rose war das beste Stimmungsbarometer für ihren Boß und stets eine großartige Verbündete, wenn ich eine benötigte. »Vielleicht sollten Sie dieses Ersuchen lieber auf morgen verschieben«, pflegte sie etwa an einem Tag zu sagen, an dem Battaglia im Leitartikel der *Times* im Zusammenhang mit einer bestimmten Klage kritisiert worden war. Oder: »Gehen Sie gleich rein, Alex – er hat sich so gefreut über das Urteil, das Ihr Team in diesem Fall von Bandenvergewaltigung erzielt hat.«

»Guten Morgen, Alexandra«, sagte Rose förmlich. Kühl, wie mir schien.

»Das ist ja furchtbar, was mit Miss Lascar passiert ist. Sind Sie okay?« fuhr sie fort.

Sobald ich ihr versichert hatte, daß es mir gutgehe, wies sie mich an, gleich in Battaglias Arbeitszimmer zu gehen, und wandte sich dann wieder ihrem Computer zu. Kein Geplauder, kein Klatsch, kein Stimmungsbericht, kein guter Rat. Wenn Rose kühl war, dann war der Bezirksstaatsanwalt frostig.

Ich wappnete mich für die Standpauke, die er mir halten würde, und öffnete die Tür. Battaglia stand hinter seinem riesigen Schreibtisch und blaffte in den Telefonhörer, während er mir bedeutete, mich an den großen Konferenztisch am anderen Ende des Zimmers zu setzen. Ich tat so, als würde ich mir Notizen auf meinem Schreibblock machen, und versuchte gleichzeitig herauszubekommen, mit wem er sich gerade unterhielt. Ich war ein wenig erleichtert, als ich feststellte, daß sein Zornesausbruch dem Bundesanwalt in unserem Bezirk galt, mit dem sich Battaglia wegen der Zuständigkeit in einer wichtigen Ermittlung gegen eine Gangsterbande in den Haaren lag. Er legte auf, kam langsam herüber und setzte sich mir gegenüber an den Tisch.

»Was, zum Teufel, ist hier eigentlich los, Alex – wie stellen Sie sich das denn vor?« Mit ruhiger Stimme begann Battaglia sein Verhör.

»Paul, ich ...«

»Sind Sie sich darüber im klaren, wie sehr diese Art von Aufsehen der ernsthaften Arbeit dieser Behörde schadet? Können Sie sich vorstellen, wie sehr dies Ihre Arbeitsfähigkeit beeinträchtigt?«

Im gleichen Maße, wie sich mein Gesicht rötete und meine Verlegenheit wuchs, wurde auch die Stimme des Bezirksstaatsanwalts lauter. Es hatte keinen Sinn, auf seine Fragen zu antworten, denn er kannte die Antworten bereits. Seine Technik war mir vertraut, und ich wußte, daß er in wenigen Augenblicken mit dem Gebrüll aufhören würde und Details hören wollte. Diese dröhnenden Ausfälle ärgerten mich nur halb so sehr wie die nächste Phase, wenn er einem das Gefühl vermittelte, ein absoluter Idiot zu sein, weil man außerstande war, ihm die erwünschten Details zu liefern. Ich hatte erlebt, wie nichtsahnende Kollegen ihn für eine bevorstehende Pressekonferenz informierten und darauf vertrauten, daß sie die Fakten des Falles im Griff hatten, bis er sie mit Fragen konfrontierte wie: »Wissen Sie, welche Kirche die Mutter des Tatverdächtigen besucht?« – »Auf welche Junior High School ist die Zeugin gegangen?« Oder wenn er mit irgendeinem anderen Punkt kam, der für einen Politiker potentiell wichtig war, aber nicht für einen jungen Anklagevertreter.

Battaglia redete ziemlich lange auf mich ein, ehe er sich nach Fakten erkundigte, die er nicht kannte. Und dann mußte ich ihn über jedes kleinste Detail in Kenntnis setzen, und zwar von dem Augenblick an, da Isabella und ich uns kennengelernt hatten und in unserer Behörde zusammengewesen waren, bis hin zu unserer jüngsten Korrespondenz und ihrer Bitte, sich in mein privates Refugium zurückziehen zu dürfen.

Der Bezirksstaatsanwalt hörte mir zu, bis ich meine Ausführungen beendet hatte, dann beugte er sich vor, sah mir direkt in die Augen und fragte: »Können Sie sich vorstellen, daß irgendein Aspekt dieser Geschichte, auch nur die leiseste Andeutung eines Skandals, diesem Amt Schaden zufügen könnte, Alexandra?«

Ich wußte, die unausgesprochene Fortsetzung dieses Satzes lautete: Wenn ja, Alex, dann sollten Sie lieber gleich Ihren Schreibtisch aufräumen und sich Gedanken über die Vorzüge der privaten Ausübung der anwaltschaftlichen Tätigkeit machen.

»Nein, Paul«, erwiderte ich und schüttelte nachdrücklich den Kopf. »Ich habe darüber die ganze letzte Nacht und diesen Morgen nachgedacht. Es gibt wirklich nichts mehr, wovon ich Ihnen nicht berichtet habe.«

Er saß aufrecht da und dachte ein paar Augenblicke darüber nach, ehe sich seine Haltung entspannte und er wieder wie der Paul Battaglia wirkte, den ich so verehrte. »Okay, Alex, wie steht's mit Ihnen? Was sollen wir mit Ihnen tun?«

»Ich bin heute praktisch wie betäubt, Paul. Ich glaube, es ist wirklich gut für mich zu arbeiten, weil es meinen Kopf ...«

»Vielleicht gut für Sie, aber ich weiß nicht, ob das auch gut für das Amt ist. Patrick McKinney meint, ich sollte Sie für ein paar Monate beurlauben und so lange warten, bis sich die Wogen wieder geglättet haben.«

»Ach, Paul, das ist doch lachhaft. In Wahrheit meint er doch, daß ich mich über Lascars Sarg werfen und bei lebendigem Leib verbrannt werden soll. Natürlich möchte Pat, daß ich Urlaub nehme – er kann es einfach nicht ertragen, daß ich hier bin.«

»Nun, ich habe heute vormittag mit dem Bezirksstaatsanwalt oben in Massachusetts gesprochen – er ist für die Mordermittlungen zuständig. Er und der Polizeichef hätten gern, daß Sie morgen für ein paar Stunden hinfliegen. Sie benötigen jede Menge Hintergrundinformationen von Ihnen, sie müssen Ihr Haus durchsuchen, und dabei können Sie ihnen sagen, welche Sachen Ihnen gehören und welche von Isabella sind ... und was dem geheimnisvollen Gast gehörte.

Also richten Sie sich darauf ein, und – Moment mal, morgen ist Freitag – ich möchte, daß Sie da hinfliegen und denen alles geben, was sie brauchen. Und Ihr Detective fliegt mit Ihnen, verstanden? Wen haben Sie denn?«

»Mike Chapman, Manhattan North.«

»In Ordnung. Halten Sie mich bloß über jeden einzelnen Schritt auf dem laufenden. Sie wissen ja, ich mag keine Überraschungen, Alex.«

»Ja, Sir.«

»Noch zwei Dinge. Sie sollten nicht zu Isabella Lascars Begräbnis gehen. Kein Hollywood, keine Fotos, keine Chance für die Presse, dies mit uns in Verbindung zu bringen. Sie ist tot – sagen Sie ihr in Gedanken Lebewohl. Verstanden?«

Ich nickte zustimmend.

»Und nun das andere. Sie sind kein Cop, Alex. Wie ich Ihnen schon mal gesagt habe, hätten Sie auch auf die Polizeiakademie gehen und Ihrem alten Herrn eine Menge Geld ersparen können. Sie sind stellvertretende Staatsanwältin, eine Justizbeamtin, eine Anwältin. Lassen Sie die Jungs und Mädels in Blau Polizeibeamte spielen, und halten Sie Ihre Nase da raus.«

Ich nickte erneut.

»Ach, was ich Sie noch fragen wollte – haben Sie irgendeine Ahnung, wer sie da oben besucht hat?«

»Nein, Paul. Sie hat nie davon gesprochen, und ich habe sie nie danach gefragt.«

»Nun, wann ist sie denn auf Vineyard angekommen?«

Zack – ich hatte es kommen sehen. Ich hatte zwar eine grobe Vorstellung, konnte aber keine exakte Zeit nennen. Zweimal nacheinander »Ich weiß nicht«. Das kam bei Paul Battaglia nicht gut an.

»Wie ernsthaft sollen wir denn nach diesem zweiten Verfolger Ausschau halten?«

Zum dritten Mal Fehlanzeige. »Paul, das kann ich einfach noch nicht sagen – wir versuchen es gerade herauszufinden.«

»Schon gut, Alex – lassen Sie es mich auf jeden Fall wissen, wenn Sie was herauskriegen. Passen Sie auf sich auf, das ist im Augenblick das wichtigste. Ach ja – gibt es irgendwelche Fortschritte im Fall des Serienvergewaltigers von der Upper West Side? Der dortige Gemeinderat setzt mir da ganz schön zu – können Ihre Jungs das nicht endlich in den Griff kriegen?«

Na klar, und wenn ich heute nachmittag eine freie Stunde habe, dann werd' ich mich auch noch nach Judge Crater umschauen, dachte ich, während ich zu Battaglia sagte: »Wir geben uns Mühe, Boß.«

Mike Chapman saß an meinem Schreibtisch und aß eines der Sandwiches, die Laura zum Lunch bestellt hatte, als ich von Battaglias Büro zurückkehrte. »Hat es sehr weh getan?« erkundigte er sich, als ich mein Zimmer betrat und im Vorübergehen den größer gewordenen Stapel Telefonnotizen von Lauras Schreibtisch nahm.

»Halb so schlimm«, erwiderte ich. »Der Bürgermeister muß ihm das Geld gegeben haben, das er verlangt hat. Er ist natürlich verärgert, spielt aber nicht verrückt. Hast du schon von den Plänen für morgen gehört?«

»Nee. Was gibt's denn?«

»Ich nehm' dich nach Martha's Vineyard mit – dann zeig' ich dir, wie eine echte polizeiliche Ermittlung abläuft«, sagte ich und kicherte bei der Vorstellung, wie Mike auf die Dorfpolizei traf. Ein paar Einbrüche, wenn die Sommergäste nach dem Labour Day abfahren, jede Menge Mopedunfälle in der Saison und den ganzen Winter über nicht enden wollende Unfälle unter Einfluß von Alkohol – aber soweit ich mich zurückerinnern konnte, hatte es auf Vineyard noch nie einen Mord gegeben.

»Wow, ein Überseetrip – und das mit dir, Cooper! Weißt du, ich glaube, Patrick McKinney hat recht. Diese ganze Sache mit Lascar ist doch nur ein Trick von dir, um ein Wochenende mit mir allein auf einer Insel herauszuschinden, damit wir …«

»Detective Chapman, wenn Sie sich nicht beherrschen, dann laß ich Sie bei diesem spitznasigen Arschloch zurück. Es ist kein Wochenende, sondern ein Tagestrip. Laura soll uns die Flugtickets besorgen. Es wird uns eine Menge Zeit sparen, wenn du deine Kanone zu Hause läßt – dann müssen wir uns nicht mit all dem Sicherheitskram am Flughafen aufhalten.

Übrigens, Mike«, fügte ich hinzu, »Battaglia hat mir eine naheliegende Frage gestellt. Wann genau ist Isabella eigentlich auf Vineyard angekommen? Ich hab' eine Idee – vielleicht hat Chief Flanders schon daran gedacht –«

»Unwahrscheinlich, es sei denn, seine Frau war so schlau. Er hörte sich nicht gerade danach an, als hätte er viele Ideen«, erwiderte Mike.

»Na, jedenfalls gibt es nur zwei Möglichkeiten, dorthin zu gelangen. Ich meine, du hast recht – es ist eine Bootsfahrt. Anders als bei den meisten Orten, wo ein Mörder einfach zu einem Tatort fahren könnte und dann ebenso einfach wieder wegfährt, kommt man nach Vineyard nur per Schiff oder per Flugzeug.«

»Klar, Alex, aber Tausende von Menschen tun das doch jedes Jahr, nicht wahr? Und dafür brauchen sie keinen Paß.«

Ich wußte, daß auf Martha's Vineyard das ganze Jahr über ungefähr fünfzehntausend Menschen lebten, in den Sommerferienmonaten Juni, Juli und August waren es aber beinahe achtzigtausend. Nach dem Labour Day reisten die meisten wieder ab, und die kleine Insel erlangte ihre Ruhe zurück, sehr zur Freude der Einheimischen.

»Nach dem Labour-Day-Wochenende ist es viel schwieriger, auf die Insel zu kommen«, erklärte ich Mike. »So gibt es zum Beispiel den ganzen Sommer lang Direktflüge von New York nach Martha's Vineyard. Eine Menge Flüge, mehrmals täglich, von La Guardia und von Newark. Aber nicht zu dieser Jahreszeit. Von jetzt an bis zum Juni nächsten Jahres fliegt nur noch eine Fluggesellschaft, und zwar von Boston – neunsitzige Flugzeuge, ein paarmal am Tag –, und kleine Privat- und Charterflugzeuge.

Nicht anders verhält es sich bei der Fähre. Die Fähre fährt von Woods Hole auf Cape Cod nach Vineyard, aber nach dem letzten Ferienwochenende nur noch wenige Male pro Tag.«

»Was soll dieser Reisebericht, Coop?« wollte Mike wissen.

»Du weißt doch, wonach wir suchen«, erwiderte ich. »Wer war mit Isabella auf der Insel, und war dieser Kerl – oder die Frau – derjenige, der sie umgebracht hat? Oder vielleicht war er Augenzeuge des Mordes und ist entkommen, weiß aber, wer es getan hat.«

»Also gut – weißt du denn, wann sie zu deinem Haus hinaufgefahren ist?«

Aus jahrelanger Erfahrung wußte ich, daß nicht viel dazugehörte, Mike zu einer Ermittlung zu bewegen. »Sie sagte mir, sie würde Ende letzter Woche fahren, wenn sie vermutlich am Donnerstag oder Freitag irgend etwas in Boston erledigt hätte. Ich nehme an, Chief Flanders hat bereits Kontakt zum *Ritz* aufgenommen und weiß, wann sie ausgecheckt hat«, erklärte ich. »Außerdem hat sie mir erzählt, wenn sie genügend Zeit hätte, würde sie nicht fliegen, sondern sich einen Fahrer mit einer Limousine besorgen, der sie nach Woods Hole bringen würde – mit dem Auto sind es nur anderthalb Stunden von Boston –, sie würde gern auf die ›altmodische‹ Weise hinkommen, per Schiff übers Meer zur Insel.«

Mike lachte. »Na klar, genau wie die Pilgerväter – mit der Limousine zur Fähre, zum geliehenen Mustang, zum Landhaus mit den Chintzbezügen. Die Leute von der Leihwagenagentur müßten uns eigentlich sagen können, wann Isabella den Wagen geholt hat. Als nächstes, falls Flanders das noch nicht getan hat, werde ich mir die Passagierlisten der Fluggesellschaft vornehmen, wobei ich mindestens eine Woche zurückgehe. Wie heißt die Gesellschaft eigentlich?«

»Cape Air. Und dann gibt es am Flughafen noch ein kleines Büro für Privatflugzeuge, die sich alle registrieren lassen und ihre Flugpläne vorlegen müssen, um landen und starten zu können. Es wird nicht lange dauern, diese Landungen und Starts zu überprüfen. Die örtliche Polizei wird die meisten Namen der Inselbewohner und der regelmäßigen Pendler kennen, dann gibt's da noch ein paar Hochzeitsreisende und Golfer an den Wochenenden, und schließlich kann Isabellas Manager die Liste der Unbekannten nach Namen durchsehen, die er vielleicht kennt, was aber für uns nichts besagt, nicht wahr?«

»Damit hätten wir den Luftweg abgedeckt, Sherlock«, erwiderte Mike. »Aber wie steht's mit dem Wasserweg? Nimmt die Fähre außer Passagieren auch noch Autos mit?«

»Ja, schon. Doch das große Problem sind die Boote. Es gibt sehr viele Jachthäfen und jede Menge kleiner Buchten. Ein Privatboot könnte vom Cape kommen, vor Anker gehen, einen Mörder absetzen und wieder aufnehmen, ohne eine Spur zu hinterlassen. Auf diese Weise gelangen ja die meisten Drogen auf eine Insel. Ja, du könntest sogar auf die Fähre spazieren und in einer Vuitton-Tasche eine abgesägte Schrotflinte dabeihaben – auf den Schiffen gibt es ja keine Metalldetektoren.« Jetzt geriet ich richtig in Fahrt, und plötzlich glaubte ich zu wissen, wie wir Isabellas Ankunft ermitteln könnten, auch wenn dies sehr aufwendig werden würde.

»Wenn sie aber mit der Fähre kam und nicht allein war, Mike, dann gibt es noch eine Möglichkeit«, erklärte ich. »An einem schönen Herbstnachmittag gehen die meisten Menschen auf einer Fähre an Deck. Da gibt es über hundert Sitzplätze, eine Snackbar, mit dem Fernglas kann man den Horizont absuchen – der Anblick von Vineyard beim Überqueren der Meerenge vor Cape Cod ist wirklich spektakulär. Isabella Lascar hätte sich auf dem Schiff genau wie jeder andere Tourist verhalten, und ich kenne niemanden, den dieser Anblick nicht fasziniert, ganz gleich, ob es die erste oder die tausendste Überfahrt ist.«

»Mir schwant schon, was jetzt kommt. Du willst, daß wir alle Leute, die auf dem Schiff waren, ausfindig machen und sie fragen, ob sie einen Filmstar neben sich haben stehen sehen und ob sie die Person beschreiben können, die bei ihr ...«

»Nein, viel einfacher. Jeder einzelne Tourist und die Hälfte der regelmäßigen Besucher haben auf dieser Fahrt eine Kamera dabei, Mike«, behauptete ich. »Die Leute machen doch immer Fotos voneinander, wie sie an der Reling stehen, als ob es die *Queen Elizabeth 2* wäre, oder wie sie die Möwen füttern oder einfach die Aussicht genießen.«

»Du meinst, die Leute haben Isabella erkannt und sie fotografiert?« fragte Mike.

»Schwer zu sagen.« Ich hatte sie gesehen, wenn sie sich nicht für ihr Publikum herausgeputzt hatte. Wir waren zusammen durch Manhattan gegangen, und die Leute hatten sie – salopp gekleidet, ohne Make-up und perfekte Frisur – nicht erkannt. »Ich meine, sie sah wunderschön aus, ob sie es nun zu verbergen versuchte oder nicht. Die Leute drehten sich nach ihr um, selbst wenn sie nicht genau wußten, wer sie war.«

»Wie hilft uns das denn weiter?«

»Es gibt zwei Möglichkeiten. Erstens: Jemand hat sie tatsächlich fotografiert, weil er Isabella Lascar, den Filmstar, erkannt hat«, dachte ich laut. »Zweitens: Sie geriet einfach auf irgendwelchen Fotos mit ins Bild – du weißt ja, daß auf Amateurfotos immer absichtlich oder unfreiwillig irgendwelche Leute mit im Vordergrund sind. Selbst wenn Isabella inkognito sein wollte, könnte sie auf irgendwelchen Schnappschüssen sein – zusammen mit ihrem Wochenendgast.«

»Auf diese Weise könnten wir einen Hauptzeugen kriegen«, sinnierte Mike, »ein Motiv und vielleicht sogar einen Täter.«

»Ruf den Chief an. Während du dir die Fluggesellschaft vornimmst, soll er sich mit dieser Möglichkeit befassen. Auf der Insel gibt es nur einen Radiosender – WMVY – mit tollen Oldies, jede Menge Carly Simon und James Taylor, und mit allen Lokalnachrichten, und darum hört ihn jeder irgendwann mal. Sorg dafür, daß sie eine amtliche Durchsage bringen, sofort. Jeder, der Ende letzter Woche auf der Fähre gefilmt oder fotografiert und Bilder von Isabella gemacht hat, soll sich melden, und wenn das zu irgendeiner Information im Hinblick auf die Identifikation ihres Mörders führt – dann soll die Polizei eine Belohnung aussetzen. Vielleicht kommt ja was dabei heraus. Ich würde sogar den Fotoladen neben der Anlegestelle der Fähre überprüfen – sie entwickeln innerhalb von ein paar Stunden und haben vermutlich die Namen und die Telefonnummern von allen Leuten, die während der letzten Woche ihre Filme zum Entwickeln gebracht haben.«

»Laß uns ein Abkommen treffen, Alex«, schlug Mike vor, während er die Reste seines Sandwichs wegwarf und sich von meinem Schreibtisch abstieß. »Du kümmerst dich um diese Schwanzwedler hier in Manhattan, und ich arbeite mit deinen Chilmark-Jungs an dem Mordfall. Das ist doch gar kein so schlechter Ausgangspunkt. Ich fange im Büro von deinen Kanzleihengsten an, und du befaßt dich weiter mit deinen eigenen Fällen.«

Ich sah die Telefonnotizen durch, die sich angehäuft hatten, und gab die meisten wieder an Laura zurück, weil sie bis nächste Woche warten konnten. Ein paar, um die ich mich kümmern wollte, behielt ich.

Jeds Sekretärin hatte angerufen. Er hätte keine Chance, vor dem Wochenende aus Paris wegzukommen, – er würde mich später zu Hause anrufen und am Samstag direkt vom Flughafen zu mir kommen. Mist, dachte ich, das war ja nicht gerade die Reaktion, die ich mir ersehnt hatte. Aber ich kannte meine eigenen Prioritäten, wenn ich mich mitten in einer wichtigen Ermittlung befand, die vor allen persönlichen Überlegungen Vorrang hatte, und daher verstand ich Jeds Standpunkt – wahrscheinlich.

Das Büro des Kongreßabgeordneten LaMella zurückrufen. Sie wollen wissen, wie wir zu der Gesetzesvorlage stehen, die die Beweiserfordernis für Fälle von Kindsmißbrauch ändert. Besser spät als nie. Gina Hemmings wird von Part 82 zurückrufen, wo sie in einer Verhandlung ist. Der Richter sei gerade dabei, ihre Jury zu belehren, und sie will wissen, ob Sie irgendwelche Fälle zitieren können, bei denen ein »sexuelles Verbrechen« als verminderter pauschaler Anklagepunkt in einem Vergewaltigungsfall angesehen wurde. Herrgott noch mal, ging es mir durch den Kopf, während mein Ärger zunahm, Gina hat es wieder einmal geschafft, sich vor übertriebener Vorbereitung zu drücken.

Ellen Goldman hatte die morgige Verabredung bestätigt. Battaglia hatte ihr die Erlaubnis erteilt, eine große Story über die innovative Arbeit unserer Sex Crimes Prosecution Unit für den *USA Lawyer's Digest* zu schreiben, das edelste Hochglanzmagazin der Branche. Ich hatte mit ihr bereits mehrmals am Telefon darüber gesprochen, und wir waren bereit für das erste Interview. Sie war gerissen und ließ nicht locker, aber ich würde sie auf nächste Woche vertrösten müssen. Ich wußte, sie würde versuchen, Isabellas Tod in dem Artikel unterzubringen, und daher wollte ich sie persönlich zurückrufen, um ihr zu zeigen, daß ich die Dinge noch im Griff hatte. Ein bißchen jedenfalls. Ich erwischte ihren Anrufbeantworter und hinterließ die Nachricht, ich würde unsere Verabredung auf Montag nachmittag verschieben müssen.

Sarah Brenner wartet auf einen Rückruf. Hat eine Zeugin, die am Montag kommt, und glaubt die Story nicht. Braucht Hilfe, um ihr den Zahn zu ziehen. Mann, ich bin genau in der richtigen Stimmung dafür – ich möchte mal jemand anders zum Heulen bringen. Machen Sie einen Termin für Montag morgen.

Pat McKinney wollte wissen, ob er irgendwie helfen könne. Klartext: Er wußte, daß es mir mies ging und daß der Boß sauer war und er wollte mich wissen lassen, daß er das wußte. Antwort: Klar, du kannst mir helfen – du kannst mich mal.

6

Der Nachmittag verging unerträglich langsam. Ich konnte mich einfach nicht auf den Schriftsatz konzentrieren, den ich für den in drei Wochen zur Verhandlung anstehenden Sodomieprozeß einreichen sollte, und ich wollte unbedingt alle unnötigen Telefongespräche vermeiden. Sarah schaute kurz bei mir herein, um mit mir über mehrere neue Ermittlungsverfahren zu sprechen, die an die Mitarbeiter verteilt werden mußten, und um mich mit ihrem Geplauder über ihr Baby ein wenig aufzuheitern. Der einzige interessante Anruf kam von Mercer Wallace. Er freute sich über Katherine Fryers Mithilfe bei der Anfertigung der Phantomzeichnung. »Das ist das Beste, was wir je gekriegt haben, Coop«, berichtete er mir. »Sie hat wirklich einen guten Blick für Gesichtsmerkmale. Sie ist sich ganz sicher, was die Größe und Form des Schnurrbarts betrifft, und du weißt ja, daß alle sagen, er hätte eine schlechte Haut, nicht wahr? Nun, sie hat tatsächlich diese großen Pockennarben und eine Reihe tiefer Falten auf beiden Seiten seiner Stirn gezeichnet. Sie schwört, daß sie genau dort sitzen. Ich hab' zwar noch nie zuvor eine Illustratorin als Opfer gehabt, aber sicher trägt das dazu bei, daß die Zeichnung ziemlich wahrheitsgetreu wird.«

Ich wußte genau, was er meinte. Bei der typischen Personenbeschreibung erklärten die Zeugen zunächst, sie seien bei so etwas ganz schlecht – der Kerl sei durchschnittlich groß, habe ein durchschnittliches Gewicht, sehe durchschnittlich aus, habe keine besonderen Merkmale und so weiter. Ich hatte einen ganzen Ordner voller Phantomzeichnungen von gesuchten Vergewaltigern, die jeden und darum keinen bestimmten Menschen darstellen konnten. Wenn man eine davon einer Jury zeigen und eine Ähnlichkeit mit dem Angeklagten behaupten würde, dann würde sie wahrscheinlich eher drei der Geschworenen gleichen. Nicht schuldig.

Mercer fuhr fort: »Es kommt noch besser. Sie glaubt auch, daß sie ein Muttermal an ihm gesehen hat. Sie hätte sich zwar bemüht, sein Geschlechtsteil nicht anzusehen, aber er hat es ihr ja ständig vors Gesicht gehalten, und sie ist ziemlich sicher, daß er einen auffälligen Flecken an seinem rechten Oberschenkel hat, etwa so groß wie eine Mandarine, zwei Zoll südöstlich von seinem Geschlecht.«

Bingo. Einer der wenigen Vorteile, den ein Vergewaltigungsopfer bei der Identifizierung des Täters hat, liegt gerade in der Intimität des Verbrechens. Die Frau bekommt anatomische Details zu Gesicht, die nur selten bei einem Bankraub oder einem Raubüberfall entblößt werden. Und manchmal gibt es Muttermale, Tätowierungen oder Operationsnarben, die ein Opfer am Tag des Überfalls beschreibt und die ein erfahrener Detective fotografiert, sobald er seinen Verdächtigen in Gewahrsam hat. Mercer und ich hatten einmal einen Täter im Eiltempo überführen können, als unsere Zeugin uns sagte, der Vergewaltiger habe auf seinem Penis einen Skorpion tätowiert. Die Geschworenen mußten sich das Polaroidfoto dieses Tierchens nur etwa zehn Sekunden ansehen, bevor sie sich einig waren, den Angeklagten für schuldig zu erklären. Dann saßen sie die nächste Stunde beim Essen, weil sie nicht wollten, daß der Verteidiger glaubte, sie hätten sich nicht genügend Zeit genommen, über das Schicksal seines Mandanten zu befinden.

Sobald wir einen konkreten Hinweis auf diesen Verdächtigen hätten, würde Katherines Beschreibung des ungewöhnlichen Mals zu seiner Verhaftung beitragen, insbesondere wenn wir bei den DNS-Tests kein Glück hätten.

Kurz vor halb sechs kreuzte Mike wieder in meinem Büro auf, gerade als Laura Feierabend machen wollte. »Ich kann Ihnen wirklich keinen Vorwurf machen, wenn Sie hier verschwinden wollen«, sagte er zu ihr. »Ich wette, Sie haben gar nicht gewußt, wie unbeliebt Ihr Boß ist. Ich habe hier eine Liste so lang wie Ihr Arm, voller Leute, die sie gern beseitigen würden, und das sind nur die Kerle, gegen die sie Klage erhebt und die sie nicht einmal persönlich kennen. Warten Sie erst mal ab, wenn ich bei der Truppe anfange.«

Laura lachte und verabschiedete sich. »Ich werd' Sie ja morgen gar nicht sehen, nicht wahr?« erkundigte sie sich noch.

»Nein, aber wir rufen Sie von Vineyard aus an. Schönes Wochenende und bis Montag.«

Mike und ich blieben noch eine Stunde da und sahen die Liste der möglichen Mörder durch, die er aus den Akten meiner abgeschlossenen Fälle herausgepickt hatte.

»Da hast du ja wirklich ein paar kranke Herzchen vor Gericht gebracht, Blondie«, sinnierte er kopfschüttelnd angesichts der langen Latte von Namen, die er im Laufe des Nachmittags notiert hatte, zusammen mit kurzen Beschreibungen der jeweiligen Fälle neben jedem einzelnen.

»Du bist schon ein toller Cop. Hast du tatsächlich zehn Jahre gebraucht, um zu dieser Schlußfolgerung zu gelangen?«

»Nein, ich meine, beim Morddezernat laufen uns ja so einige üble Typen über den Weg. Aber deine Jungs foltern Menschen bei lebendigem Leib und schauen ihnen dabei auch noch in die Augen. Und dazu brauchen sie erheblich länger als fürs Schießen oder Stechen – bei meinen Fällen ist nach ein paar Sekunden alles vorbei. Ich habe nie gern mit Sexualverbrechern zu tun gehabt, bei denen ich die Opfer dazu bringen mußte, sich darüber so detailliert auszulassen und das Ganze in Gedanken noch einmal zu erleben. Wenn ich mir deine Fragebögen so ansehe, wird mir klar, warum ich das immer so gehaßt habe. Mord ist einfach – du weißt, wie's passiert ist, und mußt bloß noch herauskriegen, wer's getan hat. Und du hast es nicht mit einer Klägerin als Zeugin zu tun, die dir deinen Fall mit Ungereimtheiten vermasselt, wenn du vor Gericht stehst. Na, komm schon. Ich bring' dich heim, damit du dich für Loverboy frisch machen kannst.«

»Du kannst wohl nie auf deine Sprüche verzichten, was, Mike? Also geh'n wir – Jed kommt heute abend nicht zurück. Er wird nicht vor Samstag wieder dasein.«

»Super. Also nur du, ich und 'ne Pizza. Dann woll'n wir mal.«

Es war fast sieben, als ich meinen Computer abschaltete, das Licht ausmachte und fast widerstrebend die Tür zu meinem Büro abschloß. Es schien mir leichter zu sein, hierzubleiben, als die Leere meiner Wohnung eine weitere lange Nacht zu ertragen.

Einer der beiden Portiers hielt uns die Eingangstür auf, als Mike und ich uns dem Gebäude näherten, während der andere zum

Abstellraum ging, wobei er mir bedeutete, daß er dort etwas für mich aufbewahrt habe. »Ihre Post, Miss C., und eine Dame hat Blumen für Sie abgegeben«, rief Victor durch die Halle herüber.

An den meisten Tagen paßte meine Post nicht in den Briefkasten und mußte mit all den anderen Lieferungen im Abstellraum aufbewahrt werden. Es war gar nicht mal so viel persönliche Post, vielmehr bin ich ein Zeitschriften-Junkie, und die regelmäßig eintreffenden neuen Nachrichtenmagazine, Modehefte und Frauenzeitschriften, die ich wegen der aktuellen Beiträge bezog und zum Teil auch wirklich las, wurden immer mit Gummiringen zusammengebündelt, weil sie für den Briefkasten zu dick waren. Victor händigte mir den Stapel und den kleinen Tulpenstrauß aus und bemerkte dann augenzwinkernd: »Meine Tochter hat mir dieses Bild von Ihnen in der heutigen Zeitung gezeigt, neben diesem toten Filmstar. Sie sehen genauso toll aus wie sie, Miss C.«

»Danke, Victor«, erwiderte ich, während sich die Lifttür schloß und Mike auf den Knopf mit der 20 drückte. »Was für ein Idiot – es ist doch nicht zu fassen, daß manche Menschen glauben, es müsse immer einen guten Grund dafür geben, wenn dein Bild in der Regenbogenpresse erscheint. Ich schwör' dir, wenn hier irgend jemand mit der *Post* in der Hand aufkreuzte und Victor erzählte, er sei derjenige, der Isabella erschossen, es in Wirklichkeit jedoch auf mich abgesehen hätte, dann würde Victor ihn augenzwinkernd anlächeln und ihn gleich zu 20B raufschicken.«

»Aber nicht zwischen heute und Weihnachten – er könnte ja ein großes Trinkgeld einbüßen, wenn du in den nächsten paar Monaten umgelegt werden würdest.«

Ich klappte das Kärtchen auf, das an dem Blumenstrauß hing. »Danke für Ihre Nachricht. Das muß ja schrecklich für Sie sein. Bis nächste Woche – Ellen Goldman.«

»Wie nett. Sie ist die Reporterin vom *USA Lawyer's Digest*, die das Profil über die Einheit und mich schreibt. Sehr aufmerksam.«

»So was gibt's doch gar nicht – eine nette oder aufmerksame Reporterin. Ein Oxymoron – so nennt man das doch, oder? Die kriecht dir doch nur wegen irgendwas in den Hintern ... Vermutlich will sie die Exklusivstory über dich und Isabella bringen.«

Die Lifttür öffnete sich auf der 20. Etage, und wir wandten uns nach links, um zu meiner Tür zu gehen. Auf jedem Stockwerk gab es sechs Wohnungen, und als ich den Schlüssel ins Schloß schob, ging die Tür zu 20E am Ende des Korridors auf, eine große Weimaraner-Vorstehhündin schoß heraus und sauste mit hängender Zunge auf uns zu.

Als ich mich hinkniete, um Zac zu tätscheln und sie hinter den Ohren zu knuddeln, kam ihr Besitzer hinter ihr her, um uns zu begrüßen. »Hi, David«, sagte ich, während ich aufstand, um ihm einen Kuß zu geben und mich von ihm umarmen zu lassen.

»Alex, ich hab' gerade was auf deinen Anrufbeantworter gesprochen. Warum hast du mich nicht heute nacht angerufen? Ich hab' von dem Mord erst heute nachmittag erfahren. Brauchst du irgendwas, irgendeine Hilfe?«

»David, das ist Mike Chapman. Mike arbeitet bei mir. Mike, das ist David Mitchell – Dr. Mitchell ist Psychiater«, machte ich die beiden miteinander bekannt, »und ein großartiger Freund. Nein, ich bin im Augenblick okay, danke dir. Wenn du an diesem Wochenende zu Hause sein solltest, werd' ich dir die ganze Story erzählen. Du siehst aus, als ob du gerade zu Abend ausgehen willst.«

»Nachdem ich den Hund Gassi geführt habe, bin ich zum Abendessen verabredet. Aber ich komme nicht zu spät heim, wenn du reden willst.«

»Ich muß morgen früh weg, David, wir holen das am Wochenende nach. Ich wünsch' dir einen schönen Abend.«

Kaum hatte ich die Tür hinter uns geschlossen und das Licht angeschaltet, grinste Mike mich an und fragte: »Hast du's ihm schon mal besorgt?«

»Herrgott noch mal, Chapman, *nein*!« schrie ich ihn an, und dann lachte ich zum erstenmal seit vielen Stunden. »Er ist bloß mein Nachbar.«

»Also das ist doch keine Antwort. Du hast es dir von 20E besorgen lassen, nicht wahr?«

»Ich bin ja selbst dran schuld. Warum hab' ich mich nur auf dieses Spielchen mit dir eingelassen? Ich hab' dich sogar darum gebeten, oder?«

»Klar, du löcherst mich ja viel mehr, als ich je den Nerv hätte, dich zu fragen. Aber schließlich bin ich ein Jahr älter als du, und daher hab' ich vermutlich ein bißchen mehr Erfahrung.«

»Woher kommt dieser Ausdruck eigentlich – es jemandem ›besorgen‹? Sagt man so unter Cops? Ich kann mir nicht mal vorstellen, daß ich dir antworten würde, wenn du mich fragen würdest, ob ich mit jemandem ein sexuelles Erlebnis gehabt hätte. ›Hast du's dir von ihm besorgen lassen?‹ Das ist ja widerlich, Mike – allmählich glaube ich, mein Vater hat recht, ich mache diesen Job schon zu lange.«

»Wer ist denn Dr. Mitchell? Ein gutaussehender Bursche – hat er dich nie angemacht?«

»Wenn du's genau wissen willst – nie.«

David und ich waren seit über zwei Jahren Nachbarn. Er war Ende Vierzig, geschieden und hatte eine gutgehende Privatpraxis, die ihn zu einem der erfolgreichsten Seelenklempner von Manhattan machte. Ich, die ich überzeugt war, daß Therapien und dieser ganze Psychoquatsch etwas für andere Menschen waren, hatte jede Menge kostenlose Sitzungen bei David, bloß weil ich einmal in der Woche mit ihm ein paar Cocktails trank. Er hörte sich meine Probleme an, und wenn er mich von meinem Hometrainer weglocken konnte, joggte er mit mir gelegentlich morgens um das Reservoir im Central Park. Und er zog regelmäßig über meine Bekannten her.

»Ich werd' wohl langsam alt, Mike. Na ja, ich hol' uns mal das Eis. Und du rufst bei *Steve's Pizza* an – Kurzwahlnummer vier.«

»Wer sind denn die ersten drei?«

»Meine Eltern und meine beiden Brüder. Sie müßten sich eigentlich sehr glücklich schätzen, daß sie in meiner Liste mit den wichtigen Nummern noch vor Steve stehen. Wenn ich eine Verhandlung habe, ist Steve mein Rettungsanker.«

Die meisten meiner Bekannten kamen ziemlich rasch dahinter, daß das Kochen zu den Dingen gehörte, die zu erlernen ich nie Zeit gefunden hatte. Abends aß ich meist außer Haus – gewöhnlich wenn ich mit Freunden zusammen war –, und wenn ich allein daheim war, konnte ich mir einen sehr schmackhaften Thunfischsalat zusammenzaubern, indem ich eine Büchse Bumble Bee aufmachte und einen Klacks Mayo dazugab. Aber schließlich lebte ich in einem Block, der von großartigen Delikatessen- und Imbißläden umgeben war: Steve lieferte hervorragende Pizza, die stets heiß ankam; *P. J. Bernstein* war der beste Delikatessenladen im Städtchen, wenn ich Heißhunger auf ein Putensandwich hatte; bei *Grace's Marketplace* gab's vornehme Abendessen, die man nur noch fünf Minuten in die Mikrowelle stellen mußte, und bei David ein saftiges Hähnchen vom Grill, wenn ich auf tugendhaft machen wollte.

»Was möchtest du drauf haben, Coop? Ich kann mir das einfach nie merken.«

»Extradünner knuspriger Teig, keine Sardellen und jede Kombination, die du magst. Ich zieh' mich bloß rasch mal um – mach dir selbst einen Drink. Ich bin gleich wieder da.«

Ich ging ins Schlafzimmer und machte die Tür hinter mir zu. Dann trat ich an den Frisiertisch neben meinem Bett und starrte den Anrufbeantworter an, dessen rotes Lämpchen im Dunkeln blinkte. Ich wollte von niemandem etwas hören, nicht einmal von meinen Freunden, weil ich es einfach nicht schaffte, irgend jemanden gleich jetzt zurückzurufen und ihm das Ganze zu erklären. Ich setzte mich an den Tisch, legte den Kopf auf die Arme und ließ die Tränen laufen, während ich mit mir rang, ob ich die Anrufe jetzt oder später abspielen sollte.

Später. Wenigstens zwei Drinks später.

Ich ruhte mich für ein paar Minuten aus, dann raffte ich mich auf, schaltete das Licht an, zog die Strumpfhose aus und drapierte mein Kostüm über den Lenker des Hometrainers. In Leggins und T-Shirt fühlte ich mich gleich viel wohler. Dann wusch ich mir das Gesicht und besprühte mich mit etwas Chanel 22, bevor ich zu meinem Babysitter ins Arbeitszimmer ging. Irgend etwas mußte an meinen Lieblingsparfüms sein, das mich immer beruhigte, und eine solche Beruhigung war mehr als überfällig.

Mike schaltete den Ton am Fernseher ab, als ich das Zimmer betrat, überreichte mir meinen Drink und wartete, bis ich mich in meinen Sessel gekuschelt hatte, bevor er sich erkundigte, ob ich mit ihm noch über den Fall reden wollte.

»Gibt es denn noch etwas, worüber wir heute abend unbedingt reden müssen?«

»Nein«, erwiderte er. »Es läßt mich eben einfach nicht los. Du weißt ja genausogut wie ich, daß die meisten Morde absolut zufällig geschehen. Ich meine, wenn sie sich nicht im Familienkreis ereignen oder etwas mit Drogen zu tun haben, dann gibt es absolut keine Verbindung zwischen Täter und Opfer. Selbst der beste Cop der Welt könnte sein Leben lang an einem Fall verbringen und ihn niemals lösen, wenn nicht irgend jemand auf dem Revier erscheint und ein Geständnis ablegt. Bei einer Schießerei im Freien wie hier gibt es keine Fingerabdrücke, keine DNS, keine Anhaltspunkte. Vielleicht war es auch bloß ein Jäger, der herumgeballert hat, und Isabella befand sich zur falschen Zeit am falschen Ort. Auf diese Weise erwischt es die meisten Opfer – durch schlechtes Timing.«

»Wir haben aber keine Jagdsaison, Mike.«

»Du weißt genau, wovon ich rede. Also machen wir Schluß – du hast recht. In einer Viertelstunde ist das Essen da. Und dann werd' ich dir bis morgen früh von der Pelle rücken.«

»Darauf möchte ich trinken. Cheers!«

Bis die Pizza kam, sahen wir uns CNN an – Bürgerkriege in der dritten Welt waren im allgemeinen eine Abwechslung nach einem Tag im Gerichtsgebäude –, dann begaben wir uns an den Eßtisch, um zu essen und unseren zweiten Drink einzunehmen.

»Weißt du noch, was du gesagt hast, als wir heute abend hier reinkamen – daß dein Vater meint, du wärst schon zu lange dabei? War das ein Scherz, Alex?«

»Nein, aber das würde auch nichts daran ändern. Du weißt, was mir mein Job bedeutet. Es ist nur so, daß niemand in meiner Familie – niemand in meinem ganzen Leben – diese Faszination versteht. Es ist nicht ganz das, was sie sich für ihr Kind vorgestellt haben.«

Ich war in einem geruhsamen Vorort nördlich von Manhattan aufgewachsen, als drittes Kind – und einzige Tochter – meiner Eltern, die ganz altmodisch und rückhaltlos nur füreinander und für ihre Familie lebten. Die Eltern meines Vaters waren russische Juden, die in den zwanziger Jahren mit seinen beiden Brüdern eingewandert waren; er und seine Schwester waren in New York geboren worden. Meine Mutter hatte einen völlig anderen Background. Ihre Großeltern waren um die Jahrhundertwende aus Finnland gekommen und hatten sich auf einer Farm in New England niedergelassen, wo sie so lebten wie ehedem in Skandinavien, die primitive Holzhütte mit Sauna am Rande eines eiskalten Sees inklusive.

Meine Mutter und mein Vater lernten sich kennen, als er frischgebackener Assistenzarzt war und sie noch aufs College ging und beide eines Abends in ein tragisches Unglück verwickelt wurden. Der berühmteste Nachtclub Manhattans in den fünfziger Jahren – das *Montparnasse* – war wegen seiner Kombination aus schickem Publikum und erstklassigem Jazz eine Hauptattraktion. An einem Abend im November war meine Mutter mit einem Freund da, während mein Vater sich mit drei seiner Kumpels, die gerade am Krankenhaus ihre Schicht beendet hatten, um Einlaß bemühte. Da brach in der Küche Feuer aus, im Nu stand der vollbesetzte Club in Flammen. Damasttischtücher, Chiffonkleider und Seidenschals boten den Flammen reichlich Nahrung. Die vier jungen Ärzte verwandelten den Bürgersteig in der Park Avenue in eine Behelfsunfallstation, ließen den fliehenden Geschäftsführern und Künstlern, der Schickeria und der Belegschaft Erste Hilfe angedeihen, als die Menschen einander niedertrampelten, während sie dem furchtbaren Inferno zu entkommen suchten.

Mein Vater verbrachte den Rest der Nacht damit, mit dem Krankenwagen zwischen der Unfallstätte und nahegelegenen Krankenhäusern hin und her zu fahren. Er konnte zwar den 18 Männern und Frauen, die im Club umgekommen waren, nicht mehr helfen, aber zig Menschenleben retten und Dutzende von Menschen beruhigen, die durch Rauch und Angst unter Schock standen. Die ungeübte freiwillige Helferin, die stundenlang an seiner Seite tätig war, gehörte zu den wenigen Glücklichen, die dem *Montparnasse* unversehrt entkommen waren. In dieser Nacht erfuhr er nur ihren Vornamen – Maude –, aber er war von ihrer Unerschrockenheit und ihrer sanften Art ebenso beeindruckt wie von ihrem strahlenden Lächeln, ihren grünen Augen und ihren wunderbaren langen Beinen, auf denen sie verschwand, als der Krankenwagen seine letzten beiden Patienten im New York Hospital ablieferte. Wenn er die Geschichte jener

Nacht später erzählte, pflegte er stets zu sagen, es habe nur eine einzige Möglichkeit gegeben, die grausigen Bilder der Verletzten wieder loszuwerden – indem er meine Mutter vor sich sah, wie sie ihm gegenüber die ganze Nacht im Krankenwagen gesessen und die Hände der Patienten gehalten habe, um die er sich bemühte, und dann seien die Alpträume verflogen.

Zwei Wochen danach, als die Illustrierte *Life* die Geschichte über das Feuer und die Rettung gebracht hatte, rief meine Mutter an, um dem jungen Arzt zu danken, dessen Name unter einem der Fotos mit den HELDEN DES VERWÜSTETEN JAZZCLUBS stand: Benjamin Cooper. Sie hatte ihn schon davor ausfindig zu machen versucht und nur gewußt, daß seine Freunde ihn in der Feuersnacht »Bones« riefen. Sie hatte angenommen, dies sei ein Medizinerspitzname gewesen, der etwas mit einer orthopädischen Besonderheit zu tun habe, und daher hatte sie bei dieser Fachabteilung an mehreren Krankenhäusern angerufen – aber ohne Erfolg. Als sie ihn schließlich erreichte und er sich mit ihr zum Abendessen verabredete, mußte sie lachen, als sie erfuhr, daß seine Großmutter ihn als Kind auf jiddisch so genannt hatte, weil er so dünn gewesen war – nichts als Haut und Knochen.

Ein Jahr später heirateten sie, und mein Vater machte seinen Facharzt als Kardiologe. Ich war zwölf Jahre alt, als er und sein Partner die sogenannte Cooper-Hoffman-Klappe erfanden, ein halbzölliges Stück Kunststoffrohr, das unser angenehmes Vorstadtleben genauso veränderte wie die Bypass-Chirurgie. Im nächsten Jahrzehnt gab es in Nordamerika kaum eine entsprechende Operation, die ohne den Einsatz einer Cooper-Hoffman-Klappe auskam, und obwohl sich mein Vater auch weiterhin der lebensrettenden Chirurgie widmete, die er als so lohnend empfand, vermittelten die Einkünfte, die er dank des Vertriebs der Klappe anhäufte – und die mündelsicheren Papiere, die dadurch für meine Brüder und mich angelegt werden konnten –, jedem von uns die unschätzbare Freiheit, die eigenen Träume und Karrierevorstellungen zu verwirklichen. Ich wollte unbedingt in den öffentlichen Dienst und mir zugleich den Luxus eines Lebensstils leisten können, der zwar den meisten meiner Kollegen verwehrt war, aber mir sehr dabei half, die erbarmungslose Intensität meines Spezialgebiets besser zu ertragen.

Vor vier Jahren war es meiner Mutter gelungen, meinen Vater zur Aufgabe seiner Praxis als Herzchirurg zu bewegen. Sie verkauften das Haus in Harrison, hielten sich eine Eigentumswohnung in Aspen, um ihren Söhnen und Enkeln im Westen nahe zu sein, und übersiedelten auf eine herrliche Karibikinsel namens St. Barth's. Wenn sie nicht gerade auf Reisen waren und Ben an medizinischen Fakultäten auf der ganzen Welt Vorlesungen hielt, beschäftigten sie sich in erster Linie damit, ihr Französisch zu verbessern, all die Bücher zu lesen, zu denen ich anscheinend niemals kommen würde, und sich bekümmert zu fragen, warum ihre Tochter noch immer Single war und sich damit zufriedengab, ständig von sexueller Gewalt umgeben zu sein. Mike war meinen Eltern schon viele Male begegnet und wußte genau, wovon ich sprach. »Vielleicht haben sie ja recht, Alex. Du kannst doch Staatsanwältin bleiben und dich mit anderen Dingen abgeben – Betrügereien, organisiertem Verbrechen, Drogenkartellen.«

»Nichts für mich. Weißt du, was ich daran so liebe? Die meisten Frauen, die einen sexuellen Übergriff überleben, erwarten von der Strafrechtspflege nicht, daß ihnen irgendeine Art von Gerechtigkeit widerfahren wird. Sie bezweifeln, daß der Vergewaltiger gefaßt wird, und von Romanen und Fernsehspielen her wissen sie, daß er selbst in diesem unwahrscheinlichen Fall nie verurteilt wird. Es ist großartig, dazu beizutragen, daß sich dies ändert, daß das System in diesen Fällen funktioniert, daß diese Bastarde aus dem Verkehr gezogen werden. Und das ist auch noch so neu. Noch vor zwanzig Jahren gab es in diesem Land Gesetze, die buchstäblich besagten, daß die Aussage einer Frau in einem Vergewaltigungsfall als Beweis nicht ausreiche, ihren Angreifer zu verurteilen. Das war das einzige Verbrechen, bei dem man so verfuhr. Das mußt du dir mal vorstellen: *Deine* Kerle konnten nur aufgrund von Indizienbeweisen für schuldig befunden werden, aber eine Frau war nicht qualifiziert, Augenzeugin ihrer eigenen Vergewaltigung zu sein. Es ist wirklich sehr erhebend, an diesen Siegen mitzuwirken.«

»Na, schön, offenbar hat's ja was, das du liebst. Aber wenn es bei dir kein Dessert mehr gibt, dann verschwinde ich lieber.«

Ich trug das Geschirr zur Spüle und begleitete Mike zur Tür. Er würde mich um halb sieben abholen, so daß wir eine frühe

Maschine nach Boston nehmen konnten. »Schließ hinter mir ab, Mädchen. In der Halle ist die ganze Nacht ein uniformierter Cop vom 19. Revier – er müßte seit acht Uhr abends hier Wache schieben, bis ich morgen früh wiederkomme. Ich werd' mich gleich davon überzeugen.«

»Das ist doch albern«, murmelte ich, obwohl ich eigentlich froh darüber war, daß jemand Victor am Eingang unterstützen würde.

»Hol ihn nicht hoch, Blondie, um ihm die Zeit zu vertreiben. Wenn du dich einsam fühlst, dann ruf den Doc von nebenan. Der Cop, den sie für so einen Job herschicken, ist wahrscheinlich zu jung für dich – was denkst du?«

»Ich bin zu müde, um zu denken, Mike. Gute Nacht.«

Ich nahm das Heft von *W* aus der heutigen Post mit ins Bad, ließ das Wasser so heiß ein, wie ich es aushalten konnte, spritzte noch ein paar Tropfen Chanel in die Wanne und stieg hinein, um mich zu entspannen.

Sosehr ich mich bemühte, mich in den Anblick todschicker Frühlingskleider und superschlanker Models zu vertiefen, die offenbar nicht in Steve's Pizzen schwelgten – mein Geist ließ sich nicht davon abhalten, seinen eigenen Gedankengängen zu folgen. Ich mußte wieder an das denken, was ich Katherine Fryer – dem Opfer des Serienvergewaltigers – heute morgen in meinem Büro gesagt hatte: Ob Sie es mögen oder nicht, ob Sie sich dagegen wehren oder nicht – das Geschehene wird auf jeden Fall zurückkehren; Dinge, die Sie sehen und hören, werden einfach Erinnerungen an Ereignisse oder Unterhaltungen auslösen, und einiges davon wird bestimmt wichtig sein für die Ermittlungen.

Und nun gingen mir selbst alle möglichen Dinge durch den Kopf. Mikes Scherz beim Abschied, den Doc nebenan zu rufen, der Zufall, daß uns zuvor David Mitchell über den Weg gelaufen war, die Tatsache, daß David ein Seelenklempner war, und meine Skepsis, selbst einen Psychologen in Anspruch zu nehmen – all das verknüpfte sich mit jemandem, an den ich gerade jetzt nicht denken wollte: Isabella.

Warum hatte ich sie nur so abrupt abgewimmelt, als sie von einem zweiten Verfolger sprach? Ich wußte, daß ich mich schuldig fühlte, weil er ihr Mörder gewesen sein könnte. Nun raste mein Verstand, während mir unablässig Fetzen ihrer Anrufe durch den Kopf schossen. Was hatte sie da von einem Seelenklempner gesagt? Ich wußte, sie hatte den Ausdruck in einer unserer Unterhaltungen gebraucht, aber mir fiel nicht mehr ein, ob sie gesagt hatte, sie würde einen wegen des Verfolgers aufsuchen, oder ob sie sich einbildete, daß der Verfolger ein Psychiater war.

Ich wußte, es würden sich noch mehr solcher Rückblenden an Gespräche einstellen, besonders wenn ich sie zu ignorieren versuchte. Morgen konnte ich ja Nina in L. A. anrufen, zweifellos würde sie mehr darüber wissen. Vermutlich hatte sie Isabella ernsthafter zugehört als ich und würde mir sagen können, was die Anspielung auf den Seelenklempner zu bedeuten hatte. Ich hielt mich an meinen eigenen Rat, stieg aus der Wanne, wickelte mich in ein Badetuch und ging zum Schreibtisch, um meine gedanklichen Assoziationen aufzuschreiben, genauso wie ich es immer meinen Opfern empfahl. Dann trocknete ich mich ab und stellte den Wecker auf 6 Uhr. Bevor ich es mir im Bett gemütlich machen konnte, läutete das Telefon. Ich hob ab und sagte: »Hallo«, aber die Leitung blieb tot. Ich sagte noch einmal »Hallo«, aber es kam keine Antwort. Ich legte den Hörer wieder auf. Ich zitterte am ganzen Leib und redete mir ein, dies käme davon, daß ich so spät aus dem Bad gestiegen wäre, und nicht wegen der gespenstischen Stille in der Telefonleitung. Ich deckte mich zu und konzentrierte mich auf die hoffnungslose Aufgabe, ein paar Stunden zu schlafen, bevor ich losziehen würde, um zu sehen, wie meine geliebte Vineyard-Straße in den Schauplatz eines Mordes verwandelt worden war.

7

Mike kreuzte pünktlich auf und hatte für uns beide je einen Becher schwarzen Kaffee dabei. Wir sind beide ausgesprochene Morgenmuffel, und daher schwiegen wir auf der kurzen Fahrt nach La Guardia. Er parkte seinen Wagen vor dem Gebäude der Flughafenpolizei, und die Cops setzten uns am alten Marine Air Terminal ab, von dem die DeltaShuttle-Flüge abgehen.

Da mein Leibwächter ausgerechnet vorm Fliegen Angst hatte, war er zusätzlich ein wenig gedrückter Stimmung. Es erstaunte mich immer wieder, daß ein Mann, der so wenig Angst hatte vor mordgierigen Wahnsinnigen und blutrünstigen Drogenbaronen, sich vor einer Flugreise fürchtete, aber wir waren schon zusammen wegen Auslieferungsverhandlungen nach Chicago und Miami geflogen, und daher wußte ich, daß Mike kein Sterbenswörtchen von sich geben würde, bis wir wieder sicheren Boden unter den Füßen hatten. Die Chance, daß ein Detective der New Yorker Polizei bei einem Schußwechsel auf einer Straße in Washington Heights umkam, war weit größer als die, bei einem Flugzeugabsturz zu sterben, aber jeder von uns hat seine eigenen Dämonen, und ich wollte mich nicht mit seinen anlegen. Der Jet hob an diesem wolkenlosen Morgen rasch von der Rollbahn dreiunddreißig ab. Der Kopilot empfahl den Passagieren auf der rechten Seite des Flugzeugs, den atemberaubenden Anblick der Skyline von Manhattan an diesem klaren Tag zu genießen, aber Mikes Blick war auf den Anblick von irgend etwas links unter uns fixiert.

»Es gibt nur eins, was mich mit einem Abflug von La Guardia versöhnt«, bemerkte er. »Wenn wir hier runtergehen, dann sind die Chancen gut, daß wir uns über ganz Riker's Island verteilen und ich ein paar von diesen Drecksäcken in die ewigen Jagdgründe mitnehme.«

»Was für ein großmütiger Gedanke.« Auf Riker's Island – anderthalb Quadratkilometer Klärschlamm im East River genau gegenüber den verlängerten Rollbahnen – sind die meisten

Strafgefangenen New Yorks untergebracht. Es ist zwar nicht ganz mit Alcatraz zu vergleichen, aber die starken Strömungen vereiteln eine Flucht auf dem Wasserweg weitgehend, und im Unterschied zu *The Tombs* gibt es hier auch verurteilte Strafgefangene.

Während wir über den Long Island Sound hinwegflogen, versuchte ich Mike abzulenken, indem ich ihm von Martha's Vineyard erzählte. »Es liegt nicht nur an der Schönheit der Strände, daß die Insel in den Sommerferien so beliebt ist, sondern sie ist auch ein wirklich ungewöhnlicher Ort mit einer faszinierenden Geschichte.«

Ich fuhr nun schon seit so vielen Jahren auf die Insel, daß ich erst ein wenig überlegen mußte, welche Dinge ich zu meiner Überraschung auf diesen ersten Reisen erfahren hatte. »Vineyard ist in West-Ost-Richtung etwa 35 Kilometer und in Nord-Süd-Richtung etwa 16 Kilometer lang – es ist die größte Insel in New England –, aber ihre Topographie ist unglaublich vielfältig, ganz anders als auf Long Island oder Nantucket. Es gibt sechs kleinere Städte, und jede ist in ihrer Art ganz eigenständig.«

»Leben dort das ganze Jahr über Menschen?«

»Na klar, aber es sind vermutlich höchstens 15 000 Insulaner. Doch wenn die ›Sommerleute‹ und Feriengäste einfallen, schwillt die Bevölkerung auf nahezu 80 000 an.«

Ich erklärte Mike, daß die Insel 1642 von den Engländern besiedelt worden war und dem Duke of York unterstanden hatte – daher liegt sie heute auch im Dukes County. In den ersten fünfzig Jahren gehörte sie eigentlich zum Staat New York – wie die Counties Kings, Queens und Dutchess –, dann wurde sie Massachusetts zugeschlagen, das nur sieben Meilen auf der anderen Seite des Vineyard Sound liegt.

»Wie kommt es denn, daß sich die Kleinstädte auf ein und derselben Insel so voneinander unterscheiden?«

»Aus zwei Gründen«, erwiderte ich. »Der eine ist schlicht die topographische Vielfalt. Da gibt es großartige natürliche Häfen, von denen vor Jahrhunderten die amerikanische Walfangindustrie ihren Ausgang nahm, große geschützte Wälder in der Mitte der Insel, Hügelketten, die für die Schafzucht geeignet waren, und Ackerland weiter im Westen sowie meilenweit die herrlichsten Strände, die du dir nur vorstellen kannst und die sich von einer Spitze der Insel zur anderen erstrecken.

Und der andere Grund ist die Art und Weise, wie jedes dieser Städtchen aufgrund des jeweiligen Lebensstils und als Ergebnis der geographischen Vielfalt entstanden ist. Edgartown am östlichen Ende von Vineyard ist ein typisch neuenglischer Ort, mit Reihen eleganter weißer Häuser, Kirchen und Läden, ganz im Federal-Stil gehalten, mit akkuraten Zäunen und phantastischen Gärten, deren Blumenpracht sich im Sommer über die mit Ziegelsteinen gepflasterten Gehsteige ergießt. Die großen alten Häuser stammen noch von den Walfangkapitänen, die sie im frühen 19. Jahrhundert erbaut haben, als die Insel ein Zentrum der Walfangindustrie war.«

Dann beschrieb ich die anderen Orte. Oak Bluffs hat eine völlig andere Architektur und Anmutung. Große viktorianische Villen säumen die Uferstraße, dahinter liegt der Dorfplatz, der um das riesige schmiedeeiserne Bethaus herum entstanden war, das Ende des 18. Jahrhunderts von John Wesleys evangelischer Sekte errichtet worden war. Im Winter sind in Oak Bluffs viele der Handwerker unter sich, die ständig auf der Insel leben, während die Hauptstraße im Sommer einem Rummelplatz gleicht. Hier verbringen auch schwarze Akademiker aus dem gesamten Nordosten – New York, Cambridge, Chicago, Washington – den Sommer, Frauen und Männer, die seit Generationen Ferien auf Vineyard gemacht haben.

Vineyard Haven ist das Handelszentrum der Insel und die Hauptanlegestelle der Fähre, und beides zusammen macht dieses Städtchen zum Hauptanziehungspunkt der Tagestouristen und zur Heimat von fast einem Drittel der Inselbewohner. Sobald man diese drei Kleinstädte hinter sich läßt, gelangt man zur spektakulären Szenerie der mittleren und westlichen Teile von Vineyard, wo das Land mit aller Entschiedenheit vor jeglicher Erschließung bewahrt wird. West Tisbury ist immer schon das landwirtschaftliche Zentrum gewesen; es umfaßt bewirtschaftetes Farmland, große Wälder, ein Naturschutzgebiet und phantastische Privatgrundstücke auf Felszungen, von denen der Blick über den Vineyard Sound bis hin zu den Elizabeth Islands schweift. Die Handelsaktivitäten beschränken sich hier auf einen

Gemischtwarenladen und ein paar bäuerliche Verkaufsstände, ganz anders also als in den geschäftigen Städtchen von »Down-Island«.

»Und damit sind wir beim Paradies angelangt«, fuhr ich fort.

»Chilmark.« Dies war der Ort auf Erden, wo ich meinen größten Frieden fand, der Ort, der für mich mehr Schönheit besaß als jeder andere Ort auf der Welt, an dem ich je gewesen war. Seine Hügelketten und seine ländliche Umgebung erinnern sehr an die englische Landschaft. Verstreut stehen darin mit grauem Schiefer gedeckte Farmhäuser, einfach und funktional in ihrer Schönheit; und um die Häuser und Felder voller Schafe und Pferde ziehen sich meilenweit alte Steinmauern, die von den frühen Siedlern und Farmern errichtet wurden, um die Grenzen ihres Besitzes zu markieren. Am meisten liebe ich diese Mauern im Winter und zu Beginn des Frühjahrs, wenn die so unterschiedlichen Steine sichtbar sind, bevor Heckenrosen sie überwuchern und in Grün, Rosa und Scharlachrot einhüllen.

Und am meisten liebe ich an Chilmark, daß man überall, wo man sich inmitten dieser herrlichen Landschaft befindet, nie sehr weit weg ist vom Anblick und vom Rauschen des Meeres. Ich liebe die sich meilenweit erstreckenden weißen Sandstrände am Südufer, die Felsstrände im Süden und Norden, die riesigen Teiche mit Muscheln und Austern, die man ausgraben und zum Abendessen mit heimnehmen kann. Nach jeder Kurve bietet sich von den Hügeln ein neuer Ausblick auf die Meeresströmungen und Wellen, die einen überall hintragen können, wo man sein möchte – in einer realen oder imaginären Welt.

Jenseits davon liegt Gay Head, an der äußersten Westspitze der Insel. Das Land hier ist viel flacher als in Chilmark und an den Küstenlinien von Dünen gesäumt. Aber am äußersten Punkt steigt es an zu einer spektakulären Landmarke: aufregenden Klippen aus vielfarbigem Lehm, die dort zur See hin abfallen, wo sich der Vineyard Sound und der Atlantische Ozean begegnen.

Als der Anflug auf Boston begann, hatte Mike einen Schnelldurchgang in der Geschichte und eine Beschreibung der Insel absolviert. Am meisten faszinierte ihn der Umstand, daß nur zwei der Kleinstädte – Edgartown und Oak Bluffs – von der Prohibition ausgenommen waren, während man in keinem der Läden oder Restaurants »Up-Island« Alkohol bekam.

»Das hört sich ja völlig bescheuert an – nicht mal ein Bier zum Lunch.«

»Keine Angst, im Haus ist genügend vorrätig. Du wirst es überleben.«

Vom Shuttle-Terminal gingen wir quer durch die Ankunftshalle zu einem kleinen Schalter am Ende einer Schalterreihe von Pendelfluggesellschaften, von denen keine den Eindruck erweckte, als sei sie schon länger als eine Woche im Geschäft. Jede von ihnen flog zwei oder drei Orte in New Hampshire und Maine an, deren Namen man noch nie gehört hatte.

»Guten Morgen«, sagte ich zu dem Mädchen – es sah wie achtzehn aus –, das unter dem Logo von Cape Air stand. »Wir haben zwei Plätze auf der 9.45-Uhr-Maschine nach Vineyard reservieren lassen. Auf die Namen Cooper und Chapman.« Ich gab ihr meine Kreditkarte, und sie holte die Passagierliste für diesen Flug auf ihren Bildschirm.

»Okay. Hab' euch schon – Alexandra und Michael, nicht wahr? Wieviel wiegen Sie bitte?«

»Wie bitte?« fragte Mike.

»Ich wiege 61 kg und er... Was bringst du denn zur Zeit auf die Waage? Und bitte sag die Wahrheit, Mike, mein Leben kann davon abhängen.«

»Wozu braucht ihr denn mein Gewicht?«

»Na ja, weil's 'ne Cessna 402 ist. Wir haben ein Gewichtslimit, und darum müssen wir wissen, na ja, was die Passagiere und ihr Gepäck so wiegen, damit wir alles, na ja, verteilen und verstauen können.«

»Womit fliegen wir denn, Coop, mit einem Ruderboot? Da mach' ich nicht mit.«

»Du wirst es überleben. Es ist doch nur für eine halbe Stunde – du bist oben und wieder unten, bevor du es merkst.«

»105 kg«, murmelte er, und seine Miene verdüsterte sich, als er aus dem Fenster blickte und die kleine neunsitzige Maschine bemerkte, die neben dem Ausgang stand.

Das Mädchen, das mitbekommen hatte, wie es um Mike stand,

schaltete sich ein. »Na ja, Sie können ganz vorn neben mir sitzen, im Sitz des Kopiloten. Ich hab sie gerade vor einer Stunde von Nantucket herübergebracht, es ist ein großartiger Tag zum Fliegen. Kein Nebel und, na ja, ganz wenig Wind – wirklich phantastisch.«

Die Kleine flirtete mit Mike, und er bekam es noch nicht mal mit! Als ich merkte, daß sie sich zu ihm hingezogen fühlte, sah ich ihn auf einmal mit anderen Augen. So hatte ich ihn seit Jahren nicht mehr gesehen: als Mann und nicht bloß als Arbeitskollegen. Selbst in Augenblicken wie diesem, da ihm sein wundervolles Lächeln verging, war er ein gutaussehender und gutgebauter Mann, in fast jeder Gesellschaft eine auffallende Erscheinung. Mit seinem marineblauen Blazer, dem gestreiften Hemd mit weißem Kragen und Manschetten, den Jeans und Mokassins ähnelte er einem Yuppie auf dem Weg zu einem Herbstwochenende in einem Landgasthof.

»Vielen Dank, aber der Pilot könnte eifersüchtig werden«, erwiderte Mike.

»Ich weiß ja, daß du ein sehr guter Ermittler bist, Chapman«, sagte ich und stupste ihn mit dem Ellbogen an, »aber *sie* ist der Pilot.«

»Was? Du willst mich wohl verarschen. Sie ist doch noch ein Kind, sie geht ja noch auf die Junior High School, sie ist …«

»Glaub mir. Sie ist, na ja, die Pilotin, Mike.«

Sobald die anderen drei Mitreisenden da waren, erklärte das Schaltermädchen, daß wir abflugbereit seien, trug mit einem älteren Mann im Overall das Gepäck der anderen Passagiere auf das Rollfeld hinaus, übergab ihm dann ihr Klemmbrett, kletterte auf den Flügel und durch die hochgeklappte Fenstertür und nahm im Pilotensitz Platz.

Wir begaben uns an Bord der Cessna, und Mike führte ein halblautes Selbstgespräch. »Frauen sind phantastisch … sie können alles machen … Ich glaube ja an den Feminismus … gleiche Arbeit für gleichen Lohn. Aber das ist doch Scheiße … dieses kleine Mädchen fliegt ein Flugzeug … Sie sollten sich Cape Fear, nicht Cape Air nennen.«

»Nun krieg dich wieder ein, Kumpel. Frauen fliegen heute Kampfeinsätze. Denk an sie, denk doch an Meryl Streep – du weißt schon, Karen Blixen – in *Jenseits von Afrika*, denk an Sally Ride, die Astronautin, denk ...«

»Die einzige, an die *ich* denken kann, ist Amelia Earhart, und soweit ich gehört habe, Blondie, ist sie noch immer nicht gelandet.«

Ich bückte mich, um den kurzen Gang vorzugehen und mich auf den leeren Kopilotensitz zu setzen, weil ich wußte, welch großartiger Blick mich an einem so klaren Morgen über der Insel erwarten würde.

Mike saß direkt hinter mir, weil die Pilotin ihm erklärte, daß sie sein Gewicht ganz vorn benötigen würde.

Wir rollten auf die Startbahn und hoben ab, wobei die Maschine leicht schaukelte, als sie auf eine ruhigere Flughöhe von viertausend Fuß ging, hoch über den Bodenwinden. Ich spürte, wie sich Mikes Hände um meine Rückenlehne klammerten, aber die wirbelnden Propeller erzeugten zuviel Lärm, als daß ich beruhigend auf ihn hätte einreden können. Eine Viertelstunde nachdem wir Logan verlassen hatten, kam die Küstenlinie von Massachusetts in Sicht, und schon erstreckten sich unter uns die markanten Umrisse von Cape Cod. Wenn man mit der Landschaft vertraut war, konnte man sämtliche Ortschaften leicht erkennen, von New Bedford über Woods Hole bis Hyannis und Provincetown.

Und dann tauchte Martha's Vineyard auf der anderen Seite der Meerenge auf, noch immer grün in diesem Spätherbst, während wir über den Schaumkrönchen dahinglitten und die zwischen dem Festland und der Insel verkehrenden Fähren beobachteten. Ich wollte mich umdrehen und Mike einige der markantesten Punkte zeigen – ich bin immer ganz aufgeregt, wenn ich die Orte erkennen kann, die so unauslöschlich zu meinem Gefühlsleben gehören. Die Pilotin ging in die Kurve und begann den Landeanflug von Osten statt von »meinem« Ende der Insel, aber sie kam tief über dem Ufer herein mit seinen herrlichen weißen Stränden und der scheinbar endlosen Kette von Binnenseen, die wie Finger aussahen und nach dem Ozean zu greifen schienen, um ihn festzuhalten und dafür zu sorgen, daß er unablässig auf den Sand schwappte.

Mike lockerte seinen Griff erst, als die Maschine neben dem kleinen hölzernen Flughafengebäude ausgerollt war und die Propeller sich nicht mehr drehten.

Die Pilotin klappte ihr Fenster hoch und schickte sich an, wieder auf den Flügel hinauszuklettern. »Danke, daß Sie mit uns geflogen sind ... Was anderes ist Ihnen ja auch kaum übriggeblieben«, sagte sie kichernd. »Fliegen Sie heute abend wieder mit zurück?«

»Ja, danke. Bis später.«

»War es nicht phantastisch, Mr. Chapman?«

»Klar, phantastisch«, echote Mike.

»Das sieht ja wie nach einem Begrüßungskomitee aus – das Morddezernat-Empfangskomitee«, bemerkte ich, während ich aus dem Fenster sah und wartete, bis die anderen Passagiere das Flugzeug über die schmale Treppe verlassen hatten. »Rechts steht Wally Flanders mit einem seiner Jungs neben sich, der neben ihnen in Uniform sieht wie ein Staatspolizist aus, aber ich kenne ihn nicht, und ...«

»Wer ist denn der Typ im dreiteiligen Anzug und mit Sonnenbrille, der sich so wichtig vorkommt?«

»Ich kenne ihn auch nicht, aber ich nehme an, er ist vom FBI, nicht wahr?«

»O nein, *Bundesfritzen*? Ich hab' ganz vergessen, daß wir's auch mit denen zu tun bekommen. Und das alles nur für dich, Blondie – eine Cessna und einer vom FBI an einem Tag. Kein Wunder, daß mir speiübel ist.«

»Hey, Alexandra, furchtbar nett von Ihnen, hier raufzukommen«, rief Wally mir zur Begrüßung entgegen, als Mike und ich um das Flughafengebäude herumkamen. »Das hier ist Eb Mayhew – ich glaube, Sie kennen ihn schon –, er arbeitet bei mir auf dem Revier.«

»Hi, Eb. Ich bin Alex Cooper, das ist Mike Chapman. Ich kenne Ihre Schwester seit vielen Jahren, Eb – sie war mal Babysitter bei den Kindern meines Bruders, als sie noch jeden Sommer ihre Ferien hier verbracht haben. Detective Chapman ist vom Morddezernat in New York – der Bezirksstaatsanwalt hat ihn mit mir für den Fall abgestellt.«

»Schönschön«, sagte Wally, und in seiner Stimme lag angesichts dieses Wiedersehens eine Fröhlichkeit, bei der es einem schwerfiel, sich auf die Tatsache zu konzentrieren, daß wir ja wegen eines Mordes zusammengekommen waren. »Und dieser Bursche hier ist Trooper Lumbert, von der Staatspolizei. Ist eine echte Hilfe bei Ihrem Haus. Hält all diese Touristen von Daggett's Pond fern, die nach Souvenirs von Miss Lascar suchen. Schönschön. Und dann haben wir hier noch Special Agent Luther Waldron, den uns das Federal Bureau geschickt hat. Ich bin wirklich glücklich, ihn hierzuhaben, ich hab' bei meinen Fällen noch nie einen Spezialagenten dabeigehabt.«

Ich war zu weit weg, um Mike gegen das Schienbein zu treten, denn er benahm sich ziemlich fies und summte die Erkennungsmelodie der alten TV-Show vor sich hin: »Secret a-gent man, secret a-gent man, they've given you a number and taken 'way your name.« Es war eine typische Begegnung zwischen einem FBI-Mann und einem New Yorker Cop, aber sie würde Wally den Tag wohl ein wenig vermiesen.

Wir begrüßten uns alle per Handschlag, und dann fragte ich Wally, was er denn für diesen Tag geplant habe.

»Eigentlich, Ma'am«, schaltete sich Agent Waldron ein, »bin ich jetzt zuständig, und daher werden wir über *meine* Pläne für diesen Tag sprechen, wenn Sie nichts dagegen haben. Ich dachte, wir fahren alle zu Ihrem Haus. Zeigen Ihnen den Tatort, dann führen Sie uns durchs Haus, sagen uns, wie Sie es verlassen haben und ob es irgendwelche Veränderungen gibt, alles, was Ihnen im Zusammenhang mit den Gewohnheiten oder dem Eigentum der Verstorbenen auffällt. Ist Ihnen das recht?«

Mike hatte versucht, sich zurückzuhalten, aber nun konnte er sich nicht länger beherrschen. »Wann gedenken Sie uns denn über das zu informieren, was Sie bis jetzt herausgefunden haben? Spuren, Hinweise, Beweise, Theorien?«

»Nun, Mr. Chapman, soweit ich verstehe, sind Sie hier in inoffizieller Funktion, sagen wir mal, um Ms. Coopers ›Händchen zu halten‹. Ich glaube nicht, daß ich Ihnen viel über den Stand der Beweisermittlung sagen darf.«

»Hey, Luther, dann will ich *Ihnen* mal was sagen. Ich bin hier alles ...«

»Vergiß es, Mike. Laß gut sein. Ich werde Battaglia anrufen, und dann werden wir das klären. Ich bin sicher, Agent Waldron hat seine Anweisungen, genau wie wir.«

Waldron wandte sich an die drei einheimischen Ermittler und schlug vor, sie sollten mit ihm ins Flughafenbüro gehen, um ihre jeweilige Basis anzurufen und ihre Vorgesetzten von ihrem nächsten Ziel zu unterrichten. Ich versuchte, Mike zu besänftigen, aber er und der FBI-Mann hatten eindeutig einen schlechten Start erwischt. »Ist Wally nicht großartig?« fragte ich Mike. »Man könnte sich glatt vorstellen, daß er mit Angela Lansbury in Cabot Cove arbeitet, nicht wahr?«

»Wieso sagt er eigentlich dauernd ›schönschön‹?«

»Ich weiß es nicht – wohl irgendein alter Ausdruck aus New England. Wally verwendet ihn ständig.«

»Was meinst du, wofür die Kurzform Eb steht?«

»Ein alter Mayhew-Name, Mike. Er heißt Ebenezer.«

»Mann, ich komme mir vor wie in eine andere Zeit versetzt – jeden Augenblick kann hier die *Mayflower* aufkreuzen.«

»Die Mayhews waren die ursprünglichen Siedler der Insel. Mein Haus gehört zu einer der alten Mayhew-Farmen, die vor fast zweihundert Jahren errichtet wurden. Sie hatten klassische Namen, wunderbare alte Namen: Zachariah, Zephaniah, Experience, Caleb, Patience, Ransford ...«

»Wieso das denn? Hatten sie noch nie was von John und Mary gehört ...?«

»Und Michael und Kathleen und Joseph? Sie hatten bei ihren Namen eben einen etwas weiteren Horizont als deine Leute, Mikey. Viel interessanter.«

Über Mikes Schulter hinweg sah ich, wie Special Agent Waldron wieder auf uns zusteuerte. Ich war entschlossen, diesen Tag so angenehm zu gestalten, wie es unter diesen Umständen möglich war, daher lächelte ich und erkundigte mich, wie lange er schon auf der Insel sei.

»Auf diesem Trip erst 24 Stunden, Ma'am. Aber ich war hier schon mal vor ein paar Jahren wegen der Vorbereitungen für einen Ferienaufenthalt des Präsidenten. Schönes Fleckchen. Sind Sie das erstemal hier, Chapman?«

Ich war keineswegs überrascht, als ich Mike so antworten hörte, wie er es oft tat, wenn er sich beleidigt fühlte und wieder ins Spiel zurückkommen wollte. »Nein, Luther, eigentlich nicht. Es ist zwar schon eine Weile her, aber früher bin ich hier viel gesegelt – Edgartown-Regatta – und hab' ein paar Wochenenden mit einem Mädchen verbracht, und ihr alter Herr hatte hier ein Boot. Ich glaube, er war mal beim FBI. Und dann kam ich dahinter, daß die ganze Einheit es ihr besorgt hat – und da beschloß ich, es zu lassen.« Im Verscheißern war er wirklich groß.

Luther ignorierte Mike und wandte sich gleich wieder an mich. »Ich habe gehört, Sexverbrechen sind Ihr Spezialgebiet, Alex. Jedenfalls hat Wally mir das gesagt. Warum drängt es eigentlich eine junge Frau wie Sie dazu, ihre ganze Zeit damit zu verbringen, sich mit solchen Sachen zu befassen? Kapier' ich nicht.«

Es sah ganz so aus, als müßte ich Mike rechtgeben. Der Kerl war auf dem besten Wege zu beweisen, was für ein Idiot er war.

»Kennen Sie den – wie eine Frau von einem Mann mit einem sehr kleinen Penis vergewaltigt wird?« fuhr Luther fort. Offensichtlich hielt er sich für unwiderstehlich und glaubte, er könnte mich damit für sich einnehmen.

Bevor ich mir schlüssig werden konnte, ob ich bloß »nein« oder entschiedener »Das interessiert mich nicht« sagen sollte, verkündete Luther bereits, daß die Frau zu ihrem Angreifer sagte: »›Hat Ihnen schon mal jemand gesagt, was für ein kleines Instrument Sie haben?‹ Daraufhin sah der Vergewaltiger sie an und erwiderte: ›Lady, ich hab' nie gewußt, daß ich es einmal in einem so großen Konzertsaal spielen müßte.‹«

Ich schwieg. Ich hatte schon andere miese, geschmacklose Witze über Vergewaltigung gehört, aber zu dieser Zeit und an diesem Ort setzte dies eine Rekordmarke auf allerunterstem Niveau.

»Möchtest du mit mir zum Hertz-Büro rübergehen, Mike?«

»Wir haben das bereits überprüft«, mischte sich Luther ein. »Hier ist Isabella nicht gewesen. Sie hat den Mustang bei der Leihwagenagentur in der Stadt geholt, beim Fährhafen.«

»Vielen Dank. Aber darum geht es nicht. Wir brauchen doch sicher unseren eigenen Wagen heute, nicht wahr?«

»Wir bringen Sie überall hin, wo Sie hin müssen, Ms. Cooper. Ich habe einen Dienstwagen dabei … Sie können mit mir fahren.«

»Leider nicht möglich, Luther«, erklärte Mike, während er meinen Ellbogen nahm und mit mir über das Gras auf die Leihwagenagenturen zusteuerte. »Sie ist allergisch gegen Polyester. Sie braucht nur fünf Minuten in diesem Wagen bei Ihnen zu sein, und schon muß sie sich über Ihren besten Anzug übergeben. Glauben Sie mir, sie ist wahnsinnig empfindlich gegen Kunststoffe.«

Wir hatten Glück, noch einen Leihwagen zu bekommen, da das alljährliche Makrelenwettangeln, das Teilnehmer aus dem ganzen Nordosten anzog, noch dauerte und überall Angler zu sehen waren. Ich fuhr aus der Parkbucht hinaus und rief Wally zu, wir würden uns mit ihnen oben am Daggett's Pond Way treffen. Der Flugplatz befindet sich in der Mitte der Insel, daher wandten wir uns nach Westen und nahmen für die zwanzigminütige Fahrt zu meinem Haus die South Road. Unterwegs zeigte ich Mike meine liebsten Sehenswürdigkeiten.

»Wir müssen ein paar Informationen über Isabella und den Stand der Ermittlungen einholen. Meinst du, Wally wird sie dir geben?« erkundigte sich Mike.

»Das ist unsere größte Chance. Wir müßten ein bißchen was aufschnappen können, wenn sie mit uns den Tatort besichtigen.

Aber irgendwann, wenn wir im Haus sind, sollten wir dafür sorgen, daß einer von uns ein paar Augenblicke mit Wally allein ist. Ich muß ja den Staatspolizisten und Luther nicht zum Tee einladen, wenn sie mich als Zeugin vernommen haben. Aber wir werden Wally bitten zu bleiben, und dann kannst du Eb vorschlagen, mit dir einen Spaziergang ums Grundstück zu machen und dir ein wenig von der Mayhew-Geschichte zu erzählen. Wally ist ein lieber Kerl – ich bin sicher, daß er uns ein paar Hinweise gibt, sobald Luther von der Bildfläche verschwunden ist.«

»Dieser Luther – hat man uns den vom zentralen Besetzungsbüro in Hollywood geschickt, oder was? Wenn's um einen falschen Scheck geht, ist er vermutlich unschlagbar, aber deine Mutter könnte einen Mordfall schneller lösen als er.«

»Ich kann es gar nicht erwarten, Sarah Brenner von ihm zu erzählen. Sie arbeitet an einer Top-Ten-Liste für Ankläger bei Sexualverbrechen, weißt du, wie die von Letterman in seiner Show. Es geht dabei um die Top Ten der Vermutungen, die die Leute über Staatsanwälte anstellen, die sich mit Sexualverbrechen befassen... Nummer 3: Die Leute vermuten, daß man jeden Witz hören will, in dem die Worte Penis oder Vagina vorkommen oder der auch nur im entferntesten etwas mit Sex zwischen Menschen, Tieren oder Außerirdischen zu tun hat... Nummer 2: Die Leute vermuten, daß man an jedem sozialen oder sexuellen Problem interessiert ist, das sie haben oder das jeder, mit dem sie jemals gesprochen haben, ihnen gegenüber erwähnt hat... und Nummer 1: Die Leute vermuten immer, daß man außerstande ist, noch ein ›normales‹ Leben zu führen – was auch immer dies sein mag –, nachdem man sich tagtäglich Geschichten über abweichendes und gestörtes Verhalten hat anhören müssen. Sie würde Luther und sein kleines Instrument einfach lieben.«

Wir befanden uns inzwischen in der Gegend von Chilmark, wo die Straße sanft zum Abel's Hill anstieg. Zur Rechten davon lag der stille örtliche Friedhof, Schauplatz vieler drogenumnebelter Pilgerfahrten zu Belushis Grab, und weiter unten um die Kurve war Clarissa Allens Farm zu sehen, mit dem atemberaubenden Blick auf den Atlantik hinweg über weidende Herden schwarzer und weißer Schafe. An der Kreuzung Beetlebung Corner und Meremsha Crossroad bog ich nach links ab. »Das ist das Zentrum von Chilmark, Mike«, erklärte ich und wies auf das Rathaus, die Bibliothek, das Postamt, das Schulhaus und den Gemischtwarenladen, den meine beiden Freunde Primo und Mary führten. »Wir sind fast da.«

Ich sah Isabella vor mir, wie sie ihren Kaffee und die Tageseinkäufe bei Primo bekam, wie ich es ihr vorgeschlagen hatte, oder vielleicht nebenan in *The Feast* zu Abend aß. Hatte Wally sich dort erkundigt, ob jemand bei ihr gewesen war oder ob sie jemandem das Gefühl vermittelt hatte, daß sie in Gefahr sei? Wenn nicht, konnten Mike und ich dies am Nachmittag nachholen.

»Falls sie sich hier nicht herumgetrieben hat, könnte sie nach Gay Head gefahren sein. Das können wir ja auch überprüfen.«

»Was gibt's denn dort?«

»Indianer. Bis die Engländer kamen, war die Insel nämlich von Indianern bewohnt – Wampanoags. Es war die gleiche Geschichte wie überall in Amerika: Die Indianer wurden von ihrem Land vertrieben, bis zur äußersten Spitze der Insel. Heute sind die Stammesländereien geschützt, und der Stamm ist vom Staat offiziell anerkannt.«

Ich bremste ab, als sich die Straße an der Gosnold-Brücke senkte, und bedeutete Mike mit einem Kopfnicken, nach rechts hinauszuschauen. Jenseits des Bootsstegs der Stadt und auf der anderen Seite des weitläufigen Menemsha Pond befand sich mein Lieblingshügel. Immer wenn ich diesen Punkt der Fahrt zum Haus erreiche, beschleunigt sich mein Puls, und ein Hochgefühl überkommt mich: Ich bin da. Ich trat aufs Gaspedal und raste die gewundene Straße den Hügel hinauf, auf die Granitgrenzsteine und die sechs Briefkästen zu, die in einer Reihe an der Einmündung zum Daggett's Pond Way standen. Als ich um die letzte Kurve auf den unbefestigten Weg fuhr und sah, daß die Zufahrt durch das neongelbe polizeiliche Absperrband verwehrt war, stieg ich auf die Bremse und steuerte den Leihwagen in eine Lücke neben einem Busch verblühter zartblauer Hortensien, während ich mich fragte, wie Isabella Lascars letzte Augenblicke wohl gewesen sein mochten.

8

Wir blieben ein paar Minuten schweigend in unserem Wagen sitzen, bis Wallys Streifenwagen und Luthers schwarze Limousine hinter uns einbogen. Als sie uns auszusteigen bedeuteten, gesellten Mike und ich uns zu ihnen. Die State Road lag etwa dreißig Meter weiter weg, war aber hinter der scharfen Biegung des alten Feldwegs nicht zu sehen. Und obwohl sich mein Haus und die Häuser meiner Nachbarn direkt vor uns befanden, waren sie von den dicht stehenden Kiefern und Zedern auf beiden Seiten der Hügelkuppe völlig abgeschirmt.

»Kein schlechter Ort für einen Mord«, bemerkte ich zu Mike. »Dieses eine Stück der Auffahrt ist völlig abgeschieden. Bis zu diesem Augenblick habe ich es nicht als düster empfunden, aber offenbar bot es für einen Mörder eine großartige Gelegenheit, nicht gesehen zu werden.«

»Nun, Ms. Cooper«, sagte Luther, als er auf uns zutrat, »hier ist nicht mehr viel da, worauf ich Sie hinweisen könnte, aber ich möchte Ihnen einfach eine Vorstellung vermitteln, was unserer Meinung nach passiert ist.«

Das neongelbe Band erstreckte sich von einem der Nadelbäume an der Ostseite des Wegs quer hinüber bis zur alten Steinmauer, die das Grundstück auf der Westseite begrenzte. Auf der Oberkante der Mauer verlief es etwa fünf Autolängen nach Norden, dann bog es im rechten Winkel ab, wo es um eine stämmige Zwergeiche gewickelt war, die einem Wächter gleich auf der Kuppe des Hügels stand.

»Wir vermuten, daß Miss Lascar irgendwann spätnachmittags zum Haus zurückfuhr. Wir haben noch immer keine Ahnung, woher sie kam oder wie spät es genau war. Der Leihwagen war ein weißes Mustang-Cabriolet, das Dach war versenkt, als auf sie geschossen wurde. Auf diesem Straßenstück kann sie nicht schneller als zehn oder fünfzehn Meilen gefahren sein.«

Da hatte er sicher recht. Der Feldweg wies so tiefe und unebene Fahrrinnen auf, daß die meisten Autos aufsaßen und man im Kriechtempo fahren mußte, um den Schlaglöchern auszuweichen.

»Wir haben gestern ein Außenteam von Boston dagehabt«, betete Agent Waldron seine Leier herunter, »aber sie haben hier draußen nicht sehr viel gefunden.«

»Tatorte im Freien sind am schlimmsten«, kommentierte Mike verständnisvoll. »Sehr schwer abzugrenzen.«

Wir hatten bei ein paar solcher Tatorte im Central Park und im Morningside Park zusammengearbeitet, und daher wußte ich genau, was er meinte. Ohne Augenzeugen und ohne klare Abgrenzungen – wie die vier Wände eines Zimmers oder die Umrisse eines Daches – konnte die Polizei nur mühsam herausfinden, wie weit sie die Suche nach Anhaltspunkten ausdehnen mußte. Schließt man sie anderthalb Meter zu früh ab, übersieht man wahrscheinlich ein wichtiges Beweisstück, versäumt man aber, sie an einem plausiblen Punkt zu begrenzen, bezieht man alles mögliche unwichtige Zeug mit ein, das die Ermittler nur ablenkt.

»Im Augenblick vermuten wir, daß der Mörder sich auf der anderen Seite der Mauer versteckte. Sie bietet eine natürliche Deckung und eine perfekte Auflage für die Schußwaffe. Das Ziel kam hereingefahren, bewegte sich aber ruhig und langsam. Wer immer dies getan hat, war ein guter Schütze. War vermutlich nicht viel mehr als drei oder dreieinhalb Meter von Miss Lascar entfernt. Sie bekam zwei, vielleicht auch drei Schüsse in Kopf und Hals. Da bleibt nicht mehr viel übrig, was uns weiterhelfen könnte.«

»Um was für eine Art von Schußwaffe handelt es sich eigentlich?« erkundigte sich Mike.

Waldron zögerte. Ich wußte, er würde am liebsten auf stur schalten und uns überhaupt nichts sagen, aber sein Instinkt schien dagegen anzukämpfen. Er war sich wohl darüber im klaren, daß er mehr von einem Kriminalbeamten wie Mike profitieren würde als von Wally.

»Wir haben den Bericht des Leichenbeschauers noch nicht. Ich schätze, es handelt sich um ein Gewehr mit großer Durchschlagskraft. Die Experten haben von einer Menge innerer Verletzungen gesprochen. Der Schädel war zertrümmert.«

Ich zuckte bei dieser Schilderung zusammen, obwohl ein solches Bild in den letzten 36 Stunden immer wieder vor meinem geistigen Auge aufgeblitzt war.

»Sie muß sofort tot gewesen sein«, fuhr Waldron fort. »Wir vermuten, daß der Wagen aus der Spur geriet und gegen diesen Baum fuhr, als sich ihr Körper unter den Schüssen aufbäumte. Jedenfalls stand er genau dort, als sie gefunden wurde.«

Jetzt schaltete sich Wally ein, bemüht, seine Leute ins rechte Licht zu rücken, weil sie Isabellas Leiche gefunden hatten.

»Na ja, ich fuhr gegen sechs heim zum Essen. Da kam ein Anruf von Ihrem Nachbarn, Mr. Patterson. Sagte, sein Hund – Sie kennen doch seinen Collie, Alex? –, tja, er sagte, sein Hund sei nach Hause gekommen, die Pfoten voller Blut. Dabei hatte er sich nirgends geschnitten, obwohl er wie verrückt winselte, aber er war über und über mit Blut beschmiert. Mr. Patterson sagte, da oben müsse irgendein großes Tier getötet worden sein, bei soviel Blut. Er war fuchsteufelswild – er kann's nicht leiden, wenn einem die Jäger vor der Saison ins Gehege kommen – und verlangte, daß meine Jungs mal da oben nachsehen.«

Die indirekte Beschreibung des Wagens und dessen, was von Isabella übriggeblieben war, hörte sich makaber an.

»Der verdammte Hund war einfach zu neugierig. Hat die Abdrücke seiner Vorderpfoten über die ganze Beifahrertür verteilt, wo das Blut runtertropfte, darum hat er sich damit so bekleckert. Der Kopf – oder wie man das noch nennen konnte – von der armen jungen Dame lag oben auf dieser Tür. Sie war einfach aus ihrem Sitz geschleudert worden – zum Glück war auf dem Wagen kein Dach, sonst hätte sie das noch durchstoßen. Das Blut war überall.«

Waldron schaltete sich wieder ein und erklärte, Wallys Leute hätten ihre Sache gut gemacht. »Sie haben nichts angefaßt. Haben das Ganze einfach abgesperrt und die Staatspolizei benachrichtigt. Die Trooper haben dann uns eingeschaltet, weil sie dachten, Sie seien das Opfer, Alex. Sie glaubten, falls Sie in Massachusetts dienstlich unterwegs gewesen wären, dann könnte das unter die Bundesgerichtsbarkeit fallen. Irgend jemand in Wallys Dienststelle hat gewußt, daß Sie vor ein paar Monaten beauftragt waren, in einem Kinderpornographiefall in mehreren Staaten zu ermitteln. Na, jedenfalls meint Wally, Sie hätten immer Arbeit dabei, wenn Sie hier oben wären – Sie könnten am Wochenende einfach nicht abschalten.«

Ich nickte verständnisvoll.

»Gibt es Fotos von der Leiche im Auto?« wollte Mike wissen.

»Selbstverständlich. Der Tatort wurde vom Agententeam gründlich bearbeitet.«

»Hat irgendwer die Schüsse gehört?«

Wir befanden uns noch immer auf Wallys Territorium. »Soweit wir wissen, nein, Mike. Das ist ein ziemlich einsamer Hügel hier, und kein Mensch hat uns mitgeteilt, ob er was gehört hat. Hier gibt's einige Sommerleute wie Alex, deren Häuser um diese Jahreszeit leerstehen, und einige alte Herrschaften wie Patterson, der so taub ist, daß ich meine Sirene in seinem Wohnzimmer anschalten könnte, und er würde nicht mal von seinem Puzzle hochschauen. Schönschön.«

Mike war inzwischen zur Mauer hinübergegangen und untersuchte die großen Felsbrocken sorgfältig auf Spuren der Schußwaffe oder Rückstände ihrer Ladung. Es lag auf der Hand, daß er gern ein wichtiges Beweisstück entdecken würde, das die vom Bund übersehen hatten, und genauso lag es auf der Hand, daß Luther Waldron, der ihn nicht aus den Augen ließ, ihm diese Chance nicht geben würde.

»Lassen Sie uns nun zu Ihrem Haus gehen, Ms. Cooper. Wir hoffen, daß Sie uns dort behilflich sein können. Sie werden ja wissen, was Miss Lascar gehört und ob irgendwas nicht an seinem Platz ist oder fehlt.«

»Sicher.« Meine Blicke schweiften noch einmal über das Gelände, während wir zu unseren Autos gingen. Keine Leiche, kein Blut, kein Mustang, keine Waffe, kein Mörder – nichts weiter als ein gelbes Band, das einen riesigen Bereich umfaßte und das einzige Zeichen war, daß auf diesem isolierten Stück Fahrweg tatsächlich ein Mord passiert war, keine 500 Meter von meinem Haus entfernt.

Ich fuhr voran und steuerte unseren Leihwagen um das abgesperrte Gelände herum, durch das hohe Unkraut, hinter dem Baum vorbei, in den Isabellas Wagen gefahren war, und zurück auf den unebenen Feldweg, der sich den Hügel hinauf- und nach der Kuppe wieder hinunterwand, auf die Lichtung hinter den dicht stehenden Nadelbäumen. Nach knapp vierhundert Metern kamen wir aus dem Schatten der Bäume heraus, und Mike konnte zum erstenmal den unglaublichen Ausblick am Ende des Daggett's Pond Way erleben.

»Sensationell!« rief er begeistert, als ich an der Weggabelung anhielt, wo meine Auffahrt abzweigte und der Granittorpfosten vor meinem Haus den Anfang meines Paradieses markierte.

»Auf dieser Insel gibt es jede Menge schöner Ausblicke, Mike, aber keiner ist so großartig wie dieser.«

Das alte Farmhaus ist ein ganz einfaches, mit grauen Schindeln gedecktes Gebäude und steht auf einem grünen Hang, der sich bis zum Wasser hinunterzieht, dort, wo Daggett Pond und Nashaquitsa Pond aneinanderstoßen. Im Laufe der Jahre hatte ich entlang der Steinmauern Blumenbeete angelegt, Taglilien und Nachtschattengewächse, Steinbrech und Astern gepflanzt und einige Hektar wuchernden Unkrauts in ein Wildblumenfeld umgewandelt, auf dem ein buntes Meer aus Klatschmohn, Gilbweiderich und Schmuckkörbchen wogte. Unverwüstliche Fliederbüsche wuchsen neben meiner Haustür, wie sie dies schon seit über einem Jahrhundert getan hatten, Springkraut – eine Blume, die ganz meinem Temperament entsprach – säumte die alten Grundmauern und blühte bis zum ersten Herbstfrost.

Aber was mir jedesmal, wenn ich hierherkam, den Atem nahm, war der Ausblick, und daher bereitete es mir große Freude zu sehen, wie Mike all dies in sich aufzunehmen suchte.

»In welche Himmelsrichtung schauen wir von hier?« wollte er wissen. »Was für ein Gewässer ist das?«

»Du schaust nach Norden über den Pond hinweg. Dort drüben ist ein kleines Fischerdorf namens Menemsha, dahinter liegt der Vineyard Sound. Dann kommen die Elizabeth Islands, und noch weiter dahinter liegt Amerika. Cape Cod.« An diesem Tag gab es Dutzende Nuancen von Blau und Grün, als das Licht auf dem Wasser tanzte, und während wir unsere Blicke schweifen ließen, konnten wir uns der Illusion hingeben, buchstäblich von oben auf die Welt hinabzuschauen.

Wally und Luther hielten hinter uns und brachten mir den eigentlichen Zweck unseres Besuchs wieder zu Bewußtsein. Ein seltsames und unangenehmes Gefühl überkam mich, als ich sah, wie Luther zur Haustür ging und sie mir aufhielt. Ich kannte ihn erst seit einer Stunde, und doch war er bereits in meinem Haus gewesen und kannte sich darin aus, ohne daß er dafür jemals eine Einladung erhalten hatte.

»Führen Sie uns doch herum, Ms. Cooper, von Zimmer zu Zimmer. Vielleicht sehen Sie ja irgendein Detail, das wir übersehen haben. Und wenn Sie Gegenstände erkennen, die Miss Lascar gehören oder die nicht von Ihnen sind, dann weisen Sie uns darauf hin, ja?«

»Natürlich.« Ich war seit dem Labour-Day-Wochenende nicht mehr im Haus gewesen, also vor knapp einem Monat. Niemand war inzwischen hier gewesen, außer meinem Hausmeister und dann Isabella. »Macht es was aus, wenn wir jetzt etwas anfassen, Luther?«

»Nun, äh, ich fürchte, Sie werden sehen, daß mein Team, äh, schon einige Sachen auf Fingerabdrücke untersucht hat. Naheliegende Dinge. Trinkgläser in der Küche und im Bad, Spiegel und Metalloberflächen ...«

Mein Magen verkrampfte sich. Wieder etwas, worauf ich nicht gefaßt gewesen war, trotz all meiner beruflichen Erfahrung. Die Polizisten und Agenten hatten sich natürlich nach Hinweisen im Haus umgesehen, besonders wenn sie der Meinung waren, daß Isabella von ihrem Reisebegleiter getötet oder überfallen worden war. Hunderte von Opfern in Fällen, an denen ich gearbeitet hatte, hatten mir beschrieben, wie unangenehm die Belästigung durch wohlmeinende Ermittlungsbeamte gewesen war, die Schubladen durchwühlt und schwarzen Puder auf Gegenstände gepinselt hatten, um herauszufinden, ob der Fettfilm an irgend jemandes Fingern latente – für das bloße Augen unsichtbare – Abdrücke hinterlassen hatte, die den Täter mit dem Schauplatz eines Verbrechens in Verbindung brachten. Waldron fuhr fort: »Wir haben ein paar Spuren gesichert, Alex, darum müssen wir eine Reihe von Eliminierungen vornehmen, bevor Sie fahren. Ich habe den Leichenbeschauer angewiesen, mir auch Miss Lascars Abdrücke zu besorgen. Die Schweinerei tut mir leid – dieser schwarze Puder ist wirklich schrecklich. Sie müssen das von jemandem saubermachen lassen, nachdem wir hier wieder raus sind.«

Für die Cops war es Routine, die Abdrücke aller Menschen zu nehmen, die legitimen Zugang zum Tatort hatten, und sie aus den vorgefundenen latenten Abdrücken zu eliminieren. Es war zu erwarten, daß sich meine Fingerabdrücke ebenso wie die von Isabella auf einigen der Oberflächen befanden. Und sobald unsere Abdrücke eliminiert waren, würde sich die Untersuchung darauf konzentrieren, die Herkunft der nicht identifizierten Wirbel und Furchen zu ermitteln, die sich versteckt auf Gläsern, Porzellangeschirr und Schranktüren in allen Zimmern befinden konnten.

Ich trat durch die Eingangstür in den kleinen Gang, der im Zentrum der meisten Kolonialfarmhäuser liegt und von dem eine Treppe zu den Gästeschlafzimmern hinaufführt. Ich führte den Trupp ernst dreinblickender Männer daran vorbei und nach links ins Wohnzimmer, wo die adretten Pierre-Deux-Polstermöbel und die blütenweißen Spitzenvorhänge noch genauso aussahen, wie ich sie zurückgelassen hatte.

»Sie muß den Kamin benutzt haben«, bemerkte ich, in der Annahme, daß dies eines von den Details war, wie Luther sie erfahren wollte. »Diese Asche war nicht da, als ich das letztemal hier war. So kalt war es nicht, daß man ein Feuer anmachen mußte.« Am Labour-Day-Wochenende war ich allein gewesen, mir durchaus bewußt, wie romantisch es mit einem Feuer in diesem gemütlichen Raum sein würde.

»Auch diese Kerze hier gehört Isabella«, fügte ich hinzu. »Ich bin sicher, daß sich genau so eine auch im Schlafzimmer befindet.«

»Das stimmt«, bestätigte Luther.

»Sie hatte sie immer auf Reisen dabei. Von Rigaud. Sie nahm ihren eigenen Duft überallhin mit, um ein Gefühl von Zuhause um sich zu haben.« Ich hatte diese kleinen grünen Kerzen – Zypresse war ihr Lieblingsduft – in jedem Hotel- oder Gästezimmer gesehen, in dem Isabella länger als eine Stunde zu bleiben vorgehabt hatte.

Mike rollte die Augen in gespielter Ungläubigkeit. Die Marotten der Reichen – der Filmstars, Yuppies oder Kokainsüchtigen –

waren Wasser auf seine Mühle, Stoff für die Geschichten, die er den Jungs im Morddezernat zum Besten gab, während sie Nachtwache schoben und darauf warteten, zur nächsten Leiche geholt zu werden.

Ich machte kehrt, als ich nichts Ungewöhnliches mehr in diesem Zimmer wahrnahm, ging an meinen Begleitern vorbei und linste ins Eßzimmer. Nichts lag auf dem Tisch, die acht Stühle waren daruntergeschoben, und als ich mich vorbeugte, um die Platte zu betrachten, konnte ich die dünne Staubschicht erkennen, die sich normalerweise bei Nichtgebrauch innerhalb einer Woche darauf bildete.

»Sieht nicht danach aus, als ob sie hier drin gegessen hat«, sagte ich. Das überraschte mich nicht, da die Küche zweimal so groß wie das Eßzimmer war und ein massiver Eichentisch darin stand, an dem ich normalerweise aß, außer wenn ich mit Hilfe eines örtlichen Partyservices Gäste bewirtete. Wir gingen in die Küche, und mir blieb der Mund offen beim Anblick des schwarzen Fingerabdruckpuders, der die Griffe der Hängeschränke, die Kühlschranktür, Kaffeetassen in der Spüle, die noch im Abtropfgestell stehenden Weingläser und den Telefonhörer bedeckte.

»Tut mir leid, aber wir ...«

Ich fiel Luther brüsk ins Wort. »Ich weiß, was Sie zu tun hatten. Es ist einfach unangenehm, das in meinem eigenen Haus zu sehen.«

»Würden Sie bitte die Vorräte überprüfen? Ist irgendwas anders oder ungewöhnlich?«

Luther legte sein Taschentuch um den Griff der Kühlschranktür, während er sie aufzog.

»Als ich wegfuhr, war nichts weiter drin als Diätcola und Bier, also gehört dies alles Isabella«, erklärte ich.

Im Kühlschrank befanden sich Milch und Saft, Muffins und Butter, Joghurt und eine halbvolle Packung Hot Dogs.

»War sie Vegetarierin?« fragte Wally.

»Ja, Wally. Aber ich schätze, ihr Freund war es nicht.«

Ich sah in die Speisekammer und in die Schränke, die leer waren. Genauso, wie ich sie hinterlassen hatte.

»Sie muß Ihre Regale leergeputzt haben, damit die Mäuse nichts über den Winter bekommen«, bemerkte Wally.

»Sie hat die dünnsten Küchenschaben in ganz New York City, Wally. Wenn sie darauf warten, daß Alex ihnen was zum Essen hinstellt, verhungern sie«, alberte Mike herum, der wußte, daß meine Vorratsschränke wegen meiner Abneigung gegen das Kochen normalerweise immer leer waren.

Luther trat an den alten Schrank, der meine Sammlung alter Krüge enthielt, und öffnete die unteren Türen, wo sich meine Alkoholvorräte befanden.

»Fehlt irgendwas?«

»Ich mach' keine Meßstriche an die Flaschen, Luther. Ich hab' nicht die geringste Ahnung, was letzten Monat noch hier war oder ob irgendwo weniger drin ist als vorher. Ich hab' Isabella natürlich gesagt, sie könnte sich nach Herzenslust bedienen.« Ich mußte an meine Tante Gertie denken, die immer schwor, ihre Putzfrau würde jeden Mittwochvormittag am Gin nippen, wenn sie ihre Wohnung saubermachte. Gertie nahm regelmäßig das Maßband aus ihrem Nähkästchen, um den Flüssigkeitsspiegel in der Flasche zu überprüfen, konnte sich aber nie daran erinnern, wo sie den Zettel mit der Zahl von der Vorwoche versteckt hatte. Die Putzfrau hatte Tante Gertie lange überlebt, aber das alte Mädchen hätte sich sicher sofort auf Luthers Seite geschlagen.

Er wollte gerade wieder die Türen schließen, als Mike sich erkundigte, ob die Polizisten auch die Flaschen eingepudert hätten.

»Offensichtlich nicht. Da ist doch kein Puder drauf, oder?«

»Dann sehen Sie sich mal diese drei da an. Die vorderen. Ich möchte wetten, daß Sie darauf Abdrücke finden werden – vielleicht die von Isabella, vielleicht die von jemand anders –, aber sie sind seit dem Labour Day bewegt worden.«

Sogar ich sah ihn verständnislos an.

»Sehen Sie, daß der Stoli und der Jack Daniel's vorn stehen?« fuhr Mike fort. Falls Alex sich als letzte davon bedient hätte, stünde der Dewar's ganz vorn – ist schließlich ihre Whiskymarke. Aber der steht weiter hinten, und die anderen beiden sind ganz vorn.«

Luther runzelte die Stirn, während sein Blick von Mikes triumphierender Miene zu meinem Grinsen wechselte. Ich vermutete, daß ihn die mutmaßliche Intimität unserer Freundschaft mehr aufregte als der Gedanke, etwas übersehen zu haben, was er nun wirklich nicht wissen konnte, aber ich hatte es auch übersehen.

»Er hat recht, Luther. Und Isabella trank normalerweise Wodka, also …«

»Ich dachte, sie war Vegetarierin«, grübelte Wally, den es verwirrte, daß dies alles irgend etwas bedeuten sollte. »Trinken die denn überhaupt?«

»Sie war eine menschenfressende Vegetarierin, Wally«, sagte Mike mit unbewegter Miene, »und außerdem eine schwere Trinkerin. Alex hat uns immer erzählt, daß sie am liebsten Wodka, Wein und Feuerzeugbenzin mochte, stimmt's? Deswegen war sie immer so hochmütig und ausgelassen.«

Luther hatte seinen Notizblock herausgeholt und begann zu notieren, was noch zu erledigen war. In der Küche gab es nichts weiter von Bedeutung, und so gingen wir vor ihm durch die hintere Tür hinaus, durch das Zimmer, das ich in ein kleines Büro umgewandelt hatte – es schien unberührt –, und in mein Schlafzimmer hinein.

Während ich stehenblieb, um das Bild von Isabellas unterbrochenem Abgang in mich aufzunehmen, ging Mike durch den großen Raum hinüber zu den Glastüren, die die gesamte Wand einnahmen, und starrte hinaus – der Ausblick auf die Meeresenge war atemberaubend. Dies war mein Lieblingszimmer. Es war den ganzen Tag sonnig und heiter und so abgeschirmt, daß kein Vorhang, keine Jalousie auch nur einen Zoll der Öffnung abdeckte. Meine einzigen Zaungäste waren die Rehe, die sich nachts hervorwagten, und der Fischadler, dem ich am Rande meines Grundstücks ein Nest gebaut hatte. Über meinem Bett befand sich ein eigenwilliges Trompe-l'œil-Gemälde meines Wildblumenfelds. Ein einheimischer Künstler, der gern auf meinen Hügel zum Malen kam, hatte es mir vor Jahren geschenkt.

Und nun befanden sich da noch Isabellas wahllos herumliegende Sachen. Ich erkannte die mit einem Monogramm versehenen Gepäckstücke von T. Anthony wieder: zwei Reisetaschen und einen Koffer. Ein paar der seidenen Hausgewänder, die sie sammelte, hingen im Schrank – sie waren viel zu vornehm für die Insel –, aber die meisten Sweater und Leggings lagen noch in den offenen Taschen, und Unterwäsche – nur von La Perla – war über mein Sofa drapiert oder lag zerknüllt auf der Tagesdecke über dem ungemachten Bett.

Luther gesellte sich zu uns, und die drei Männer sahen zu, wie ich im Zimmer umherging, um meine Sachen von denen zu trennen, die wieder ordentlich eingepackt und an Isabellas Kusine geschickt werden würden, ihre einzige lebende Verwandte. Neben meinem Radiowecker befanden sich die andere Rigaud-Kerze und das Drehbuch für einen Film mit dem Titel *Eine gefährliche Herzogin – die Geschichte der Lucrezia Borgia.* Isabella hätte so gern einen historischen Film über eine komplizierte Persönlichkeit gedreht, aber trotz des Eifers, den sie mir gegenüber geäußert hatte, deutete das ganz vorn im Manuskript befindliche Eselsohr an, daß ihre Pläne, sich zum Lesen zurückzuziehen, durch die angenehme Gesellschaft eines Gespielen durchkreuzt worden waren.

Meine Blicke wanderten zu dem Tischchen auf der anderen Seite des französischen Betts. Die Bücher und die Teebüchse hatten sich den ganzen Sommer am selben Fleck befunden und schienen nicht von der Stelle gerückt worden zu sein. Ich kramte in ihren Taschen herum und faltete ein paar von ihren Sachen zusammen. Dann sagte ich Luther, nichts von dem, was ich hier sah, würde mir irgendwelche Anhaltspunkte vermitteln. Im Badezimmer standen überall ihre Dosen und Flaschen herum, alle von Kiehl – mehr Make-up, als die meisten Frauen in ihrem ganzen Leben je benötigen würden. »Wir haben aus dem Abfalleimer im Bad, äh, ein paar gebrauchte Kondome geholt und sie ins Labor geschickt«, sagte Luther.

»Nein, Luther, ich habe sie beim letztenmal nicht hinterlassen«, erklärte ich, da es ihm offenbar peinlich war, dies auszusprechen. »Ich fürchte, ich kann Ihnen nicht viel mehr zeigen. Glauben Sie, daß der Kerl, der hier bei ihr gewesen war, sie getötet hat oder daß der Killer nach dem Mord ins Haus ging und irgendwas mitgenommen hat?«

»Ich wollte, wir wüßten darauf eine Antwort, Ms. Cooper. Im Augenblick jedenfalls haben wir keine Ahnung. Lascars Handtasche befand sich bei ihr im Wagen, mit einer Menge Bargeld und Travellerschecks darin. Wenn Sie also nichts aus dem Haus vermissen, dann fehlt anscheinend auch nichts von ihr.«

»War denn ihr Filofax in ihrer Handtasche, Luther?«

»Ihr was?«

»Ihr Terminkalender. Es ist ein in rotes Leder gebundenes Buch, etwa von dieser Größe«, sagte ich und deutete die Umrisse mit den Händen an. »Das war ihre Bibel, sie hat es nie aus der Hand gegeben. Es enthält jeden Namen und jede Telefonnummer, die sie je erfahren hat, jede Verabredung, jedes Rendezvous, jeden Liebhaber. Haben Sie so was gefunden?«

Wally schaltete sich ein. »*Meine* Jungs haben die Sachen gefunden, Alex, und von irgend so einem Filofax weiß ich nichts. Auch im Haus war nichts. Wir haben alles ganz genau durchsucht.«

»Es gibt zwei Dinge, von denen sich Isabella nie leichtfertig getrennt hätte. Das eine war ihr Ring.« Wir hatten beide eine Schwäche für Schlumberger-Schmuck – ich hätte ihn gern gehabt, sie kaufte ihn. Sie hatte einen phantastischen Saphir in einer Fassung, die »Zwei Bienen« hieß: höchst kunstvoll ziselierte, überaus zarte Flügel, die den dunkelblauen Stein trugen. »Und ihr Filo. Der war der Schlüssel zu ihrem ganzen Leben, beruflich wie privat. Finden Sie den Filofax – dann haben Sie die Telefonnummer und andere wichtige Daten von Mr. Safe Sex und der meisten anderen Leute, die Sie vernehmen möchten.«

»Nun, was den Ring betrifft, den können wir abhaken. Sie mußten ihn im Leichenschauhaus zersägen, um ihn am Mittwochabend von ihrer Hand zu bekommen.«

Mike sah, wie ich das Gesicht verzog. »Schon gut, Blondie. Mach dir nichts draus – ich werd' im nächsten Jahr genug Überstunden haben, um dir einen eigenen zu besorgen.« Er sagte das nur, um Luther noch ein wenig aufzuziehen, aber für mich war es kein Trost, brachte es mir doch neben der ohnehin schlimmen Tatsache der Ermordung Isabellas auch noch die Brutalität einer Autopsie zu Bewußtsein.

»Aber kein Filofax«, fügte Wally hinzu.

Luther holte wieder sein Notizbuch heraus und notierte sich meine Beschreibung von Isabellas Filofax.

»Er war immer in ihrer Handtasche. Wenn er weg ist, dann behaupte ich, daß euer Killer genügend Kaltschnäuzigkeit besaß, um es aus dem blutigen Wagen herauszuholen. Davon würde ich ausgehen.«

Als Luther sich alles notiert hatte, bat er mich, mit ihm in die Küche zu gehen und ein paar Fragen über Isabella zu beantworten.

»Wally, gehen Sie doch einstweilen mit Mike hinaus, und führen Sie ihn ein bißchen herum, während wir hier miteinander reden«, schlug ich vor.

»Schönschön, Alex. Mach' ich gern. Gehen wir, Kojak«, sagte Wally kichernd und führte Mike zum Nebeneingang hinaus, während Luther und ich uns an den Küchentisch setzten, um das, was ich über Isabellas Leben wußte, unter die Lupe zu nehmen.

9

Special Agent Luther Waldron wollte mir unbedingt zeigen, wie gründlich eine FBI-Ermittlung sein konnte, auch wenn uns allen ziemlich klar war, daß er für den Mord an Isabella Lascar strafrechtlich eigentlich nicht zuständig war. Er wollte die vollständige Geschichte unserer Beziehung und sämtliche Details unserer letzten Unterhaltungen erfahren, obwohl ich all das ja mit Mike Chapman am Vortag schon durchgegangen war. Aber hätte ich es an Kooperation fehlen lassen, hätte sich Waldrons Boß ans Telefon gehängt und den Bezirksstaatsanwalt angerufen, und mir wäre nichts anderes übriggeblieben, als den Rest meines Wochenendes damit zu verschwenden, die ganze Prozedur noch einmal über mich ergehen zu lassen.

»Ich möchte ja mit meinen Fragen nichts Negatives andeuten, Alex, ich darf Sie doch Alex nennen?, aber warum leiten Sie eigentlich die Fälle von Verfolgung, die der Behörde gemeldet werden? Das sind doch im Grunde keine sexuellen Vergehen.«

»Eigentlich nicht, Luther. Als Battaglia mich damals aufgefordert hat, die Sex Crimes Unit zu übernehmen, erklärte er immer scherzhaft, mein berufliches Terrain sei alles zwischen den Knien und dem Hals. Das deckte das meiste von dem ab, was ich tat. Aber als ungefähr Ende der achtziger Jahre die Fälle von Verfolgung und Belästigung zunahmen, – Belästigungen per Telefon, auf dem Postweg, per Computer und durch körperliche Bedrohung –, wußten wir damit nichts anzufangen. Als die Fachpsychiater mit uns zusammenzuarbeiten begannen, stellte sich heraus, daß eine Menge Fälle etwas mit gestörten häuslichen Beziehungen und mit abgewiesenen Liebhabern zu tun hatten. Daher war der Bezirksstaatsanwalt der Meinung, in unserer Einheit wären viele dieser Fälle am besten aufgehoben. Normalerweise handelt es sich um Verbrechen mit komplexen Motiven und Opfern, die eine besonders sensible Behandlung benötigen. In diesem Sinne sind sie eigentlich nichts anderes als sexuelle Vergehen.«

Solche Fälle sind wirklich eine merkwürdige Form von kriminellem Verhalten, und Waldron wußte das genausogut wie ich. In den meisten US-Staaten, etwa in New York, gibt es nicht einmal ein Gesetz, das ein derartiges Verhalten untersagt – im Strafgesetzbuch existiert keine Bestimmung, die speziell verbietet, was die meisten von uns für Verfolgung halten, es gibt nicht einmal eine konkrete Bezeichnung dafür. Wir bemühten uns, unter dem Vorwand einer Palette geringfügiger Rechtswidrigkeiten Anklage zu erheben, wenn der Übeltäter jemanden per Telefon belästigte oder Drohbriefe verschickte. Aber die Risiken waren enorm, wenn diese Art von Handlungen nicht bestraft wurden und der rasende Liebhaber es leid wurde, daß sein Opfer seine Anrufe und flehentlichen Bitten ignorierte, und er vor ihrem Büro mit einer Waffe in der Hand wartete. Für mich verging keine Woche ohne mehrere solcher einschlägigen Fälle, bei denen Frauen in ihrer verzweifelten Angst mir berichteten, daß ihr von ihnen getrennt lebender Ehemann jeden Tag vor ihrem Büro oder ihrer Wohnung stehe und jede ihrer Bewegungen belauere. Flehentlich wollten sie alle das gleiche von mir wissen: ob dieses Verhalten eine Verletzung der zu ihrem Schutz ergangenen Anordnungen darstelle? Ob er denn nicht erneut festgenommen werden könne?

Nein, erwiderte ich dann, nur selten sei dies ein rechtlicher Grund für eine erneute Verhaftung, ganz gleich, wie mitfühlend der Ankläger oder Cop auch sein mochte. Für dieses heimliche Auflauern, Beobachten und Verfolgen gab es keine Sanktionen vor Gericht, und doch führte der nächste Schritt des Verfolgers oft zu einer tödlichen Eskalation. Man konnte den Belästiger zwar eine gewisse Zahl von Metern von der Haustür des Opfers fernhalten, ihm untersagen, ihren Arbeitsplatz zu betreten, und von ihm verlangen, mit den Anrufen und Briefen aufzuhören, aber sobald sie ein offenes Zielobjekt war und sich in einem öffentlichen Raum, auf der Straße oder in der U-Bahn, bewegte, war das Blatt Papier, das ihr ein Richter als Gerichtsbeschluß ausgehändigt hatte, genauso wenig wert wie das Geld aus der Zeit des Bürgerkriegs. Die Strafrechtspflege kam mit Mord viel besser zurecht als mit Belästigung, obwohl die Grenze zwischen beidem oft trügerisch schmal war.

»Sagen Sie mir, was Sie über die letzten Drohungen gegenüber Miss Lascar wissen.«

»Na ja, das ist es ja gerade, Luther«, sagte ich verlegen. »Ich fürchte, ich habe sie kaum danach gefragt – ich dachte, das wäre nichts weiter als eine Ausrede, weil sie mein Haus benutzen und hier ein wenig für sich sein wollte.«

Er runzelte die Stirn, und ich wußte, daß er mein Verhalten unprofessionell fand. Er hatte ja recht.

»Sie erzählte mir, sie hätte einige Telefonnotizen im Hotel erhalten, und einige Anrufe wären sogar bis zu ihr durchgekommen, der Anrufer hätte dann aber wortlos aufgelegt. Sie hat keine dieser Notizen aufgehoben. Isabella erregte überall Aufmerksamkeit, Luther, und sie war es gewöhnt, damit fertig zu werden. Sie berichtete mir, sie hätte sich über einen Seelenklempner geärgert – das waren ihre Worte – sowie über einige Briefe, die sie bekommen hätte. Ich weiß nicht, ob es ihr Psychiater war oder bloß jemand, den sie kennenlernte und der zufällig ein Seelenklempner war.«

»Nun, wir haben diese Information gestern bekommen. Ihre Agentin wird uns über all ihre Ärzte Auskunft geben. Sie hat in den letzten paar Jahren sechs oder sieben Therapeuten gehabt. Und wir haben veranlaßt, daß die Agentin und die Kusine die Polizei von Los Angeles am Sonntag durch ihr Haus führen – die Beerdigung ist morgen …«

»Ja, ich weiß.«

»Sie werden nach dieser Korrespondenz suchen – außerdem nach Notizen, Liebesbriefen, Geschäftsunterlagen. Vielleicht werden wir Ihnen Kopien von allen Papieren faxen, die mit Dingen zusammenhängen könnten, über die sie mit Ihnen gesprochen hat – Sie können uns dann sagen, ob sie etwas mit den Problemen zu tun haben, die sie Ihnen gegenüber erwähnt hat.«

»Natürlich, das werde ich gern tun.«

»Haben Sie jemals Richard Burrell, ihren Ex-Ehemann, kennengelernt?«

»Nein, ich bin ihm nie begegnet. Sie hatte mir eine Menge über ihn erzählt, Nina Baum – unsere gemeinsame Freundin – kannte ihn recht gut.« Ich wartete ab, um zu sehen, worauf Luther hinauswollte, bevor ich ihm die Informationen weitergab, über die Isabella und Nina so freimütig geplaudert hatten.

»Soweit ich weiß, sind sie seit einiger Zeit geschieden.«

»Ja.«

»Nun, wir nehmen ihn gerade genau unter die Lupe, Alex. Sie ist nach Boston gefahren, weil sie sich letzten Sonntag mit ihm treffen wollte.«

»Was?« Diese Information überraschte mich wirklich. Richard Burrell hatte ein paar von Isabellas ersten Filmprojekten produziert, und sie war, als sie noch unbekannt war, an einem Wochenende mit ihm durchgebrannt. Früher einmal war er groß im Geschäft gewesen, aber als sie sich gerade zu profilieren begann, hatte er ein großes Kokainproblem, das ihn den größten Teil seines Geldes und seine kurzlebige Ehe kostete. Sie ließ ihn sofort fallen, weil sie sich an die Warnung hielt, sie wäre in Hollywood unten durch, falls jemand vermute, sie wäre dem weißen Pulver ebenso verfallen wie Burrell.

»Sie sollten es für sich behalten, Alex, aber es ist eine Tatsache. Am letzten Wochenende waren sie beide im *Ritz-Carlton*. Getrennte Zimmer, zu unterschiedlichen Zeiten angekommen und wieder abgereist – aber es war ein geplantes Treffen. Ihre Agentin glaubt, er hätte versucht, sich mit ihr auszusöhnen – wollte sich mit ihr treffen, um ihr zu zeigen, daß er vom Koks runter sei, clean. Er hat im vergangenen Jahr auf einer dieser kleinen Inseln vor der Küste von Maine gelebt und zu schreiben versucht.«

»Sie sollten sich mit Nina über Richard Burrell unterhalten. Ich gebe Ihnen ihre Nummer. Ich glaube, Isabella hatte zwar nach wie vor eine Schwäche für ihn, aber eine Aussöhnung kam nicht in Frage.«

»Hat sie Ihnen je erzählt, daß er ihr gegenüber gewalttätig geworden sei oder sie mißbraucht habe? Ich meine, hat sie sich Ihnen wegen Ihres Berufs anvertraut?«

»Nach ein paar Drinks hätte sie sich jedem anvertraut, Luther. Isabella war ganz offen, was ihr Privatleben betraf. Viel zu offen. Nein, sie hat sich zwar heftig über Richard beklagt, auch darüber, wieviel es sie kostete, ihn aus irgendwelchen Schwierigkeiten herauszuhalten, aber er hat ihr nie weh getan oder sie bedroht. Er sei wie ein Wilder gewesen, wenn er unter Koks gestanden habe – vulgär und grob und untreu –, aber er habe es nie an ihr ausgelassen.«

»Wie steht's mit Waffen? Hat sie jemals erwähnt, daß er Waffen hätte?«

»Nein, nicht speziell. Aber wenn ich mir Isabella und Nina so angehört habe, hatte ich immer den Eindruck, daß in L. A. jeder Waffen hat. Es schien mir immer so ganz anders als New York zu sein. Jeder in den Hollywood Hills, im Valley, in der Stadt – alle haben anscheinend Waffen. Sie haben sie zwar nicht unbedingt dabei, aber zu Hause oder im Auto. Verrückt. Je prominenter sie sind, desto mehr Waffen haben sie, vor allem Automatikwaffen. Sie wissen schon, Luther – wenn die Revolution kommt, sind sie bereit.« Ich glaube zwar nicht, daß Luther mir folgen konnte, aber auch er war vermutlich ein Waffennarr.

»Haben Sie eine Waffe? Ich meine, eine Handfeuerwaffe, zu Ihrem Schutz?«

»Luther, bei meinem Temperament wäre das wirklich ein Fehler. Nein, ich hasse Waffen.«

»Ach. Na ja, mehr fällt mir im Augenblick nicht ein. Wir werden wohl nächste Woche bei dieser Untersuchung einen Zahn zulegen können. Von den Westküstenfreunden und Geschäftspartnern werden eine Menge mehr zur Verfügung stehen, sobald das Begräbnis vorbei ist.«

Wir standen vom Tisch auf, und mit einem Blick auf die Wanduhr stellte ich fest, daß es fast zwei Uhr nachmittags war. Mike und Wally saßen auf der Veranda vor der Küche in der Sonne, die Füße auf dem Geländer, bemüht, uns nicht im Weg zu sein. Wally hatte vermutlich seit Jahren keinen so aufmerksamen Zuhörer wie Mike gehabt und erzählte ihm zweifellos sämtliche lokalen Neuigkeiten und Verbrechensgeschichten der Insel.

Luther und Wally bedankten sich bei uns für unsere Hilfe, und wir vereinbarten, während der kommenden Woche miteinander in Kontakt zu bleiben. Ich brachte sie noch zur Haustür und winkte ihnen zum Abschied hinterher, während die beiden Wagen zum Tor hinausfuhren.

»Sag bloß nicht, daß du mich wegen Luther verläßt«, sagte Mike, als ich wieder auf die Veranda hinaustrat. »Mann, was ist das bloß für ein Riesensack heißer Luft.«

»Wieso hast du mich eigentlich nicht gefragt, ob wir's miteinander getrieben haben? Du hast mich fast zwei Stunden mit ihm allein gelassen.«

»Nö. Ich schätze, Wally ist eher dein Typ. Du hast was übrig für diese lieben alten Knaben. Ich kann mir so richtig vorstellen, wie du hier oben lebst, verheiratet mit Wally, den örtlichen Knast leitest oder meinetwegen einen Saloon – wie Miss Kitty –, während er die Insel von allem Ungeziefer säubert, das vom Festland hierherkommt.«

»Volltreffer, Chapman. Nun komm schon, ich muß mein Büro anrufen und hören, was los ist. Du doch bestimmt auch.«

»Aber dann mußt du mir was zum Mittagessen kaufen – ich bin am Verhungern. Ich sterbe vor Neugier zu hören, was du aus J. Edgar Waldron rausgeholt hast – Wally war ein Kinderspiel.«

Laura nahm nach dem ersten Läuten ab. Sie erkundigte sich wie immer mütterlich nach meinem Befinden und erzählte mir, daß es ein relativ ruhiger Freitag gewesen sei. Alle Anrufe von Polizeibeamten und Zeugen seien an Sarah Brenner weitergeleitet worden. Meine Mutter habe angerufen und sich erkundigt, wie es mir nach Lauras Meinung gehe – (ganz gut) – und ob ich mich wirklich in irgendeiner Gefahr befände – (natürlich nicht). Nina wollte, daß ich sie zurückriefe, wenn ich wieder in der Stadt sei. Joan Stafford und eine andere Freundin, Ann Moore, hätten mich zum Abendessen eingeladen. (Sagen Sie ihnen schönen Dank, aber ich sei zu erledigt. Ein andermal.) Und Jed habe aus Paris angerufen – wir würden uns morgen sehen.

Mike meldete sich bei seinem Revier und kam dann wieder zu mir.

»Okay, Coop, ich bin fertig. Wo gibt's die besten fritierten Muscheln auf der Insel? Ich bin hungrig wie ein Wolf.«

»Das ist einfach – das *Bite.* Schnapp dir ein paar kalte Bierchen und laß uns fahren.«

Sieben Autominuten von meiner Haustür entfernt befand sich das beste Lokal der Welt für fritierte Muscheln. Es war ein kleiner Holzschuppen an der Straße in Menemsha – einen Steinwurf vom Handelsfischerdock entfernt – mit nur zwei Picknicktischen davor. Aber Karen und Jackie Quinn tischten Tausende der ganz leicht fritierten Muscheln auf, vom späten Vormittag bis spätabends in der Saison, die nur vom Memorial-Day-Wochenende bis zum Columbus Day dauerte. Ich steckte gerade den Zündschlüssel ins Schloß, als Mike fragte: »Wen hat Luther denn auf dem Kieker?«

»Er ist ja so stur – viel hat er mir nicht verraten. Er hat Richard Burrell, den Ex-Ehemann, im Visier.«

»Ist er deiner Meinung nach der Richtige?«

»Eigentlich nicht, jedenfalls nicht, wenn er vom Koks runter ist. Aber es besteht kein Zweifel daran, daß sie letztes Wochenende bei ihm in Boston war, und vielleicht ist er ihr ja bis hierher gefolgt. Und Wally?«

»Wally sagt, sie versuchen einen alten Freund zu finden, der ein wilder Typ war. Einen Schauspieler oder Stuntman namens Johnny Garelli. Jemals von ihm gehört?«

»Mist, ich hätte an ihn denken sollen! Isabella hat ihn immer Johnny Gorilla genannt. Erinnerst du dich noch an einen dieser Tom-Clancy-Filme mit ihr, über Waffenschieber und Drogenhändler in irgendeinem mittelamerikanischen Land? Johnny war ein gutaussehender, gehirntoter Ex-Marinesoldat, der in dem Film eine kleine Nebenrolle spielte, und sie hatten während der Dreharbeiten eine Affäre. Stand in der gesamten Regenbogenpresse.«

»Das muß ich übersehen haben.«

»Das ging im Dschungel von Guatemala drei Wochen lang gut , aber als sie ihn nach Bel Air zurückbrachte, hatte er Mühe, seinen Beitrag zur Unterhaltung zu leisten. Na, jedenfalls fuhr sie auf einen Shopping-Trip nach New York – ohne den Gorilla –, und wir trafen uns am Sonntagvormittag bei *Mortimer's* zum Brunch. Das Lokal war rappelvoll, alle Leute dort wußten, wer sie war, da tut sich die Tür auf, und dieser übergroße Irre platzt mit rollenden Augen herein – er war direkt vom Flugplatz zu ihrem Hotel gefahren, wo der Portier, der Isabella ins Taxi gesetzt hatte, ihn an dieses Restaurant verwies.«

»Was wollte er denn?« fragte Mike.

»Er fuhr sie einfach wütend an, weil sie ihn zurückgelassen hatte. Der übliche Stoff für ein B-Movie – sie glaube wohl, sie sei zu gut für ihn, sie glaube wohl, sie könnte ihn für dumm verkaufen, Bemerkungen über ihre sexuellen Vorlieben. Ich hätte im Boden versinken können, und dabei sprach er nicht mal über mich – aber sie hatte das Ganze großartig im Griff. Sie stellte ihre Bloody Mary ab, erhob sich zu ihrer vollen Größe, sagte zu mir, sie sei gleich wieder da, und führte ihn hinaus auf den Gehweg. Die Leute in der vorderen Hälfte des Restaurants – also die wirklich wichtigen – sahen zu, wie sie ein Taxi herbeiwinkte, ihn hineinbugsierte und dann die Taxitür offen ließ, während sie wieder zurückkam und mir eine Entschuldigung zuflüsterte. Als sie zum Ausgang ging, drehte sie sich um, lächelte die Frauen in Hörweite an und erklärte: ›Laßt euch das eine Lehre sein, Mädels – fickt immer nur mit euresgleichen.‹ Ich saß einfach sprachlos da, bis meine Freundinnen Joan und Louise, die am Nachbartisch saßen, ihr Gelächter unterbrachen und mich aufforderten, meinen Salat bei ihnen fertig zu essen.«

»Und der Gorilla?« wollte Mike wissen.

»Er hielt sich noch eine Zeitlang, durfte, soviel ich weiß, noch gelegentlich eine Nacht mit ihr verbringen. Ich glaube nicht, daß sie damit gerade bei mir geprahlt hätte, nach der Szene, die ich miterlebt hatte. Sie hat eine Menge solcher Fehler in ihrem Privatleben gemacht. Während sie nach Johnny suchen, werden sie noch zehn von seinem Typ finden. Isabella sehnte sich verzweifelt nach Ehrbarkeit – einem Mann, der solide war, nicht aus dem Showbusineß, nicht drogenabhängig –, es gab bloß nicht sehr viele von diesem Typ in ihrem Dunstkreis. Dennoch hat sie nie aufgehört, nach so einem Mann zu suchen.«

Ich steuerte den Wagen auf den Seitenstreifen vor dem *Bite.* Karen sah mich zuerst und kreischte förmlich vor Aufregung. »Alex, was machen Sie denn hier? Sie haben uns doch gesagt, Sie wären erst wieder an dem Wochenende da, wenn wir zumachen.« Kaum hatte sie dies gesagt, ging ihr auf, warum ich da war. »Ach, es tut mir ja so leid. Isabella Lascar hat bei Ihnen gewohnt. Es tut mir so leid.«

»Danke, Karen. Wir sind gekommen, um Wally zu helfen. Das ist mein Freund Mike Chapman.«

»Sie war hier, Alex. Am Mittwoch war sie hier.«

»Isabella?« Ich hätte es wissen müssen, daß ich einen ziemlich guten Bericht von den Quinn-Schwestern bekommen konnte. Es waren engagierte, hart arbeitende junge Frauen, die Prominente liebten. Wenn sie bereit waren, einem etwas anzuvertrauen, dann konnten sie einem ganz genau sagen, wann Vernon Jordan, Billy Joel, Mike Wallace oder Prinzessin Diana zum letztenmal Muscheln und Austern bestellt hatten.

»Na, klar – haben Sie sie zu uns geschickt?«

»Natürlich steht ihr ganz oben auf meiner Liste, Karen, und ich hätte sie bestimmt hierhergeschickt, aber am Mittwoch habe ich keine Gelegenheit gehabt, mit ihr zu sprechen.«

Beiläufig begann sich Mike nach weiteren Details zu erkundigen. »Wissen Sie noch, wann sie hier war?« Als er hörte, das sei zwischen zwei und drei Uhr nachmittags gewesen, wollte er wissen, ob sie allein oder in Begleitung gewesen sei.

Auch Jackie beteiligte sich nun an der Unterhaltung, und beide versicherten eifrig, Isabella sei mit einem Mann dagewesen. Nein, er sei ihnen nicht bekannt vorgekommen, aber sie hätten sich ihn genau angesehen, einfach weil sie angenommen hätten, auch er könne ein Filmstar sein.

»Er sah phantastisch aus«, meinte Jackie. Größer als Mike, ebenfalls dunkelhaarig und um die Vierzig. »Sie bestellten sich eine mittelgroße Portion Muscheln mit ein paar Pommes, und beide tranken Mineralwasser.«

»Habt ihr zufällig irgendwas darüber gehört, woher sie kamen oder was sie vorhatten?« Aufgrund meiner häufigen Besuche hier wußte ich, daß die Friteusen hinter dem Fenster standen, genau über dem einen Picknicktisch. Mein Vater hatte es einmal unbeabsichtigt beinahe geschafft, die Mädchen in Tränen ausbrechen zu lassen, als er unter diesem Fenster saß und meckerte, im Chowder seien zu viele Kartoffeln und zu wenige Muscheln. Also versuchte ich es ihnen leichterzumachen zuzugeben, daß sie gelauscht hatten, indem ich eindringlich hinzufügte: »Es ist wirklich wichtig. Es könnte uns sehr weiterhelfen.«

Karen wollte sich gern als nützlich erweisen. »Es hörte sich für mich so an, als ob sie auf dem Weg zur Fähre wären. Er mußte irgendwo anders hin, und sie wollte auf der Insel bleiben. Ich sag' Ihnen, sie war völlig verknallt in ihn. Bestimmt hat sie ihn zur Fähre gefahren oder vielleicht auch zum Flugplatz. Aber sie hatten es eilig und aßen ziemlich schnell.«

»Danke, Karen. Ich werde Wally bitten, herzukommen und euch nach weiteren Details zu fragen, okay?«

»Klar.«

Mike lächelte die Schwestern an. »Und nun möchten wir eine große Portion Muscheln bestellen, Pommes und zwei Tassen Chowder.«

Während das Essen zubereitet wurde, führte ich Mike um die Ecke und zeigte ihm das Fischereidock und die Reste der immer kleiner werdenden Flotte der Fischerboote, die vor der Küste ihrer Arbeit nachgingen. Die *Quitsa Strider* und die *Unicorn* lagen in dem malerischen Hafen vor Anker, aber die beiden Inselkapitäne waren nirgendwo zu sehen, zwei Brüder und Nachkommen der ersten Vineyard-Siedler, die ihren Schwertfisch noch immer mit der Harpune fingen, statt tagelang ein Schleppnetz durchs Meer zu ziehen.

Wir gingen zurück, holten unser Essen und setzten uns an einen der Tische. Wir sprachen kaum, während wir den späten Lunch hinunterschlangen. Mike stürzte sich auf die Suppe und aß zwei Drittel der Muscheln, ehe er wieder ansprechbar war.

»Du hast recht, Coop, das Zeug ist wirklich großartig.«

»Wir sind vielleicht auf ein wichtiges Beweisstück gestoßen. Ist Isabella ermordet worden, *bevor* ihr Liebhaber die Insel verlassen hat – oder gleich danach? Gott sei Dank hast du Hunger auf fritierte Muscheln gehabt.«

»Wie Mae West sagen würde: ›Gott hatte nichts damit zu tun‹«, erwiderte Mike.

Ich führte gerade einen Happen Muschelfleisch zum Mund und fragte ihn, was er damit meinte.

»Ich war drauf und dran, zum Lunch die Pizza von deinem Freund Primo zu essen. Da rief Wally an und erzählte mir von dem Autopsiebericht. Allem Anschein nach hat es Isabella etwa eine Stunde nach ihrer letzten Mahlzeit erwischt ...«

Ich mußte an dem köstlichen Bissen würgen, als Mike seinen Satz beendete. »Fritierte Muscheln – unverdaut, noch in ihrem

Magen –, große, saftige Muscheln, mit ein bißchen Ausbackteig darauf. Ich wußte, ich konnte mich darauf verlassen, daß du mir sagen würdest, wo es die besten auf der Insel gibt.«

Grinsend hob er seine Getränkebüchse, um mit meiner anzustoßen. »Auf dein Wohl, Coop. Ich hoffe, du hast keinen Hunger mehr – dieses fritierte Zeug ist tödlich für deine Diät.«

10

Ich hatte Wally versprochen, Isabellas Sachen einzupacken und nach Los Angeles zu schicken, um seinen Beamten die Mühe zu ersparen, noch einmal zu meinem Haus zu fahren. Mike und ich fuhren also nach dem Lunch zurück. Er schaltete den CD-Player an, legte eine meiner Smokey-Robinson-Scheiben auf und setzte sich auf den Schaukelstuhl neben dem Bett, während ich die Kleidungsstücke zusammenfaltete, die achtlos herumlagen.

»Diese halb abgebrannten Kerzen werde ich wegwerfen«, sagte ich und trat hinter Mike, um die Kerze vom Nachttisch zu holen.

Er nahm das Drehbuch und blätterte darin. »Warum behältst du nicht einen von diesen Seidenpyjamas für dich, Mädchen? Niemand würde dir das verübeln.«

»Tolle Idee, wirklich. Isabella hat mir im Frühjahr genau so einen Anzug zum Geburtstag geschickt. Ich habe ihn verpackt in den Schrank gelegt – er scheint einfach nicht für jemanden wie mich zu sein.« Ich strich über die seidene, champagnerfarbene Wäsche und zwängte sie in die bereits vollgestopfte Reisetasche. Wenn Isabellas Beschreibung ihrer pummeligen Kusine stimmte, dann würden diese luxuriösen Kleidungsstücke von La Lascar wohl in irgendeinem Wohltätigkeitsladen in Sherman Oaks landen. Als die Taschen und der Koffer endlich verschlossen waren, rief ich meinen Hausverwalter an und bat ihn, sich doch um eine Putzfrau zu kümmern, die den von den Ermittlungsbeamten hinterlassenen Schmutz beseitigen solle.

»So, das wär's, Mike. Schließen wir ab und fahren los.«

»Das wäre ein ziemlich guter Film geworden«, sagte er, das Drehbuch in Händen, das er offensichtlich als Andenken an die Verstorbene mitnehmen wollte. »Diese Lucrezia Borgia war schon ein interessantes Weibsbild. Politik, Krieg, Intrigen, Religion, Sex, Gift – manches ändert sich nie. Unsere Izzy war ganz scharf darauf – sie hat ihren ersten Bravourauftritt mit lauter

Sternchen und Ausrufezeichen mit roter Tinte versehen. Sie hat auf den Rand sogar ihre eigenen Verse geschrieben – oder vielleicht hat das einer ihrer Freunde getan. Kennst du einen Dr. C.? Erst kommen ein paar Verse, dann steht da ›Dr. C.‹.«

Ich stellte den CD-Player ab, schaltete die Lichter aus und aktivierte die Alarmanlage.

In einer hochdramatischen Tuntenparodie rauschte Mike zur Tür hinaus und las mir Isabellas Gedicht vor:

Welch winkendes Gespenst im Mondenschein
Ruft mich zu sich … sag,
Ist es, im Himmel, ein Vergeh'n, zu sehr zu lieben?

»Mann, Mike, dir haben sie das wohl weder in Fordham noch auf der Polizeischule beigebracht, aber jede anständige Studentin, die englische Literatur im Hauptfach studiert, könnte dir sagen, daß diese Verse nicht von Isabella sind. Es ist ein ganz berühmtes Gedicht von Alexander Pope.« Ein Schauer überlief mich, als ich daran dachte, wie passend der traurige Titel des Gedichts doch war: ›Elegie zum Andenken an eine unglückliche Dame‹.

»Na, sie hat es wohl sehr gemocht, wenn sie es in das Drehbuch geschrieben hat. Vielleicht ist Dr. C. der Psychiater, über den sie sich bei dir beklagt hat – vielleicht ist das C eine seiner Initialen.«

»Mir scheint eher, daß dieser Dr. C. vom Psychic Friends Network ist. Zu sehr zu lieben, – ein ›Vergeh'n‹? War irgendein Kerl – einer ihrer Ex-Liebhaber – eifersüchtig genug, sie zu töten, weil sie mit einem anderen Mann zusammen war? Oder hat *sie* jemanden zu sehr geliebt? Ist das die Empfehlung eines Psychiaters, oder hatte da nur jemand eine Vorliebe für klassische englische Dichtung? Hätte die arme Isabella das ganze Gedicht gekannt, dann hätte sie es vielleicht nicht mehr ganz so gemocht.«

»Wieso?«

»Weil es darin um den vorzeitigen Tod einer schönen jungen Frau geht, die einst reich und berühmt war, von der aber nichts bleibt als ›ein Häuflein Staub‹. Sieh lieber das ganze Drehbuch durch, ob nicht noch andere Bemerkungen darin stehen.«

»Wir sollten uns dringend mit Dr. C. befassen. Weißt du, bei all den Sachen, die du so drauf hast – englische Lyrik, Motown-

Songtexte, Filmdetails –, versteh' ich gar nicht, warum Battaglia meint, daß du zu nichts zu gebrauchen bist. Dann laß uns mal geh'n.«

Ich warf einen letzten Blick aufs Haus, dann steuerte ich den Wagen auf die Zufahrtsstraße hinaus. Auf der Fahrt machte ich Mike immer wieder auf Sehenswürdigkeiten aufmerksam – die Häuser von Freunden, Farmen und Stichstraßen zu den Stränden.

»Wie hast du das hier gefunden, Alex? Ich meine, warum bist du eigentlich auf diese Insel gekommen?«

»Kannst du eine Liebesgeschichte verkraften? Eine kurze. Ohne Happy-End.«

Ich glaube, Mike bedauerte es sofort, diese Frage gestellt zu haben. Die meisten meiner Freunde im Amt hatten zwar eine vage Ahnung, was ich während meiner Studienzeit erlebt hatte, aber ich hatte nie viel darüber gesprochen. Ich bezweifle, daß er es mit Martha's Vineyard in Zusammenhang gebracht hatte, sonst hätte er das Thema nicht gerade jetzt angeschnitten.

»Ich mache noch einen kleinen Umweg, dann fahren wir zum Flugplatz«, sagte ich und bog von der Staatsstraße auf einen Feldweg ab, der etwa drei Kilometer durch dichtes Gestrüpp führte, bevor er auf ein Gebiet sumpfiger Wiesen und Salzwasserbinnenseen stieß. Jenseits der Dünen, die nur von Möwen und Schnepfen bewacht waren, erstreckte sich meilenweit weißer Sandstrand, wie er praktisch die gesamte Südküste der Insel bedeckte. Ich wußte, dort unten, am Black Point Beach, würde keine Menschenseele sein, wir würden die großartige Brandung des Atlantischen Ozeans, der unablässig seine Wellen gegen die Küste warf, ganz für uns haben.

»Du weißt ja, daß ich in Charlottesville an der University of Virginia Jura studiert habe. Mir gefiel es dort, und ich mochte sogar alles, was mit meinem Studienfach zu tun hatte. Es ist eine großartige Uni, und Charlottesville ist einer der schönsten Orte überhaupt. Vom ersten Semester an war mir klar, daß ich in den öffentlichen Dienst wollte. Ich wußte auch, daß ich Staatsanwältin werden wollte – beides paßte ganz natürlich zusammen –, und Paul Battaglia stand in dem Ruf, die beste Behörde eines Bezirksstaatsanwalts weit und breit zu leiten.

Mein Studium verlief also von Anfang an ganz zielgerichtet. Die Fakultät war interessant, die Studenten, mit denen ich mich dort anfreundete, waren phantastisch. Es war ja eine Weile her, seit ich mit Jungs die Schulbank gedrückt hatte, und ich flirtete genauso intensiv, wie ich arbeitete. An einem Samstag nachmittag luden mich meine Freunde Jordan und Susan« – Mike kannte die beiden gut – »in ihr Landhaus ein, sie hatten es fürs Reiten gemietet … Ein großer Fehler für ein jüdisches Mädchen aus Westchester, das nur ein einziges Mal im Bronx-Zoo auf einem Pferd gesessen hatte. Wir zockelten ganz gemütlich dahin, aber dann scheute mein Pferd plötzlich vor einer Schlange und warf mich ab. Ich kam gleich in die Notaufnahme der Universitätsklinik, weil meine Hand so komisch aussah – drei Finger waren übel gebrochen.« Wir waren am Ende des Feldwegs angekommen, und ich stellte den Wagen ab, so daß Mike und ich aussteigen und über die Dünen spazieren konnten. Er folgte meinem Beispiel und zog ebenfalls die Schuhe aus.

»Und nun kommt der Auftritt von Adam Nyman – dem diensthabenden Assistenzarzt in der Notaufnahme. Er schiente meine Finger, überzeugte mich, daß Jurastudenten pedantisch und langweilig sind, und ging mit mir essen. Ich war wahnsinnig verliebt, und von diesem Wochenende an verbrachten wir jede freie Minute miteinander. Die Details darfst du selbst einfügen – ich bin sicher, daß du das kannst.«

»War er ein Vineyarder?« fragte Mike.

»Nein, aber er war praktisch sein Leben lang mit seiner Familie hierhergekommen.« Wir waren am oberen Ende des sandigen Wegs angelangt, bis zu den Knien im hohen Schilfgras, und blieben stehen, um die unglaubliche, menschenleere Weite von Meer und Himmel in uns aufzunehmen.

»Dafür hat Adam gelebt: um hier zu segeln, vom ersten Tageslicht bis zum Sonnenuntergang. Jede Ferien, jedes lange Wochenende, jede freie Minute drängte es uns, hierherzukommen. Wir verlobten uns und legten das Hochzeitsdatum fest – gleich im Sommer nach meiner Zulassungsprüfung an der juristischen Fakultät. Wir kauften das Haus und begannen es herzurichten. Adam hatte die alte Dame gekannt, die darin gewohnt hatte – eine Fischerwitwe aus einer alten Inselfamilie –, und er hatte ihr versprochen, das Haus nie abzureißen oder bis zur Unkenntlichkeit zu modernisieren.« Wir gingen Richtung Westen, während Sandkrabben davonhuschten und Vögel unseren Weg aufmerksam verfolgten, um zu sehen, ob wir womöglich ein paar Krumen für sie fallen ließen.

»Meine Freunde und Familienangehörigen waren fast alle schon in der Woche vor der Hochzeit gekommen. Wir veranstalteten Strandpicknicks und Cocktailpartys und Wettangeln und Muschelfeten, und ich dachte nicht im Traum daran, daß mein Glück je enden könnte.

Nur Adam, dessen Arbeitszeiten sehr starr waren, fehlte noch. Ich wußte, seine letzte Schicht ging am Donnerstag um Mitternacht zu Ende – damals arbeitete er in New York –, und danach würde er sofort zur Fähre fahren. Bei Tagesanbruch am Freitag würde er also hier sein.«

Es machte mir nichts aus. Ich erzählte die Geschichte so kurz und bündig, ich wußte, ich würde es schaffen. Nach dieser Woche hatte ich nicht mehr viele Gefühle übrig, die sich aus mir herausquetschen ließen, auch nicht für diese abwechselnd von Glück und Leid geprägten Erinnerungen.

»Ich habe Adam nie wiedergesehen, nie mehr seine sanfte Stimme gehört oder die Wärme seiner Hände auf meinem Körper gespürt. Alle, die ihn wie ich liebten, blieben bis zu seinem Begräbnis auf der Insel. Keine Hochzeit, keine Braut.«

Meine Stimme war noch immer fest, und ich bemerkte nicht einmal, daß mir Tränen die Wangen hinunterliefen, bis Mike mich an den Schultern packte. »Mensch, Alex, jetzt mach mal 'ne Pause. Ich wollte doch nicht, daß das wieder in dir hochkommt. Setz dich hin und verschnauf ein wenig ...«

»Puh. Ich habe schon lange nicht mehr darüber geredet – und doch kann ich einfach nicht hier sein, ohne an Adam zu denken«, sagte ich und setzte mich in den Sand. Mike ließ sich neben mir nieder und sah zu, wie ich ein Stöckchen nahm und gedankenlos ein Herz und einen Pfeil mit Adams Initialen darin zeichnete. Er war zu höflich, um zu fragen, was passiert sei, aber ich war so in Fahrt, daß ich einfach weitererzählte.

»Es war ein Unfall, Mike, ein schrecklicher Unfall. Jemand raste auf der Autobahn seitlich in Adams Wagen. Sie fuhren gerade über eine dieser Brücken in Connecticut, und Adams Auto durchbrach das Schutzgitter und stürzte von der Brücke. Der Aufprall hatte es völlig zertrümmert.«

»Hat man den Kerl geschnappt?« wollte Mike wissen, wie es wohl nur jemand in unserem Beruf fragen würde, denn für alle anderen spielte das nach Adams Tod keine Rolle mehr.

»Nein. Es war ja mitten in der Nacht. Es gab keine Unfallzeugen. Die Polizei fand das Auto erst Stunden später. Weißt du, du bist genau wie Adams Mutter. Sie war überzeugt, daß es kein Unfall, sondern Mord war, weil Adam an irgendwelchen geheimen medizinischen Forschungen für die Regierung gearbeitet hätte. Sie ließ sich nicht davon abbringen und hat nie akzeptiert, daß es ein Unfall gewesen war.«

»Aber du konntest es?«

»Die Polizei ging der Sache nach – aber es ergab einfach keinen Sinn. Aus welchem Grund hätte irgend jemand Adam umbringen sollen? Du kennst mich doch. Ich nahm einfach an, daß die Götter mir nicht allzu viel Glück zugedacht hatten. Adam hatte mir die Zukunft geschenkt – er war klug und lustig und warmherzig und liebevoll und der glücklichste Mensch, dem ich je begegnet bin. Wie meine Mutter sagen würde: ›Es hat einfach nicht sein sollen.‹

Statt in einem weißen Zelt auf unserem Hügel zu tanzen, waren wir alle hierher gefahren – zu Adams Lieblingsstrand. Sein Vater und seine Schwester fuhren mit seinem Segelboot hinaus und verstreuten seine Asche da, wo er es ihrer Meinung nach gewollt hätte. Ich komme hierher, um mit ihm zu reden, Mike – wahrscheinlich denkst du jetzt, das ist ja wie in einem Groschenheft, aber ich komme nicht von ihm los. Hier finde und liebe ich ihn, und ich weiß, daß er mich mehr als alles auf Erden geliebt hat. Das hat ihn umgebracht – die ganze Nacht zu fahren, um hierherzukommen und mich zu heiraten.«

Mike ließ mich fünf oder zehn Minuten allein dort sitzen und ging am Strand entlang, ehe er umkehrte und den Arm ausstreckte, um mich aus dem Sand hochzuziehen.

»Gib mir die Autoschlüssel, Mädchen, und laß uns zum Flugzeug fahren. Das fehlte mir gerade noch, hier nachts von der Flut überrascht zu werden, während du so sentimental bist und dich einem anderen Kerl an den Hals wirfst.«

Wir gingen zum Auto zurück, und Mike fuhr das kurze Stück zum Flugplatz, wo wir den Leihwagen abgaben und darauf warteten, daß uns die kesse Pilotin von Cape Air mit dem Sechs-Uhr-Flieger nach Logan brachte. Es war fast windstill, so daß Mike den kurzen Flug nach Boston diesmal gut überstand.

Ich ging vor ihm zum Terminal für den Anschlußflug, als ich ihn rufen hörte, ich solle stehenbleiben. Er stand da, starrte auf den Fernsehbildschirm an der Flughafenbar und winkte mich aufgeregt zu sich.

»He, Coop, ist das denn zu fassen! *Jeopardy* muß hier früher laufen als in New York. Komm doch mal her – sie sind gerade bei der Final-Jeopardy-Frage.«

Ich kam mir vor wie eine Mutter, die mit einem fünfjährigen Kind zankt, als ich ärgerlich den Kopf schüttelte und ihm zurief: »Nein, Mike. Los, komm – wir wollen doch nicht die Sieben-Uhr-Maschine verpassen.«

»Jetzt warte doch. Wozu diese Eile? In einer halben Stunde geht doch noch eine Maschine. Diesmal geht's um die Oscars. Was meinst du, Blondie? Ich wette mit dir um 25 Dollar.«

Mike und ich waren süchtig nach *Jeopardy*, obwohl ich nur selten rechtzeitig zu Hause war, um mir die Sieben-Uhr-Show anzusehen. Es gab einige Themen, bei denen ich nie mit ihm wetten würde – etwa die Bibel –, weil er mich jedesmal besiegte. Und ich hatte ein paar Spezialgebiete, von denen er die Finger ließ. Aber normalerweise gingen unsere zehn Dollars von Woche zu Woche hin und her, während wir einander bei unseren bekannten Schwachstellen provozierten, so daß der Einsatz beträchtlich in die Höhe gehen konnte. Mercer Wallace schwor, die schlimmste Zeit, in Manhattan ermordet zu werden, sei zwischen 18.55 Uhr und 19.30 Uhr. Er hatte einmal erlebt, wie Chapman mitten im Juli in einer stickigen Mietskaserne stand, drei Leichen am Tatort um ihn herum, und Alex Trebek zuhörte, der die Fragen in den Runden von Jeopardy und Double Jeopardy stellte, und dabei wie aus der Pistole geschossen die Antworten gab, während der Leichenbeschauer die Leichen stumm nach Tathinweisen untersuchte.

Ich drehte mich um und griff nach meiner Brieftasche – beim Thema Film kannten wir uns beide gut aus. »Es wird dich mindestens fünfzig kosten, wenn du mich zum Bleiben nötigst.« Mir war klar, daß er in den nächsten drei Minuten von hier nicht wegzubewegen war, darum legte ich mein Geld auf den Tresen und forderte Mike auf, das gleiche zu tun.

Er zog eine 20-Dollar-Note heraus, bestellte uns beiden einen Drink und wandte sich mir mit einem verlegenen Grinsen zu. »Ich hab' nur noch zwanzig Mäuse – ich muß mir im Revier meinen Gehaltsscheck abholen, sobald wir da sind. Vertraust du mir?«

Ich nickte, während Trebek die Final-Jeopardy-Antwort verkündete: die einzigen beiden Filmschauspieler, die jemals den Oscar in aufeinanderfolgenden Jahren bekommen hätten.

Mike und ich schlugen gleichzeitig mit der Hand auf den hölzernen Bartresen, als ob wir wie die Quizteilnehmer im Fernsehen auf den Summer drücken würden.

»Tom Hanks und Gary Cooper.«

»Falsch. Lös lieber deinen Scheck gleich heute abend ein, Chapman.«

»Was heißt hier falsch? Wer denn?«

»Tom Hanks und Spencer Tracy. *Philadelphia* und *Forrest Gump*, *Manuel* und *Teufelskerle*.«

»Was ist mit Gary Cooper? *Zwölf Uhr mittags* und *Der große Wurf*?«

»Da liegst du total daneben. Diese Filme sind in einem Abstand von etwa zehn Jahren rausgekommen. Im übrigen hat er nie einen Oscar für *Der große Wurf* bekommen.«

»Willst du mich auf den Arm nehmen? Ich glaub's einfach nicht. Er war doch phantastisch in diesem Streifen. Er war unglaub –«

»Genieß deinen Cocktail, Mike, denn du zahlst.« Alex Trebek verkündete ihm die traurige Nachricht, wir tranken unsere Drinks aus und schafften in letzter Sekunde die Maschine um 19.30 Uhr.

Als wir in meiner Wohnung ankamen, war es bereits nach neun Uhr, und ich bot Mike ein weiteres Fast-Food-Essen bei mir zu Hause an. Er lehnte ab und erklärte, er sei noch verabredet, und es gelang mir nicht, ihm irgend etwas über sie zu entlocken.

Ich starrte auf den blauweißen Streifenwagen vor meinem Wohnhaus und drehte mich zu Mike um. »Könntest du mir noch bei einer Sache helfen?«

»Klar – wobei denn?«

»Wenn ich Battaglia am Montag sehe, will ich ihn darum bitten, meine Babysitter abzuziehen. Ich war doch gar nicht das Ziel, Mike. Wer auch immer es getan hat, wollte Isabella Lascar ermorden, das ist doch jetzt ziemlich klar, oder?«

»Ja, ja, ich bin sicher, daß du recht hast. Es war mitten in der Woche, und wie du schon gesagt hast, jeder konnte leicht herausfinden, daß du gearbeitet hast. Diese Schießerei war für einen Zufall zu methodisch und präzise. Und es gibt einige, von denen wir wissen, daß sie guten Grund hatten, Isabella zu hassen. Was das angeht, haben wir vermutlich erst an der Oberfläche gekratzt. So süß du auch bist, Blondie, glaube ich doch nicht, daß der Täter, der ja einen genauen Blick auf diesen Kopf werfen konnte, ihn mit deinem verwechselt hätte. Irgend jemand wollte Isabella töten.«

»Schön, wirst du dann *deinem* Boß sagen, er soll meinen Boß bitten, die Hunde abzuziehen? Battaglia wird am Montag auch mit dir sprechen wollen. Du weißt doch, er wird eine unabhängige Meinung hören wollen – nicht bloß, was ich denke.«

»Ich werde dasein. Nun ruh dich mal schön aus, du hast morgen einen großen Tag vor dir. Mach einen ausgiebigen Schönheitsschlaf.«

Ich zog Mikes Kopf herunter und küßte ihn auf die Stirn. »Danke.«

Ich begrüßte meine Leibwächter und den Portier, der mir meine gereinigten Sachen und meine Post aushändigte, und fuhr mit dem Fahrstuhl nach oben, die Schlüssel in der Hand. Ich ließ alles fallen, vergewisserte mich, daß ich eine Lasagne in der Gefriertruhe hatte, und ging ins Schlafzimmer, um mich auszuziehen und zu duschen.

Auf dem Anrufbeantworter waren sechs Anrufe. Zwei Freundinnen – Nina und Joan; zweimal aufgelegt; die Reporterin Ellen Goldman, die das Interview am Montag bestätigte, und Rod Squires, mein Abteilungsleiter, der mir nur versichern wollte, daß es ein ruhiger Tag gewesen sei.

Nina Baum hatte schon recht. Es war gut, daß ich keine Kinder und keine Haustiere hatte, um die ich mich kümmern mußte. An den meisten Tagen war es mir schon zuviel, meine Grünpflanzen am Leben zu erhalten, und an diesem Abend hatte ich nicht einmal die Kraft, sie zu gießen. Also: in den Ofen mit der Lasagne, ein bißchen mit den Mädels gequatscht, früh zu Bett und, falls es mir gelingen sollte, die Ereignisse des Tages aus meinem Gehirn zu verbannen, vielleicht sogar süße Träume über den morgigen Tag.

Ich versank in tiefen Schlaf, bis mich das Läuten des Telefons aus den Kissen aufschrecken ließ. Ein Blick auf das leuchtende Zifferblatt meines Weckers sagte mir, daß Mitternacht schon vorbei war. Mein Herz klopfte, als ich nach dem Hörer griff und insgeheim darum betete, die Stimme von Jed zu hören, der sich entschuldigte, daß er um diese Zeit anriefe und den sechsstündigen Zeitunterschied zwischen New York und Paris ganz vergessen hätte.

»Hallo? Hallo?«

Keine Stimme, kein schweres Atmen, keine Hintergrundgeräusche.

»Wer ist denn da, verdammt noch mal?« Ich versuchte, nicht aufgeregt zu klingen, und nahm mir vor, am Montag den Anruferidentifikationsdienst zu bestellen, für den die Telefongesellschaft kürzlich geworben hatte.

Ich warf den Hörer auf die Gabel, stieg aus dem Bett, ging zum Fenster und sah in die klare Nacht hinaus. Normalerweise, wenn ich an meinem Schreibtisch im Büro oder am Tisch der Staatsanwaltschaft bei Gericht sitze, habe ich das falsche, aber tröstliche Gefühl, die bösen Geister, die in dieser Stadt nach Einbruch der Dämmerung herumschleichen, im Griff zu haben. Aber jetzt, als ich auf die leeren Bürgersteige und die stillen Straßen hinunterstarrte, hatte ich keine Ahnung, wo ich eine sichere Zuflucht finden könnte.

11

Am Morgen – lange nachdem ich mich endlich wieder ins Bett gelegt und an angenehmere Dinge gedacht hatte als an meine anonymen Anrufe – redete ich mir ein, daß ich zum erstenmal in dieser ganzen Woche mit gutem Grund schlecht geschlafen hatte. Jed würde heute abend bei mir sein, und ich war ganz aufgeregt bei dem Gedanken an unser Zusammensein.

Bis neun Uhr wälzte ich mich unruhig hin und her und versuchte mich abzulenken, indem ich mir vorstellte, wie Jed mich streicheln und in den Arm nehmen würde, wenn er vom Flughafen kam. Als ich mehrere Variationen dieses Themas durchgespielt hatte, ging ich zur Tür und holte die *Times* herein, um das Kreuzworträtsel zu lösen, während ich die ersten beiden Tassen Kaffee des Tages trank. Das Rätsel am Samstag war das einzige, das mich die ganze Woche beschäftigte – es war am schwersten, und jahrelang hatte ich mit meinem Vater darum gewetteifert, wer von uns beiden es am schnellsten lösen konnte. Bei 57 waagrecht in der unteren Ecke blieb ich hängen – Nachfahre eines altnordischen Volkes –, ich war zu unruhig, um mich mit den fehlenden Buchstaben abzuquälen. Also gab ich es auf und ging zurück ins Schlafzimmer, um mich anzuziehen.

Es gibt eigentlich kein körperliches Training, das mich interessiert, nur fürs Ballett hatte ich schon immer eine Schwäche. Seit meinem vierten Lebensjahr hatte ich Unterricht genommen. Meine Träume, Nachfolgerin der Makarova zu werden, hatte ich erst aufgegeben, als ich aufs College kam. Dennoch, während der Universitätsjahre und immer, wenn meine unregelmäßige Arbeitszeit bei Gericht es erlaubte, nahm ich weiter Ballettstunden, um in Form zu bleiben und für die Anspannung meines Berufs einen Ausgleich zu finden.

Der Streifenwagen mit zwei Beamten von der Tagschicht stand in der Auffahrt meines Wohnhauses, als ich aus der Tür trat, die Ballettschuhe in der Hand und einen Regenmantel über dem schwarzen Trikot und der Strumpfhose. Beide Cops – zwei junge Frauen – setzten sich aufrecht hin, als sie mich auf sie zukommen sahen.

»Hi, ich bin Alexandra Cooper«, sagte ich, obwohl sie das sicher wußten, als sie mich erblickten. »Tut mir leid, daß Sie hier Ihren Dienst tun müssen, aber ich denke, in ein paar Tagen wird das vorbei sein. Würde es Ihnen was ausmachen, mich für eine Stunde rüber zur West Sixty Fourth Street zu bringen?«

»Kein Problem.«

Ich stieg ein, und wir fuhren zu dem Studio auf der West Side. Es lag in der Nähe des Lincoln Centers und gehörte einem ehemaligen Tänzer des American Ballet Theatre. Ich nahm an seinem Unterricht am Samstag morgen und gelegentlich abends unter der Woche teil, wenn meine Zeit es erlaubte. William und seine sechs anderen Schüler waren zwar überrascht, mich zu sehen, als ich etwas verspätet eintraf, aber das Schweigegebot für die Teilnehmer während des Trainings war einer der zusätzlichen Vorzüge des Balletts. Nie mußte ich meine persönlichen Umstände erklären oder über meine Prozeßergebnisse oder die tägliche Arbeit an den Fällen sprechen, von denen sie in der Boulevardpresse gelesen hatten.

Fast eine Stunde lang, während ich mich streckte und mich mit Pliés und Glissaden über den glatten Holzboden zur vertrauten Musik von Prokofjews *Romeo und Julia* bewegte, verdrängte die Konzentration alle anderen Gedanken aus meinem Hirn. Ich schwitzte und strengte mich genauso an wie die anderen Frauen im Studio und bedauerte es eher, als die Platte zu Ende war und William sich vor der Gruppe mit seinem üblichen »Schönen Dank, meine Damen« verbeugte.

Ich begrüßte die anderen erschöpften Tänzerinnen und kühlte mich ab, bevor ich zum Streifenwagen hinausging, um mich von meiner Eskorte nach Hause bringen zu lassen. Zuvor stieg ich aber noch bei *Grace's Marketplace* aus, einem Feinkosttempel, um das Abendessen für Jed und mich einzukaufen. In der Abteilung für schmackhafte, vorgekochte Gerichte war ich Stammkundin – ich liebte diese kompletten Mahlzeiten, die nur noch aufgewärmt und serviert werden mußten. Jed würde von der langen Reise viel zu erschöpft sein, um an diesem Abend noch auszugehen zu wollen. Kalbfleisch auf französische Art, neue Kartoffeln aus dem Backofen, grüne Bohnen und Salat, und dann stand ich an der Schnellkasse, sprang in den Wagen und ließ mich wenige Minuten später an meiner Haustür absetzen. »Das war's für heute, meine Damen. Ich gehe nicht mehr aus. Mein Freund wird später kommen – mehr bekommen Sie heute nicht zu tun. Vielen Dank.« Die beiden Polizistinnen bezogen in der Auffahrt Posten, und ich fuhr nach oben, um meine Einkäufe zu verstauen und unter die Dusche zu gehen.

Die einzige Nachricht auf meinem Anrufbeantworter stammte von Nina, die vom Auto aus auf dem Weg zu Isabellas Beerdigung angerufen hatte. »Ich ruf' später noch mal an, nach der Show. Vergiß nicht, sie dir anzusehen – C-SPAN überträgt den Gottesdienst. Insider behaupten, daß jede Menge Krokodilstränen fließen werden – Sharon, Demi, Nicole, – alle die Mädels eben, die Isabellas Drehbücher und laufende Projekte an sich reißen wollen, werden vorn und in der Mitte stehen, in tiefstem Schwarz und mit geheuchelter Trauer. Bis später.«

Es war fast ein Uhr, also machte ich es mir auf meinem Sofa im Arbeitszimmer bequem und sah mir den Gedenkgottesdienst für Isabella an, der aus Forest Lawn übertragen wurde. Zunächst schilderte der Kommentator den Einzug der Filmstars, nicht viel anders als bei der Oscar-Verleihung im Dorothy-Chandler-Pavillion. Unter den Hunderten prominenter Trauergäste konnte ich Nina und ihren Mann Jerry Baum ausmachen – einen Literaturkritiker und Drehbuchautor; die beiden hatten sich kennengelernt und geheiratet, als wir beide noch in Wellesley waren.

Eine ganze Reihe von Rednern gab ihre Lieblingserinnerungen an Isabella zum besten. Es war sehr viel von ihrer Schönheit und Begabung die Rede, aber nur wenig wies auf einen Menschen hin, der je etwas Gutes getan oder einen freundlichen Gedanken an ein anderes menschliches Wesen verschwendet hatte. Ich beugte mich vor und nahm die Trauergäste unter die Lupe, wie es Luther Waldron wohl beim Begräbnis eines Mafiapaten getan hätte: Ausschau halten nach dem verdächtigen Blick eines Mörders oder nach dem unangebrachten Lächeln der Genugtuung auf dem Gesicht eines Ex-Liebhabers.

Die Namen einiger Redner waren bekannt. Die meisten hatten mit Isabella an dem einen oder anderen Projekt zusammengearbeitet: Produzenten, Regisseure, ihre Agentin, ein paar Starkollegen. Dann trat Richard Burrell ans Mikrofon und sprach über den Menschen Lascar. Ich versuchte Schlüsse daraus zu ziehen, daß er nicht allzu gefühlvoll über den Tod seiner Frau sprach, die er geliebt hatte. Es lag aber auf der Hand, daß es nicht leicht gewesen war, sie zu lieben, und unübersehbar fehlte der ganzen Zeremonie Gefühl und Emotion.

Es war die letzte Rede, auf die alle gewartet hatten. Ich konnte mir ein breites Grinsen nicht verkneifen, als Kirk Douglas sich aufs Podium begab. Ich wollte schon nach dem Telefonhörer greifen und Mike zu Hause anrufen, dachte mir dann aber, daß auch er zusah. Er war ein leidenschaftlicher Kinofan, und Douglas war einer seiner Lieblinge. Mike konnte ihn in fast jeder Rolle imitieren, von *Die Wikinger* und *Spartacus* bis hin zum Remake von *Blue Lotus* im letzten Jahr. Douglas hatte Isabellas Vater gespielt und war erneut für die beste Nebenrolle Oscar-nominiert worden.

Auch er konnte dem Porträt der Verstorbenen keine Wärme verleihen, aber Kirk Douglas bot am Ende zumindest die schauspielerische Glanzleistung, die die Fans erleben wollten. Er beschwor jedes Zelluloidbild des jungen Stars, in jeder Rolle, die sie gespielt hatte, und umgab ihre berufliche Karriere mit der Würde seiner einzigartigen Stimme. »... und die letzte, tödliche Ironie hat darin bestanden, daß Isabella – ein Name, der ›schöne kleine Insel‹ bedeutet – ausgerechnet an einem derartigen Ort, einer schönen kleinen Insel, starb, wo sie Einsamkeit und sichere Zuflucht gesucht hatte ...«

Ja, ja, Kirk, diesen Scheiß hat sie mir auch weismachen wollen.

Ein letztes Gebet und dann der Schlußchoral. Sechs Doppelgänger von Johnny Gorilla trugen den Sarg hinaus – und hatten vermutlich guten Grund, trauriger als alle anderen in der Aussegnungshalle zu sein –, dann schaltete ich den Fernseher ab.

Eine Minute später rief Joan Stafford an, noch ganz benommen von dem Schauspiel. »Es fällt einem schwer zu glauben, daß Isabella tot ist, nicht wahr? Sie war so dynamisch, so großartig. Es ist – ach ja, was meinst du, Alexandra? Wer hat es getan? Es könnte jeder in den ersten beiden Reihen gewesen sein, dem Ausdruck auf ihren Gesichtern nach zu schließen.«

Ich berichtete ihr von unserer gestrigen Reise nach Martha's Vineyard, erzählte ihr, daß ich am Abend Jed erwartete, verabredete mich mit ihr für Ende der kommenden Woche zum Essen und legte wieder auf.

Dann rief ich bei Air France an und erfuhr, daß sich der Start in Paris wegen schlechten Wetters um zwei Stunden verzögert hätte. Jed würde also erst gegen sechs Uhr kommen.

Ich versuchte, mich mit dem neuen Roman von Le Carré abzulenken, den ich erst vor einer Woche gekauft hatte, aber meine Gedanken pendelten rastlos zwischen dem Versuch, den echten Mordfall zu lösen, der sich in meinem Leben ereignet hatte, und den Phantasien über das Liebesspiel mit Jed. Mit beidem kam ich nicht sehr weit.

Ich hob den Hörer wieder ab und wählte die Nummer der Abteilung für Special Victims auf dem 20. Revier.

»Zwanzigstes Revier.«

»Hier ist Alexandra Cooper. Mit wem spreche ich bitte?«

»Hey, Alex. Hier Frank Barber. Was woll'n Sie denn?«

»Ich wollte mich bloß mal bei Mercer erkundigen, ob's was Neues gibt, im Fall des Con-Ed-Vergewaltigers.«

»Mercer ist gestern gegen vier abgehauen. Kommt erst am Montag nachmittag wieder. Aber ich hab' die Akte vor mir. Keine Neuigkeiten – keine neuen Entwicklungen, keine neuen Vergehen.«

»Gibt's sonst noch was, was ich wissen müßte, Frank?« Schon ein merkwürdiger Beruf, sagte ich mir. Da erkundigte ich mich, ob es etwas Neues in einem großen Vergewaltigungsfall gibt, nur um mich von einer Morduntersuchung und meinem eigenen Liebesleben abzulenken.

»Zwei Dinge, aber nichts, womit wir Sie zu Hause belästigen wollten. Eine gute und eine schlechte Nachricht. Ich sag' Ihnen die schlechte zuerst, okay?«

»Schießen Sie los.«

»Bekam gestern nacht eine 61 ...«, begann Frank und meinte damit den in jedem Fall angefertigten Polizeibericht, der nach dem entsprechenden Paragraphen im Polizeihandbuch benannt ist – Uniformed Force Number 61. »23. Revier. Das Opfer ist 68 Jahre alt. Wohnt in einer alten Eisenbahnerwohnung mit vier Schlafzimmern. Sie ist Witwe, vermietet Zimmer. So 'n Kerl, den sie seit ein paar Monaten als Untermieter hat, kommt letzte Nacht schwer geladen nach Hause. Mrs. Zalina geht über den Gang ins Bad, und dieser Dreckskerl zerrt sie in sein Zimmer und sagt ihr, sie soll ihm einen blasen.

Sie sagt nein, da boxt er sie auf den Mund. Sie sagt wieder nein, also schlägt er sie wieder. Er zwingt sie auf die Knie und will, daß sie es tut, als ein anderer Mieter den Tumult hört und der alten Mrs. Zalina zu Hilfe eilt. Der Dreckskerl ist so schlau abzuhauen und kommt nie wieder.«

»Wie geht's Mrs. Zalina, Frank?«

»Die Streife ist auf ihren Anruf gekommen. Sie haben sie zum Mount-Sinai-Krankenhaus gebracht. Sagen, es gehe ihr gut. Wir haben es als versuchte Sodomie und als Tätlichkeit zu Protokoll genommen. Hat sie ziemlich mitgenommen, aber sie war knallhart. Die Ärzte haben sie von Kopf bis Fuß untersucht, und die Berater für Vergewaltigungsopfer waren mit ihr zusammen und haben sie nach Hause gebracht. Sie hat ihnen gesagt, sie brauche keine Beratung – da es der verstorbene Anthony Zalina in den 42 Jahren ihrer Ehe nicht geschafft habe, sie ›diese ekelhafte Sache‹ machen zu lassen, sei sie nicht bereit, es für einen betrunkenen Automechaniker zu tun.«

»Na, prima. Ich nehme an, wir wissen, wer der Kerl ist, oder?«

»Klar. Wir haben in seinem Zimmer eine Menge Papiere mit seinem Namen drauf gefunden. Arbeitet in einer Karosseriewerkstatt in der Bronx, aber dort ist er heute morgen nicht aufgekreuzt. Nur eine Frage der Zeit, Alex – wir werden ihn schon schnappen.«

»Okay. Ich werde das am Montag an jemand in der Einheit weiterleiten, damit wir bereit sind, wenn ihr ihn erwischt.«

»Mrs. Zalina wird Ihnen gefallen. Sie will das durchziehen. Sagt, sie würde seinen Penis sofort wiedererkennen – ›der sähe wie ein klitzekleines krummes Würstchen aus‹. Die Cops haben das genau so ins Protokoll geschrieben, zusammen mit der übrigen Beschreibung.«

»Müßte eine interessante Gegenüberstellung werden, Frank. Vielleicht sollten wir sie ja in einem Metzgerladen abhalten statt auf dem Revier. Wenn das schon die schlechte Nachricht war, was ist dann die gute?«

»Könnte was Neues für Sie sein, Alex. Ich bin heute von einer jungen Frau angerufen worden, die einstweilen anonym bleiben möchte. Sie sei vor einer Woche von ihrem Exfreund vergewaltigt worden. Die beiden arbeiten bei Merrill Lynch, sind auf ein paar Drinks in eine Bar gegangen, haben sich an alte Zeiten erinnert, und dann hat sie ihn zu sich nach Hause mitgenommen. Nun will sie wissen, wie lange sie warten kann, bevor sie Anzeige erstattet und das Ganze noch als Verbrechen verfolgt wird. Aber ihre entscheidende Frage betrifft das Beweismaterial. Anscheinend hat sie einen Waschlappen aufgehoben, mit dem er sich abgewischt hat, ihn in einen Gefrierbeutel getan und dann in ihr Gefrierfach gesteckt, damit sie seinen Samen hat, zum Beweis dafür, daß er's getan hat. Nun will sie wissen, wie lange sie ihn aufheben kann, damit das Polizeilabor ihn noch verwenden kann.«

»Ist das Ihr Ernst? Was haben Sie ihr gesagt?«

»Ich hab' ihr gesagt, es würde davon abhängen, ob sie es zu den gefrorenen Erbsen gelegt hat oder neben das Speiseeis ...«

»Frank, das ist ja ekelhaft.«

»Und dann hab' ich ihr gesagt, ich würde mich absolut weigern, zu ihr zum Essen zu kommen, bevor sie das Zeug ins Labor gebracht hat. Im Ernst, ich hab' ihr gesagt, sie soll Ihr Büro nächste Woche anrufen, und einer der Anwälte könnte alle ihre Fragen bezüglich der Strafverfolgung beantworten.«

»War's das?« fragte ich.

»Das ist im Augenblick alles, Alex. Sie werden es zuerst erfahren, falls wir Sie brauchen.«

Ich legte auf und beschloß, mich auf Jeds Ankunft vorzubereiten. Ich deckte den Tisch, räumte die Wohnung auf und entfernte die Etiketten von Isabellas aufreizendem Geburtstagsgeschenk, um mich dem Anlaß entsprechend anzuziehen. Die Four Tops sangen für mich, während ich mich auf den Abend einzustimmen versuchte, und beschworen mich, nach ihnen zu greifen, wenn es in meinem Leben drunter und drüber ging. Ich legte die Liste der Menschen, die ein Motiv hatten, Isabella umzubringen, in eine Schublade, schloß die Akte mit dem Strafantrag und dem substantiierten Klagevorbringen, auf die ich am Donnerstag im Fall Vargas eingehen mußte, und ließ mich schließlich – außerstande, mich auf etwas anderes zu konzentrieren – mit einer zwei Monate alten Ausgabe des *Architectural Digest* in einen Sessel fallen.

»Mr. Segal ist auf dem Weg nach oben, Ma'am«, verkündete der Portier über die Hausleitung, als Jed endlich vom Flughafen kam.

Ich betrachtete mich noch einmal eingehend im Badezimmerspiegel und ging zur Tür, als ich hörte, wie sich die Lifttür öffnete. Jed trat heraus, den Koffer in der Hand. Ihm fielen fast die Augen aus dem Kopf, als er mich in meiner seidenen Reizwäsche in der Tür stehen sah. Das wich von meinem üblichen Freizeitoutfit – übergroßem Herrenoberhemd und Leggings – doch radikal ab.

»Du bist schon richtig hier, Schatz. Willkommen zu Hause!«

»Du hast das perfekte Gegenmittel gegen meinen Jetlag gefunden, Alexandra«, sagte er lächelnd, während er mich gegen die Wand drückte und mich küßte.

Wir küßten uns mehrere Minuten lang, fest und tief. Jed ließ seine Hand über mein Pyjamaoberteil gleiten und spürte, wie meine Brustwarzen sich aufrichteten. »Bist du okay?« flüsterte er, während er an meinen Knöpfen zu nesteln begann. Ich hielt die Augen geschlossen und nickte nur.

»Sag mir, was passiert ist, Alex. Sag mir, was du durchgemacht hast und was sie die ganze Woche mit dir angestellt haben.«

Ich stieß mich von der Wand ab, sah Jed an und legte einen Finger auf seine Lippen, um ihn zum Schweigen zu bringen. Dann nahm ich ihn an der Hand und führte ihn ins Schlafzimmer. »Ich sag' dir alles, was du wissen willst, später, aber jetzt habe ich was anderes vor.«

»Aber haben sie denn wirklich geglaubt, daß der Mörder hinter dir her war und nicht hinter Isabella? Haben sie eine Ahnung, wer es getan hat?«

»Also wirklich, Jed, du sagst mir doch immer, ich soll nicht die ganze Zeit über meine Fälle reden, und wenn ich das alles endlich mal vergessen will, spielst du den Großinquisitor.«

»Tut mir leid, Schatz. Ich kam mir bloß so nutzlos vor in Paris, während hier alles drunter und drüber ging, ich hab' mir solche Sorgen um dich gemacht und ...«

»Wenn ich dir beweisen soll, daß ich absolut okay bin, dann zieh' dich endlich aus. Die Unterhaltung kannst du dir fürs Essen aufheben.«

»Fairer Deal«, erwiderte Jed und begann sich auszuziehen. »Ich bin seit Stunden unterwegs gewesen – du solltest mir also lieber noch ein paar Minuten Zeit zum Duschen lassen.«

Ich sah zu, wie er sich auszog und lächelte beim vertrauten Anblick seines schlanken Körpers. Wir hatten uns erst im Juni kennengelernt, aber wir hatten uns sofort und intensiv zueinander hingezogen gefühlt. Ich war froh, daß er mich halten und auf den Boden der Realität zurückholen würde, während das Rätsel um die Umstände von Isabellas Tod gelöst wurde.

»Ich hatte zwar keine Zeit fürs Shopping, aber du solltest wenigstens wissen, daß ich überall, wo ich war, an dich gedacht habe«, sagte Jed und lächelte, während er aus seinen Taschen Parfümfläschchen und Döschen mit Bodylotion von Chanel 22 holte und aufs Bett fallen ließ, bevor er ins Bad ging.

»Gott sei Dank gibt's ja Duty-free-Shops«, rief ich lachend und riß das Zellophan von den eleganten schwarz-weißen Päckchen. Nichts konnte Jed vom Geschäftemachen ablenken, wenn die Zahlen auf dem Tisch lagen und die Einsätze in die Höhe gingen – daher freute es mich, daß er zwischendurch auf seiner Reise an mich gedacht hatte. Er wußte, daß Einkaufen eine Leidenschaft von mir war, und außer Tatorten gab es nicht viel, was mein Interesse an einem Schnäppchen unterdrücken konnte. Es gefiel mir, daß er sich an mein Parfüm erinnert und versucht hatte, mich mit diesen luxuriösen Aufmerksamkeiten aufzuheitern.

Als ich die Dusche rauschen hörte, schlüpfte ich aus Isabellas Satingewand, ließ das Pyjamaoberteil auf den Boden gleiten und öffnete die Badezimmertür. Dampf füllte den kleinen Raum, der Spiegel war völlig beschlagen. Ich schob den weißen Duschvorhang beiseite und trat zu Jed hinein, der den Kopf in den Nacken geworfen hatte, so daß das heiße Wasser sein Gesicht besprühte und an seinem Körper hinablief. Ich nahm das Stück Seife aus der Schale in der gekachelten Wand und begann ihm Schultern und Rücken einzuschäumen. Er seufzte zustimmend und verlagerte seinen Körper, so daß sich seine Hände von der Rückwand der Dusche abstützten und sein Kopf zwischen die Arme sank.

Sanft rieb ich mit den Händen jeden Zoll seines Rumpfs ein, dann an jedem Bein hinab und wieder hinauf bis zu seinen Hüften, wie bei einer langsamen Wassermassage an einer sehr willfährigen Versuchsperson.

Schließlich ließ Jed die Wand los, an der er sich abgestützt hatte, und wandte sich mir zu, mit erigiertem Penis, die Augen genießerisch geschlossen. Ich reckte mich auf Zehenspitzen, um ihn zu küssen, und wieder umarmten wir uns, erkundeten einander. Die Dusche spülte alle anderen Gedanken weg, es gab nur noch diesen Mann und diesen Augenblick. Er drang in mich ein, und all meine Phantasien von einer langsamen und wohligen Vereinigung auf meinem bequemen Bett verblaßten vor der Wirklichkeit, als unsere gierigen Körper einander fanden und sich einander hingaben.

Als wir uns kurz darauf voneinander lösten, drehte ich das Wasser ab. Wir hüllten uns in schwere Badetücher. Während Jed sich rasierte und umzog, ging ich ins Schlafzimmer, um mir mein vertrauteres Gewand – Leggings und Oberhemd – überzuziehen.

Jed kam mir nach, als er fertig war. Ich zog ihn an mich und sagte ihm, wie sehr ich ihn während dieser ganzen Woche vermißt hatte. Wir ließen uns rücklings auf mein Bett fallen, und als er die dunklen Ringe unter meinen Augen küßte, neckte ich ihn damit, daß er daran schuld sei, weil er mich allein hatte schlafen lassen. Ich lag in seinen Armen, froh darüber, daß ich nicht reden oder die Probleme erklären oder lösen mußte, die mich gequält hatten, seit er vor so vielen Tagen zum letztenmal bei mir gewesen war.

»Kann ich dir einen Drink machen?« fragte er, als ich mich schließlich von ihm löste und zur Küche ging, wo ich unser Dinner in der Mikrowelle fertigmachen wollte.

»Sicher, wenn du einen mittrinkst.«

»Ich glaube, ich trinke nur ein Glas Wein zum Essen. Nach dem Jetlag und deiner Zauberfinger-Begrüßungsbehandlung werde ich heute abend wohl nicht sehr alt werden. Ist das sehr unhöflich?«

»Ich bin ja so froh, daß du da bist, Jed – natürlich nicht. Ich hab' seit drei Tagen nicht richtig geschlafen, also werden wir bloß essen und früh zu Bett gehen.«

»Als ich aus dem Flugzeug gestiegen bin, hätte ich es mir fast anders überlegt und wäre direkt zu meiner Wohnung gefahren. Ich hätte nie geglaubt, daß ich dazu in der Lage sein würde, mit dir, na ja –«

»Es hätte mir sehr weh getan, wenn du nicht gekommen wärst.«

»Aber, Alex, versteh doch – ich mußte auch meinetwegen hierherkommen, nicht nur, weil du mich brauchst. Es ist so viel passiert. Ich weiß es so sehr, daß ich dich liebe, ich mußte einfach bei dir sein – und als ich dich in meinen Armen gehalten habe, konnte ich gar nicht anders, als dich zu lieben.«

Mein Verstand bemühte sich verzweifelt, von der Richtung abzulenken, die diese Unterhaltung zu nehmen drohte. Unsere Romanze hatte sich rasant entwickelt, und einige Wochen lang hatte es den Anschein gehabt, als sei ich mehr an Jeds Gefühlen interessiert gewesen, als ihm lieb gewesen war. Körperlich fühlten wir uns sehr zueinander hingezogen, aber ich wußte, er würde sich nur zögernd binden und seine Zurückhaltung aufgeben. Er war Anfang diesen Jahres aus Santa Barbara weggezogen. Seine Ehe war in die Brüche gegangen, und Jed quälte sich mit Vorwürfen über die Auswirkungen der Scheidung auf seine beiden Kinder herum. Im Spätsommer war mir klar, daß ich mich in ihn verliebt hatte, als er endlich aus sich herausgegangen war und mir die warmherzige, ausgelassene Seite seines Wesens zeigte, die ich unwiderstehlich fand.

Und dennoch, sagte ich mir, auf dem Höhepunkt meiner Krise war er weit weg und nicht bereit gewesen, die Verhandlungen, in denen er gerade steckte, zu vertagen, um an meine Seite zu eilen. Es erregte mich physisch und beruhigte mich mental, ihn in dieser Nacht bei mir zu haben, aber zum Teufel, ich würde dies nicht mit Liebe verwechseln.

»Schatz, ich wollte, ich hätte meine Kunden abwimmeln oder einen meiner Assistenten einspringen lassen können, aber du weißt ja ...«

»Schsch. Hör auf, dich zu entschuldigen. Glaubst du etwa, mir täte es leid, daß ich dich in der Dusche vernascht habe?«

»Dafür mußt du dich wirklich nicht entschuldigen. Ich hab' offenbar nicht viel dagegen gehabt, oder? Erinnert mich irgendwie an die Geschichte, die du mir über deinen ersten Vergewaltigungsprozeß erzählt hast – ich glaube, du hast bloß angeben wollen.«

Der erste Fall, den ich vor Gericht gebracht hatte, war ein Kinderspiel gewesen – so leicht, daß die Jury eigentlich zu ihrem Spruch hätte kommen müssen, ohne überhaupt die Geschworenenbank zu verlassen. Das Opfer war eine 21jährige College-Absolventin gewesen, die nachmittags zu ihrem ersten Vorstellungsgespräch in einem Bürohochhaus am Lower Broadway gegangen war. Als sie den Fahrstuhl betrat, stieg ein Mann mit ihr ein, und als der Lift sich in Bewegung gesetzt hatte, drückte er zwischen den Stockwerken auf den Halteknopf. Bevor die erschrockene junge Frau reagieren konnte, packte der Angeklagte sie am Hals und schlug ihren Kopf gegen die Wand, um sie benommen zu machen. Während er sie mit einem Arm festhielt, schob er mit der anderen Hand ihr Kleid hoch, zerriß ihre Unterhose, ließ seine Hose herunter und drang in sie ein, während sie dastand – eingezwängt in eine Ecke des Fahrstuhls.

Im Erdgeschoß warteten Angestellte ungläubig auf den hängengebliebenen Lift, der nach einer Weile wieder herunterkam. Als die Türen aufgingen, schrie das Mädchen, und der Angeklagte schoß zum Ausgang. Ein Polizist, der gerade dienstfrei hatte – zufällig befanden sich in dem Gebäude die Büros des Wohlfahrtsverbandes für Streifenpolizisten –, verfolgte den Vergewaltiger über zwei Blocks hinweg und brachte ihn an den Tatort zurück, wo andere Beamte ihn verhafteten.

Kein Wunder also, daß der Büroleiter mir den Fall als ersten Prozeß übergeben hatte. Der Verteidiger hielt ein ganz schwaches Plädoyer und behauptete, hier liege eine Verwechslung vor. Es gab keinen Grund, sich Sorgen über den Ausgang der Verhandlung zu machen. Die Geschworenen wurden vom Richter vor zwölf Uhr über ihre Rechte und Pflichten belehrt und hätten eigentlich noch vor dem Lunch wiedererscheinen sollen. Um zehn Uhr abends war uns allen klar, daß sie mit irgend etwas Schwierigkeiten hatten. Als die zwölf sehr verärgerten Männer und Frauen kurz vor Mitternacht wiederkamen und auf schuldig plädierten, wollten mehrere von ihnen mit mir sprechen. Was hatte sie so lange aufgehalten? Ein älterer Mann – verheiratet und Vater von vier Kindern – hatte die Geschichte des Opfers einfach nicht glauben wollen, obwohl sogar der Angeklagte zugegeben hatte, daß sich die Vergewaltigung genauso abgespielt hatte, wie die junge Frau es geschildert habe. Nummer acht erklärte den anderen, sie müsse einfach lügen: Niemand könnte in einer stehenden Position Geschlechtsverkehr haben – das sei einfach nicht möglich! Elf Geschworene hatten den ganzen Tag damit verbracht, mit diesem altmodischen Herrn zu diskutieren, dessen vierköpfiger Nachwuchs in der Missionarsposition gezeugt worden war. Er war überzeugt, nur auf diese Weise wäre Sex möglich ..., bis die Geschworenen drei (eine 36jährige Masseuse) und elf (ein 43jähriger Briefträger) sich erboten, ihm – im Interesse der Gerechtigkeit – zu demonstrieren, was das Opfer geschildert hatte.

Diese Erfahrung hatte mich gelehrt, daß ein Staatsanwalt niemals jeden Aspekt eines Falles im Vorfeld bedenken kann, insbesondere nicht auf dem komplizierten Gebiet der sexuellen Nötigung. Die Geschworenen bringen vor Gericht ihre eigenen Voreingenommenheiten, Vorurteile und persönlichen Erfahrungen ein; häufig sind diese ziemlich begrenzt. Das größte Problem stellt ihre natürliche Neigung dar, freiwillige sexuelle Erlebnisse, wie sie sie aus ihrem eigenen Leben kennen, mit dem Phänomen erzwungener, gewalttätiger Akte zu verwechseln. Danach habe ich eine Jury nie wieder ohne mein Schlußplädoyer gehen lassen und sie aufgefordert, auf die Unterschiede zu achten, die zwischen ihren mutmaßlichen privaten Gewohnheiten und dem hier verhandelten Verbrechen bestünden.

Jed schenkte mir einen Drink ein, während ich eine Flasche Wein für ihn aufmachte. Ich brachte das Essen, zündete die Kerzen an und versuchte das Gespräch auf das zu bringen, was er in Paris gesehen und gemacht und in welchen Restaurants er gegessen hatte.

Aber länger konnte ich das naheliegende Thema nicht hinausschieben, und er war entschlossen, so rasch wie möglich darauf zurückzukommen.

»Willst du mir denn nicht erzählen, was passiert ist, Alexandra? Wissen sie schon, wer Isabella umgebracht hat?«

Wie alle anderen Fragen hatte ich auch diese seit Mittwoch abend so viele Male beantwortet, daß es mir nun ganz leicht fiel, darauf einzugehen. Ich faßte die Details der Ermordung und der Ermittlungen zusammen. »Im Augenblick gibt es keine Verdächtigen. Zumindest keine, über die sie mit mir reden. Ein Ex-Ehemann, verrückte Starkollegen, ein Psychiater als Brieffreund, ein besessener Fan – vielleicht sogar ein heimlicher Liebhaber. Was meinst du? Ich glaube, ich sehe schon den Wald vor lauter Bäumen nicht mehr.«

»Ich wußte gar nicht, daß sie mal verheiratet gewesen ist. Und was für ein Liebhaber? Hat sie dir von ihm erzählt?«

»Nein. Sie hat mich einfach benutzt. Du weißt schon – daß sie verfolgt werde und sich zurückziehen müsse. Allerdings versäumte sie es, mir zu sagen, daß sie jemanden mitnahm. Einen Kerl.«

»Vielleicht war es ja rein platonisch, ein Freund –«

»Dann hat er aber ein paar sehr unplatonische Kondome in meinem Müll hinterlassen. Wenn ich das Ganze mal vom wissenschaftlichen Standpunkt aus betrachte statt aus dem Bauch heraus, dann können sie die DNS eines Verdächtigen mit der in den Kondomen vergleichen. Wenn sie einen Verdächtigen festnehmen.«

»Weiß denn die Polizei nicht, wer er ist? Hat niemand sie zusammen gesehen?«

»Nicht viele Leute. Das ist eben das Schöne an Vineyard.« Jed war noch nicht mit mir auf der Insel gewesen, er war an seinen freien Wochenenden meist an die Westküste geflogen, um mit seinen Kindern zusammenzusein. »Jedenfalls sprechen sie mit jedem, dem Isabella jemals über den Weg gelaufen ist, und darum glaube ich, daß sich das noch lange hinziehen wird.«

»Ja sind sie denn sicher, daß der Mörder hinter Isabella her war und nicht hinter dir? Das ist es, was mich so gequält hat, als ich nicht herkommen konnte.«

»Jetzt schon, aber es war wirklich furchtbar, bevor wir den zeitlichen Ablauf rekonstruieren konnten. Ich war ziemlich verzweifelt, als ich dich das erste Mal anrief.«

Ich wußte, daß Jed während eines kurzen Abstechers in die Politik, als er noch in Kalifornien lebte, von einer aufdringlichen Person belästigt worden war. »Ich erinnere mich noch an die Geschichten, die du mir über diese Frau erzählt hast, die dir während der Vorwahlen überallhin folgte.« Er hatte für den Senat kandidiert, und wie die meisten Menschen in exponierten Positionen hatte er bei seiner Suche nach Wählerstimmen auch ein paar Spinner angezogen. »Du weißt ja aus eigener Erfahrung, wie Männer und Frauen wehrlose Opfer werden können, wenn sie einen gewissen Bekanntheitsstatus erreichen. Die meiste Zeit ist es zwar lästig, aber ziemlich harmlos. Und dann verliert einer dieser Verrückten jeden Bezug zur Realität, und das kann tödlich enden.«

Jed nickte. »Ich kann dir sagen, wenn du mittendrin bist, gibt es nichts Schlimmeres. Jedesmal, wenn ich eine Rede hielt oder auf einem Empfang war und mich umsah, war sie da. Sie bedrohte mich allerdings nicht. Ganz im Gegenteil. Sie nahm nur an einer einzigen Wahlkampagne in Century City teil – vermutlich weil dort eine Menge Filmstars sein sollten –, gab mir einmal die Hand und war hin und weg.«

»He, sie ist doch auch nur ein Mensch«, neckte ich ihn.

»Klar, aber das ist nur das halbe Problem. Niemand nahm es ernst, weil sie allen sagte, wir würden uns lieben.«

»Und?«

»Natürlich nicht. Sie lebte in einer Wahnwelt. Aber niemand – meine Mitarbeiter, die Polizei, private Sicherheitsdienste –, niemand hielt es für nötig, sich deswegen Sorgen zu machen. Und warum? Weil sie eine Frau war, und weil meiner Meinung nach die meisten wirklich glaubten, wir hätten eine Affäre miteinander. Sie war raffiniert, ziemlich attraktiv und kannte meinen Reiseplan besser als meine Mitarbeiter. Sie war überall, wo ich hin mußte. Alle wußten, daß meine Ehe am Ende war, und zwinkerten einander bloß zu, wenn ich ihnen klarmachen wollte, daß nichts, aber auch gar nichts zwischen uns wäre.«

»Was hast du dagegen getan?«

»Ich erwirkte schließlich eine einstweilige Verfügung. Ich hatte natürlich nicht vor, so was mitten in der Wahlkampagne zu tun – jemanden wegen Anwesenheit bei meinen Veranstaltungen zu belangen. Verdammt noch mal, an manchen Tagen war sie die einzige, die erschien. Und dafür auch noch bezahlte.«

Wir mußten beide lachen. »Ich hab' mich nicht zuletzt deshalb so darauf gefreut, zu CommPlex nach New York zu gehen, weil ich all das hinter mir lassen wollte. Ich nehme an, sie ist noch immer auf der Uni in L. A. und hat sich an eine andere nichtsahnende Seele gehängt. Ich weiß, wie beunruhigend und verstörend so eine Belästigung ist, auch wenn ich keine Ahnung hatte, daß sie so gefährlich sein kann. Aber nun kann ich mich ja von dir beschützen lassen – da hab' ich mir wirklich die Richtige ausgesucht.«

Jed stand auf und ging um den Tisch herum zu mir. »Alex, ich werde dich nie wieder im Stich lassen, ich versprech's dir«, sagte er, während er sich über mich beugte, die feuchten Strähnen aus meinem Nacken strich und mich zart unters Ohr küßte, bis ich mich umdrehte und ihm meinen Mund bot. Wir ließen unser ungegessenes Dinner auf dem Tisch stehen, nahmen die Weinflasche und die Gläser mit ins Schlafzimmer, zogen uns zum zweitenmal aus und schlüpften unter die Decke.

»Verzeih mir, Schatz, aber ich glaube nicht, daß ich dir jetzt noch sehr viel bieten kann«, flüsterte er, während ich seinen Kopf auf meine Brust bettete. »Ich bin wirklich erledigt.« Er schlief fast sofort ein, als er die Augen schloß, und ein Blick auf den Wecker zeigte mir, daß es noch nicht einmal zehn Uhr war.

Ich starrte auf die stille Gestalt neben mir und dachte, wie sehr sich doch mein Leben in der kurzen Zeit verändert hatte, seit wir beieinander waren. Ich hatte Jed durch meinen besten Freund auf der Uni kennengelernt, Jordan Goodrich. Jordan war ins Investmentbanking übergewechselt, und hatte ein paar Geschäfte mit Jed abgeschlossen. Als Jeds Ehe nach zwölf Jahren in die Brüche ging und er nach New York übersiedelte, lud Susan Goodrich ihn zu einigen ihrer Dinnerpartys ein. Sie hielt sich zwar an meine Regel, mich nicht mit Unbekannten zu verkuppeln, aber Susan mochte Jed einfach und war überzeugt, mir würde es nicht anders gehen. Daher war sie fest entschlossen, uns miteinander bekannt zu machen.

Mitte Juni hatte Susan ein Kino an der East Sixty Fourth Street gemietet, als Überraschung für Jordans 35. Geburtstag. Auf dieser Party wurde sein Lieblingsfilm, *Kilometerstein 375*, vorgeführt. Der Film spielt in den fünfziger Jahren, darum zogen wir uns alle wie in den fünfziger Jahren an, spielten Flipper und tanzten noch stundenlang nach der Vorführung. Ich sah Jed mit

Susan tanzen, und er war besser als alle anderen. Mit meinem wippenden Pferdeschwanz, meinem türkisfarbenen Pettycoat und einem dazu passenden Twinset forderte ich ihn auf, mit mir Rock'n'Roll zu tanzen, als die Platte gewechselt wurde, und wir tanzten etwa zehn Stücke lang, bevor wir aufhörten, um uns einander vorzustellen.

Als die Party vorbei war, nahmen wir vier uns ein Taxi – trotz unseres albernen Aufzugs – und fuhren downtown zum *Gotham*, wo wir stundenlang hockten und jeder dem andern aus seinem Leben erzählte. Danach wurde das *Gotham* »unser Lokal« für gemeinsame Abendessen oder wenn wir Freunde einluden.

Unsere Romanze entwickelte sich trotz unseres beiderseitigen Widerstrebens: Ich hatte Angst, jemanden, den ich zu sehr liebte, für immer zu verlieren, und Jed hatte Angst, sich so früh nach seiner furchtbaren Scheidung wieder zu binden.

Während ich ihn betrachtete, wie er neben mir schlief, dachte ich, vielleicht würde diese Krise es uns beiden möglich machen, uns dem andern mehr zu öffnen. Ich mußte ihn nach Martha's Vineyard mitnehmen – viel zu lange schon hatte ich mich bemüht, meine Liebhaber von dem Ort fernzuhalten, wo ich mit Adam so glücklich gewesen war, und nach so vielen Jahren war diese Abkapselung künstlich und unnatürlich. Ich wollte auch von Jed wissen, warum seine Ehe auseinandergegangen war, und ich wollte, daß er mich mit seinen Kindern, die ihm so viel bedeuteten, zusammenbrachte. Und nun, da Jed mir an diesem Abend gestanden hatte, daß er mich liebe – wozu ich selbst noch nicht bereit war –, vertraute ich darauf, daß wir auf dem Weg zu einer sicheren Beziehung waren. Langsam fand ich meine innere Ruhe wieder. Ich zog ihn fest an mich und gab mich angenehmen Träumen hin, ungestört von den Verfolgern, Vergewaltigern und Mördern, mit denen ich es jeden Tag zu tun hatte.

12

»War es gut für dich?«

»Es war unbeschreiblich, Mike«, erwiderte ich, als Chapman am Sonntag nachmittag anrief. »Wenn du endlich aufhörst, mit dir selbst rumzuspielen, und einem Mädchen eine Chance gibst, wirst du's vielleicht herausfinden.«

»Unterbreche ich gerade etwas Warmes und Wunderbares?«

»Nein, Mike, er ist weg. Schon gut.«

»Weg? Schon? Mann, ich hab' gedacht, ihr zwei würdet noch immer die verlorene Zeit nachholen. Der Junge hat doch nicht etwa ein Problem, Blondie, oder? Hält wohl nicht lange durch, was?«

»Kein Problem, Mikey. Aber nun tu doch mal so, als ob du erwachsen wärst, und sag mir, was du willst.«

Jed und ich waren bei Tagesanbruch aufgewacht. Ich war glücklich und erregt, und wieder liebten wir uns. Es war uns egal, welche Sorgen der Rest der Welt hatte. Wir tranken zusammen Kaffee und lasen die Sonntagszeitung. Jed ging früh, um sich die Post und die Telefonnotizen vorzunehmen, die sich während seiner Abwesenheit in seinem Büro angesammelt hatten. Danach wollte er zu seiner Wohnung fahren, auspacken und sich auf die bevorstehende Arbeitswoche vorbereiten.

»Hast du die Beerdigung gestern mitbekommen?«

»Natürlich. Wie fandest du die Show?«

»Ich werde Kirk Douglas auf die Liste der möglichen Täter setzen – das war der schlechteste Auftritt, den der Typ je hingelegt hat. Eigentlich ist er ja mein Held, wie du weißt, aber das war eine echt miserable Vorstellung – so zu tun, als ob dieses Weibsstück eine Heilige gewesen wäre.«

»Er hat Isabella zur Raserei gebracht, Mike«, erklärte ich und mußte kichern, als ich an ihren Zorn dachte. Sie hatte sich ihm während der Dreharbeiten von *Blue Lotus* an den Hals geworfen und all ihre Kleinmädchentricks ausprobiert, um ihn zu verführen. Douglas aber hatte ihr klargemacht, daß er seine Frau sehr liebe und nicht im geringsten an einer Affäre mit ihr interessiert sei.

»Sie hielt sich wirklich für unwiderstehlich. Sie glaubte, ein Mann müßte tot oder verrückt sein, wenn er auf ihre Reize nicht reagierte.«

»Was machst du heute noch?«

Ich sah zum Fenster hinaus, an dem der Regen herunterrann, und auf die grauen Wolken, die meine Stimmung widerspiegelten.

»Eigentlich nichts. Ich muß noch ein paar Anträge für meinen nächsten Prozeß bearbeiten, also werd' ich einfach bloß herumhängen und meine Hausaufgaben machen und einige Anrufe tätigen.«

»Gut. Lieutenant Dane hat mich gerade angerufen. Ich dachte, es würde dich freuen zu hören, daß sie deine Leibwache morgen abziehen. Das uniformierte Team wird dich am Morgen zur Arbeit fahren, und dann bist du wieder ganz auf dich allein gestellt. Battaglia war einverstanden. Und morgen ab Mitternacht hab' ich wieder Nachtwache.«

»Ach, Mike, das ist ja toll. Ich würde durchdrehen, wenn ich mit diesen Wachhunden leben müßte. Ich bin so sehr daran gewöhnt, einfach spontan loszuziehen, wann und wohin ich will.«

»Und hier das Neueste über unseren Fall. Die Polizei von Los Angeles durchsucht gerade Isabellas Haus – sie werden uns Bescheid geben, wenn sie irgendwas Interessantes finden. Wally Flanders hält es genauso, wir bekommen Kopien von allen Berichten, die er kriegt. Und das Beste: Er will, daß wir einige Vernehmungen durchführen. Zunächst einmal die von Richard Burrell und Johnny Garelli – beide werden noch diese Woche nach New York kommen.«

»Als Verdächtige oder als Zeugen?«

»He, jeder ist ein ›möglicher Täter‹ in meinem Notizbuch, bis er mich vom Gegenteil überzeugt hat. Wally hat übrigens einige von den Fotos, die entwickelt wurden und bei ihm eingegangen sind, mit Kurierpost geschickt. Sollten morgen auf dem Revier sein. Er glaubt, daß Isabella auf ein paar Bildern ist, hat aber sonst nichts Interessantes gefunden. Ich habe die Anweisung hinterlassen, sie sofort zum Vergrößern ins Labor zu schicken, sie müßten also vorliegen, wenn ich bei dir zum Dienst erscheine.«

»Toll. Laß uns keine Zeit verschwenden. Jed und ich gehen morgen zu einem offiziellen Abendessen, ich bin aber bis elf wieder zu Hause. Ich richte dir eine Kanne Kaffee. Bring die Bilder mit, damit wir sie zusammen durchsehen können, okay?«

»Vorausgesetzt, vor Mitternacht wurde niemand in Stücke zerhackt oder im East River versenkt, werde ich dasein, Coop. Freu dich – wir werden das Ding schon schaukeln, so schnell es geht, und dein Leben wieder normalisieren…, wenn man das normal nennen kann. Es ist wirklich scheußlich draußen – bleib einfach daheim und entspann dich, du verpaßt überhaupt nichts. Bis morgen dann.«

Ich legte auf und setzte mich wieder an den Eßtisch, um am Fall Vargas weiterzuarbeiten. Keine komplizierte Angelegenheit, ein typischer ›Gelegenheitsüberfall‹, der in eine Vergewaltigung eskalierte. Mein Notizblock füllte sich rasch mit dem Entwurf meiner Antworten auf das vom Verteidiger im Vorfeld des Strafverfahrens gestellte Informationsbegehren. Ich blätterte die Klageschrift nach der exakten Tatzeit durch, dann suchte ich die laufende Nummer aus dem Verhaftungsprotokoll des Reviers heraus. Wie die meisten ausländischen Vergewaltiger hatte der 34jährige Ervilio Vargas ein Vorstrafenregister, das bis in seine frühe Jugend zurückreichte. Zuerst Schwarzfahren und Autoknacken, dann Einbrüche, schließlich Kapitalverbrechen mit Waffengewalt und nun also Vergewaltigung der Frauen, die das Pech hatten, ihm bei seinen Einbrüchen über den Weg zu laufen. Er hatte in städtischen und staatlichen Gefängnissen gesessen. Nach seiner letzten Verurteilung wurde er zwar vorzeitig und unter Auflagen entlassen, aber er war stets nach kurzer Zeit wieder rückfällig geworden. Ich hatte vor, ihn als ›unverbesserlichen Kapitalverbrecher‹ anzuklagen – schließlich hatte er über fünf Kapitalverbrechen auf seinem Konto. Ich wollte auf lebenslänglich plädieren, ohne Aussicht auf vorzeitige Entlassung. Er hatte bereits zu viele Menschenleben ruiniert und mehr Chancen bekommen, als er verdiente. Das Opfer war sehr kooperativ und ebenfalls darauf erpicht, daß Vargas aus dem Verkehr gezogen wurde. Wenn der ganze Papierkrieg rasch über die Bühne ging, könnten wir den Prozeß noch vor der Weihnachtspause durchziehen. Prost Neujahr, Ervilio.

Ich hatte über eine Stunde gearbeitet, als das Telefon läutete. Ich freute mich, als ich die Stimme meiner besten Freundin hörte. Es gab nichts Angenehmeres, als mit Nina zu plaudern. Vom ersten Tag in Wellesley an hatten wir uns verstanden und einander bei allen bedeutenden Ereignissen und trivialen Details im Leben begleitet. Wir hatten nur sehr wenige Geheimnisse voreinander. Nina war so einmalig, weil ihre Freundschaft absolut bedingungslos war. Sie fällte keine Urteile, erhob keine Forderungen, hegte keinen Groll – sie war schlicht eine loyale und liebevolle Freundin.

»Ich weiß ja, wie sehr es bei dir zur Zeit drunter und drüber geht, Alex, aber du hättest dich wirklich mal melden können. Keine Anrufe, keine Nachrichten, keine Karten ... Was ist los?«

»Mir geht's gut, Nina, ehrlich.« Sie spielte darauf an, daß wir ständig miteinander in Verbindung standen und daß jede stets genau wußte, wann es eine Störung im Leben der anderen gab, weil dann auch der Kontakt unterbrochen war. Trotz der drei Stunden Zeitunterschied riefen wir einander mehrmals pro Woche an. Nicht immer konnten wir direkt miteinander reden, weil wir gerade in irgendeiner Arbeit steckten, aber dann hinterließen wir Nachrichten auf dem Anrufbeantworter der anderen, und ganz gleich, wann ich nach einem langen Tag heimkam, der Klang von Ninas vertrauter Stimme trug oft dazu bei, daß ich abschalten und die Dinge wieder in den Griff bekommen konnte. Ihre Freuden, ihre Leiden, ihre beruflichen Triumphe – all das wurde dem Tonband anvertraut, genauso wie ich alles auf ihren Anrufbeantworter in L. A. sprach. Wir sammelten beide Kunstpostkarten aus Museen auf der ganzen Welt und schrieben einander fast jeden Abend ein paar Worte auf, um uns gegenseitig auf dem laufenden zu halten – fast fünfzehn Jahre lang, über unsere Examenszeit, juristische Jobs, Liebesgeschichten, Mutterschaft und nun über einen Kriminalfall.

»Kannst du reden? Oder steckst du mitten in was drin?«

»Machst du Witze? Es schüttet den ganzen Tag. Ich kann zum erstenmal zu Hause bleiben und mich entspannen – ich versuche gerade, alles wieder auf die Reihe zu bekommen. Wie steht's mit dir? Wie geht's Jerry und Gabe?« Gabriel war ihr zweijähriger Sohn, mein Patenkind.

»Großartig. Sie sind in Malibu am Strand. Was hältst du denn von der Beerdigung?«

»In welcher Hinsicht, Nina? Das Ganze hörte sich nicht danach an, als ob dort Nachrufe auf die Frau gehalten worden wären, die *wir* gekannt haben.«

»Ich erzähl' dir mal, was für ein Schwachsinn hier drüben abging. Hast du dich jemals für eine Beerdigung angezogen, ich meine, hast du dir je Gedanken gemacht, welche Designermode du bei dieser Gelegenheit tragen würdest? Die Mädels in der ersten Reihe sind geradezu übereinander gestolpert wegen der Fotografen – Armani-Schwarz contra Ungaro-Schwarz contra Bob-Mackie-Schwarz ... für diejenigen, die Pailletten am Grab mögen. Ich bezweifle, daß auch nur eine von ihnen überhaupt gehört hat, was gesprochen worden ist. Was meinen denn die Cops – haben sie einen Mörder?«

»Nur die üblichen Verdächtigen. Ich hab' gehört, daß die Polizei von L. A. heute nachmittag im Haus ist und nach Hinweisen, Papieren, Tagebüchern und so weiter sucht. Morgen werd' ich mehr wissen. Hast du noch irgendwas über ihren Psychologen rausgefunden?«

»Nur daß sie in den letzten paar Jahren vier verschiedene gehabt hat. Ich kenne ihre Namen nicht, aber die Polizei wird sie auf den Pillenflaschen in ihrem Bad finden. Laut Iz hatte alle Welt Probleme. Nur ihr ging es gut – aber sie brauchte diese Burschen für Pillen. Hochs, Tiefs – jeweils der letzte Schrei. Sobald einer der Psychiater ihr auf die Schliche kam, ging sie zu einem neuen und ließ sich die ganze Palette von vorn verschreiben.«

»Hab' ich dir schon gesagt, daß sie in den letzten paar Nächten, in denen sie auf Vineyard in meinem Haus war, nicht allein war?«

»Sag bloß! Spann mich nicht auf die Folter – wer war der Masochist?«

»Wir haben keine Ahnung. Ich hab' gehofft, daß sie es dir vielleicht gesagt hat.«

»Nee. Sie hat mir allerdings was von irgendeinem Burschen erzählt, den sie vor etwa einem Monat zufällig im Flugzeug kennengelernt hat. Sie war mit der Concorde von London zurückgeflogen – er hätte sie ›die Rakete‹ genannt.«

»Ach ja. Das ist Investmentbanker-Jargon.«

»Sie sagte, der Kerl sei so faszinierend gewesen, weil er nicht im Showbusiness war, aber eben stark und bedeutungsvoll gewesen sei – ihre Worte, Mädchen. Du weißt ja, wie sehr es sie immer beeindruckt hat, daß Leute, die nicht in *People* standen, interessante Gesprächspartner sein konnten und sogar einen Tisch im *Le Cirque* bekamen.«

»Hat sie sich denn mit ihm verabredet oder sich an ihn herangemacht? Ich möchte gar zu gern wissen, wer es ist, damit ich ihn fragen kann, ob auch er meine Gastfreundschaft genossen hat.«

»Ich werd' mich mal umhören. Für mich hat sich das nach ihrer ewigen Suche nach dem Märchenprinzen angehört.«

Wir plauderten noch etwa zehn Minuten, bevor wir auflegten. Als wir auf die Psychiater zu sprechen gekommen waren, war mir mein Nachbar eingefallen.

Sobald ich aufgelegt hatte, wählte ich sofort David Mitchells Nummer. Es war unsere Sonntagabendtradition, uns – falls keiner von uns eine Verabredung hatte – um sieben zusammen *60 Minutes* anzusehen und uns dabei etwas zu essen kommen zu lassen. »Bleibt's bei heut' abend?« fragte ich David, als er abhob.

»Klar. Zac und ich werden kurz vor sieben rüberkommen. Noch jemand dabei?«

»Nein, Jed mußte heute morgen weg.«

»Soll ich was bei *Pig Heaven* bestellen?«

»Mmm. Chinesisch – tolle Idee! Aber eins sag' ich dir gleich: Ich werde umschalten, wenn sich auch nur einer der Beiträge mit einem weiteren Todeskandidaten befaßt, der zugibt, 27 Menschen umgebracht zu haben, nur den einen nicht, wegen dem er verurteilt worden ist. Ich schau's mir nur an, wenn sie einen Wissenschaftler vorstellen, der entdeckt hat, daß rotes Fleisch, Pommes frites, Speiseeis und Doritos gut für die Gesundheit sind, oder irgendeine andere optimistische Geschichte. Bis später.«

David und Zac erschienen, als die Lokalnachrichten zu Ende gingen. Ich mochte David sehr, hatte aber nicht das Gefühl, ihn wirklich zu kennen. Er besaß diese wunderbare Eigenschaft eines guten Therapeuten, der einen ermutigt, alles zu sagen, was man denkt und glaubt, ohne dabei auch nur im geringsten eigene Gefühle preiszugeben. Wie ich hatte auch er einen Beruf, der ihn völlig in Beschlag nahm. Ich hatte ihn zwar hin und wieder mit einer seiner Freundinnen gesehen, hatte aber keine Ahnung, wer sie waren oder in welchen Kreisen er verkehrte.

Prozac wiederum war die ideale Nachbarin. Die gepflegte, gelblichgraue Hündin, die auf den Kosenamen Zac hörte, begrüßte mich immer, wenn ich nach einem schweren Tag heimkam. Wenn sie mich erblickte, sprang sie mir über den Gang entgegen, leckte mich freundschaftlich und wollte getätschelt und gestreichelt werden. Gelegentlich, wenn David zu Sitzungen außerhalb der Stadt war, behielt ich Zac übers Wochenende bei mir und nahm sie zu langen Spaziergängen oder zum Joggen in den Park mit.

David nahm mich sanft ins Kreuzverhör, um sich zu vergewissern, daß ich wirklich okay war, während Zac ihre übliche Position zu meinen Füßen einnahm und sich auf den Rücken rollte, so daß ich ihren Bauch kraulen konnte, bis sie fast wie eine Katze schnurrte. Das Essen kam kurz vor Ende der Sendung, und wir verzehrten unsere Rippchen, Frühlingsröllchen und das scharfe, würzige Hühnchen, während ich David bat, mir im Laufe der Woche beim Sichten der Informationen über Isabellas Umgang und Korrespondenz mit Psychiatern zu helfen.

Als sie gegangen waren, legte ich *Private Dancer* auf und aalte mich fast eine Stunde lang in der Badewanne. Ich fragte mich, ob David sich zu sehr für Isabellas Fall interessierte oder nichts weiter als ein guter Freund war. Er hatte zwar verneint, sie gekannt zu haben, aber ich war sicher, daß ich die beiden miteinander bekannt gemacht hatte, als sie mich vor über einem Jahr einmal zu Hause abgeholt hatte. Ich sagte mir, ich müsse aufhören, so paranoid zu sein, und beschäftigte mich wieder mit der Planung der vor mir liegenden Woche. Ja, eigentlich freute ich mich sogar darauf, am nächsten Tag wieder an meinen Schreibtisch und zur Amtsroutine zurückkehren zu können.

Ich war so froh darüber, daß am Montag morgen wieder die Sonne schien, daß ich früh aufstand, mich anzog und noch vor acht Uhr bereit zum Aufbruch war. Ich hatte meine Abendkleidung eingepackt, so daß ich mich im Waschraum duschen und umziehen und rechtzeitig im *Plaza* sein konnte, um mich mit Jed für das Dinner zu Ehren seines Bosses, des Vorstandsvorsitzenden von CommPlex, zu treffen.

Dieselben beiden Polizistinnen warteten in meiner Auffahrt im Streifenwagen. Ich begrüßte sie, bedankte mich bei ihnen und wußte, sie waren genauso erleichtert wie ich, daß dieser langweilige Auftrag nach der zwanzigminütigen Fahrt downtown beendet war. Sie setzten mich vor dem Eingang zum Büro des Bezirksstaatsanwalts ab, und ich zog meinen Ausweis über den Sicherheitsscanner, um hineinzugelangen und in meinem Büro die E-Mail und Memos vom Freitag abzurufen.

Ich schaltete den Computer an und gab mein Paßwort und meinen Benutzercode ein. Sobald ich im E-Mail-System war, wurde ich von den unerwünschten privaten Mitteilungen überschüttet, die der stellvertretende Verwaltungschef den Justizmitarbeitern eigentlich untersagt hatte – offenkundig vergeblich. Eine Assistentin in Büro 30 hatte vier Karten für *Phantom*, weil ihre Tante Lucy nicht in die Mittwochsmatinee gehen konnte; eine Kollegin in der Betrugsabteilung hatte eine tibetische Hirtenhündin, die Junge erwartete, und hielt nach einem guten Frauchen oder Herrchen Ausschau (»Dr. jur. bevorzugt«); und ein Referent in der Abteilung Special Projects suchte verzweifelt Karten für die Spiele der Knicks – nicht hinter den End Zones gelegen und nicht höher als zwanzig Reihen über dem Spielfeld.

Sobald diese Notizen gelöscht waren, überflog ich die internen Suchanzeigen: Hat schon mal jemand mit einem Ballistikexperten gearbeitet, der über die Auswirkungen des Wetters auf das Geräusch von Schüssen Bescheid weiß? Hat jemand den Aktenordner gesehen, der versehentlich in der Cafeteria liegengelassen wurde (und der übrigens alle Notizen von der Zeugenvernehmung enthält, die der Verteidiger nicht vor Mitte des Verfahrens zu Gesicht bekommen soll)? Will jemand die externe Speicherung einer Abhöroperation übernehmen, die wir in einer OV-Untersuchung vorbereiten? Hat jemand schon mal eine(n) albanische(n) Dolmetscher(in) (gegischer, nicht toskischer Dialekt) in der Grand Jury zugelassen, und kann er oder sie kurzfristig herkommen? Wirklich dringende Mitteilungen lassen sich schneller per Postkutsche befördern als durchs E-Mail-System, das wegen der individuellen Anfragen von sechshundert Anwälten und Tausenden von Hilfskräften völlig überlastet war.

Ich klickte zu den Mitteilungen weiter, die nur an mich adressiert waren. Jede Menge Nachrichten von Freunden in verschiedenen Abteilungen, die mir wegen Isabellas Tod Trost, Rat, Unterstützung und Drinks spendieren wollten (letzteres war eine typische Strafverfolgerlösung für die meisten schrecklichen Vorfälle). Eine Notiz, daß Rod eine Abteilungsleitersitzung für Dienstag nachmittag um vier einberufen wollte, das notierte ich mir in meinen Terminkalender. Sarah hielt mich über die neuen Fälle auf dem laufenden, die in den letzten paar Tagen hereingekommen waren, und unterbreitete mir Vorschläge im Hinblick auf Zeugen, die befragt werden mußten. Laura erinnerte mich an Termine, die sie für mich gemacht und für die laufende Woche mit Bleistift in meinen Kalender eingetragen hatte. Eine Notiz von Battaglias Assistentin Rose Malone, die mir nahelegte, im Laufe des Tages doch mal beim Boß vorbeizuschauen.

Ich begab mich an die Arbeit, indem ich ein paar Briefe in den Computer hackte, die Laura ausfeilen und für mich zum Unterschreiben ausdrucken konnte, wenn sie kam. Zwei waren Verfügungen, die Opfer darüber informierten, daß ich in beiden Fällen Antrag auf eine langjährige Freiheitsstrafe gestellt hatte und den Frauen ersparen wollte, ihren Vergewaltigern beim Prozeß gegenüberzutreten. Ein anderer Brief bestätigte, daß ich vor Erstsemestern an der Yale University zu Beginn des nächsten Semesters eine Vorlesung über Vergewaltigungen bei einem Date halten würde, und in einem weiteren Brief erklärte ich mich bereit, an einer Konferenz im Mount-Sinai-Hospital teilzunehmen und Sarah mitzubringen, die Anfang Januar das gynäkologische Personal über das Procedere bei Untersuchungen von Notzuchtsopfern informieren sollte. Ich versuchte soviel wie möglich wegzuarbeiten, bis sich um neun Uhr die Tore für das allgemeine Publikum öffneten und alle meine Kollegen auf Hochtouren kamen.

Laura schaute als erste bei mir herein. Sie informierte mich über alles, was ich am vergangenen Freitag versäumt hatte, und ging die Tagestermine mit mir durch. Normalerweise reservierte ich an Montagen ein wenig Zeit, weil sich an Wochenenden erfahrungsgemäß eine große Zahl von Fällen ansammelte, die dann vorrangig behandelt werden mußten.

»Ich hatte einen Zehn-Uhr-Termin für Sie gemacht, mit einer Frau, deren Ex-Freund in ihrer Wohnung aufkreuzte, um ein paar Sachen zu holen, dann auf sie einprügelte und sie vergewaltigte«, begann Laura. »Aber sie hat mir aufs Band gesprochen und den Termin abgesagt. Sie heißt Shaniqua Simmons – hier ist ihre Nummer. Rufen Sie sie selbst an, um zu erfahren, warum sie nicht kommt.«

»Kann jemand den Termin gebrauchen?«

»Klar. Jackie Manzi von Special Victims hat angerufen. Sie möchte, daß Sie eine Studentin vom Hunter College empfangen – der Fall sei gestern morgen reingekommen. Jackie weiß nicht, ob sie eine Verhaftung vornehmen lassen soll. Sie möchte, daß Sie das entscheiden und es ihr mitteilen.«

»Na schön. Rufen Sie sie an, und sagen Sie ihr, sie soll ihre Zeugin so bald wie möglich runterbringen – sie kann Shaniquas Termin haben.«

»Rose Malone hat gesagt, Sie sollten ihre E-Mail ignorieren. Battaglia möchte mit Ihnen, Rod und Pat McKinney beim Lunch ein Brainstorming veranstalten – es geht um Ideen, wie man die Dauer der Untersuchungshaft bis zum Zeitpunkt der Anklageeröffnung reduzieren könnte. Sie hat durchblicken lassen, daß er auch sehen möchte, wie Sie unter all diesem Streß funktionieren.«

»Danken Sie ihr für die Warnung.«

»Um zwei haben Sie dann das Interview mit Ellen Goldman, der Frau, die das Profil für den *USA Lawyer's Digest* schreibt.«

»Ich hab' heute wirklich nicht die Geduld für so etwas. Ich muß hier noch so viel erledigen.«

»Nun, ich bezweifle, ob Sie sie noch viel länger vertrösten können – sie ist sehr hartnäckig. Außerdem glaubt der Bezirksstaatsanwalt, daß es gute PR fürs Amt ist, also sträuben Sie sich nicht dagegen.«

»Jawohl, Ma'am.« Ich beugte mich lächelnd Lauras vernünftigem Rat. »Sonst noch was?«

»Jede Menge Anrufe – teils von den Medien, teils von Freunden –, Sie können sie sich selbst vornehmen. Und ein Kerl hat den ganzen Freitag über angerufen. Wollte aber weder seinen Namen nennen noch eine Nachricht hinterlassen – er müsse unbedingt mit Ihnen über Isabella reden und würde es heute wieder versuchen. Wollen Sie ihn übernehmen?«

»Klar.«

»Alan Glanton hat bereits angerufen. Er eröffnet heute vormittag das Verfahren in der Bodega-Vergewaltigung. Richter Callahan hat ihm erklärt, er werde viel eher positiv hinsichtlich der Einsprüche der Anklage während des Prozesses entscheiden, wenn Sie Alan die gleiche ›Ausstattung‹ geben, die Sie so erfolgreich im Boynton-Prozeß verwendet haben. Kann er vorbeikommen und sie sich abholen, bevor er zum Gericht geht?«

Ich lachte und ging zum letzten Aktenschrank an der Wand, der alle meine persönlichen Sachen enthielt: Schuhe mit verschiedenen Absatzgrößen, Strumpfhosen in allen möglichen Farbnuancen, um gegen unerwartete Laufmaschen gewappnet zu sein, Make-up und Parfüm für unverhoffte Abendeinladungen. Und mein Weg zu Richter Callahans Herz: Päckchen mit Stick-Ups, einem Luftreiniger, den's in verschiedenen Duftnoten gibt. Man konnte sie an Holzoberflächen ankleben. Philip Boynton, ein Serienvergewaltiger, den ich im letzten Frühjahr unter Anklage gestellt hatte, hatte beschlossen, sich vom Tag seiner Verhaftung an bis zum Prozeß nicht mehr zu duschen. Sein Gestank war so überwältigend, daß keiner der Gerichtsbeamten Callahans Angeklagten übernehmen wollte. Ich brachte jeden Tag die Stick-Ups ins Gericht mit, und wir bedeckten die Unterseite des Angeklagtenstuhls und des Anwaltstisches mit grüner Minze, Pfefferminze und Immergrün, um dem Personal das Leben erträglich zu machen. Der Bodega-Mann gehörte zur gleichen Kategorie, also übergab ich Laura meinen Geheimvorrat, damit sie ihn an Alan weiterreichen konnte.

Als Laura gegangen war, nahm ich mir die Anrufe vor und begann mit Shaniqua Simmons' Nachricht. Es war zwar üblich, daß Opfer von Mißbrauch im häuslichen Bereich trotz anfänglicher Anzeige Termine absagten, aber ich kümmerte mich immer darum, denn es war nicht auszuschließen, daß sie wegen des Treffens mit einem Vertreter der Anklagebehörde bedroht oder erneut schikaniert worden waren. Ich vernahm zweimal das

Freizeichen, dann schaltete sich ein Anrufbeantworter mit einer Ansage ein: »Hi, hier ist Shaniqua«, ertönte eine höchst muntere Stimme. »Ich und Nelson könn' grad nich ans Telefon gehn, weil wir was zu erledigen ham.« Die überaus passende Hintergrundmusik stammte von dem unsterblichen Marvin Gaye, der Shaniqua empfahl, dies sei die richtige Zeit für sex-u-elle Heilung.

Ich versuchte das positiv zu sehen. Immerhin hatte ich so eine Stunde Zeit gewonnen, um Manzis Opfer unverzüglich vernehmen zu können.

Ich hatte genug zu tun, bis kurz nach zehn die Studentin eintraf. Laura meldete sich über die Sprechanlage: »Beverly Vaughan ist hier – die Zeugin in Jackie Manzis Fall.«

»Gut. Bitte bereiten Sie mir einen Fragebogen vor, ich hole sie gleich ab.«

Laura überreichte mir den Fragebogen, ein vorgedrucktes Formular, in das wir alle Personalien und Daten einer Vernehmung eintragen. Ich stellte mich Miss Vaughan vor und erklärte ihr das Verfahren, das vor uns lag.

»Ich muß Ihnen eine ganze Menge Fragen stellen, aber bevor ich damit anfange – gibt es irgendwas, was Sie mich fragen möchten?«

»Ja, Miss Cooper. Ich möchte wissen, warum Steven gestern nacht nicht verhaftet worden ist. Die Polizei weiß doch genau, wer er ist – sie haben letzte Nacht sogar mit ihm gesprochen. Ich möchte wissen, warum er nicht im Gefängnis ist.«

»Soviel ich weiß, Beverly, haben Sie Detective Manzi ein paar Fragen nicht beantworten können und sich an ein paar Dinge über diesen Samstag abend nicht erinnert. Sie haben den Beamten gesagt, sie ›glauben‹, vergewaltigt worden zu sein, aber Sie seien sich nicht sicher …«

»Na ja, ich kann mich zwar nicht genau an alles erinnern, was passiert ist, aber ich weiß, daß mir Gewalt angetan wurde.«

»Steven hat eine ganz andere Geschichte erzählt als Sie. Und bevor wir jemanden wegen Vergewaltigung ersten Grades einsperren, gehen wir allen Details nach und versuchen, die Ereignisse zu rekonstruieren. Falls Steven wirklich ein Verbrechen begangen hat, wird er verhaftet und angeklagt werden.

Am besten entspannen Sie sich erst mal, versuchen Sie, all meine Fragen so offen wie möglich zu beantworten und Verständnis dafür zu haben, daß ich genausoviel über Sie wissen muß, wie Steven weiß – alles, was er seinem Anwalt über dieses Treffen am Samstag sagen wird.«

»Wie meinen Sie das?«

»Ich meine, Beverly, daß Ihr Fall anders ist als ein Fall, bei dem ein Mann durch ein Fenster einsteigt oder eine Frau von einer U-Bahnstation aus verfolgt und einen Menschen überfällt, den er zuvor noch nie gesehen hat. Ihr Fall kann in jeder Hinsicht genauso ernst sein, aber er ist anders. In den genannten Situationen sind die beiden nur so lange zusammen, wie die Vergewaltigung dauert – aber der Täter weiß nichts über sein Opfer, sie hat sich ihm nicht anvertraut, sie hat ihm nicht vertraut, wie dies bei einer Verabredung mit einem Freund der Fall ist. Verstehen Sie?«

»Sicher. Aber das heißt doch nicht, daß ich nicht vergewaltigt worden bin, oder?«

»Nein, aber das heißt, daß Steven viel mehr über Sie weiß als ich, Dinge, die er vielleicht gegen Sie verwenden kann. Ich kann also meine Fragen nicht auf den Zeitpunkt an dem Abend beschränken, an dem Sie mit ihm auf sein Zimmer gegangen sind – ich muß mit dem anfangen, was euch zunächst zusammengebracht hat, was Sie ihm über sich selbst erzählt haben, ob es im Laufe des Abends irgendein Vorspiel gegeben hat, ob es irgendein Gespräch über Sex gegeben hat. Und vor allem muß ich wissen, warum Sie sich an die Ereignisse nur so unklar erinnern – ist es wegen des Traumas oder wegen der Alkoholmenge?«

»O Gott. Das wird nicht leicht werden, nicht wahr?«

»Nein, Beverly, es wird nicht leicht werden. Es steht zuviel auf dem Spiel für euch beide, für Sie und für Steven, und jetzt müssen die Antworten gegeben werden – nicht erst in sechs Monaten, in einem Prozeß. Ich beginne einfach mal mit den Hintergrundinformationen, die ich benötige – versuchen Sie sich zu entspannen.«

Ich ging mit der jungen Frau die persönlichen Angaben durch, die für den Fragebogen erforderlich waren: Geburtsdatum, ständige Adresse, Zimmergenossinnen, Stand der Ausbildung, Krankengeschichte, finanzielle Situation. Wie die meisten Zeuginnen, die vor ihr auf diesem Sessel gesessen hatten, war auch diese übergewichtige Neunzehnjährige nervös und fühlte sich nicht wohl. Wenn sie meine Fragen beantwortete, konnte sie mir kaum in die Augen sehen. Sie war im zweiten Semester am Hunter College, teilte mit zwei anderen Studentinnen eine Wohnung und war das erste Mal von zu Hause weg. Sie erklärte, sie wolle nicht, daß ihre Eltern erführen, was passiert sei, weil sie sonst wieder nach Queens zurück oder von der Schule gehen müsse. Ich versicherte ihr, daß unsere Sitzung vertraulich sei.

»Sagen Sie mir doch einfach, wie und wann Sie Steven kennengelernt haben.«

»Wer – ich?«

»Ja, Beverly.«

Sie erklärte, sie habe ihn vor ein paar Wochen auf einer Party getroffen, wo er sich mit einem Jungen unterhalten habe, den sie aus ihrem Soziologiekurs kannte. Nach der Party sei sie mit den beiden ausgegangen, um etwas zu trinken.

»Was haben Sie an diesem ersten Abend getrunken?«

»Wer – ich?«

»Klar.«

Beverly versuchte, sich an die Kombination von Rum und Erfrischungsgetränken zu erinnern, die sie zum erstenmal in ihrem Leben getrunken hatte. Steven und sie hatten vier Stunden lang in einer Bar gesessen, getrunken und sich über ihre Kurse, ihre Interessen und ihre beiderseitigen Freunde unterhalten. Sie hatte ihn in den Wochen danach mehrmals angerufen, aber er hatte auf ihre Nachrichten nie reagiert. Er schien sich für eine ihrer Zimmergenossinnen zu interessieren, und Beverly gab zu, sie sei ein bißchen in Steven verknallt gewesen. Wir gelangten schließlich bis zu den Ereignissen am letzten Samstag abend, als sie Steven zufällig in der *Zoo Bar* in der Upper West Side begegnet war.

»Was haben Sie getrunken, Beverly?«

»Wer – ich?«

Dreimal »Wer – ich?« waren entschieden genug. »Wir sitzen in einem kleinen Zimmer. Die Tür ist geschlossen. Wir sitzen uns von Angesicht zu Angesicht gegenüber. Ich sehe dir in die Augen, niemand sonst ist hier. Natürlich meine ich dich.« Ich verlor langsam die Geduld mit Beverly, die mit ihrem ständigen

»Wer – ich?« nur Zeit schinden und herausfinden wollte, ob sie auf die jeweilige Frage ehrlich antworten sollte oder nicht.

Nach meiner Grobheit hörte sie auf, meine Zeit zu verschwenden. Der Rest der Story kam nun viel direkter zur Sprache. Sie erzählte mir, die *Zoo Bar* sei bekannt dafür, die Drinks in Goldfischgläsern zu servieren. Ein Goldfischglas mit einer nicht identifizierbaren Mischung aus alkoholischen Getränken wird mit acht Strohhalmen gebracht, damit eine Gruppe von Freunden es sich teilen kann. Beverly erinnerte sich daran, daß sie das erste Glas mit ihren beiden Zimmergenossinnen geteilt und ein zweites bestellt hatte, das sie überwiegend allein konsumierte. Sie erinnerte sich noch, daß sie mit Steven flirtete, während er erfolglos ihre Zimmergenossin angebaggert habe. Sie konnte sich kaum noch daran erinnern, wie sie die *Zoo Bar* verlassen hatte, wie sie zu Stevens Wohnung gekommen war, wer noch bei ihnen war, wie sie in seinem Bett gelandet sei und wie ihre Kleidung auf der Couch in seinem Wohnzimmer gelandet sei. Aber sie versicherte mir, daß sie nie mit ihm geschlafen hätte – wenn sie denn wirklich mit ihm geschlafen hatte –, wäre sie nüchtern gewesen. Irgendwo in dieser Story also sollte ich nun das Verbrechen entdecken.

Ein Schnarren in der Sprechanlage unterbrach die Sitzung. »Tut mir leid, daß ich störe, Alex, aber Chapman ist am Apparat.«

»Ich bin sowieso fast fertig, Laura. Fragen Sie ihn, wo er ist, und sagen Sie ihm, ich würde ihn gleich zurückrufen.«

»Ich hatte mit Beverly schon über eine Stunde gearbeitet, und sie schien reif für eine Unterbrechung. Ihr Mund verzog sich ängstlich, und sie fingerte nervös an der Zeitung herum, die sie auf dem Schoß hielt, seit sie hereingekommen war. »Das ist ein guter Anfang, Beverly, aber es ist nur der erste Schritt. Ich muß noch alle anderen vernehmen, die mit Ihnen in der Bar waren, jeden, der mitbekommen hat, was Sie gesagt und getan haben, wann Sie gegangen sind, in welchem Zustand Sie gegangen sind. Ich werde mit Ihren Zimmergenossinnen und mit den Mitbewohnern von Steven reden müssen. Ich werde mit der Ärztin sprechen müssen, die Sie gestern nacht untersucht hat. Ich versuche dahinterzukommen, warum Sie gesagt haben, Sie ›glauben‹, vergewaltigt worden zu sein – denn wenn Sie sich nicht sicher sind, wie sollen wir es dann sein?«

»Na ja, ich hab' nicht vorgehabt, das bei der Polizei anzuzeigen, Miss Cooper. Ich bin einfach zur Ärztin beim Studenten-Gesundheitsdienst gegangen, um sicherzugehen, daß ich mir keine Infektion oder Schwangerschaft eingehandelt habe, falls Steven mich penetriert hat, und sie meinte, vielleicht sei ich vergewaltigt worden. Sie hat auch die Polizei geholt.«

Vielleicht. Sollten wir einen Menschen wegen eines schweren Verbrechens unter Anklage stellen, nur aufgrund der Mutmaßungen einer Betrunkenen und den Behauptungen von Zimmergenossen, Ärzten und jeder Menge anderer Leute, die sich in der Nähe des ›Tatorts‹ aufgehalten hatten? Weder Beverly noch ihre Ärztin wußten, ob überhaupt Geschlechtsverkehr stattgefunden hatte.

»Eins nach dem andern, Beverly. Wir werden jeden Aspekt dieses Falls genau untersuchen. Inzwischen sollten Sie einfach mit mir in Kontakt bleiben, und wenn Sie irgendeine Frage haben, dann hinterlassen Sie bitte eine Nachricht bei Laura, und ich werde zurückrufen, sobald ich kann.« Ich biß mir auf die Lippen, um mir einen politisch unkorrekten Kommentar über ihre Blödheit zu verkneifen. Unbekannte Mengen eines unbekannten Zeugs in einer unkontrollierten Situation zu trinken, das war schon heftig. Aber das würde ich mir für das nächste Mal aufheben.

Ich brachte sie hinaus und nahm auf dem Rückweg den Zettel mit Mikes Privatnummer mit. Er nahm gleich nach dem ersten Läuten ab.

»Ich dachte bloß, es würde dich interessieren, daß Wally Flanders angerufen hat. Er kommt morgen in die Stadt, weil er unsere Hilfe braucht. Nett von ihm zuzugeben, daß er keine Erfahrung mit Mord hat. Er hat Burrell und Garelli dazu bewegen können, zur Vernehmung hierherzufliegen, so daß wir das zusammen erledigen können. Der einzige Nachteil ist, daß damit das FBI drinbleibt, wir werden also Luther ertragen müssen – wir wollen, daß Wally das Ganze zu einer auf mehrere Bundesstaaten verteilten Untersuchung erklärt, so daß die FBIler ein Stück vom Kuchen behalten. Jedenfalls werden wir es hier durchziehen. Außerdem hat die Polizei von L. A. die Namen einiger Seelenklempner in Isabellas Haus gefunden, sie werden sich also darum kümmern, ob einige von ihnen wie Irre aussehen.«

»He, das sind doch Psychiater, oder? Paßt einer von ihnen zu unserem poetischen ›Dr. C.‹, dem Initial, das du in diesem Manuskript gefunden hast?«

»Nee. Ich hab die gleiche Frage gestellt. Die üblichen Schwartzes, Greenbergs, Bernsteins … Du weißt schon, Cooper, alles Mützchen – wie du.«

Mützchen war Mikes Euphemismus für Jidden, sein Slangwort für Juden. Er wollte mich provozieren, aber an diesem Tag funktionierte es nicht. »Besteht eine Chance, mich bei irgendeiner dieser Vernehmungen einzuschmuggeln?«

»Nicht die geringste. Battaglia hat dem Chef klargemacht, daß du keinesfalls Dickless Tracy spielen sollst. Du hast in diesem Fall nichts zu untersuchen, sondern nur als Zeugin auszusagen. Aber keine Angst, ich sag' dir alles, was du wissen mußt.«

Rod wartete bereits an Lauras Schreibtisch, als ich auflegte. Er hatte Pat McKinney zu Battaglias Büro vorausgeschickt und wollte mich auf unserem Weg zum Lunch dorthin begleiten. Als guter Freund unterrichtete er mich über die neuesten Pläne des Bezirksstaatsanwalts, die Untersuchungshaft zu verkürzen, so daß mich bei der Sitzung meine Unwissenheit nicht blamieren würde. Er erklärte mir den Aufbau der neuen Videosysteme, die in den Revieren installiert worden waren, so daß die Anklagevertreter die Vorvernehmungen mit den Cops via Videokonferenz erledigen und sich dadurch die Zeit für die lange Fahrt hinunter zum Criminal Courts Building und zum Central Booking sparen konnten.

Wir verließen das Gerichtsgebäude zu viert und gingen um die Ecke zu *Forlini's*, wo wir Battaglias Stammnische bekamen. In dem Lokal saß die übliche Mischung aus Hilfsstaatsanwälten, Verteidigern, Richtern und Klugscheißern des Viertels. Wäre jemand auf die Schnapsidee verfallen, das Lokal an einem beliebigen Wochentag zur Mittagszeit zu überfallen, wir hätten das gesamte Personal für einen Prozeß und eine Jury organisieren und zu einer Verurteilung gelangen können, ohne daß einer von uns den Speisesaal hätte verlassen müssen.

Wir beendeten unsere Unterhaltung über die Videoverbindung gleichzeitig mit dem Essen, und dann verwickelte mich Battaglia in eine Plauderei über neue Fälle, womit er nur herausfinden wollte, ob ich bei klarem Kopf war. Nach dem Kaffee schlenderten wir hinaus, und Paul sorgte dafür, daß wir beide hinter den anderen hergingen.

»Es freut mich zu sehen, daß Sie okay sind, Alex. Ist das auch nicht gespielt?«

»Ich glaube, es geht mir gut, Paul. Mit dem Mord an Isabella hab' ich anscheinend überhaupt nichts zu tun, die Polizei leitet die Untersuchung – wie Sie ja wissen –, und ich kann wieder meiner geliebten Arbeit nachgehen. Vielen Dank für Ihre Hilfe …«

Er schnitt mir das Wort ab – er haßte es, wenn man ihm Honig ums Maul schmierte – und erzählte mir von seinem Plan, eine neue Sozialhilfebetrugs-Abteilung einzurichten. Wir nahmen seinen privaten Lift zum achten Stock hoch, wo Rod, Pat und ich Battaglia verließen und über den Korridor zu unseren Büros zurückkehrten.

Während ich beim Essen gewesen war, waren einige Anrufe gekommen. Jed hatte sich zweimal gemeldet, um unsere Verabredung für den Abend zu bestätigen; zwei meiner Kollegen hatten um einen Termin gebeten, um neue Fälle mit mir zu besprechen; Joan Stafford wollte sich mit mir zum Essen verabreden, damit ich ihren neuen Beau kennenlernte; und der Anrufer vom Freitag hatte zweimal versucht, mich zu erreichen. Ich hätte Chapman von diesem Anrufer und von den anonymen stummen Anrufern zu Hause erzählen sollen. Verflixt. Na ja, ich konnte das ja am Abend nachholen.

13

Ellen Goldman stand genau um 14.15 Uhr vor Lauras Schreibtisch. Ich ging hinaus, um sie zu begrüßen, und dann musterten wir einander mehr oder weniger unverhohlen, um einen ersten Eindruck voneinander zu gewinnen. Über ihren Eindruck von mir würde ich in einer sehr weit verbreiteten juristischen Fachzeitschrift lesen, und darum begegnete ich ihr mit Vorsicht und einer gewissen Beklommenheit. Mir war klar, daß ihr Profil auf dem Interview, einigen Beobachtungen vor Gericht im Laufe der Woche sowie auf Kommentaren von Kollegen und Gegnern beruhen würde.

Sie hoffte, ich würde ihr vertrauensvoll und offen gegenübertreten und die eine oder andere Anekdote oder private Information liefern, mit der sie ihre Konkurrenz ausstechen konnte. Bei unserer ersten Zusammenkunft würde sie also auf Charme und Schmeichelei setzen. Ich vermutete, daß sie ganz wild darauf war, diese ihr noch vor Isabellas Tod eingeräumte Chance, mit mir zu reden wahrzunehmen, mitten in dem ganzen Aufruhr, in dem ich steckte.

Ich schätzte, die Goldman war ungefähr im selben Alter wie ich, vielleicht ein oder zwei Jahre jünger. Sie war viel kleiner als ich, hatte dunkles, lockiges Haar und eine sportliche Figur. Ihr khakifarbenes Kostüm war zwar für eine geschäftliche Verabredung durchaus geeignet, aber ohne jeden Stil. Als sie sich vorstellte, hörte ich einen vagen Akzent heraus, den ich nicht lokalisieren konnte, aber ich wußte, daß dies zu den Dingen gehörte, über die ich in den nächsten Stunden etwas erfahren würde. Wir gaben einander die Hand, dann brachte ich sie in mein Büro und bedankte mich für die Blumen, die sie in der Woche zuvor bei meinem Portier hatte abgeben lassen, als ich unsere erste Verabredung wegen des Mordes abgesagt hatte.

»Lassen Sie mich Ihnen zunächst einmal mein Projekt darstellen, Miss Coop … Darf ich Sie Alex nennen?«

»Sicher.«

»Fein. Ich bin Ellen. Ich bin freiberufliche Journalistin und schreibe diese Geschichte, wie Sie ja wissen, für den *USA Lawyer's Digest.* Ich kenne Ihre Arbeit sehr gut – ich habe viel über Sie und Ihre Abteilung in der *Times* und in allen möglichen Frauenzeitschriften gelesen. Ich schreibe zwar über viele Themen, konzentriere mich aber auf Recht, Anwälte, Wirtschaftsleben – alles, was da so anfällt. Wenn Sie möchten, kann ich Ihnen morgen ein paar meiner Storys vorbeibringen. Bestimmt haben Sie schon einige gelesen, ohne zu wissen, daß sie von mir stammen.«

»Das ist nicht nötig. Ich bin sicher, daß ich schon einiges gelesen habe.«

Zu schade, daß ich nicht vorher erfahren hatte, ob sie ein persönliches Interesse verfolgte oder einen bestimmten Blickwinkel im Auge hatte, aber dazu war es nun zu spät. Außerdem ging ich davon aus, daß die Abteilung Öffentlichkeitsarbeit sie überprüft hatte, bevor sie das Interview gewährte. Ich hatte diese Woche einfach keine Zeit dafür, Schmonzetten über Unternehmergurus und ihre goldenen Fallschirme zu lesen oder über Frauen in Anwaltsfirmen in Midtown Manhattan, deren Gehalt sechsmal so hoch war wie meins, die aber aus dem Jammern nicht herauskamen.

»Ich werde Ihre Zeit nicht verschwenden«, fuhr sie fort. »Wenn die Details in Ihrem Lebenslauf stimmen und die Artikel, die Laura mir gefaxt hat, den korrekten Background liefern, müssen wir das nicht noch mal durchkauen.«

Ich lächelte zustimmend. Sie war offensichtlich ein Profi und dazu auch noch intelligent. Interviews, in denen der Interviewer die erste Stunde damit verbringt, mich zu fragen, welche Schulen ich besucht hätte, wie lange ich schon bei Battaglia arbeiten und ob ich meinen Job mögen würde, nervten mich.

»Ist es Ihnen recht, wenn wir mit einigen Informationen über die Sex Crimes Prosecution Unit anfangen?«

»Sehr gern«, erwiderte ich.

»Haben Sie was dagegen, wenn ich ein Band laufen lasse? Es ist einfach angenehmer, als sich Notizen zu machen.«

»Überhaupt nicht.« Ich erzählte, wie die Abteilung Mitte der siebziger Jahre eingerichtet wurde, als unsere archaischen, auf mittelalterlichen englischen Vorstellungen basierenden Gesetze allmählich verändert und modernisiert wurden. Ich hatte damals noch nicht einmal mein Jurastudium begonnen. Und inzwischen wurde mein Name mit dieser Arbeit identifiziert, weil Battaglia mir den Spielraum und die Unterstützung gewährt hatte, um aggressive Ermittlungen auf diesem Gebiet zuvor unbeweisbarer Verbrechen vorzunehmen. Ein paar Untersuchungen, die zu Verurteilungen in prominenten Fällen führten, die sich nach und nach herausbildende Ansicht der Opfer, daß die Strafverfolgung auf dem Gebiet Fortschritte machte – und schon war die Abteilung das Lieblingskind der Strafrechtspflege geworden. Mittlerweile befaßten sich über zwanzig leitende Staatsanwälte mit der bizarren Vielfalt dieser Phänomene, die da ans Tageslicht kamen. Battaglia hatte sogar Ablegereinheiten ins Leben gerufen, die sich den verwandten Spezialfällen von Gewalt und Kindsmißbrauch in der Familie widmeten.

»Es ist nicht schwer, Sie dazu zu bringen, über diese Arbeit zu sprechen, nicht wahr, Alex? Ich nehme an, daß Sie im Amt bleiben, weil Sie Ihre Arbeit gern tun, nicht weil sie keinen Job in der Privatwirtschaft kriegen konnten. Ich weiß, daß Sie viele Angebote bekommen.«

»Und ich weiß, Ellen, daß die meisten Menschen glauben, dies sei ein trostloser Job, aber das ist es wirklich nicht. Meine Arbeit ist, wenn Sie so wollen, auf der Seite der Engel, bei den Guten. Die uniformierten Cops, die auf Notrufe reagieren, die Leute in der Notaufnahme – sie haben einen viel härteren Job als wir. Sie bekommen die Opfer in viel größerer Verzweiflung zu Gesicht und stehen der Tatzeit viel näher als ein Staatsanwalt. Bis wir im Bilde sind, selbst wenn es gleich am nächsten Tag ist, haben die Opfer sich schon etwas gefangen. Ich verbringe meine Arbeitszeit mit den Opfern – ich muß mich gar nicht so viel mit den Vergewaltigern befassen, und genau so gefällt es mir. Der emotionale Lohn dieser Arbeit ist sehr hoch. Die Opfer erwarten noch immer nicht, daß es in ihrem Sinne ausgeht, und wenn dies, was immer häufiger vorkommt, der Fall ist, sind sie überrascht und befriedigt. Es kann ein wichtiger Läuterungsprozeß für sie sein, ihren Peinigern im Gerichtssaal gegenüberzutreten und zu siegen. Dies spielt beim Genesungsprozeß eine entscheidende Rolle.«

Mag sein, daß Goodman mich nur bei Laune halten wollte – das ließ sich noch nicht so recht sagen –, aber sie schien sich wirklich für die Arbeit unserer Abteilung zu interessieren. Wir unterhielten uns auch über eine Reform der Gesetzgebung und über die Geschichte der Bewegung, die zu den polizeilichen und staatsanwaltschaftlichen Strategien der siebziger Jahre geführt hatte. Um halb fünf sagte ich ihr, daß ich eine Pause einlegen müsse. Ich sei müde vom Reden und wolle ein paar von den Anwälten sehen, die bei Gericht zu tun hätten, und ihnen bei der Vorbereitung des nächsten Tages behilflich sein.

Sie stellte ihr Aufnahmegerät ab, und wir standen beide auf, um uns zu strecken. »Was ziehen Sie denn heute abend an?« wollte sie wissen, und ich war pikiert, daß ihre Fragerei nun auf mein Privatleben abzielte. Woher wußte sie, daß ich am Abend ausging? Ich muß sie ziemlich zornig angestarrt haben, als ich mich zu ihr umdrehte, aber Ellen schätzte die Situation richtig ein und beruhigte mich. »Na ja, ich habe eine Kleidertasche an Ihrem Garderobenständer hängen sehen, also hab' ich mir einfach gedacht, Sie würden nach der Arbeit noch fein ausgehen.«

Fahre nie den Interviewer an, fiel mir ein. Nach den Ereignissen der letzten Woche war ich einfach zu empfindlich. So dauerte es einen Moment, bis ich erkannte, daß Ellen mir nicht nachspioniert hatte – sie hatte sich im Zimmer umgesehen und schlicht eine logische Schlußfolgerung gezogen. »Tut mir leid, Ellen. Richtig, ich gehe heute zu einem offiziellen Abendessen.«

»Ich war bloß neugierig, was Sie in dieser Tasche haben – aus persönlichem Interesse, nicht wegen Ihres Couturiers. Ich weiß, daß Ihnen in einigen der anderen Interviews nachgesagt wurde, Sie hätten einen Kleiderfimmel.«

Ich mußte über den Ausdruck lachen. »Ich mag schöne Kleider wirklich.« Es bereitete mir keine Probleme, über Designermarken zu reden, die jeder Mensch mit einem Blick für so was erkennen konnte, wenn er mich ansah, sofern dies Ellen von Details meines Privatlebens ablenkte, die ich nun wirklich nicht gedruckt sehen wollte.

»Wenn ich mich richtig erinnere, hieß es in *Glamour*, daß Sie für Ihre Berufskleidung Calvin Klein, Dana Buchman und Escada bevorzugten.«

Sie hatte ihre Hausaufgaben gemacht.

»Nicht gerade die Sachen, die sich eine junge Frau mit einem Beamtengehalt kaufen kann, aber schließlich weiß ich auch etwas über Ihren familiären Background.«

Es wurde Zeit, den Spieß umzudrehen und zu sehen, wie sie es mochte, wenn man ihr persönlich kam. »Nun, da Sie so viel über mich wissen, Ellen – wollen Sie mir nicht ein bißchen über sich selbst erzählen?«

»Was möchten Sie denn gern wissen? Ich bin eine Sabra, Alex. In Israel geboren, als Kind einer israelischen Mutter und eines amerikanischen Vaters. Mein Vater kam von West Point – er war Raketenexperte. Er lernte meine Mutter kennen, als er an einem UN-Projekt im Nahen Osten arbeitete. Ich bin als typisches Army-Balg aufgewachsen, auf Militärbasen rund um die Welt, aber ich habe High School, College und den Militärdienst in Israel absolviert. Die Staaten haben mich immer fasziniert, daher verbringe ich hier viel Zeit, obwohl meine ganze Familie drüben lebt.«

»Das ist ein interessanter Background.«

»Das Leben anderer Menschen scheint immer interessanter zu sein. Ich bin nicht gerade in sehr sicheren Verhältnissen aufgewachsen, Alex. Die ständige Umzieherei während meiner Kindheit, nie lange genug an einem Ort, um Beziehungen aufzubauen, die eine Versetzung überlebten. Rein in neue Schulen und wieder raus, und jedesmal beweisen, daß man es schaffen würde. Und einen Vater beim Militär. Ich sag Ihnen – ganz gleich, wie tüchtig er war, es ist kein Beruf, der in diesem Land großes Ansehen genießt. Ich nehme an, deshalb verbringe ich so viel Zeit damit, mich mit dem Leben erfolgreicher Menschen zu befassen. Ich will herausfinden, was sie so erfolgreich macht – und ob sie das glücklich macht.«

Darauf fiel mir keine unverbindliche Antwort ein. Meinen einzigen Kommentar – »Das ist ja interessant« – behielt ich lieber für mich. Ich hatte Ellen Goldmans innere Zerrissenheit nicht kennenlernen wollen, nun aber wußte ich mehr, als ich wissen mußte. Vielleicht war es doch besser, ihre freundliche Neugier zu befriedigen.

»Nun, um auf Ihre Frage zurückzukommen, Ellen: Das Kleidungsstück in der Tasche ist ein sehr elegantes marineblaues Futteralkleid von Calvin Klein. Es ist dem vermutlich langweiligen

Anerkennungsdinner für einen langweiligen Herrn, den ich kaum kenne, wohl angemessen.«

»Jemand aus Ihrem beruflichen Umfeld?«

»Nein, der Boß eines meiner Freunde. Also wenn wir dieses Interview morgen fortsetzen, kommen sie doch einfach zu mir rüber in Raum 53, den Gerichtssaal von Richter Hadleigh. Ich bin vormittags bei einer Urteilsverkündung dabei, die Sie vielleicht miterleben möchten. Dann können wir wieder hierherkommen und mit dem weitermachen, was Sie brauchen, okay?«

»Sehr schön. Alex, nur eins noch, bevor ich gehe. Ich wäre keine gute Journalistin, wenn ich nicht nach Isabella Lascar und dem Mord fragen würde. Gibt es schon Hinweise, irgendwas, worüber Sie mit mir sprechen können?«

Ich nahm mich wieder zusammen. Goldman hatte es geschafft, diese Frage über zwei Stunden lang nicht zu stellen – länger als ich gedacht hatte –, und sie war schon fast draußen.

»Überhaupt nichts, Ellen. Vergessen Sie nicht – ich arbeite nicht an dem Fall.« Und du mußt mich wirklich für einen Idioten halten, dachte ich, wenn du glaubst, ich würde einem fremden Menschen, den ich gerade erst kennengelernt habe, etwas über Verdächtige in einer Morduntersuchung erzählen. Na schön, so sind eben diese Profis, die einer hysterischen Frau eine Kamera vors Gesicht halten und sie fragen, was sie dabei empfunden habe, als sie zusehen mußte, wie beim Campen im Yosemite-Park ein Grizzlybär ihre drei Kinder aufgefressen hatte. Es ist eben ein Job.

Als Ellen gegangen war, wählte ich Jeds Nummer.

»Soll ich dich mit dem Wagen von deiner Wohnung abholen lassen?«

»Nein. Ich hab' gewußt, daß ich nicht früher wegkomme. Ich habe meine Sachen dabei, so daß ich mich hier duschen und umziehen werde. Wir sehen uns dann im *Plaza*.«

»Schön, versuch doch, zum Cocktail dazusein. Anderson will dich unbedingt sehen, und wenn wir erst mal alle sitzen und das Bankett beginnt, werden wir nie wieder eine Chance haben, mit ihm zu reden.«

Anderson Warmack war Jeds Boß, und das Abendessen wurde ihm zu Ehren gegeben. »Das ist ja ganz was Neues. Beim Sommerpicknick war ich noch Luft für ihn – er schien nicht allzu erpicht darauf, überhaupt jemanden zu sehen, mit Ausnahme des Barkeepers und der zwanzigjährigen Puppe, die an jenem Nachmittag mit seinem Sohn im Club war.«

»Liebes, damals hatte er doch keine Ahnung, wer du bist. Jetzt weiß er alles über dich. Er war ein großer Fan von Isabella, und seit er herausbekam, daß du ihre Freundin warst und daß wir mit ihr eines Abends sogar essen gegangen sind, will er dich tausend Dinge fragen.«

»Das ist doch nicht dein Ernst, Jed. Wie konntest du nur?«

»Was denn?«

»Wie konntest du nur mit dem Klatsch über ihren Tod hausieren gehen?« Ich war außer mir vor Zorn. Es schien so gar nicht zu Jed zu passen, Isabella zu benutzen, um an Warmack heranzukommen.

»Ach, komm schon, Alex. Du weißt doch – alle Welt redet darüber. So etwas passiert schließlich nicht alle Tage, und die Menschen interessieren sich nun mal dafür, besonders wenn es etwas mit dem Leben von Leuten zu tun hat, die sie persönlich kennen.«

Ich schwieg. Vielen Dank für Ihr Interesse an der Verstorbenen, Mr. Warmack, wirklich ganz reizend von Ihnen.

»Ich meine, da gibt es doch so faszinierende Sachen wie den DNS-Test, von dem du gesprochen hast. Haben sie da schon irgendwelche Ergebnisse?«

»Jed, du hast doch, um Gottes willen, mit niemandem über das Beweismaterial gesprochen?!« Ich war stocksauer. »Ich habe dir von diesen Dingen erzählt, weil sie in *meinem* Haus passiert sind, hinter *meinem* Rücken, und weil ich dachte, daß dich das interessieren würde. Ich habe nicht erwartet, daß du anderen Leuten davon erzählen würdest. Ich will nicht meinen Job verlieren, weil du das benutzt –«

Jed unterbrach mich. »Beruhige dich, Alex, immer mit der Ruhe. Ich habe weder Anderson noch sonst jemandem erzählt, was du mir gesagt hast. Ich hab das doch nur als Beispiel für eine dieser interessanten Fakten angeführt, über die die Leute kaum Bescheid wissen.«

»Na schön, und so soll es auch bleiben. Es dauert sechs, acht Wochen, manchmal auch länger, bis sich die DNS entwickelt hat«, sagte ich, um Jed mit technischen Daten zu beschwichtigen. »Sollte der Fall bis dahin nicht gelöst sein, werde ich wirklich durchdrehen.«

»Ich wollte dich doch nicht aufregen, Alex. Ich versuche nur, Anderson bei Laune zu halten.« Seit Wochen gingen Gerüchte um, daß Warmack am Jahresende zurücktreten würde. Jed wurden große Chancen eingeräumt, sein Nachfolger zu werden. »Tut mir leid, daß ich die Sache mit Isabella so auf die leichte Schulter genommen habe – ich hab' nicht gewußt, daß der alte Junge so ein Fan von ihr ist. Ich schätze, ich bemühe mich derzeit zu sehr, ihm um den Bart zu gehen. Ich hätte wirklich nie erwähnen dürfen, daß ich ihr bei dir begegnet bin.«

»Und ich werde hier nie wegkommen, wenn wir nicht sofort auflegen, damit ich meinen Schreibtisch aufräumen kann. Ich küsse dich.« Waffenstillstand. Ich schürzte die Lippen und hauchte einen Kuß in den Hörer.

Über die Sprechanlage bat ich Laura, den beiden Assistenten, die mich sehen wollten, zu sagen, sie sollten ihre Akten raufbringen, damit wir ihre Probleme durchgehen konnten. Sie gab mir alle Telefonnotizen, die sich bei ihr während des Goldman-Interviews angesammelt hatten, und erklärte mir, sie würde gehen, sobald die nächste Sitzung bei mir begonnen hätte.

»Auch Mercer Wallace hat angerufen, den müssen Sie aber nicht zurückrufen. Ich soll Ihnen nur sagen, es sei überfällig, daß der Con-Ed-Vergewaltiger wieder von sich hören lasse – diese Woche sei Vollmond, vielleicht habe die Sonderkommission ja Glück. Sie würden schon wissen, was er damit meine.«

Ich wußte genau, was er meinte. Jahrhundertelang hatte es in den Volkssagen und Ammenmärchen geheißen, Vollmond würde alle Formen von Wahnsinn und Irresein ausbrechen lassen. In New York glaubt jeder Cop, daß der phantastische Anblick eines schimmernden Vollmonds von ungewöhnlichen Geschehnissen und seltsamen Phänomenen begleitet sei. Wallace hoffte also, daß der unaufhaltsame Zug der Gezeiten auch seinen Serienvergewaltiger herauslocken und zur Festnahme dieses Teufels führen würde. Ich mußte an Isabellas Verfolger denken und hoffte, daß es mit einigem Glück ein Doppelerfolg würde.

Es war beinahe halb sieben, als ich mich von meinen beiden jungen Kollegen verabschiedete und mit meiner Kleidertasche und meinen Make-up-Utensilien in den Waschraum ging. Die häßlich gelblichgrauen Kacheln und das klinische Dekor waren noch deprimierender als die übrigen tristen Amtsräume.

Ich zog mich aus, trat in die Duschkabine und wusch mich rasch. Wie immer amüsierte mich die Ironie der Tatsache, daß es an den Waschraumtüren keine Schlösser gab und daß die Reinigungsmannschaft, die abends alle Räume saubermachte, aus Ex-Knastbrüdern bestand, die von meinen Kollegen strafrechtlich verfolgt worden waren, sich im Arbeitsdienst befanden und von Wildcat beschäftigt wurden – einer Firma, die Schwerverbrecher zu resozialisieren versuchte.

Ich rubbelte mich mit dem Handtuch ab, flocht mein Haar zu einem Dutt, schlüpfte in das enge Futteralkleid und tauschte meine mittelhohen Arbeitsschuhe gegen hochhackige Seidenpumps aus. In meinem Judith-Leiber-Abendtäschchen war gerade noch Platz für meine blaugoldene Marke – immer ein Hit bei Unternehmertypen –, meinen Piepser, einen Lippenstift und ein Leinentaschentuch. Als einzigen Schmuck legte ich meine Schlumberger-Flügelohrringe an. Noch ein paar Spritzer Chanel, dann ging ich zurück zu meinem Büro, um den Car Service anzurufen.

Um diese Zeit waren die langen Korridore im achten Stock still und leer, und die meisten Arbeitsbienen schwärmten auf den Treppenfluchten unter dem Flügel der leitenden Beamten in den Abend aus. Ich war mir des klackenden Geräuschs bewußt, das meine hohen Absätze verursachten und das im Flur widerhallte. Auf dem Weg machte ich mir Gedanken über den Standpunkt, den ich bei der Urteilsanhörung vor Hadleigh am nächsten Vormittag vertreten würde.

Ich bog um die Ecke und wollte gerade an Lauras Schreibtisch vorbei in mein Büro gehen, als der Anblick eines Fremden mich abrupt im Türrahmen stehenbleiben ließ. Ich hatte den Mann, der da vor dem Bücherregal an der gegenüberliegenden Wand stand, noch nie gesehen.

14

Mein Herz raste, während wir gleichzeitig zu sprechen begannen. Ich verlangte von ihm, mir zu sagen, wer er sei und wie er am Sicherheitsdienst vorbeigelangt sei, während er sich hastig dafür entschuldigte, unangemeldet hereingeplatzt zu sein, und erklärte, er sei Richard Burrell und müsse unbedingt mit mir über Isabella Lascar reden.

»Ich habe den ganzen Freitag über und mehrmals heute angerufen und Sie nie erreicht...«

»Nun, wenn Sie dachten, deshalb einfach in das Büro des Bezirksstaatsanwalts einzubrechen«, unterbrach ich ihn, während ich zu Lauras Telefon zurückwich, um den Sicherheitsdienst in der Halle anzurufen, »dann haben Sie einen Riesenfehler begangen.«

»Nein, bitte, Miss Cooper. Ich bin – ich bin Isabellas Exmann Ich brauche wirklich Ihre Hilfe, und ich hab' einfach nicht gewußt, wo sonst ich Sie finden sollte oder ob meine Anrufe weitergeleitet würden.«

Burrell – falls er wirklich Richard Burrell war – sah in dieser Umgebung einigermaßen harmlos aus. Ich versuchte verzweifelt, mich an all die Geschichten zu erinnern, die Iz über ihn erzählt hatte. Wie ich Luther bereits am letzten Freitag gesagt hatte, deutete keine davon auf Gewalttätigkeit oder Gefährlichkeit hin. Doch ich war allein in meinem Büro, es war nach Dienstschluß, und das Gebäude war praktisch verlassen, zusammen mit einem Mann, der mit Sicherheit auf der kurzen Liste der Mordverdächtigen stand. Nicht sehr klug.

»Wie sind Sie hereingekommen?«

»Um ehrlich zu sein, Miss Cooper – ich hab' den Wachmann belogen. Ich hab' ihm gesagt, wir seien zum Essen verabredet, und er ließ mich durch. Tut mir leid, daß ich das getan habe.«

Da kam er zu mir, um mich wegen eines Aspekts an diesem Fall um Hilfe zu bitten, und dann hatte er nichts Besseres zu tun, als mittels einer Lüge zu mir zu gelangen. Zumindest wußte ich nun, was ich von seiner Glaubwürdigkeit zu halten hatte.

»Können wir vielleicht die Tür schließen und miteinander reden?«

»Nein, kommt nicht in Frage! Die Tür bleibt offen, und Sie haben fünf Minuten, um mir zu sagen, was das Ganze soll.«

»Schauen Sie, Miss Cooper, ich habe Angst, schreckliche Angst. Ich bin freiwillig nach Manhattan gekommen, weil die Polizei mit mir sprechen will. Sie glaubt offenbar, daß ich etwas mit Isabellas Tod zu tun habe, aber ich schwöre Ihnen, das stimmt nicht. Man weiß, daß ich sie an dem Wochenende vor ihrer Ermordung in Boston getroffen habe und daß ich mich mit ihr aussöhnen wollte. Man glaubt, ich hätte sie vielleicht umgebracht, weil sie mich abgewiesen hat, aber das ist absurd. Iz hat Ihnen völlig vertraut – ich brauche Sie, damit Sie die Polizei überzeugen, daß ich mit dem Mord nichts zu tun hatte. Bitte!«

»Mr. Burrell, was soll der Unsinn? Nur, weil ich mit Isabella bekannt war, heißt das noch lange nicht, daß ich für Sie oder sonst jemanden, den sie kannte, bürgen kann. Ganz im Gegenteil. Entweder erzählen Sie den Beamten Ihre Version und verlassen sich darauf, daß die Ihre Story überprüfen können, oder Sie suchen sich den besten Verteidiger in der Stadt und holen professionellen Rat ein. Das ist bereits mehr Hilfe, als eine Staatsanwältin Ihnen eigentlich gewähren dürfte.«

»Aber es gibt Dinge, die die Polizei nicht weiß. Nicht, daß mir das was helfen würde, die kommen sicher dahinter.«

»Ihr Kokainproblem etwa? Das wissen sie längst.«

»Nein, das meine ich nicht. Ich hab' kein Kokainproblem mehr. Darum hab' ich Los Angeles verlassen, Miss Cooper. Das liegt alles hinter mir. Ich hab' gerade ein neues Drehbuch geschrieben und möchte wieder ins Geschäft kommen. Eine Verwicklung in einen Mordfall bringt mich um jede Chance.«

Nun, Isabella hatte es ebenfalls um jede Chance gebracht, aber er vergaß, dies zu erwähnen.

Jetzt war ich doch neugierig, in welchem Dilemma Burrell im Augenblick steckte. »Was, fürchten Sie denn, wird die Polizei mißverstehen?«

»Waffen, zunächst einmal. Ich besitze Waffen.«

»Wofür? Etwa Pistolen, zu Ihrem Schutz?«

»Nein, Jagdgewehre. Als ich in Hollywood war, hatte ich nie eine Waffe. Um die Drogen haben sich stets andere Leute gekümmert. Ich hab' nie welche mit mir herumgeschleppt. Als ich die Entziehungskur machte, zog ich nach Maine – es war leichter für mich, in einer neuen Umgebung sauber zu bleiben. Heute lebe ich auf einer dieser primitiven kleinen Inseln vor der Küste: keine Autobahnen, keine Flugplätze, kein Polizeirevier. Nur eine herrliche Aussicht und jede Menge wilde Tiere. Auf dieser Insel wimmelt es nur so von Elchen und Hirschen, Murmeltieren und Stinktieren. Meine Nachbarn und ich gingen auf die Jagd – nicht als Sport, sondern dann, wenn Tiere Schäden anrichteten oder ein tollwütiges Waldmurmeltier meinen Golden Retriever angriff. Jeder da oben kann Ihnen erzählen, daß ich jedes vierbeinige Geschöpf aufs Korn nehmen und, einem geübten Scharfschützen gleich, zwischen die Augen treffen kann.«

Der Stolz in seiner Stimme, als er seine Treffsicherheit beschrieb, ließ mich erschauern, denn es versetzte mich abrupt an den Tatort mit dem neongelben Absperrband zurück, das Isabellas Hinrichtungsstätte markierte.

Chapman, Flanders und Waldron würden sich für diese Information bestimmt interessieren. Vielleicht war Burrell ja dumm genug, mir noch mehr zu erzählen. Oder hielt er *mich* zum Narren, um diese Tatsache zu entschärfen, indem er sie – durch mich – vor seiner polizeilichen Vernehmung auf den Tisch brachte?

»Jeder, der mit Isabella zu tun hatte, weiß anscheinend über Waffen Bescheid. Das macht Sie noch nicht zu einem Hauptverdächtigen, Mr. Burrell.«

»Miss Cooper, ich sag' Ihnen das bloß, weil ich sicher bin, daß Iz Ihnen gegenüber erwähnt hat, daß sie mich in Boston gesehen hat, bevor sie zu Ihrem Haus fuhr. Ich bin mir darüber im klaren, daß Sie wußten, was zwischen uns lief, und ich muß einfach wissen, was Sie der Polizei darüber erzählt haben, verstehen Sie? Ich habe nicht vor, irgend etwas zu verbergen, ich möchte nur in dieses Verhör gehen und wissen, wieviel die über mich wissen.«

Er hatte also fälschlicherweise angenommen, daß Isabella mich nach ihrer Ankunft auf Martha's Vineyard angerufen und mir ihr Bostoner Rendezvous mit Burrell anvertraut hatte. Ich ließ ihn einfach in diesem Glauben, ich beschloß sogar zu bluffen und vorzugeben, in einer Unterhaltung, die nie stattgefunden hatte, etwas Wichtiges erfahren zu haben. Aus der Art, wie er diese Enthüllung vortrug, schloß ich, daß ihr Treffen nicht gut verlaufen war.

»Ich weiß, wie sehr sie sich aufgeregt hat. Sie war unglücklich«, köderte ich ihn. »Nein, wütend ist wohl das bessere Wort.«

»Verstehen Sie doch meine Enttäuschung, Miss Cooper. Ich habe Isabella vom ersten Augenblick an angebetet. Ich habe sie verehrt. Ich habe die Isabella Lascar erschaffen, die alle Welt auf der Leinwand geliebt hat.«

Das also war's – die alte Pygmalion-Story. Hinter jeder erfolgreichen Frau steht ein Mann, der dafür verantwortlich ist. Du langweilst mich, Burrell.

»Bevor überhaupt jemand ahnen konnte, wie erfolgreich Isabella mal sein würde, hatten wir eine tolle Beziehung. Und dann hab' ich alles vermasselt, es war alles meine Schuld. Meine Drogenabhängigkeit hat alles kaputtgemacht, privat, beruflich. Aber jetzt habe ich alles wieder im Griff. Ich habe einen großartigen Filmstoff, Isabella wäre er auf den Leib geschrieben gewesen. Sie wollte sich mit mir treffen, das Drehbuch lesen und mit mir darüber reden. Mir ging es gar nicht um den Film, ich wollte sie und dachte, so könnte ich's vielleicht schaffen. Ich wollte ihr Mann sein, ich wollte ihre Liebe.«

Soweit ich über Lascars Liebesleben Bescheid wußte, hätte er sich genausogut am Abend vor Thanksgiving in die Schlange vor einer Bäckerei einreihen können, um ein paar Kuchen zu kaufen. Ziehen Sie eine Nummer, und stellen Sie sich hinten an.

»Und das Ende vom Lied, Mr. Burrell? Sie hat gesagt, es hätte nicht geklappt.«

»Das Ende vom Lied, wie Sie sagen, Miss Cooper. Ich weiß, ich überziehe die fünf Minuten, die Sie mir gegeben haben. Aber Sie sehen ja, wie dringend es ist. Isabella wollte ein Drehbuch, für mich hatte sie keine Verwendung, ich war höchstens die freundschaftliche Schulter, an die sie sich anlehnen konnte.«

»Und dann stritten Sie sich.«

»Ich glaube, keiner von uns wollte das, wirklich. Aber sie wurde patzig – zuviel Wodka und Rotwein –, und die ganze Zeit war ich nüchtern. Wenn sie einen sitzen hatte, konnte sie eine ziemlich böse Zunge haben. Leider war ich nicht alkoholisch anästhetisiert, das hätte ihre Schläge gemildert.«

»Ich weiß, wovon Sie sprechen, Mr. Burrell. Isabellas Ausfälle konnten sehr schmerzhaft sein. Sind Sie deshalb handgreiflich geworden? Sie hat Sie nämlich immer als sanften Menschen geschildert.«

Es funktionierte.

»Iz wurde schrecklich laut, Miss Cooper. Vor meinem inneren Auge liefen Szenen ab, wie unsere Zimmernachbarn bei der Rezeption anriefen oder jemand einen Publicity-Wirbel um ihre Trinkerei veranstaltete. Ich hab' sie nicht geschlagen, sie hat doch nicht etwa so was gesagt, oder?«

»Nein, nein.«

»Ich hab' sie bloß an den Schultern gepackt und sie geschüttelt. Ich wollte, daß sie sich beruhigt und wieder zur Besinnung kam. Aber das hat sie nur noch wütender gemacht, und sie brüllte noch mehr rum. Ihr Glas fiel zu Boden und zerbrach. Sie warf mir noch ein paar Beleidigungen an den Kopf, beschimpfte mich, ging ins Bad und schloß sich ein. Ich wartete eine Zeitlang. Sie weigerte sich, rauszukommen, also ging ich auf mein Zimmer.

Ich hatte Angst, Sie würden das für häusliche Gewalt halten, verstehen Sie? Besonders wenn das Zimmermädchen das zerbrochene Glas meldete und Gäste sich über das Geschrei beschwert hätten. Vielleicht bin ich bloß paranoid, Miss Cooper. Jeder, der Iz und mich kennt, weiß, daß ich nur eines wollte – wieder mit Isabella zusammensein. Ich hätte ihr niemals weh getan.«

Ich kam mir wie in der Szene eines drittklassigen Films vor.

»Haben Sie sie nach diesem Streit wiedergesehen?«

»Nein, nein. Ich wollte es ja, wirklich. Aber ich wollte ihr erst mal Zeit lassen, wieder nüchtern zu werden, und als ich am nächsten Morgen auf ihrem Zimmer anrief, war sie bereits abgereist. Ich wußte zwar, daß sie zu Ihrem Haus auf Martha's Vineyard fuhr. Aber ich wußte nicht, wo das Haus stand, ja ich kannte nicht mal Ihren vollständigen Namen. Iz hat viel über Sie gesprochen, aber natürlich hat sie nur Ihren Vornamen erwähnt – damals hab' ich nie so drauf geachtet. Und dann sah ich Ihren Namen in allen Zeitungen. Mir war nie der Gedanke gekommen, daß sie jemanden auf die Insel mitnehmen würde. Sie ließ mich in dem Glauben, daß sie allein hinfuhr.«

Mich auch, Kumpel. »Haben Sie danach von ihr gehört?«

»Nein, das ist es ja. An diesem Tag hing ich die meiste Zeit nur so rum, dann fuhr ich wieder nach Hause. Kein sehr hilfreiches Alibi, Miss Cooper, oder? Eastport Harbor ist ein ziemlich einsamer Ort, und es gibt dort keine Nachbarn oder Lieferanten oder Kamera-Crews, die mein Kommen und Gehen beobachten.«

»Mr. Burrell, ich glaube nicht, daß Sie sich große Sorgen machen müsen. Hotelcomputer, Garagenquittungen, Minibarzettel – das alles wird Ihre Behauptungen bestätigen.« Gemessen an dem bißchen, was er mir erzählt hatte, schien er mir zu verzweifelt und besorgt zu sein. »Ist das wirklich alles?«

»Ich schwöre Ihnen, Miss Cooper, ich schwöre bei Isabellas Leben ...«

Dieser Schwur klang ziemlich hohl.

»Sie werden das den Kriminalbeamten erzählen müssen.« Ich wollte mit diesem Mann keine Minute länger allein sein, als ich mußte. »Es hat keinen Sinn, wenn Sie mir Ihren Fall vortragen. Ich kann nichts weiter für Sie tun, als Sie der Polizei vorstellen, bitte, glauben Sie mir.«

Er sah verzweifelt, aber nicht böse aus, doch mein Instinkt hatte mich schon oft getrogen, und ich befand mich nicht gerade in der Position, es ausgerechnet an diesem Abend darauf ankommen zu lassen.

»Wo sind Sie abgestiegen?«

»Im *Peninsula.*«

»Gehen Sie wieder in Ihr Hotel. Morgen früh wird Sie ein Beamter namens Chapman anrufen. Erzählen Sie ihm einfach alles, was Sie mir erzählt haben.« Nur Mike war in der Lage, diesen Burschen hart ranzunehmen, und vielleicht bekamen wir ja ein Geständnis.

Burrell bedankte sich bei mir und verließ mein Büro mit hängenden Schultern. Ich merkte, daß meine Hand immer noch zitterte, als ich nach dem Hörer griff, um ein Taxi zu rufen.

Während das Taxi sich durch die Centre Street quälte, die in die Fourth Avenue und schließlich in die Park Avenue übergeht, versuchte ich mich daran zu erinnern, ob an jenem Abend, an dem Jed und ich mit Isabella zum Essen gegangen waren, irgend etwas Bemerkenswertes vorgefallen war. Es war genau vor dem Labour-Day-Wochenende gewesen, das Jed bei seinen Kindern in Kalifornien verbringen wollte. Wir hatten geplant, uns am Freitag abend zum Dinner zu treffen. Als ich mich gerade umzog, rief Iz von ihrem Hotelzimmer aus an. Sie war gut gelaunt und nett – das war, bevor der zweite Verfolger sie mit seinen Anrufen und Briefen zu belästigen begann – und bat mich um den Namen meiner Friseuse, zu der sie während ihres Aufenthalts in New York gehen wollte.

»Ist diese Elsa auch diskret, Schätzchen? Die Fans möchten doch glauben, daß ich naturblond bin«, erklärte sie lachend am Telefon.

»Sie ist ein echter Schatz, Isabella. Ich bin sicher, sie macht dir die Tönung auch in deinem Hotelzimmer, wenn du das möchtest.«

»Großartig, ich werde sie darum bitten. Verbringst du den Abend etwa auf dem Sofa, Alex? Kein Verbrechen? Keine Romanze? Keiner von diesen gutaussehenden Detectives, der dich in der Stadt herumfährt?«

»Ich mach' mich gerade fertig zum Ausgehen, ich bin zum Essen verabredet. Wenn du willst, kannst du gerne mitkommen.«

»Ach, das muß dieser reiche Mensch sein, von dem Nina mir erzählt hat. Störe ich auch nicht? Ich esse nicht viel.«

»Wir würden uns freuen, Iz. Wir wollen ihn überraschen, okay? Ich hol' dich um acht ab, wir treffen uns dann mit ihm im Restaurant.« Ich wußte, Jed würde begeistert sein, Isabella kennenzulernen – welcher Mann nicht? –, daher rief ich im Restaurant *21* an und änderte Mr. Segals Reservierung in drei Personen um.

Jed saß mitten im vorderen Raum, als wir eintrafen. Seine Verwirrung verwandelte sich in Begeisterung, als er Isabellas großen Auftritt beobachtete. Er war Stammgast im Club, aber an diesem Abend gingen seine Aktien gewaltig in die Höhe, als der Captain und seine Ober Zeuge wurden, wie der glamouröse Filmstar zu ihm rauschte und ihn mit einem lauten »Jed, Schätzchen, endlich sehen wir uns wieder!« umarmte.

Es lief glänzend. Isabella zog ihre Show ab: komisch und charmant und darauf bedacht, daß man sie mochte. Sie war der Mittelpunkt im Raum, und sie genoß es.

Jed hatte die meiste Zeit seines Lebens in Kalifornien verbracht, und darum kannten die beiden zum Teil die gleichen Leute und Lokalitäten. Die Anwaltsfirma, bei der er in Los Angeles angefangen hatte, hatte sich stark im Unterhaltungssektor engagiert. Er verließ sie wegen eines Kommissionsgeschäfts mit Spezialeffekten und ging nach Washington. Dann kehrte er an die Westküste zurück und kandidierte erfolglos für den Senat.

»Ein Demokrat, natürlich? Alex würde nur mit einem Demokraten ins Bett gehen, da bin ich sicher. Ich bin eine überzeugte Republikanerin, Jed, obwohl – wenn Ihr Gesicht mich von einem Wahlplakat angesehen hätte, wäre ich vielleicht doch schwach geworden.«

Iz flirtete gern und redete ziemlich unverblümt über Sex. Beim Reden blieb es allerdings nicht – wollte man ihren Geschichten Glauben schenken, war Beischlaf für sie das, was Aerobic-Kurse für meine Kolleginnen waren.

»Was ist eigentlich CommPlex, Jed?« erkundigte sie sich mit ganz ernster Stimme, zog sich aber aus der Unterhaltung zurück und widmete sich ihrem Stoli, als Jed zu einer ausführlichen Erklärung über die riesige Kommunikations- und Computerfirma ansetzte, die Anderson Warmack im Laufe der letzten fünfzehn Jahre zu einem der von *Fortune* aufgelisteten 500 größten Unternehmen gemacht hatte.

Wir waren mit dem Essen fast fertig, ohne daß Isabella mich um einen Gefallen gebeten hatte – eine ungewöhnliche Erfahrung für mich –, als etwas, was Jed über Geld und Geschäfte gesagt hatte, sie auf eine Idee zu bringen schien. Sie erklärte uns, sie glaube, ihr Vermögensverwalter habe sie betrogen, indem er immer höhere Summen von den ausgehandelten Verträgen abgezweigt habe, aber sie wußte nicht, wie man herauskriegen konnte, ob dieser Verdacht gerechtfertigt war. Jed bat den Captain um ein Stück Papier und schrieb Isabella den Namen und die Telefonnummer seines Wirtschaftsprüfers in Los Angeles auf. Der sei bestimmt in der Lage, sie an die richtige Adresse zu verweisen, wo man ihre Bücher genau prüfen und einen eventuellen Betrug nachweisen würde.

»Ein guter Mann, Isabella. Und überaus vertrauenswürdig – er verwaltet Anderson Warmacks sämtliche privaten Finanzen.«

»Und über wie viele Millionen reden wir da?«

»Dreihundert, vielleicht dreihundertfünfzig. Das heißt, wenn wir heute einen durchschnittlichen Tag am Markt gehabt hätten, Isabella. An starken Tagen ist es sogar noch mehr.«

Isabella strahlte ihn an und fuhr sich mit der Zunge aufreizend über die Lippen.

»Und ist er süß, dieser Anderson-Junge?«

»Na ja – findest du Charles Laughton süß?« fragte ich sie. »In seinen letzten drei oder vier Filmen? Süß? Reich, alt, fett und normalerweise betrunken kommt der Sache schon näher.«

»Eins davon wäre nicht schlecht – besonders, wenn's mein liebstes ist: reich. Da ihr zwei ja so glücklich miteinander seid, braucht Jed mich nur noch mit Anderson Warmack bekannt zu machen. Ich bestehe darauf.«

Isabella und ich standen auf und gingen zur Damentoilette – wie zwei Mädchen auf einem High-School-Ball –, während Jed bezahlte. Im *21* gab es das beste Steak Tatare, die besten Dungeness-Krebse und die wunderbarste Klofrau von ganz New York. Sie war klug und aufgeweckt; statt mürrisch vor einem Stapel Papierhandtücher in einer Ecke zu sitzen, las Marie, wann immer ich sie sah: neue Romane – meist Krimis –, gewöhnlich mit einem Bibliotheksschutzumschlag, und immer erzählte sie mir bereitwillig, was sie vom Autor hielt.

»Hey, meine Liebe, wie geht's denn so? Hab' Sie ja seit Wochen nicht gesehen. Haben Sie in letzter Zeit irgendwen eingelocht?« fragte sie kichernd.

Ich machte sie mit Isabella bekannt, die sie aber rüde ignorierte und nur über Jed tratschen wollte.

»Schätzchen, halt dir den warm! Sieht gut aus, ist smart, hat Geld – hör mal, das war kein Witz, ich möchte seinen Boß wirklich kennenlernen.«

»Der alte Knabe ist schon verheiratet, Isabella.«

»Also wirklich, Alex. Hab' ich etwa gesagt, daß ich den alten Knacker heiraten will? Vielleicht möchte ich mit ihm nur ein bißchen spielen und rauskriegen, wo er seine Millionen gerne lassen möchte.«

»Gute Nacht, Marie«, sagte ich und verdreifachte mein übliches Trinkgeld, aus Schuldbewußtsein und aus Ärger über Isabellas vulgäres Benehmen.

Jeds Wagen wartete vor dem Restaurant. Wir setzten Iz am *Carlyle* ab, bevor wir zu meiner Wohnung fuhren. Wir waren uns beide einig, daß ein Abend wie dieser pro Jahr reichte. Dann aber verschwendeten wir keinen Gedanken mehr an La Lascar, sondern zogen uns aus und liebten uns nach der zehntägigen Trennung mit besonders großer Leidenschaft.

Als das Taxi die Grand Army Plaza überquerte und mich an den Stufen zum *Plaza Hotel* absetzte, fragte ich mich, ob Jed Warmack von Isabellas Interesse an ihm erzählt hatte – und ob ich Mike Chapman vorschlagen sollte, ihren Vermögensverwalter in die Liste der Verdächtigen aufzunehmen.

Wegen Burrells unangekündigtem Besuch und wegen des Verkehrsstaus Richtung Uptown traf ich fast eine Stunde später ein, als ich Jed versprochen hatte. Die Cocktailstunde war längst vorüber, und ich war froh um meine schlanke Figur, als ich mich durch den Großen Ballsaal schlängelte und mich zwischen zweihundert runden Tischen durchquetschte, um die sich Speichellecker von CommPlex und führende Vertreter der Konkurrenz versammelt hatten, umringt von mürrischen Obern, die der lärmenden Menge Hähnchen Marke Gummiadler zu servieren versuchten.

Das Programm, das ich am Eingang mitgenommen hatte, führte unsere Namen an Tisch 2 auf. Als ich mich halbwegs durch den Raum gewühlt hatte, konnte ich Jeds Kopf ausmachen. Ich winkte dem Bürgermeister zu, der die Leute am Podium unterhielt, und blieb kurz stehen, um mir von einem von Jeds Partnern ein Küßchen geben zu lassen, dann steuerte ich auf meinen leeren Stuhl zu.

»Tut mir leid, Jed, die üblichen Komplikationen und Ausreden«, flüsterte ich ihm zu, als er aufstand, um mich mit den anderen Männern und Frauen am Tisch bekannt zu machen. Anderson Warmack grinste mir vom Podium auf der Bühne zu. Offenbar schuldete ich Richard Burrell ein kleines »Dankeschön« für dieses Timing, hatte er mir doch ermöglicht, einer Konversation mit dem fetten Tycoon über die verstorbene Lascar aus dem Weg zu gehen.

Jed war guter Laune, auch wenn ich nicht zum Empfang erschienen war. »Warmack kam heute in mein Büro«, flüsterte er mir zu. »Er ist zwar nicht bereit, heute abend irgendeine öffentliche Erklärung abzugeben, aber gleich nach den Weihnachtsferien wird er eine Pressemitteilung herausgeben, und im Februar werde ich vermutlich zum Präsidenten des Unternehmens ernannt. Ich finde, wir beide sollten das mit einer wunderbaren Reise über Neujahr feiern – es könnte mein letzter Urlaub für längere Zeit sein.«

Ich freute mich für Jed. Ich wußte, wie sehr er sich das gewünscht hatte und wie sehr er sich um Warmacks Wohlwollen bemüht hatte. Ich drückte unter dem Tisch seinen Schenkel, während er versuchte, unter mein enges Futteralkleid zu fassen, mich zu zwicken und mich dabei strahlend angrinste.

»Du wirst mich doch mit dem Feiern nicht etwa bis Neujahr warten lassen?« neckte ich ihn. »Können wir damit nicht schon früher anfangen?«

»Natürlich, mein Schatz. Wir können uns hier für heute abend ein Zimmer nehmen und gleich nach den Reden hinaufgehen und …«

»Oh, là, là, vielleicht morgen. Das ist zwar ein wunderbares Angebot, Jed, aber ich muß nach den Ansprachen verschwinden. Chapman sucht mich wegen gewisser Beweismaterialien auf, die gerade aus Massachusetts gekommen sind, damit ich sie mir heute abend anschauen kann.«

»Beweismaterial? Was für Beweismaterial? Ich dachte, es gäbe kein weiteres Beweismaterial.«

Ich mußte über Jeds Besorgnis lachen. »Den Fehler mache ich nicht noch mal! Meine Lippen sind versiegelt! Es ist ein bißchen weit hergeholt, aber es gibt da ein paar Dinge, die ich mir ansehen möchte. Vielleicht enthalten sie irgendwelche Hinweise.«

»Willst du nicht wiederkommen und einen Schlummertrunk mit mir nehmen? Larry, Stan und ich wollen mit Anderson hinüber zum *Tap Room* im University Club gehen, zu einer intimeren Feier, wenn das hier vorbei ist.«

»Bist du verrückt? Ich habe gleich morgen früh eine Urteilsanhörung. Tu das, was du tun mußt – und freue dich über die Neuigkeiten. Und mach keine Pläne fürs Wochenende – die Feier wird *meine* Überraschung sein, okay?«

Die Reden zogen sich endlos lange hin, und ich war erleichtert, daß Warmack seine Ausführungen abgeschlossen hatte, bevor ich mich nach einem Blick auf die Uhr erhob, mich ringsum verabschiedete und Jed einen Kuß gab. Es war kurz nach halb elf, als ich das Hotel durch die Drehtür verließ und mir vom Portier für die kurze Heimfahrt in ein Taxi helfen ließ.

15

Als das Taxi mich vor meinem Haus absetzte, sah ich, daß Mikes Wagen am Ende der halbkreisförmigen Auffahrt geparkt war. Er selbst stand in der Halle und unterhielt sich mit dem Pförtner über irgendwelche Sportereignisse, die an diesem Abend im Fernsehen gezeigt worden waren. »He, Blondie, auf die Final-Jeopardy-Frage von heute abend wette ich zehn Dollar – du hast sie wohl nicht gesehen, was?«

»Kaum.«

»Es ging um afrikanische Geschichte. Willst du wetten?«

Verdammt. Nicht eine meiner Stärken. »Hattest du recht?«

»Klar. Willst du kneifen?«

»Na schön, zehn Dollar.«

Wir befanden uns im Lift hinauf zu meiner Etage. »Die Frage lautet: Wen schlug Napoleon 1798 in der Schlacht bei den Pyramiden?«

Ich schüttelte den Kopf. »Zieh die zehn einfach von dem ab, was du mir schuldest.« Ich hatte nicht die geringste Ahnung. »Wer sind die Mameluukken?« brüstete sich Mike. »Ich wußte, du würdest es nicht wissen. Ich hätte meinen Einsatz verdoppeln sollen.« Er schilderte mir kurz die Schlacht, die offenbar gar nicht bei den großen Pyramiden stattgefunden hatte, und erklärte, wer die Mameluukken gewesen waren. Er war ein As in Welt- und in Kriegsgeschichte und gab gern damit an.

»Ich hoffe, mit Wallys Fotos habe ich mehr Glück«, sagte ich, während ich aufschloß.

»Nicht viel zu sehen.«

»Tu mir einen Gefallen und stell die Kaffeemaschine an. Ich will nur schnell aus diesem Kleid schlüpfen, ja?«

Es dauerte nur eine Minute, bis ich aus dem Seidenkleid in mein langes Hemd und die Leggings geschlüpft war. Ich eilte in die Küche zurück, um Tassen für den Kaffee bereitzustellen, dann gingen wir ins Wohnzimmer, um uns die Vergrößerungen anzusehen, die Mike vom Labor abgeholt hatte.

»Wer hat die Fotos gemacht?« wollte ich wissen, während Mike die braune Morddezernatmappe öffnete, die alle Unterlagen des Falls enthielt.

»Wally sagt, von überallher riefen Touristen an. Aber die meisten dieser ersten Aufnahmen stammen von Inselbewohnern. Die Fotos, die ich dabeihabe, wurden auf der Fähre bei verschiedenen Fahrten im Laufe der Woche aufgenommen. Die Story und der Aufruf, die Fotos abzuliefern, sind übers Radio sowie in der Freitagsausgabe der *Vineyard Gazette* gebracht worden. Am Samstag morgen tauchten dann die Einheimischen mit Filmen in Wallys Büro auf und behaupteten, sie hätten Isabella auf der Fähre gesehen. Wally glaubt, so ein High-School-Junge mit Pickelgesicht und einem Ständer, wenn er an Isabella denkt, hat sie tatsächlich auf der Fähre entdeckt und versucht, unterwegs Bilder von ihr zu machen. Wally nimmt an, deshalb habe sie der Kamera die meiste Zeit den Rücken zugekehrt und aufs Wasser hinausgesehen.«

Mike legte den Stapel Fotos auf den Tisch, und ich setzte mich neben ihn aufs Sofa, um sie mir eins nach dem andern vorzunehmen.

Am Anfang gab es ein paar Irrläufer: Landschaftsaufnahmen mit einer Blondine etwas abseits von den Passagieren, aber wenn man die Vergrößerungen genau betrachtete, erkannte man, daß die dicken Beine oder das breite Grinsen nicht von Isabella Lascar stammten.

Als wir zum fünften Bild kamen, meinte Mike: »Ich glaube, jetzt beginnt der Film, den der High-School-Junge aufgenommen hat. Sieht die da in der Ecke nicht ganz wie Isabella aus?«

Daran bestand kein Zweifel. Es war, als ob man inmitten einer Herde von Pferden, die für den Abdecker bestimmt waren, auf einmal ein Vollblut erblickte. Mit ihrer schlanken Gestalt und ihrer eleganten Haltung fiel sie sofort auf, auch wenn die Entfernung zu groß war, als daß die Kamera ihre ausgeprägten Züge hätte einfangen können, die einem den Atem nahmen, wenn man sie auf der riesigen Kinoleinwand sah.

»Das da in der äußeren linken Ecke ist tatsächlich Iz. Es scheint fast, als habe der Fotograf sie noch nicht erblickt – in diesem Augenblick gehört sie einfach zum Hintergrund.«

Die nächsten drei Fotos waren Panoramaansichten, aufgenommen während der Überfahrt zur Insel. Vielleicht hatte der Fußballtrainer des Jungen dem ganzen Team auf der Rückfahrt vom Spiel ins Hyannis gesagt, jeder habe vor dem Anlegen mindestens einen Film zu verknipsen. Mike ging in die Küche, um uns beiden eine Tasse heißen Kaffee zu holen.

»Sie müßte auf einigen der Serienfotos auftauchen.«

Tatsächlich sahen die nächsten Fotos so aus, als ob der neugierige junge Fotograf nun entdeckt habe, wer die toll aussehende Frau war, und habe sich ihr mit der Kamera genähert. Isabella schien sich von seinem Objektiv abzuwenden, wobei sie ihr Gesicht – das bereits hinter einer übergroßen Sonnenbrille halb verborgen war – mit erhobenem Arm abschirmte und mit der anderen Hand nach der Reling auf der von der Kamera entfernten Seite griff. Der Fotograf bewahrte zwar respektvolle Distanz, aber die nächsten Bilder konzentrierten sich alle auf Isabella, obwohl sie ihrem Bewunderer den Rücken zugekehrt hatte. Ich erkannte sogar ihre Kleidung wieder: einen türkis und weiß gestreiften Escada-Pulli mit weißen Shorts, und diese unverwechselbaren, endlos langen, über Plateauespadrilles aufragenden Beine.

»Hast du den Kerl schon gefunden?« Mike stand mir gegenüber und schlürfte seinen Kaffee, während ich meinen auf eine trinkbare Temperatur abkühlen ließ. »Ich schätze, ich könnte eine Fahndung nach dem Mann rausgeben, der an den fünf Fingern hängt, die man auf dem Foto sieht. Richtig?«

Ich lachte. Auf dem Foto, das er meinte, kehrte Iz der Kamera noch immer den Rücken zu, genauer: Sie zeigte ihrem Verfolger ihre Schokoladenseite im Halbprofil, als ob sie sagen wollte: ›Wenn du schon nicht lockerläßt, dann nimm mich wenigstens aus dem Blickwinkel auf, den ich bevorzuge.‹ Über Isabellas Rücken lag der Arm eines Mannes, als wolle er dem Fotografen bedeuten, mit der Knipserei aufzuhören.

»Siehst du, was ich meine?« alberte Mike herum. »Man sollte eine Zeichnung von einer Riesenhand anfertigen und in den Postämtern im ganzen Land aufhängen lassen. Und bevor die Tusche trocken ist, werden diese Deppen von Alaska bis Mississippi anrufen: ›Detective Chapman, ich würde diese Hand überall erkennen.‹ – ›Chief Flanders, mein Hund hat einmal in eine Hand gebissen, die ziemlich genau wie diese Hand ausgesehen hat.‹ – ›Agent Waldron, ich hab' mal eine Hand geschüttelt, die mich stark an diese Hand erinnert.‹ Wir knacken diesen Fall in Null Komma nichts.«

Mike brabbelte weiter, aber ich starrte gebannt auf das Foto, das auf dem Couchtisch lag. Ich konzentrierte mich weder auf Isabella noch auf die Hand des Mannes. Meine Gedanken überschlugen sich.

»Mein Gott.«

Mike ignorierte mich beim erstenmal, oder vielleicht war mein Gemurmel zunächst nur für mich hörbar gewesen. In meinem Gehirn aber dröhnte es lauter als Donnerschläge.

»O mein Gott. Das ist doch nicht möglich!«

»Wie bitte?«

»Paul Stuart«, stieß ich hervor.

»Wer ist das denn? Willst du mir etwa sagen, du weißt, wer –«

»Nicht wer«, unterbrach ich ihn, »sondern was.« Mein Magen verkrampfte sich vor Übelkeit, als meine Gedanken meine Eingeweide erreichten, bevor ich auch nur artikulieren konnte, was ich dachte. »Paul Stuart ist eines der besten Herrengeschäfte in New York, Mike. Madison Avenue und Forty-fifth Street.« Das helle, blaugrüne Karomuster des Hemdärmels, der den Arm des Mannes auf der Fotografie – Isabellas Beschützer – umhüllte, sprang mir aus dem Foto entgegen. »Ich hab' dieses beschissene Hemd bei Paul Stuart in der Woche vor dem Labour Day gekauft. Sea-Island-Baumwolle, für 147 beschissene Dollar. Blas' deine Fahndung ab, Detective Chapman, dieses miese, verkommene Stück Scheiße, das neben der Leinwandgöttin steht, ist Jed Segal.«

Ich hob die Fotografie auf und ließ sie mit aller Kraft wie eine Frisbeescheibe durchs Zimmer segeln. Sie prallte von meinem großen Schrank ab und blieb unter dem Sideboard liegen, auf dem meine Lieblingssammlung silbergerahmter Schnappschüsse von Familienmitgliedern und Freunden stand. Ich ließ mich in die tiefen Kissen meines übergroßen Sofas sinken und weidete mich an der Enthüllung, daß Jed und Isabella mich auf die schlimmste Weise betrogen hatten, die sich zwei Menschen ausdenken können, um einen dritten zu quälen.

»Herrgott, Alex, nun beruhig dich mal wieder! Du kannst doch nicht auf Grund dieser Bilder sagen, wer der Kerl ist«, sagte Mike, während er sich nach der verräterischen Fotografie bückte und sie erneut studierte. »Dieser Laden muß doch Dutzende solcher Hemden verkauft haben, und Läden im ganzen Land haben noch weitere Hunderte verkauft. Du kannst nicht aufgrund eines Zolls karierten Stoffs auf einer vergrößerten Fotografie sagen, wem der Arm gehört. Fang bloß nicht mit diesem selbstmitleidigen Märtyrerscheiß an – du kannst nicht bei jeder Schlußfolgerung –«

»Vielleicht bist ja du zu bescheuert, um zu diesem Zeitpunkt Schlußfolgerungen zu ziehen, Mikey, aber verwette nicht Haus und Hof gegen Stoff- und Tuchstückchen. Das ist wie bei dir und den Mameluukken. Dieser elende Scheißkerl hat mich in den Rücken – nein, ins Herz gestochen. Es ist ja nicht nur dieses Hemd, alles andere paßt auch zusammen.«

»Bitte, Cooper, fang nicht schon wieder an, mich anzuheulen. Laß uns das doch mal ganz behut –«

Erneut unterbrach ich ihn, erstaunt darüber, weil er nicht merkte, daß ich kurz vor dem Explodieren war. »Heulen? Heulen?« Jetzt brüllte ich ihn praktisch an. »Glaubst du wirklich, ich würde noch irgendwas aus meinem ohnehin schon sehr knappen Vorrat an Gefühlen für diesen Mann verschwenden? Daß du nach all diesen Jahren so eine geringe Meinung von mir hast! Keine Angst – keine Tränen mehr.« Ich stand auf und langte über den Tisch, um Mike das Bild aus der Hand zu nehmen.

Der Fotoausschnitt, der die Hand und den Ärmel des Mannes zeigte, war etwa 7 cm groß. Ich betrachtete ihn noch einmal und hoffte, daß der unverwechselbare Stoff, der mir an dem Tag, als ich einkaufen gegangen war, so attraktiv erschienen war, sich in Streifen, Tupfen oder rosa Elefanten verwandelt hätte. Statt dessen bestätigte ein zweiter Blick meine Befürchtungen. Ich ließ mich wieder auf das Stofa zurücksinken und inspizierte Jeds Finger auf dem Foto – Finger, die meine Brüste gestreichelt, über meine Schenkel gestrichen hatten und genau wußten, wie sie mich mit ihrem Druck und ihrer Berührung erregen konnten.

»Es ist doch nicht bloß das Hemd, Mike.« Ich mußte ihm nichts von Jeds Fingern erzählen. Er würde genau wie ich wissen, was ich meinte. »Nimm das weg, bevor ich es in Stücke reiße«, sagte ich und gab ihm das Foto zurück. »Ich könnte mich ohrfeigen, weil ich all die kleinen Hinweise übersehen habe. Du hättest sehen sollen, wie er den Mund nicht mehr zubekam, als er mich am Samstag in diesem Seidenpyjama sah, den Iz mir geschenkt hatte – du weißt schon, genau so einer wie der, den wir in meinem Schlafzimmer auf der Insel gesehen haben, als wir ihre Sachen einpackten. Er muß gedacht haben, ein Gespenst vor sich zu haben.« Natürlich, er war das, was Isabella gewollt und was ich ihr geliefert hatte: ein respektabler Mann. »Ich könnte ihn mit bloßen Händen erwürgen.«

Ich war wie von Sinnen, und Mike wußte nicht, was er mit mir machen sollte. »Beruhig dich doch, Alex. Du wirst noch die Nachbarn aufwecken.« Bei dem Wort »Nachbarn« schien ihm eine Idee zu kommen. »He, meinst du, dein Psychiater-Freund ist um diese Stunde noch wach? Vielleicht könnte er mal reinkommen und dir helfen –«

»Wieso helfen? Ich bin bloß wütend und sauer und elend und –«

»Und vielleicht sollte er dich lieber ruhigstellen oder so was. Ich weiß es nicht. Ich will nur nicht, daß du dir deswegen was antust. Ich kann dich in diesem Zustand nicht allein lassen.«

»Laß David aus dem Spiel. Ich bin wirklich in Ordnung. Kein Wunder, daß ich Jed nicht im *Ritz* erreicht habe, als ich am Donnerstag zum erstenmal dort anrief. Er war vermutlich noch nicht mal in Paris – natürlich konnte er nicht vor Samstag zurückkommen. Die ganze Reise war wohl eine Finte, um sein Rendezvous mit Isabella zu decken.« Ich stand auf und ging im Wohnzimmer herum, um mich zu beruhigen. Mike und die meisten meiner anderen Kollegen hatten schon Ausbrüche des berühmten Cooper-Temperaments erlebt, und die meisten gingen lieber in Deckung. Schließlich kam mir der Gedanke, mir einen Drink zu machen.

»Kommt nicht in Frage, Blondie. Keine Sauferei! Los, laß uns das mal rational angehen. Ich hätte es doch auch wissen müssen. Jeder, der zu gebratenen Muscheln Mineralwasser aus kleinen Flaschen trinkt, muß ein Yuppie sein – und ein Arschloch. Was für ein beschissener Schwindler.«

»Mein Gott, Mike. Da fällt mir noch was Schlimmeres ein. Meinst du, ich sollte Battaglia anrufen und ihn um diese Zeit aufwecken? Er haßt es, wenn er etwas als letzter erfährt. Ach, ich glaube, mir wird schlecht – wirklich.« Ich saß in einem der Lehnsessel und sackte zusammen, wobei mein Kopf gegen meine Hände schlug.

»Dein Anruf, Alex. Du mußt ihm Rede und Antwort stehen, nicht ich. Ich nehme an, es reicht, wenn du in aller Frühe ins Amt gehst und es ihm sagst – niemand wird vorher dahinterkommen. Ich meine, na ja, also eigentlich sollte der Chef es heut' nacht wissen, aber –«

Mit einem Ruck setzte ich mich wieder auf, um zu protestieren. »Warum muß der Chef überhaupt davon erfahren? Soll mein gescheitertes Liebesleben plötzlich der Abteilung zum Fraß vorgeworfen werden? Kommt nicht in Frage, Mike, kommt überhaupt nicht in Frage.«

Chapman ging vor mir in die Hocke, legte mir die Hand aufs Knie und versuchte mich zu zwingen, ihm direkt in die Augen zu sehen. »Du hast es nicht kapiert, Mädchen, nicht wahr? Falls dieser Ärmel wirklich zu Jed Segal gehört – und darüber müssen wir uns als erstes Gewißheit verschaffen –, dann geht's hier nicht bloß um jemanden, der dich mit einer deiner Freundinnen betrogen hat. Wenn du recht hast und das Jed ist, müssen wir ihn als Mordverdächtigen betrachten.«

Ich schüttelte den Kopf. Daran hatte ich überhaupt nicht gedacht, ich war zu sehr mit meinem eigenen Unglück beschäftigt, aber als Mike es aussprach, konnte ich es einfach nicht akzeptieren. »Das ist doch lächerlich, Mike. Das ist – das ist einfach nicht möglich«, stammelte ich und suchte nach Argumenten, warum jemand, der zu einem derartigen Betrug imstande war und so geschickt und überzeugend log, nicht auch den kaltblütigen Mord an seiner Geliebten verübt haben konnte.

»Stell dich lieber darauf ein. Jed Segal ist unser Spitzenreiter. Er muß uns schon eine ganze Menge Erklärungen liefern, bevor er von der Liste der möglichen Täter gestrichen wird. Falls er der Kerl war, der mit Isabella zusammen Muscheln gegessen hat, und zwar eine Stunde bevor sie umgebracht wurde, dann hatte er den Zugang und die Möglichkeit und –«

»Aber kein Motiv, Mike, er hatte absolut kein Motiv, sie zu töten. Sie ist doch die Gans mit den goldenen Eiern, Herrgott noch mal! Der Kerl schläft mit einem hinreißenden, weltberühmten Filmstar – was Besseres kann Jed Segal doch nicht passieren! Warum, zum Teufel, sollte er sie also töten?« Ich erstickte beinahe an dem Ausdruck »schläft«. Es waren Jeds Kondome in meinem Mülleimer gewesen. Kein Wunder, daß er so besorgt gewesen war, als ich sagte, wir könnten mit einem DNS-Test herausfinden, wer Iz' Liebhaber gewesen war.

»Kein Motiv? Mann, was für ein Scheiß. Angenommen, sie drohte ihm, dir von dem Stelldichein zu erzählen? Angenommen, sie sagte ihm, er sei im Bett nicht halb so gut wie Johnny Garelli? Angenommen, sie hatte von ihm die Schnauze voll, wie von fast jedem, mit dem sie länger als zehn Minuten zusammen war.«

Ich schaukelte in meinem Sessel vor und zurück, die Arme über dem Magen gekreuzt, als ob das die Wellen der Übelkeit bändigen könnte, die in mir aufstiegen.

»Ich pack's einfach nicht, Mike, ich pack's wirklich nicht.«

»Na klar packst du's, Coop. Wir werden das schon schaffen. – Was hast du denn jetzt vor?« fragte Mike, als ich an ihm vorbeilief und auf meinen Garderobenschrank zusteuerte. Ich griff nach meinem Trenchcoat und warf ihn mir über, schnappte meine Schlüssel, etwas Kleingeld und ging zur Wohnungstür.

»Schaff diese Fotos hier raus, wenn du deinen Kaffee getrunken hast, und verschwinde. Ich will ihm in die Augen sehen. Ich weiß genau, wo ich dieses verlogene Stück Scheiße suchen muß, und ich werde die erste sein, die ihn des Mordes bezichtigt. Es wird mir ein Vergnügen sein.«

»Mit einem hat dein alter Herr jedenfalls recht, Blondie: Dieser Job hat deinen Wortschatz wirklich versaut. Wo wollen wir denn hingehen? Es ist schon nach Mitternacht.«

»Nein, Mike, ich geh' allein, das ist eine Frage der Ehre. Ich nehm' mir ein Taxi. Ich kann nicht bis morgen warten, ich will diesem Kerl jetzt in die Augen sehen und ihm all die Sachen an den Kopf werfen, die ich loswerden will.«

Mike packte mich am Arm. »Ich werd' dich mit Handschellen an diese Schranktür schließen und dich hier einsperren, bis du mir sagst, wo Segal ist. Wir gehen zusammen hin. Im schlimmsten Fall ist er ein Mörder und gefährlich – im besten Fall bist *du* ein Killer, und ich muß ihn beschützen. Komm schon, sei vernünftig. Du brauchst mich dort zumindest als Zeugen. Bitte, laß das, Alex – mach keine Szene.«

Die Verzweiflung, die ich noch vor zehn Minuten empfunden hatte, war bei der Aussicht, meinem untreuen Liebhaber gegenüberzutreten, einer fast manischen Entschlossenheit gewichen.

»Prima, Chapman, du willst mitkommen, das ist prima. Ich wollte, wir hätten das Gerichtsfernsehen dabei – das könnte eines meiner besseren Kreuzverhöre werden.«

Wir gingen zusammen hinaus, und ich drehte mich um, um abzuschließen. Mike ermahnte mich, an meinen Job zu denken und mich zusammenzunehmen.

»Nur Mut, Mikey! Heute nacht bist du besser mutig! Es ist mir scheißegal, ob ich meinen Job verliere und nächste Woche bei der Müllabfuhr von Chilmark arbeite.«

»Wohin?« wollte er wissen, als wir mit dem Fahrstuhl hinunterfuhren.

»Zum University Club. *Tap Room*. Mit Blaulicht und Sirene, wenn ich bitten darf, Detective Chapman.«

Mike steuerte aus der Auffahrt hinaus und fuhr nach Westen, bis wir zur Fifth Avenue kamen. Dort bog er auf meine Anweisung hin nach links ab, um zum Club zu fahren.

»Gehörst du dazu? Ich meine, bist du Mitglied dieses Clubs?«

»Nein.«

»Keine Weiber?«

»Doch. Sie haben vor ein paar Jahren Frauen zugelassen, aber das ist nichts für mich. Jed ist allerdings Mitglied. Er frühstückt gern dort oder geht zum Lunch in den *Grillroom*, genehmigt sich am Ende des Tages einen Drink, benutzt den Pool und spielt Squash. Die alten Knaben – die Sechzig- und Siebzigjährigen – waren eigentlich alle dafür, Frauen zuzulassen, damals, als es zu den ersten Anklagen kam. Die Dreißig- und Vierzigjährigen – du weißt schon, die, die ein bißchen Angst vor Weibern haben – versuchten, die Frauen rauszuhalten. Männerbünde, Mike. Ist das nichts für dich?«

»Welche Straße?«

»Ecke Fifth und Fifty-fourth.«

Als wir die Kreuzung an der Fifty-seventh Street überquerten, sah ich eine Kolonne von Lastwagen der *Daily News* nach Osten rumpeln, an Bord die erste Ladung der Morgenzeitungen für die rund um die Uhr geöffneten Zeitungskioske.

Ich stöhnte auf und legte den Kopf an die Rückenlehne.

»O nein. Ich will nicht mal daran denken, daß diese Story schon eine Schlagzeile in der Boulevardpresse ist.«

»Worauf du dich verlassen kannst, Coop. Hoffe lieber darauf, daß jemand heute nacht mit einer Atomlötlampe durch die Eingangstür von Cartier rein- und mit dem Hope-Diamanten wieder rausspaziert. Wenn sich sonst nichts tut, könntet ihr, du und Jed, für die erste Seite gut sein. Ich seh' sie in den Nachrichtenredaktionen vor mir – die *Post* macht mit einem einzigen Wort in Großbuchstaben auf: ›BETROGEN‹, die *News* titelt ›SEXSTAATSANWÄLTIN IN TÖDLICHEM LIEBESDREIER‹.«

»Ich bin keine ›Sexstaatsanwältin‹, verdammt noch mal. Das haben sie auch geschrieben, als Iz erschossen wurde. Ich stelle Sexualverbrechen unter Anklage, nicht Sex.«

»Das ist ein gesunder Ansatz, Blondie – die Semantik. Mach dir keine Sorgen wegen dem, was in den Schlagzeilen steht, sondern *wie* es dasteht.«

»Ich weiß nicht, weswegen ich mich schlimmer fühle – wegen Battaglia, meiner Mutter oder meinetwegen.«

»Wie gut, daß du ein Alibi für den Nachmittag hast, an dem die Lascar umgebracht wurde. Du kannst darauf wetten, daß Pat McKinney nichts Besseres zu tun haben wird, als Battaglia zu erklären, daß du das beste Motiv hättest, deine Freundin im Glück zu beseitigen – weil sie es hinter deinem Rücken mit deinem Mann getrieben hat.«

Ich schwieg, als ich an den endlosen Tratsch und Klatsch dachte, den dieser Fall im Amt auslösen würde, wo ich stets auf genügend Distanz zwischen meinem Berufs- und Privatleben geachtet hatte. Ein Schauer überfiel mich, als ich in Gedanken eine Liste meiner Freunde und meiner Feinde aufzustellen versuchte. Ich würde sie wohl alle bis spätestens morgen sehen, lange bevor es mir gelungen sein würde, die einzelnen Gruppen im Kopf zu analysieren.

Mike war um den Block herumgefahren und hielt nun direkt vor dem Clubgebäude One West Fifty-fourth Street. Er setzte sich über das Parkverbotsschild hinweg und legte sein laminiertes NYPD-Fahrzeugnummernschild hinter die Windschutzscheibe, um so der Handvoll nächtlicher Passanten zu verkünden, daß wir zu dieser Bastion der Vornehmheit in dienstlicher Mission gekommen waren. Sozusagen.

Es war weit nach Mitternacht, als ich vor Chapman den Treppenaufgang hochging und durch die Glastür des Clubs trat. Der University Club ist eines der elegantesten Gebäude New Yorks – 1865 von McKim, Mead und White erbaut, und diente ursprünglich gebildeten Herren als privates Refugium.

Wir erreichten das Foyer, in dem ein livrierter Angestellter neben einer großen Tafel stand, um das Kommen und Gehen der Mitglieder festzuhalten. Meist nickten die Eingeweihten einfach, wenn sie hereinkamen, er erkannte sie und schob ihre hölzernen Namenstäfelchen an den richtigen Platz, um so ihre Anwesenheit im Club zu markieren.

Ich marschierte an dem entsetzten Türhüter vorbei, durchquerte die elegante, etwas unpersönliche Empfangshalle mit der mehr als zwei Stockwerke hohen Decke, den massigen Säulen und dem riesigen Marmorkamin und ging an den Fahrstühlen vorbei zur Hintertreppe, die direkt zum *Tap Room* hinaufführte, der Bar im ersten Stock.

»Madam«, rief der unglückliche Wachposten mehrmals hinter mir her. Ich ignorierte ihn, weigerte mich, mich umzudrehen, und hoffte, daß Chapman immer noch direkt hinter mir war.

»Wer sind Sie, Madam? Es tut mir leid, aber Sie sind für den *Tap Room* nicht angemessen gekleidet.«

Mein Trenchcoat stand weit offen, er konnte einfach nicht übersehen, daß das übergroße Männerhemd, die Leggins und die Capezio-Ballettschuhe absolut nicht der hier üblichen Kleiderordnung entsprachen, was mir auf meiner nächtlichen Odyssee eine zusätzliche Freude bereitete.

»Madam, ich muß doch sehr bitten, Madam. Mit wem sind Sie verabredet?«

Ich hatte den oberen Treppenabsatz schon fast erreicht, bevor ich zu dem Besitzer der Stimme hinabschaute, die zu mir hochrief. Von oben sah nichts weiter als seine Uniformmütze.

»Ach, das tut mir aber schrecklich leid. Haben Sie mit mir gesprochen? Ich bin von einer Hostessenagentur – Mr. Segal hat mich vor einer halben Stunde angerufen und gesagt, ich solle einfach so kommen, wie ich bin, was er brauchte, würde nicht sehr lange dauern.«

Ich ging den kurzen Gang hinunter und wartete am Eingang der Bar, so daß Mike mich einholen konnte. Dann stieß ich die gepolsterte Ledertür auf und ging hinein.

In dem großen Raum befanden sich etwa fünf Grüppchen trinkender Männer, die entspannt auf Lehnstühlen und Sesseln um Cocktailtische herumsaßen und an ihrem Schlummertrunk nuckelten, bevor sie sich für die Geschäfte des morgigen Tags zur Ruhe begeben würden.

»Alexandra!« Jed entdeckte mich fast sofort und rief zu mir herüber, während ich noch im Türrahmen stand und den Raum nach ihm absuchte.

»Komm mit, Mike«, flüsterte ich, als ich loszog.

Jed stand auf, und rasch taten dies auch seine beiden Stiefellecker, Larry und Stan – etwas jüngere Versionen Jeds, die hofften, es einmal so weit zu bringen wie er, da war ich sicher. Anderson Warmack, der Mittelpunkt der Gruppe, rührte sich nicht aus seinem Stuhl, sondern beugte sich bloß vor und stützte die Ellenbogen auf den Tisch, während er mich zur Begrüßung anblinzelte.

»Jed, du erinnerst dich sicher noch an Mike Chapman. Er ist beim Morddezernat. Mike und ich müssen dir ein paar Fragen stellen, Jed. Wir würden gern –«

»Alex, mein Schatz, setzt euch doch zu uns. Wir feiern gerade Mr. Warmacks großen Abend, und alles, was du mir sagen willst, hat sicher Zeit, bis wir nach Hause kommen.« War er wirklich so cool und unbesorgt, obwohl ich hier – einer Xanthippe gleich – hereingeplatzt war und einen Kriminalbeamten dabei hatte? Hatte ich womöglich irgendeinen lächerlichen Fehler begangen?

Larry und Stan – oder hießen sie Curly und Moe? – überschlugen sich förmlich, um zwei Stühle von benachbarten Tischen zu holen.

»Nicht nötig. Wir wollen uns nicht setzen. Jed, ich meine es ernst. Wir müssen irgendwo hingehen, wo wir uns ungestört unterhalten können. Jetzt gleich. Laß uns nach oben in die Bibliothek gehen – die wird um diese Zeit leer sein.«

Anderson Warmack ergriff die Gelegenheit, um sich einzumischen. »Alexandria, meine Liebe …«

»Nicht Alexandria – Alexandra.«

Nun endlich hatte ich Jeds Aufmerksamkeit. Ich konnte ihn zum Narren halten, aber alte Geldsäcke vor den Kopf stoßen kam nicht in Frage.

»Alexandra – junge Dame, ich habe Ihnen Ihren Liebsten wohl zu lange vorenthalten, was? Haben Sie deshalb gleich die Polizei auf mich gehetzt? Sie sehen ja mächtig beunruhigt aus.«

Ein Meister des Understatements, der aufgeblasene alte Knakker. Beunruhigt? Ich hatte meine beschissene Schnauze voll, mein Herz war gebrochen, ich war verwirrt, verletzt und wütend. Aber ich war zu gut erzogen, um das einem höflichen Idioten wie Warmack zu sagen, der darauf stand, wenn man ihm seinen verschrumpelten alten Arsch so oft wie möglich leckte.

»Ganz im Gegenteil, Mr. Warmack. Ich muß Jed nur für fünfzehn oder zwanzig Minuten sprechen. Wenn Sie so gut sein wollen, auf ihn zu warten, versichere ich Ihnen, daß ich ihn nie wieder Ihrer Gegenwart beraube, solange ich lebe.«

Jetzt war Jed wirklich sauer. Er war wütend, weil ich sein Idol und seine Untergebenen in einen Streit hineinzog, den ich wohl ihrer Meinung nach vom Zaun brach, und versuchte, zunächst Warmack zu beschwichtigen, bevor er sich mit mir befaßte. »Den hier trinken wir noch zusammen, Anderson. Alex und ihr Freund können so lange warten –«

Endlich schaltete Mike sich ein. »Hey, Mr. Spiegal, wir möchten gern –«

»Segal.«

»Niemand will Sie belästigen. Ich habe aber ein paar Fragen, die heute noch beantwortet werden müssen. Also seien Sie so gut und tun Sie, was die Dame von Ihnen verlangt, verstanden?«

Larry glaubte, es sei an der Zeit, den Witzbold zu spielen. »Gehen Sie nur, Jed, wir werden noch hier sein. Passen Sie auf, daß der Kerl nicht seine Kanone herausholt und Sie in den Fuß schießt, um Sie tanzen zu lassen. Worum geht's denn, Officer Krupke – um einen Strafzettel? Hat er sich in der Öffentlichkeit entblößt? Gehen Sie lieber mit dem netten Polizisten, Jed, ich kann's mir nicht leisten, einen Anwalt für Sie zu holen.«

Stan hielt dies für einen großartigen Witz. Warmack dagegen sah, wie Jeds Kiefernmuskeln sich verkrampften und wie seine Finger sich um die teure Cohiba-Zigarre schlossen und ihre kostbare Hülle zerknüllten.

Warmack starrte Jed finster an. Ich wußte, er war zu vornehm, um eine öffentliche Zurschaustellung der Schmutzwäsche anderer Leute zu genießen. »Gehen Sie ruhig mit, und bereinigen Sie diese Angelegenheit, worum auch immer es sich handelt. Ich hab's nicht eilig, irgendwo anders hinzugehen, solange sie hier dafür sorgen, daß in meinem Glas immer Brandy ist.«

Jed entschuldigte sich und ging vor uns aus der Bar; wir bogen um die Ecke, betraten den Fahrstuhl und fuhren zur Bibliothek hinauf, ohne daß einer von uns etwas sagte.

Die Bibliothek war ein ausgesprochen eleganter Raum. Er war dunkel getäfelt und mit bequemen Sesseln ausgestattet. Die Galerie erreichte man über eine hölzerne Wendeltreppe, dort oben war eine zusammengewürfelte Auswahl zeitgenössischer Unterhaltungsliteratur und antiquarischer Bücher versammelt. Was hatte ich die Abende geliebt, an denen ich hier darauf wartete, daß Jed unten eine Verhandlung abschloß, während ich in einer Erstausgabe von Lyrik aus den dreißiger Jahren schmökerte und hin und wieder an die gewölbte Decke starrte, die mit Landkarten und mythologischen Gestalten bemalt war. Der Anblick war immer wieder anders, je nachdem, in welchen Sessel ich mich setzte. Diesmal hatte ich für die Decke keinen Blick übrig. Ich ging zu einem der langen, schmalen Lesetische, setzte mich und bedeutete den Männern, es mir nachzutun. »Muß ich dich verhören, Jed, oder kannst du mir gegenüber zur Abwechslung mal ehrlich sein?«

»Ich muß schon sagen, Alex, ich bin ziemlich erstaunt über dieses gestapoartige Vorgehen. Wir können auch ohne Aufpasser über unsere Probleme sprechen. »Jed schaute Mike Chapman, der ihm gegenüber und neben mir am Tisch saß, nicht einmal an. Seine dunklen Augenbrauen waren über der Nase zusammengezogen und gerunzelt, während er dahinterzukommen suchte, warum meine Stimmung so radikal umgeschlagen war, seit ich mich von ihm im *Plaza* mit einem Gutenachtkuß verabschiedet hatte.

»Das dachte ich auch, aber offensichtlich habe ich mich geirrt. Ich hab' ja nicht mal gewußt, daß wir überhaupt Probleme haben. Erzähl mir doch einfach, was zwischen dir und Isabella war.«

»Was ist bloß in dich gefahren, Alex? Ich versteh' einfach nicht, was in der letzten Stunde mit dir passiert ist, Schatz.« Diesmal nickte er in Chapmans Richtung, um damit anzudeuten, daß wir uns vertraulicher unterhalten könnten, wenn wir allein wären. »Warum können wir beide nicht –«

»Das hat nicht nur mit uns beiden zu tun. Fang einfach an und erkläre Detective Chapman alles.«

»Immer mit der Ruhe. Ich verstehe nicht, warum du so aufgeregt bist.«

»Du kannst mich zwar benützen, Jed, aber versuch bitte nicht auch noch, mich für dumm zu verkaufen. Erzähl uns von deinem Verhältnis mit Isabella Lascar.«

»Ach so, du bist also eifersüchtig, ja? Du selbst hast mich mit ihr bekannt gemacht und mich gebeten, ihr zu helfen. Wie kommst du plötzlich darauf, daß es noch etwas anderes gegeben hat? Das paßt gar nicht zu dir, so unsicher zu sein.«

»Darauf kannst du Gift nehmen. Wann hast du beschlossen, mit Isabella zu meinem Haus auf Martha's Vineyard zu fahren?«

Eigentlich wollte ich ihn fragen: Wie konnte ich nur Samstag nacht im Bett neben dir liegen und all das glauben, was du zu mir sagtest, und wie konnte ich mich von dir zu meinen Antworten hinreißen lassen?

»Jetzt mach aber mal 'nen Punkt, Alex. Das ist doch Wahnsinn. Ich bin nie zu deinem Haus gefahren –«

Mit aller Wucht schlug ich mit der Faust auf den massiven Tisch und zerstörte die Stille in dem hohen Raum. Ich war fast genauso wütend auf mich selbst wie auf Jed. Wie stolz war ich doch auf meine Fähigkeit, Zeugen ins Kreuzverhör zu nehmen, und nun verhielt ich mich schlimmer als ein Amateur. Meine Technik war alles andere als subtil, ich verzichtete darauf, ein Gebäude unwiderlegbarer Fakten zu errichten. Ich wollte nichts weiter, als mit aller Macht zu der einzigen Sache gelangen, um die es hier ging. Warum hatte er mir gegenüber doppeltes Spiel mit Isabella getrieben? Unsere Beziehung war nicht so tief gewesen, daß er sie nicht hätte beenden und künftig mit ihr oder sonst jemandem zusammensein können. Warum hatte er mich so offen gedemütigt?

»Hör auf, mit mir zu spielen. Hier geht's nicht um Eifersucht oder um meine Gefühle oder um ähnlich triviale Dinge. Hier geht's um –«

Mike griff ein. »Was trinken Sie, Mr. Segal?«

»Ach, wollen wir jetzt zivilisiert miteinander umgehen? Soll ich uns was von der Bar bestellen?« Jed sah sich tatsächlich nach einem Haustelefon um, bevor Mike ihm zu verstehen gab, daß die Frage keine gesellige Floskel war.

»Wir sind nicht daran interessiert, jetzt mit Ihnen zu trinken. Ich hab' Sie gefragt, was Sie normalerweise trinken.« Ich kannte die Antwort auf diese Frage. Ich hatte Jed die Bestellung schon Dutzende Male aufgeben hören, wobei er – außer in seinen Stammlokalen – dem Barkeeper normalerweise erklären mußte, worum es sich handelte.

»Booker's, Mr. Chapman, ich mag Booker's.« In Gedanken formulierte ich die nächsten Sätze mit ihm, ich wußte, er hatte das Gefühl, es Mike erklären zu müssen. »Es ist ein Single Malt Bourbon, aus Kentucky. Ziemlich teuer. Ich habe die Bourbons aus Kentucky immer denen aus Tennessee vorgezogen. Ich bin sicher, Sie haben einen Grund, diese Frage zu stellen.«

»Und wenn dem Barkeeper der Booker's ausgegangen ist, was ist dann Ihre zweite Wahl?«

»Dann spielt es keine große Rolle. Etwas Vergleichbares aus Kentucky, bevor ich die Grenze nach Tennessee überquere.«

Schöner Start, Mikey, auch wenn ich nicht gleich mitgekommen war. Mike dachte an das Flaschenarrangement in meinem Barschrank auf Vineyard, als er bemerkt hatte, daß der Stoli und der Jack Daniel's vor dem Dewar's standen. Ich hätte den Jack

Daniel's nie mit Jed in Verbindung gebracht, weil er nie welchen bestellt hatte, wenn wir zusammen waren. Aber dieses strenge Tennessee-Gebräu war der einzige Bourbon, den ich im Haus hatte, offensichtlich hatte er sich damit begnügen müssen, als er und Isabella miteinander getrunken hatten.

»Wo hast du mir dieses Parfüm gekauft, Jed?« Ich wollte ins Spiel zurück.

»Paris, Alex. Sind wir an dem Punkt angelangt, an dem ich Quittungen für Geschenke vorlegen muß, die ich dir mitgebracht habe?«

Typisch. Wie jeder schuldige Angeklagte hatte Jed nicht einmal gefragt, worum es bei diesen Fragen eigentlich ging. Jemand, der wirklich keine Ahnung hatte, würde sich mehr aufregen und Erklärungen für unser Benehmen verlangen. Statt dessen glaubte er offenbar, daß wir nur bluffften und daß er, solange er gerissener als wir – eine Frau und ein kleiner Beamter – war, seinen Kurs beibehalten und uns weiterhin zum Narren halten konnte.

»Welcher Laden, Jed? Du gehst so selten einkaufen, daß du bestimmt noch weißt, in welchen Läden in Paris du das Parfüm gekauft hast.«

Er wählte die seiner Meinung nach sicherste Ausflucht. Dies ist doch hirnlos, du dumme Kuh, dachte er vermutlich, als er mich süffisant anlächelte. »Chanel. Chanel 22 direkt aus dem Salon an der Avenue Montaigne.«

Ich hatte gehofft, er würde »im Duty-free-Shop« sagen, wie ich am Samstag abend in meiner Wohnung gescherzt hatte. Aber nein, aus irgendeinem Grund wollte er mich glauben lassen, er hätte in Paris an mich gedacht. Die Ironie des Schicksals bestand nur leider darin, daß Chanel 22 das einzige Chanel-Parfüm ist, das in Amerika hergestellt wird. Es wird nirgendwo in Frankreich verkauft, nicht einmal in den Läden der Firma.

»Notier dir, seine Ausgaben bei American Express zu überprüfen, Mike. Finde heraus, wo und wann er es gekauft hat.«

»Hör mal, ich war bereit, mit euch hier raufzugehen, weil ich dir gerne helfen wollte, Probleme zu lösen, die, wie ich dachte, bei deiner Arbeit entstanden waren. Ich wußte nicht, Alex, daß du so verdammt paranoid bist, und dies ist eine ziemlich üble Art, es zu demonstrieren. Aber wenn du glaubst, diese absurden

Behauptungen über mich aufstellen zu können, weil ich bereit war, deiner Freundin Isabella aus ihren finanziellen Schwierigkeiten herauszuhelfen, dann habt ihr beide euren ganz unprofessionellen Verstand verloren. Ich bin noch nie auf Martha's Vineyard gewesen, ich hatte mit Isabella nie anders als geschäftlich zu tun, und ich lasse nicht zu, daß du meine Pläne durchkreuzt und mir diesen Abend für Warmack kaputtmachst. Wenn es für all dies eine Erklärung gibt, Alex, dann können wir uns darüber vielleicht morgen unter vier Augen unterhalten.«

»Dazu werden Sie Zeit haben, wenn Sie in meinem Büro fertig sind, morgen nachmittag um vier«, sagte Mike, holte eine Visitenkarte aus seiner Brieftasche und gab sie Jed. »Wir benötigen einen Satz Fingerabdrücke zu Vergleichszwecken, und wir müssen für eine Blutabnahme einen Vertrauensarzt hinzuziehen – ich schätze, Alex hat Ihnen erklärt, daß das für einen DNS-Beweis nötig ist. Bringen Sie auch Ihre Flugtickets und Boardingpässe auf den Flug nach Paris mit. Wir brauchen eine Kopie für die Akten.«

Jed explodierte, als Mike von Erörterungen über Alkohol- und Parfümmarken zu Beweismaterial in einer Morduntersuchung überging. »Das ist eine unverschämte Beleidigung. Du willst mich wegen irgend etwas in Verlegenheit bringen, das ich dir deiner Meinung nach angetan habe. Bist du verrückt geworden? Weiß Battaglia, daß du solche Spiele mit Leuten von Rang und Namen spielst, nicht etwa mit Pennern, die du in einem Obdachlosenasyl aufgegabelt hast? Wenn du Beweise haben willst, rufst du besser meinen Anwalt an oder besorgst dir einen Haftbefehl.«

»Du siehst dir zu viele Fernsehkrimis an, Jed. Warum gibst du nicht einfach auf?«

»Hey, Alex«, sagte Mike, während er aufstand, »ich schätze, jetzt muß ich wohl meine Columbo-Nummer abziehen, was?« Er ließ die Schultern ein wenig hängen, schob die linke Hand in die Tasche und tat so, als ob er in der rechten eine Zigarre hielt, kniff ein Auge zusammen, und seine Stimme klang mehr nach Peter Falk als die von Peter Falk selbst. »Ach, wissen Sie, ich bin nur ein kleiner Polizist, Mr. Segal, aber ich muß Sie mal fragen, ob Sie jemanden kennen, der Bourbon trinkt und vielleicht eine

Flasche Jack Daniel's abgetatscht hat, als er letzte Woche in Chilmark kein Kentucky-Gebräu kriegen konnte, jemand, der nicht in Paris war, als er in Paris sein sollte, aber danach trotzdem nach Paris flog, so daß er aus Paris heimkommen konnte, jemand, der ein klasse blau-grün kariertes Hemd hat, das nicht wie meine Hemden bei K-mart oder Woolworth verkauft wird, jemand, der eine Menge Samen in Kondomen in einem Haus hinterlassen hat, wo eine sehr berühmte Dame, die er gekannt hat, ermordet wurde, obwohl es nicht gerade gentlemanlike war, zu dieser Zeit dort zu sein, weil dies eine andere nette Dame, die ihn sehr gemocht hat, sehr unglücklich machte. Kennen Sie so jemanden? Du meine Güte, wenn ja, dann könnte ein dummer Polizist wie ich natürlich Ihre Hilfe gebrauchen.«

Ich hätte nicht gedacht, daß mich irgend etwas heute zum Lachen bringen könnte, aber Mikes Columbo-Parodie war so perfekt und erfrischend. Sie bewirkte, daß Jed aus der Bibliothek und die Treppe hinunterstürmte, wir holten den Fahrstuhl, der uns zur Halle hinunterbringen sollte.

»Ich wette mit dir, Blondie: So wie du uns heut' nacht in den Club gebracht hast, läßt sich das nur dadurch überbieten, daß wir beide uns gleich jetzt im Fahrstuhl ausziehen und einfach splitternackt aus dem Gebäude marschieren. Topp?«

»Nee, Mikey. Ich hätte bestimmt das Pech, Anderson Warmack beim Hinausgehen über den Weg zu laufen, und dem würde es zuviel Vergnügen bereiten, meinen nackten Hintern zu sehen. Ich passe.«

Ohne jeden Zwischenfall gelangten wir nach unten und hinaus durch die Halle, die so still war wie ein Mausoleum. Zehn Minuten später hielten wir in meiner Auffahrt.

Ich öffnete die Wagentür, sagte Mike gute Nacht und wollte gerade aussteigen.

»Apropos Rollentausch – wir sind wirklich wieder am Anfang angelangt«, bemerkte Mike. »Erinnerst du dich noch an die Vorträge, die du mir während des Quentiss-Prozesses gehalten hast? ›Geh direkt heim – zieh nicht durch Kneipen, sauf nicht die ganze Nacht mit den Jungs rum, laß dich nicht mit Stewardessen ein, die hier auf ihren Rückflug warten. Geh heim und ins Bett, weil du morgen im Kreuzverhör zerlegt wirst.‹ Erinnerst du dich noch an die kesse junge Staatsanwältin, die ihren ersten hochkarätigen Fall vor Gericht gebracht und mich immer zur Ordnung gerufen hat, wenn ich am nächsten Tag vor Gericht erscheinen mußte? Das gleiche also gilt für dich, Coop. Geh hinauf, geh ins Bett, trink keinen Alkohol, hör deinen Anrufbeantworter ab, falls unser Heimtücker sich in deine Zuneigung zurückzuschmeicheln versucht, behalte für morgen früh einen klaren Kopf. Verstanden?«

»Klar, Boß.«

»Alex, kann ich dich wirklich allein lassen? Ich meine, wenn du Gesellschaft brauchst oder, na, du weißt schon ...«

»Danke, Mike. Ich bin wirklich okay. Diese ganze Geschichte hat seit dem ersten Telefonanruf wegen des Mordes ein Eigenleben bekommen. Ich komm' mir so vor, als sei ich in einen teuflischen Strudel geraten. Ich will jetzt nicht dagegen ankämpfen. Ich glaub', ich laß mich einfach treiben und sehe, wo ich lande.«

»Gib nicht auf, Blondie. Die wichtigste Lektion für heut' nacht ist, wie Aretha zu denken. Nicht wie Tammy Wynette. Kein *Stand by Your Man*. Ich spreche von *Respect* – in Großbuchstaben. Sag dem Portier, er soll Jed nicht reinlassen, falls er aufkreuzt, und seine Anrufe nicht entgegennehmen. Wir wissen, daß er ein Lügner ist – und ich weiß, daß du das vor dir selbst nicht zugeben willst –, aber vielleicht ist er gefährlicher, als wir denken.«

16

Das rote Lämpchen an meinem Anrufbeantworter blinkte, als ich mein Schlafzimmer betrat und mich auszog. Das Angebot einer Telefongesellschaft, bei der ich mit meinen Freunden überall in den USA preiswerter telefonieren könnte als bei jeder anderen Gesellschaft, ein stummes Auflegen – kam in letzter Zeit ein wenig zu häufig vor – und zwei knappe Nachrichten von Jed, die in den letzten zehn Minuten eingegangen waren. Die erste war kurz und wütend – er beschimpfte mich, weil ich diese lächerliche Show mit meinem »Lieblingscop« abgezogen hätte; die zweite war kurz und beschwichtigend – er beschwor mich, ich solle mich morgen mit ihm treffen und ihm glauben. Der Osterhase, die Zahnfee, der Nikolaus und Jed Segal: Ich hatte an sie alle geglaubt, bis sich herausgestellt hatte, daß sie alle zu den großen Enttäuschungen des Lebens gehörten. Jed würde allerdings nie die Ehre widerfahren, die Bedeutung der anderen drei zu erlangen.

Ich überlegte, ob ich bei David klingeln und ihn um Rat bitten sollte, aber ich hatte Angst, womöglich zu erfahren, daß auch er in einer bisher nicht eingestandenen Beziehung zu Isabella gestanden habe. Also ging ich lieber zu Bett und holte mir das Telefon heran, um Nina Baum anzurufen. Da es in Los Angeles noch nicht mal elf Uhr war, würde ich sie wahrscheinlich nicht antreffen. »Leider sind wir im Augenblick telefonisch nicht zu erreichen ...«, leierte der Anrufbeantworter herunter, also wartete ich bis zum Pfeifton und hinterließ ihr eine Nachricht. Ich gestand ihr meinen ganzen Kummer über Jeds Untreue und schloß mit dem Hinweis, daß Mike befürchtete, Jed könnte sogar ein Mordverdächtiger sein. Für mich jedenfalls war eine beste Freundin jedem Psychiater überlegen. Ich wußte, Nina würde gleich morgen zurückrufen und mit mir überlegen, wie ich diese Ergebnisse mit meinem Leben und meinen Vorlieben in Einklang bringen könnte.

Ich machte das Licht aus, rollte mich auf den Bauch und versuchte einzuschlafen. Doch sosehr ich mich auch bemühte, mir möglichst angenehme Dinge vorzustellen – nach wenigen Sekunden wurden sie wieder von der Wirklichkeit der letzten Stunden verdrängt. Da lag ich nun im Dunkeln, erlebte noch einmal all meine Tage und Nächte mit Jed und fragte mich, ob bestimmte gemeinsame Augenblicke gekünstelt oder echt gewesen waren, ob sie vor oder nach seiner ersten Begegnung mit Iz stattgefunden hatten, ob es vor ihr noch eine andere gegeben hatte.

An Schlaf war nicht zu denken. Ich setzte mich auf und machte das Licht wieder an, stieg aus dem Bett und schlüpfte in einen Bademantel, der zwar nicht sexy, dafür aber kuschelig warm war. Ich war wieder in diese Eine-Beziehung-ist-zu-Ende-Neurose verfallen, in der ich für den Rest meines Lebens nie mehr sexy Kleider und Unterwäsche brauchen würde. Nie wieder würde mich – in meiner schönsten Reizwäsche – ein anderer, genausowenig vertrauenswürdiger Mann sehen. Ich geisterte von Zimmer zu Zimmer und machte überall das Licht an. Ich hielt nach irgendeiner Ablenkung Ausschau, die mich beschäftigen könnte, bis mich hoffentlich der Schlaf überkommen würde.

Ich ging in die Küche und machte mir eine Tasse heiße Schokolade. In dieser Oktobernacht war es zwar viel zu warm dafür, aber ich erinnerte mich vage daran, daß meine Mutter immer warme Milch als Schlafmittel empfohlen hatte, also dachte ich, ich könnte es ja mal probieren. Dann setzte ich mich an den Eßtisch, um das Kreuzworträtsel der Montag-*Times* zu lösen. Es war so lächerlich leicht, daß ich damit schon nach einer knappen Viertelstunde fertig war. Und leider erinnerte es mich daran, daß diese Woche noch weitere vier lange Tage hatte.

Schließlich begab ich mich ins Wohnzimmer und in die gemütliche Ecke, in der Fernseher und Stereoanlage standen. Ich kuschelte mich in einen Sessel, legte die Füße auf die Couch und machte den Fernseher an, um zu sehen, welche Wiederholung eines alten Schwarzweißfilms mich vielleicht in den Schlummer wiegen könnte. Nach Tagen hatte ich zum erstenmal wieder Glück, auch wenn es bedeutete, daß ich die Augen keine Minute schließen würde. Auf einem der Kabelkanäle lief *Berüchtigt*, mein Lieblingsfilm aller Zeiten. Ich hatte um halb drei eingeschaltet, hatte also die ersten paar Szenen verpaßt, aber ich hatte diesen Hitchcock-Film schon so oft gesehen, daß ich den Text praktisch auswendig konnte. Da waren nun die so herrlich jugendliche Ingrid Bergman und der umwerfende Cary Grant. Sie befanden sich bereits in Rio, und sie war mit dem gefährlichen Plan einverstanden, den sinistren Claude Rains zu verführen und schließlich in den Luxuspalast zu ziehen, in dem er mit seiner furchtbaren Mutter wohnte. Ingrid und Cary wagten es, ihre Einsatzbesprechungen in aller Öffentlichkeit abzuhalten: im Park mitten in der Stadt, wo sie einander scheinbar zufällig hoch zu Roß begegneten. Ich tauchte ein in Hitchcocks phantastisches Labyrinth von Doppelspiel und Verrat, von prinzipientreuen Spionen und dämonischen Nazis. Ich staunte erneut darüber, wie bereitwillig Ingrid Carys Herausforderung annahm und tatsächlich den Feind heiratete, obwohl sie sich so sehr nach Carys Liebe sehnte. Wie immer verfolgte ich gespannt den Champagnerempfang und die fesselnde Szene im Weinkeller mit dem fehlenden Schlüssel und der zerbrochenen Flasche. Und als der sehr große, helle Mond vor meinem Fenster im Tageslicht zu verschwinden drohte, wollte ich nichts weiter, als genauso wie die getäuschte Ingrid gerettet werden: von Cary, der mich in seine Arme riß, mit mir die große Treppe hinunterteilte und aller Gefahr entkam. Genau das brauchte ich – eine Flucht vor meinen Schwierigkeiten in ein Filmleben voller Intrigen und Romantik und mit Liebenden, die nicht wissen, ob sie einander trauen können. Es war wie ein Stärkungsmittel.

Jetzt war ich völlig zerschlagen. Es war fast fünf Uhr morgens, und nach einem endlosen Warenangebot wie Veg-O-Matics, Ginzo-Messern und Bauchtrimmgeräten machte ich den Fernseher aus. Nichts hatte mich weiter gefesselt, und resigniert fand ich mich mit der Tatsache ab, daß dies eine durchwachte Nacht werden würde – ich war viel zu nervös, um schlafen zu können.

Ich blätterte im letzten *New Yorker* und hoffte, einen langen Artikel über den aktuellsten Washingtoner Skandal vorzufinden, stieß aber nur auf eine langweilige Abhandlung über Ozonwerte im brasilianischen Regenwald. Das Summen der mit dem Telefon in der Pförtnerloge verbundenen Sprechanlage in meiner Küche hob mich fast aus dem Sessel, als es wenige Minuten später mein Dösen durchbrach. Das würde Jed sein. Sollte ich ihn hereinlassen, obwohl ich allein war? Das Summen hörte nicht auf, aber ich blieb bei meinem Entschluß, den Hörer nicht abzuheben. Ich ärgerte mich, daß der Pförtner meine Anweisung, ihn nicht hereinzulassen, ignoriert hatte, und nahm an, daß er ihm wohl ein paar große Scheine in die bereitwillig hingehaltene Hand gedrückt hatte.

Bei 56 hörte ich auf, die Summtöne zu zählen, und spielte schon mit dem Gedanken, 911 zu wählen und ihn von den Cops abführen zu lassen. Aber ich wußte besser als jeder andere, welch furchtbare Vergeudung polizeilicher Mittel dies wäre, darum ließ ich es weitersummen. Dann hörte ich, wie sich draußen auf dem Gang die Fahrstuhltüren öffneten. Er war also oben und würde nun versuchen, zu mir hereinzugelangen. Und wenn Mike Chapman nun recht hatte – daß Jeds schwerste Schuld nicht seine Untreue war, sondern der Mord an Isabella? Vielleicht war er gekommen, mich zu töten, um mich zum Schweigen zu bringen, weil ich ihm Isabellas Tod angelastet hatte? Mein Verstand schien nicht mehr zu funktionieren. Ich wußte einfach nicht mehr, was ich als nächstes tun sollte, aber ganz sicher hatte ich mit dem Anruf bei der Polizei zu lange gewartet. Nun waren Stimmen aus dem Korridor zu vernehmen. Das bedeutete, daß er nicht allein gekommen war. Ich hatte fürchterliche Angst, daß er einen Killer gefunden hatte, der die schmutzige Arbeit für ihn erledigen würde. Ich ging zur Bar neben dem Fernseher hinüber und holte mir den Korkenzieher, der obenauf lag – er hatte eine scharfe Spitze. Ich hatte zwar keine Ahnung, was ich damit anfangen würde, aber die abscheuliche Metallspitze fühlte sich gut an in meiner Hand, als ich auf Zehenspitzen zur Wohnungstür schlich.

»Coop? Coop? Ich bin's, Mike. Mach auf, ich hab' eine Überraschung für dich.«

Zum Glück besaß ich keine Waffe, denn vermutlich hätte ich sie genau in diesem Augenblick durch die Tür auf Chapman abgefeuert, weil er mich hatte ausflippen lassen und meinen Verfolgungswahn noch verstärkt hatte. Ich schaute zur Sicherheit noch durch den Spion, zog dann die Verriegelung zurück und drehte am Knauf, um die Tür zu öffnen.

Ich kochte vor Wut. »Hast du eigentlich eine Ahnung –« Und da sah ich Mercer Wallace neben ihm stehen, in der Hand drei

Tüten mit Häagen-Dazs-Eis – der direkteste Weg zu meinem Herzen –, die er wie einen Fächer hielt, während sein tiefer Baß die Melodie von *What Becomes of the Broken-Hearted?* summte und Mike lachte.

»Tolle Musik, Mercer. Aber heute kann ich nicht danach tanzen.«

»Dieses Zeug hier wird noch deinen Korridorteppich bekleckern, Alex, wenn du uns nicht reinläßt. Komm schon.« Chapman drängte sich an mir vorbei, und die beiden gingen direkt in die Küche, um die Eisportionen auf Schälchen zu plazieren. »Was ist denn mit dir passiert, Mädchen, seit ich dich hier abgesetzt habe?« fragte Mike, während er meinen unförmigen Flauschmantel beäugte. »In dieser Aufmachung siehst du wie deine eigene Großmutter aus. Da klopfen die beiden begehrenswertesten Kerle der Stadt an deine Tür, und du willst nicht aufmachen. Schau sie dir an, Mercer, sie betet darum, daß jemand um diese Zeit mit einer Flasche Château Lafite auftaucht. Wen willst du denn mit diesem Flaschenöffner abmurksen? Okay, wir haben Cookie Dough Dynamo, Chocolate Chocolate Chip und Vanilla Fudge dabei. Was soll's denn sein, Blondie? Du mußt doch ein bißchen Fleisch auf deine Knochen bekommen.«

»Da wir nun mal diese gemütliche Frühstücksparty haben, Jungs – kann einer von euch mir mal erklären, was das alles soll? Für mich natürlich Schokolade.«

»Das ist nicht meine Schuld. Vor einer Stunde schaute ich gerade tief in die schönsten schwarzen Augen, in einem aufgemotzten Stadthaus – früher nannten wir so was Mietskaserne – an der West Ninety-third Nähe Amsterdam« – Mercer wollte damit wohl die Identität der Empfängerin seines enormen Charmes andeuten, zweifellos eine meiner Kolleginnen –, »als sich mein Piepser meldete. Bruder Chapman kennt sich offenbar bei Motown-Songs nicht so gut aus. Über *Respect* ist er nie rausgekommen. Der Mann brauchte Nachhilfe beim Text – so'n Zeug wie Das-Leben-geht-weiter-nachdem-dein-Kerl-weg-ist. Als er mir sagte, daß er dir ein Ständchen bringen wollte, bot ich ihm an, die Background-Vocals zu übernehmen.«

»Also, was wollt ihr, Mike?« fragte ich noch einmal, während wir zu dritt, jeder mit einer Schale Eis in der Hand, zurück ins Wohnzimmer gingen.

Er druckste herum und versuchte, Zeit zu schinden, bevor er endlich mit der Sprache rausrückte. Chapman hatte auf dem Parkplatz am Ende der Auffahrt in seinem Wagen gewartet, er hatte vor, noch eine Stunde lang oder so aufzupassen, für den Fall, daß Jed vorbeikam.

»Ich ging zu einem Coffee Shop, der die ganze Nacht auf hat, und holte mir einen Becher Kaffee, um mich wachzuhalten. Dann rief ich von einer Telefonzelle aus auf dem Revier an, um dem Lieutenant die Lage zu erklären – glaubst du vielleicht, die Stadt New York bezahlt mich für dieses kleine ›Power-Frühstück‹? Als ich das erstemal zu deiner Wohnung hochsah – ich find' sie immer ganz leicht, weil sie an der Ecke liegt und diese wahnsinnig gerüschten Vorhänge hat, die deine Mutter für dich machen ließ –, waren alle Lichter aus. Als ich dort unten stand und meinen Kaffee trank, sah ich hoch, und alle paar Minuten ging woanders das Licht an, bis du es dir vor dem Fernseher gemütlich gemacht hast.«

Mann, wenn du soviel Logik in deine Mordfälle investieren würdest, dann würdest du vielleicht hin und wieder einen lösen.

»Es war fast drei. Ich dachte mir, ich könnte genausogut in meinem Wagen schlafen, statt mich nach Hause zu schleppen.« Mike wohnte nicht sehr weit von meiner Wohnung entfernt, in einem winzigen Studio abseits der York Avenue in der Nähe des East River. Er lebte seit fast fünfzehn Jahren in dem Loch – er nannte es immer »der Sarg« – und zahlte eine sehr niedrige Miete, aber der »Sarg« war im sechsten Stock gelegen und nur zu Fuß zu erreichen, was die Heimkehr zu später Stunde erschwerte. »Ich bin eingenickt, hab' dann nachgesehen, ob die Festbeleuchtung bei dir immer noch an war, und mir dann gesagt, wenn keiner von uns beiden schlafen kann, dann könnten wir genausogut auch zusammen unglücklich sein. Ich piepste Mercer an, um mich von ihm inspirieren zu lassen – ich hätte doch im Traum nicht gedacht, daß der Kerl sich zu meiner Party einladen würde. Aber er war so schlau, ein rund um die Uhr geöffnetes Geschäft mit einer großen Auswahl an Eis aufzutun. Laß es dir schmecken.«

Ich dachte an Nina Baum und wie froh sie sein würde, wenn ich ihr später erzählte, daß ich nicht allein gewesen war. Daß zwei der anständigsten Kerle, die ich je gekannt hatte, unaufgefordert durch die letzten trostlosen Stunden des frühen Morgens bei mir ausgeharrt und versucht hatten, mich zu unterhalten, obwohl ich mich damit abgefunden hatte, mich in meinem Elend zu suhlen.

Wir plauderten über Staatsanwälte und Cops, wir erzählten uns alte Geschichten, die wir schon Dutzende Male erzählt hatten, und wir gaben abwechselnd unsere Eindrücke von den abscheulichsten Angeklagten zum besten, denen wir je begegnet waren.

»Kannst du dich noch an den allerersten Fall erinnern, den ich dir gebracht habe?« fragte Mercer.

»Natürlich. Die beiden Brüder, die die Frau an der Lenox Avenue überfallen haben, oben auf dem Dach.«

»Damals trug ich noch Uniform, Mike. Ich wurde nach einem Notruf zu dieser Adresse geschickt, ein Zivilist hielt die beiden im Treppenhaus in Schach. Er hatte gehört, wie eine Frau in seinem Mietshaus schrie. Er ging dem Geräusch nach und aufs Dach, da kamen ihm diese beiden Teenager von oben entgegengerannt und machten im Laufen ihre Reißverschlüsse zu. Der Mann hatte eine registrierte Waffe – und hielt sie damit in Schach. Dann hat er nach seiner Frau geschrien, die rief uns an.«

Mercer löffelte genüßlich sein Eis. »Mein Partner hält die Jungs fest, und ich geh' aufs Dach rauf, um zu sehen, was passiert ist. Eine 55jährige Dame, ziemlich hysterisch, erzählt mir, diese beiden Jungs, die sie noch nie zuvor gesehen hat, seien ihr in den Fahrstuhl gefolgt, der größere habe ein Messer rausgeholt und sie gezwungen, mit ihnen aufs Dach zu gehen. Dann habe er sie ausgezogen und zu vergewaltigen versucht. Als er das Messer weggelegt und seinen Reißverschluß aufgemacht habe, begann sie zu schreien, und die beiden seien davongerannt.

Ich ruf' über Funk einen Bus« – so nannte man im Polizeijargon einen Krankenwagen –, »der sie zum Krankenhaus bringen soll, und geh' wieder runter, um den Jungs Handschellen anzulegen. Sie belabern meinen Partner wie die Verrückten. ›Das ist unsere Mutter, Mann‹, erzählen sie ihm. ›Das ist unsere Mutter – sie ist bloß sauer auf uns, weil sie sagt, das Geld für die Miete wäre weg. Mann, wir ham ihr doch nichts getan.‹

Also sag' ich: ›Wie heißt denn eure Mutter?‹ Zum erstenmal sind die beiden ganz still. Sie sehen sich an, aber das hilft ihnen auch nicht weiter. Schließlich schaut mich der ältere an und probiert's noch einmal: ›Ich weiß nicht – wir nennen sie bloß Mom.‹«

Es war zwar nicht seine beste Geschichte, aber ich mußte jedesmal darüber lachen.

»Das ist aber nicht so gut wie die Sache, als du ins Morddezernat versetzt wurdest und wir den Mordprozeß für Cooper fast vermasselt haben.« Mike meinte einen Fall, an den er Mercer und mich gern erinnerte.

Vor ein paar Jahren war ich in einer Ermittlung tätig gewesen, bei der es um ein Mordopfer ging, dem sexuelle Gewalt angetan und dessen Leiche nahe den Piers an der Lower East Side in einer Kiste gefunden worden war. Die Tote war wochenlang nicht identifiziert worden, und die mit dem Fall betrauten Beamten machten es wie immer und gaben dem Opfer eine eigene Identität. Schließlich wurde ein Lastwagenfahrer verhaftet und des Verbrechens beschuldigt. Ich hatte den Spitznamen der jungen Frau nie erfahren – die Cops hatten sich gehütet, ihn in meiner Gegenwart auszusprechen –, er tauchte auch nirgendwo in den Polizeiberichten auf. Daher war ich genauso überrascht wie die Geschworenen, als der Verteidiger ihn beim Kreuzverhör aus Mercer herausbekam. Mike spielte uns alle Rollen vor. »Kannten Sie den Namen der Toten, als Sie am 10. April mit Ihren Ermittlungen begannen, Detective Wallace?« – »Nein, Sir.« – »Und wie nannte die Amtsärztin die Tote in ihrem Bericht vom 11. April, Detective Wallace?« – »Jane Doe, Nummer 27, 1991.« – »Und wie nannten Sie sie in Ihrem Bericht Nr. 5 vom 12. April, Detective Wallace?« – »Fall Nummer zweihundertvierunddreißig von 1991, Herr Verteidiger.« Schließlich gelangte Mike an den Punkt, an dem Detective Wallace zugeben mußte, daß sein Team am Ende der ersten Woche, als eine verstorbene, unbekannte Nutte die Boulevardpresse nicht mehr interessierte und auch für die

Abendnachrichten kein Thema mehr war, ihr den ziemlich herzlosen Spitznamen »Die Füchsin in der Büchs« gegeben hatte.

Es war ein mühsames Unterfangen, das Vertrauen der Jury in den fähigen jungen Polizeibeamten wiederherzustellen, bis der Richter – vor den versammelten Geschworenen – drohte, die Angelegenheit vor den Polizeichef zu bringen. Aber irgendwie nahm die Gerechtigkeit dann doch ihren Lauf.

Das führte zu einer Debatte über das Wesen des schwarzen Humors, der für Leute aus den Strafverfolgungsbehörden auf der ganzen Welt offenbar so typisch war.

Und damit war Chapman bei seinem nächsten Versuch angelangt, meine zerstreute Aufmerksamkeit wieder zu erlangen. »Weißt du, Alex, ich habe eine Idee, wie du viel Geld verdienen kannst, wenn du dich privat niederläßt. Sie kam mir letzten Donnerstag, als ich in deinem Büro die ganzen Akten durchsehen mußte.«

»Ich hoffe, es ist nichts, was ich heute noch tun muß, Mike. Also gut – worum geht's dabei?«

»Einen Partner-Vermittlungsservice. Schau dir zunächst mal die Frauen an. Du hast eine 23jährige Empfangsdame, Waage. Sie mag Marihuana, Jazz-Clubs und reißt am Wochenende gern Kerle im Washington Square Park auf. Sie mag regelmäßigen Beischlaf und Oralsex, sie mag bloß nicht –«

»Du bist ein Schwein, Chapman. Du bist ein gefühlloses, widerliches Schwein. Kein Wunder, daß du im Morddezernat arbeiten mußt. Man dürfte dich nie auf lebendige, atmende Menschen loslassen, die womöglich einen seelischen Schock erlitten haben.« Ich sah auf meine Armbanduhr und erhob mich, um mich im Schlafzimmer für die nächste Schlacht vorzubereiten.

Mike ließ sich nicht aus der Ruhe bringen. Er brauchte keinen Beifall – ihm genügte auch ein Zuhörer. »Nimm einen Straftäter, Mercer. Nicht einen wirklich gewalttätigen. Es gibt doch diesen 35jährigen Koch aus dem Restaurant in Soho den sie letzten Monat eingebuchtet haben. Steinbock. Passen sie gut zusammen, Mercer – Waage und Steinbock? Jedenfalls mag auch er Marihuana. Er zieht zwar Battery Park City dem Washington Square Park vor, aber vielleicht ist sie da ja flexibel. Er mag ebenfalls oralen …«

Mehr bekam ich nicht mehr mit, weil ich die Badezimmertür hinter mir zumachte, um mich zu duschen und mir die Haare zu waschen.

Mike würde nie die Fälle verstehen, mit denen Mercer und ich uns gern befaßten. Er beschäftigte sich lieber mit Mordermittlungen, wie er mir schon oft gesagt hatte. Da mußte man nicht mit den Opfern Händchen halten und sich nicht mit der emotionalen Belastung ihrer Genesung abgeben. Man mußte ihnen nicht dabei helfen, mit der Qual fertig zu werden, das schreckliche Ereignis noch einmal nachzuerleben. Wenn Chapman an einen Tatort kam, waren die Qual und das Leid längst vorbei. Und man mußte sich nicht mit Opfern befassen, die gelegentlich lügen, selbst wenn wir ihnen zu helfen versuchten, ihre Angreifer zu überführen. Mike war am glücklichsten, wenn er sich mit den verzwickten Teilen eines Puzzles beschäftigen konnte – stummen Hinweisen, Worten, die von zufälligen Zeugen geäußert oder ihnen entlockt wurden, pathologischen Befunden – und dabei langsam und sorgfältig das Geheimnis eines brutalen, vorzeitigen Todes löste. Tod. Der Gedanke daran brachte mich wieder auf Isabella Lascar und auf Jed. Ich trocknete mich ab und begann mit der nervtötenden Fönerei, während ich die Folgen einer schlaflosen Nacht im Badezimmerspiegel begutachtete. Ich zog ein Charvet-Hemd mit breiten roten und weißen Streifen, einen roten Rock und einen marineblauen Blazer an – nüchtern, aber nicht trist. Ich wollte nicht so aussehen, als trauerte ich einer verlorenen Liebe nach.

Mike und Mercer saßen bei einer Tasse Kaffee, den sie gekocht hatten, während ich mich für den Tag zurechtmachte. Es war kurz nach sieben, als ich mich wieder zu ihnen gesellte. »Darf ich den Schulbus allein nehmen, oder müßt ihr mich begleiten?«

»Ich muß noch eine Stunde Wache schieben. Mercer hat heute frei. Ich setz' dich beim Gericht ab und fahr' dann heim, um mich in die Falle zu legen. Ich muß zur Vier-bis-zwölf-Schicht wieder im Dezernat sein.«

Wir gingen zusammen hinaus. Mercer brachte uns beide zum Wagen und verabschiedete sich dann mit einem Winken. »Mach doch was, damit ich zur Abwechslung mal gut dastehe«, rief ich ihm hinterher. »Schnapp dir diesen Scheißkerl im Serienvergewaltigungsfall, ja?« Er nickte und hielt den Daumen hoch. Während der Fahrt suchte ich nach den richtigen Worten, um Mike dafür zu danken, daß er sich in den vergangenen Stunden um mich gekümmert hatte.

»Laß gut sein, Blondie. Dafür sind Freunde schließlich da. Übrigens ist ein Fenstersturz das Übelste, was ich mir vorstellen kann. Ich könnte den Anblick nicht ertragen, deinen Körper über den ganzen Gehsteig verspritzt zu sehen.«

»Was soll das heißen?«

»Davor hatte ich letzte Nacht wirklich eine Heidenangst. Und wenn du nun wegen dieses Arschlochs aus dem Fenster gesprungen wärst? Ich hasse Springer. Du kannst mir mit Erschießen, Erstechen, Erschlagen kommen, aber nicht mit Fenstersturz. Ich wär' die ganze Nacht dort unten geblieben – selbst wenn der Boß mich nicht dafür bezahlen würde –, nur um sicherzugehen, daß du nicht auf das Fenstersims rausgehst.«

»Du hast geglaubt, ich würde wegen Jed Segal aus dem Fenster springen? Ich verabschiede mich von dir heute morgen mit dem feierlichen Versprechen, nichts zu tun, was Pat McKinney einen so herrlichen Tag bescheren würde. Weißt du, Mike, ich hab' Jed erst vor vier Monaten kennengelernt. Ich hab' mich sehr und viel zu schnell verliebt, aber nie aufgehört, diese Beziehung sehr sorgfältig zu prüfen. Ich hab' mich einfach wohl gefühlt. Die Welt geht für mich nicht unter. Ehrlich, du hast mich durch die erste Nacht durchgebracht, und ich bin dir dafür aufrichtig dankbar. Es geht mir gut – und ich habe einen sehr anstrengenden Tag vor mir.« Wenn ich es laut aussprach, würde ich es am Ende vielleicht glauben.

17

Ich betrat das Gerichtsgebäude und ging in mein Büro hinauf. Ich war froh, daß ich so früh gekommen war, so konnte ich das Alleinsein genießen und mich auf meinen Auftritt vor Gericht und die nächste Konfrontation mit Battaglia vorbereiten.

Ich hatte an den Formulierungen meines Strafantrags beinahe eine Stunde gearbeitet, als das Telefon zum erstenmal läutete.

Beim Klang von Jeds Stimme erstarrte ich.

»Laß es, Jed. Es gibt nichts, was du mir noch sagen kannst –«

»Du mußt mir zuhören, bitte. Ich bin kein Mörder, Alex. Ich habe kein Verbrechen begangen. Wir müssen uns sehen, du mußt mit mir reden, bevor dies noch weitere Kreise zieht.«

»Du hast es dir bei mir verscherzt, als du mich hintergangen hast. Setz mich nicht unter Druck, Jed. Du mußt mit Chapman reden, nicht mit mir.«

»Ich brauch' deine Hilfe. Ich hab' dir nie weh tun oder irgendwas machen wollen, was das zerstören würde, was wir uns gerade aufgebaut haben. Dafür liebe ich dich viel zu sehr.«

Wortlos legte ich auf. Ich drehte mich auf meinem Stuhl um und starrte aus dem Fenster auf das Dach des Gebäudes jenseits der schmalen Straße. Die Galerie der Wasserspeier, die den oberen Rand der Fassade zierte, wirkte heute so düster, und die pantherartigen Wesen mit den ausgestreckten Zungen und den verdrehten Augen schienen mich ungläubig nachzuäffen.

An den meisten Morgen begrüßte ich ihre Gesellschaft, während ich an meinem Schreibtisch saß und bevor meine Kollegen in der Behörde herumwuselten. Aber heute waren sie gegen mich und ließen mich verächtlich ihre Mißbilligung spüren, also stemmte ich den Fuß gegen die Heizung und ließ den Drehstuhl vor dem Schreibtisch wieder in Position herumschwingen.

Ich rief Battaglias Assistentin Rose Malone an und erklärte ihr, es sei wichtig, daß ich ihn sehen könnte, sobald er käme. Er sei am Abend zuvor nach Washington geflogen, erwiderte sie, um bei den Hearings des Senatsunterausschusses für Waffenkontrolle auszusagen, und werde vor morgen nicht zurück sein. Verdammt. Ich wollte Rose nichts über Jed sagen, und daher bat ich sie bloß, mich mit ihm zu verbinden, sobald er wieder da sei.

Als nächstes rief ich Joan Stafford an. Als ich ihre Nummer wählte, wußte ich es sehr zu schätzen, daß meine treue Freundin Romanautorin und daher die meiste Zeit zu Hause zu erreichen war.

»Du schweigst doch wie ein Grab, oder?« fragte ich sie, als sie sich gleich nach dem ersten Klingeln meldete. Es war eine von Joans Redewendungen und signalisierte, daß das, was nun gesagt werden würde, streng vertraulich zu behandeln sei.

»Natürlich. Hast du eine gute Nachricht?«

»Gut würde ich es nicht gerade nennen. Ich stecke mitten in einem fürchterlichen Schlamassel. Niemand außer Nina weiß bis jetzt darüber Bescheid, und eigentlich dürfte ich mit niemandem darüber reden. Mike Chapman glaubt, daß Jed etwas mit Isabellas Tod zu tun hat. Er denkt, daß er sie vielleicht umgebracht hat.«

»O Gott.« Ihre gute Laune schlug sofort in Besorgnis um. »Sag mir –«

»Im Augenblick kann ich dir nichts anderes sagen. Können wir uns heute abend zum Essen treffen?«

»Sicher.«

»Mußt du nicht bei dieser Spendenaktion –«

»Sei nicht albern. Sie haben meinen Scheck, mich brauchen sie nicht. Sag mir einfach, wo und wann.«

»Ich muß heute morgen zum Gericht. Würdest du bei *Primola* anrufen, wenn sie aufmachen? Laß dir doch von Giuliano den Tisch in der Ecke neben der Bar reservieren – den, wo er die Palme davorstellt, damit man ungestört ist. Ich werde versuchen, gleich nach Dienstschluß eine Ballettstunde zu nehmen – ich stecke echt in Schwierigkeiten. Wir seh'n uns dann um acht im Restaurant.«

Wenige Augenblicke später erschien Laura. Ich war einfach nicht in Stimmung, ihr die Lage zu erklären, also erteilte ich ihr verlegen einige Anweisungen, bevor ich meine Redweld packte – die rostrote Faltmappe, die meine Prozeßunterlagen enthielt –, um mich zum Gericht zu begeben. »Ich habe meinen Piepser an, falls Battaglia aus Washington anruft. Sie können mich ebenfalls anpiepsen, wenn jemand mich wegen der Morduntersuchung benötigt. Sarah kann die neu hereinkommenden Fälle aufnehmen. Falls Jed anruft, sagen Sie ihm, daß ich kein Interesse an irgendwelchen Mitteilungen habe. Ich möchte Sie da nicht mit hineinziehen, Laura, aber meine Beziehung zu Jed ist beendet, und im Augenblick ist es ein bißchen unangenehm. Rufen Sie bitte auch gleich bei der Vermittlung an, und lassen Sie vorläufig meine private Leitung stillegen. Ich möchte, daß alle Anrufe über Sie laufen, okay?«

Sie war diskret wie immer – keine Fragen, keine Kommentare, nur ein verständnisvolles Nicken.

Ich verließ mein Büro und begab mich zum anderen Gerichtsgebäude weiter oben an der Straße – ursprünglich war es für Zivilprozesse erbaut worden, wurde aber von der Strafrechtspflege usurpiert, da unsere alten Räumlichkeiten seit etwa zehn Jahren aus allen Nähten platzen. Also hinunter und durch die Drehkreuze des Büros des Bezirksstaatsanwalts, um die Ecke und auf die andere Seite der Centre Street; den Block entlang und hinein in das häßliche moderne Gebäude; wieder durch die Sicherheitsschleuse, und weiter zu einer Warteschlange vor einem der ziemlich langsamen Fahrstühle. Ohne einen Rattenschwanz von Zeugen und ohne die Einkaufswagen, die wir bei größeren Prozessen spazierenfahren, war es nicht so schlimm. Diesmal ging es nur um eine Strafmaßfestlegung bei dem letzten Fall, den ich verhandelt hatte, deshalb waren keine Zeugen oder Polizeibeamte zugegen. Ich war ganz in Gedanken versunken, bei den Ereignissen meines Lebens in den letzten vier Monaten, und lächelte und grüßte automatisch zurück, während ich an anderen Hilfsstaatsanwälten vorbeiging, die zu Anhörungen und Prozessen in anderen Gerichtssälen unterwegs waren.

»Hat dieser Fall Sie die ganze Nacht wach gehalten?« Ich schrak aus meiner Versunkenheit auf, als ich die Stimme von Ellen Goldman vernahm, die vor den Fahrstühlen auf mich zukam.

»Nein, nein – nicht dieser. Tut mir leid, ich hab' Sie einfach nicht kommen sehen. Ich war ein wenig geistesabwesend.« Ich versuchte, ein Lächeln aufzusetzen. Ich hatte völlig vergessen, daß sie heute dasein würde, und eine Reporterin war das letzte, was mir noch fehlte.

»Verzeihen Sie, wenn ich das so offen sage – aber Sie sehen blaß aus. Alles in Ordnung?«

»Aber ja, danke. Ich bin nur – na ja, es ist was Privates. Es war keine sehr gute Woche.«

Ich drückte auf den Knopf für die siebte Etage. Wegen des Ansturms anderer Prozeßparteien war der Fahrstuhl rappelvoll, so daß wir in dem Gedränge nach oben fuhren, ohne daß ich Small talk mit Ellen machen mußte.

»Zum Saal von Richter Hadleigh geht es hier lang nach links«, sagte ich, während ich sie zu dem kleinen Raum brachte, in dem der Prozeß *Volk des Staates New York gegen Ernesto Cerone* stattgefunden hatte.

»Gab es irgendwelche Berichte über diesen Fall, stand was in der Presse?«

»Nein, kein Wort – zum Glück für das Opfer.«

»Können Sie mir etwas darüber erzählen, damit ich weiß, was heute passieren wird?«

Ich machte Ellen mit den Fakten des Falles vertraut, während wir den Raum betraten und uns in die vorderste Bank setzten, wo wir auf das Eintreffen des Richters und meines Prozeßgegners warten. Das Opfer war eine 28jährige Frau, die in einem Wohnblock in Harlem lebte. Sie war geistig behindert und auf der Entwicklungsstufe eines siebenjährigen Kindes. Ein Zimmermann, der Bauarbeiten in einem Apartment des Gebäudes zu erledigen hatte, lockte sie eines Nachmittags im vergangenen Frühjahr in die leere Wohnung, zerrte sie ins Badezimmer und zwang sie zum Analverkehr. Ihre Schreie wurden von einem Nachbarn gehört, der in die Wohnung eilte und den Vergewaltiger von der völlig verängstigten Frau riß.

Da die Identität des Angreifers – Ernesto Cerone – außer Frage stand, kehrte die Verteidigung den Spieß um und behauptete, es habe keine Nötigung vorgelegen, das Opfer habe in den Beischlaf eingewilligt. Die Frau habe nur geschrien, weil Cerone sich geweigert habe, sie für das Vergnügen ihrer Gesellschaft zu bezahlen. Die schwere geistige Behinderung der Frau machte sie zum ahnungslosen Opfer eines bösartigen Kreuzverhörs beim Prozeß, und die Verurteilung war nur möglich aufgrund der überzeugenden Aussage des Nachbarn, der sich eingemischt hatte, um sie zu retten.

»Das dürfte nicht sehr kompliziert sein. Ich werde die Höchststrafe beantragen, der Verteidiger wird eine Riesenshow abziehen, und der Richter wird am Ende wohl irgendwo in der Mitte landen.«

»Das hört sich aber nicht danach an, als gäbe es viele mittlere Möglichkeiten. Ach, übrigens, ich habe gestern abend mit meinem Redakteur gesprochen, Alex, und er hätte gern, daß ich noch ein paar Details mehr bringe, wenn Sie verstehen, was ich meine. Er meint, die Story würde zu trocken, wenn wir nicht einen ›Blick hinter die Kulissen‹ werfen und zeigen, warum Sie diesen Job machen. Er hätte gern noch ein paar persönlichere Informationen über Sie.«

Ich gab ein ganz sanftes Stöhnen von mir. »Zum Beispiel?«

»Zum Beispiel wie Sie Ihre Freizeit verbringen, was Sie an den Wochenenden machen, mit wem Sie sich treffen, wenn Sie ausgehen.«

»Schauen Sie, Ellen, ich habe nichts dagegen, mit Ihnen über meine Arbeit zu sprechen, wenn die Presseabteilung dies von mir verlangt, aber ich trenne mein Privatleben von dieser Tätigkeit.«

»Genau das ist der Punkt. Die meisten Menschen können einfach nicht verstehen, wie Sie das schaffen. Nehmen Sie denn diese Arbeit nicht jeden Abend mit nach Hause? Ich meine nicht die Papiere und Dokumente, ich meine den emotionalen Ballast. Führt denn dieser Job nicht dazu, daß Sie Männer hassen?«

Darüber mußte ich lachen. Vielleicht war die Goldman doch nicht so intelligent, wie ich anfangs gedacht hatte, wenn sie mir eine so abgeschmackte Frage stellte. »Nein, natürlich nicht. Die Menschen, die diese Verbrechen begehen, weichen von der Norm ab, Ellen. Es handelt sich um extremes, anomales Verhalten. Die meisten Männer, denen ich in meinem Leben begegnet bin, sind außerstande, sich derartig zu benehmen. Ich bin keine dieser Frauen, die glauben, daß alle Männer potentielle Vergewaltiger sind. Das ist einer der Hauptgründe, warum ich mich mit diesen Fällen befassen kann. Mein Job färbt nicht auf meine Beziehungen zu Männern ab – keinen Augenblick lang.« Aber wenn du wissen willst, was mich dazu bringt, Männer zu hassen, dachte ich im stillen, dann ist dies genau der richtige Tag, mich danach zu fragen.

»Leben Sie zur Zeit mit jemandem in einer festen Beziehung, Alex? Ist es dieser Investmentbanker, mit dem Sie gestern abend ausgegangen waren?«

»Habe ich Ihnen gestern gesagt, mit wem ich ausgehen wollte?« fuhr ich sie an. »Ich kann mich nicht erinnern, erwähnt zu haben –«

»Ich hab' Ihnen doch gesagt, ich hab' meine Hausaufgaben gemacht. Ich habe bereits einige Ihrer Kollegen interviewt.«

»Bei welcher Einheit im israelischen Militär haben Sie denn gedient – beim Geheimdienst?«

»So viel Glück hatte ich nicht. Ich war bei einer Spezialpatrouillentruppe auf der West Bank. Genauer gesagt: bei einer Antiterror-Eliteeinheit. Kein bequemer Schreibtischjob für Hintergrundanalysen.«

Ich war beeindruckt. »Hören Sie, Ellen. Können wir uns für ein paar Minuten einmal vertraulich unterhalten?«

»Sicher. Streng vertraulich.«

»Was auch immer Sie über den Investbanker gehört haben und wer auch immer Ihnen davon erzählt hat – es ist vorbei, wissen Sie. Wenn Sie persönliche Informationen benötigen, werde ich sie Ihnen liefern, aber bitte, lassen Sie die Liebesgeschichten raus. Er ist kein Teil meines Lebens mehr, und ich will nicht, daß irgendwas über uns gedruckt wird. Bitte.«

»Klar, sicher, es tut mir leid. Ich habe gehört, Sie beide seien sehr glücklich miteinander. Ein Bilderbuchpaar und ähnliche Klischees. Natürlich schreibe ich nicht darüber, wenn es nicht wahr ist. Ist das alles erst in letzter Zeit passiert?«

Es war ein Teufelskreis. Ich konnte sie von diesem Thema nur abbringen, wenn ich ihr erklärte, warum es nicht sinnvoll war, weiter an diesem Thema zu kleben. »In letzter Zeit? Sagen wir einfach: Wenn Sie mir die gleiche Frage gestellt hätten, bevor Sie mich gestern nachmittag in meinem Büro verließen, wäre die Antwort anders ausgefallen. Geschichte, Ellen, es ist vorbei.«

Zu meiner Erleichterung sah ich Cerones Pflichtverteidiger aus der Tür kommen, die zum Zellentrakt hinter dem Gerichtssaal führte. Der Gerichtsvorsteher ging nach hinten und klopfte an das Umkleidezimmer des Richters. Ich konnte nicht verstehen, was Ellen mir zumurmelte, als der Gerichtsdiener verkündete: »Erheben Sie sich!«, als Hadleigh die drei Stufen zu seinem Platz am Richtertisch hinaufging. Der Gerichtsvorsteher rief den Fall auf, wies beide Parteien an, ihr Erscheinen zu Protokoll zu geben, und las dem Beschuldigten die Anklage vor. Dann erkundigte er sich: »Wünscht die Staatsanwältin gehört zu werden?«

»Ja, Euer Ehren.« Ich trug dem Richter die Fakten des Falles vor, wobei ich mich vor allem auf die Aussagen über das furchtbare Erlebnis des Opfers bezog, die ich dem Beweisaufnahmeprotokoll entnommen hatte. Ausführlicher ging ich auf ihren geistigen Zustand und die Verletzlichkeit ein, die ihre Behinderung mit sich brachte. Ihr Amtsvormund hatte mich angerufen, um mir zu sagen, daß die junge Frau nach wie vor von Alpträumen gepeinigt werde, in denen sie den Namen des Angeklagten schrie und um Hilfe flehte. Ich schloß damit, dem Gericht dringend nahezulegen, die Höchststrafe zu verhängen, die sich zwischen acht und 25 Jahren in einem Staatsgefängnis bewegte. Anschließend sprach Cerones Anwalt. Noch immer stellte er das Urteil der Geschworenen mit dem Argument in Frage, eine kritische Überprüfung der Fakten würde seinen Klienten rehabilitieren. Er bestritt die Darstellungen über die geistigen Fähigkeiten der Frau und erklärte, tatsächlich fehle ihr überhaupt nichts – sie sei bloß langsam. »Nichts im Prozeßprotokoll deutet darauf hin, daß dies ein gewalttätiger, brutaler Überfall war, wie die Staatsgewalt behauptet. Euer Ehren«, fuhr er fort, »ich muß Ihre Aufmerksamkeit auch auf die Geschichte dieser Zeugenbeschwerde lenken. Miss Cooper erwähnte den Vormund des Opfers, der der Staatsanwaltschaft von ihren Alpträumen berichtet hat. Darf ich Sie darauf hinweisen, daß sie deshalb bei einem Vormund lebt, da sie in ihrem Elternhaus jahrelang Opfer sexuellen Mißbrauchs durch ihren Vater und ihre Brüder war. All diese Ereignisse, Richter Hadleigh, wirkten sich auf diese Zeugenaussage aus – und all diese Fälle von Mißbrauch haben vor den Ereignissen stattgefunden, über die sie vor diesem Gericht ausgesagt hat.

Sie entschuldigen meinen Klienten nicht, Euer Ehren, aber gewiß wird der Eindruck von Mr. Cerones Handlungen durch ihre vergangenen Erfahrungen gemindert.«

Hatte ich den Kerl richtig verstanden? Wollte er dem Richter weismachen, es sei okay, einen Menschen zu mißbrauchen, der früher schon mißbraucht worden war?

Nun horchte auch Hadleigh auf. »Nun, gewiß, der Eindruck dieses Verbrechens ist wegen ihrer Inzesterfahrung weniger schwerwiegend. Sie hat sich zwar nicht daran gewöhnt, da bin ich sicher, aber es war wohl weniger schwer für sie als beim ersten oder zweiten Mal, als sie dies durchgemacht hat, da muß ich Ihnen rechtgeben.«

Wie der Blitz war ich aufgesprungen. »Ich erhebe Einspruch –«

»Augenblick, Miss Cooper. Sie hatten ausreichend Gelegenheit dazu. Setzen Sie sich. Ich werde den Verteidiger ausreden lassen, es ist sein gutes Recht, seinen Standpunkt zu vertreten.«

»Mein Klient bestreitet noch immer seine Schuld, Euer Ehren. Abschließend möchte ich Sie nur bitten, all diese Dinge bei der Verurteilung meines Klienten in Betracht zu ziehen. Er hat sich bisher keiner einschlägigen Straftaten schuldig gemacht, und ich möchte –«

»Einspruch. Richter Hadleigh, Mr. Cerone ist zwar nicht wegen irgendwelcher Kapitalverbrechen verurteilt worden, aber er hat ein Strafregister ...«

»Miss Cooper, das liegt mir alles vor, wie Sie wissen, im Urteilsvorlageprotokoll. Lassen Sie uns bitte eine gewisse Ordnung bewahren. Es gibt hier keine Jury, vor der Sie agieren können – ich kenne das Strafregister.«

»Daher bitte ich, Euer Ehren, im Namen meines Klienten in diesem Fall um die Mindeststrafe – zwei bis sechs Jahre.« Der Ehrenwerte Horace Hadleigh – wir von der Staatsanwaltschaft nannten ihn alle Horrid, Horace den Schrecklichen, was entweder die Folge davon oder die Ursache dafür war, daß er in den über 38 Jahren, in denen er am Richtertisch gesessen hatte, den Anwälten der Verteidigung generell genau das gewährt hatte, was sie beantragt hatten –, der Richter also schickte sich an, seine Ansicht über den Fall Cerone kundzutun.

Er hatte sich nicht die Mühe gemacht, sich im voraus Anmerkungen zu dem Fall zu notieren – das hätte Zeit und Intelligenz erfordert, zwei Faktoren, über die er nur in begrenztem Maße verfügte. Also schwafelte er über den Prozeß und die pathetische junge Frau daher, die in seinem Gerichtssaal ausgesagt hatte.

Nach fünf Minuten war klar, daß er sich den Standpunkt der Verteidigung mit Haut und Haar zu eigen gemacht hatte. »Ganz offen gesagt kann ich nicht erkennen, was die Staatsgewalt dabei gewinnt, wenn sie diese Vergewaltigung als brutal und gewalttätig bezeichnet.«

Ich konnte einfach nicht mehr am Tisch stillsitzen. Falls es mir gelang, zu Wort zu kommen, dann mußte es schnell gehen. »Euer Ehren, das Strafrecht dieses Staates definiert Vergewaltigung als ›gewalttätiges Kapitalverbrechen‹. Natürlich kam es in dieser Situation zu Gewalt – es war eine physische Nötigung durch einen Mann, der die Beteiligte gegen ihren Willen überwältigte.«

»Miss Cooper, stellen Sie sich nicht hin und halten mir Vorträge über das Strafrecht. Es gibt solche und solche Vergewaltigungen. Er hat sie doch nicht in kleine Stücke zerhackt, oder? Er hat ihr doch sonst keine Verletzungen zugefügt, nicht wahr?«

»Gott sei Dank nicht, Euer Ehren. Das verlangt das Gesetz auch gar nicht. Das wäre ein eigenes Verbrechen, wie Sie wissen. In der überwältigenden Zahl der Vergewaltigungsfälle kommt es zu keiner äußeren körperlichen Verletzung. Sie mußte nicht auch noch irgendeine Verletzung erleiden. Sie wurde vergewaltigt und zum Analverkehr gezwungen – das reicht als Trauma aus.«

»Junge Dame, Sie verlieren nicht nur Ihr Unterscheidungsvermögen, auch Ihr Temperament geht mit Ihnen durch. Sie können einfach nicht zwischen einzelnen Fällen unterscheiden, und das ist für eine Staatsanwältin fatal.«

Ich holte tief Luft und wechselte meinen Tonfall. »Es tut mir leid, Euer Ehren, aber ich muß Ihnen widersprechen. Ich erlebe jedes Jahr drei-, vierhundert Vergewaltigungsprozesse und habe die Aufsicht über mehrere hundert andere – mehr als jeder andere Staatsanwalt in diesem Land, Richter Hadleigh. Ich bin mir durchaus der faktischen Unterschiede bewußt, der Nuancen, der

Differenzierungen in allen möglichen Bedrohungen – all der winzigen Merkmale, die jeden dieser Fälle für das jeweilige Opfer – Frau, Mann oder Kind – so einzigartig machen, ungeachtet der Tatsache, daß mehrere strafrechtliche Definitionen das gesamte Spektrum abdecken. Ich denke, ich weiß besser als jeder andere Mensch auf der Welt, wie ich zwischen den einzelnen Fällen, die mir auf den Schreibtisch kommen, zu unterscheiden habe.«

»Nun, dann werden Sie mir wohl rechtgeben müssen, Miss Cooper, daß dieses Mädchen so zurückgeblieben ist, daß sie wohl kaum verstanden hat, was mit ihr passiert ist, nicht wahr? Es ist ja nicht so, als ob es Ihnen oder meiner Tochter passiert wäre, oder? Sie würden doch wissen, worum es dabei ging, nicht? Sie kann nicht begreifen, was ihr passiert ist, sie kann es uns nicht einmal erklären.« Ich war wie vom Donner gerührt. Das war ja ein dreifacher Salto: Cerones Überfall war zwar gewaltsam, aber nicht gewalttätig; andere Menschen hatten das Opfer in der Vergangenheit mißbraucht, deshalb war sie diesmal Freiwild für Ernesto Cerone; und weil sie behindert war – höchstwahrscheinlich war sie gerade deshalb zum Opfer auserkoren worden –, zählte das nicht so viel wie bei einer ganz normalen Frau. »Richter Hadleigh«, begann ich, außerstande, seine Kommentare unwidersprochen ins Protokoll aufnehmen zu lassen, »bei allem Respekt, Sir«, du völlig bescheuerter Schwachkopf, »ich muß Widerspruch einlegen gegen die Ansichten, die Sie hier zum Ausdruck gebracht haben. Ich denke, es ist nur fair, wenn ich sage, daß ich seit den von den mittelalterlichen englischen Gerichten aufgestellten Rechtsgutachten über Vergewaltigungsopfer noch nie Bemerkungen wie diese gehört habe.«

»Was haben Sie gesagt?«

»Die drei Erklärungen, Richter, die Sie über diesen Prozeß abgegeben haben, spiegeln antiquierte Einstellungen wider.«

»Haben Sie zu mir etwas über das Mittelalter gesagt, Miss Cooper? Wollen Sie sich über mich lustig machen, junge Dame?«

»Ganz und gar nicht, Sir. Aber sicher werden Sie sich noch an die Rechtsgeschichte dieser Gesetze erinnern, die sich vor zwei Jahrzehnten geändert haben? Sir Matthew Hale, 1671 – all diese archaischen Dokumente über Frauen, die das Eigentum ihrer

Ehemänner seien, und über Vergewaltigung, die kein Verbrechen sei, außer wenn das Opfer vor dem Übergriff Jungfrau gewesen sei. Diese Ansichten sind inzwischen überholt –«

»Miss Cooper, ich möchte Ihnen einen Gefallen tun. Ich werde dieses Urteil aufschieben und lasse Sie aus meinem Gerichtssaal gehen, ohne Sie wegen Mißachtung zu belangen. Ich gebe Ihnen Gelegenheit, darüber nachzudenken und nächste Woche wiederzukommen – mit einer Entschuldigung mir gegenüber und einer vernünftigeren Ansicht über die Fakten dieses Falles.« Ernesto Cerone griente, als hätte man ihm gerade eine Million Dollar für einen Fixodent-Werbespot bezahlt. Er würde zwar nicht um eine Gefängnisstrafe herumkommen, aber mit jedem Mal, wenn ich meinen Mund auftat, würde seine Strafe ein wenig milder ausfallen.

»Vielen Dank für diese Chance, Richter, aber ich bin bereit, in der Festsetzung des Urteils für Mr. Cerone fortzufahren.« Ich würde die ganze Szene nur zu gern in Ellen Goldmans Artikel lesen und diesen ignoranten Steinzeitmenschen bloßgestellt sehen.

»Sie flirten mit einer Rüge wegen Mißachtung, Miss.«

Zum Teufel noch mal, Richter, ich bin gerade dabei, es aufzugeben, mit Männern zu flirten. Und dabei flirte ich doch so gern.

Mein Prozeßgegner spielte dem Richter direkt in die Hand.

»Ich wäre auch dafür, die Angelegenheit um eine Woche zu vertagen.«

»Ich danke Ihnen. Auf Verlangen des Beklagten wird die Urteilsverkündung für dieses Verfahren auf nächsten Dienstag, 14 Uhr vertagt. Ich erwarte, daß Sie dann ein bißchen höflicher sind, Miss Cooper. Ich möchte keine Beschwerde gegenüber dem Disziplinarausschuß erstatten müssen. Haben Sie das schon mal erlebt?«

»Nein, Sir.« Aber ich würde es wie eine Verdienstmedaille tragen, wenn du es anhand von dem tätest, was du heute zu Protokoll gegeben hast.

Hadleigh schritt die Stufen vom Richtertisch herunter und begab sich in sein Umkleidezimmer. Ich sammelte meine Papiere ein und verließ die Bank, um mich zu Ellen Goldman zu gesellen.

»Ich kann einfach nicht glauben, daß ich wirklich gehört habe, was der Richter da gesagt hat.«

»Dies sind die Ansichten eines gebildeten Juristen. Können Sie sich vorstellen, was Opfer im ganzen Land von Leuten erleben müssen, die von diesen Dingen keine Ahnung haben? Es ist unvorstellbar. Dabei ist Hadleigh hier die Ausnahme, muß ich hinzufügen – die meisten unserer New Yorker Richter sind in diesen Fällen großartig. Er erinnert mich einfach wieder einmal daran, daß es noch immer mehr Neandertaler gibt, als ich gerne zugeben möchte.«

»Hätten Sie was dagegen, wenn ich Sie zu Ihrem Büro zurückbegleite und mich noch ein bißchen mit Ihnen unterhalte?«

»Ellen, ich würde das gern tun, aber ich weiß wirklich nicht, wo ich die Zeit dafür hernehmen soll. Können wir es ein paar Tage verschieben?«

»Klar. Die zwei Stunden, die Sie mir gestern gewährt haben, und meine Recherchen haben mir schon einen guten Aufhänger geliefert. Ich ruf' Sie morgen an. Wenn Sie mich hier irgendwo sehen – das ist nur für den Background und weil ich andere Leute über Sie interviewe.«

»Danke, Ellen.« Ja, großartig. Schnüffel nur herum – laß es mich wissen, wenn du was herausfindest, was ich schon vor Wochen hätte wissen müssen. Wir verabschiedeten uns an der Ecke Centre Street, dann ging ich in das Gerichtsgebäude zurück, um zu sehen, was mich in meinem Büro erwartete.

Sarah Brenner stand an meinem Schreibtisch und telefonierte gerade. Ich schloß die Tür und setzte mich, bis sie ihr Gespräch beendet hatte.

»Wie lief's mit Cerone?« wollte sie wissen. »Was hat Horrid ihm denn aufgebrummt?«

»Nicht soviel, wie er mir aufbrummen wollte, kann ich dir sagen. Um eine Woche vertagt. War irgendwas los, während ich drüben war?«

»Das war gerade Bruno. Er rief vom Flughafen an, wo er mit Antonio Partigas gelandet ist.« Detective Bruno und sein Partner waren mit der ersten Maschine aus Miami gekommen. Sie waren wegen einer Auslieferung hingeflogen und sollten Partigas nach New York zurückbringen, wo er sich für eine Reihe von Vergewaltigungen verantworten sollte, die er begangen hatte, bevor er vor zwei Monaten nach Florida geflohen war.

»Das ist schon eine Type, dieser Partigas. Weißt du, warum Bruno angerufen hat? Er wollte uns bloß sagen, daß Antonio im Flugzeug, in Handschellen und zwischen zwei New Yorker Polizeiassen sitzend und verhaftet wegen sechs Fällen von Vergewaltigung Ersten Grades, sich vor der Stewardeß entblößt hat. Nur Fliegen ist schöner. Ich sag' dir, hier ist es nie langweilig.«

»Sarah, sag mal ehrlich: Wie sehe ich aus? Ich meine, ich hab' das Gefühl, als ob ich es nicht mehr packen würde – seh' ich so furchtbar aus, wie ich mich fühle?«

»Du siehst gut aus. Willst du Komplimente hören, oder was?«

»Hör zu, Jed und ich haben letzte Nacht Schluß gemacht – und du mußt wissen, warum, obwohl du es eine Zeitlang für dich behalten solltest. Aber ich schaff's bald wirklich nicht mehr, und ich fürchte, dann wird man dir alles aufhalsen.«

»Das werden wir sehen, Alex. Alles, was ich hier mache, ist leichter, als mit einem sechs Monate alten Kind zu Hause herumzusitzen. Wir schaffen das schon. Während du bei Hadleigh warst, ist nur noch ein weiterer Anruf gekommen, von einem Cop. Er wollte wissen, ob es sexueller Mißbrauch sei, wenn ein Mann die Brust eines elfjährigen Mädchens streichelte, auch wenn sie noch keine richtig entwickelten Brüste hätte. Ist das zu glauben? Ein Raketenwissenschaftler. Wenn es um eine vierzigjährige Frau ginge, die zufällig flachbrüstig ist, dann sollten wir ihn auch laufenlassen, schätze ich.«

»Ich möchte dir gern erzählen, was letzte Nacht passiert ist. Mir wär's lieber, du würdest es von mir erfahren.«

18

Kurz nach ein Uhr, ich saß gerade am Schreibtisch und aß einen Salat, den ich bei *Broadway's Best* bestellt hatte, rief Battaglia aus Washington an. »Sie schaffen es nicht mal 24 Stunden, sich aus allen Schwierigkeiten herauszuhalten, damit ich mich in Washington sehen lassen kann, wie?«

»Paul, ich weiß gar nicht, womit ich anfangen soll, ich komme mir wie ein Idiot vor.«

»Vergessen Sie's, Alex, das ist doch ganz einfach.« Großartig – das war der Battaglia, den ich verehrte, der verstand, in welchem Dilemma ich steckte. »Ich stehe hundertprozentig hinter Ihnen. Machen Sie sich mal wegen seiner Beschwerde keine Sorgen.«

Ach so. Plötzlich war mir klar, daß wir über zwei verschiedene Dinge sprachen. »Hadleigh? Wie haben Sie davon schon erfahren? Ich bin ja noch nicht mal eine Stunde vom Gericht zurück.«

»Er ging raus und rief sofort Pat McKinney an, um sich über Sie zu beschweren. Beruhigen Sie sich. Ich bin noch immer sauer auf ihn, weil er letzten Winter die Klage in dem Verfahren gegen die asiatische Gangsterbande abgewiesen hat. Er versuchte, eine große Schau abzuziehen, und es hat uns fast die Hälfte der von uns gesammelten Bußgelder gekostet, den Fall erneut vor der Anklagejury aufzurollen.«

»Nun, ich bin froh, daß Sie so darüber denken, Paul, doch das war nicht der Grund, warum ich Sie alarmiert habe. Ich habe es nicht mal Rose erzählt. Chapman und ich sind uns ziemlich sicher, daß der Mann, mit dem ich befreundet war – Jed Segal –, na ja, daß er mich mit Isabella Lascar betrogen hat. Chapman hat ihn sogar auf die Liste der Verdächtigen gesetzt.«

Schweigen. Eisiges Schweigen.

»Wie viele Leute wissen davon?«

»Nicht viele. Die Presse überhaupt nicht. Es ist ja auch noch nicht eindeutig bestätigt worden. Wir müßten heute nachmittag mehr wissen, wenn wir mit –«

»Verdammt noch mal. Nicht ›wir‹ – Sie sollen doch damit nichts zu tun haben. Geht das denn immer noch nicht in Ihren Dickkopf? Veranlassen Sie, daß mich der Polizeichef anruft – Rose kann ihn zu mir durchstellen. Und Sie machen lieber genau das, wofür ich Sie bezahle – nichts anderes. Ich nehme an, ich werde Sie wohl oder übel wieder bewachen lassen müssen.«

»Aber nein, das ist doch albern.« Und das, obwohl Jed mich unbedingt sehen wollte, Richard Burrell unerwartet in meinem Büro aufgetaucht war, Johnny Garelli jeden Augenblick in die Stadt kommen mußte und ich mich mit einem Korkenzieher bewaffnet hatte, um Mike und Mercer die Tür aufzumachen. »Nein, nein, ich bin okay.«

Ich legte auf und ging hinaus, wobei ich von Lauras Schreibtisch meine Telefonnachrichten mitnahm. Dann begab ich mich zur Abteilungsleitersitzung, die Rod für den Nachmittag anberaumt hatte. Jed hatte dreimal angerufen, aber Laura hatte meinem Wunsch gemäß nichts notiert außer der Tatsache, daß er angerufen hatte.

Ich hatte größere Mühe als sonst, mich während der Sitzung zu konzentrieren. Dreißig Abteilungsleiter der Trial Division saßen um den langen Konferenztisch und diskutierten darüber, ob zu viele Bagatellfälle zur Anklage gebracht wurden, statt als mindere Vergehen eingestuft zu werden, und ob zu wenige Angeklagte alternativen Strafvollzugsprogrammen zugeführt wurden. Ich entwickelte imaginäre Unterhaltungen mit Jed in meinem Kopf – was ich wirklich von ihm hören wollte und was ich darauf erwidern würde. Als die Konferenz zu Ende ging, war keines der wichtigen Probleme, derentwegen wir zusammengekommen waren, gelöst, und so wurde die nächste Sitzung in zwei Wochen anberaumt.

Es war Viertel nach vier, als ich an meinen Schreibtisch zurückkehrte, die dritte Diätcola an diesem Nachmittag trank und hoffte, das Koffein würde mich wach halten.

»Rufen Sie Chapman im Dezernat an. Sie haben ihn gerade verpaßt.«

»Danke, Laura.« Rasch wählte ich die Nummer.

»Segal drückt sich. Dachte, du würdest das wissen wollen. Der Trottel hat sich einen Anwalt genommen und der will ihn heute nicht vorbeibringen.«

Mist. Warum tat er das, wenn er nichts zu verbergen hatte?

»Laß mich raten. Jimmy LaRossa? Marty London? Justin Feldman? Er nimmt sicher einen der Topstars. Wer ist es?« Das hatte ich nun davon, schließlich hatte ich ihn mit den besten Anwälten New Yorks bekannt gemacht. Und nun versuchte er, einen zu mobilisieren, um uns Steine in den Weg zu legen.

»Nee. Ein Kerl, von dem ich noch nie gehört hab' – heißt Bergin, aus Washington.«

»Natürlich. Anderson Warmacks Anwalt. Großartiger Krisenmanager, wenn man Probleme mit Bundesanleihen hat. Ich bezweifle allerdings, ob er in einem Staatsgericht auch nur die Geschworenenbank findet.«

»Na ja, jedenfalls wußte er soweit Bescheid, um Romeo zu sagen, er solle sich von meinem Revier fernhalten. Und er weigert sich, Jed einem DNS-Bluttest zu unterziehen. Sagt, wir hätten keinen hinreichenden Tatverdacht.«

»Er ruft den ganzen Tag hier an und verlangt, daß ich mich mit ihm treffen soll. Ich hab' einmal aufgelegt. Laura stellt ihn nicht mehr durch.«

»Braves Mädchen. Ich hab' mit Wally gesprochen. Ich hab' Jeds neues Foto von seinem Führerschein per Kurier nach Chilmark geschickt. Ich hab' Wally gesagt, er soll es in ein Fahndungsblatt aufnehmen und es den Quinn-Schwestern von der Muschelkneipe zeigen, mal sehen, ob die ihn identifizieren können. Bis morgen sollte er das erledigt haben. Ich muß diesem Anwaltstypen bis Ende der Woche erklären, wieviel hinreichenden Tatverdacht ich habe.«

»Gib bloß nicht so damit an, Mike.«

»Tut mir leid, Coop. Ich hasse es eben, wenn jemand mauert. Wenn er es nicht getan hat, warum kommt er dann nicht einfach vorbei und sagt es mir?«

»Es ist halt komplizierter für jemanden in seiner Position, Mike. Du weißt das doch.«

»Jetzt verteidige ihn nicht auch noch, Blondie. Versuch das objektiv zu sehen, ja? Nimm Abstand.«

»Sonst noch was?«

»Klar, ich hab' einen Bescheid aus Maine bekommen. Burrell hat tatsächlich ein ganzes Arsenal. Jede Menge Waffen, schießt meist diese kleinen Pelztierchen. Sei nett zu ihm, dann springt vermutlich für den Winter ein warmer Mantel für dich raus. Wie er selbst gesagt hat: Niemand kann uns sagen, wann er auf die Insel zurückgekehrt ist. Die Vineyard-Polizei klappert jedenfalls alle Gasthäuser und Pensionen ab. Vielleicht finden wir dort was raus.

Noch etwas. Es geht um die Geschichte, die du mir von Isabella erzählt hast – daß sie Jed um Hilfe gebeten hat, weil sie glaubte, ihr Buchhalter würde sie betrügen. Nun, es stimmt. Ich hab' heute morgen mit ihrer Agentin gesprochen. Wie es scheint, hat der Buchhalter, Fred Weintraub – natürlich ein Mützchen –, die Bücher frisiert. Iz hatte Anzeige erstattet, und sie wollten ein Verfahren gegen ihn einleiten. Ich hab' mir mal das Strafregister von dem Kerl besorgt – er ist zweimal wegen Betruges verurteilt worden: einmal hier in New York und einmal in Jersey. Freddy der Verbrecher. Eigentlich ein Ostküsten-Typ, ich schätze also, ich werd' auch bei ihm ein bißchen tiefer nachbohren.«

»Na, du hast jedenfalls einen produktiveren Tag gehabt als ich. Ich glaube, für heute lasse ich es gut sein.«

»Und heute abend, alles geregelt?«

»Bestens, danke. Ich werd' erst ein bißchen Gymnastik machen. Dann geh ich mit Joan essen und anschließend zur Abwechslung nach Hause in die Falle.«

»Wenn du heimkommst, wirst du einen Umschlag vorfinden. Ich hab' ein paar Briefe kopiert, die die Polizei von L. A. in Isabellas Haus gefunden hat, sie sind von diesem Typ, der behauptet, Psychiater zu sein. Für mich ist das alles völlig irres Zeug. Vielleicht kannst du was damit anfangen. Bitte doch mal deinen Nachbarn, sich die Briefe anzusehen. Vielleicht ist das ja Seelenklempnerjargon, und er kann was damit anfangen.«

Das Lämpchen an meiner Nebenleitung blinkte auf, als ich das Gespräch mit Mike beendet hatte. Es war Nina.

»Kannst du reden?«

»Ich kann, die Frage ist aber, ob ich will. Nina, ich war in meinem ganzen Leben noch nie so durcheinander und allein.«

»Ich kann morgen bei dir sein. Ich kann heute abend die Spätmaschine nehmen.«

»Nein, ehrlich, spar dir das. Ob du's glaubst oder nicht – es könnte ja noch schlimmer kommen, dann werd' ich dich bitten zu kommen.«

»Ich hab' Joan angerufen, während du heute morgen im Gericht warst und ich dich nicht erreichen konnte. Ich glaub' schon, daß ich es verstehe. Sie trifft sich mit dir zum Essen, ja?«

»Um acht.«

»Alex, ich hab' immer wieder darüber nachgedacht. Ist Jed irgendwann im letzten Monat in England gewesen?«

»Nun, er ist oft in Paris. Und normalerweise macht er einen Abstecher nach Zürich oder London, wenn seine Geschäfte es erfordern.«

»Du erinnerst dich doch noch an unser Gespräch nach Isabellas Beerdigung, als ich dir erzählt hab', daß sie erwähnt hatte, sie hätte auf dem Rückflug von London irgendeinen Typen in der Rakete, der Concorde, kennengelernt. Und daß er ›stark und bedeutend‹ gewesen sei, weißt du noch? Vielleicht war das ja Jed? Vielleicht war das, nachdem du die beiden im *21* miteinander bekannt gemacht hast, und sie sind einander zufällig in derselben Maschine begegnet. Kismet, Fügung des Schicksals. Du brauchst dir deswegen keine Vorwürfe zu machen – wenn sie der Meinung war, er sei attraktiv, verläßlich und reich, hätte sie ihn sich gekrallt.«

»Auch wenn sie wußte, daß ich verrückt nach ihm war?«

»Dann erst recht. Überrascht dich das? Ach, komm, Alex, wir kennen doch solche Frauen. Denk nur an Isebel, Ahabs Frau; an die Herzogin von Windsor, die Edward ihrer besten Freundin, Thelma Furness, weggeschnappt hat; an Elizabeth Taylor, die Debbie Reynolds Eddie Fisher wegnahm. Glaubst du vielleicht, Iz hätte Skrupel gehabt, dir auf die Zehen zu treten? Das wär' ja ganz was Neues. Na, jedenfalls war die Sache mit der Begegnung im Flugzeug von London nur so eine Idee von mir.«

»Danke dir.«

»Hör mal, wenn du irgendwann Lust dazu hast, komm doch einfach rüber, um für eine Weile von allem Abstand zu gewinnen. Ich werd' mir ein paar Tage frei nehmen, laß das Baby bei Elena, und wir fahren einfach raus nach Malibu und machen eine Woche blau. Willst du?«

»Aber sicher, Nina.«

Wir verabschiedeten uns voneinander, dann nahm ich meine Tasche mit den Ballettsachen aus dem Aktenschrank. »Ich verdrück' mich ein bißchen früher, Laura. Vielleicht schaff' ich die Stunde um halb sieben noch. Bis morgen dann.«

»Da waren noch zwei Anrufe von Jed, während Sie diese anderen Gespräche geführt haben. Hat sich angehört, als hätte er von einer Zelle aus angerufen. Er will sie unbedingt sehen. Ich mach' mir bloß Sorgen, daß er hier an der Ecke Centre Street warten könnte und hofft, Sie abzufangen, wenn Sie rausgehen.« Tu mir das bloß nicht an, du Mistkerl. Du weißt doch, was es heißt, verfolgt und belästigt, beobachtet und abgepaßt zu werden. Du bist ja sogar vor Gericht gegangen, um diese Frau zu zwingen, damit aufzuhören. Fang bloß nicht bei mir damit an.

Ich beschloß, das Risiko nicht einzugehen, ihm über den Weg zu laufen, falls er wirklich annahm, er könne mich am einfachsten vor meinem Büro abfangen. Ich ging eine Treppe tiefer und bog dann in den Korridor ab, der durch die Längsseite des Gebäudes verlief, so daß ich zwei Blocks weiter oben im Norden hinausgelangte, statt bei den Fahrstühlen im Trakt der leitenden Beamten. Da stand ich nun an der Rückseite des Gerichtsgebäudes, mitten in Chinatown. Weit und breit war kein Taxi zu sehen, also lief ich bis zur Canal Street vor, bog nach Westen ab, vorbei an Straßenverkäufern, die nachgemachte Vuitton- und Gucci-Taschen feilboten. Ich hielt den Atem an, als ich die Treppe zur U-Bahnstation hinunterging und das Drehkreuz zur Linie N Richtung Uptown passierte.

Ich hasse die U-Bahn. Ich hasse ihren Schmutz, ihren Gestank, ihre Menschenmassen und ihre Unzuverlässigkeit. Aber wenn sie funktionierte, war sie eindeutig die effizienteste Möglichkeit, in der Stadt herumzufahren. Die Haltestellen an der Canal Street mochte ich am wenigsten, da die meisten Menschen, die hier am Morgen ausstiegen und am Nachmittag wieder abfuhren, entweder Kollegen von mir waren, die bei der Strafrechtspflege arbeiteten, oder Angeklagte mit ihren Leih-dir-ein-Baby-damit-der-Richter-Mitleid-hat-Familien auf dem Weg zur Anklageerhebung wegen ihrer letzten Verhaftung. Ich fürchtete mich vor dem Augenkontakt mit Kriminellen, die ich mir im

Laufe des Tages vorknöpfen würde, oder mit ihren Freundinnen, die Ohrringe so groß wie Türklopfer trugen und ihre Hauptermährer gerade in *The Tombs* zurückgelassen hatten, weil ich den Richter gebeten hatte, von einer Untersuchungshaftverschonung abzusehen.

Der Bahnsteig war praktisch verlassen, und meine Schritte hallten mit einem unheimlichen Echo wider, als ich nach einem Plätzchen suchte, wo ich auf die nächste Bahn warten konnte. Ich war ungewöhnlich nervös und sah ständig über die Schulter, in der Hoffnung, niemand würde mich im toten Winkel der Tunnelwand, zu dem hin ich mich verdrücken wollte, abfangen oder sich hinter den mächtigen Stahlträgern, die in der Mitte der Station aufragten, verstecken. Ich trat an den Rand, um nach Scheinwerfern Ausschau zu halten, die das Herannahen eines U-Bahnzugs signalisieren könnten, erinnerte mich aber sogleich an die jüngste Serie von Anschlägen auf Frauen, die von einem entwichenen Geistesgestörten auf die Gleise gestoßen worden waren. Ich wandte mich um und stellte mich dicht an die mit Graffiti übersäte Wand. Zwei- oder dreimal erhaschte ich einen Blick auf den Kopf eines Mannes, der auf mich zukam, während er hinter den Säulen auftauchte und wieder verschwand, aber es gelang mir nicht, sein Gesicht deutlich zu erkennen. Dann vernahm ich zu meiner Erleichterung das Rumpeln der Bahn, als sie sich der Station näherte.

Also drückte ich meine Tasche fest an meine Hüfte, trat forsch durch die Türen, als sie sich vor mir öffneten, suchte mir einen Sitzplatz, der nicht allzusehr von Essensresten und Limoflecken verschmiert schien, und tat so, als sei ich völlig vertieft in einen Packen von Berufungsentscheiden, die Laura aus der E-Mail für mich zur Lektüre ausgedruckt hatte. Aber die ganze Zeit suchte ich aus dem Augenwinkel den Wagen nach dem üblichen Sortiment von Verrückten und Perversen ab.

19

Ich stieg an der Ecke Seventh Avenue und Fifty-seventh Street aus. Das Ballettstudio befand sich ein paar Blocks weiter nördlich, aber ich spielte mit dem Gedanken, zur Ablenkung auf einen Sprung an der Ecke Fifth Avenue vorbeizuschauen, da es ein so wunderschöner Nachmittag war. Ich dachte an Holly Golightly und wie sie ihre Anfälle von Depression mit Besuchen bei Tiffany's linderte, weil sie dachte, dort könne nie etwas Schlimmes geschehen. Ich konnte diesen Umweg machen und dennoch rechtzeitig zur Stunde kommen – Tiffany's Schaufenster, dazu noch die von Bendel's und Bergdorf's. Besser als täglich Prozac. Dann fiel mir das Kaufhaus von Warner Brothers ein, das sich die Nordostecke unter den Nagel gerissen hatte, und ich entschied mich gegen diesen Abstecher. Durch diesen riesigen Souvenirladen war das Viertel wirklich heruntergekommen, war meine Feststellung, also lief ich statt dessen weiter zu Williams Loft.

Der Umkleideraum war leer, als ich hineinging, um in das Trikot und die Strumpfhosen zu schlüpfen. Ich kam selten vor den regelmäßig erscheinenden Schülern, die meist uptown wohnten und arbeiteten, deshalb genoß ich die Augenblicke des Alleinseins und der Ruhe am Ende dieses Tages. William war bereits im Studio, ich ging zu ihm und machte ein paar Streck- und Beugeübungen, um bewußt die Anspannung und den Kummer aus meinem steifen Körper zu vertreiben, während ich mich aufzuwärmen versuchte.

»Ich hätte nicht gedacht, daß du heute kommst, Alex«, sagte er leise, auf diese beruhigende Art, die mich in seiner Gegenwart stets so unbefangen machte. »Ich verfolge doch diese Geschichte mit Isabella.«

»Ich glaube, dies ist der beste Ort für mich. Es hilft mir wirklich.« Inzwischen saß ich auf dem Boden, mit aufrechtem Rücken und die Fersen dicht an den Körper gezogen, während ich meine Knie hinunterzudrücken versuchte, um die Holzdielen zu berühren. William kam herüber und begann, mir Schultern und Nacken zu massieren und die verspannten Muskeln zu lockern.

»Ich habe zwei Karten für das Kirow-Ballett nächste Woche. Ich dachte, vielleicht nehmen du und Bernard sie? Ich würde sie nur ungern verfallen lassen, aber ich hoffe, bis dahin für ein paar Tage aus der Stadt rauszukommen.

»Wir nehmen sie gern, wenn du sie nicht brauchst, Alex. Das ist sehr lieb von dir. Ich war mit der Truppe früher einmal auf Tournee – vor fast dreißig Jahren. Das war eine phantastische Woche.«

»Kann ich mir vorstellen.«

»Bernard möchte schrecklich gern wissen, ob die Polizei schon irgendwelche Anhaltspunkte in dem Mordfall hat. Natürlich nur, wenn du darüber sprechen darfst.«

Aha, daher die Nackenmassage. Du bekommst nie was umsonst, wie meine Großmutter zu sagen pflegte. »Nichts Neues.«

»Gibt es irgendwelche Gerüchte, daß Isabella lesbisch war?«

Das war neu für mich. »Davon ist nie die Rede gewesen, soweit ich weiß.«

»Pah. Ich meine, nach dem Skandal von *Basic Instinct* glaubt Bernard, die Leute würden verrückt spielen, falls sich herausstellt, daß eine durchgedrehte Lesbe die Mörderin ist. Das wäre einfach zuviel Hollywood.«

Ich mußte lachen. »Sag Bernard, er kann sich wieder beruhigen. Ich denke, in dieser Hinsicht können wir ganz sicher sein.«

Nach und nach kamen die Tänzer und Tänzerinnen herein und begannen mit den Aufwärmübungen auf dem Boden und an der Stange. William stellte seine raffinierte Stereoanlage an, und die mächtige Musik von Beethovens vierter Symphonie hob mich auf die Beine und in das Eröffnungsmuster der Pliés und Relevés der Grundpositionen.

Am Ende der Stunde war ich physisch ausgelaugt – das entsprach meinem emotionalen Zustand. Ich schleppte mich in den Umkleideraum, duschte mich in der winzigen Kabine, die William für seine verschwitzte Truppe hatte installieren lassen, und zog wieder meine Geschäftskleidung an, um meine Essensverabredung mit Joan nicht zu verpassen. Ich fragte meinen Anrufbeantworter von Williams Telefon aus ab, um sicherzugehen, daß Joan nicht ein anderes Lokal genommen oder abgesagt hatte, aber es waren überhaupt keine Nachrichten drauf, also verabschiedete ich mich von den letzten Nachzüglern und ging auf die Straße hinaus. Als ich an den Randstein an der Ecke Sixty-fourth Street und Central Park West trat, schrak ich vor einer heranfahrenden eleganten dunkelblauen Limousine zurück, die mir vom Studio über die eineinhalb Blocks gefolgt sein mußte. Die Fondtür ging auf, Jed stieg aus und kam mit einem Arm voll langstieliger gelber Rosen, meinen Lieblingsblumen, auf mich zu.

»Bitte, Alex, du mußt mit mir reden. Ich weiß, du bist mit Joan verabredet – gib mir bloß fünf Minuten im Auto, und ich bring' dich überallhin, wo du willst.«

»Es ist aus, Jed. Ich bin nicht an einem Nachruf interessiert. Und noch weniger daran, an einer Straßenecke eine Szene zu machen.«

»Fünf Minuten. Ich weiß, daß du mir nichts schuldig bist, aber ich möchte gern, daß du dir anhörst, was ich zu sagen habe.«

Ich schaute mir den Fahrer genauer an. Es war Luigi, der Jed immer fuhr und der sich mir gegenüber stets als Gentleman benommen hatte. Ich konnte noch immer nicht Mikes Theorie folgen, daß Jed der Mörder wäre, und ich verließ mich darauf, daß ich nicht in Gefahr schwebte, solange Luigi in Hörweite war. Ungeachtet der Gesellschaft, in der ich mich befand, mußte ich lächeln, als mir der Gedanke kam, daß das einzige, worüber Chapman und ich nicht diskutiert hatten, eine Verschwörungstheorie war. Mike wäre fuchsteufelswild, wüßte er, daß ich mit Jed in ein Auto einstieg, und er würde mich wohl in eine Anstalt einweisen, wenn seine Phantasie mit ihm durchginge und er glaubte, daß Jed und Luigi sich verschworen hätten, Isabella um die Ecke zu bringen.

Ich war so müde, daß ich nachgab und mich bückte, um einzusteigen. Luigi schloß die Trennscheibe, die ihn vom Fond trennte, aber ich hob die Hand, um ihn daran zu hindern. »Macht es Ihnen was aus, Luigi, mich zur Ecke Sixtyfourth und Second Avenue zu bringen, zu *Primola*? Und bitte lassen Sie die Trennscheibe offen – Sie können das alles genauso hören.« Ich rechnete damit, Jed dadurch zumindest ein bißchen in Verlegenheit zu bringen. Luigi hatte ihn vermutlich sowieso zu allen Rendezvous gefahren.

Jed schnitt zwar ein Grimasse, ließ sich aber nicht aus der Ruhe bringen. Er setzte sich mir gegenüber, gegen die Fahrtrichtung, und versuchte, mir in die Augen zu sehen. »Ich hab' heute immer wieder bei dir angerufen und konnte nie durchkommen. Laura wollte keine Nachrichten von mir entgegennehmen. Joan wollte mir nicht helfen. Außerdem hab' ich auf deinen Anrufbeantworter gesprochen.«

Quatsch! Fang gleich mit einer Lüge an, damit hast du mich sofort auf deiner Seite. Ich hatte den Anrufbeantworter ja gerade abgefragt, und wußte, daß nichts drauf war, aber warum sollte ich ihm die Genugtuung verschaffen und ihn wissen lassen, daß ich mich sogar darum kümmerte? Ich starrte auf Luigis Hinterkopf.

»Alex, ich möchte dich um Verzeihung bitten. Ich habe dich belogen, und ich war untreu, aber ich glaube, du wirst verstehen, was passiert ist, wenn du dir das Ganze anhörst –«

»Ich habe gehört, was ich hören muß, Jed. In diesem besonderen Fall interessieren mich die Details zur Abwechslung mal nicht. Merkst du denn nicht, wie peinlich dies für mich ist?«

Wir befanden uns inzwischen auf der Transverse Road durch den Park, direkt unter den blinkenden weißen Lichtern der *Tavern on the Green*, und die Dämmerung ging rasch in die Dunkelheit eines milden Herbstabends über.

»Ich will dich wiederhaben, Alexandra Cooper. Ich liebe dich, und ich will dich wiederhaben. Ich habe einen Fehler begangen – einen dummen, selbstsüchtigen, sturköpfigen Fehler. Bist du so vollkommen, daß du in deinem ganzen Leben nie etwas falsch gemacht hast?«

»Worin bestand dein Fehler, Jed: mich zu betrügen – oder dabei erwischt zu werden?«

»Du hast Isabella doch gekannt, du hast sie viel besser gekannt als ich. Sie hat nie lockergelassen. Sie, sie –«

»Ich muß gleich kotzen. Was war sie denn, Jed – eine neue, hartnäckige Verehrerin? Hat sie dich belästigt?«

»Du hast uns doch bekannt gemacht, du warst ja dabei, als –«

»Ich hab' dich mit einer Menge Leute bekannt gemacht. Heißt das, du mußtest mit allen ›Knüppel aus dem Sack‹ spielen?«

»Bitte sprich nicht wie deine Polizeifreunde, Alex. Das paßt nicht zu dir. Du bist doch sonst nicht so vulgär.«

»Klar, aber immer noch ehrlicher als der Scheiß, den du mir zu verkaufen suchst.«

»Du hast mich aufgefordert, ihr bei ihren finanziellen Problemen zu helfen. ›Ruf sie an‹, hast du gesagt, ›tu, was du kannst, um ihr zu helfen.‹«

»Du hast ihr wirklich geholfen. Du hast ihr offenbar in einen glänzenden weißen Sarg hineingeholfen.«

»Hör auf damit, Alex, das ist doch ungeheuerlich, so eine Anschuldigung. Sie hat mich angefleht, nach Vineyard zu kommen, hat behauptet, sie sei ganz verzweifelt.«

»Sagen Sie das den Cops, Mr. Segal. Weiß dein Anwalt, daß du dich gerade so schön belastest?«

»Die Cops oder mein Anwalt interessieren mich nicht. Ich bin hier, um dich um Verzeihung zu bitten. Ich hatte nie vor, mich sexuell mit ihr einzulassen –«

»Sag den nächsten Satz nicht, Jed, laß mir ein kleines Stück Glaubwürdigkeit von dir übrig. Luigi, ich glaube, er ist drauf und dran, mir zu erzählen, daß sie ihn vergewaltigt hat. Erspar mir diesen Müll. Hat Isabella ›veranlaßt‹, daß du mit ihr ins Bett gegangen bist, Jed – hat sie dich wirklich gezwungen, sie zu vögeln? Bitte.«

Jed schlug angewidert mit der Hand gegen das Autodach. »Du kannst immer nur Witze machen, Alex. Du willst mir einfach keine Chance geben, dir zu sagen, was passiert ist, dir zu sagen, was ich für dich empfinde. Warum, glaubst du, bin ich hier, warum bin ich so hinter dir her?«

»Willst du wissen, was ich wirklich glaube? Ich glaube, du bist hier, weil du tief in der Scheiße steckst, und wenn du dich an mich ranschmeißt, hoffst du, kann ich Chapman überzeugen, daß du nicht der Mörder bist. Du hast in meinen Armen gelegen und mich belogen, Jed. Du hast mich geliebt, *nachdem* du Isabella in meinem eigenen Bett geliebt hast …«

»Das war doch keine Liebe mit Isabella, das war –«

»Oh, Verzeihung, Jed. Du hast mich geliebt, nachdem du Isabella gevögelt oder gef–«

»Alex, gib mir eine Chance, es wiedergutzumachen.«

»Ich kann dir nicht helfen, Jed. Ich will dir nicht helfen, und ich werde dir nicht helfen. Ich weiß nicht, ob du Isabella getötet hast oder nicht, aber todsicher hast du etwas in mir getötet. Da nützt keine Erste Hilfe, keine Wiederbelebung – es ist tot, und ich will es nicht wieder zum Leben erwecken. Luigi, ich steige bei der Ampel aus. Keine Anrufe mehr, Jed, keine Nachrichten. Nichts.«

Ich war noch einen Block von dem Restaurant entfernt, als ich ausstieg und die Tür hinter mir zuwarf. Ich ging in den Drugstore an der Ecke und kaufte mir ein extrastarkes Kopfschmerzmittel. Während ich die Plastikversiegelung abriß und den Wattepfropfen aus der Flasche zog, vernahm ich das Radio aus dem Regal hinter dem Verkäufer. David Ruffins Sandpapierstimme sang mit den Temptations den Klassiker *Ain't Too Proud to Beg*, in dem ein Mann sein Sweet Darlin' anflehte, ihn nicht zu verlassen. Ich schluckte schwer und würgte die drei Pillen meine trockene Kehle hinunter, in der Hoffnung, sie würden etwas gegen meine hämmernden Kopfschmerzen bewirken können.

»Come stai, Signorina Cooper?« begrüßte Giuliano mich, als ich das *Primola* betrat und die Bar nach Joan Stafford absuchte.

»Gut, Giuliano, mir geht's gut. Ist meine Freundin schon hier?«

»Natürlich, sie sitzt bereits am Tisch. Folgen Sie mir, bitte.« Als ich hinter ihm um die Ecke bog, sah Joan mich kommen und erhob sich, um mich zu umarmen. »Kein Wunder, daß er mit einer Leinwandgöttin ins Bett gestiegen ist. Vielleicht muß dir erst eine gute Freundin sagen, wie furchtbar du aussiehst.«

»Tausend Dank, Joanie. Du hörst dich schon wie Mike Chapman an. Ich glaube, ich krieg' einen Komplex.«

»Wie wär's mit einem Nervenheiltag? Nimm doch morgen frei, dann gehen wir zu Elizabeth Arden oder Georgette Klinger – auf meine Rechnung. Gesichtsmaske, Massage, Pediküre, Maniküre –, einfach mal ein freier Tag für Frauen. Es wird dir guttun.«

»Vielleicht am Wochenende. Battaglia paßt wie ein Luchs auf mich auf. Ich muß ihm zeigen, daß ich meine Arbeit schaffe.«

»Hör mal, Jed hat mich heute nachmittag dreimal angerufen. Ich glaube, er ist in der Stadt rumgefahren und hat nach dir Ausschau gehalten – ich hatte keine Ahnung, was ich ihm sagen sollte.«

»Er hat mich schon gefunden. Als ich aus meiner Ballettstunde kam.«

Der Oberkellner brachte uns die Drinks. »Wie immer, ja?«

»Ja. Joan, er wird dich auch weiterhin anrufen, da bin ich sicher. Er will mich wiedersehen, mir alles erklären, noch einmal von vorn anfangen. Vergiß es. Das brauch' ich nicht auch noch. Außerdem darfst du nichts von dem glauben, was er sagt. Natürlich hat er ein paarmal versucht, mich im Büro anzurufen, aber er hat Laura nie erklärt, daß er draußen auf mich warten würde. Und dann sagte er mir, er hätte Nachrichten auf mein Band zu Hause gesprochen – dabei hat heute nicht mal meine Mutter angerufen. Er ist ein Lügner. Er hat Angst, und du kannst ihm nicht glauben, also verschwende deine Zeit nicht.«

Ich winkte den Ober herbei. »Ich bin am Verhungern. Weißt du schon, was du willst?« Joan nickte. Ich bestellte für mich einen Insalata tricolore und Penne arrabiata, während sie sich für eine Minestrone und eine Portion Linguine in weißer Muschelsauce entschied.

»Im Grunde bist du meine chinesische Mauer, Joan. Ich möchte nicht, daß du mir was von Jed erzählst. Seine Entschuldigungen oder Erklärungen interessieren mich nicht. Ich weiß, daß er versuchen wird, dich zu benutzen, und er weiß, wo er dich findet. Was auch immer es ist, ich möchte nichts hören, okay?«

»Jawohl, Frau Staatsanwältin.«

»Ich hoffe, wenn ich ihm kein Gehör schenke, wird er gezwungen sein, mit der Polizei zu reden. Ich bin einfach nicht in der Lage, mir seine Geschichte anzuhören, und im Augenblick ist er nicht bereit, mit Chapman zusammenzuarbeiten. Ich weiß also nicht, ob er auf der Insel war, als Isabella erschossen wurde, und ich weiß auch nicht, ob er überhaupt etwas mit ihrem Tod zu tun hat. Aber wenn er es sich unbedingt von der Seele reden will, dann soll er das im Morddezernat tun, und nicht bei dir oder mir.«

Bis unsere Vorspeisen kamen, hatte ich Joan überzeugt, das Thema zu wechseln. Während des Essens informierte sie mich über die neuesten Nachrichten aus aller Welt, berichtete mir über eine Kritik des neuesten Stoppard-Stücks, das erst letzte Woche Premiere gehabt hatte, und schilderte mir, was sie zum literarischen Lions-Dinner tragen wollte, das zu Ehren ihrer Edgar-Nominierung gegeben wurde. Zwei doppelte koffeinfreie Espressos, die Rechnung, und dann winkten wir uns ein Taxi herbei, so daß sie mich an meinem Wohngebäude absetzen und dann zu ihrer Wohnung weiter uptown fahren konnte.

»Hier ist etwas für Sie, Miss Cooper.« Sobald ich durch die Drehtür gekommen war, händigte Victor mir den großen braunen Umschlag aus, den Chapman abgegeben hatte. Unter meinen Namen hatte er noch gekritzelt: »Die heutige Final-Jeopardy-Antwort lautet – Giuseppe di Lampedusa.«

Ich stieg in den Fahrstuhl. Während ich an der Metallklammer des Umschlags fummelte, murmelte ich vor mich hin: »Und die Frage lautet – wer schrieb *Der Leopard*?« Ich sollte Mike das Buch eigentlich irgendwann geben, dachte ich im stillen; ich wußte, er würde diese fiktive Version der italienischen Geschichte mögen, dargestellt am Untergang einer alteingesessenen aristokratischen Familie. Auf den Polizeiberichten war ein großer gelber Aufkleber, auf den Mike geschrieben hatte: »Darüber habe ich nicht mit dir gewettet. Ich dachte, du wüßtest es. Ich dachte, es wäre eine sexuell übertragene Krankheit. Blätter das mal durch – ich ruf dich morgen an.«

Am Anrufbeantworter blinkte kein rotes Lämpchen. Entweder nahmen meine Freunde an, daß mein Leben sich wieder normalisiert hatte, und machten sich keine Sorgen mehr um mich, oder sie hatten alle auf das übliche »Sie ist hart, sie schafft das schon« umgeschaltet. So oder so war ich in gewisser Weise erleichtert. Ich streifte die Schuhe ab und schlüpfte in einen Gymnastikanzug, dann legte ich mich aufs Bett, um die heutige Post durchzusehen, und las die Korrespondenz, die man in Isabellas Haus nach ihrem Tod gefunden hatte.

Bericht des Morddezernats Los Angeles. Detective Reynoldo Loperra. Beigefügt sind Schriftstücke, die auf dem Schreibtisch der Toten bei der vom Sheriff von Chilmark, Mass., veranlaßten Durchsuchung gefunden wurden.

Teuerste Isabella,

ich möchte zunächst auf Ihre höchst ernsthafte Besorgnis hinsichtlich Ihrer bevorstehenden Reise nach Martha's Vineyard eingehen. Vielleicht sind Sie überrascht, daß ich so viel über Ihre Pläne weiß, aber ich muß zugeben, daß Sie ungewöhnlich sorglos deutliche Hinweise gegeben haben, die mir zu Ohren gekommen sind, und, wie Sie inzwischen wohl gemerkt haben, ich bin in dieser Hinsicht fast ein Medium. Sollten Sie deswegen irgendwelche Zweifel haben, kann Sie vielleicht unser gemeinsamer Freund beruhigen.

Ihr Doppelspiel und Ihre Verlogenheit hätten etwas Sadistisches, cara Isabella, wenn nicht alles so sinnlos gewesen wäre. Meine Sorge, ob Sie eine gute Kandidatin für eine Psychoanalyse wären, beruht auf meiner Angst, daß dies Ihre bösartige Lüsternheit noch verstärken würde, für eine Frau von Ihrem Bekanntheitsgrad ganz und gar unangebracht.

Ich weiß zwar, daß Sie ein starkes Ego haben, dennoch fürchte ich, wenn Sie erfahren, daß Sie nicht die einzige sind, die sich etwas vormacht, wenn Sie dahinterkommen, daß die Frau, die er wirklich liebt, Ihnen weder an körperlicher Schönheit, sozialem Status oder materiellen Gütern, noch gar an professioneller Anerkennung auf ihrem Gebiet ebenbürtig ist, daß Ihre Enttäuschung dann vielleicht fürchterlicher ist, als die flüchtigen Freuden des Fleisches es rechtfertigen.

Ein ganzer Ozean liegt zwischen uns, und ich bin mehr als doppelt so alt wie Sie. Daher bin ich überzeugt, daß Sie sich nicht bedroht fühlen, wenn ich Ihnen sage, daß meine Gefühle für ihn genauso tief sind wie Ihre. Aus Hochachtung gegenüber Euch beiden will ich Sie darum vor dem Abenteuer warnen, auf das Sie sich so leichtfertig einlassen wollen.

Vielleicht kommen Sie ja wieder zur Vernunft – und setzen ihn in ein Flugzeug, so daß er zu mir zurückkommt und mit mir ein paar Scones und ein Glas Burgunder genießt. Lieber klug, als zu sehr lieben, und so weiter.

Alles Gute,
Cordelia Jeffers
Fellow, Royal Academy of Medicine

Vielleicht lag es einfach daran, daß es so spät war, aber der Brief ergab für mich absolut keinen Sinn. Es gab noch zwei, drei andere, und ich überflog sie, um zu sehen, ob sie verständlicher waren. Flog Isabella tatsächlich nach London, um dort eine Psychiaterin aufzusuchen? Den Berichten waren keine Kopien der Umschläge beigefügt, so daß man nicht anhand der Poststempel auf den Absendeort schließen konnte. Der Stil war überheblich und anmaßend, und ich konnte kaum glauben, daß dies der Jargon oder die Denkweise einer prominenten Therapeutin sein konnte. War ich die »andere Frau«, von der im Brief die Rede war? Isabella Lascar nicht ebenbürtig, das stimmte – weder an Schönheit noch an Reichtum oder Ruhm, aber ganz bestimmt, soweit es die Anerkennung auf meinem Gebiet betraf. War der gemeinsame Freund wirklich Jed? Statt Lösungen zu bieten, stellte der Brief immer neue Rätsel, und ich war mir nicht schlüssig, ob tatsächlich jemand die Vorahnung gehabt hatte, daß Isabella in Gefahr wäre, falls sie an ihrem Rendezvous mit Jed festhielte.

Ich sah auf die Uhr und stellte fest, daß es noch nicht mal elf war. Ich rief bei David Mitchell an und wollte nach dem fünften Freizeichen schon aufgeben, als er sich meldete. »David, hab' ich dich geweckt?«

»Nein, nein, Alex?« Seine Stimme klang reserviert und ziemlich kühl. »Stimmt irgendwas nicht?«

»Nein. Aber ich hab' hier ein paar Briefe – Briefe, die jemand Isabella geschrieben hat, vielleicht eine Psychiaterin, und ich dachte mir, vielleicht könntest du mal einen Blick drauf werfen.«

Er zögerte, bevor er antwortete: »Sicher. Meinst du, das hat Zeit bis morgen?«

»Ach, David, das tut mir leid. Ich hab' überhaupt nicht gefragt ... Bist du gerade beschäftigt?«

»Na ja, ich habe Besuch und ...«

»Kein Problem. Laß uns doch für morgen einen Termin ausmachen. Das ist mir recht.« Nur weil ich Miss Einsame Herzen bin, heißt das noch lange nicht, daß der Rest der Welt für mich alles stehen- und liegenlassen mußte.

»Komm doch morgen um halb acht zum Kaffee rüber. Bring die Briefe mit. Ich jogge um halb sieben, führe Zac rasch Gassi, und dann hab' ich für dich soviel Zeit, wie du brauchst.«

»Und dein Besuch? Dies ist sozusagen vertraulich. Ich glaube, ich warte lieber etwas länger und sprech' dich dann allein.«

»Mein Besuch ist in aller Frühe weg, Alex. Wir sehen uns morgen, ja?«

»Danke.« Ich zog mich aus, ging zu Bett und war eingeschlafen, bevor ich auch nur einen Gedanken darauf verschwenden konnte, was der nächste Tag mir wohl bringen würde.

20

Der Portier meldete sich kurz vor halb acht am Mittwoch morgen über die Sprechanlage und teilte mir mit, daß Dr. Mitchell gerade nach oben fahre und mich in fünf Minuten in seiner Wohnung erwarte. Ich war seit fast einer Stunde auf, hatte mich für den Arbeitstag fertiggemacht und blätterte zum ersten Mal seit über einer Woche wieder die *Times* durch. Es trug doch entschieden dazu bei, meine persönliche Lage wieder ins rechte Lot zu rücken, als ich las, daß in Zentralafrika eine Ebola-Viruserkrankung ausgebrochen sei, es neue Unruhen in einer Balkanregion gegeben habe, von der ich noch nie gehört hatte, und neuerlich Massengräber mit Hunderten unidentifizierter Leichen in Guatemala entdeckt worden seien. Humphrey Bogart hatte recht: Meine Probleme waren nicht die Bohne wert in einer Welt, die so voller Schwierigkeiten war wie diese.

David machte Prozac nach ihrem Ausgang gerade von der Leine los, als ich die Tür zu seiner Wohnung öffnete. Die Hündin begrüßte mich stürmisch. Während David in die Küche ging, um den Kaffee zu holen, den er schon vor dem Joggen aufgesetzt hatte, spielten wir Tauziehen mit Zacs zerkautem Lederspielzeug. Sie steckte ihre Nase in meine Hand und wartete darauf, daß ich sie hinter den weichen Ohren kraulte, und ich war dankbar für diesen frühmorgendlichen Beweis ihrer Zuneigung.

Wir setzten uns an Davids Eßtisch, und ich breitete vor ihm einige der Papiere aus, damit er sie sich ansehen konnte. Dann faßte ich die Ereignisse der Woche zusammen und versuchte, ihm einen objektiven Überblick über die Schar der Mitwirkenden zu geben, wie sie sich herauszubilden begann. Während David die Briefe von Dr. Cordelia Jeffers studierte, sah ich mich in der Wohnung um, amüsiert darüber, wie gegensätzlich doch unsere Einrichtungen waren. Meine war so ausgesprochen feminin wie seine maskulin war, wobei jede Oberfläche hier in unterschiedlichen Brauntönen gehalten war. David war schon zu lange Junggeselle. Instinktiv begann ich, in meiner Phantasie alles umzumodeln, während ich auf eine Reaktion von ihm auf Isabellas bizarre Korrespondenz wartete. »Ich nehme an, die Polizei hat die Papiere dieser Frau überprüft.«

»Darüber ist mir noch nichts bekannt.«

»Ich habe mit dem Präsidenten der Akademie gearbeitet, als ich letztes Jahr in Ditchley war. Ich kann ihn gerne heute anrufen und versuchen, etwas von ihm zu erfahren, aber so, wie diese Briefe aussehen, schätze ich, daß sie eine Schwindlerin ist. Mir kommt das Ganze doch ziemlich wirr vor. Dr. Jeffers ist entweder ein bißchen senil und schrullig, oder sie hat die Eigenschaften einer ihrer Patientinnen angenommen. Sie wirkt eher wie jemand, der selbst eine Behandlung benötigt, als wie eine Ärztin. Darf ich diese Briefe behalten?«

Ich hätte sie nicht einmal jemandem zeigen sollen, fiel mir ein. »Das sind meine einzigen Kopien, David. Ich werde sie im Büro kopieren und bring' dir heute abend einen Satz.« Aber erst mußte ich Chapman darum bitten, die Erlaubnis des Lieutenants einzuholen, einen Psychiater hinzuziehen zu dürfen. »Aber es wäre toll, wenn du da anrufst und herausfindest, wo diese Frau ist und was für eine Praxis sie betreibt. Dann können wir sie wegen Isabella vernehmen.«

»Ich mach' das, sobald ich in der Praxis bin und bevor sie in London abends Schluß machen. Sprechen wir uns heute abend?«

»Klar. Ruf mich doch an. Ich versprech' dir, daß du mich bei nichts störst.«

Ich winkte an der Ecke Third Avenue ein Taxi heran und wies den Fahrer an, mich zum Strafgerichtsgebäude über den FDR Drive zu bringen.

»Sie wissen, wo das Gericht ist?«

»Na, klar.«

Das war immer ein schlechtes Zeichen, denn es hieß gewöhnlich, daß der Fahrer ein Strafregister hatte.

»Sind Sie Anwältin?« fragte er mich und musterte mich im Rückspiegel.

Die meisten Taxifahrer stellten mir diese Frage, wenn sie mich vor dem Gebäude ein- oder aussteigen ließen, weil sie auf einen kostenlosen Rat wegen ihres Einwanderungsstatus, einer Verkehrsübertretung oder einer Verhaftung nach einer Tätlichkeit hofften.

»Nein. Ich fahr' zum Gericht, um als Zeugin auszusagen. Ich wurde vergewaltigt.« Eine todsichere Methode, jede Unterhaltung zu beenden und auf der restlichen Fahrt downtown die Zeitung zu überfliegen, während der Fahrer noch einmal verstohlen in den Spiegel äugte, um zu sehen, wie so eine ausschaute.

Ich war später als sonst dran, so daß in den Aufzügen und Gängen bereits ein geschäftiges Hin und Her von Anklagevertretern und Zeugen herrschte. Ein vierschrötiger uniformierter Cop, der aufs Pensionsalter zuging, trat beiseite, als ich in den Gang im achten Stock einbog. »Hey, Miss Cooper. Wie geht's Ihnen? Erinnern Sie sich noch an mich? Ich hatte 1992 mit Ihnen in diesem Vergewaltigungsfall zu tun.«

»Freut mich, Sie zu sehen. Sicher.« Ich hatte seither mit tausend oder mehr Cops über tausend oder mehr Vergewaltigungsfälle gesprochen und keine Ahnung, wer dieser Cop hier war.

Laura saß schon am Schreibtisch, als ich eintrat. »Ich schätze, Sie wollen nicht wissen, wer angerufen hat.«

»Nicht, wenn es wieder nur Jed war.«

»Okay. Es gab noch ein paar andere Anrufe. Mercer hat sich gerade gemeldet. Sagte, er würde jetzt losziehen und es noch einmal bei Ihnen probieren, wenn er wieder da ist. Sie hatten einen Notruf, hatte was mit dem Con-Ed-Vergewaltiger zu tun. Kein neuer Fall, nur ein möglicher Verdächtiger. Sarah muß mit Ihnen sprechen – sie hat eine Frage wegen eines Durchsuchungsbefehls. Und Elaine von Escada hat angerufen. Das Kostüm, das Sie bestellt haben, sei da. Können Sie zu dem Laden fahren, um es anzuprobieren?«

»Sie soll's einfach schicken. Ich fahr' nie dorthin.«

Ich fing zu arbeiten an, trank meine dritte Tasse Kaffee und rief Sarah und mehrere andere Staatsanwälte an, die mich per E-Mail um Hilfe gebeten hatten. Dann verbrachte ich einige Zeit damit, einen Teil der Post zu beantworten, die sich auf meinem Schreibtisch angesammelt hatte. Als ich damit fertig war, sagte ich Laura, ich würde mir oben anschauen, wie ein neuer Angehöriger der Abteilung sein erstes Schlußplädoyer halten würde. Ich nahm einen Block mit und begab mich in den Verhandlungstrakt im fünfzehnten Stock, wo ich mich hinten hinsetzte, um mir Notizen für die Manöverkritik zu machen, die ich nach der Urteilsverkündung abhalten würde.

Fast eine geschlagene Stunde lang hörte ich zu, wie der Verteidiger seine Version der Fakten dieses Falles herunterleierte. Es handelte sich um Vergewaltigung durch einen Freund – automatisch ein schwieriger Prozeß. Sarah und ich hatten unseren Neuling Mark Acciano auf die Probleme vorbereitet, denen er sich vor den Geschworenen gegenübersehen würde. Die meisten Menschen hielten eine derartige Tat für weit weniger schwerwiegend als eine Vergewaltigung durch einen Fremden. Der Versuch, die Geschworenen im Laufe des Prozesses eines Besseren zu belehren – falls man diejenigen mit dieser Einstellung nicht schon während des Geschworenenauswahlverfahrens erkannt und ausgeschieden hatte –, war praktisch zum Scheitern verurteilt.

Anders als bei den Fällen, in denen die Opfer von bewaffneten Tätern angegriffen wurden, die sie noch nie gesehen hatten, waren an der typischen Vergewaltigung durch einen Freund zwei Menschen beteiligt, die zusammen waren, weil sie einander mochten und ihre Zeit miteinander verbringen wollten. Viele Psychologen nannten diese Fälle »Vertrauensvergewaltigungen«, da es dazu kam, wenn eine Frau jemandem vertraute, bei dem sie sich sicher fühlte und der dann dieses Vertrauen mißbrauchte. Während die Geschworenen im allgemeinen Mitgefühl mit Frauen empfinden, die von Fremden vergewaltigt worden sind, sind sie in Fällen, wo die Verteidigung versucht, den Opfern eine Mitschuld an den Vorfällen zu unterstellen, die zu den sexuellen Handlungen führen, sehr viel härter. Die typische Strategie besteht darin, daß man die Frau wegen aller Aspekte in ihrer Lebensweise attackiert – angefangen von ihrer Art, sich zu kleiden, über ihren Alkohol- und Drogenkonsum bis zu der Anziehung, die sie anfangs auf den Angeklagten ausübte und die nichts anderes besagte, als daß sie »es so gewollt habe«. Das waren üble Verhandlungen.

Als der Verteidiger Platz nahm, erhob sich Mark, um sein Schlußplädoyer zu halten. Zunächst ließ er sämtliche Beweise Revue passieren, er rief jedes Wort und jede Handlung, die nach Aussage der Klägerin vom Täter im Laufe mehrerer Stunden geäußert und begangen worden waren, als sie nach einem gemeinsamen Essen in ihre Wohnung zurückgekehrt waren, in Erinnerung. Mark räumte freimütig die Schwachpunkte ein – wieviel Alkohol sie konsumiert hatte, wieweit sie im Vorspiel gegangen war –, blieb aber hart im Hinblick auf die Tatsache, daß keiner dieser Faktoren dem Angeklagten das Recht einräumte, sie zum Beischlaf mit ihm zu zwingen. Wie Sarah und ich es mit ihm eingeübt hatten, schilderte er anschaulich und emphatisch die Drohungen des Angeklagten und die Kraft, mit der er sein Opfer festgehalten hatte, als es versuchte, sich zu wehren und sich seinem Angriff zu entziehen.

Das Opfer hatte prompt reagiert, eher ungewöhnlich in einem derartig gelagerten Fall. Meist sind die Frauen sich nicht sicher, ob sie das Verbrechen anzeigen sollen, aus Angst, man werde ihnen nicht glauben. Das ärztliche Gutachten war in diesem Fall ein nützliches Instrument, und Mark erläuterte es den Geschworenen sorgfältig. Die Male an den Handgelenken und den Schenkelinnenseiten der jungen Frau bestätigten ihre Story über den Druck, den der Angeklagte ausgeübt hatte – nein, er habe sie nicht geschlagen, und sie habe auch keine blauen Flecken bekommen, aber sie sei gegen ihren Willen niedergedrückt worden. Diese Male widersprachen *seiner* Story eines zärtlichen Liebesspiels. Die internistische Untersuchung hatte eine Rötung und Schwellung im Vaginalbereich ergeben, mit mehreren kleinen Abschürfungen, die auf der beigefügten Skizze festgehalten waren – auch das paßte nicht zu seiner Version von einvernehmlichem Sex, wo sich normalerweise eine schützende Feuchtigkeit in der Vagina bildet.

Mich beeindruckte der Aufbau von Marks Argumentation und die Art, wie er die Geschworenen mit den unangenehmen Details konfrontierte, die die Elemente des Verbrechens bewiesen. Dies war einer von den Fällen, die wenig mit der Routine einer polizeilichen Ermittlung zu tun hatten, sondern deren Ausgang ganz von der Offenheit und Glaubwürdigkeit der Klägerin abhing. Er legte dies alles vor den zwölf Geschworenen dar, und einige nickten zustimmend, als er seine starken Punkte mit allem Nachdruck vortrug. Andere saßen mit steinernem Gesicht da oder schienen während des ganzen Plädoyers ein Nickerchen zu machen. Mit unerbittlicher Präzision gelangte er zu seinem Schlußappell: »... und ich fordere Sie auf, den Angeklagten des Verbrechens der Vergewaltigung ersten Grades für schuldig zu befinden. Ich danke Ihnen vielmals.«

Mark hatte für sein Schlußplädoyer über eine Stunde benötigt, und ich lächelte ihm beifällig zu, als er zu seinem Platz am Tisch der Anklagevertretung zurückkehrte. Der Richter würde nun mit der Rechtsbelehrung der Geschworenen beginnen und ihnen die verschiedenen Gesetze erläutern, die auf die Fakten in diesem Fall angewendet werden müßten. Es war bereits nach zwölf, daher verließ ich den Gerichtssaal leise und kehrte zu meinem Büro zurück. Es würde noch Stunden dauern, bis die Geschworenen ihre Beratung abschließen und in einem Fall wie diesem zu einem Urteilsspruch gelangen würden.

»Rod hat angerufen. Er will wissen, ob Sie mit ihm zum Lunch gehen«, rief Laura mir entgegen, als ich mein Büro betrat.

»Bitte sagen Sie ihm, daß es meine Zeit nicht erlaubt – wir sollten das nächste Woche nachholen. Und würden Sie mir einen Salat und ein Mineralwasser kommen lassen?«

»Sicher. Rufen Sie Mercer bei Special Victims an. Und Lieutenant Peterson im Morddezernat.«

Ich war aufgeregt, als ich zum Hörer griff, um Mercers Nummer zu wählen. Eine Wende im Fall des Serienvergewaltigers war überfällig, und ich hoffte, sie war gekommen.

»Special Victims. Wallace.«

»Glück gehabt? Ich hab' gehört, du hättest einen Notruf bekommen.«

»Alles für die Katz. Nichts.« Mercer war die Enttäuschung anzuhören. »Jedesmal, wenn ein pickelgesichtiger Klempner an einer Wohnungstür auf der Upper West Side klingelt, wählt irgend jemand die 911. Das ist nicht unser Typ, nicht mal annähernd. Schlechter Monat für Handwerker – dieses arme Schwein hat sich vor Angst fast in die Hosen gemacht. Hat mich zwei Stunden gekostet, ihn wieder zu beruhigen. Dann mußte ich seine Frau anrufen und die Situation erklären – vor allem mußte ich ihr klarmachen, daß alles nur ein Versehen war. Tut mir leid, es war falscher Alarm. Wir sprechen uns noch.«

Peterson war Mikes Boß im Morddezernat, ein harter alter Fuchs, der den größten Teil seiner Karriere im Morddezernat verbracht hatte und seinen Job besser beherrschte als jeder andere. »Hey, Loo, wie geht's denn immer so?«

»Recht gut für einen alten Knaben, Alex. Kann mich nicht beklagen.«

»Was kann ich für Sie tun?«

»Es geht um den Fall Lascar. Mike kommt um vier. Ich hab' ihn eben angerufen, um ihm zu sagen, was sich so tut, und ich dachte, Sie sollten es auch wissen. Wir hatten eine Idee, bei der Sie uns vielleicht helfen könnten.«

»Schießen Sie los.

»Chief Flanders hat vor kurzem angerufen. Ich kenne den Fall zwar nicht so gut wie Sie, aber Mike sagt, Sie würden schon wissen, wovon ich rede. Zunächst einmal hat Flanders mit der Fotoidentifizierung von diesem Segal bei den beiden Schwestern im Restaurant einen Volltreffer gelandet. Werden Sie daraus schlau? Mike meint, ja.«

In meinem Magen begann es zu kribbeln, und meine Stimmung sank auf ein neues Tief. Ich konnte es nicht verstehen. »Ja, ich werde daraus schlau. Fahren Sie fort.«

Nun war es keine Spekulation mehr. Und nun ging es auch nicht mehr nur um Untreue. Mike hatte also doch recht. Jed war mit Isabella zusammengewesen, und zwar keine Stunde, bevor sie ermordet worden war. Ungeachtet aller Anzeichen hatte ich weiterhin gehofft, er wäre früher weggefahren. Ich hatte mich geweigert, ihn ernsthaft zum Kreis der Verdächtigen zu zählen, aber nun mußte ich den Tatsachen ins Auge sehen. Kein Wunder, daß Peterson anrief. Mike hatte zuviel Angst, diese Bestätigung würde mir den Rest geben.

»Sie sollten auch wissen, daß Wally meint, auch Burrell – ich schätze, das ist der Ex-Ehemann – habe was zu verbergen. Er muß seiner Frau von Boston nach Vineyard gefolgt sein. Stieg in einem Hotel in Edgartown namens *Charles Inn* ab. Kennen Sie es?«

»Das *Charlotte Inn*. Wunderschön. Teuer.« Mistkerl, hält denn niemand mehr was davon, die Wahrheit zu sagen? Burrell taucht hier auf, um mir seine Story zu verkaufen, und dann schaut er mir in die Augen und lügt. Interessante Methode, das mußte ich zugeben. Da gibt er den Waffenbesitz und den Streit im Bostoner Hotel zu. Nur den Teil läßt er aus, der ihn bis auf 25 Kilometer an den Tatort ranbringt. Mike hatte wirklich recht, die glaubten tatsächlich, wir von der Strafverfolgung wären alle blöd.

»Daraus geht für mich zweierlei hervor, Alex. Er ist nicht mit dem Plan auf die Insel gefahren, seine Ex-Frau zu beseitigen. Dann hätte er wohl einen anderen Namen im Hotel angegeben. Selbst im Film klappern die Cops Hotels und Motels ab, um die Gästeliste durchzusehen. Das heißt aber nicht, daß ihn nicht etwas darauf gebracht hat, als er dort war – vielleicht hat er sie mit dem anderen Mann gesehen, vielleicht telefonierten sie miteinander und er drehte durch. Er ist in der Stadt, also bestellen wir ihn zum Verhör und nehmen ihn in die Mangel. Es ist immer hilfreich, in ein Verhör mit einem Informationsvorsprung zu gehen.«

Meine Gedanken kreisten noch immer um Jed.

»Das übrige ist bloß Klatsch der Einheimischen. Leute, die behaupten, sie hätten die ganze Woche über irgendwelche Dinge gesehen und gehört. Jemand im Postamt sagt, eine Frau hätte sich nach dem Weg zu Ihrem Haus erkundigt. Kann sich allerdings nicht genau erinnern, an welchem Tag das gewesen ist. Könnte das Isabella gewesen sein, oder hatten Sie noch anderen Besuch?«

»Ich hab' Isabella eine Woche, bevor sie hinauffuhr, den Weg beschrieben. Aber sie könnte die Beschreibung ohne weiteres vergessen oder irgendwo angehalten haben, um sich zu erkundigen. Vielleicht hat sie auch noch jemand anders eingeladen – ich bin mir ja nicht mal sicher, ob Jed Segal dort war.«

»American Express hat den Einkauf von Chanel bestätigt. Nur: Segal hat das Zeug in New York gekauft, am Samstag nachmittag nach seiner Europareise. Sieht so aus, als ob er es in einem Drugstore etwa zwei Blocks von Ihrer Wohnung geholt hätte. Tut mir leid. Die gute Nachricht: Er hatte das Concorde-Ticket nach Paris schon vor Wochen gekauft, verschob dann seine Abreise in allerletzter Minute um einen oder zwei Tage. Er hatte den Trip nach Vineyard also nicht schon lange im voraus geplant. Schön, das war der heutige Bericht. Dann ist übrigens noch dieser FBI-Agent Luther Waldron in der Stadt. Die vom FBI mußten herumtelefonieren, um einige von diesen Typen nach New York zu bitten, und damit bin ich bei dem Gefallen, um den wir Sie bitten wollen.

Mike möchte nicht, daß Waldron bei den morgigen Vernehmungen dabei ist. Er mag den Stil dieses Kerls nicht, glaubt, daß er keine Ahnung von Morduntersuchungen hat – er sei nichts weiter als ein Bürohengst. Daher versuchte Mike, soviel wie möglich *nicht* in Waldrons Gegenwart zu erledigen. Okay?«

»Ist mir nur recht.«

»Johnny Garelli – sagt Ihnen der Name was?«

»Klar. Johnny Gorilla hat sie ihn genannt. Der Stuntman-Sexprotz. Isabella hat ein paar Monate mit ihm herumgeturtelt. Ich bin ihm nur einmal begegnet.«

»Waldron hat veranlaßt, daß er morgen zu einem Verhör in die Stadt kommt. Er ist heute morgen mit der Nachtmaschine eingetroffen und im *Gramercy Park Hotel* abgestiegen. Mike meint, wenn Sie ihn anrufen und ihn fragen, ob er sich heute abend mit Ihnen zum Essen treffen möchte, könnten Sie vielleicht mehr aus ihm herausbekommen als wir in einem offiziellen Verhör. Mike sagt, Garelli mag Miezen lieber als Cops. Ich soll Ihnen schmeicheln und sagen, er mag Blondinen mit Grips – funktioniert das?«

»Sie brauchen mir nicht zu schmeicheln. Sie wissen doch, daß ich solche Aufträge liebe. Muß ich Battaglia Bescheid sagen?«

»Hey, Sie kennen mich doch. Wenn einer *meiner* Jungs so was ohne meine Erlaubnis täte, würde ich ihm seinen verdammten Hals umdrehen. Aber was Sie betrifft – endet Ihr Dienst nicht um sechs Uhr abends? Ich verlange nicht von Ihnen, um Erlaubnis zu bitten, wenn Sie sich zum Essen verabreden. Sie müssen keine gefährlichen Sachen machen wie Mata Hari. Wir haben keinen Grund zu glauben, daß Garelli der Mörder ist, aber Mike möchte ihn sehen, weil er sich mit der Verstorbenen öfter aus Eifersucht gestritten hat. Wir meinen, daß er anbeißen wird, wenn

Sie anrufen, und dann wird einer von euch beiden ein Lokal aussuchen, und Chapman wird sich an der Bar einen Drink genehmigen. Vielleicht landen Sie ja einen Treffer, und er gibt Ihnen ein paar Informationen, als einer Freundin von Isabella. Unterziehen Sie ihn einer Gehirnwäsche – ich meine, im übertragenen Sinne. Das Schlimmste, was Ihnen passieren kann, ist, daß Sie einen langweiligen Abend verbringen und schlechtes Essen bekommen. Suchen Sie das Restaurant aus, vielleicht essen Sie dann sogar gut.«

»Sie haben mich, Loo. Mir gefällt das. Ich ruf' ihn gleich an. Sagen Sie Mike, er soll mich anrufen, wenn er heute nachmittag reinkommt. Ich werde mir wie ein Mauerblümchen vorkommen, wenn Gorelli mir einen Korb gibt.«

»Wenn er Ihnen einen Korb gibt, Alex, lad' ich Sie zu *Sheehan's* zu einem Steak ein.«

Igitt. *Sheehan's* war eine nette Bar, die von der Familie eines pensionierten Cops vom Morddezernat geführt wurde. Eine großartige Kneipe zum Trinken, aber ich will verdammt sein, wenn ich dort noch einmal was esse. Das war Anreiz genug, den Gorilla anzurufen.

Ich ließ mir die Nummer des Hotels von der Auskunft geben und mich von der Rezeption mit Johnnys Zimmer verbinden. Als er sich meldete, hörte er sich an, als hätte ich ihn gerade geweckt. Ich erinnerte ihn daran, daß wir uns einmal bei *Mortimer's* begegnet seien, brachte mein abgrundtiefes Mitgefühl für Isabella mit übertriebenem Ernst zum Ausdruck und schlug vor, daß wir uns zu einem Drink oder zum Essen treffen könnten, um ihren Verlust zu beklagen. Er sagte mir, er mache gerade wegen des Jetlags ein Nickerchen und hätte eine Verabredung mit einer Tänzerin von einer der Broadway-Shows, die sich aber erst gegen Mitternacht mit ihm treffen könne. Klar, er würde gern mit einer alten Freundin von Isabella zu Abend essen.

»Soll ich ein Restaurant vorschlagen, oder kennen Sie New York?«

»Haben Sie was gegen *Rao's*?«

»Nichts, außer daß man nicht hineinkommt. Ich liebe es, aber für heute abend bekommt man keinen Tisch.« Ein New Yorker Klassiker, in den man so gut wie nie hineinkam. Das winzige

Lokal – vier Nischen und eine Handvoll Tische – war einer der heißesten Tips in New York, trotz seiner ungünstigen Lage an der Ecke Pleasant Avenue und 114th Street im Herzen von East Harlem. Es war eines der letzten Überbleibsel des italienischen Viertels, das hier einst existiert hatte. Das Restaurant wurde fast wie ein Club geführt, die Stammgäste hatten an bestimmten Abenden in der Woche ihre eigenen Tische, Reservierungen von Unbekannten wurden nicht entgegengenommen, es sei denn, alle Politiker, Schauspieler, Autoren und sonstige Prominente wären auf derselben fernen Insel gestrandet. Großartiges Essen, keine Speisekarten und die unglaublichste Jukebox in der Stadt – kaum Smokey, aber jede Menge von Sinatra und den Shirelles.

»Kein Problem. Stallone hat mir gesagt, ich könnte seinen Tisch haben, wenn ich ihn heute abend wollte. Ich wollte ihn gerade abgeben – dieses Mädchen, mit dem ich mich treffen will, hat erst frei, wenn es zum Essen schon zu spät ist. Wir sehen uns dort um acht.«

Da hatte ich aber Glück. Ich bekam das gute Essen, und das Showgirl bekam Johnny Garelli zum Dessert.

Als mein Lunch kam, schloß ich die Tür und aß allein. Ich genoß dieses Alleinsein. Es währte nie lange.

Als erster klopfte Mark Acciano an die Tür. Ich winkte ihn herein. »Wie haben Sie es gefunden?« fragte er gespannt.

»Tolles Schlußplädoyer, wirklich gute Arbeit. Durchdacht, gründlich, engagiert. Sie haben Ihr Bestes gegeben. Nun müssen Sie die Geschworenen ihre Arbeit tun lassen – Sie haben Ihnen alles gegeben, was sie benötigen, um zum richtigen Ergebnis zu gelangen. Alles andere liegt in ihren Händen.« Wir plauderten noch über den Fall, und ich sagte ihm, ich würde versuchen, bei der Urteilsverkündung dabeizusein, er solle sich bei mir melden, wenn er aufgerufen würde.

Dann kam Phil Weinfeld, auch Weinerlich genannt. Er hatte zwei Eigenheiten, derentwegen Sarah und ich jedesmal zusammenzuckten, wenn er in der Tür zu meinem Büro auftauchte. Die erste war das »Ich hab's ja gewußt«-Problem, wie wir das nannten. In diesem Fall rief er an und bat mich dringend um zehn Minuten Zeit, dann kam er vorbei, legte mir eine Hypothese dar und bat mich um Rat. Diese zehnminütige Darlegung dauerte nie weniger als eine halbe Stunde, und wenn Sarah oder ich am Ende einen Vorschlag machten, mit dem Phil offenbar nicht gerechnet hatte, sagte er: »Ich hab's ja gewußt.« Warum hast du mich dann überhaupt damit behelligt?

Die andere Eigenheit, für die er berüchtigt war, sehr zum Ärger der meisten seiner Kollegen, bestand darin, daß er acht oder zehn von uns zum selben Problem hartnäckig um Rat ersuchte, ohne uns zu sagen, daß er bereits die anderen konsultiert hatte. Unter uns kursierte der Scherz, falls er mitten in einem Prozeß auf der Heimfahrt von einem Bus überfahren würde, müßte das Verfahren nicht einmal um eine Stunde vertagt werden. Es gab mindestens ein Dutzend unter uns, die die Fakten bis ins kleinste Detail genauso gut kannten wie er und die sich die Akten kommen lassen und den Prozeß bis zum Urteil durchziehen konnten. Er hatte es sich bei Sarah verscherzt, denn sie eröffnete jede Unterhaltung mit ihm mit der Frage: »Wie viele andere Assistenten hast du deswegen bereits gefragt?« Wenn er das Ganze schon mit der Hälfte der Behörde durchgekaut hatte, warf sie ihn einfach raus.

»Was ist los, Phil?«

»Haben Sie ein paar Minuten Zeit für eine Frage, Alex?«

»Ein paar.«

»Ich habe da ein Problem mit der Zeugin in dem Fall, den Sie mir im September übertragen haben – den mit der Frau, deren ehemaliger Freund zu ihrer Wohnung zurückkam, um seine Sachen abzuholen, und sie dann zu Brei schlug, als sie keinen Sex mit ihm wollte. Wissen Sie, welchen Fall ich meine?«

»Klar.«

»Nun, sie hat drei Termine bei mir abgesagt. Hat mir immer wieder gesagt, sie wolle keinen Prozeß, weil sie ihn immer noch liebe. Ich hab' versucht, einen Antrag mit seinem Anwalt zu erarbeiten, weil ich mir dachte, lieber akzeptiere ich leichte Körperverletzung, als ihn ohne Strafe davonkommen zu lassen.«

»Wo liegt das Problem?«

»Sie hat mich heute ganz hysterisch angerufen. Sie habe ihre Meinung geändert. Sie habe heute vormittag eine Handleserin aufgesucht. Hat der nichts aus ihrer Lebensgeschichte erzählt, nichts über den Typen, und die Handleserin guckt ihr in die Hand und sagt: ›Es gibt einen Mann in Ihrem Leben, der sehr gefährlich ist.‹ Da ist sie ausgeflippt. Sie hat entsetzliche Angst. Nun will sie den Prozeß durchziehen.«

»Sie meinen, ihr Ex-Freund hat sie mit zwei gebrochenen Rippen, einem lockeren Zahn, einer gebrochenen Nase und einem blauen Auge ins Krankenhaus eingeliefert, aber erst eine Wahrsagerin konnte sie davon überzeugen, daß der Kerl gefährlich ist? Ich bin sicher, sie saß vor der Handleserin mit einem großen Veilchen, und leicht verbogener Nase, und die Kristallkugel sagt, daß sie von einem gefährlichen Mann geschlagen wurde. Vielleicht sollten wir eine Wahrsagerin einstellen, die uns bei widerspenstigen Zeuginnen behilflich ist.«

»Was soll ich nun mit dem Antrag machen, den ich gestellt habe?«

»Ziehen Sie ihn zurück. Falls der Anwalt zu beknackt war, ihn anzunehmen, zitieren Sie sie morgen her, wenn sie noch scharf darauf ist auszusagen, und bringen Sie den Fall vor die Grand Jury. Bestellen Sie den Haftbeamten, selbst wenn es sein regulärer freier Tag ist, ich stehe für die Überstunden gerade. Stellen Sie ihn unter Anklage, und lassen Sie uns auf ein Kapitalverbrechen statt auf leichte Körperverletzung plädieren. Sorgen Sie dafür, daß die einstweilige Verfügung zu ihrem Schutz erneuert wird.«

»Klar, das weiß ich ja. Ich werd' mich drum kümmern.«

»Sonst noch was heute?«

»Nee – das war's schon. Ich gebe Ihnen dann Bescheid.«

Der Rest des Tages verging rasch mit dem üblichen Routinekram. Jedesmal, wenn das Telefon klingelte, befürchtete ich, es wäre Battaglia, und ich spielte schon mit dem Gedanken, ihn zu fragen, ob ich die Verabredung mit Johnny Garelli einhalten sollte. Aber er rief kein einziges Mal an, und da ich wußte, daß er dagegen sein würde, unterließ ich es einfach, ihn mit der Angelegenheit zu belästigen.

Mike rief mich kurz vor vier an, als er im Morddezernat eintraf. »Was bist du doch für ein Waschlappen«, schalt ich ihn. »Du konntest mich nicht mal anrufen, um mir zu berichten, daß die Quinn-Schwestern Jed auf dem Foto erkannt haben, wie?«

»Ehrlich gesagt, ich wollte es dir nicht sagen, da hast du schon recht. Von Anfang an, seit wir zum erstenmal darüber geredet haben, wolltest du die Tatsachen ja nicht akzeptieren.«

»Hast du seinem Anwalt schon von der Foto-Identifikation berichtet?«

»Nee. Ich bin ja gerade erst gekommen. Ich ruf' ihn später an. Der Lieutenant hat mir schon erzählt, daß du unseren Auftrag angenommen hast – du wirst dich also heute abend an Johnny Garelli ranmachen. Hast du ihn erreicht?«

»Ein Kinderspiel. Alles schon geritzt.«

»Wo habt ihr euch verabredet?«

»Bei *Rao's*. Schaffst du das?«

»Und ob, Blondie. Wir haben beide einen schönen Abend vor uns.«

»*Du* kannst einen Tisch bei *Rao's* kriegen? Ich glaub's einfach nicht.«

»Bestimmt nicht. Aber einen Platz an der Bar. Und sobald ich drin bin, kann ich alles leicht im Auge behalten, so klein wie die Kneipe ist. Wir haben bei Joey was gut. Er wird mich dort den ganzen Abend sitzen lassen, und Vic wird dafür sorgen, daß mein Glas nie leer ist.« Das Restaurant gehört Joey Palomino – einem sehr charmanten Mann, der sich nicht nur um den Laden kümmerte, sondern auch in einer Reihe von Filmen und Fernsehserien auftrat, wo er gewöhnlich Cops und Detectives spielte. Er verstand sich zwar gut mit den Stars aus der Filmindustrie, die Stammgäste bei *Rao's* waren, war aber genauso nett zu den Jungs, die ihm Zutritt zu Revieren und Vernehmungszimmern gewährten, damit er das Milieu kennenlernte. Vic war einer von diesen erstaunlichen Barkeepern, der eine Kundin wie mich hereinkommen sah – jemanden, der dort kaum öfter als zweimal im Jahr hinkam –, mit dem Finger auf mich deutete, eine Augenbraue hob und sagte: »Dewar's on the rocks, nicht wahr?«

»Also, was soll ich tun, Mike? Johnny will sich dort um acht mit mir treffen.«

»Ich sorge dafür, daß ich um halb acht da bin. Ich seh' zu, Maureen Forester von ihrem Bodyguardjob loszueisen und mitzunehmen, damit es so aussieht, als ob ich eine Verabredung hätte.« Maureen war eine der besten Kriminalbeamtinnen in der

Stadt, außerdem sah sie großartig aus und hatte einen überragenden Sinn für Humor. »Wir werden an der Bar sein. Wir rechnen zwar nicht mit Schwierigkeiten, aber so bist du mit uns auf Tuchfühlung, falls der Typ was Verrücktes anstellt. Setz dich hin und genieß dein Essen. Versuch herauszufinden, wie seine Beziehung zu Isabella gegen Ende hin war. Bislang hat niemand, mit dem wir in L.A. gesprochen haben, eine Ahnung, wo dieser Schwachkopf in der Mordwoche gewesen ist. Sieh zu, ob du was aus ihm herausholen kannst.«

»Was machst du bis dahin?«

»Ich seh' mal nach, was sonst noch für Informationen hereingekommen sind. Falls ich vor dem Essen mit dir nicht mehr sprechen kann, solltest du dich von dem Gorilla vom Restaurant nach Hause bringen lassen. Maureen und ich werden auf einen Schlummertrunk raufkommen, wenn wir ihn abfahren sehen, und dann können wir uns ja unterhalten, okay?«

»Klar. Wir sehen uns später.«

Ich rief in Mark Accianos Büro an, um mich zu erkundigen, wie weit die Beratungen in seinem Prozeß gediehen waren. Sein Assistent hob ab und erklärte, Mark sei noch immer im Gerichtssaal. Die Geschworenen hätten eine Menge Unterlagen zur nochmaligen Lektüre angefordert – zum größten Teil die Aussagen der Klägerin –, und das bedeutete, daß zumindest einer, vielleicht auch mehrere der Geschworenen sich für sie einsetzten. Allein dieses Verfahren würde mehrere Stunden dauern, daher war es unwahrscheinlich, daß das Urteil noch an diesem Abend gefällt würde. »Bitte sagen Sie Mark, daß ich so lange nicht warten kann. Ich arbeite gewissermaßen an etwas anderem. Aber er kann mich jederzeit anpiepsen, falls er das Ergebnis früher, als ich glaube, kriegt.« Ich wünschte dem Team alles Gute und legte auf.

Pat McKinney stand in der Tür. »Gerade hat mich Maureen Forester angerufen. Sie ist als Leibwache bei der Prostituierten eingesetzt, der wichtigen Zeugin in dem Drogenmordkomplott, wegen dem Guadagno vor Gericht steht. Sie sagt, Sie hätten einen Notfall – bräuchten eine Undercoverpolizistin, und ich sollte sie für den Abend freistellen. Muß ich darüber Bescheid wissen?«

Mist. Wenn's nach mir geht, nicht. Ach, Mo – du hättest es lieber nicht als Notfall bezeichnen sollen. »Nun, Sie kennen doch das Verbrechensmuster, das wir zu knacken versuchen – den Con-Ed-Typen?«

»Ach, damit hat es zu tun?«

»Eigent-«

»Sie wollen sie doch nicht etwa als Lockvogel einsetzen?«

»Nein, natürlich nicht.« Das war keine Lüge, ich suchte nur nach einer Ausrede. Ich glaube, all die Menschen, die in dieser Woche meine Gutmütigkeit auf die Probe gestellt hatten, besaßen etwas Ansteckendes, das ich aufgeschnappt hatte. Na ja, es war höchst unwahrscheinlich, daß Pat je hinter meine abendlichen Pläne kommen würde.

»Okay, Alex, Sie können sie haben, aber Sie müssen herumtelefonieren und jemanden finden, der sie bei diesem Job ablöst. Meine Frau und ich haben Theaterkarten für heute abend, und ich hab' einfach keine Zeit, den Leiter der Mordkommission um einen Ersatz anzuflehen. Das ist Ihre Angelegenheit, okay?«

»Gut.« Laß dich von deiner derzeitigen Verzweiflung nicht unterkriegen, Alex, versuchte ich mir einzureden. Wie kommt es, daß ein griesgrämiger, mieser Muffel wie Pat mit seiner Frau am Ende eines arbeitsamen Tages ins Theater gehen kann, während ich keinen anständigen Kerl finde, der mir das Leben rettet? Karen McKinney ist zwar eine langweilige Professorin für Informatik am Brooklyn College, die sich für sonst nichts interessiert, aber es mußte trotzdem schön sein, zu ihr nach Hause zu kommen und all die schlimmen Dinge zu vergessen.

Ich rief Chapman im Morddezernat an und erklärte ihm meine verzwickte Lage. »Pat hat mir den Schwarzen Peter zugeschoben. Wenn du Maureen haben willst, muß ich eine Beamtin auftreiben, die über Nacht im Hotel auf Mos Zeugin aufpaßt. Fällt dir jemand ein? Ist sie schwierig?«

»Nee. Wir versuchen bloß, sie während des Prozesses auf den Beinen zu halten. Ein Junkie. Wir nennen sie die Prinzessin. Sie stammt aus einer der Vorstädte, ganz nett. Sie spritzt sich in die Armbeugen, damit sie keine Spuren hinterläßt, die ihr alter Herr sehen könnte. Leicht zu beaufsichtigen – solange du sie von dem Zeug fernhältst. Ich werd' mal rumtelefonieren und in einer Stunde jemanden hinschicken. Mach dir deswegen keine Sorgen.«

Auf meiner zweiten Leitung blinkte das Lämpchen. Laura gab durch, daß Joan Stafford am Telefon sei. »Hast du eine Ahnung, wie schlimm das ist? Sogar Pat McKinney führt ein besseres Leben als ich«, stöhnte ich in die Leitung, als ich mit Joan verbunden war.

»Kein Wunder, Alex. Ich überleg' mir schon, ob ich nicht ein Cooper-Familienwappen für dich entwerfen lassen soll. Eine symbolische Athene, mit gebrochenem Herzen und einer lateinischen Inschrift: ›Ich weiß genau, wie ich sie aufgabeln soll.‹«

»Wieso? Gibt's was Neues von Jed?«

»Alex, er ist am Durchdrehen. Inzwischen ruft er *mich* ständig an. Ich mag dich sehr, aber ich habe eine Deadline bei meiner Lektorin, und die schaffe ich nie, wenn ich versuche, Jed für dich in Schach zu halten. Ich kann seine Anrufe nicht mehr ertragen. Vielleicht solltest du ihn einfach heute abend eine Stunde lang anhören und es hinter dich bringen. Er versteht nicht, warum du seine Nachrichten nicht beantworten willst.«

»Joan, es gibt keine Nachrichten. Er ist manipulativ und unaufrichtig. Hör zu, ich werde mit seiner Sekretärin sprechen, sie soll ihm sagen, daß er dich in Ruhe läßt, aber schlag mir nie wieder vor, daß ich ihn sehen soll. Ich hab' zu tun heute abend, muß arbeiten. Du bist ein Engel – ich werd' dich erlösen, das versprech' ich dir.«

Der letzte Anruf an diesem Nachmittag galt David Mitchell.

»Wie lief's denn heute so, Alex?«

Ich will keine Diagnose meines Zustands haben, ich brauche bloß eine Hilfe bei diesem Fall. »Viel besser, David, danke. Hast du was für mich?«

»Ja. Ich hab' das gleich heute morgen überprüft. Es gibt in England keine Psychiaterin namens Cordelia Jeffers, und nach allen Unterlagen hat es auch nie eine gegeben. Sie ist keine approbierte Ärztin, und es hat nie eine diesen Namens gegeben, die der Royal Academy angehört hat.«

Das wurde ja immer merkwürdiger.

»Ich würde mir gern noch mal die Briefe ansehen, wenn ich darf«, fuhr David fort. »Danach werde ich vermutlich noch ein paar Fragen haben. Hast du daran gedacht, Kopien davon zu machen?«

Ich versprach ihm, sie vor meiner Essensverabredung unter seiner Tür durchzuschieben.

Ich machte Schluß für heute und verließ das Gerichtsgebäude, um nach einem Taxi Ausschau zu halten. Die Herbstluft war schwer, und die dicken Wolken deuteten auf einen Platzregen am Abend hin. Ich erwischte ein Taxi an der Ecke Worth Street und nannte dem Fahrer meine Adresse. Das Wageninnere stank wie ein Kamelpferch, und wie so viele Neuzugänge im Heer der Taxifahrer verstand der Mann am Lenkrad offenbar nicht allzuviel Englisch. Wir versuchten, uns durch eine Kombination aus Gestikulieren und Grunzen zu verständigen, aber ich fand mich schließlich mit der Tatsache ab, daß ich während der ganzen Fahrt aufpassen mußte, um sicherzugehen, daß er wußte, wohin ich wollte.

»Jetzt ist sie da«, hörte ich Anthony, den Portier, zu dem kleinen Boten sagen, der hinter einem großen Strauß von zwei Dutzend gelben Rosen kaum zu sehen war. »Miss Cooper, wollen Sie, daß ich den Jungen mit zu Ihnen hochschicke?«

»Nein, danke, Anthony.« Ich trat an den Tisch an der Wand neben den Briefkästen und holte einen Kugelschreiber und eine Zwanzig-Dollar-Note aus meiner Handtasche. Ich nahm das Kärtchen aus dem Umschlag, zerriß Jeds pathetische Notiz – »Bitte – ich brauche wirklich Deine Hilfe« – und gab dem Jungen die Blumen zurück, zusammen mit dem Trinkgeld. Auf den Umschlag schrieb ich die Worte: »In Dankbarkeit für alles, was Ihr tut«, gemäß der alten Theorie, nach der anonymes Geben die höchste Form von Großzügigkeit ist, und schickte den Jungen zum New York Hospital, das sich nur ein paar Blocks weiter unten an der Straße befand. »Tut mir leid, das war ein Irrtum. Sie sollten eigentlich ins Krankenhaus an die Abteilung für Verbrennungen geschickt werden. Laß sie einfach da, auf der Schwesternstation, okay?«

Der Junge schien sich nicht allzusehr zu ärgern, und ich begab mich nach oben. Ich hörte Zac bellen, als ich »Dr.« Jeffers' Briefe unter Davids Tür durchschob, dann schloß ich meine eigene Wohnungstür auf und ging hinein, um mich für das Rendezvous mit Johnny umzuziehen. Keine interessante Post, außer einer Postkarte von Nina und einer Anfrage des *Wellesley Alumni Magazine* wegen des aktuellen Standes meiner Tätigkeiten für die Jahrgangschronik. Meine Kommilitoninnen würden sich für mein Tun und Treiben bestimmt genauso interessieren, wie ich mich für die neuesten Nachrichten über Zen-Hochzeiten auf Bergspitzen in den Rockies, einfallsreiche Gebärstile und die weltfremden Themen ihrer wissenschaftlichen Arbeiten nach der Promotion interessierte. Ich zerriß die Anfrage und hob die Aufforderung auf, meinen Jahresbeitrag noch vor Monatsende zu überweisen. Auf dem Anrufbeantworter waren keine Nachrichten, also duschte ich mich und entschied mich dann für ein aufreizendes schwarzes Outfit zum Dinner.

Als ich fertig zum Ausgehen war, bestellte ich mir ein Taxi, das mich uptown bringen sollte, während ich darauf wartete, daß im Fernsehen die Final-Jeopardy-Frage kam, kurz vor dem Ende der Show um halb acht.

Das heutige Thema war Weltgeographie – Mike und ich konnten uns dieses Gebiet aufteilen, aber ich nahm an, daß er mit Maureen bereits unterwegs zur Bar war. Die Final-Jeopardy-Antwort lautete: »Eine Stadt in Frankreich, berühmt für ihren Wandteppich, der eigentlich eine gestickte Chronik der normannischen Eroberung ist.«

Alex Trebek fuhr fort, der Gobelin sei eigentlich kein echter Gobelin, sondern eine Stickarbeit auf grobem Leinen. Ich zischte ihm über den Bildschirm ein »Schscht!« zu, während ich mich wie seine Kandidaten zu konzentrieren versuchte, die ebenso verwirrt waren wie ich. Alençon? Cluny? Vermutlich hätte ich meine gesamte eiserne Reserve für diesen Abend bei einem Thema verwettet, bei dem ich mich für ziemlich gut hielt, aber als die idiotische Jingle-Musik zu spielen aufhörte, mußte ich passen. Ich tippte in letzter Sekunde auf Aubusson.

»Nein, tut mir leid. Aubusson ist leider nicht richtig«, beschied Alex mit sanfter Stimme eine der Mitspielerinnen, die das gleiche geraten hatte wie ich. Mitspielerin Nummer zwei hatte gar nichts auf ihrer Karte stehen, zuckte nur mit den Schultern und schüttelte den Kopf. Mitspielerin Nummer drei, eine korpulente Musikwissenschaftlerin aus Indianapolis mit fünf Kindern, überraschte Trebek mit der richtigen Frage: »Was ist mit Bayeux in Frankreich?«

»Das ist absolut korrekt, Mrs. ...« Ich stellte den Fernseher ab, bevor ich erfuhr, wieviel Geld sie gewonnen hatte, und hob den Hörer vom Telefon ab, das neben meinem Bett klingelte.

Die höfliche Stimme mit dem leichten Südstaatenakzent von FBI-Agent Luther Waldron begrüßte mich. »Hallo, Alex, ich hätte nie gedacht, daß ich Sie heute abend zu Hause antreffe.« Na, toll, könnte ich ihn fragen, warum haben Sie sich dann überhaupt die Mühe gemacht, mich hier anzurufen? Aber ich verkniff mir das.

»Hi, Luther. Ich bin schon halb aus der Tür.«

»Ich wollte Ihnen nur sagen, daß ich in der Stadt bin. Ich habe dafür gesorgt, daß einige von Isabellas verärgerten Freiern zur Vernehmung hier sind.«

»Ja, das hab' ich gehört.«

»Natürlich ist keiner von denen so verdächtig wie der Typ, mit dem Sie selbst zusammen waren. Das war sicher ein Schock. Wenn Sie sich das nächstemal auf jemanden einlassen, sollten Sie sich von mir mit einer kleinen Überprüfung helfen lassen, junge Dame.«

Für den Augenblick ignorierte ich das. »Womit kann ich Ihnen helfen, Luther?«

»Ich dachte einfach, Sie würden gern wissen wollen, daß ich mich damit befaßt habe. Ihre Burschen vom Morddezernat leisten vielleicht gute Arbeit bei normalen Kriminellen, aber ich bin mir nicht sicher, ob sie wissen, wie man die Vernehmung von Hollywood-Typen und Geschäftsleuten durchzieht. Sie wissen schon, von intelligenteren Verdächtigen. Ich kenn' mich da aus.

Da wären noch ein paar Kleinigkeiten. Wollte gerade alles an Chapman weitergeben, aber er ist unterwegs. Ich werde ihn unterrichten, wenn ich ihn morgen sehe.«

»Worum geht's denn?«

»Nun, zunächst mal – Burrell hat's wieder erwischt. Kokain. Wir haben einen Spitzel in Boston, der behauptet, sein Gewährsmann habe etwas in Borrells Hotelzimmer geliefert, und zwar an dem Tag, an dem Isabella ausgecheckt hat. Zählen Sie das mal zusammen mit seinem heimlichen Trip auf die Insel, geben noch seine Wut auf sie dazu – wer weiß, was er getan hat, ohne es im voraus geplant zu haben. Wir werden noch vor dem Wochenende mit ihm reden, und wie ich höre, ist er bereits mächtig nervös.«

»Was sonst noch?«

»Einer unserer Agenten in L. A. hat die dort ansässigen Psychiater aufgespürt, deren Namen auf den Pillenflaschen in Isabellas Badezimmer standen. Drei von ihnen hat sie im Laufe der Jahre abserviert, weil sie ihr nicht die erwünschten Hochs und Tiefs verschafft haben. Der gegenwärtige Typ wirkt ziemlich cool, aber er pocht auf seine Schweigepflicht. Sie wissen schon – er dürfe nichts preisgeben, was Isabella gesagt habe, weil sie seine Patientin gewesen sei. Behauptet, er habe keine Informationen über sie, die irgendwas mit dem Mord zu tun hätten. Will sich mit seinem Anwalt besprechen, um juristisch zu klären, ob die Schweigepflicht auch nach ihrem Tod noch gilt. Wie kann er denn wissen, was mit dem Mord an ihr zu tun hat, wenn er nicht mal die Hälfte der Details kennt, die wir kennen? Immerhin rückte er damit heraus, daß der Liebhaber, von dem sie ihm erzählt hatte – tut mir leid, aber wir nehmen an, daß es Segal war –, ebenfalls ein Erlebnis mit einer Verfolgerin hatte. Das sei einer der Gründe gewesen, warum sie sich bei ihm so wohl gefühlt habe. Über Segal redet der Seelenklempner, er sagt, der sei ja nicht sein Patient gewesen, daher gelte hier nicht die Schweigepflicht. Er sei Segal nie begegnet – Lascar habe ihm nur erzählt, auch Segal sei von einer Frau verfolgt worden, während er sich um ein politisches Amt beworben habe. Wußten Sie davon?«

»Ja, natürlich.«

»Wir bleiben an dem Psychiater dran, Alex.«

»Okay, Luther. Aber jetzt muß ich wirklich los.«

»Hey, ich hab' da noch ein paar Witze für Sie, Alex. Hab' sie neulich im *Quantico* gehört – hat was mit Ihrer Arbeit zu tun, darum hab' ich sie mir für Sie gemerkt.«

Der Typ schnallt es einfach nicht. »Kennen Sie den über FBI-Agenten – warum jeder ein Loch in seinem Penis hat?« fragte ich ihn und stoppte ihn, bevor er mich zum zweitenmal beleidigen konnte.

»Nein«, erwiderte er vorsichtig, »noch nie gehört.«

»Damit Sauerstoff in ihr Gehirn gelangt.« Schönen Tag noch, Luther. »Wir sehen uns morgen.«

Ich machte die Lichter aus, schloß die Tür hinter mir und zog los, um mich mit einem weiteren Mann zu treffen, der ein Motiv gehabt haben könnte, Isabella Lascar zu töten.

21

Ich betrat *Rao's* ein paar Minuten vor acht. Tina Turner fragte gerade die versammelten Gäste, was Liebe damit zu tun habe, und erinnerte mich wieder einmal daran – als ob die Lektionen der letzten Woche nicht ausgereicht hätten –, daß es ein Gefühl aus zweiter Hand war. Der Gorilla war nirgends zu sehen, aber Joey Palomino begrüßte mich herzlich, als ich mich ihm vorstellte und sagte, ich würde gern an der Bar warten. Ich ging hinüber und setzte mich auf einen der paar Hocker, neben eine sehr attraktive schwarze Frau – Maureen Forester –, die an einem Glas Weißwein nippte, während sich ihr Begleiter – Mike Chapman – mit etwas beschäftigte, das wie Wodka Tonic aussah.

Der Barkeeper öffnete gerade in Woody Allens Nische eine Flasche Wein, daher begann ich mit dem Paar, das neben mir an der Bar saß, Small talk zu machen und wartete darauf, daß er zurückkam, um meine Bestellung entgegenzunehmen. »Ich wette zwanzig Dollars mit dir, daß du die heutige Frage nicht rausbekommst«, sagte ich, während ich an Maureen vorbeisah und Mike angrinste.

»Welches Gebiet?«

»Weltgeographie.«

»Abgemacht.«

Ich wußte, daß ich gewinnen würde. Ich gab Mike die letzte Frage, aber bevor ich mich wieder gerade hinsetzen konnte, hatte er das Lösungswort Bayeux schon parat. »Was hast du gemacht – deine Mutter angerufen?« Mikes verwitwete Mutter hing die meiste Zeit am Fernseher in ihrer kleinen Wohnung in Bay Ridge, und sie schaute sich die Show für ihn an, wenn er dazu keine Zeit hatte.

»Nein. Ich schwöre bei Gott, das war ganz leicht.«

»Quatsch. Woher hast du es gewußt?« Ich konnte es einfach nicht glauben. Und Luther befürchtete, Mike wäre nicht in der Lage, einen Kokainschnüffler, einen analphabetischen Stuntman und einen betrügerischen Geschäftsmann zu vernehmen. Er lachte. »Ich war da, 1994 – zum 50. Jahrestag des D-Day. Bayeux war die erste französische Stadt, die von den Alliierten befreit wurde. 8. Juni 1944.« Mike und seine Kriegsgeschichte. »Bin mit meinem Onkel Brendan hingefahren, der mit den Invasionstruppen gelandet war, erinnerst du dich noch? Sonst gibt's in der Stadt nur noch das Gobelinmuseum. Da mußte ich mit Tante Eunice gleich zweimal hingehen. Entspann dich, Blondie, du kannst ja morgen bezahlen.«

Vic kam hinter die Bar zurück, gab mir die Hand, sagte mir, er könne sich leider nicht an meinen Namen erinnern, wohl aber an meine Bestellung. Maureen und ich taten so, als ob wir uns gerade erst kennengelernt hätten, während ich darauf wartete, daß mein Gastgeber aufkreuzte. Sie machte mir ein Kompliment wegen meines Kleids und bedankte sich dann leise dafür, daß ich sie aus der Absteige herausgeholt hatte, in der wir unsere störrischen Zeugen während der Prozesse einbunkerten.

Wir plauderten über die Musik, das wechselhafte Wetter und welche Aussichten die Knicks in dieser Saison hätten. Etwa zehn Minuten später ging die Tür auf, und da stand Johnny Garelli im Türrahmen, warf sich in Positur und wartete darauf, daß Joey sich um ihn kümmerte. Er war groß und kräftig gebaut und sah so gut aus wie auf den Zeitschriftenfotos, aber er hatte die gräßlichsten Haarimplantate, die man sich nur vorstellen konnte.

»Jesus, Mo, sieh dir doch mal diese Implantate an. Wie konnte sie nur mit diesem Typen ins Bett gehen?«

»Na, na, na, Alex. Du müßtest es eigentlich besser wissen. Das Haar eines Mannes ist wie sein Penis – sie sind sehr empfindlich gegenüber solchen Kommentaren. Ich hab' mindestens drei Domestics gehabt« – Ehemänner, die ihre Frauen getötet hatten –, »und der Grund war jedesmal ein Streit wegen beleidigender Bemerkungen über Haare. Sei nett zu dem Mann.«

Joey und Johnny lösten sich aus ihrer Umarmung, und ich ging zu Garelli hinüber, als Joey in meine Richtung wies. Er hatte uns in der zweiten Nische plaziert – Woody hatte natürlich den besten Tisch –, und Johnny musterte mich flüchtig, während wir uns zu unseren Stühlen begaben. Ich war zwar vermutlich nicht gerade sein Typ, aber zumindest war mein Haar mein eigenes.

»Nett von Ihnen, anzurufen. Woher wußten Sie, daß ich in der Stadt bin?«

»Nun, einer der Cops hat es mir gesagt, als er heute morgen mit mir sprach. Ich bin auch von ihnen verhört worden.«

»Ich hab' ganz vergessen, was Sie machen. Sind Sie beim Fernsehen? Als Schauspielerin?

»Nein, ich bin Anwältin.«

»So was wie ein Strafverteidiger, was?«

»So was Ähnliches.« Zwar nicht genau so was, aber schließlich war er ja eigentlich auch kein Schauspieler, wenn man's genau nahm.

»Kannten Sie Isabella schon lange?«

Länger als du, dachte ich. »Etwa seit drei Jahren. Ich hab' ihr damals ein bißchen geholfen, als sie die Hauptrolle in *Probable Cause* hatte. Wir wurden danach Freundinnen.« Wir schwelgten bei unseren Drinks in Erinnerungen, und als Rick ihm seinen zweiten Ketel One Martini brachte, war Joey bereit, unsere Bestellung entgegenzunehmen.

»Hier gibt's keine Speisekarten. Sie müssen Joey sagen, was Sie wollen.«

»Ja, ich weiß.«

Bei *Rao's* gab es die besten eingelegten Paprika, die ich je gegessen hatte, also bestellte ich sie als Vorspeise, Johnny nahm gebratene Muscheln und den Meeresfrüchtesalat. Joey empfahl die Muschelnudeln mit Kraut und Wurst sowie das Zitronenhühnchen. Johnny nahm dazu noch Pasta und etwas Salat, als ob er seit fünf Tagen Bodybuilding betrieben hätte, ohne zu essen.

»Also Iz hat viel über mich geredet?«

»Sie hat mir eine Menge über Sie erzählt, ja.«

»Meistens Gutes?« sagte er scherzhaft. »Wir ham schon 'ne gute Zeit gehabt, sie und ich.«

Mein Sprachgefühl ließ mich zusammenzucken. Er war vielleicht großartig im Bett, aber seine Syntax war genauso grauenhaft wie seine Manieren. Jedesmal, wenn er nach Luft schnappte, stopfte er sich Brot in den Mund und spülte es mit Wodka hinunter.

»Hat Isabella Ihnen erzählt, wie wir uns kennengelernt ham und so? Wir waren schon eine heiße Nummer.«

Das würde ein langer Abend werden.

Garelli wollte sichergehen, daß ich alles über seine Karriere erfuhr. Die Vorspeisen kamen, und er schlang die Muscheln in sich hinein, ohne in seinem Redefluß innezuhalten, während er mir seine Zeit bei den Marines schilderte. Stallone war sein Rollenvorbild; er hatte Garelli entdeckt, als der seinen Militärdienst hinter sich hatte, und gab ihm die kleine Rolle eines Söldners in einem jener Sommerkinohits, für die ich viel Geld bezahlen würde, um sie nie in meinem Leben sehen zu müssen. »Er war gut zu mir, Mann, er isses noch immer, 'ne treue Seele.«

»Haben Sie denn für den Film all diesen technischen Kram über Waffen lernen müssen?« erkundigte ich mich und war mir sofort darüber im klaren, daß dies nicht gerade die subtilste Vernehmungsmethode war.

Sein Kopf war offensichtlich noch dicker als seine Deltamuskeln, denn er schien den Zusammenhang gar nicht mitzubekommen. »Sie machen wohl Witze? Hat Isabella nicht erzählt, wie ich ihr das Schießen beigebracht hab', wie wir in Mittelamerika diesen Clancy-Film gedreht ham? Mann, ich bin doch mit dem Kram groß geworden, vom G.I. Joe direkt bis zu den Marines.«

»Nein, sie hat mir bloß von eurer Romanze erzählt.« Und das hatte mir schon gereicht, um an ihrem Verstand zu zweifeln. Vermutlich hatte ich sie danach nicht nach sehr viel mehr Details gefragt.

»Wir sind am Abend meist rumgehockt, ham getrunken und es miteinander gemacht. Da unten konnte man ja nicht viel anneres tun. Ich hab' versucht, ihr das Schießen beizubringen. Wir ham die leeren Wodkaflaschen auf einen Baumstumpf im Dschungel gestellt und se abgeknallt. Eines Tages – wie nennt man diese Typen – Arschälogen? –, eines Tages also kreuzt einer von denen auf und gräbt direkt auf 'em Set rum. Iz sagte immer, die würden bestimmt glauben, die Azteken hätten Absolut erfunden – da war nichts als Glasscherben vergraben.

Dann konnte ich sie zum Lachen bringen, wenn ich so 'ne Schlange festgenagelt hab', Sie wissen schon, wie wenn sie sich bewegen. Mann, sie hat diese Schlangen gehaßt. Grüne Mambos. Diese Dschungel war'n voll davon. Sie hat immer gesagt, nie in ihr'm Leben will sie wieder Schuhe oder Handtaschen aus

Schlangenhaut seh'n. Ich sah die Biester, wenn die ans Tageslicht rauskamen, um sich zu sonnen, und ich hab' se in zwei Teile zerschossen, während sie versucht ham, in ihre Löcher zurückzukriech'n. Das war immer so 'n Spiel. Iz hatte immer 'ne hübsche Belohnung, wenn ich für sie 'ne grüne Mamba abgeknallt hab'.« Er zwinkerte mir zu, damit ich ganz sicher wußte, daß Isabella sich immer gut um Johnnys Schlange kümmerte, wenn er den Scharfschützen spielte.

Ich hielt das für eine ziemliche Fertigkeit. Keine, die ich beherrschen wollte, sosehr ich Schlangen auch verabscheute. Aber Garelli mußte recht gut mit einer Waffe umgehen können, um ein so schmales, bewegliches Ziel zu treffen.

Die Teller wurden gegen andere Teller ausgewechselt, Maureen fütterte die Jukebox ständig mit Dollarnoten, so daß ununterbrochen gute Musik daraus erklang, und Johnny kippte Wodka, als ob er zum letztenmal was zu trinken bekäme.

»Warum glauben Sie eigentlich, daß die Polizei mit Ihnen reden will?« erkundigte ich mich naiv. »Wissen Sie denn was über den Mord an Isabella?«

»Nicht die Bohne, Alice, ich hab' wirklich keinen blassen Schimmer.«

Ich verbesserte ihn nicht, was meinen Namen betraf. Er war schon ziemlich betrunken, und ich vermutete, daß er in Gedanken bei der Tänzerin war, mit der er sich in einer Stunde treffen würde.

»Mit mir haben sie jedenfalls jede Unterhaltung durchgekaut, die ich in letzter Zeit mit ihr hatte, sie wollten alles über den Kerl wissen, mit dem sie die ganze Woche zusammen war, und mit welchem Liebhaber sie sich gestritten hat. Ich schätze, sie werden das gleiche mit Ihnen machen«, suggerierte ich ihm.

»Na, sie werden 'nen Scheiß aus mir rauskriegen – entschuldige meine Wortwahl, Süße. Sie und ich ham uns seit Wochen nicht gesehen. Wir ham am Telefon miteinander geredet, sie war irgendwie angespannt, aber wenn diese Scheißkerle glauben, sie könnten in meiner Vergangenheit rumkramen und mich im Zeugenstand linken, dann soll'n sie sich was Besseres ausdenken.«

»Haben Sie schon einen Anwalt?«

»Kommt nicht in Frage, Mann. Klar hab' ich 'nen Anwalt zu Hause, ich hab' jede Menge Anwälte. Aber geh'n Sie mal mit 'nem Anwalt auf 'ne Polizeiwache, schon wissen die Cops, daß Sie was ausgefressen ham. Ich kann da ganz allein reingeh'n, sag denen, was sie wissen woll'n, und verweigere die Aussage, wenn ich Lust hab'. Ich bezahl' doch nicht so 'n Winkeladvokaten dafür, daß er mir sagt: ›Sie müssen das nicht beantworten, Johnny.‹ Ich hab' das schon 'n paarmal mitgemacht. Kein Problem.«

Garelli schaufelte gerade das Dessert in sich hinein, und Rick hatte eine Flasche Anisette auf den Tisch gestellt. Der Espresso war dick wie Schlamm und köstlich, aber Johnny mischte seinen mit dem sirupartigen Likör, als ob er noch mehr Sprit bräuchte. Er zündete sich eine billige Zigarre an, beugte sich vor und glotzte mir in die Augen. »Ham die Sie was über mich und Iz gefragt?«

»Klar. Sie haben mich ein paar Dinge gefragt, und ich weiß, daß sie auch noch mit einer Menge anderer Leute über Sie gesprochen haben.«

»Sie ham Ihnen gesagt, was sie über mich wissen, ich meine, außer dem, daß ich beim Film bin?«

»Sie haben mir nicht alles gesagt. Ich weiß nur, daß sie darüber gesprochen haben, wie wütend Sie gewesen seien, daß Sie sich mit Isabella gestritten –«

»Quatsch, darüber gibt's nichts zu reden. Da ist null, *nada*. Sie kennen doch die Cops. Sind die gut? Oder sind sie total beschissen, wie die in L. A.?«

»Ich kenn' sie eigentlich nicht. Da ist irgend so ein Trottel vom FBI, der glaubt, er leitet die Show.«

»Ach ja, Luther Waldo oder so ähnlich. Ham die über Sie was rausgefunden, was sie nich' schon gewußt ham?«

Junge, das mußt du mich doch nicht fragen. »Klar, das haben sie.«

»Was Schlimmes?«

»Was ganz Schlimmes.« Leg wieder Tina auf, Maureen. Wer braucht ein Herz, wenn ein Herz gebrochen werden kann? Nun war Johnny verwirrt. Er war überzeugt gewesen, die Sitzung bei der Polizei würde ein Kinderspiel werden. »Ham Sie was zu verbergen?«

»Damals hab' ich das nicht gewußt, Johnny, aber wie sich herausgestellt hat, ist das so. – Wieso, gibt es denn etwas, was Sie sie nicht wissen lassen wollen?«

Ich hatte damit begonnen, mich ihm anzuvertrauen, und er beugte sich noch näher zu mir, um sich zu revanchieren, indem er mir seine Geheimnisse anvertraute. »Ich hab' mit der Ermordung von Isabella nich zu tun – Mann, Sie wissen doch, daß sie mich dazu bringen konnte –, aber es gibt da Dinge, die niemand nichts angeh'n. Die ham wir doch alle, oder?«

»Na, und ob.«

»Sie werden wissen woll'n, wo ich an dem Tag war, als es sie erwischt hat, richtig?« Inzwischen war er ganz schön voll und wurde sentimental. »Ich kann Ihnen dazu nichts sagen. Ich werd' doch nich das Leben von jemand anderem ruinieren, der mit dieser Sache nichts zu tun hat, versteh'n Sie?«

»Hey, Johnny, ich wär' vorsichtig mit Lügen. Sie wissen doch, Kreditkarten, Telefonrechnungen und andere Dinge hinterlassen einen Rattenschwanz von Daten und Aufzeichnungen, es wäre idi – es wäre nicht sehr klug, über etwas zu lügen, was die so leicht nachprüfen können.«

Er versuchte das zu verarbeiten. »Na ja, ich muß sie ja nich belügen, ich könnt' einfach die Aussage verweigern, richtig?«

»Nun, nicht ganz.« Ich wollte ihm gerade den Unterschied zwischen einer Befragung durch die Polizei und einem Auftritt im Zeugenstand in einem Gerichtssaal erklären. Aber das konnte ich vergessen.

Also versuchte ich es auf direktem Wege. »Vielleicht ist es ja gar nicht so schlimm, Johnny. Wo sind Sie denn letzten Mittwoch gewesen? Ich meine, solange Sie nicht auf Martha's Vineyard gewesen sind, glaube ich, haben Sie völlig recht – das geht niemanden was an. Versuchen Sie doch einfach mal Ihre Story bei mir – schauen wir mal, wie sie funktioniert. Isabella hat mir immer vertraut.« Das war eine Einbahnstraße. Ich lächelte ihn lieb an und hoffte, es sah so warmherzig aus wie er verwirrt war, als er mich durch seinen Alkoholnebel hindurch anstarrte.

Er stützte einen Ellbogen auf den Tisch und legte das Kinn auf die Handfläche. »Kennen Sie *The Tempest*?«

»Shakespeare?« Wollte der Gorilla mit mir über Shakespeare reden? Der Lieutenant würde es nicht glauben.

»Nein, nicht den Film. Das Schiff, die Jacht.«

»Ach ja. Sicher. Sir Robert Ardmores Jacht. Meinen Sie die?« Was für ungleiche Schiffskameraden: Johnny Garelli und der britische Kaufhausmogul, der vor kurzem zum Ritter geschlagene Sir Robert Ardmore.

»Genau, Alice, die. Sie is wie 'n Ozeandampfer. Ich kenn' Ardmore nicht, aber man könnte sagen, daß ich ein guter Freund von seiner Frau bin.« Garelli griente. »Als Iz mich fallenließ, hab' ich gedacht, ich ertränke meinen Kummer im Ozean.«

Ardmores fünfte Frau, eine 26jährige Stripperin, deren Rist angeblich höher war als ihr IQ, hatte den viel älteren Milliardär kennengelernt, als er in Vegas war und vor Ort die Lage für neue Einkaufscenter inspizierte. Damals war er noch verheiratet, und nachdem er in den Scheidungsverhandlungen erbittert um den Besitz der beachtlichen Jacht gekämpft hatte – die ursprünglich nach seiner vierten Frau benannt war –, taufte er sie mit einer feudalen Fete in *The Tempest* um.

»Also waren Sie letzte Woche mit Tiki Ardmore zusammen?«

»Na, klar – aber das bleibt unter uns, ja? Ihr Mann versteht keinen Spaß, wenn Sie versteh'n, was ich meine. Wirklich spießig, der alte Knabe. Mein Gott, ich kenn' Tiki, seit sie am Empfang im *Morton's* gestanden hat.«

Mir kam der Gedanke, daß Sir Ardmore und ich sehr gut zusammenpassen könnten, wie wir in den Sonnenuntergang hineinfuhren, einander treu ergeben wie ein Paar Cockerspaniels.

»Wo befand sich das Schiff denn?«

»Ich bin mit 'm Hubschrauber an Bord geflogen, als Ardmore letzten Montag nach London is. Ich war in Easthampton, und das Schiff hat vor Montauk gekreuzt, am Ende von Long Island.«

90 Kilometer Luftlinie von Vineyard entfernt.

»Na schön, da haben Sie ja wenigstens Zeugen, Johnny. Die Mannschaft, den Kapitän, Deckshelfer –«

»Die hab' ich schon, aber Tiki will keine Zeugen nich haben. Jeder, der für Ardmore arbeitet, ist taub, stumm und blind, wenn

Sie mir folgen können. Die Ehe is' vielleicht schwere Arbeit, aber sie ist Gold gegen die letzten beiden Jobs, die sie gehabt hat. Ich kann sie doch nicht hängen lassen.«

»Seid ihr einen Hafen angelaufen?«

»Sie machen wohl Witze? In diese popligen kleinen Inselbuchten passen zwar Stinktöpfe und Quallen, aber doch nicht 'ne Jacht, die so groß ist wie die. Die *Tempest* braucht ein eigenes Dock. Nee, andere Leute wollten wir schon gleich gar nich' sehen.«

Ich vermutete, daß auch Tiki Ardmore eine Schlangenbeschwörerin war.

Johnny gab noch ein paar Details von seinem Seeabenteuer zum besten, und ich war überzeugt, daß genügend Leute seine Story bestätigen oder ihr widersprechen konnten, sollte seine Verwicklung in den Fall wirklich ein wichtiger Faktor bei den Ermittlungen werden. Ich glaubte zwar nicht, daß ich Lieutenant Peterson damit irgendwie weiterhalf, aber ich würde mindestens eine Woche lang nicht mehr essen müssen.

Während wir beim Essen saßen, hatte es heftig zu regnen begonnen, und ich war froh, als ich eine überlange Limousine auf Garelli am Randstein warten sah. Er hinterließ großzügige Trinkgelder für Vic und den Kellner, küßte Joey auf beide Wangen und erkundigte sich, ob er mich auf dem Weg zu seinem Hotel bei meiner Wohnung absetzen könnte. Maureen und Mike waren hinausgeschlüpft, während Johnny die Rechnung beglich, ich sah ihr Auto gleich hinter der Laterne stehen. Sie schauten zu, wie ich in den Fond einstieg, und ließen ebenfalls den Motor an.

Die Fahrt über den FDR zu meiner Wohnung dauerte nur zehn Minuten. Garelli hatte den Kopf auf die Rücklehne gelegt und gab sich der Wirkung des Alkohols hin, während ich mir ausmalte, wie ein Helikopter oder ein schnelles Motorboot ihn im Eiltempo von der *Tempest* nach Martha's Vineyard brachte, wo er Isabella tötete, während sich Tiki Ardmore in einem Schaumbad aalte. Logistisch war es sicher möglich, wie einem jeder Navigator sagen konnte. Die wesentlichen Informationen für Chapman und sein Team hatte ich jedenfalls – sie würden diese Strecke dann zurücklegen müssen.

Ich dankte Johnny für das Essen und wünschte ihm viel Glück bei Luther morgen, dann stieg ich aus und wartete in der Eingangshalle darauf, daß Mike und Maureen parkten und zu mir kamen.

»Ihr müßt ja völlig ausgehungert sein, Leute, wie ihr da an der Bar gesessen und mir die ganze Zeit beim Essen zugesehen habt. Ich laß euch eine Pizza kommen.«

»Ein Glas Wein und drei Flaschen Pellegrino, nur damit unsere Gläser ständig gefüllt aussahen. Ich muß sofort aufs Klo«, erwiderte Maureen.

»Was hast Du denn rausgefunden?« wollte Mike wissen.

»Nichts Wesentliches. Er hat mit Cops nichts am Hut, will euch Burschen morgen anlügen und nicht damit herausrücken, wo er gewesen ist. Hat was mit der Frau eines Milliardärs laufen, darum will er nicht, daß ihr die Wahrheit rauskriegt und es ihr vermasselt, indem ihr es an die große Glocke hängt. In der Woche, in der der Mord passiert ist, war er tatsächlich an der Ostküste und kreuzte auf dem Atlantik auf seinem privaten ›Liebesboot‹, nicht weit von Vineyard entfernt. Er ist ein hervorragender Schütze, besonders gut bei beweglichen Zielen. Du brauchst mich gar nicht daran zu erinnern, daß ich schon mal reingefallen bin, Mike, aber irgendwie glaube ich nicht, daß er Isabella umgebracht hat. Der ist viel zu blöd, um sich was auszudenken und auszuführen, was soviel Vorausplanung erfordert wie dieser Mord. Du wirst schon sehen, was er dir sagt, wenn er aufs Revier kommt, aber ich glaube nicht, daß er dein Mann ist.«

Wir betraten meine Wohnung, und ich zeigte Maureen, wo sie sich frisch machen konnte, während ich ins Arbeitszimmer ging, um *Steve's Pizza* anzurufen. Es war erst halb elf, daher rief ich auch David Mitchell an und bat ihn, rüberzukommen. »Ich habe zwei Detectives bei mir. Paßt es dir, zu uns zu kommen und mit uns über alles zu reden?«

»Bestens. Hast du meine Nachricht nicht erhalten? Ich bin erst vor zwanzig Minuten nach Hause gekommen und hab' dir auf Band gesprochen, du solltest anrufen, wenn du noch vor Mitternacht heimkommst. Ich bin gleich da.«

»Ich war noch nicht im Schlafzimmer, um das Band abzuhören. Ich bin froh, daß es noch funktioniert. Meine Mutter scheint mich diese Woche abgeschrieben zu haben. Die Tür ist auf.«

Maureen rief mir vom Schlafzimmer aus zu: »Darf ich meinen Mann anrufen? Du weißt ja, wie eifersüchtig er ist, wenn ich mit Chapman zum Tanzen ausgehe.«

Das Telefon ist gleich neben dem Bett, Mo.« Mike hatte die Polizeischule zusammen mit Gene Forester absolviert, der den Dienst vor ein paar Jahren wegen einer Spitzenposition im Werkschutz eines großen Unternehmens quittiert hatte. Ein paar Minuten später kam David herüber, und dann ließen wir vier uns im Wohnzimmer häuslich nieder, zu einem Brainstorming über alles, was wir bislang über Isabellas Tod wußten. Mike hatte Maureen unterrichtet, während sie an der Bar bei *Rao's* saßen, und David hatte über den psychologischen Aspekt in all dem Kauderwelsch der in Iz' Wohnung gefundenen Briefe nachgedacht.

Jeder der bislang bekannten Verdächtigen kam meiner Ansicht nach mehr oder weniger als möglicher Täter in Frage, es hing ganz von der jeweiligen Tageszeit und den neuesten Informationen ab. Wir informierten David über Jeds Rolle und die heutige Foto-Identifikation durch die Quinn-Schwestern, und ich konnte sehen, wie er mich aus dem Augenwinkel musterte, um die Wirkung dieser Nachricht auf mein emotionales Wohlbefinden zu ermessen. Burrell hatte ich in Betracht gezogen und dann wieder eliminiert, aber nun setzte ich ihn wieder auf die Liste der Verdächtigen, aufgrund seines Täuschungsmanövers und der Tatsache, daß er sich Drogen hatte liefern lassen. Der Verdacht gegen Garelli schien weit hergeholt, bewegte sich aber innerhalb der geographischen Reichweite – und der Muskelmann war ein großartiger Schütze. Jedesmal wenn wir glaubten, das Umfeld einengen zu können, trübte ein Verbrecher wie etwa der Buchhalter Freddy Weintraub den Blick.

»Wie groß ist die Wahrscheinlichkeit, daß der Mörder jemand ist, an den ihr noch gar nicht gedacht habt, jemand, dessen Name noch gar nicht aufgetaucht ist? Ein Unbekannter, ein absoluter Außenseiter?« wandte David sich an Mike.

»Größer als fünfzig Prozent, Doc. Wissen Sie, wie niedrig die Aufklärungsrate bei Morden ist, wenn der Fall nicht in den ersten 48 oder 72 Stunden geknackt wird? Erschreckend niedrig. Wir fangen also bei den Typen an, die sie kannten und vielleicht einen Grund hatten, sie um die Ecke zu bringen – wer weiß, wie viele Verrückte sie gehaßt haben, von denen wir nie etwas gehört haben. Und dann ist da noch die schlichte Tatsache, daß Prominente Freiwild für mehr Irre sind, als es Gefängniszellen gibt. Manchmal fallen sie ihnen nur auf den Wecker, ein anderes Mal haben sie es auf ihr Gold abgesehen.«

»Dies sind also nicht die einzigen, die in Frage kommen?«

»Keineswegs. Das ist bloß die erste Auswahl. Und auch bei denen gibt es noch immer eine Menge zu tun. Wenn Segals Anwalt clever wäre und seinem Klienten wirklich helfen wollte, würde er uns sagen, wie und wann sein Mann die Insel verlassen hat. Irgendeine Möglichkeit muß es doch geben, dies zu beweisen. Die Fähre ist nicht sehr hilfreich. Ich hab' die Flugplatzunterlagen überprüft und nichts gefunden. Aber ein paar Typen haben für den 15-Uhr-Flug von Cape Air bar bezahlt. Falls er einen anderen Namen verwendet und keine Kreditkarte benutzt hat, einfach weil er nicht dabei erwischt werden wollte, wie er Alex betrog, wären wir vielleicht in der Lage, ihn zu entlasten. Entweder hat er diese Art von Alibi nicht, weil er noch am Tatort war, als Iz erschossen wurde, oder er ist ein Riesenrindvieh.«

»Oder der Anwalt wartet auf Mr. Green, bevor er sich krummlegt«, deutete Maureen eine weitere Möglichkeit an.

»Mr. Green?« David sah sie verwirrt an.

»Vielleicht hat Jed ihn noch nicht bezahlt. Manche Verteidiger wollen ein dickes Bündel grüner Banknoten als Vorschuß haben, bevor sie einen Finger rühren. Sie lassen den Klienten ein bißchen zappeln, dann ist der Typ um so dankbarer, wenn er entlastet wird«, erklärte ich David.

»*Falls* er entlastet wird«, warf Mike ein, um mich zu warnen. Zweifellos war Jed noch immer Chapmans Verdächtiger Nummer eins.

»Können Sie mit diesen Briefen irgendwas anfangen, Doc? Hat Alex Ihnen eigentlich von dem Gedicht erzählt, das Isabella in das Drehbuch geschrieben hat, das wir bei ihren Sachen fanden? Daneben stand ebenfalls ›Dr. C.‹.«

»Nein, ich glaube nicht, daß du das erwähnt hast, Alex.«

Im Augenblick wußte ich nicht mehr, ob ich ihm davon erzählt hatte oder nicht. »Es waren ein paar Zeilen aus einem Gedicht von Pope, David. Die Strophe, die Iz abgeschrieben hatte, enthielt die Verse ›Ist es, im Himmel, ein Vergehn, zu sehr zu lieben?‹ Es sah aus, als ob sie der Meinung gewesen sei, dieser ›Dr. C.‹ hätte das geschrieben. Ich vermute, dahinter versteckt sich Cordelia Jeffers. Vielleicht hat das Ganze mehr damit zu tun, als wir gedacht haben.«

David versuchte, uns seine Argumente darzulegen. »Da ist zunächst einmal die Tatsache, daß es keine Psychiaterin namens Cordelia Jeffers gibt. Ich gehe davon aus, daß nicht einmal eine Person dieses Namens existiert, sondern daß der Name für die Zwecke dieser bestimmten Korrespondenz angenommen wurde.«

»Wieso?« Chapman kam immer gern auf den Punkt.

»Im Augenblick weiß ich das nicht. Aber eins ist klar: Der Schreiber oder die Schreiberin hat gewußt, daß Isabella nach Martha's Vineyard fahren würde, und noch klarer ist, daß diese Information nicht von Isabella stammt.« Er verwies auf den ersten Absatz des Briefes, in dem Jeffers Isabellas Reise kommentierte, von der sie auf indirekte Weise erfahren hatte. »Außerdem geht daraus hervor, daß sie gewußt hat, daß Isabella mit einem Mann fahren würde – sollen wir annehmen, daß es Jed war? –, und das war mehr, als du gewußt hast, Alex.«

»Wenn wir also mehr über Dr. C. wissen wollen, müssen wir nach jemandem suchen, der sowohl Isabella als auch Jed kannte – wollen Sie uns das damit sagen?« fragte Mike.

»Fürs erste, ja.«

»Und ich hab' gedacht, ich wäre hier der gemeinsame Nenner gewesen«, räumte ich ein. »Vielleicht gab es ein oder zwei gemeinsame Bekannte aus Hollywood, aber ich war sicher, daß es außer mir kein echtes Verbindungsglied gab, außer meinen Freunden – wie Nina und ihr Mann. Sogar Nina hat bestätigt, daß diese Affäre ihrer Meinung nach erst vor ein paar Wochen angefangen habe, als die beiden sich zufällig in der Concorde begegnet sind.«

»Und was hatte Isabella für einen Vorwand, sich an Jed zu wenden?« wollte David noch einmal von mir wissen.

»Ihr Buchhalter hat sie betrogen. Jed nannte ihr den Namen eines Bekannten, als wir alle miteinander zum Essen aus waren, und später hab' ich ihn gedrängt, sich darum zu kümmern und sich zu vergewissern, daß Iz in guten Händen sei.«

»Klar, aber als sie Jed nach Vineyard einlud, in der vorletzten Woche, da hatte sie doch einen neuen Verfolger, oder?« warf Mike ein. »Hast du David gesagt, daß Jed ebenfalls von jemandem verfolgt wurde, als er sich um ein politisches Amt bewarb? Das war doch einer der Gründe, hat er dir erzählt, daß er der Lascar so sympathisch war.«

»Was hat das alles zu bedeuten, Alex?«

»Ich weiß doch selber kaum, was ich im Augenblick glauben soll. Als wir uns im Juni kennengelernt haben, erzählte mir Jed unter anderem von der Zeit, in der er belästigt wurde. Nach seiner Version hat er einer jungen Frau auf einem Empfang die Hand gegeben, als er für den Senat kandidierte, und danach wurde er sie nicht wieder los. Anrufe und Briefe, sie tauchte überall auf, wo er hinkam, sie flog sogar im selben Flugzeug wie er. Schließlich ging er zur Polizei, um dem Ganzen ein Ende zu machen.«

David wandte sich an mich, sehr sanft, sehr professionell.

»Hat Jed mit ihr geschlafen, Alex? Hatten sie eine Affäre miteinander?«

»Mir gegenüber hat er dies jedenfalls bestritten. Natürlich traue ich ihm inzwischen nicht mehr über den Weg, aber als er mir die Geschichte an dem Abend erzählte, als wir uns kennenlernten, hatte er keinen Grund, mich anzulügen. Ja, er wies mich sogar ausdrücklich darauf hin, daß das Ganze eine große Rolle bei seiner Scheidung gespielt habe. Die Verehrerin hatte nämlich Jeds Frau angerufen und sie davon zu überzeugen versucht, daß sie wirklich eine Affäre hätten – und seiner Frau sei es nicht schwergefallen, dies zu glauben. Ich bin inzwischen so irre an ihm geworden, daß ich nicht mehr weiß, was ich überhaupt noch glauben soll.«

»Weißt du noch mehr darüber als das, was du mir gerade erzählt hast?«

»Nein, David, das ist alles. Ihr Ärzte erlebt das doch ständig. Jedesmal, wenn ihr zu einer Cocktailparty geht, beklagen sich die Leute bei euch über ihre Wehwehchen und hoffen auf eine kostenlose Diagnose. Na ja, bei mir laden sie immer ihre schweren und leichten Verbrechen ab. Ich hab' mir Jeds Story angehört, aber er war der Meinung, das Ganze sei zu Ende, als er nach New York zog, und wir hielten uns nicht länger damit auf. Ich schätze, auf Isabella wirkte es irgendwie stärker.

»Alex« – David war jetzt ganz ernst – »hättest du was dagegen, wenn ich mich mit Jed darüber ein bißchen ausführlicher unterhielte? Vielleicht wirft das, was Isabella ihm anvertraut hat, wegen seiner Erfahrung mit einem ähnlichen Problem ein wenig Licht auf diese merkwürdigen Briefe.

Natürlich hatte ich etwas dagegen. Doch Mike setzte sich über mich hinweg. »Hey, das ist eine tolle Idee. Sein Anwalt will ihn zwar nicht mit uns reden lassen, aber wenn Sie ihn anrufen, als Coops Freund, wird er ganz wild darauf sein, mit Ihnen zu sprechen, da wette ich drauf. Er weint ihr nach, Doc. Das ist ein großartiger Dreh, mit ihm zu arbeiten.«

»Und was hältst du davon, Alex?«

»Wen interessiert das schon...« Ich merkte, wie mein Stimmungsbarometer sank.

Maureen kam mir zu Hilfe. Sie sah, daß ich den Kopf hängen ließ, und wußte, daß ich nicht wollte, daß Jed je wieder einen Fuß in meine Tür bekam. »Macht doch, was ihr wollt, Jungs, aber laßt Alex aus dem Spiel, okay? Gebt ihr eine Verschnaufpause, ja? Wieweit glaubt ihr denn mit solchen sinnlosen Spielchen zu kommen?«

»Ich behaupte ja nicht, daß es eine direkte Verbindung zwischen Isabellas Mörder und Jeds Problem gibt, aber es wäre interessant, wenn sie über dieses Phänomen miteinander reden würden. Er kann uns das natürlich sagen. *Sehr* interessant.«

Wie faszinierend. Wenn ihr schon dabei seid, fragt ihn doch auch, ob sie auch über mich geredet haben.

David versuchte, mich wieder in die Unterhaltung einzubeziehen. »Alex, du bist bei einigen deiner Verfolgerfälle bestimmt auf so was gestoßen. Besessene Liebe, Wahnvorstellungen – die gerichtspsychologische Literatur ist voll davon. Faszinierender

Stoff. Habt ihr Kriminalbeamten schon mal mit dem *DSM* gearbeitet?«

»Ich hab' das Buch in Alex' Büro gesehen. Aber benutzt hab' ich's jedenfalls nie«, erwiderte Maureen.

Chapman schüttelte bloß den Kopf.

»Es ist die Bibel der Gerichtspsychologen«, erklärte ich. Das *Diagnostic Statistical Manual of Mental Disorders*, das Diagnostische Statistische Handbuch der Geisteskrankheiten, war ein mehrbändiges wissenschaftliches Werk, das die Elemente und Kriterien einer aberwitzigen Ansammlung psychischer Krankheiten anschaulich darstellte und für Ärzte und Anwälte ein unentbehrlicher Führer auf den verschlungenen Pfaden der Einwände und Ausreden für verbrecherisches Verhalten war.

»Ja, ja, ich kenn' das. ›Ich hab' meine Mutter umgebracht, weil ich mit zu kurzen Ohrläppchen und Schwimmfüßen geboren wurde und am Abend keine Cheerios essen durfte; ich hab' der Katze das Fell abgezogen, weil Onkel Harry mich am Sonntag nach der Kirche nie Tante Mary am Arsch lecken ließ; ich hab' das Baby in die Mikrowelle getan, weil Jupiter nicht auf einer Linie mit Mars lag, und niemand läßt mich das tun, was ich gern tun würde.‹ Aber sicher – für jede Gewalttat hat ein Seelenklempner eine Ausrede parat. Ich wußte gar nicht, daß das alles aus einem großen Buch stammt.« Mikes Verachtung für den Stand der Psychiater war unüberhörbar. »Wonach suchen wir hier eigentlich, Doc?«

»Ich muß morgen noch mehr darüber lesen. Es gibt eine Kategorie, die man zwanghafte Liebe nennt. Das sind die Fälle, in denen tatsächlich eine gewisse Beziehung zwischen Täter und Opfer bestanden hat – eine Affäre, ein One-Night-Stand, eine ›verhängnisvolle Anziehung‹, wenn ihr so wollt. Der lästige Verehrer unternimmt alles, um diese Beziehung zu erneuern oder um Rache zu nehmen. Die weniger normale Kategorie ist ganz anders. Sie wird als Erotomanie bezeichnet und –«

»Erotomanie? Das hört sich an wie etwas, das ich gern hätte.« Mike spielte wieder den Clown und versuchte, mich aufzuheitern.

»In den bekannten Fällen von Erotomanie«, fuhr David unbeirrt fort, »gab es zwischen den Beteiligten nie eine Affäre oder

Romanze – genauso, wie Jed es erzählt hat, Alex. Die Verliebte leidet unter einem Wahn, dem Wahn, daß der Mann, auf den sie fixiert ist, sie tatsächlich liebt, selbst wenn sie mit ihm nur einen kurzen Kontakt hatte. Dies ist extrem bizarr.«

Maureen wollte es genau wissen. »Meinen Sie wirklich, daß das eine echte Krankheit ist? Die Frau glaubt, der Mann würde sie lieben – oder umgekehrt –, obwohl es nie irgendeine Art von sozialer oder sexueller Interaktion gegeben hat?«

»Exakt. Diese Menschen leiden unter dem Wahn, von einer anderen Person geliebt zu werden. Außerhalb dieser Wahnvorstellung ist das Verhalten des Patienten völlig normal. Diese Menschen sind gewöhnlich überaus intelligent. Sie weisen keine anderen Anzeichen von Geisteskrankheit oder einer psychischen Störung auf.«

»Würden Sie Segal morgen bitte für uns anrufen, Doc? Ich wette, er reißt sich um die Gelegenheit, auf Ihre Couch zu kriechen und mit Ihnen darüber zu reden, bestimmt.«

»Sicher, Mike, ich rufe ihn an. Ich glaube nicht, daß wir diese Vorgeschichte ignorieren dürfen, angesichts der Anspielungen, die Cordelia Jeffers da macht, wer auch immer sie sein mag. Ich werde Jed eine Nachricht in seinem Büro hinterlassen. Alex, schreib mir doch bitte seine Nummer auf. Und ich besorge mir zusätzliche Literatur, damit wir noch mehr über diese Krankheit herausfinden können. Ich muß morgen früh nach Washington fliegen – eine Sitzung mit dem Drogenbaron wegen der Finanzierung von Behandlungsprogrammen. Aber ich kann Segal am Spätnachmittag in meiner Praxis empfangen, und wenn sich das mit seinen Terminen vereinbaren läßt, sollten wir morgen um die gleiche Zeit sehr viel mehr über das wissen, worüber Isabella vielleicht mit ihm gesprochen hat.«

»Großartig. Ich werde die Polizei von L. A. anrufen. Sie haben eine Spezialabteilung, die sogenannte Threat Management Unit – meines Wissens die einzige Polizei-Einheit im Land, die sich mit Drohungen befaßt. Vielleicht können die sich mal Segals Akte besorgen und nachsehen, ob da drinsteht, was wir wissen sollten.«

Ich schrieb die Nummer von CommPlex auf einen Zettel und gab sie David, als er ging. Chapman meldete sich für mich an der

Sprechanlage und sagte dem Portier, er solle den Jungen mit der Pizza nach oben schicken. Ich setzte mich zu Maureen und Mike und plauderte mit ihnen, während sie ihr Essen hinunterschlangen, dann schickte ich sie kurz vor Mitternacht nach Hause.

Ich zog mich aus, putzte mir die Zähne und wollte gerade zu Bett gehen, als mir einfiel, daß ich ein mit vielen Eselsohren versehenes Exemplar des *DSM* bei meinen Nachschlagewerken im zweiten Schlafzimmer stehen hatte; das Zimmer war mein Arbeitszimmer. Ich hatte es mir angewöhnt, die alten Ausgaben der Strafgesetzbücher und anderer juristischer Handbücher mit heimzunehmen, sobald die neuen in meinem Büro eintrafen, so daß ich Exemplare besaß, mit denen ich arbeiten konnte, und nicht jeden Tag voluminöse Bücher hin und her schleppen mußte.

Das *Diagnostic Statistical Manual* war zwar kaum die ideale Bettlektüre, aber ich war schon so viele Male über Autopsiefotografien und ärztlichen Berichten aus Notaufnahmen eingeschlafen, daß dieses Handbuch relativ leichte Kost war. Ich holte mir den Band, den ich brauchte, ging damit zu Bett und sah im Register unter Wahnvorstellungen nach.

Das *DSM* unterschied klar zwischen den beiden Verhaltenskategorien, von denen David Mitchell gesprochen hatte. Das bekanntere Phänomen war die »zwanghafte Liebe«, wie er es genannt hatte. Der Artikel war faszinierend zu lesen, weil er genau auf Isabella Lascar und ihr Problem gemünzt zu sein schien. Das Handbuch bezeichnete das prototypische Opfer der zwanghaften Liebe als »sexy Schauspielerin oder Sexbombe« – das war Isabella zweifellos gewesen. In diesen Fällen hatten die Frauen, die zu Opfern wurden, ihre Belästiger gekannt, normalerweise intim, die Verfolgung setzte meist im Anschluß an eine »in die Brüche gegangene Liebesbeziehung« ein. Die Täter – die Verfolger – waren in der Mehrheit Männer, die ihre Opfer brieflich und telefonisch belästigten. Garelli und Burrell entsprachen ganz sicher dem Bild des verschmähten Liebhabers, und falls sie Jed gesagt hatte, daß auch er nichts weiter als eine Affäre für eine Woche sei, gehörte er in die gleiche Kategorie. Ich konnte es gar nicht abwarten, Mike am nächsten Tag diesen Artikel zu zeigen.

Es war unmöglich, mich jetzt durch diesen Artikel hindurchzuarbeiten, mit den zahlreichen klinischen Beispielen und einer

Unmenge von Fußnoten. Es war aber schon Donnerstag morgen – genau eine Woche, seit ich die Nachricht von Isabellas Tod empfangen hatte –, ich hatte also das ganze Wochenende Zeit, das Material zu durchforsten, um zu sehen, ob es für unsere Arbeit von Bedeutung war.

Ich überflog die Seiten, bis ich zu dem Abschnitt über Erotomanie kam. Falls Jed die Wahrheit über seine Erfahrung mit der Verfolgerin gesagt hatte, dann hatte es den Anschein, als seien er und Isabella von gegensätzlichen Aspekten einer ähnlichen Wahnvorstellung heimgesucht worden. Im Falle der Erotomanie waren – im Unterschied zur zwanghaften Liebe – die meisten Opfer Männer und die meisten Belästiger Frauen. Wie in der Situation, die Jed mir geschildert hatte, steht die verfolgte Person in keiner Beziehung zum Verfolger, der aber leidenschaftlich davon überzeugt ist, daß das Opfer die Zuneigung erwidere – wenn es nicht irgendein äußeres Hindernis gäbe. Natürlich, dachte ich, Jeds Frau wäre so ein Hindernis gewesen. Die Belästigerin hatte seine Frau immer wieder angerufen und ihr gesagt, daß Jed untreu wäre. Sobald sie die Frau aus dem Weg geräumt hätte, glaubte sie in ihrem Wahn, wäre der Weg zu Jeds Zuneigung endlich frei.

Kein Wunder, daß Isabella und Jed sich soviel zu sagen hatten. Es war wirklich verrückt.

Ich wunderte mich, warum ich den Begriff Erotomanie noch nie gehört hatte, und las weiter. »Erotomanie ist der wahnhafte Glaube, leidenschaftlich von einem anderen Menschen geliebt zu werden.« Bis zur dritten Ausgabe des *DSM*, also noch bis vor wenigen Jahren, war dieser Zustand nicht eigens erwähnt worden. Erst in der später veröffentlichten revidierten dritten Ausgabe – die mir vorlag – war Erotomanie als spezielle Kategorie aufgenommen worden, als nämlich Ärzte immer mehr Fälle von Patienten, die dieses ungewöhnliche Verhalten an den Tag legten, zu dokumentieren begannen.

Ich wurde langsam schläfrig, daher beschloß ich, nach den nächsten paar Absätzen aufzuhören, in denen die Geschichte der Diagnose dieses Zustands dargestellt wurde. Erstmals war er 1921 von einem französischen Psychiater namens G. G. de Clérambault dokumentiert und daher auch nach ihm benannt worden: Clérambault-Syndrom. Die zeitgenössische Literatur sprach von einer *psychose passionnelle*. All die letzten Nächte, als ich in meinem Bett lag und unter einem schweren Anfall von Trennungsdepression gelitten hatte, hatte ich mich nach einer Krankheit mit einem schicken französischen Namen wie diesem gesehnt. Ich hoffte, irgendeiner obskuren Fußnote eine Andeutung zu entnehmen, die meinen pathetischen Zustand mit einem gallischen Namen veredeln würde.

Die frühen Fallbeschreibungen waren alle ziemlich interessant, da sie die typische Erscheinungsform der Krankheit herausarbeiteten. Die Patienten waren gewöhnlich Frauen von sozial niedriger Herkunft, die männlichen Opfer hatten generell einen höheren sozialen und finanziellen Status: leitende Angestellte, Ärzte, Schauspieler. Diese ansonsten geistig völlig gesunden Frauen beharrten darauf, ihre Wahnvorstellung beweisen zu können, in Form von Zeichen wie »bedeutungsvollen Blicken, Botschaften über Zeitungsanzeigen oder telepathischer Kommunikation«.

Ich muß zugeben, daß mich de Clérambaults erste Fallanalyse amüsierte, als ich in Gedanken das Opfer – König George V. von England – mit dem, das ich kannte – Jed Segal –, verglich. Der französische Psychiater schrieb, einer seiner aufregendsten Fälle habe mit einer fünfzigjährigen Landsmännin zu tun gehabt, die davon überzeugt gewesen sei, König George liebe sie – obwohl sie sich nie begegnet waren. Sie glaubte, britische Touristen und Seeleute wären Abgesandte Seiner Majestät, zu ihr geschickt, um ihr seine Liebe zu erklären. Die Frau fuhr mehrmals nach London. Auf einer dieser Reisen, im Jahre 1918, stand sie stundenlang vor dem Buckingham Palace und wartete darauf, einen Blick auf ihren Geliebten zu erhaschen. Als sie schließlich sah, wie sich ein Vorhang in einem Fenster bewegte, interpretierte sie dies als Signal des Königs. Und all denen, die sie zur Vernunft zu bringen suchten, erklärte sie: »Der König mag mich hassen, aber er kann mich nie vergessen.«

Nach diesem heiteren Abschluß konnte ich das Buch für die Nacht schließen und schlafen gehen.

Ich griff nach dem Lichtschalter und bemerkte, daß die rote Lampe an meinem Anrufbeantworter nicht blinkte. Ich meinte mich daran zu erinnern, daß David Mitchell gesagt hatte, er habe eine Nachricht hinterlassen, kurz bevor ich gestern abend von *Rao's* nach Hause gekommen war. Aber dann fiel mir ein, daß Maureen ihren Mann angerufen hatte, dabei hatte sie vermutlich aus Versehen den Rückspulknopf berührt. Morgen früh würde ich meine Eltern anrufen, um mich bei ihnen zu melden, aber einstweilen würde ich mich Träumen von einer *psychose passionnelle* hingeben. Alles – sogar eine Geisteskrankheit – klang auf französisch besser.

22

Es regnete nicht mehr, als mein Wecker um sieben Uhr läutete, und als ich die Vorhänge öffnete, blickte ich in einen herrlichen Oktobermorgen hinaus. Es war Donnerstag, und ich versuchte mich daran zu erinnern, wie mein heutiges Programm aussah, während ich mich duschte und an das Wochenende dachte. Ich hatte es ursprünglich mit Jed verbringen wollen, und darum gab ich mich nun Tagträumen von einer entfesselten Einkaufstour hin, einer neuen Frisur, die ein neues »Ich« verkünden würde, und einem Frauenabend mit ein paar meiner Freundinnen in einem schicken Restaurant.

Ich hatte keine Lust, mir ein Taxi zu besorgen, darum rief ich bei einem Chauffeurdienst an und ließ mich ins Büro bringen. Fast auf der ganzen Fahrt downtown las ich meine *Times*, ein bißchen abgelenkt vom Radiosprecher. Als ich das Gebäude durch die Drehtür betrat, war ich froh, Battaglias Wagen noch nicht auf seinem reservierten Parkplatz direkt vor der Behörde zu sehen.

Laura trank mit Rods Sekretärin ihren Kaffee draußen auf dem Gang, und die Telefone standen noch still. Ich schaltete meinen Computer an und schickte per E-Mail ein paar Nachrichten ab. Dann beschäftigte ich mich mit meiner Erwiderung auf die Anträge, die ich im Reynolds-Fall vorlegen mußte.

»Darf ich reinkommen?« Ich sah auf und erblickte meinen alten Freund Mickey Diamond, langjährigen Gerichtsreporter der *Post*. Er war seit fast dreißig Jahren im Gerichtssaal zu Hause und galt als Doyen der Boulevardblattgerichtsreportage. Diamond war groß und schlank, hatte silbernes Haar und ein unwiderstehliches Lächeln – sogar dann, wenn er besonders unverschämt war. Eine Pressekonferenz über einen Vergewaltigungsfall ging nie zu Ende, ohne daß er wissen wollte, wie das Opfer aussah. Auch wenn Battaglia sich weigerte, diese Frage zu beantworten, Mike brachte eine erfundene Beschreibung. Wenn er annahm, das Opfer sei schwarz gewesen, weil sich das Verbrechen in einem Mietshaus in Harlem abgespielt hatte, würde sie in der Zeitung als »schwarzhaarige Schönheit« erscheinen, falls die Vergewaltigung in einem Stadthaus an der Upper East Side erfolgt war, war die Frau unweigerlich eine Blondine.

»Komm rein«, rief ich und versuchte, möglichst fröhlich zu klingen, weil ich wußte, daß dieser Besuch untypisch überfällig war, schließlich war ich in den Tod eines Filmstars verwickelt.

»Gibt's was Neues?«

»Nein, Mickey. Nichts, was sich zu berichten lohnte.«

»Ich meine, was Inoffizielles.« Natürlich. Für Mickey Diamond existierte das Wort »inoffiziell« nicht.

»Ich mach' keine Witze. Ich hab' wirklich nichts für dich.«

»Hast du die ›Seite sechs‹ von heute schon gesehen?« fragte er – er meinte die Klatschkolumne der *Post*.

»Nee.« Ich gab es nur ungern zu, aber normalerweise kaufte ich mir das Blatt, weil es so viele Klatschgeschichten aus unserer Behörde enthielt. Seit ein paar Jahren las sich sogar der Lokalteil der *Times*, die sich früher zu fein dafür war, um über alle Sexualverbrechen der Stadt zu berichten, mehr und mehr wie die Boulevardpresse.

»Johnny Garelli ist wegen der Lascar-Ermittlungen in der Stadt. Er sagt, er sei gestern abend mit einer nicht identifizierten Blondine bei *Rao's* gewesen. Vermutlich ein Starlet oder eine Nutte. Ich dachte, vielleicht weißt du, wer sie ist, und gibst mir 'nen Knüller. Chapman und Peterson müssen dich doch auf dem laufenden halten.«

Merkte er, daß ich rot wurde? »Bei diesem Fall bin ich außen vor, Mickey. Bloß eine Zeugin.«

Sein Mund verzog sich zu diesem verschmitzten Lächeln, das normalerweise seine Wirkung auf mich nicht verfehlte. »Ach, komm schon, es rührt sich ja gar nichts. Hast du denn nichts für mich?«

Bedauerlicherweise waren die Themen meiner Fälle das Hauptfutter für Diamonds Storys, jedes Fleckchen an den Wänden des winzigen Gerichtspressebüros war praktisch mit seinen Schlagzeilen bedeckt, die er stolz seine »Wand der Schande« nannte. Ich zählte die Geschichten, in denen ich ein Covergirl gewesen war, schon gar nicht mehr.

»Und nun raus mit dir, bevor dich Battaglia bei mir sieht und glaubt, ich hätte dir was gesteckt. Zisch ab.«

»Gib mir bloß einen Satz über den Mordfall, ein Zitat, das ich exklusiv bringen kann. Bitte!«

»Du tickst wohl nicht mehr richtig! Ich möchte meinen Job behalten, Mickey, wirklich.«

»Darf ich mir was aus den Fingern saugen, in der Art von wie unglücklich du dich wegen Isabella fühlst? Ich versprech's dir, ich mach's dezent.«

Ich nahm meine Kleenex-Box und warf sie nach ihm – schon sein Antrag machte mich lachen. In den letzten drei, vier Jahren war es häufiger vorgekommen, daß Diamond mir einige weise Aussprüche zugeschrieben hatte – in Anführungszeichen. Und das jedesmal, bevor ich – strenge Dienstvorschrift! – Battaglia auch nur um Erlaubnis bitten konnte, zu einem der Reporter über einen Fall oder ein Problem sprechen zu dürfen. Sogar der Bezirksstaatsanwalt hatte aufgehört, mich abzukanzeln, er wußte schließlich, daß es nicht meine Schuld war, sondern daß Mickey das Statement einfach erfunden hatte. Er versuchte immer, dabei das zu sagen, was ich seiner Meinung nach über ein bestimmtes Thema denken würde.

»Hey, du schuldest mir noch was. Mein Redakteur wollte, daß ich eine Story über dich und Jed Segal mache. Er hatte sogar schon 'ne Schlagzeile: ›MISS STAATSANWALT BLEIBT UNGEKÜSST‹, aber ich hab' mich geweigert –«

Blitzschnell war ich aus meinem Stuhl hochgefahren und lief zur Tür. »Ich werd' dir deinen verdammten Hals brechen, wenn du an eine solche Story auch nur zu denken wagst.«

»Sachte, sachte«, sagte er und hob die Hände vor sein Gesicht, als ob er einen Schlag von mir abwehren wollte. »Sei doch nicht so empfindlich, ich hab' ja nur einen Witz gemacht.« Er wich zurück, vorbei an Lauras Schreibtisch. »Die Lokalredaktion hat einen anonymen Tip bekommen. Hast du schon gehört, daß Garelli mal einen Kerl umgebracht hat, als er noch bei den Marines war? Ich meine, keinen Feind – einen seiner Kumpels. Hat ihn ins Koma geprügelt, wegen nichts und wieder nichts – der andere hatte ihn bloß beleidigt. Vier Monate später ist er in einem Militärkrankenhaus gestorben. Wir versuchen gerade, das zu überprüfen, bevor die anderen es bringen. Was davon gehört?«

»Nein, kein Wort«, erwiderte ich und schüttelte verblüfft den Kopf. Das hatte mir Johnny nicht anvertraut, aber das war ja kaum überraschend.

Mickey verabschiedete sich mit einem letzten Versuch, zu einer Story zu kommen: »Ruf mich an, wenn du was Anständiges hast. Meine Phantasie sprudelt auch nicht mehr so wie früher. Ich bin eben nicht mehr so gut im kreativen Schreiben.«

Ich rief Mark Acciano an, um zu hören, wie lange der Richter die Geschworenen am Abend zuvor noch hatte arbeiten lassen.

»Ihre Beratungen haben fast bis Mitternacht gedauert, dann hat er sie ins Hotel geschickt. Heute morgen ging das Ganze um halb zehn weiter.«

»Haben Sie einen Sinn in dieser Unterbrechung erkennen können?«

»Nee. Sie sahen alle bloß müde und mürrisch aus, als er sie entließ. Unmöglich zu sagen, wo das Problem lag.«

»Irgendwelche Vermutungen von seiten der Gerichtsbeamten?« Obwohl es nicht astrein war, wenn die Gerichtsbeamten mit den Anwälten kungelten, berichteten sie ihnen doch oft über das, was sie von ihrem Standort vor der Tür der abgeschlossenen Geschworenenräume aus von der Diskussion mithören konnten. Es kam immer wieder vor, daß alle zwölf sich in den Haaren lagen oder sie sich zu elft gegen einen verschworen.

»Nicht mal ein Flüstern. Ich geh' gleich hoch, um das Ende im Gerichtssaal abzuwarten. Ich werd' Ihnen sagen, was passiert. Und vielen Dank, Alex, für Ihren Rat wegen des Schlußplädoyers. Ich hätte nie daran gedacht, all diese Einzelheiten hineinzupacken, aber ich glaube, es hat eine Menge geholfen. Ihre Anmerkungen waren ein Geschenk des Himmels.«

»Dafür bin ich schließlich da. Schnappen Sie sich ihn.«

Laura meldete sich über die Gegensprechanlage. »Dr. Mitchells Sekretärin hat gerade angerufen. Ich soll Ihnen sagen, er erwartet Jed um halb acht heute abend in seiner Praxis – Sie wüßten schon, worum es geht.«

»Ja, Laura, ich weiß es. Bin gleich wieder da, ich will mir nur eine Tasse Kaffee holen.«

Ich begab mich nach nebenan zum Legal Hiring Office, wo es den ganzen Tag frischen Kaffee gab, um die Bewerber zu beeindrucken, die sich jedes Jahr zu Tausenden um einen Posten in Battaglias Behörde bewarben. Als ich mit meiner dampfenden Tasse zurückkam, stand Laura neben ihrem Schreibtisch. »Mercer ist dran. Es sei dringend.«

Ich nahm Lauras Hörer auf. »Ja?«

»Coop, es ist fast vorbei.«

Erst nach einer Weile ging mir auf, daß er nicht über Isabellas Fall sprach. »Was ist passiert?«

»Er hat es heute morgen wieder versucht. Zwei Blocks von der letzten Tat entfernt. Identischer Modus operandi – die gleiche Anmache, die gleiche Beschreibung, die gleiche Sprache. Die Frau läßt den Typen herein, er zieht das Messer. Das einzig Neue war, daß ihr Mann im Schlafzimmer war. Der hört den Lärm und kommt in die Küche – Mr. William Montvale ist so geschockt, daß er alles fallen läßt und zur Tür rausrennt.«

»Halt, halt, warte mal. Ich komm' da nicht mit. Wer ist William Montvale? Der Ehemann?«

»Nein, nein, Miss Cooper, halt dich fest. Der Mann, nach dem wir gesucht haben, heißt William Montvale, von den lokalen Medien auch Con-Ed-Vergewaltiger genannt. Der Vergewaltigungsversuch von heute morgen war nicht nur erfolglos, sehr zur Freude des ausersehenen Opfers, sondern ich ruf' auch höchstpersönlich an, um dir zu sagen, daß die New Yorker Polizei den Fall gelöst hat, nur für dich, Mädchen.«

»Ich weiß ja, daß du mir das noch erklären wirst, Mercer, ja?«

»Versprich mir eins, Coop. Keine Verabredungen für die nächsten siebzig Stunden, okay? Keine Champagnerdinners, keine Ausflüge aus der Stadt. Sobald ich Montvale zu fassen kriege, ruf' ich dich an oder melde mich über deinen Piepser, ganz egal, wieviel Uhr es ist. Dann kannst du die Gegenüberstellungen organisieren und mit dem Frage-und-Antwort-Spiel beginnen. Macht dich das glücklich?«

»Überglücklich, Mercer.«

»Nun willst du wohl wissen, warum *ich* weiß, daß der Vergewaltiger William Montvale ist. Ist das Ihre Frage, Frau Staatsanwältin? Und die Antwort lautet: Die übliche hervorragende

Detektivarbeit, die Sie mit mir und meiner Mannschaft verbindet, mit einem Schuß – äh – sagen wir mal, großem Glück. Ehrlich gesagt, unglaubliches Glück. So, wie eben die meisten Verbrechen gelöst werden, Alex.«

»Erzähl mir, was passiert ist.« Mein Herz schlug heftig bei der Vorstellung, daß dieser Wahnsinnige bald gefaßt und seine kleine Schreckensherrschaft beendet sein würde, bevor ihm noch eine Frau zum Opfer fiel.

»Als der Ehemann aus dem Schlafzimmer kam, geriet Montvale so durcheinander, daß er sein Messer fallen ließ. Er bückte sich, um es aufzuheben, aber die Zeitung, die er in seiner Gesäßtasche hatte, verfing sich unter dem Gaszähler und fiel auf den Boden. Entweder merkte er das nicht, oder er war froh, wenigstens das Messer zu schnappen, falls er es brauchte, um sich den Weg nach draußen zu erkämpfen. Bis das Ehepaar ihren Portier verständigt hatte, war Montvale die Treppe hinuntergelaufen und zum Lieferanteneingang hinten hinaus. Weg.

Die beiden waren so schockiert, daß sie sich einfach ins Wohnzimmer setzten und einander umklammerten, bis die Polizei kam. Und da sah der erste Cop am Tatort die *Post* auf dem Küchenboden und hob sie auf.«

»Das ist ja ein Knüller für Mickey Diamond. Vergewaltiger lesen am liebsten die *New York Post*. Ich hoffe, seinem Redakteur gefällt das. Und wie ging's weiter?«

»Der Cop fragt das Ehepaar, ob das ihre Zeitung sei. Die beiden sagen, nein. Der Typ hatte sie zusammengerollt, damit sie in seine Tasche paßte, also rollt der Cop sie auseinander. Und darin befindet sich ein Brief von der Bewährungsstelle des Staates New York an einen gewissen William J. Montvale, in dem dieser aufgefordert wird, um drei Uhr heute nachmittag auf dieser Behörde zu erscheinen und als Nachweis seiner Identität seinen Geburtsschein mitzubringen. Anscheinend ist er gerade aus dem Staatsgefängnis in New Jersey entlassen worden. Dort war man damit einverstanden, seine Bewährungsunterlagen nach New York zu transferieren, damit er wieder zu seiner geliebten Mutter ziehen konnte.«

»Nur weiter so – sag mir, wofür er in Jersey gesessen hat.«

»Ich versuch' dich ja bei Laune zu halten, Coop. Dein Instinkt war völlig richtig. Wegen vier Fällen von Vergewaltigung angeklagt, im Bergen County. Wir sind bloß deshalb nicht auf ihn gestoßen, weil er nicht in New York vorbestraft war. Wurde vorzeitig auf Bewährung entlassen, weil er in diesem Behandlungszentrum in Jersey war, du weißt, welches ich meine?«

»Klar, Mercer. Das, wo sie Vergewaltiger rehabilitieren. Und dann schicken sie sie geheilt in unsere Mitte zurück, wie William Montvale.«

»Dieser Kerl ist ein echter Profi. Ich werd' ihn für dich finden, Coop, aber dann mußt *du* ihn für immer aus dem Verkehr ziehen. Abgemacht?«

»Ich schwör's dir, Mercer. Was habt ihr vor?«

»Wir lassen das Haus von seiner Mama überwachen, aber wenn er merkt, daß er den Brief liegenlassen hat, wird er dort oder bei der Bewährungsstelle heute sicher nicht mehr auftauchen. Wir lassen sie trotzdem überwachen. Ein Team sieht die Akten des Gefängnisses in Jersey durch und sucht nach Namen von Besuchern, Freundinnen, Verwandten, Zellengenossen – von jedem, bei dem er untertauchen könnte. Dann werden wir überall dorthin ausschwärmen und sehen, ob dort heute irgendwelche ›John Does‹ aufkreuzen. Du weißt, daß ich ihn mir schnappen werde. Halt dich einfach bereit, ich liefere dir einen hieb- und stichfesten Fall.«

Ich wußte, daß er dies tun würde. Niemand konnte das besser als er. »Ich bin hier und hab' den Piepser rund um die Uhr an. Du brauchst mir nur zu sagen, was du brauchst.«

»Ich melde mich. Drück mir die Daumen.«

Ich rief Rose Malone an und bat sie, Battaglia zu sagen, daß es endlich eine Wende in dem Fall gebe, dann erklärte ich Sarah Brenner, sie müsse sich bereithalten, mich in den nächsten paar Tagen zu vertreten, falls ich mit der Verhaftung von Montvale beschäftigt sei. Sie erbot sich, bei meinen für den Nachmittag angesetzten Zeugenvernehmungen einzuspringen. Sie wußte, wie schwer es mir fallen würde, mich zu konzentrieren, während ich ständig auf dem Sprung zur Special Victims Unit war, sobald Mercer anrufen würde.

Mein Kontaktmann in der Staatsanwaltschaft des Bergen County hatte mir früher schon einmal geholfen. Ich wandte mich wieder an ihn und bat ihn, sich die abgeschlossene Akte des

Verdächtigen zu besorgen und nachzusehen, ob es noch eine andere Verbindung nach Jersey gab, die uns etwas nützen könnte. Überquer bloß nicht den Hudson, flehte ich Montvale im stillen an. Ich möchte mich nicht mit den Verzögerungen eines Auslieferungsbegehrens herumärgern müssen – ich will dich hier schnappen, ich will, daß diese Frauen dich identifizieren und hinter Gitter bringen, wo du bleibst, bis du ihn nicht mehr hochkriegst und das nie wieder jemandem antun kannst.

Wieder ein Lunch an meinem Schreibtisch – diesmal bestand er aus einem Becher Magerjoghurt und Mineralwasser. Ich rief alle halbe Stunde bei Mercer an, aber die gesamte Einheit war im Einsatz, und die Angestellte, die die Telefone bediente, wußte nicht, auf welcher Leitung Mercer zu erreichen war.

Kurz nach zwei meldete sich Laura über die Gegensprechanlage und kündigte mir eine unangemeldete Besucherin an. Gerade jetzt konnte ich wirklich keine Zeugin ohne einen Termin gebrauchen. Ich konnte sie nicht an Sarah verweisen, die schon genug mit den zusätzlichen Aufgaben zu tun hatte, die ich an sie delegiert hatte. Angela Firkin hatte dem Sicherheitsbeamten in der Halle ein zerknittertes Stück Papier vorgelegt, auf dem mein Name stand, zusammen mit der Adresse dieses Gebäudes.

Ich holte sie in mein Büro und forderte sie auf, mir gegenüber Platz zu nehmen. »Woher haben Sie meinen Namen, Miss Firkin?« erkundigte ich mich, während ich einen Block nahm, um mir Notizen über unsere Unterhaltung zu machen.

»Ich hab' die Krisen-Hotline angerufen und denen mein Problem vorgetragen, die haben mir gesagt, ich soll mit Ihnen reden.«

»Ich verstehe. Haben die auch davon gesprochen, zuerst Anzeige bei der Polizei zu erstatten?«

»Ich kann nicht zur Polizei gehen, Miss Cooper. Ich weiß es zu schätzen, daß Sie mich ohne einen Termin empfangen, aber ich war so durcheinander, ich konnte einfach nicht aufs Polizeirevier gehen. Das Ganze hat etwas mit einem Mann in Uniform zu tun, und ich fühl' mich unwohl, mit der Polizei zu reden.«

»Also gut«, sagte ich, nachdem ich mir die Personalien notiert hatte, »nun erzählen Sie mal, was passiert ist.«

Angela Firkin war 28 Jahre alt und wohnte allein in einem Mietshaus in den East Eighties. Sie lebte von einer Behindertenrente und einer bescheidenen Erbschaft, konnte aber nicht arbeiten, weil sie schon seit langem wegen Schizophrenie behandelt wurde. »Ich gehe nicht viel aus, nur zur Gymnastikstunde im Viertel und zum Einkaufen. Alles andere besorge ich mir über den Versandhandel. Vor ein paar Wochen bekam unser alter Postbote einen Herzinfarkt, und dann kam ein Neuer. Ich seh' ihn oft, weil einige von den Sachen, die ich bestelle, zu groß für den Briefkasten sind. Die Sendungen von meinem Buchclub, die Dinge, die ich telefonisch bestelle, Sie wissen schon.«

»Sicher.«

»Na ja, am Anfang war's ja auch kein Problem. Dann klingelte er eines Tages an meiner Tür, als er ein Paket brachte, und sagte, bei der Post gäbe es neue Vorschriften. Es sei wegen des ganzen Ärgers, den der Staat mit Drogenschmugglern hätte, mit der, äh, ›Konterbande‹, so nannte er das, glaub' ich. Er sagte, ich müsse das Paket vor seinen Augen öffnen, damit er sehen könne, was drin sei. Es waren ein Paar würfelförmige Zirkonohrringe, die ich für sechzehn Dollars bestellt hatte, also zeigte ich sie ihm. Ein paar Tage später machte er das gleiche bei meiner Krimibestellung, obwohl der Absender und alle Angaben vom Buchclub draufstanden.«

Angela erzählte die Geschichte flüssig und zusammenhängend, also ließ ich sie ohne Unterbrechung weiterreden.

»Dann kommt der Typ, er heißt Oscar Lanier – so steht's auf seinem Namensschild –, an diesem Montag also kommt der Typ wieder mit einer Sendung für mich. Diesmal sind es einige Pillen, aber rezeptfreie. Von der ABC Vitamin Company. Ich muß eine Menge Medikamente nehmen wegen meines – na, Sie wissen schon, wegen meines Zustands, aber ich hab' mir auch ein paar Vitamintabletten schicken lassen. Also Oscar sagt: ›Ich muß Sie durchsuchen, bevor ich Ihnen dieses Päckchen gebe.‹

Ich hab' gesagt: ›Was? Davon habe ich noch nie was gehört.‹ Und er sagt: ›Neue Vorschriften, ich hab's Ihnen ja gesagt, neue Postvorschriften. Ich bin überzeugt, daß Sie okay sind, aber heutzutage ist es gefährlich, die Häuser von Leuten zu betreten. Sie haben das zu unserem Schutz angeordnet.‹

Ich hatte irgendwie Mitleid mit ihm, ich meine, ich möchte ja nicht in so viele Wohnungen in dieser Stadt gehen. Zu Leuten mit Pitbullhunden und zu Drogenhändlern und wer weiß nicht alles. Also ging ich in die Diele, Oscar setzt seine Tasche ab und fängt an, mich zu filzen, wie im Film. Aber ich sag' Ihnen, Miss Cooper, er tappt mit seinen Händen immer wieder über meine Brüste. Ich sage: ›Das reicht, Oscar.‹ Und dann gibt er mir das Päckchen und bedankt sich bei mir.«

Ich fragte Angela, wie lange das Ganze gedauert und wo genau und wie der Postbote sie berührt habe. Sie gab bereitwillig Auskunft.

»Dann war er heute morgen wieder da. Ich sag' Ihnen, ich hab' diese Woche meine Post noch nie so früh gekriegt. Er hat ein Paket für mich dabei, ohne Absender. Dann sagt er, es sieht verdächtig aus. Ich sehe, es ist in Philadelphia abgestempelt, und weiß, meine Kusine Muriel schickt mir die Lutschbonbons, die ich so mag. Sie klebt nie einen Absender drauf – falls nicht genügend Briefmarken drauf sind, will sie's nämlich nicht wieder zurück haben. Dann soll ich's bezahlen. Aber Oscar sagt, nein, er muß mich durchsuchen und dann selber nachsehen, ob die Bonbons drin sind. Diesmal steckt er seine Hand in meine Bluse und berührt meine Brust. Das ist doch unglaublich! Ich hab' ihm eine geschmiert, bin reingegangen und hab' die Tür verriegelt. Und die Bonbons hab' ich auch nicht mehr bekommen.«

Ich stellte ihr noch ein paar Fragen und bat Miss Firkin dann, draußen zu warten, während ich auf dem Postamt anrufen würde.

»Das hab' ich schon getan, Miss Cooper. Keine neuen Vorschriften. Oscar hat mir nichts als Stuß erzählt – hat wohl geglaubt, er hätte leichtes Spiel mit mir, bloß weil ich meine Pakete haben will. Es gibt überhaupt keine neuen Vorschriften.«

Ich hatte sowieso nicht an diese neuen Vorschriften geglaubt, ich wollte bloß nachprüfen, ob Oscar tatsächlich Angestellter der US-Regierung war. Laura führte Angela zu einem Stuhl draußen auf dem Gang und brachte ihr ein Erfrischungsgetränk, und ich telefonierte herum. Ja, es gab einen Oscar Lanier, und das war auch seine Postroute, allerdings war er noch in der Probezeit. Nur um meine Neugier zu befriedigen, gab ich seinen Namen ins Strafjustiz-Computernetz ein – das AJIS –, und nach wenigen Sekunden las ich, daß Lanier in diesem Jahr bereits im

Queens County wegen eines mittleren Vergehens verurteilt worden war. Und zwar wegen sexuellen Mißbrauchs, was mich nicht weiter überraschte. Mein nächster Anruf galt der Leiterin der Abteilung Special Victims in der Behörde des Bezirksstaatsanwalts von Queens. Ich erklärte ihr, worum es ging, und bat sie, mir zu sagen, was seinerzeit vorgefallen war. Eine Viertelstunde später rief sie zurück und berichtete mir, daß Oscar damals beim Sicherheitsdienst des JFK Airport angestellt gewesen sei. Er wurde verhaftet, nachdem sich mehrere weibliche Passagiere darüber beschwert hatten, daß er sie aus der Warteschlange herausgeholt, in sein Büro gebracht und versucht hatte, sie nach geschmuggelten Drogen abzusuchen. Er war entlassen, verurteilt und dann vom US Post Office wiedereingestellt worden, und dies alles innerhalb der letzten sechs Monate. Es war einfach unvorstellbar.

Ich holte Angela wieder herein, versicherte ihr, daß dieser Postbote kein drittes Mal klingeln würde, und erklärte ihr, ich würde eine Kriminalbeamtin damit beauftragen, den Fall mit ihr durchzugehen. Nachdem sie gegangen war, tätigte ich die erforderlichen Anrufe, damit Lanier vorläufig vom Dienst suspendiert wurde, während wir die Angelegenheit untersuchten. Es war schon fast fünf Uhr, als ich damit fertig war und mich endlich um den restlichen Papierkram auf meinem Schreibtisch kümmerte.

Mark Acciano rief an und sagte, der Richter würde seine Geschworenen heute nur bis zehn dabehalten, wenn es bis dahin keinen Schuldspruch gebe, würde er den Prozeß wegen schwerer Verfahrensmängel einstellen. Ich versuchte ihn aufzumuntern und versicherte ihm, ich würde mit ihm ausharren, solange es keine neuen Entwicklungen im Fall Montvale gab. Laura fragte mich, ob sie ein bißchen früher gehen könnte, weil sie zum Zahnarzt mußte, und ich sagte ihr, ich würde die Anrufe selbst entgegennehmen. Ich setzte mich an meinen Schreibtisch und ging den Stapel Post durch, der am Nachmittag eingetroffen war. Zwei Anfragen für Schriftsätze zur Unterrichtung des Gnadenausschusses, welche Stellung unsere Behörde in den Fällen beziehen würde, die dort nächsten Monat verhandelt werden sollten, eine Bitte, eine Vorlesung vor einer Frauengruppe an einem

College in Pennsylvania zu halten. Ganz oben auf dem Stapel lagen mehrere Angebote, Computersoftware zu testen, mit der sich die Vorbereitung von Schriftsätzen schneller abwickeln ließe.

Eingezwängt dazwischen war ein kleiner Brief, der ein persönliches Schreiben zu sein schien. Er war frankiert, aber nicht abgestempelt, und ich vermutete, daß er eigenhändig abgegeben worden war. Ich schlitzte ihn auf und entfaltete das engzeilig beschriebene Blatt. Es begann mit der Anrede »Teuerste Alexandra«. Mein Blick flog sofort zum unteren Rand des Bogens, und ich sah, daß das Schreiben mit der gleichen Formel schloß wie der Brief, den Isabella erhalten hatte: »Alles Gute, Cordelia Jeffers, Fellow, Royal Academy of Medicine«.

Mir rasten tausend Gedanken durch den Kopf. Ich war wütend, weil ich den Brief und den Umschlag berührt und dabei vielleicht Fingerabdrücke verwischt hatte; ich wollte, Mike oder David oder sonst jemand, der den Fall kannte, würde neben mir sitzen, während ich den Text las; ich überlegte, ob ich nicht direkt in Battaglias Büro gehen und ihm sagen sollte, das Ganze würde mir über den Kopf wachsen – und doch konnte ich nicht aufhören weiterzulesen.

Teuerste Alexandra,

ich habe hin und her überlegt, ob ich diesen Brief an Ihr Büro oder zu Ihrer noblen Wohnung schicken sollte, aber ich war mir nicht sicher, ob Sie ihn zu Hause unter den Dutzenden von gelben Rosen bemerken würden, für die unser gemeinsamer Freund auch weiterhin sein Geld verschwendet.

Manchmal, mein kluges Mädchen, überrascht mich das, was Sie tun. Haben Sie es denn nicht als erniedrigend, ja als ausgesprochen demütigend empfunden, ihn mit dieser allzeitbereiten Schlampe, dieser Cleopatra-artigen Hure, mit der Sie sich törichterweise angefreundet haben, ins Bett springen zu lassen? Und doch haben Sie sich weiterhin so verzweifelt nach seiner Gesellschaft gesehnt, daß Sie mit ihm in seiner Limousine gefahren sind und ihm gestattet haben, sich wieder bei Ihnen einzuschmeicheln. Verweigern Sie ihm die Hilfe, die er verlangt, er braucht sie nicht.

Wie sie vor Ihnen werden auch Sie feststellen müssen, daß die Frau, die er wirklich liebt, Ihnen weder an körperlicher Schönheit, sozialem Status, materiellen Gütern noch an professioneller Anerkennung auf ihrem Gebiet ebenbürtig ist.

Wie Sie wissen, tun Frauen im Namen der Liebe verrückte Dinge, und noch verrücktere, wenn sie das Gefühl haben, daß der geliebte Mann ihnen entgleitet, sich widersprüchlich verhält.

Hat nicht der unsterbliche Barde gesagt: »Einer mag lächeln und lächeln und doch ein Schurke sein«? Denken Sie daran, und geben Sie der Versuchung nicht nach.

Alles Gute,
Cordelia Jeffers
Fellow, Royal Academy of Medicine

Ich las dies dreimal und versuchte, es zu verstehen. Woher wußte diese Frau, diese Person, die Dinge, von denen sie in ihrem Brief sprach? Die gelben Rosen, meine kurze Fahrt in Jeds Limousine, sein Flehen um Hilfe in diesen letzten paar Tagen, seine Affäre mit Isabella. Ich glaubte nicht an Hellseherei, aber wie konnte es mir entgangen sein, daß jemand mir folgte, wohin auch immer ich ging? Das war doch eigentlich unmöglich.

Dann war da dieser Absatz, der identisch war mit einem Absatz in Isabellas Brief und sich auf die Frau bezog, die Jed wirklich liebte. Wieder wurde ich daraus überhaupt nicht schlau.

Wer war die Geliebte, der Jed entglitt? Wegen wem geriet er in einen Widerstreit der Gefühle? War es vielleicht seine Ex-Frau, die über die Entfremdung verbittert war? Ich hatte dies Chapman gegenüber nicht einmal angedeutet. Ich wußte nichts weiter über sie, als daß sie wie viele andere Frauen in ihrer Ehe unglücklich gewesen, nach der Scheidung aber noch unglücklicher war. Warum hatte ich mich nicht mehr nach ihr erkundigt?

Ich rief bei der Wache an der Sicherheitsschleuse an und fragte den Beamten, ob er sich an jemanden erinnere, der vor einiger Zeit bei ihm einen Briefumschlag hinterlassen habe. Er wies mich darauf hin, daß um vier Schichtwechsel gewesen war. Als er seinen Dienst angetreten habe, seien bei ihm nur Sendungen vom Polizeipräsidium abgegeben worden. Ich müsse mich morgen früh bei der Tagesschicht erkundigen. Mike Chapman und David Mitchell mußten sofort von diesem Brief erfahren. Ich rief in Davids Praxis an und erreichte nur den Anrufbeantworter. Ich sprach auf Band, davon ausgehend, daß er es bald abhören werde, schließlich wollte er irgendwann innerhalb der nächsten zwei Stunden Jed empfangen, und hinterließ ihm, daß ich eine Kopie des Briefes faxen würde, bevor ich mein Büro verließe.

Ich versuchte Mike zu erreichen, aber er war noch nicht im Morddezernat, also legte ich auf und ging den Gang hinunter, um das Faxgerät vor Rods Konferenzzimmer zu benutzen. Als ich zu meinem Schreibtisch zurückkehrte, hörte ich das Telefon schon von weitem läuten, und ich rannte hin, um abzuheben.

»Wir haben den Scheißkerl geschnappt, Coop. Wir können loslegen.«

»Mercer! Wie habt ihr das geschafft?«

»Offenbar hat er sich, kurz bevor er das Gefängnis verließ, eine ATM-Karte besorgt. Eine Geldautomatenkarte der Metro-Bank. Ich hab' das heute vormittag vom Gefängnis erfahren. Ich hab' die Bank angerufen und ihnen gesagt, sie sollen die Karte sperren, da ich mir dachte, er würde Geld holen, wenn er auf der Flucht ist. Er hat es bei drei Automaten probiert und erhielt überall die Auskunft ›Karte ungültig‹. Dann rief er vom gebührenfreien Telefon aus die Hotline der Bank an. Der Filialleiter sagte ihm, er solle nach Dienstschluß um halb fünf vorbeikommen, die Karte müsse wohl defekt sein. Der Manager rief bei mir an, und ein paar von unserem Team nahmen den Termin mit ihm wahr. Das Wort ›Überraschung‹ bekommt eine neue Bedeutung.«

»Das ist ja phantastisch. Wo bist du jetzt?«

»Noch immer in der Bank. Hör zu, laß dir Zeit. Wir nehmen ihn erst mal mit aufs Revier und drehen ihn durch die Mangel.« Fotos, Fingerabdrücke, Handflächenabdrücke, Hintergrundinformationen. »Der Boß beauftragt gerade die Jungs, die Opfer anzurufen und für die Gegenüberstellungen abzuholen. Ich werd' mich mal ganz nett und locker mit ihm unterhalten und hören, ob er mit meiner Lieblingsstaatsanwältin reden und ihr sagen will, warum er mit Frauen diesen Scheiß macht. Du fährst inzwischen heim, ruhst dich aus – das wird ein langer Abend werden – und kommst dann um sieben, halb acht rüber zum Revier. Ist das okay?«

»Klar. Ich fahr' heim und zieh' mich um, ich bin gleich da. Sag mir, was du noch brauchst.«

»Hast du jemanden, der einen Durchsuchungsbefehl für die Wohnung seiner Mutter ausstellen kann, während du bei uns oben bist? Wir wollen mal sehen, ob er dort seine Klamotten oder den Schmuck der Frauen hat.«

»Kein Problem. Ich kann das telefonisch durchgeben, wenn ich bei dir drüben bin. Steht alles im Computer im ECAB« – unserem Early Case Assessment Bureau, dem Vorermittlungsbüro, wo jeder, der Dienst hatte, mir bei dem abendlichen Papierkram helfen konnte. »Und noch etwas, Mercer. Kannst du deinen Boß im Zaum halten? *Kein* Spießrutenlaufen. Bitte, fleh ihn für mich an. Nicht bevor die Opfer die Chance haben, ihn bei der Gegenüberstellung zu identifizieren. Bring ihn mit einer Jacke über dem Kopf aufs Revier, ja?«

»Darauf kannst du wetten. Bis später.«

In Fällen wie diesem konnte die Publicity völlig außer Kontrolle geraten. Immer wieder zogen hohe Tiere von der Polizei ihre Show ab, indem sie einen Verdächtigen aus dem Streifenwagen holten, was dazu führte, daß das Gesicht des Angeklagten überall im Lokalfernsehen und in den Zeitungen zu sehen war. Für die Opfer, die das »Spießrutenlaufen« sahen, bevor sie bei einer offiziellen Gegenüberstellung zugegen waren, bedeutete das oft, daß die Verteidiger die Richtigkeit der Identifikation in Frage stellten, dem Opfer wurde es so verwehrt, beim Prozeß den Angreifer zu identifizieren. Wir standen so dicht vor einem großartigen Erfolg, ich wollte nicht, daß es jetzt noch vermasselt würde.

Ich packte alles ein, was ich zur Leitung der Ermittlungen von Mercers Revier aus benötigen würde, hinterließ Laura eine Nachricht, daß ich am nächsten Morgen vielleicht später käme – je nachdem, wie lange ich heute nacht auf dem Revier bleiben mußte –, und rief Rose Malone an. »Ist Battaglia da?«

»Er ist in einer Besprechung, Alex. Der Strafrechtsberater des Gouverneurs ist bei ihm. Möchten Sie, daß ich ihn störe?«

»Aber nein. Ich wollte ihm bloß als erstem sagen, daß wir den Con-Ed-Vergewaltiger wohl haben. Sagen Sie ihm, ich ginge jetzt aufs Revier, um die Gegenüberstellungen vorzunehmen und die Aussage aufzunehmen. Ich unterrichte ihn morgen vormittag ausführlich.«

»Meinen Glückwunsch, Alex. Darüber wird er sich wirklich freuen. Ich setz' Sie gleich zum Lunch in seinen Terminkalender. Ich bin sicher, daß er alle Einzelheiten erfahren will.«

»Danke, Rose.« Hoffentlich war ich rechtzeitig zum Lunch wieder hier. Bis wir alle Zeuginnen beisammen hatten und das Videoteam im Morddezernat war, das konnte die ganze Nacht dauern.

Mein letzter Anruf galt den Videotechnikern. Früher hatten die Beamten Aussagen oder Geständnisse von Verdächtigen in Strafprozessen in ihren Notizbüchern festgehalten. Dann arbeitete unsere Behörde mehrere Jahrzehnte lang mit Stenographen, die uns auf Abruf begleiteten und die Fragen und Antworten einer Vernehmung im genauen Wortlaut niederschrieben, damit sie vor den Geschworenen bei einem Prozeß verlesen werden konnten. Seit fast zwanzig Jahren beschäftigten wir in der Behörde des Bezirksstaatsanwalts von Manhattan eine Einheit professioneller Videofilmer, die diese wichtigen Sitzungen auf Videoband mitschnitten – stets mit Wissen und Einwilligung der Angeklagten.

Dieses Verfahren bereitete der uralten Klage über polizeiliche Vernehmungen ein Ende: daß Cops Verdächtige zu Geständnissen zwängen oder sie aus ihnen herausprügelten. Nun fing die Videokamera die gesamte Szene ein. Der Angeklagte saß ruhig im Vernehmungszimmer an einem Tisch, seiner Fesseln ledig und unverletzt, oft mampfte er ein Doughnut und trank eine Limo, während der Staatsanwalt ihm seine Rechte verlas und von ihm die Einwilligung erhielt, ohne Hinzuziehung eines Anwalts fortzufahren.

Ich weiß noch gut, wie ich das erstemal mit einem Kameramann hinzugezogen wurde – ich wollte es einfach nicht glauben, daß ein Verbrecher damit einverstanden sein würde, daß sein Geständnis gefilmt und für immer festgehalten würde, um es später im Verfahren gegen ihn zu verwenden. Ich verlas dem Kerl seine Rechte, zeigte ihm die Kamera und erklärte ihren Zweck. Doch statt die Mitarbeit zu verweigern, setzte er sich gerade hin, kämmte sich das Haar, setzte sich für den Film die Baseballmütze ordentlich auf den Kopf und sprach ins Mikrofon, als hätte er seinen großen Auftritt im Filmstudio. Ich glaube, die Geschworenen waren mit ihren Beratungen schon nach zwanzig Minuten fertig. Schuldig.

In der Technischen Abteilung hob Bob Bannion ab. »Phantastisch, ich hätte nicht im Traum daran gedacht, daß ich Sie für heute abend kriege«, sagte ich. Bannion hatte das Videosystem bei uns eingeführt und leistete großartige Arbeit. Er war Profi und hatte einen trockenen Humor, der einen die lange Nacht in einem Vernehmungszimmer leichter überstehen ließ. Bob stand außerdem für alle Morde oder andere Kapitalverbrechen, die sich in den nächsten zwölf Stunden ereigneten, auf Abruf bereit, daher freute es mich, daß ich ihn als erster erwischt hatte. Ich erklärte ihm den Fall, an dem wir arbeiten würden, so daß er wußte, was auf ihn zukam. »Haben Sie noch was anderes in der Mache, oder darf ich Sie bitten, sich mit mir heute abend um neun bei der Special Victims Squad zu treffen?«

»Ich wollte gerade losziehen, um einen Tatort zu filmen. Mehrfacher Mord in Alphabet City« – der Lower East Side Manhattans, wo die Parallelstraßen zur First Avenue die Bezeichnung Avenue A, B, C und D trugen. »Sieht so aus, als ob ein paar Teenager eine wilde Schießerei veranstaltet hätten. Bislang keine Verhaftungen und für heute abend auch nichts in Aussicht, aber Rod hat mich gebeten, ein paar Innenaufnahmen von der Wohnung zu machen.« Zu den wichtigen Techniken, die Bob entwickelt hatte, gehörten auch Videos von Tatorten, sobald man sie entdeckt hatte, so daß man ein für allemal eine Aufzeichnung jedes Details an seinem Platz hatte. Die Bedeutung von Gegenständen oder Anhaltspunkten neben einem Mordopfer wird bei den Ermittlungen oft erst viel später klar, und dann konnten die Detectives deren ursprüngliche Beziehung zur Leiche oder dem Beweismaterial eruieren, indem sie sich das Video ansahen.

»Wenn Sie dort fertig sind, würden Sie dann bitte zur Eightysecond Street raufkommen? Wir fangen mit den Gegenüberstellungen an, Sie brauchen sich also nicht beeilen. Ich melde mich über Ihren Piepser, um es abzublasen, falls er nicht redet. Der Typ ist einschlägig vorbestraft, daher ist er vielleicht smart genug, den

Mund zu halten. Rufen Sie mich an, falls Sie etwas Heißeres als das bekommen, ja?« Einschlägig Vorbestrafte waren oft gewitzt genug, kein Geständnis abzulegen, das dazu beitragen würde, daß ein Geschworenengericht sie einlochen würde.

Ich verließ das Gebäude und bekam an der Ecke Worth Street ein Taxi, das sich mitten in der schlimmsten Rush-hour den FDR Drive Richtung uptown entlangquälte, um mich zu meiner Wohnung zu bringen. Ich lief am Portier vorbei, ignorierte den Briefkasten, wartete mit mehreren Nachbarn auf den Fahrstuhl, und sauste zuallererst in mein Schlafzimmer, wo ich rasch aus meinen Arbeitsklamotten schlüpfte. Ich zog mir Jeans, eine Bluse und einen Blazer an, um für eine lange Nacht gerüstet zu sein, in der ich auf Schreibtischen sitzen würde, die von Kaffeeflecken übersät waren, und mir Notizen machte, während ich mich an staubige Aktenschränke lehnte. Eine Handtasche würde ich dabei nicht brauchen – ich klemmte meinen Piepser an den Gürtel und stopfte mir ein wenig Geld in die Jacke, so daß ich für das Team etwas zum Essen und Trinken besorgen lassen konnte, das den ganzen Abend an dem Fall arbeiten würde.

Ich hatte nicht mal zwanzig Minuten gebraucht. Erst dachte ich daran, in Davids Praxis anzurufen, um zu hören, ob er Cordelia Jeffers' Brief, den ich ihm gefaxt hatte, schon gelesen hatte, aber als ich auf die Uhr blickte und sah, daß es kurz nach sieben war, wollte ich es nicht riskieren, gerade dann dort anzurufen, wenn Jed zu seinem Termin mit David aufkreuzte. Also hinterließ ich eine Nachricht auf Davids privatem Anrufbeantworter und erklärte ihm, wo ich mich den größten Teil dieses Abends aufhalten würde und daß ich versuchen würde, ihn zu erreichen, falls ich auf dem Revier eine freie Minute hätte.

23

Ich fuhr mit dem Fahrstuhl nach unten, trat auf den Gehsteig hinaus, schnappte mir ein Taxi, wies den Fahrer an, über die Transverse Road von der Eighty-fifth Street zur Columbus Avenue zu fahren, und stieg dann an der Ecke Eighty-second aus, um das kurze Stück zum 20. Revier zu Fuß zu gehen. Der uniformierte Cop am Empfang hielt mich auf, als ich das Gebäude betrat, also zeigte ich ihm meinen Ausweis und ging die zwei Stockwerke zur Special Victims Squad hoch, die in den letzten paar Jahren für mich so etwas wie mein zweites Zuhause geworden war. Jedes schwere Sexualdelikt, das auf der Insel Manhattan passierte, wurde diesem kleinen Vorposten gewiefter Profis übertragen.

Oben stieß ich die schweren Feuerschutztüren auf, die das häßliche, braungekachelte Treppenhaus von den heruntergekommenen Amtsräumen der 31 Jahre alten Einheit trennten. Hier herrschte die hektische Aktivität, wie sie jede Wende in einem wichtigen Fall begleitet. Zahlreiche Detectives waren aus ihrer dienstfreien Zeit herbeizitiert und von anderen Fällen abgezogen worden, um sich daran zu beteiligen, die Opfer, Zeugen, Doubles oder Lückenfüller zusammenzutrommeln, die für die Gegenüberstellung wegen ihrer Ähnlichkeit mit dem Angeklagten benötigt wurden. Alles krempelte die Ärmel hoch, alle Kragen waren geöffnet, und die paar Krawatten, die ich erblickte, waren aufgeknotet und hingen lose herunter, wie es in der Welt der Kriminalbeamten so üblich war.

»Hey, Wallace, Cooper ist da«, hörte ich einen Mann, den ich nicht kannte, in Richtung des Sergeant-Büros rufen.

Mercer tauchte im Türrahmen auf und winkte mich herein. Ich wollte ihm gerade gratulieren, aber er fiel mir ins Wort.

»Der Captain ist stinksauer. Geh ihm bloß aus dem Weg.«

»Auf mich? Was hab' ich denn getan? Ich bin doch gerade erst gekommen.«

»Ihm hat deine Anweisung wegen des Spießrutenlaufens *nicht* gefallen. Er glaubt, du hättest das nur getan, damit Battaglia die

Pressemitteilung herausgeben kann und nicht wir. Und er ist sauer auf mich, weil ich dich so früh informiert habe – er wollte, daß ich dich erst anrufe, wenn wir alles unter Dach und Fach haben.«

»Was für ein bescheuerter Kindskopf! Wenn ich mir vorstelle, daß du mich hier im Stich gelassen hättest. Wann wird er endlich kapieren, daß dies einfach das Verkehrteste ist, das er in diesem Stadium des Falles tun kann? Das wäre genauso gewesen wie bei der letzten Sache, die er vermasselt hat. Da wollte er uns wegen eines Durchsuchungsbefehls nicht anrufen, um den Verdächtigen dazu zu bringen, eine Einwilligungserklärung zu unterschreiben. Der Richter wies die ganze Sache natürlich als unzulässig ab, sämtliches Beweismaterial – er sagte, sobald ihm Handschellen angelegt worden seien und er einen Anwalt verlangt habe, hätte er überhaupt keine Erklärung abgeben dürfen. Na, komm schon, was hat sich sonst noch getan, seit du mich angerufen hast?«

»Zunächst einmal mußte ich Mr. Montvale zur Toilette begleiten, damit er sich erleichtern konnte. An seinem Oberschenkel, gleich südöstlich von seinem Penis, befindet sich tatsächlich ein verschwommenes Muttermal, genauso, wie es Katherine Fryer beschrieben hat.«

»Großartig. Laß ein Foto davon machen, bevor er nach Riker's Island kommt und jemand ihm sagt, er soll es grün anmalen.«

»Schon erledigt. Inzwischen haben wir auch die meisten Leute da, die wir brauchen. Das Ehepaar ist da, wo er heute vormittag die Frau vergewaltigen wollte. Wir haben Miss Fryer erreicht. Detective Manzi ist gerade losgezogen, um das erste Opfer abzuholen, und das dritte ist bereits von Westchester mit ihrer Tochter hierher unterwegs. Sie ist nach der Vergewaltigung aus der Stadt weggezogen. Ich glaube, es fehlt uns nur noch eine Frau. Bei ihr zu Hause hebt niemand ab, also müssen wir sie uns vielleicht nächste Woche in deinem Büro vornehmen.«

»Ist jede in einem eigenen Kabuff?«

»Klar. Wir haben den Raum für Jugendliche und die Abteilung im zweiten Stock genommen. Keine Zeugin wird vor der Gegenüberstellung eine von den anderen sehen. Ich sag's dir, Cooper, du hast uns alle ganz schön unterm Pantoffel. Wir machen alles genauso, wie du es von uns verlangst.« Mercer lachte.

Es war wichtig, daß die Opfer, die sich die Reihe der Männer ansehen würden, vor dem Identifizierungsverfahren voneinander getrennt wurden. Früher war ich oft dabeigewesen, wie sie wegen des polizeilichen Procedere ins Kreuzverhör genommen wurden. Wurden sie im selben Streifenwagen zum Revier gebracht oder saßen im selben Warteraum zusammen, drehte sich ihre Unterhaltung unweigerlich nur um ein einziges Thema, nämlich das, das diese Frauen miteinander verband: ihren Angreifer. »Wie sah denn Ihr Typ aus?« – »Der Mann, der mich vergewaltigt hat, hatte einen Schnurrbart.« – »Mein Angreifer hatte einen Akzent.« – »Nein, ich glaube, meiner war größer als so.« Dann konnte der Verteidiger den Geschworenen gegenüber argumentieren, daß sich die Zeuginnen aufgrund dieser gegenseitigen Beschreibungen erinnerten und daß es schwer wäre zu sagen, woran sich jede Frau erinnert habe, bevor sie mit den anderen gesprochen habe. Man benötigte seither zwar dreimal so viele Leute, um jede einzelne Zeugin individuell zu begleiten, und in jedem leeren Kabuff im Revier wurde eine nervöse Zeugin verwahrt, bevor das Verfahren losging. Aber vor Gericht würde es bestehen.

»Wie sehen die Doubles aus?«

»Schau sie dir selbst an. Du kannst im Besichtigungsraum einen Blick auf sie werfen. Gott sei Dank war es ein schöner Abend – nicht so verregnet wie gestern. Da hängen jede Menge Gammler an den Straßenecken herum, die froh sind, für zehn Dollars vom Captain einzuspringen.«

Immer wieder kämmten die Cops Parks und Spielplätze nach passablen Ebenbildern der Verdächtigen ab – Leuten, die ihnen an Größe, Gewicht, Hautfarbe, Frisur ähnelten. Drogenbehandlungszentren und Obdachlosenheime waren ebenfalls gute Orte für Lückenfüller, die scharf auf den sofort ausbezahlten Zehner waren, wenn ihnen garantiert wurde, daß sie nicht wegen eines Verbrechens eingesperrt würden, selbst wenn sie vom Opfer fälschlich erkannt worden waren. Sie mußten nur ein paar Stunden arbeiten: zusammen mit dem Täter in einem Raum stehen und eine Nummer vor die Brust halten, dann konnten sie wieder gehen und sich eine Flasche Thunderbird oder ein paar Röhrchen Crack kaufen.

Die Einheit verfügte über einen eigenen Bereich für Gegenüberstellungen, der aus zwei getrennten Räumen bestand, die durch einen Einwegspiegel miteinander verbunden waren. Montvale und fünf Doubles würden in dem größeren Raum sein, zusammen mit ein paar Detectives, die in der Tür standen, um sein Verhalten zu kontrollieren und dafür zu sorgen, daß er nichts Unpassendes sagte oder tat. Er würde seine Position – eins bis sechs – selbst wählen dürfen, und jeder Mann würde ein großes quadratisches Schild mit seiner Nummer vor die Brust halten. Die Männer würden nichts weiter als einen großen Spiegel vor sich erblicken, der das Bild der Reihe reflektierte.

Mercer, jede einzelne Zeugin und ich würden in dem kleinen Raum auf der anderen Seite der Glaswand sein. Wir würden die Opfer nacheinander hereinholen, den Raum verdunkeln, sie vor die Glasscheibe führen und auffordern, sich die Männer anzusehen, die sie weder sehen noch hören konnten. Von unserer Seite aus war der Spiegel wie ein Fenster. Jede Frau würde sich die Reihe genau betrachten und uns dann sagen, ob sie irgend jemanden in diesem Raum wiedererkannte, und wenn dies der Fall war, welche Nummer er trug.

Ich trat ein, um den versammelten Ganoventrupp zu begutachten. »Nette Bande. Ich hoffe, keiner dieser Typen kommt hier raus, wenn ich heute nacht gehe. Warte mal, Mercer. Nummer drei. Laß ihn zu seinem Spind gehen und seine Uniformhosen und Dienstschuhe ausziehen, ja? Das wäre ja fatal.«

Wie üblich war einer der Lückenfüller ein Cop vom 20. Revier. Aber sobald der Pflichtverteidiger das Foto der Gruppe sehen würde, könnte er einwenden, daß die Beamten diesen Kollegen absichtlich dort postiert hatten, beinahe ganz in Uniform, um den Frauen die Auswahl zu erleichtern.

Mercer brüllte durch die Tür des anderen Raums. »He, Nummer drei. Hast du Jeans und Turnschuhe in deinem Spind? Unsere Modechefin möchte, daß du diese Treter und deine ordentlich gebügelte blaue Hose ausziehst. Troll dich.«

»Sag mal, Mercer, der sieht ja genauso schrecklich aus wie die Typen, die du von der Straße reingeholt hast.«

»Sie können nun mal nicht alle so gut aussehen wie ich, Cooper. Möchtest du Montvale sehen?«

»Klar, warum nicht?«

Wir gingen den Korridor hinunter, an der geschlossenen Tür des Captains vorbei, bis wir vor der kleinen Zelle standen, in der sich ein einziger Gefangener befand. William J. Montvale saß auf der schmalen Holzbank, die an der Wand gegenüber den Gitterstäben entlanglief. Er hatte die Arme verschränkt, die Beine weit auseinandergestreckt. Als er uns kommen sah, verzog sich sein Gesicht zu einem breiten Grinsen. »Ist dies meine Staatsanwältin, Mr. Wallace? Die Sie mir versprochen haben? Entschuldigen Sie, Ma'am, daß ich nicht aufstehe, aber ich hatte einen schweren Tag.« Ich hatte genug gesehen und wandte mich wieder zum Gehen, als Montvale Mercer zurief: »Sie sieht besser aus als die fette Sau, die meinen Fall in Jersey verhandelt hat, aber ich wette, sie ist keine Marcia Clark. Was meinen Sie, Mr. Wallace?«

Es würde mir ein Vergnügen sein, Montvale in den Knast zu schicken.

Im Hintergrund spielten die Telefone verrückt. Irgendein Cop, der jemandem einen Gefallen schuldete, hatte zweifellos einem Reporter die Nachricht von der Verhaftung gesteckt, und nun kamen die Anrufe schneller herein, als sie entgegengenommen werden konnten.

»Können wir loslegen?« fragte Mercer einen seiner Teamkollegen, der das Erscheinen der Leute koordinierte, die wir benötigten. »Ich möchte die Frauen hier wieder rausbringen, bevor sich die Übertragungswagen wie die Geier vor unserer Tür versammeln.«

»Es kann sofort losgehen. Wir warten nur darauf, daß du Montvale in den Raum bringst.«

Mercer ging zurück, um den Angeklagten aus seiner Zelle zu holen. Seine Handgelenke waren hinter dem Rücken gefesselt. Wallace legte eine seiner riesigen Hände um den Oberarm des Vergewaltigers und führte ihn mit festem Griff in den Raum mit den fünf Doubles. Er flüsterte Montvale ins Ohr, was ich von ihm schon so oft gehört hatte: Falls er einen beschissenen Muskel verziehe oder auch nur ein bißchen schiele, nachdem er ihm die Handschellen abgenommen habe und während diese Frauen durchs Fenster schauten, würde er ihm höchstpersönlich den Arsch aufreißen.

Während ich vor dem Raum stand, ließ Mercer Montvale seine Nummer für die Gegenüberstellung wählen. Er entschied sich für die Vier, und auf Wallaces Anweisung tauschten alle anderen Männer die Pappnummern reihum aus und hielten sie auf dem Schoß, während sie sich in einer Reihe auf Stühle setzten. Man hatte sie dahingehend instruiert, daß sich die ganze Gruppe auf Kommando erheben solle, jeder Mann würde einzeln vor den Spiegel treten und direkt hineinsehen, bevor er dem Betrachter sein Profil zuwandte, dann würden sie wieder zu ihren Stühlen zurückkehren und sich setzen.

Wallace ließ zwei seiner Teamkollegen neben dem Gefangenen Posten beziehen, machte mehrere Polaroidfotos von der Gruppe für die Anhörung im Vorverfahren und rief seinem Sergeant zu, die Frau zu holen, die am Vormittag überfallen worden war. Ich wartete draußen im Korridor vor dem Büro des Captains auf sie, stellte mich ihr dann vor und erklärte ihr das anschließende Vorgehen.

»Ich möchte gern, daß Sie mit mir und Detective Wallace in diesen Raum gehen. Sie brauchen keine Angst zu haben, wir sind die ganze Zeit bei Ihnen. Sie werden sechs Männer durch ein Glasfenster sehen. Sie können sie sehen und hören, aber die Männer können Sie nicht sehen, das versichere ich Ihnen. Wir machen dann das Licht aus, und ich werde Sie auffordern, sich jeden einzelnen gründlich und genau anzusehen. Ich möchte, daß Sie uns erst etwas sagen, nachdem Sie alle genau angesehen haben. Dann werde ich Ihnen noch drei oder vier Fragen stellen, und das war's dann schon. Es dauert nicht mal zwei Minuten. Sind Sie okay?«

Mrs. Jeter schien nur ein paar Jahre älter zu sein als ich. Sie war verständlicherweise angespannt und nickte zustimmend, während ich ihr den Ablauf erläuterte. »Darf mein Mann nicht bei mir sein?«

Mercer sprach sanft und beruhigend auf sie ein: »Gleich, Ma'am, wir bringen Sie sofort wieder zu ihm. Aber auch er ist ein Zeuge, und darum müssen Sie beide das unabhängig voneinander machen. Ich werde direkt neben Ihnen sein. Niemand wird Ihnen was tun.«

Sie ließ sich von uns in den kleinen Beobachtungsraum führen, und ich postierte sie vor dem Fenster, während Mercer das Licht ausmachte. Mit einem überraschten kleinen Seufzer sagte sie: »Oje, das ist aber dunkel« und griff nach meiner Hand, während sie durch die Scheibe äugte. Ich überließ ihr meine Hand und legte den anderen Arm um ihre Schultern, um sie zu beruhigen.

Als sich die sechs Männer erhoben und der erste auf den Spiegel zuging, konnte ich sehen, wie Mrs. Jeters Augen die Reihe überflogen. »O Gott, das ist er – es ist die Nummer vier! Das ist der Mann, der heute vormittag in meiner Wohnung gewesen ist, er ist es.« Ihre Hand krampfte sich fest um meine. Sie war die ideale Zeugin. Sie wußte genau, nach wem sie Ausschau halten sollte, und mußte gar nicht erst abwarten, bis einer nach dem anderen aus der bunt zusammengewürfelten Schar vor ihr aufmarschiert war.

Wallace bat sie, das Verfahren dennoch zu absolvieren und sich jeden einzelnen Mann ganz genau anzusehen. Sie gehorchte, sagte aber immer wieder: »Das brauch' ich nicht – ich weiß, der ist es.«

Als Mercer sie zur Tür auf der gegenüberliegenden Seite des Raums brachte, damit sie nicht ihrem Mann oder den Frauen über den Weg lief, die die Gegenüberstellung noch vor sich hatten, hob sie sich auf die Zehenspitzen, küßte ihn auf die Wange und sagte ihm, wie dankbar sie ihm sei, daß er die Verhaftung so rasch vorgenommen habe. »Ich hab' sehr viel Glück gehabt, das weiß ich. Vielen Dank.«

Als sie draußen war, wandte Mercer sich um und hielt den Daumen hoch. »Der erste Treffer ist immer der beste. Ordentlich und solide. Wir haben ihn, Cooper. Machen wir weiter.«

Ich ging aus dem Raum hinaus und bedeutete dem Sergeant, Mr. Jeter zu uns zu bringen. Ein alter uniformierter Cop, der aussah, als würde er die Minuten bis zu seiner Pensionierung zählen und der den Auftrag hatte, sich um die Telefone zu kümmern, trat zu mir. »Es sind ein paar Anrufe für Sie eingegangen, seit Sie hergekommen sind, Miss Cooper. Ich hab' nicht gewußt, daß Sie hier oben sind.«

»Wissen Sie noch, worum es ging? War irgendwas dabei, was wichtiger war als das hier?«

»Nee. Ein junger Mann aus Ihrer Behörde, Acciano hieß er, sagte, er habe eine gute Nachricht für Sie – einen Schuldspruch. Er spricht Ihnen die Einzelheiten auf Band. Und dann noch Chapman, vom Morddezernat. Sagte, er weiß, was Final Jeopardy heute abend ist – oder so ähnlich. Möchte, daß Sie ihn anrufen, wenn Sie heimkommen. Er ist bis um ein Uhr morgens in seinem Büro. Jede Menge Reporter wollen wissen, was Sie machen. Solche Anrufe eben.«

»Gut. Notieren Sie einfach alles, bis wir hier fertig sind, im Rausgehen schaue ich bei Ihnen vorbei.«

Mr. Jeter kam jetzt zu uns und streckte die Hand aus, um uns zu begrüßen. Er war sehr stolz darauf, daß er den Überfall auf seine Frau hatte verhindern können. Ich wollte ihm gerade die Gegenüberstellungsprozedur erläutern, aber er fiel mir ins Wort. »Ich hab' das schon mal gemacht. Bin vorletztes Jahr auf dem Heimweg von der Arbeit überfallen worden. Hab's dreimal mitgemacht, bevor sie dann den richtigen Kerl geschnappt haben. Bringen Sie mich rein, und lassen Sie mich Ruhe.«

Ich ging mit ihm in den Raum, wo Mercer bereits am Fenster stand, und wir gingen die Szene erneut durch. »Das ist der kleine Scheißkerl. Nummer vier. Richtig, nicht wahr? Hat meine Frau ihn auch erkannt?«

Detective Wallace versuchte, Jeters Aufmerksamkeit wieder auf die Männer jenseits der Scheibe zu lenken. »Wir möchten, daß Sie jeden einzelnen von denen genau ansehen und –«

»Verschwenden Sie ruhig Ihre Zeit, Wallace.« Er stand noch immer vor dem Fenster und ließ die anderen fünf Männer vor sich aufmarschieren, schüttelte aber die ganze Zeit nur den Kopf. »Es ist die Vier. Ich hab' ihn doch erst heute vormittag gesehen. Hoffentlich war meine Frau nicht zu schockiert, um das zu machen, ja?«

»Danke, Mr. Jeter. Sie können nun wieder zu Ihrer Frau, Detective Wallace wird Sie gleich über alles aufklären. Dann können Sie Mrs. Jeter mit heimnehmen, okay?«

»Großartig. Wollen Sie Mr. Battaglia von mir grüßen? Dies ist das dritte Mal in sechs Jahren, daß ich mit seiner Behörde zu tun habe. Er leistet gute Arbeit. Hab' ihn mal bei einer Gemeindesitzung kennengelernt – hochanständiger Mann.«

»Das ist er, Mr. Jeter. Ich werd' ihm Ihre Grüße ausrichten. Danke, daß Sie uns hier geholfen haben.« Ich hielt ihm die Tür auf, brachte ihn hinaus und bat Mercer, Katherine Fryer zu holen, die 24jährige Illustratorin, die ich in meinem Büro am Morgen nach Isabellas Ermordung vernommen hatte. Seit diesem Tag war gerade erst eine Woche vergangen, aber mir schien es Monate her zu sein.

Mercer ging in den vierten Stock, wo die Fryer gewartet hatte, und brachte sie persönlich zum Beobachtungsraum hinunter. Ich erinnerte mich an ihre außergewöhnliche Gefaßtheit so kurz nach dem Überfall, aber nun spürte ich, wie ihre Hand zitterte, als sie sie mir gab. Ich fragte sie, wie es ihr seitdem ergangen sei, während ich sie hineinführte und die Anweisungen wiederholte.

Als Mercer nach dem Lichtschalter langte, formten seine Lippen stumm die Worte »Bleib bei ihr«.

Ich trat neben Katherine, als sie zum Fenster vorging, und wieder einmal war ich ihm für seinen Rat dankbar. Als sie den Kopf vorstreckte, die Nase fast gegen das Glas gedrückt, schlotterten ihr die Knie. Hätte Wallace sie nicht um die Taille gepackt und gehalten, sie wäre zu Boden gesunken. »Tut mir leid. Ich kann nichts dafür«, murmelte sie und versuchte sich zu fangen. »Er ist dort drin.«

Wir versuchten sie zu beruhigen, aber Katherine Fryer wollte nicht wieder durch das Fenster sehen.

»Es ist wichtig, daß Sie noch einmal hinschauen. Wir sind doch bei Ihnen. Sagen Sie uns bloß, ob Sie den Mann sehen, der Sie letzte Woche überfallen hat, und nennen Sie uns die Nummer, die er hält – bitte.«

Nur mit großem Widerstreben raffte sich die junge Frau auf und stützte sich auf uns beide. Sie starrte mehrere Sekunden durchs Fenster, dann wandte sie sich ab und funkelte mich an.

»Der Vergewaltiger hält die Nummer vier. Ich werde dieses Gesicht nie vergessen. Lassen Sie mich nun endlich hier raus?«

Ich nickte Mercer zu, dankte Miss Fryer und trat hinaus, um ein wenig Luft zu schnappen. In der Zwischenzeit wurden die nächsten beiden Frauen nacheinander heraufgebracht, wie die bisherigen Zeugen. Es überraschte mich nicht, daß jede Identifikation so eindeutig gewesen war. Der Überfall auf die Jeters in ihrem Haus war erst vor wenigen Stunden geschehen. Und im Unterschied zu Überfällen auf der Straße, für die der Täter nur zwei oder drei Minuten benötigt, hatte Montvale bei den Vergewaltigungen, die er begangen hatte, sich über längere Zeit bei seinen Opfern aufgehalten. Diese Frauen hatten ihn zwangsläufig mit allen fünf Sinnen wahrgenommen. Gerade wegen des längeren, intimen Beisammenseins würde ich die Geschworenen überzeugen können, daß diese Identifikationen zuverlässiger waren als die von Opfern bei einem anderen Verbrechen.

Die Frage, die sich William Montvales Jury stellen mußte, lautete nicht, ob sich diese Zeuginnen an sein Aussehen erinnerten, sondern vielmehr, ob sie jemals das Gesicht des Mannes würden vergessen können, der ihnen soviel Leid angetan hatte.

Während Mercer sich darum kümmerte, daß jede Zeugin nach Hause gebracht wurde, bezahlte der Sergeant die zufriedenen Doubles und schickte sie wieder weg. Ich bat einen der Jungs vom Team, Sandwiches und Getränke bei dem Delikatessenladen an der Ecke Columbus zu bestellen. »Kein Bier, bis alles erledigt ist, klar?« erklärte ich, während ich das Geld bereitlegte und dabei feststellte, daß es bereits nach neun Uhr war, als wir zur nächsten Phase des Haftverfahrens übergingen. Einige von den Jungs murrten zwar, aber jeder wußte, daß es noch jede Menge Probleme zu lösen galt, bis alles vorbei war.

»Ich werd' mal reingehen und versuchen, ihn für dich aufzuwärmen, Cooper. Der Empfang sagt, dein Videomann ist unten. Ich hab' ihnen gesagt, sie sollen ihn raufschicken, damit er alles einrichten kann.«

»Gut. Ich häng' mich ans Telefon und besorge den Durchsuchungsbefehl. Bist du sicher, daß er bei seiner Mutter gewohnt hat?«

»Klar. Das mußte ja alles für die Bewährungsstelle bestätigt werden, damit der Umzug nach New York genehmigt wurde. Das heißt zwar nicht, daß er nicht irgendwo anders für ein paar Nächte untergekrochen ist. Wenn du dir die Fünfer vornimmst«, fuhr Mercer fort, womit er mich auf die Polizeiberichte hinwies, die sogenannten Detective Division 5's, »dann kannst du die Liste von den Kleidungsstücken zusammenstellen, die die

Frauen beschrieben haben, sowie von den Schmuckstücken, die er gestohlen hat. Vielleicht ist sogar das Messer darunter.«

»Diese Liste wird rechtzeitig aufgestellt und unterschrieben sein, so daß du in aller Frühe an die Tür seiner Mutter klopfen kannst.«

»Wann kümmern wir uns um die DNS?«

»Keine Sorge. Bei der Verlesung der Anklage bitte ich den Richter um die gerichtliche Anweisung, Mr. Montvale eine Blutprobe abzunehmen. Wenn es je einen Fall von dringendem Tatverdacht gegeben hat, dann hier. In der Gerichtsmedizinischen Abteilung arbeitet der beste Serologe des Landes. Dort hat man die Blutproben aller Opfer, ermittelt ihre Blutgruppen und eliminiert sie damit für die DNS-Proben. In ein paar Wochen ist das ein weiterer Nagel in Montvales Sarg.«

»Ich möchte ihm ein paar dieser Fakten vor Augen führen. Könnte ihn dazu bringen, nett mit dir zu reden, Coop.«

Ich brauchte fast eine Dreiviertelstunde, um per Telefon den Antrag für einen Durchsuchungsbefehl mit einem der unerfahrenen Anklagevertreter durchzuarbeiten, der den Spätdienst im ECAB versah. Es gab zwar im Computer ein Formular, das die Unterhaltung ziemlich erleichterte, aber in Mercers Papierkram waren jede Menge Details, und ich wollte nicht, daß die Beamten zweimal hin mußten. Falls Montvales Mutter clever war, verschwänden vielleicht einige der Sachen, zu deren Mitnahme sie beim ersten Besuch nicht ermächtigt waren, bis sie mit einem erweiterten Durchsuchungsbefehl wiederkämen. Wir faxten die vervollständigten Dokumente mehrmals hin und her, und ich korrigierte die Punkte, über die unter Eid vor einem Richter ausgesagt würde.

Mercer wartete geduldig, bis ich mit dem Ergebnis zufrieden war. Dann bedeutete er mir, ihm ins Büro des Sergeants zu folgen, wo ich meine dritte oder vierte Tasse Kaffee trank, hellwach und ganz kribbelig wegen der Festnahme und der Wirkung des Koffeins.

»Tja, ich bin mit ihm vorangekommen. Als wir ihn uns in der Bank geschnappt haben, war es der übliche ›Ich weiß gar nicht, worüber Sie reden‹-Scheiß. Dann hab' ich ihm seinen Geburtsschein und den Brief von der Bewährungsstelle unter die Nase gehalten, und er murmelte was von einem Irrtum und daß er aus Versehen an die Tür der Jeters geklopft habe, er habe die Wohnung von seinem Onkel Louie gesucht. Natürlich hat er keinen blassen Schimmer, wo sein Onkel Louie wohnt. Die letzte halbe Stunde hab' ich damit verbracht, mit ihm über Fingerabdrücke zu reden, ihm einen kleinen Vortrag über DNS zu halten und dann über all das zu quatschen, was mir die Cops von Jersey über seine Vorstrafen erzählt haben, und wie sehr sich die Fälle doch gleichen würden.«

»Und was hast du erreicht?«

»Zunächst hat er behauptet, er wäre in diesem Gefängnisbehandlungszentrum geheilt worden. Solche Sachen würde er nie wieder tun. Inzwischen mag er Frauen, hat mehr Verständnis für sie.«

»Der Therapeut ist noch nicht geboren, der eines dieser Raubtiere rehabilitieren kann. Ich hatte mal einen Angeklagten, der in einem dieser Programme behandelt worden war und der mir erklärte, wenn ich das Wort ›therapist‹ in zwei Wörter zerlegen würde, dann käme ›the rapist‹ heraus – der Vergewaltiger. Was sagt uns das über die Rehabilitierung, hm?«

Mercer fuhr fort: »Das Beste hat er sich bis zum Schluß aufgehoben.«

Sergeant Barbero steckte den Kopf herein. »Nehmt ihr schon Anrufe entgegen? Die Telefone spielen verrückt.«

»Halt alle hin, Sarge. Ich will erst sehen, ob er mit Cooper redet.«

»Und was war das Beste?« wollte ich wissen.

»Nachdem ich ihm das alles dargelegt hatte, ging ich ihm um den Bart und sagte ihm, wie smart er sei, du weißt schon, diesen Trick mit Con-Ed und wie er es geschafft habe, mit seinem Gerede in die Wohnungen zu kommen. Mann, dieser Typ fährt voll drauf ab, wenn du ihm sagst, wie schlau er sei.«

Es war schon seltsam, was bei den Verdächtigen so funktionierte – mit welcher Methode man sie dazu brachte, mit einem zu reden. Der unangenehmste Teil an dem ganzen Verfahren bestand für mich stets darin, in diesen Zimmern sitzen zu müssen, von Angesicht zu Angesicht mit Männern, die zu abscheulichen Taten gegenüber anderen Menschen fähig waren, und mit ihnen höflich zu reden, auch wenn es überwältigende Beweise für ihre Schuld gab. Dabei hoffte man dann, noch mehr Informationen zu erhalten, die man gegen sie verwenden konnte.

»Ich hab' bei Montvale aufs richtige Knöpfchen gedrückt. Als ich ihm ein paar Komplimente gemacht hatte, wollte er mir doch tatsächlich erzählen, wie er's gemacht hatte. Nicht das Ganze – die Vergewaltigungen gibt er immer noch nicht zu. Er behauptet, er hätte immer die Wohnung gefunden, in die er hineingewollt hätte.«

Gebannt hörte ich zu, als Mercer fortfuhr: »An Portiers vorbeizukommen sei ganz einfach. Er sagt, man müsse nie länger als eine Stunde warten, sogar in den besten Gebäuden. Früher oder später werde der Kerl abgelenkt, durch ein paar Leute, die herumlaufen, einen Streit mit einem Gepäckträger oder einem Gelegenheitsarbeiter, einem lästigen Mieter, der von ihm wissen will, wie hoch die Temperatur gerade sei und wie spät es gewesen sei, als 14B und 6A ausgegangen seien, um ihre Hunde Gassi zu führen. Und falls nichts dergleichen passiert, muß der Kerl seinen Posten verlassen, um pinkeln zu gehen. So gelangt er zum Eingang rein und die Treppe rauf.

Das macht er am liebsten. Montvale sagt, die beste Zeit ist gegen Mittag. Er geht die Gänge auf und ab und lauscht an den Türen. Wenn er den Fernseher hört und gerade eine Serie läuft, dann ist mit ziemlicher Sicherheit eine Frau zu Hause, die allein in die Glotze guckt. Manchmal ist es eine alte Dame, dann hat er weiter kein Interesse. Manchmal ist noch jemand anders da, wie Mr. Jeter, dann entschuldigt er sich normalerweise und geht wieder, sagt, er habe sich geirrt. Aber er behauptet, die Stadt sei voller Hausfrauen und arbeitsloser Weiber, die genauso süchtig auf die Seifenopern sind, wie du und Chapman eure Scheißquizshow mögt, und er meint, er kann sie vor ihren Türen geradezu riechen. *Days of Our Lives*, *All My Children*, *General Hospital* – das seien todsichere Tips.«

»Gott sei Dank schau' ich mir lieber amerikanische Filmklassiker an und lese gute Kriminalromane. Sogar wenn ich krank zu Hause liege, hab' ich mir noch nie eine Seifenoper angesehen.«

»Na, jedenfalls das bringt ihn in Fahrt.«

»Dumme Frage, Mercer – aber hast du ihm seine Rechte verlesen?«

»Hab' ich dir nicht gesagt, daß wir alle mächtig Schiß vor dir haben? Glaubst du, ich würde wegen so einer Kleinigkeit deinen Zorn riskieren?«

»Und kein Geschrei wegen eines Anwalts?« fragte ich. »Wie kommt's, daß wir soviel Glück haben?«

»An deiner Stelle würde ich dafür sorgen, daß Bannion sofort dreht. Ich weiß nicht, wie lange das noch anhält. Montvale kennt unser System besser als wir – vermutlich hat er in seinem Leben schon öfter vor Gericht gestanden als du.«

Mercer kehrte zur Arrestzelle zurück, um sich weiter mit Montvale zu unterhalten, und ich schickte einen Detective zum Empfang hinunter, der Bannion helfen sollte, seine Videoausrüstung nach oben zu bringen. Ich rief den Stellvertretenden Inspektor in der Pressestelle des Police Department an und legte ihm dringend nahe, zu verhindern, daß Montvale auf dem Weg zum Central Booking von der Presse fotografiert würde, da wir noch weitere Zeuginnen für eine Gegenüberstellung hatten, und seine Identifizierung würde schließlich alles entscheiden. Aus der höflichen Unterhaltung wurde ein erregter Wortwechsel, und trotz meiner Einwände sah es ganz danach aus, als ob der Inspektor drauf und dran war, eine Pressekonferenz auf den Stufen des Reviers abzuziehen, bevor ich mit meiner Arbeit fertig war und mich aus dem Staub machen konnte.

Bannion hatte im Büro des Sergeants alles zum Drehen vorbereitet. Montvale würde hinter dem Schreibtisch sitzen, die Uhr an der Wand hinter ihm würde dem Gericht und anderen Betrachtern zeigen, daß die Vernehmung – falls das Frage-und-Antwort-Spiel so lange dauerte, wie ich hoffte – nicht manipuliert worden war. Wallace und ich würden auf zwei Stühlen Montvale gegenübersitzen, mit dem Rücken zur Kamera, die Bob auf der anderen Seite des Schreibtischs postiert hatte. Wie üblich würde ich die Fragen stellen, und Wallace würde mir Stichworte geben, falls es spezielle Details gäbe, auf die ein Opfer hingewiesen hatte und die nur der Täter bestätigen konnte.

Wir waren soweit und konnten anfangen. Ich sagte Mercer, er sollte Montvale in den Raum bringen, und sah zu, wie er die vergitterte Zelle öffnete und den mürrischen Verdächtigen den Gang hinunterbrachte, während Bannion und ich noch damit beschäftigt waren, die Ablagekörbe und die übrigen Utensilien auf der Schreibtischplatte außer Reichweite zu schaffen. Montvale nahm Platz, und auch ich setzte mich, knapp einen Meter von ihm entfernt, und stellte mich darauf ein, daß er nun die schrecklichen Stunden schildern würde, die das Leben der Frauen, denen er begegnet war, für immer verändert hatten.

Ich erklärte Montvale nochmals, wie Mercer zuvor, das Videoverfahren und sagte ihm, ich würde ihm zu Beginn der Aufnahme noch einmal seine Rechte verlesen, wie Mercer dies bereits vor Stunden getan habe. Er grinste anzüglich, als ob er sich darauf freue, vor der Kamera zu spielen. Sein Grinsen wurde noch breiter, als Wallace sich vorbeugte und ihm die Handschellen abnahm.

»Mein Name ist Alexandra Cooper. Ich bin Hilfsstaatsanwältin, und ich bin hier mit William Montvale und Detective Mercer Wallace von der Special Victims Squad, am Donnerstag abend um« – ich sah zur Uhr an der Wand über Montvale auf – »21.55 Uhr.« Das war die notwendige Einleitung für die Aufnahme.

»Mr. Montvale, ich werde Ihnen gleich einige Fragen zu Ereignissen stellen, die sich in diesem Bezirk innerhalb der letzten sechs Wochen abgespielt haben, aber bevor ich dies tue, werde ich Sie hinsichtlich Ihrer Rechte in Kenntnis setzen.«

Dies ist der Teil von Vernehmungen, bei dem ich jedesmal den Atem anhielt und darauf baute, daß jenes unerklärliche Phänomen, welches die Beichte seit Jahrhunderten so gut funktionieren ließ, sich auch hier einstellen würde. Ignorieren Sie, was ich Ihnen gleich über Ihre gesetzlichen Ansprüche erzähle, Mr. Montvale, und kotzen Sie sich mir gegenüber aus. Sagen Sie mir, was Sie getan haben. Vergessen Sie keine einzige Minute, so daß Sie für den Rest Ihres elenden Lebens dafür bezahlen können.

»Sie haben das Recht, zu schweigen und sich zu weigern, Fragen zu beantworten. Haben Sie das verstanden?«

Sein Kopf bewegte sich auf und ab, aber er sagte kein Wort. Mr. Montvale«, drängte ich ihn sanft, »es wäre hilfreich, wenn Sie Ihre Antworten laut sprechen würden, statt nur zu nicken.«

»Ja, ja, Miss Cooper. Ich hab's kapiert. Verstanden.«

»Alles, was Sie heute abend sagen, kann später vor Gericht gegen Sie verwendet werden. Haben Sie das verstanden?«

»Natürlich.«

»Sie haben das Recht, sich mit einem Anwalt zu beraten, bevor Sie unsere Fragen beantworten, sowie während dieser Befragung ebenso wie in Zukunft einen Anwalt bei sich zu haben. Haben Sie das verstanden?«

»Laut und klar, Miss Cooper. Ich habe Sie verstanden.«

Ich hatte es fast geschafft. »Falls Sie sich keinen Anwalt leisten können, wird Ihnen kostenlos einer zur Verfügung gestellt. Haben Sie das verstanden?«

»Ja, Ma'am.«

»Falls Ihnen kein Anwalt zur Verfügung steht, Mr. Montvale, haben Sie das Recht, zu schweigen, bis Sie Gelegenheit gehabt haben, mit einem zu sprechen. Verstanden?«

»Klar.«

»Da ich Sie über Ihre Rechte belehrt habe, genauso, wie Detective Wallace das schon getan hat, sind Sie nun bereit, meine Fragen zu beantworten?«

Das anzügliche Grinsen war noch immer da. »Probier'n Sie's. Kommt drauf an, was Sie wissen wollen.«

Ein Klugscheißer. Nicht der erste, der mir über den Weg läuft. Also cool bleiben, auch der wird weich werden. Das kriegen wir schon hin, laß dich von ihm bloß nicht durcheinanderbringen. »Mr. Montvale, ich werde Ihnen einige Fragen hinsichtlich dessen stellen, was heute vormittag geschehen ist, in einer Wohnung im Haus 246 West Sev-«

»Einen Scheißdreck, Miss Cooper. Ich will nicht darüber reden. Ich hab' keine Lust, darüber mit Ihnen oder Ihrem Freund, diesem Blödmann von Detective hier, zu sprechen.« Montvales Stimme wurde immer lauter, als er sich erhob und auf den Schreibtisch einzuhämmern begann. »ICH WILL EINEN ANWALT. BESORGEN SIE MIR EINEN SCHEISSANWALT.«

Mercer lief um den Schreibtisch herum und stieß den Angeklagten auf den Stuhl zurück, bevor ich den Mund wieder aufbekam. »Bannion, lassen Sie dieses Video weiterlaufen«, brüllte er. »Halten Sie jede Minute davon fest, damit der Richter sehen kann, wie sanft ich diesen Dreckskerl behandelt habe. Und du,

Cooper, verschwindest aus diesem Zimmer, und zwar gleich. SOFORT.«

Als ich zögerte, schrie Mercer mich wieder an. Auf dem Weg nach draußen wurde ich fast von drei anderen Detectives niedergetrampelt, die das Gebrüll gehört hatten und Mercer zu Hilfe eilen wollten. Aus dem kleinen Zimmer waren die Geräusche eines Handgemenges zu vernehmen, in die sich das Lachen von Montvale mischte, der wußte, daß diese Burschen ihm am liebsten ein paar Boxhiebe in den Bauch verpaßt hätten, aber dank Mercer bewahrte ihn das Video davor.

Ich war verärgert und niedergeschlagen. Ich hatte gedacht, wir seien einem Geständnis in dieser Vergewaltigungsserie ganz nahe. Es war zwar für ein Strafverfahren nicht von entscheidender Bedeutung, sondern in diesem speziellen Fall bloß eine Dreingabe, aber ich wollte hören, was der Vergewaltiger empfunden hatte, als er anderen Menschen diese verabscheuungswürdigen Dinge angetan hatte.

Während ich auf dem schmutzigen Korridor auf und ab ging, fragte ich mich, ob es an meiner Vorgehensweise gelegen hatte, daß er ausgerastet war. Manchmal reden diese Typen mit Männern, aber nicht mit Frauen. Ich hätte mich dafür ohrfeigen können, daß ich keinen meiner männlichen Kollegen aus meiner Abteilung als Ersatzmann dabei hatte, der die Vernehmung hätte fortführen können, falls der Verdächtige mir gegenüber den Mund hielt. Ich wußte, Mercer würde mir sagen, ich solle es nicht persönlich nehmen, aber genau das tat ich, wenn so etwas geschah.

»Hey, Coop, nimm's nicht persönlich«, sagte Mercer wie aufs Stichwort, als er ein paar Minuten später den Kopf aus dem Zimmer steckte. »Montvale hatte das sowieso vor. Er wollte dir genausowenig eine Story fürs Videoband erzählen, wie ich ihn zu einem Hummeressen einladen würde. Er hatte einfach Lust, mit dir zu spielen – eine kleine Abwechslung für ihn –, allerdings die letzte für sehr lange Zeit.«

Er trat zur Seite, als zwei seiner Teamkollegen den gefesselten Häftling aus dem Büro des Sergeants zu seiner Holzbank zurückführten. Montvale lachte auf dem ganzen Weg den Gang hinunter lauthals, und ich hatte große Mühe, meinen Mund zu halten, aber letztlich wollte ich nicht, daß meine Bemerkungen von irgendeinem Richter wiederholt würden, vor dem wir morgen früh stehen würden.

Mercer hatte keine Zeit, sich wegen meiner Enttäuschung und meines verletzten Egos aufzuhalten. »Hör auf, dir selber leid zu tun, Alex. Du hast doch alles bekommen, was du brauchst, plus dem, was wir aufgrund des Durchsuchungsbefehls noch kriegen werden. Hast du wirklich geglaubt, daß ein Kerl, der wegen so vieler Kapitalverbrechen verurteilt wurde und so viele Jahre im Knast abgesessen hat, sich hier hinsetzen und dir von seinen Abenteuern erzählt? Du hast einen hieb- und stichfesten Fall – was brauchst du mehr? Und jetzt troll dich und geh schlafen. Ich werd' mich gleich um den Durchsuchungsbefehl kümmern, morgen am frühen Nachmittag verlesen wir die Anklage, und dann kannst du für nächste Woche die Termine mit der Grand Jury festlegen.«

So high mich das Adrenalin und das Koffein gemacht hatten, so rasch klappte ich zusammen, als Montvale alldem ein abruptes Ende bereitet hatte.

»Ich hasse es, wenn sie mich schlagen«, begehrte ich noch einmal auf.

»Dich? Wie lange, glaubst du, wird dieser Typ in Dannemora bleiben? Hundert, hundertfünfzig Jahre? Reicht das, oder willst du noch mehr?« fragte Mercer mich.

»Ich werde dreimal lebenslänglich hintereinander beantragen. Ohne Straferlaß.«

»Unwahrscheinlich, daß jemand Mr. Montvale noch einmal vorzeitig entlassen wird. Ich wette, sie haben schon die Leitartikel für die Morgenblätter geschrieben. Laß gut sein.«

»Ich glaub', ich mach' Feierabend«, sagte ich. »Brauchst du noch was von mir heute nacht? Ich würde gern raus hier, bevor die Pressekonferenz losgeht. Battaglia wird mir niemals glauben, daß ich versucht habe, sie ihnen auszureden. Puh, diese Typen sind einfach stur.«

»Ich komm' schon klar. Soll ich mal unten anfragen, ob sie jemanden freistellen können, der dich heimbringt?«

Ich sah auf die Uhr. »Nein, es ist noch nicht mal halb elf. Falls jemand frei ist, schnapp' ich mir ihn. Falls nicht, kann ich gleich an der Columbus Avenue ein Taxi bekommen. Es ist ja noch früh.«

»Willst du telefonieren? Dich ein wenig verschnaufen? Du kannst ins Büro des Sergeants gehen – da bist du ganz für dich.«

»Mercer, ich fahr' direkt nach Hause. Kein Spielsalon unterwegs, um auf die schnelle zweihundert Dollar zu kassieren. Auf direktem Weg heim. Ich ruf' von dort aus an. Ich bin wie erschlagen.«

»Danke, daß du gekommen bist. Ich komme in dein Büro, gleich nachdem wir die Wohnung seiner Mutter durchsucht haben.«

Mercer nahm seine Akte, begleitete mich bis zum Treppenhaus und hielt mir die Tür auf, als ich hinausging. Die meisten von den Jungs waren zu sehr damit beschäftigt, ihre Sandwiches zu kauen und ihre Bierflaschen zu öffnen, als daß sie meinen Abgang bemerkten. Ich verabschiedete mich mit einem vagen Winken in Richtung des Mannschaftsraums und hielt mich am Geländer fest, während ich die steile Treppe hinunterschlurfte.

24

Unten im Erdgeschoß sah ich durch die Glastrennwand, wie lebhaft es in der Lobby zuging. Die Beamten der Spätschicht trafen ein, mehrere uniformierte Cops versuchten, die Reporter und Kameraleute auf der Eingangstreppe des Reviers in Schach zu halten.

Ich stieß die Tür auf, senkte den Kopf, drückte mich durch die Reihen der stämmigen Uniformierten durch und schlich an den versammelten Nachrichtenteams vorbei. Die Reporter lauschten aufmerksam einer Erklärung des Empfangsergeants, daß der Stellvertretende Polizeichef in ein paar Minuten sprechen und daß es einen Phototermin mit Montvale geben würde. Verdammt. Ich ging weiter und wurde nur von einem Kameramann bemerkt, als ich den Gehsteig erreichte. »Hey, Miss Bezirksstaatsanwalt – ist das Ihr Fall?«

Ich schüttelte den Kopf und ging weiter, wandte mich nach rechts in Richtung Columbus Avenue und des stetigen Stroms von Taxis, die zum nahegelegenen Lincoln Center fuhren, um die Theaterbesucher mitzunehmen.

»Alex? Alexandra Cooper?«

Beim Klang meines Namens hob ich den Kopf. Ellen Goldman kam von einem Wagen auf mich zu, an den sie sich gelehnt hatte.

Ich lächelte erleichtert. Sie hatte keine Kamera in der Hand und mußte keinen Beitrag für die 23-Uhr-Nachrichten oder die Morgenausgabe eines Boulevardblatts abliefern.

»Alle lokalen Radio- und Fernsehsender haben schon über den Fall berichtet. Mein Redakteur hat mich zu Hause angerufen und mich gebeten, hierherzukommen. Wir dachten, vielleicht könnte ich bei einer Gegenüberstellung oder etwas Ähnlichem für unser Porträt zuschauen.«

Ich ging weiter, und sie versuchte, mit mir Schritt zu halten. »Tut mir leid, die Mühe hätten Sie sich sparen können. Ich hätte Sie nicht hochlassen dürfen. Wissen Sie, wenn Sie bei einem der wichtigen Vorgänge dabeigewesen wären, wären Sie vielleicht Zeugin geworden. Oder der Angeklagte hätte behaupten können, Sie hätten etwas Wichtiges gesehen oder gehört. Tut mir leid. Hätte ich gewußt, daß Sie da sind, dann hätte ich Ihnen sagen können, Sie sollten Ihre Zeit nicht verschwenden.«

»Schon okay. Ich hab' immer wieder oben angerufen, aber sie wollten mich nicht zu Ihnen durchstellen.«

»Ich weiß«, erklärte ich ihr. »Meine Anweisungen. Auch dafür möchte ich mich entschuldigen.«

»Seien Sie doch nicht albern. So ist das nun mal bei diesem Job. Sie wissen ja, daß wir's immer probieren. Sagen Sie, darf ich Sie zu einer Tasse Kaffee einladen?«

»Ellen.« Ich blieb stehen und sah sie an, ließ die Schultern hängen und sie einen Blick auf die dunklen Ringe werfen, die sich seit einer Woche unter meinen Augen gebildet hatten.

»Kaffee? Ich glaube, ich hab' in den letzten acht Tagen die halbe nordamerikanische Lieferung von El Exigente geschluckt. Ich will nicht unhöflich sein, aber ich muß jetzt heim und mal wieder eine Nacht richtig durchschlafen.«

Ich wollte sie eigentlich nicht so kurz abfertigen, aber dann wurde mir die Schärfe in meiner Stimme bewußt, und sofort suchte ich sie mit einer kleinen Bestechung zu versöhnen.

»Morgen kommt es zur Anklageerhebung, vermutlich im Laufe des Nachmittags. Wenn Sie Laura gegen elf anrufen, kann ich Ihnen genau sagen, wann Sie im Gericht sein sollen, falls Sie dabeisein mögen. Und sobald das Feuerwerk vorbei ist, wird das wieder ein typischer Freitagnachmittag sein – ein geruhsamer, hoffe ich –, und dann stehe ich Ihnen wegen des Falles und der Ermittlungen eine Stunde oder so zur Verfügung.« Battaglia hätte sicher nichts dagegen, dachte ich, da sie einen Artikel schrieb, der erst in einigen Monaten erschien und keine Story über diese spezielle Verhaftung.

Ellen gefiel dieses Angebot offenbar, und sie bedankte sich bei mir dafür. »Darf ich Sie heimbringen?« erbot sie sich herzlich. »Ich werde Ihnen wirklich nicht zur Last fallen. Ich sehe doch, wie müde Sie sind – ich setze Sie bloß ab. Morgen nachmittag sehen wir uns ja, da können Sie mir dann alle Fragen beantworten.«

Ich zögerte, und sie spürte anscheinend genau, warum. Meine Reflexe ließen nach, und sie sprach weiter. »Keine Sorge wegen Ihres Privatlebens, Alex. Ich weiß, wo Sie wohnen. Wissen Sie noch, daß ich für Sie Blumen abgeben ließ, am Tag nachdem Ihre Freundin umgebracht worden war? Sie hatten unser erstes Interview abgesagt, erinnern Sie sich? Ich hab' Ihnen ja gesagt, daß ich recherchiert habe – über solche Dinge möchte ich nicht schreiben.«

Ich war erleichtert, und natürlich erinnerte ich mich daran. Dann mußte ich lächeln, weil ich an Mikes Bemerkung dachte, als ich die Absenderin der Blumen als »nette Reporterin« bezeichnet und er mir erklärt hatte, dies sei ein Oxymoron.

»Sicher, Ellen, das wäre wirklich nett. Hoffentlich sind Sie nicht brüskiert, weil ich Sie nicht zu einem Schlummertrunk einlade.«

»Ach, kommen Sie. Ich versteh' das doch. Mein Wagen steht gleich gegenüber.«

Wir sahen nach links und rechts und liefen dann hinüber zu dem Auto an der Ecke des Blocks. Sie schloß die Fahrertür auf, und bei meiner Tür öffnete sich die Verriegelung automatisch. Als ich mich auf den Beifahrersitz sinken ließ, hörte ich, wie jemand vor dem Revier meinen Namen rief. »Cooper, hey, Miss Cooper! Miss Bezirksstaatsanwalt!«

Im Rückspiegel sah ich, wie sich ein paar Köpfe in der Menge der Zeitungsleute herumdrehten, um zu sehen, ob ich irgendwo in der Nähe war. Aber ich saß schon im Auto und hatte keine Lust, diesem Medienrummel ohne meine sonstige Schlagfertigkeit zu begegnen – und Battaglia wäre dies sowieso nicht recht.

Wieder ertönte die laute Stimme: »Cooper, ein Anruf für Sie! Kommen Sie zurück.«

Ellen steckte den Schlüssel ins Zündschloß und startete den Motor, aber bevor sie den Wagen in Bewegung setzte, sah sie besorgt zu mir herüber. »Ist schon okay«, sagte ich zu ihr, »wenn Sie mich nach Hause gebracht haben, kann ich von dort telefonieren. Ich will mich bloß nicht all diesen Reportern beim Revier zum Fraß vorwerfen. Ich bin froh, daß ich bald zu Hause bin. Fahren wir.«

25

Ich lehnte den Kopf an die Kopfstütze, dankbar dafür, daß ich das Abenteuer einer Taxifahrt in einem der gelben Wagen ohne Federn oder Stoßdämpfer gegen die angenehmere Fahrt in Ellen Goldmans neuem Leihwagen eingetauscht hatte. Das würde mich nur etwas Geplauder und ein förmliches Gespräch unter Frauen kosten.

»Wie kommt man von hier am besten durch den Park?« wollte sie wissen, als die Ampel auf Grün wechselte.

»Weiter südlich von der Columbus Avenue. Sie können dann die Transverse an der Sixty-fifth Street nehmen.«

Ich schloß meine Augen vor dem hellen Licht der Straßenlampen, während der Wagen die Avenue hinunterfuhr, und fragte mich, ob Montvales Opfer heute nacht irgendwie anders schliefen.

»Das muß sehr befriedigend sein, jemanden zu kriegen, hinter dem man eine Zeitlang her ist, nicht wahr?« fragte Ellen.

Ich hatte gehofft, sie würde mich auf der Heimfahrt nicht interviewen, aber offenbar setzte sich ihre natürliche Neugier durch. Ich wußte, ich mußte auf der Hut sein und durfte die Frage nicht so beantworten, wie ich es einer Freundin gegenüber getan hätte, der ich vertrauen konnte. Klar, hätte ich zu Sarah oder Nina, zu David oder Mike gesagt, das kannst du dir gar nicht vorstellen, wie großartig das ist. Es ist eine der größten Befriedigungen meines Berufslebens, zu wissen, daß dieser Mistkerl zukünftig an einem ganz und gar unerfreulichen Ort verbringen wird, wo er niemandem mehr weh tun kann. Aber weil ich mir darüber im klaren war, daß eine Reporterin meine Worte in der Zeitung so verdrehen konnte, daß ich mich wie Torquemada oder eine Männerhasserin anhörte, sagte ich einfach: »Ja.«

Goldman bog an der Seventy-second Street nach links ab und fuhr in Richtung Central Park West. »Haben Sie nie Angst, daß einer dieser Kerle, die Sie strafrechtlich verfolgen, Ihnen eines Tages an den Kragen will?« erkundigte sie sich.

Diese Frage war mir schon tausendmal gestellt worden, am häufigsten von meiner Mutter. Aber das gehört nicht zu den Dingen, die jemanden in meinem Beruf nachts wach halten. »So was kommt nur im Film vor, Ellen. Sie dürfen sich davon nicht beeinflussen lassen, wenn Sie dieser Arbeit nachgehen. Dann kämen wir nicht sehr weit.«

»Ich hab' die Artikel über Ihren Fall gelesen, der gerade bei der Berufung abgewiesen wurde. Der Serienvergewaltiger vom Central Park – hieß er nicht Harold McCoy?« fuhr sie fort. Das war der Fall, an den ich Wallace vorhin erinnert hatte und bei dem der Richter die Hälfte unseres Beweismaterials nicht zuließ, weil sich der Captain geweigert hatte, uns wegen eines Durchsuchungsbefehls anzurufen. »Heißt das, daß er jetzt aus dem Gefängnis raus ist?«

»Erinnern Sie mich bloß nicht an den, Ellen. Ja, Harold McCoy ist draußen. Im neuen Jahr kriegt er wieder den Prozeß gemacht. Inzwischen hat sein Bruder Kaution für ihn hinterlegt, und nun ist er wieder draußen.«

»Ich verstehe nicht, wie Sie das schaffen, Alex. Ich bekäme jedesmal eine Gänsehaut, wenn ich durch den Park ginge. Ich würde überall nach ihm Ausschau halten.«

»Meinen Sie, ich nicht? Ich tue es noch nicht mal bewußt«, erklärte ich ihr. »Bestimmte Orte beschwören einfach irgendwelche Zusammenhänge, Erinnerungen herauf – und das sind nicht immer gute. Ironie des Schicksals. Ich glaube nämlich, daß der Central Park einer der sichersten Orte in der Stadt ist. Denken Sie nur an seine Größe – über achthundert Acres. Es werden pro Monat mehr Verbrechen auf jeder Fläche von zwei oder drei Blocks um den Park begangen als im Park. Aber wenn hier drin wirklich mal was passiert, besonders weil er nachts so verlassen ist, dann wird gleich ein großes Geschrei um die öffentliche Sicherheit gemacht. Es ist furchtbar schwer für die Polizei, auf einem Gelände wie diesem auf Streife zu gehen.«

Goldman fuhr nach Osten. Sie passierte die Wachstube am Dakota und fuhr dann geradewegs in den Park hinein. Sobald sie auf die Fahrbahn abbog, merkte ich, daß sie sich verfahren hatte. »Oje, ich habe die Transverse gemeint – die Straße, die den Park von West nach Ost durchschneidet. Das ist ein Umweg«, erklärte ich ihr.

»Ach, verflixt. Ich hab' die Einmündung gesehen und gedacht, Sie hätten die gemeint. Das tut mir leid«, entschuldigte sie sich.

Die paar zusätzlichen Minuten spielten nun auch keine Rolle mehr. Statt direkt hindurchzufahren, würden wir die umständlichere Route den West Drive hinunter nehmen und dann wieder nach oben zu den Ausgängen an der East Side fahren. »Nicht so schlimm, Ellen. Das ist die schönere Route.«

Der Vollmond stand am Himmel – vielleicht hatte uns das geholfen, Montvale zu schnappen, dachte ich, falls die Cops recht hatten, was all die Verrückten betraf, die unter seinem Einfluß rauskamen –, und morgen hätte ich vermutlich im Büro wieder alle Hände voll zu tun. Nicht der ruhige Freitag, den ich vorhergesagt hatte. Der Park glänzte im Mondschein, die gelbe und rostrote Laubfärbung hatte das üppige Grün des Sommers zum großen Teil abgelöst. Wenn die Bäume kahl wurden, konnte man weiter als sonst in die Tiefe des Parks hineinsehen. Ich war jetzt ganz entspannt und nahm den Anblick in mich auf, als wir das Südende des West Drive umrundeten. Ich bemerkte, daß die Zahl der spätabendlichen Jogger und Hundebesitzer abnahm, als wir das den Eingängen am nächsten liegende Parkgelände verließen und den Center Drive hochfuhren, der fast genau in der Mitte des Parks verlief. Kaum zu glauben, daß sich in dieser ländlichen Umgebung, mit ihrem 92 Kilometer langen Wegenetz, einst stinkende Sümpfe und Schweineställe befunden hatten. Ich liebte die Pfade zum Joggen, die Rasenflächen, auf denen Konzerte stattfanden, die ich mit Freunden erlebt hatte, und den lustigen kleinen Zoo, in den ich mit meiner Nichte und meinem Neffen ging, wenn sie mich in der Stadt besuchten.

Aber mehr als die meisten Menschen, die diesen angenehmen, üppigen Park liebten, kannte ich die Gefahren, die hinter seinen Büschen lauern konnten, das Entsetzen, das sich hinter seinen Bäumen und Steinmauern verbarg. Ich hatte gewaltigen Respekt vor der Großartigkeit, die er der Stadt verlieh, und genausoviel Respekt vor der Energie, mit der sie dieses Geschenk unter Kontrolle hielt.

Inzwischen hatten wir das Karussell passiert, fuhren am Musikpavillon vorbei und näherten uns der Gabelung, die zum ersten East-Side-Ausgang an der Seventy-second Street führte. Ellen kannte ja meine Adresse, also kam mir gar nicht der Gedanke, sie daran zu erinnern, sich an diesem Punkt rechts zu halten. Als sie die Kurve verpaßte und nach links schwenkte, stöhnte ich in Gedanken auf, weil wir die lange Schleife nun noch einmal durchfahren mußten.

»Mist, Ellen, Sie haben die Ausfahrt verpaßt.«

»Ach, das tut mir leid, Alex. Ich bin nicht so vertraut mit dem Park, besonders nachts. Ich bin ja nie sehr lange in New York gewesen. Ich ... ich schätze, ich hab' die Orientierung verloren. Es wird nur ein paar Minuten dauern. Das passiert mir immer, wenn ich's eilig hab', alles richtig zu machen, wenn Sie verstehen, was ich meine.«

Und ob. Ich nehme an, darum heißt es immer, die meisten Unfälle passierten nahe beim eigenen Haus. Ich setzte mich aufrecht hin, um die Fahrt aufmerksamer zu begleiten, schließlich wollte ich so bald wie möglich zu meiner Wohnung kommen. Nun fuhren wir wieder nach Norden, auf dem Straßenabschnitt gleich hinter der Kurve, die nach Westen zur Seventy-second Street führt. Ich sah zu, wie das Himmelslicht auf dem kleinen Teich tanzte, der rechts unter mir lag, wurde aber jäh aus diesem Anblick gerissen, als der Wagen von der Straße abkam und Ellen hart bremste, fast unmittelbar vor einer großen Ulme.

Instinktiv hatte ich die Arme gegen das Armaturenbrett gestemmt, um mich zu schützen, aber dennoch schlug mein Kopf beim Sprung über den Randstein gegen das Dach des niedrigen Wagens.

»Mein Gott, Ellen, immer mit der Ruhe«, murmelte ich und schüttelte den Kopf, als ob das die Sterne vertreiben würde, die vor meinen Augen zu funkeln begannen, und rieb mir den Nacken, der aufgeschürft zu sein schien. »Was ist passiert? Was haben Sie für ein Prob–«

»Ich muß mit Ihnen reden, Alex. Sie werden jetzt aussteigen und mit mir diesen Weg hinuntergehen –«

Ich hatte noch nicht aufgesehen und massierte mir die Schläfen mit den Fingerspitzen. Alle wollen mit mir reden, außer William Montvale, alle wollen mir von ihren Schwierigkeiten erzählen. »Ellen, das ist doch verrückt. Wenn Sie mich fahren möchten, nehme ich das gern an, aber ich werde hier keine Zeit mehr verschwenden …«

»Sehen Sie mich an, Alex. Das ist *meine* Ermittlung. Ich hab' jetzt das Sagen, und Sie werden mir gehorchen.«

Ich hob den Kopf und versuchte herauszufinden, ob die Worte, die ich gerade gehört hatte, in irgendeiner Beziehung zu der Sprecherin standen oder zu den Umständen, in denen ich mich befand, oder ob ich durch den schweren Schlag womöglich benommen war. Ich starrte direkt in die Mündung einer kleinen Handfeuerwaffe.

»Ellen, mein Gott, Ellen – nehmen Sie diese Waffe weg, und reden Sie mit mir, sagen Sie mir, was Sie wollen!« Mein Körper reagierte sofort auf die Signale, die mein müdes Gehirn aussandte, und mich durchlief ein unkontrollierter Schauer, als ich mich mit zitternden Händen vor der Pistole zu schützen suchte.

»Sie sind sogar noch blöder, als ich dachte, falls Sie immer noch nicht kapiert haben, was ich will. Sie wollen, daß alle Sie für smart halten – das ist ja so wichtig für sie –, aber sogar ich kenne die lächerlichen Fehler, die Sie diesmal gemacht haben, und Sie werden gleich herausfinden, daß ich cleverer bin als Sie. Raus aus dem Auto, ganz langsam, und bleiben Sie gleich neben der Tür stehen. Das ist kein Scherz – los jetzt.«

Ich sah auf die Waffe und erinnerte mich, daß Goldman mir erzählt hatte, sie sei beim israelischen Militär gewesen – in einer antiterroristischen Eliteeinheit. Ich hatte keinen Grund, daran zu zweifeln. Der dunkle Weg vor dem Auto machte mir genauso große Angst wie sie und ihre Waffe, und ich hatte nicht die Absicht, ihr zu einer abgelegeneren Stelle zu folgen.

»Lassen Sie uns hier miteinander reden, bitte, Ellen. Ich gebe Ihnen jede Information, die Sie haben wollen. Was auch immer es sein mag.« Wo, zum Teufel, sind bloß die Park Rangers? fragte ich mich. Nur nicht den Wagen verlassen. Niemand darf abseits der Straße parken – für die Rangers ist das ein schlimmeres Vergehen als dreifacher Mord. Halt sie im Wagen fest – irgendwer wird schon auf uns stoßen, dachte ich unentwegt. Bleib, wo du bist.

»Raus«, schnauzte sie. Sie war blitzschnell ausgestiegen, die Waffe an ihrer Seite, und um den Wagen zu mir rumgelaufen. Für einen Moment dachte ich daran, über den Schaltknüppel auf den Fahrersitz klettern, aber der Wagen war zu kompakt, als daß ich das rasch hätte bewerkstelligen können. Außerdem hatte sie den Schlüssel aus dem Zündschloß gezogen.

An der Schlüsselbox, die Ellen in der linken Hand hielt, war ein Infrarotsender, den sie nun auf mein Türschloß richtete, so daß die Verriegelung aufsprang. »Ich hab' Ihnen doch gesagt, Sie sollen aussteigen, Alex – sofort.«

»Das ist mir egal. Ich rühr' mich nicht vom Fleck. Entweder erschießen Sie mich in Ihrem Wagen, dann kriegen Sie ein paar Probleme, oder Sie bringen mich hinunter in eine Parksenke und erschießen mich, aus was für Gründen auch immer. Ich bleib' hier.«

»Hören Sie doch auf, Clarence Darrow mit mir zu spielen. Ich habe nicht vor, Sie zu erschießen, also bewegen Sie Ihren Hintern aus dem Auto und kommen Sie mit. Es gibt ein paar Dinge, über die wir reden müssen.«

Mein Verstand bemühte sich, die Worte, die Goldman sprach, rascher zu verarbeiten, während mein Körper beim Anblick ihrer Pistole weiterhin wie erstarrt war. Warum bedrohte sie mich mit einer Waffe, warum gefährdete sie mein Leben, wenn sie nicht vorhatte, mich zu töten? Es war sinnlos, denn natürlich würde ich diese Entführung bei der Polizei anzeigen. Also würde sie mich erschießen, warum also sollte ich an einen Tatort mitgehen, den sie aussuchte? Meine Leiche oder mein Blut in ihrem Leihwagen würden sie zumindest mit meinem Tod in Verbindung bringen. Eine Welle der Übelkeit durchlief mich, als ich diese Möglichkeit in Betracht zog – an meinen Tod.

Noch vor wenigen Augenblicken hatte Goldman so vernünftig, klar und rational gewirkt, und nun war sie völlig verrückt. »Gehen Sie diesen Weg mit mir hinunter, Alex. Wir müssen für eine Weile ein bißchen von der Straße weg, damit wir uns unterhalten können.«

Sie hatte die Beifahrertür geöffnet, stieß mich mit dem kurzen Lauf ihrer Waffe an und deutete mit dem Kopf auf einen schmalen Fußweg, der zwischen einer Gruppe von Bäumen und Büschen hügelabwärts führte. Ich stieg aus und ließ meinen Blazer, den ich auf dem Schoß zusammengelegt hatte, zu Boden fallen. Ich hatte nicht genügend Sachen bei mir, mit denen ich eine Spur legen konnte, aber sicher könnten die Cops das Kleidungsstück identifizieren, und jemand würde nach mir suchen, wenn man mich vermißte. Rasend schnell ließ ich in Gedanken jede Entführung Revue passieren, an der ich gearbeitet hatte, jede furchtbare Geschichte von verschwundenen Leuten, die ich in der Regenbogenpresse gelesen hatte.

»Heben Sie sie auf, Alex«, rügte die Goldman mich. »Ich werde sie tragen. Es ist kalt, heute nacht. Zwar ein bißchen groß für mich, aber es soll mir recht sein.« Sie wartete, bis ich ihr die Jacke gab, und zog sie an. Sie krempelte die Manschetten um, denn die Ärmel waren ihr viel zu lang.

Ich suchte das Gelände nach einem Jogger ab, nach einem Mitglied des Road Runner Clubs, einem Obdachlosen, der vielleicht ein Stemmeisen oder sonst etwas dabei hatte, mit dem ich mich verteidigen konnte, aber diesen kleinen Abschnitt des Parks hatten wir offenbar ganz für uns.

Sie zog an meinem Hemdärmel und drückte mir die Waffe ins Kreuz. Wir gingen den von Bäumen gesäumten Weg hinunter. Auf halber Höhe stolperte ich über einen losen Stein, stürzte rücklings und rutschte noch anderthalb Meter weiter. Bei meinem Versuch, den Sturz abzubremsen, schlug ich mit dem Rücken gegen Steine und Äste und schürfte mir die Hand auf. Unwillkürlich schrie ich auf, als ich hinfiel. Die Goldman holte mich ein und schlug mir zur Strafe mit der freien Hand ins Gesicht.

»Es war ein Unfall. Ich bin ausgerutscht. Ich werde keine Schwierigkeiten machen.«

»Und ich hab' gedacht, Sie wären so anmutig«, spottete sie, »als Ballettänzerin. Ha! Los, stehen Sie auf.«

Ich raffte mich auf und wischte mir den Sand von den Schürfwunden, die ich mir nun an beiden Handflächen zugezogen hatte. Als ich zu stehen versuchte, stellte sich heraus, daß ich mir den Knöchel verstaucht hatte und den Fuß nicht belasten konnte.

»Gehen Sie weiter. Hinken Sie meinetwegen, aber bewegen Sie sich da hinüber.« Sie stieß mich mit dem Pistolenlauf an, damit ich den asphaltierten Gehsteig überquerte, und zwang mich weiter hügelabwärts, neben eine überhängende Trauerweide, die im Mondschein schimmerte. »Los, unter den Baum hier. Setzen Sie sich. Kommt Ihnen dieser Ort nicht bekannt vor?«

Wie genau sie recherchiert hatte, wurde mir jetzt noch klarer. Wir waren keine zehn Meter vom Schauplatz von Harold McCoys letzter Vergewaltigung entfernt. Das Bild war auf der ersten Seite aller Zeitungen der Stadt abgebildet gewesen, als McCoy vor elf Monaten zum letztenmal vor seiner Verhaftung zugeschlagen hatte. McCoy hatte sein Opfer hierhergeschleppt, nachdem er die Frau, die spät nachts von Norden her, vom Loeb Boathouse, gekommen war, vom Rad gezerrt hatte.

Ich wußte nicht, was mir mehr weh tat, mein Kopf oder mein Knöchel. Ersterer legte mir dringend nahe, ihrem Befehl, mich zu setzen, nicht zu folgen, letzterer wollte nur zu gern von der Last meines Gewichts erlöst sein.

Ellen Goldman beugte sich vor und schien ihre Waffe in ein Beinhalfter zu stecken, das unter dem Hosenbein verborgen war. Für einen Augenblick war ich erleichtert und glaubte, vielleicht wolle sie mich doch nicht erschießen, aber dann schloß ich vor Entsetzen die Augen beim Anblick eines Messers mit einer 15 Zentimeter langen Klinge, das sie aus seiner Scheide zog und gleich wieder zurückschob.

Sie holte aus ihrer Hosentasche ein Stück Schnur. »Strecken Sie die Hände aus«, verlangte sie, während sie sich hinkniete, die Schnur um meine Handgelenke wand und sie mit einem Knoten sicherte, der verdammt professionell aussah – von der Art, wie man ihn vielleicht als Rekrutin einer Spezialeinheit gelernt hat.

Rede, sagte ich mir immer wieder. Du hast doch schon von Opfern gehört, die sich aus ihrer verzweifelten Lage herausgeredet haben. Von Tätern, die sich vernünftigen Argumenten zugänglich zeigten, vor dem Äußersten zurückschreckten und ihre Beute unversehrt zurückließen.

»Ellen, ich laufe nicht davon, Sie brauchen mich nicht zu fesseln. Sagen Sie mir doch bitte, was Sie wissen wollen.« Ich versuchte, energisch zu wirken und mir die Verzweiflung, die ich empfand, nicht anmerken zu lassen.

»So hätte es Harold McCoy getan, nicht wahr? Das ist seine ›Signatur‹, um Sie zu zitieren. Er bringt seine Opfer in den Park, abseits der Fahrstraßen, stets in die Nähe eines Gewässers, gefesselt wie die Schweine, die sie sind, und dann schlitzt er sie auf.«

Ich konnte nicht zurückweichen, als sie mit dem Messer durch meine Jeans schnitt, direkt entlang der Falte, an der der Oberschenkel in die Hüfte überging. Die gut geschliffene, scharfe Klinge drang durch den kräftigen Stoff wie durch Butter. Wie bei einem Papierschnitt spürte ich gar nicht, wie sie in meine Haut schnitt, bis mich ein stechender Schmerz durchfuhr und ich nach unten schaute und das Blut aus der Wunde sickern sah.

Ellen Goldman lachte, als sie sah, wie sich der rote Flecken auf dem gebleichten Jeansstoff ausbreitete. »Ich will Sie noch nicht aufschlitzen. Dazu hab' ich noch genug Zeit.«

Rede mit ihr, dachte ich wieder. Aber mir fehlten die Worte, und ich wollte ihr nicht die Freude bereiten, ihr meine Schmerzen zu zeigen.

»Merken Sie, wie leicht ich es so aussehen lassen könnte, als ob Harold McCoy Ihnen das angetan hätte?« fuhr sie fort. »Daß er, nachdem er über Funk erfuhr, daß Sie auf dem Revier sind, dort auf Sie gewartet und Sie dann mit Gewalt in den Park gebracht hat. Die Leute würden das glauben, nicht wahr? Für die Presse wär's ein gefundenes Fressen.«

Hatte sie das vor? Es wie eine Nachahmungstat aussehen lassen? Goldman hatte meine Fälle studiert und wußte, daß Harold McCoy aus dem Gefängnis raus war. Sie konnte es so aussehen lassen, als ob *er* mich – seine Anklägerin, seine Nemesis – verfolgt, zu seinem Lieblingsplatz im Park gebracht und dort ermordet hätte.

»Kein Mensch würde das glauben, Ellen. Man hat mich mit Ihnen in den Wagen einsteigen gesehen.« Ich betete darum, daß dies wahr wäre, auch wenn ich nicht mehr Grund hatte als sie, daran zu glauben.

»Niemand hat es gesehen – niemand, der mich kennt«, fuhr sie mich an.

»Klar, aber die Typen, die *mich* kennen, haben uns gesehen. Das würde Ihr Spiel durchkreuzen – jemand würde eine Verbindung herstellen.«

»Aber diesmal zumindest würden sie Jed nicht die Schuld geben. Ich hatte nie vor, daß dies passiert, aber *Sie* haben ihn ja in so viele Schwierigkeiten gebracht – wahrscheinlich wird er wegen eines Mordes angeklagt, den er gar nicht begangen hat.« Jetzt tobte Ellen Goldman vor Wut, und plötzlich wurde mir alles klar.

»Isabella Lascar?« fragte ich sie ungläubig. »Ist das wegen Isabella?«

»Nein, nein, nein. Überhaupt nicht. Sie war nichts. Das ist wegen Jed Segal.«

Kristallklar. Die Final-Jeopardy-Antwort von heute abend lautete: Erotomanie, und nun kannte ich die Frage: »Wer und was hat Isabella Lascar umgebracht?«

Vor mir saß die Person, die Iz durch den Kopf geschossen hatte, und sie hatte es getan, weil sie von einem Mann besessen war, der sie kaum kannte: Jed Segal. Ellen Goldman mußte die Frau sein, die Jed in Kalifornien verfolgt hatte, eine Frau, deren Wahn sie schon einmal dazu gebracht hatte, zu töten. Ich würde ihr nächstes Opfer sein, darum bemühte ich mich verzweifelt, mir all die Dinge in Erinnerung zu rufen, die ich über ihre Geisteskrankheit – Erotomanie – gestern nacht kurz vor dem Einschlafen gelesen hatte. Ich hoffte inständig, mir würde irgend etwas einfallen, wie ich mit diesem ansonsten intelligenten, normal funktionierenden menschlichen Wesen umgehen mußte.

Die Stille der Nacht wurde durch das Pfeifen meines Piepsers durchbrochen, der in seiner Halterung an meinem Hosenbund schrille Töne aussandte. Ellen sprang auf, beugte sich vor und entriß mir das kleine schwarze Gerät. Sie schaltete es aus und drückte den Knopf am beleuchteten Display, um die Nummer des Anrufers zu erkennen.

»Wer sucht nach Ihnen? Die Nummer beginnt mit neun, eins, sieben – wer ist das?«

»Das muß jemand von meiner Behörde sein. Das geschieht die ganze Zeit, Ellen. Offenbar gibt es einen neuen Fall.« Ich mußte sie dazu bewegen, mich zu einer Telefonzelle zu bringen, wo ich sicher irgendein Notsignal geben könnte, wenn ich mit Mike, Mercer oder Sarah verbunden wäre. »Sie suchen nach mir, falls ich nicht gleich zurückrufe. Bitte, lassen Sie uns anrufen, und dann können wir diese ganze Angelegenheit vernünftig hinter uns bringen, Ellen. Bitte! Ich bin mit Jed fertig, wir können –«

»Aber er ist mit Ihnen noch nicht fertig. Und ich auch nicht. Wer will Sie jetzt sprechen?« Sie wiederholte die Ortskennzahl – neun, eins, sieben – und las mir den Rest der Nummer vor.

Es war Chapmans Handy. Er war wohl ausgegangen, zog um die Häuser, trank vermutlich in irgendeiner Kneipe ein Bier und war sicher dabei, eine Frau am nächsten Tisch anzumachen, ohne zu ahnen, daß ich mit einer Wahnsinnigen unter einem Baum im Central Park zusammensaß. Ich log Goldman an: »Ich kenne die Nummer nicht. Sie könnte von irgendeiner Einheit sein. Ich habe Bereitschaftsdienst, die ganze Nacht. Lassen Sie uns doch einfach zur Straße hochgehen, wir rufen zurück, und Sie können das Gespräch mithören.«

Chapman hatte versucht, mich bei der Special Victims Squad während der Gegenüberstellungen am Abend zu erreichen, aber ich hatte alle Anrufer abwimmeln lassen. Vielleicht war es Mike, der mich sprechen wollte, als ich gerade in Goldmans Auto eingestiegen war und der Cop von der Treppe des Reviers aus nach mir gerufen hatte. Bestimmt hatte er mit David Mitchell nach dessen Termin mit Jed um halb acht gesprochen. Sie waren vermutlich auf einige Dinge gestoßen und wollten mir darüber berichten. Hatten sie herausgefunden, daß es tatsächlich eine andere Verbindung zwischen Jed und Isabella gab, daß beide von ein und derselben Person verfolgt wurden – die nach *ihm* verrückt war und die *sie* unbedingt aus dem Weg räumen wollte? Vielleicht waren sie dahintergekommen, dachten aber nicht im Traum daran, daß sie mir auflauern würde, als ich am Ende dieses langen Abends aus dem Revier kam.

Die Goldman nahm den verstummten Piepser und steckte ihn in die Jackentasche.

»Sie sind die Frau, die Jed in Kalifornien kennengelernt hat, nicht wahr?« fragte ich sie, als sie neben mir stand und das Gelände über uns absuchte, um festzustellen, ob die lauten Piepser jemand auf der Straße oder den Wegen angelockt hatten.

Nimm sie für dich ein, ganz behutsam. Sie ist ansonsten ja ganz normal, wie es im Buch heißt. Sie hat nur diese Wahnvorstellungen wegen Jed. Davon abgesehen ist sie nicht merkwürdig oder exzentrisch. Hoffentlich wußten diese verdammten Seelenklempner, wovon sie sprachen. »Haben Sie ihn nicht kennengelernt, als er für den Senat in Kalifornien kandidiert hat? Sie waren dort an der Uni.«

Sie legte den Kopf auf die Seite und sah mich an. »Wieso, hat Jed mit Ihnen über mich gesprochen?«

»Ja, ja, das hat er getan.«

»Hat er gesagt, ich sei verrückt? Hat er Ihnen erzählt, daß er nichts mit mir zu tun haben wollte?«

Lüg weiter. Du wirst doch auch von allen belogen. »Nein, Ellen, das hat er nie gesagt.« Schmeichle ihr, sag ihr, was sie gern hören möchte. Sag ihr, daß der untreue Mistkerl eigentlich sie gewollt hätte. »Ich hatte ja keine Ahnung, daß er Sie sehr gut gekannt hat, aber er hat mir erzählt, Sie seien zu all seinen Reden und Veranstaltungen gekommen – er sagte, Sie seien verdammt klug.«

Jetzt dachte sie nach, überlegte, ob in dem, was ich gesagt hatte, ein Körnchen Wahrheit steckte. Es müßte sie doch interessieren, sagte ich mir, daß Jed über sie geredet hatte, nachdem er in den Osten gezogen war. Wenigstens blieb sie stehen, hielt die Messerklinge von mir fern, wie ich so dasaß, mein ganzer Körper wund und mein Verstand bemüht, die Goldman irgendwie wieder in die Wirklichkeit zurückzuholen.

»Jed liebte mich, wissen Sie. Als wir uns kennenlernten, wollte er mit mir ausgehen«, erzählte mir die Goldman.

»Das wußte ich nicht.« Laß sie reden. Laß sie jede noch so bizarre Vorstellung loswerden, die ihr in ihren verdrehten Sinn kommt.

»Es überrascht mich nicht, daß er Ihnen das nicht gesagt hat. Das hat ihn schließlich in Schwierigkeiten mit seiner Frau gebracht.«

Dies und die sechsunddreißig anderen Frauen, die er vermutlich hinter ihrem Rücken gebumst hat.

»Ich weiß nur, daß er sich schrecklich elend fühlte, als die Polizei Sie in L. A. verhaftet hat«, sagte ich. Finde heraus, warum sie das nicht gegen ihn aufgebracht hat. Es war doch kaum zu glauben, daß ein gesunder Mensch danach nicht aufgeben würde.

»Das war doch nicht *seine* Schuld, Alex. Hat er Ihnen das nicht gesagt? Seine Frau war krankhaft eifersüchtig. Jedesmal, wenn er mich auf einer Wahlversammlung oder auf einer Cocktailparty sah, ließ sein elendes Weib ihn von einem seiner Wahlhelfer aufhalten, sobald er zu mir herüberkommen wollte. Sie hatten da mehr Glück – schließlich war er schlau genug, sie loszuwerden, bevor er nach New York übersiedelte. *Sie* war schuld daran, daß ich bis zum Ende des Sommers im Gefängnis war. Die haben mich eingesperrt, weil sie behauptete, ich würde sie belästigen.«

Das erklärte eine Menge. Kein Wunder, daß Jed nie erwähnt hatte, jemand würde ihn hier, in New York, belästigen, als wir uns im Juni kennengelernt hatten. Von Ellen Goldmans Existenz hatte ich bis zur letzten Woche nichts bemerkt. Aber offenbar war ihr Herantreten an mich – noch vor Isabellas Tod – ein zentraler Teil ihres Plans gewesen. Ich hatte Jed nicht einmal nach dem Namen der kalifornischen Verfolgerin gefragt. Es war mir nicht wichtig erschienen.

Die Goldman kniete sich wieder vor mich hin. »Hat Jed Ihnen sonst noch was von mir erzählt?«

Vielleicht hing mein Leben davon ab. Genug von dir, mußte Goldman denken, nun wollen wir doch mal hören, was Jed über mich denkt. Gebrauch deine Einbildungskraft, Cooper. Füttere sie mit allem, was ihre Phantasien über ein Leben mit Segal beflügelt. Rede mit ihr.

»Nun ja, Ellen. Sie müssen wissen, daß das, was zwischen uns gewesen ist, aus und vorbei ist. Vielleicht sprach er deswegen von Ihnen so –«

»Lügen Sie mich nicht an, Alex, Sie wissen, daß es nicht vorbei ist.«

»Für mich ist es aus, das schwöre ich Ihnen. Ich kann ihm doch von Ihnen erzählen, ich kann es arrangieren, daß Sie mit ihm zusammen sind.« Ihr beiden fiesen Typen verdient einander, dachte ich. Ich besorg' auch das Hotelzimmer – laß mich bloß lebend raus aus dieser Todesfalle, bitte.

Warum glaubte Ellen Goldman, zwischen mir und Jed wäre es nicht aus? Sie wußte von ihm und Isabella. Sie muß doch davon ausgegangen sein, daß ich mit ihm Schluß machen würde, sobald ich dahinterkommen würde. Hat sie Isabella denn nicht deswegen umgebracht, weil diese Verführerin, diese unwiderstehliche Göttin, Ellens Wiedervereinigung mit Jed im Weg gestanden hatte? Ich wollte sie daran erinnern, damit es glaubwürdiger wurde, daß ich mit Jed Schluß gemacht hatte. Und doch wollte ich nicht, daß sie an Iz dachte – der rationale Teil ihres Wesens mußte ja wohl ein gewisses Schuldgefühl empfinden, weil sie einen anderen Menschen erschossen hatte.

Ich versuchte es auf die sanfte Tour. »Ich – ich hab' diese Woche mit Jed Schluß gemacht, Ellen. Ich werde ihn nie wiedersehen.«

»Das sagen Sie heute nacht, aber ich hab' doch gehört, wie er mit Ihnen geredet hat, wie er Sie angefleht hat«, erwiderte sie höhnisch.

Wo? dachte ich. Was konnte sie gehört haben?

»Sie sind doch in seinen Wagen eingestiegen, oder?« fuhr sie fort. »Haben seine Blumen angenommen, oder?«

Die gleichen Bemerkungen hatte »Doktor« Cordelia Jeffers in dem Brief gemacht, den ich heute erhalten hatte. Stammten diese Briefe auch von ihr?

»Nein, Ellen – ich habe mit der ganzen verdammten Geschichte Schluß gemacht. Es hat mir viel zu weh getan. Ich will nicht mehr mit Jed Segal zusammensein, und er fleht mich *nicht* an, zu ihm zurückzukehren, das schwöre ich Ihnen.«

»Ich weiß doch genau, was er vorhat, und früher oder später fallen Sie darauf herein. Auch Sie werden ihn wiederhaben wollen, jetzt, da Ihre Konkurrentin – Isabella Lascar – aus dem Weg ist. Ich weiß doch, daß Sie ihm nichts abschlagen. Es macht mich ganz krank, daß er Ihnen hinterherläuft.«

»Glauben Sie ihm nicht, Ellen.« Falls sie wirklich mit Jed gesprochen hat, dachte ich. Vielleicht hat er ihr auch erzählt, wie Joan und Mike, daß er versucht hat, mich zu erreichen. »Er erzählt allen Leuten, daß er mich anfleht, aber ich schwöre Ihnen, zu mir hat er kein Wort gesagt.«

»Weil *ich* diese Nachrichten abgefangen habe, Alex. *Ich* weiß, was er für Sie empfindet, und Sie werden am Ende nachgeben.«

»Sie haben seine Nachrichten abgefangen?« Ich sah Ellen verwirrt an. Ich konnte einfach nicht glauben, was sie da eben gesagt hatte. »Sie können doch unmöglich –«

Sie gebot mir mit einer Handbewegung, zu schweigen, und schien sich darüber zu freuen, daß sie diesen Teil des Dialogs vorantrieb – eine Chance für sie, ging es mir auf, mir zu zeigen, wie überlegen sie mir doch war. Meine Hände zerrten und drehten an der Schnur um meine Gelenke, während sie mir ihre überlegene Intelligenz demonstrierte, aber ich hatte nicht das Gefühl, damit weiterzukommen.

Sie sah mich starr an. »Wußten Sie, daß Lascar einen Filofax hatte, Sie wissen schon, so einen Terminkalender mit einem Adressenverzeichnis?«

»Ja, das wußte ich.« Iz' Bibel.

»Nun, ich vermute, die blöden Cops haben nie davon erfahren. Zumindest hab' ich nie was darüber gelesen, in keinem der Zeitungsartikel über ihren Tod, daß er gestohlen worden sei«, sagte sie.

Weil wir unter anderem so klug sind, den Reportern ein paar wichtige Details vorzuenthalten, damit wir wissen, wann wir mit dem Schuldigen sprechen, Ellen. Ich wußte vor allen anderen von dem Verschwinden dieser »Bibel«, aber natürlich hatte es nicht in der Zeitung gestanden.

»Nein, ich hab' auch nie was gelesen. Hatte sie ihn in meinem Haus mit?«

»Nein. Er war in ihrer Handtasche, auf dem Beifahrersitz ihres Autos. Und nun hab' ich ihn.«

Ich sah diese Frau an, die einen Menschen umbringen konnte, der ihrer Meinung nach zwischen ihr und dem Gegenstand ihrer Liebe stand, und die dann den blutigen Schauplatz des Mordes betreten und eigenhändig einen Kalender vom Autositz neben der noch warmen Leiche wegnehmen konnte. Ich erschauerte bei dem Gedanken, es mit einer professionell ausgebildeten Killerin zu tun zu haben, die ihren Job für eine gute Sache gelernt hatte und danach so furchtbar aus der Bahn geraten war.

»Warum wollten Sie den Filofax haben, Ellen?«

»Sie wissen doch genauso wie ich, daß darin alle Nummern und alle Details standen, die ich brauchte. Die meisten Frauen führen heutzutage auf diese Weise Buch über ihr Leben – Telefonnummern, Faxnummern, Geburtstage, Hochzeitstage, Schuhgrößen, Oberkellner, vertrauliche Informationen. Ich wußte, daß sie die Nummern von Jed und von Ihnen hatte – Geheimnummern, Privatanschlüsse, Adressen –, Dinge, nach denen ich öffentliche Verzeichnisse monatelang vergeblich hätte absuchen können. Es war bloß ein nachträglicher Einfall, aber er war zu gut, um darauf zu verzichten.«

»Iz hatte natürlich all meine Telefonnummern, aber sie hatte nicht den Code meines Anrufbeantworters.« Hoffentlich provozierte ich keinen Wutausbruch, als ich Ellen Goldman widersprach, aber ihr Hinweis auf die Nachrichten auf meinem Anrufbeantworter hatte mich völlig verwirrt. Wovon sprach sie eigentlich?

»All diese Monate konnte ich Jed nicht von meiner Klugheit überzeugen. Vielleicht trägt das ja dazu bei. Wissen Sie nicht, wie man eine Nachricht auf anderer Leute Anrufbeantworter abfragt? Ha! Warten Sie nur, bis ich es ihm sage.«

Ich kannte mich zwar kaum mit Computern aus und war technisch eine absolute Niete. Aber ich hatte nie Grund gehabt, jemandem den Code zu geben, um meine Nachrichten abzufragen.

Die Goldman gefiel sich darin, ihre Schlauheit zur Schau zu stellen. »Als ich Lascars Filofax hatte, war alles andere ein Kinderspiel. Diese Maschinen sind doch alle gleich. Leute wie Sie kaufen nur ein oder zwei Modelle. Sie sind genau wie Jed, Sie fahren auf Spitzenmarken ab, Sony, Panasonic – die teuren Modelle. Man braucht Sie nur einmal anzuschauen, dann sieht man gleich, daß Sie viel zu vornehm für die No-name-Produkte im Sonderangebot sind. Das war zwar nur eine Vermutung, aber damit hab' ich ins Schwarze getroffen.

Als nächstes schauen Sie sich die Gebrauchsanleitung an und checken, wie die Fernabfrage funktioniert. Im Grunde sind sie alle gleich. Auf diese Weise habe ich alle Nachrichten von Jed abgefangen, die von seinem Wahlkampfbüro in Kalifornien kamen. Und daher hab' ich auch gewußt, daß er nach Vineyard fährt. Drücken Sie drei-drei, um zu hören, ob Sie Nachrichten haben. Drücken Sie zwei-zwei-zwei, um zu hören, ob Sie Nachrichten haben. Drücken Sie sieben-sieben, um zu hören, ob Sie Nachrichten haben. Versuchen Sie das ein paarmal, dann können Sie schnell herausfinden, mit welcher Marke Sie es zu tun haben.

Der Anrufbeantworter in seiner Firmenzentrale war ein Sony. Genau wie der in Ihrer Wohnung. Jeds privater ist ein Panasonic.« Ellen Goldman kam sich jetzt sehr bedeutend vor, sie gefiel sich wegen der Show, die sie für mich abzog.

»Ich hab' tatsächlich einen Sony, da haben Sie schon recht, aber –«

»Ich weiß, daß ich recht habe.«

»Sie müssen aber auch den persönlichen Code eingeben. Wie sind Sie denn an den gekommen?« Gib ihr zu verstehen, wie sehr dich beeindruckt, was sie getan hat. Jedesmal, wenn ich glaubte, in der Ferne Schritte oder Stimmen zu hören, verstummte das Geräusch bald wieder und vermischte sich mit den natürlichen Lauten von Eichhörnchen, die durchs raschelnde Laub huschten, oder Vögeln, die auf nahegelegene Äste flatterten. Ab und zu sauste auf der Querstraße ein Auto vorbei, aber das gleichmäßige Surren der Räder verriet, daß der Anblick eines abseits der Straße stehenden Autos niemanden dazu brachte, zu bremsen. In den Wohnungen im majestätischen San-Remo-Gebäude gingen nach und nach die Lichter aus, als die Menschen wie überall in der Stadt schlafen gingen. Nur die vielen Ruderboote, die neben dem Bootshaus ans Ufer gezogen und aneinandergekettet waren, leisteten mir noch Gesellschaft.

»Der Filofax«, sagte Ellen Goldman lächelnd. »Darin gibt's genügend Informationen für jeden, der ein bißchen was im Hirn hat.« Was sie mir wohl absprach. »Die Menschen sind einfach zu träge, um auf so was zu achten. Die meisten nehmen immer naheliegende, wichtige Daten, wie Hochzeits –«

»Aber Sie hatten doch nicht meinen Filofax, sondern den von Isabella.« Ich spielte gar nicht die Begriffsstutzige – ich hatte wirklich keine Ahnung, wie sie an meinen Code gekommen war.

»Mehr hab' ich auch nicht gebraucht. In L. A. hat Jed seinen Hochzeitstag als Code benutzt. Das machen viele Verheiratete, besonders Frauen. Seiner war am 18. Februar – achtzehn, zwei. Es überraschte mich, daß er sich daran erinnerte – so viel bedeutet haben kann ihm der Tag ja nicht, so, wie es um seine Ehe stand. Vermutlich hatte seine Frau die Idee, wissen Sie, für den Anrufbeantworter zu Hause. Hier in New York hab' ich seine Geheimnummer aus Isabellas Buch erfahren, dann tippte ich darauf, daß er nach seiner Scheidung wohl seinen Geburtstag benutzen würde.

Bei Ihnen hab' ich zuerst auf den Geburtstag getippt. Sie waren nie verheiratet, hatten keinen besonderen Jahrestag. Lascar hatte sich Ihren Geburtstag in ihr Buch notiert, zusammen mit anderen Informationen über Sie. 30. April. Vier, drei, Null. Vermutlich sind Sie auch so blöd, ihn für Ihren Bankcode und all die anderen PIN-Nummern zu verwenden.« Da hatte sie es mir aber gegeben. Ellen Goldman war von ihrer Selbstbeweihräucherung so hin, daß sie gar nicht merkte, wie ich an meinen Fesseln herumfummelte. Ich war zwar noch nicht frei, aber sie wurden lockerer.

»Und Sie haben die ganze Woche die Nachrichten von meinem Anrufbeantworter abgefragt? Und sie dann gelöscht, nachdem Sie sie abgehört haben?« Ich hatte Jeds Einwände ignoriert, er habe wiederholt angerufen, und war deprimiert gewesen, daß meine Freunde und meine Familie kaum angerufen hatten. Doch jetzt war nicht der richtige Zeitpunkt, um zu erfahren, wer sonst noch abgefangen und gelöscht worden war. Kein Wunder, daß Jed so verzweifelt versucht hatte, mich und mein Netzwerk von Freundinnen dazu zu bringen, ihm zu glauben. Die Goldman hatte ihn wieder aufgespürt und hatte sich auf die Aufgabe gestürzt, ihn in den Tagen nach dem Mord an Isabella erneut zu umgarnen, und er hatte mich in diesen letzten vierundzwanzig Stunden tatsächlich um Hilfe gebeten.

»Wenn es wahr wäre, daß Sie nichts mehr mit ihm zu tun haben wollen«, fuhr sie mich verächtlich an, »dann hätten Sie seine Anrufe nicht vermißt. Da flehte er Sie um Vergebung an und beklagte sich über mich. Das war schon schlimm genug. Aber als er sagte, wie sehr er Sie liebe, daß Sie sein Goldschatz seien, daß Isabella nur ein Fehltritt gewesen sei, daß er sich nichts auf der Welt sehnlicher wünsche, als Sie zu heiraten – das hat alles lächerlich gemacht, wofür ich *mein* Leben riskiert habe. Ich wollte nicht, daß Sie was davon zu hören bekämen. Vielleicht hat er es Ihnen auf andere Weise zu verstehen gegeben, aber nicht über die Nachrichten, die *ich* zurückhalten konnte.«

Ellen Goldman war jetzt ganz ernst geworden und konzentrierte ihren Zorn wieder auf mich. »Ich bin ihm nach New York gefolgt, als ich aus dem Gefängnis kam. Ich hab' ihn wiedergefunden. Aber er war ein anderer geworden, und zwar wegen Ihnen«, sagte sie mit unverhohlener Verachtung. »Ich wollte Sie kennenlernen, um zu sehen, wie Sie sind. Also hab' ich das Interview eingefädelt.«

»Arbeiten Sie denn nicht für den *Lawyer's Digest*?« fragte ich erstaunt, da die Public-Relations-Abteilung sie doch überprüft hatte, bevor sie mich einen Termin mit ihr vereinbaren ließ.

»Ein kleiner Scherz«, sagte sie von oben herab. »Ich hab' ihnen bloß gesagt, daß ich als freie Mitarbeiterin für sie tätig sei – ich hab' noch nie was in meinem Leben veröffentlicht. Ich hab' auch nie fertig studiert. Ihre Leute waren gierig auf eine gute Presse über die Behörde, und sobald ich ihnen erklärt hab', wie sehr ich Ihre Arbeit bewunderte, hätte ich auch *Popular Mechanics* angeben können, sie hätten mir eine Blankovollmacht erteilt. Niemand hat meine Refcrenzen jemals überpüft.«

Meine Gedanken rasten zurück zu dem Tag nach Isabellas Ermordung, als Mike mich von der Behörde zu meiner Wohnung brachte und Ellen beim Portier hatte Blumen abgeben lassen. Ich hatte mich so darüber gefreut und hatte angenommen, Laura habe ihr meine Adresse gegeben. Wie leicht hatte ich mich doch dazu verleiten lassen, sie Mike gegenüber als nette Reporterin zu bezeichnen. Ein Oxymoron, hatte er gesagt.

»Aber warum Isabella?« fragte ich sie. »Ich kann ja verstehen, daß Sie auf *mich* sauer waren, weil ich und Jed ein Paar wurden, während Sie im Gefängnis waren, aber wieso Isabella Lascar?«

»Im letzten Monat kam ich plötzlich dahinter, daß er sich mit ihr traf. Daß ich mit Ihnen fertig werden würde, da war ich mir sicher. An *Ihnen* war doch nichts Besonderes«, erwiderte sie. »Ich wußte, wenn ich ihn wieder auf mich aufmerksam machte, würden Sie mir nicht im Weg stehen. Aber als sie ihn ständig anrief und sich mit ihm hier und in L. A. verabredete, wußte ich, daß das ein ernstes Problem war. Mit Ihnen hätte ich konkurrieren können, aber sie war schließlich ein Filmstar – die Leute vergötterten sie, beteten sie an. Er wäre nie wieder zu mir zurückgekehrt, solange es sie in seinem Leben gab. Sobald ich erfuhr, daß sie zusammen nach Martha's Vineyard fahren würden, war es ganz einfach für mich. Ich bin direkt auf die Fähre gefahren –

außerhalb der Saison braucht man keine Reservierung. Ich bin ohne weiteres zu Ihrem Haus gelangt – ich hab' ins Telefonbuch geschaut und die Einheimischen auf der Post gefragt, und die vertrauen jedem –, bin von der Hauptstraße runtergefahren, genauso wie heute nacht... und hab' gewartet. Nach wenigen Stunden war ich wieder auf dem Schiff. Ich hab' bloß nie gewollt, daß Jed deswegen beschuldigt wird.«

Psychose passionnelle. Ich versuchte, mir weitere Fakten aus meiner Lektüre von gestern nacht in Erinnerung zu rufen. Ellen Goldman glaubte also wirklich, daß Jed sie liebte, daß er ihre Zuneigung erwidern würde, stünden da nicht äußere Einflüsse im Weg. In Gefahr war nicht der Geliebte – sie hätte keinen Grund, *ihm* etwas anzutun. Gewalt, hatte ich gelesen, werde am ehesten gegenüber der Person ausgeübt, die der ersehnten Vereinigung im Wege zu stehen scheint: Isabella Lascar. Sie mußte aus dem Weg geräumt werden, und dann wäre Jed Segal frei für Ellen.

Doch als Isabella tot war, wandte er sich nicht etwa der Goldman zu, sondern versuchte seine Romanze mit mir wiederaufzunehmen. Ich hatte zwar kein Interesse, aber das minderte ihren Ärger über seine Anrufe und seine flehentlichen Bitten nicht im geringsten. Daher schwebte auch ich in höchster Gefahr. Ellen war zu ungeduldig, um darauf zu warten, daß Jeds Leidenschaft für mich nachließ. Als sie über Funk von meinem abendlichen Besuch auf dem Polizeirevier erfuhr, hatte sie die Gelegenheit ergriffen und sich für ihren Plan die Tatsache zunutze gemacht, daß ich durch den Central Park fahren mußte. Sie würde mich umbringen, im Stil von Harold McCoy – der einen Grund hatte, mich aus dem Weg zu räumen –, und das würde dann überhaupt nicht so aussehen wie Isabellas Tod. Sie würde mich entführen und erstechen, nicht etwa erschießen. Sie hatte völlig recht – die Boulevardblätter würden sich darauf stürzen, aber vor allem würde niemand einen Zusammenhang mit Isabella Lascars Tod erkennen.

Was für eine tragische Ironie – da hatte ich nun ein Jahrzehnt lang Männer wegen Gewaltverbrechen gegen Frauen vor Gericht gebracht, und nun lag mein Leben in den Händen einer Frau. Vielleicht war ich deshalb in diesem Fall die ganze Zeit so blind gewesen.

Ich mußte an die Verse denken, die in Isabellas Drehbuchmanuskript standen und die Goldman ihr geschickt hatte, die sich hinter der Maske von »Dr. Jeffers« versteckt hatte: »Ist es ... ein Vergeh'n, zu sehr zu lieben?« Passender als Pope hätte es niemand sagen können – es waren in der Tat Verse an eine höchst unglückliche Dame. Aber das Vergehen war nicht die Liebe, sondern der Mord.

Ich versuchte, ihr einen weiteren guten Grund zu geben, von mir abzulassen. »Lassen Sie uns doch Jed anrufen, Ellen. Lassen Sie uns doch mit ihm reden über –«

»Ich will nicht, daß er jemals wieder mit Ihnen redet, haben Sie das nicht kapiert? Wenn Sie nicht mehr Teil seines Lebens sind, wird er zu mir zurückkommen. Ich weiß das.«

»Ich werde New York verlassen. Ich werde noch an diesem Wochenende aus der Stadt verschwinden. Ich – ich werde erst zurückkommen, bis Sie mit Jed klargekommen sind.« Ich würde überall hingehen, für immer, wenn du mich hier gehen läßt. Ich konnte meine Hände jetzt beinahe von den Fesseln befreien, aber ich hatte keine Ahnung, was mir das nutzen würde – sie hatte die Waffen und war mir körperlich überlegen.

»Sie wollen mich schon wieder austricksen, Alex. Sie würden nicht lange wegbleiben. Hier haben Sie Ihre Arbeit, Sie können gar nicht davon lassen.«

Ach was, vielleicht brauchen sie ja eine Staatsanwältin für Sexualverbrechen in Wyoming oder Montana. Irgendwo, wo es keine Investmentbanker und keine Erotomaninnen gibt. Die Stimme eines Mannes ganz oben auf der Treppe an der Bethesda Terrace, südlich von uns, durchbrach die Stille. Unsere Köpfe fuhren herum, und vergebens suchten wir zu erkennen, wer er war und wo genau er stand, als er rief: »Hey, Mädchen, hey, Töle. Bist du da unten? Los, komm wieder rauf zu mir.«

Ein Mann, der seinen Hund Gassi führte. Die Goldman stand angespannt da und hielt einen Finger vor den Mund, um mir zu bedeuten, still zu sein. Ich betete darum, daß dieser Mann, wer auch immer er war, sich die Treppe zu diesem gräßlichen Loch herunterwagen würde.

»Hey, Zac. Los, komm wieder rauf hier. Zac? Zac? Komm schon, ich will dir die Leine anlegen.«

David Mitchell? David und Prozac – war es möglich?

Meine Augen waren gebannt auf den obersten Absatz der großen Treppe gerichtet, als David in Sicht kam, ins Licht des Vollmonds getaucht, während er mit den Fingern schnippte, als wolle er einen herumstreunenden Hund herbeilocken.

»Hey«, rief er wieder. »Ist da jemand? Hat jemand einen Weimaraner hier frei rumlaufen sehen?«

Es ließ sich unmöglich feststellen, ob er die Goldman aus diesem Blickwinkel sehen konnte, aber bestimmt hatte er keine Ahnung, daß ich unter ihr auf dem Boden saß. Sie sagte kein Wort. Ich vermutete, daß sie ihn nicht erkannt hatte, aber sie hatte so gründlich recherchiert, daß ich nicht sicher sein konnte, ob sie nicht auch mein Wohnhaus und meine Nachbarn überprüft hatte.

»Ja!« schrie ich aus Leibeskräften, und sie fuhr herum und hielt mir die Spitze ihres Messers an den Nacken, ohne einen Laut von sich zu geben.

David begann langsam zu uns herunterzutraben. »Toll«, rief er begeistert, »wohin haben Sie sie denn laufen sehen?« Er tat immer noch so, als ob er bloß nach einem verlorengegangenen Hund Ausschau hielte. Ich konnte also nicht sagen, ob noch jemand anders bei ihm war oder ob er mich am Klang meiner Stimme erkannt hatte.

Jetzt kam er etwas zu schnell auf uns zu, und ich hatte Angst, daß die Goldman ihn unsere Sitzung nicht ungestraft würde stören lassen. Ich spürte, wie sie sich hinter mir vorbeugte, und obwohl sie außerhalb meines Blickfelds war, fürchtete ich, sie würde nach ihrem Halfter greifen.

»David«, schrie ich, »sie hat eine Pistole.«

Ich taumelte vorwärts und zog dabei eine Hand aus der Schlinge. Aber es war meine linke Hand, und als ich mich von ihrem Griff befreit hatte, konnte ich nichts tun, um sie zu entwaffnen. Meine Rechte war noch immer in der Schnur verheddert. Als sie das Messer zu Boden fallen ließ und nach ihrer Pistole griff, rannten vier oder fünf dunkle Gestalten den steilen Hang und die Treppe zu uns herunter, während David stehenblieb und in die Knie ging.

Dann hörte ich, wie Chapman von irgendwoher dem kleinen Sturmtrupp Anweisungen gab. Zuerst mir – »Bleib liegen!« –, dann den anderen – »Nähert euch langsam!« – und schließlich Ellen: »Lassen Sie die Waffe fallen!«

Ein Schuß ging nur wenige Zoll über meinem rechten Ohr los, und vergeblich sah ich mich nach einer Deckung um. Ich hatte keine Ahnung, auf wen sie zielte, aber falls sie vorhatte, sich wieder auf mich zu konzentrieren, war ich ein nicht zu verfehlendes Ziel.

Jemand in Mikes Team hatte offenbar nur darauf gewartet, daß die Goldman als erste schoß, und feuerte nun in unsere Richtung zurück. Ich preßte mich auf den Boden, das Gesicht gegen einen spitzen Stein gedrückt, den linken Arm seitlich weggestreckt und den rechten unter meinen Körper gezogen.

Chapman schrie ihr noch einmal zu: »Fallen lassen!«

Die Goldman schoß einfach weiter. Mir tat jedes blutunterlaufene Gelenk und jedes Stückchen gequetschter Haut so weh, daß ich nicht wußte, ob mich eine Kugel getroffen hatte oder nicht. Sekunden später vernahm ich Schritte, die sich von hinten näherten – ein Rascheln im trockenen Laub, als jemand den Hang von Norden herunterrannte. Ellen Goldman mußte das Geräusch ebenfalls gehört haben, denn sie fuhr herum, um mit der Waffe in die Richtung zu zielen, aus der der Mann kam. Aber ihm gelang es, als erster zu schießen. Mit einem Aufschrei stürzte sie rücklings zu Boden und fiel auf mich. Sie hatte die Waffe noch immer in der Hand, als sie sich vor Schmerzen auf mir krümmte. Ich hatte keine Ahnung, wo sie getroffen worden war, aber ihre Beine zuckten und schlugen um sich wie die eines Frosches auf einem Präpariertisch.

Ich überlegte gerade, ob ich versuchen sollte, ihr die Waffe aus der Hand zu winden, aber schon im nächsten Augenblick waren die Cops bei ihr und nahmen mir die Entscheidung ab.

Aus meinem begrenzten Blickwinkel heraus konnte ich sehen, daß der Schütze als erster bei uns war. Er stellte den Fuß auf ihren rechten Arm und beugte sich nieder, um ihr die kleine Pistole wegzunehmen, während er ihren Ellbogen mit seinem schweren Stiefel gegen die Felsen drückte. Ich wußte nicht, wer der Bursche war oder ob ich ihn jemals wieder zu Gesicht bekommen würde, aber ich war sicher, daß ich ihn für den Rest meines Lebens lieben würde.

Die Goldman hustete und weinte gleichzeitig. Im Nu waren wir von sechs oder sieben Männern umringt, unter denen sich auch Chapman und Mitchell befanden. Alle redeten durcheinander. Zwei zogen die Goldman von mir weg. David beugte sich vor, um mir aus meiner unangenehmen Lage auf dem Boden aufzuhelfen.

»Wo ist sie getroffen worden?« hörte ich jemanden fragen, während Mike sich vor mich hinkniete und sich gleichzeitig erkundigte: »Hast du einen Schuß abbekommen?«

Ich rollte mich auf den Rücken, biß mir auf die Lippe, um das Weinen zu unterdrücken, und schüttelte den Kopf.

»Sieht wie ein Bauchschuß aus«, erwiderte jemand auf die Frage nach Ellen Goldmans Schußwunde, und dann gingen die Männer, die sie zwischen sich trugen, den Weg zur Straße hoch. Ein anderer holte über ein Walkie-talkie zwei Krankenwagen herbei – »Unverzüglich!« –, die uns an der Straße oberhalb der Bethesda Terrace abholen sollten.

David kauerte sich neben mich hin, fragte, wo ich verletzt sei, und untersuchte mich kurz. Er drückte mich an der Schulter wieder auf den Boden zurück, als ich mich aufsetzen wollte, bettete meinen Kopf auf seinen Sweater, strich mir übers Haar, um mich zu beruhigen, und sagte mir, ich solle jetzt nicht sprechen. Chapman kniete auf der anderen Seite, betätigte sein Handy und sagte irgend jemandem – vermutlich seinem Boß –, wo wir uns befänden und was passiert sei. Er nahm meine rechte Hand, untersuchte die Abschürfungen und die von den Fesseln erzeugten Wundmale. Ich drückte seine Hand wieder, so fest ich konnte, und klammerte mich an sie, weil dies so viel einfacher war, als irgend etwas zu sagen.

»Ruh dich ein paar Minuten aus«, empfahl David mir.

»Hör auf deinen Arzt, Coop. Wir werden dir später alles erklären«, sagte Chapman, legte das Handy auf den Boden und versuchte so etwas wie ein Lächeln aufzusetzen.

Ich schloß die Augen, hielt Mikes Hand fest und versuchte, gleichmäßiger zu atmen. Die Geräusche von Menschen, die den Hang hinauf- und herunterliefen, hüllten mich ein, und erleichtert vernahm ich den Klang von Sirenen, die sich der Straße näherten.

Innerhalb weniger Minuten stampften zwei Sanitäter die Treppe herunter und stellten eine Tragbahre neben mich auf den Boden.

»Welche haben wir denn hier – die Täterin oder das Opfer?« wollte einer wissen.

»Ihr habt das Opfer vor euch«, sagte Mike, erhob sich und zeigte den beiden seine Dienstmarke. »Sie ist Staatsanwältin«, fuhr er fort. »VIP-Behandlung – sonst steigt sie euch aufs Dach.« Unwillkürlich verzog sich mein Mund zu einem schiefen Grinsen.

»Und ich bin Arzt«, fügte David hinzu. »Ich möchte mit Ihnen fahren. Sie ist eine Freundin von mir.« Er schilderte ihnen seine Beobachtungen hinsichtlich meines Zustands, während sie mich sanft auf die Tragbahre hoben.

»Ich brauch' das nicht, wirklich. Ich kann doch gehen«, lauteten meine ersten Worte, als sie mich auf die Treppe zutrugen.

»Entspann dich, Blondie. Du wirst erster Klasse befördert. Jetzt bist du *mein* Fall – ich treffe hier alle Entscheidungen«, erwiderte Chapman.

Es war zwar nicht genauso wie in *Berüchtigt*, aber ich war nicht weniger dankbar, als Ingrid Bergman gewesen sein mußte, als meine Retter mich die breite Treppe zum wartenden Krankenwagen hochtrugen.

26

Es war beinahe fünf Uhr morgens, als ich es mir endlich in Nachthemd und Morgenmantel bequem gemacht hatte und ein warmes, exotisches Kräutergebräu schlürfte, das mir Joan Staffords asiatische Haushälterin bereitet hatte, nachdem David mir meinen Wunsch nach einem doppelten Dewar's abgeschlagen hatte. Er hatte Joan aus der Notaufnahme des New York Hospital angerufen, nachdem ich erklärt hatte, in den nächsten paar Tagen wäre an Schlaf nur zu denken in der Obhut einer Freundin, der ich vertrauen könne.

Mike kannte die Oberschwester in der Notaufnahme seit Jahren, da sie beide die Schicht um Mitternacht schoben. Sie hatte mich zwischen dem Opfer einer häuslichen Messerstecherei und einer Alkoholikerin, die über einen Randstein gestolpert und sich den Ellbogen gebrochen hatte, in einen Untersuchungsraum gebracht. Bis der diensthabende Arzt kam, um mich zu untersuchen, hatte die Schwester meine Schürfwunden mit Alkohol gesäubert und festgestellt, daß die Wunde an meinem Oberschenkel nicht so tief war, daß sie genäht werden mußte. Sie veranlaßte, daß mein Knöchel geröntgt wurde, um sicherzugehen, daß er nicht ernsthaft verletzt war. Der Arzt beendete seine kurze Untersuchung und verschrieb mir ein paar Schmerz- und Schlaftabletten.

Ellen Goldman war in ein Krankenhaus an der West Side gebracht worden. Mike war so schlau, mir nicht zu sagen, in welches. Ich bekam mit, wie er dem Captain am Telefon sagte, ihr Zustand sei ernst, aber stabil gewesen, als sie kurz nach vier aus dem Operationssaal gekommen sei, etwa um die gleiche Morgenstunde, als ich aus der Notaufnahme entlassen wurde.

Mike und David fuhren mich zu Joan, die uns fertig angezogen in der Eingangshalle erwartete. »Ich hätte nie gedacht, daß du schlechter aussehen könntest als bei unserem Dinner am Dienstag, aber jetzt hast du einen neuen Rekord aufgestellt, Mädchen. Wir werden dich schon wieder in Form bringen«, sagte sie, während sie mich umarmte und mich so freundschaftlich auf das vorbereitete, was ich sehen würde, wenn ich den Nerv hatte, mich selbst im Spiegel zu begutachten.

Sie wohnte in einer Maisonettewohnung mit acht Zimmern in einem der elegantesten Gebäude Manhattans. Ihr Gästeschlafzimmer, das auf den East River hinausging, war schon für meine Ankunft hergerichtet worden, wie ein limonadenfarbener Kokon, der mich vor der wirklichen Welt abschirmen würde. Ich stand ein paar Minuten vor dem Badezimmerspiegel, entsetzt über die zahlreichen Abschürfungen und Wundmale auf meinen Wangen und am Hals und über die Blutergüsse, die meine schlanken Finger und Hände hatten aufschwellen und sich verfärben lassen. Ich zog mir Joans Nachthemd und den Samtmorgenmantel an und ging zur Bibliothek hinunter, wo sie für sich, David und Mike einen Brandy eingeschenkt hatte.

»Will mir mal jemand sagen, warum ihr Jungs so lange gebraucht habt?« wandte ich mich an Mike. Ich verzog das Gesicht beim ersten Schluck Tee, der sehr streng schmeckte, und darum kam Joan herüber, setzte sich auf die breite Armlehne meines Sessels und bot mir einen Schluck von ihrem Courvoisier an.

»Wenn ich dich das nächstemal anrufe, dann laß mir nicht ausrichten, daß du nicht zu sprechen bist«, schoß Mike zurück.

»Mitten in einer Gegenüberstellung? Als du das erstemal angerufen hast, kurz nachdem ich zur Special Victims Squad gekommen war, hat mir niemand gesagt, daß es dringend sei.«

»Na ja, da war es auch nicht dringend. Ich hatte ja noch nicht mit David gesprochen. Nachdem er mich informiert hatte, hab' ich zweimal angerufen. Hab' wohl so einen Sack erwischt, der nur Bahnhof verstand. Als uns das Ganze größtenteils klar war, hab' ich wie ein Irrer angerufen und ihnen gesagt, sie sollen dich suchen und nach oben bringen, um den Anruf entgegenzunehmen. Und da hat mir der Sergeant am Empfang gesagt, daß du mit einer Frau in ein Auto eingestiegen seist.«

»Fangt noch mal von vorn an«, sagte ich. »Erzählt mir, wie ihr dahintergekommen seid.«

David ergriff das Wort und schilderte mir sein Treffen mit Jed. »Er tauchte in meiner Praxis ein bißchen früher auf als vereinbart, um Viertel nach sieben, und wollte mir unbedingt erzählen

– ich glaube, jedem, der ihm zuhören wollte –, was passiert war. Ich bat ihn, mir alle Einzelheiten des Falles mit der Frau zu schildern, die ihn in Kalifornien verfolgt hatte – er sagte, sie hätte Ellen Guttmann geheißen –« Mike unterbrach ihn: »Ja, ja, das hatte ich schon im Laufe des Nachmittags von der Threat Management Unit erfahren, die in Segals Akte in Los Angeles nachgeschaut haben. Ich habe das um diese Zeit bloß noch nicht mit Ellen Goldman in Verbindung gebracht.«

»Jed hat mir gegenüber behauptet – und ich glaube ihm eigentlich, Alex –, daß er nie irgendeine Beziehung mit Goldman oder Guttmann gehabt hat, wie auch immer sie wirklich heißen mag.«

»Sie heißt Guttmann«, warf Mike erneut ein. »Ich hab' das bei der Einwanderungsbehörde rausgekriegt. Sie hat einen israelischen Paß.«

Auch Joan hatte sich an der Jagd beteiligt. »Nachdem ihr Jungs mich vom Krankenhaus angerufen habt, hab' ich ihren Namen im Computer überprüft. Rein berufliche Neugier meinerseits – ich konnte einfach nicht glauben, daß jemand, der schrieb, versucht hatte, dich umzubringen, Alex. Es gibt etwa fünfzig Ellen Goldmans, die allein im letzten Jahr irgendwelche Artikel publiziert haben. Ich vermute, daß dies ein ziemlich sicheres Pseudonym war und ihrem wirklichen Namen ähnlich genug, falls irgendwer ihre Pressereferenzen überprüfen und herausfinden wollte, ob sie schon mal was geschrieben hatte.«

David nahm den Faden wieder auf. »Meine Sekretärin hatte mir einige der neueren Publikationen über Erotomanie besorgt. Ich hab' sie gestern auf dem Flug gelesen, und dann gingen Jed und ich alle Informationen durch. Er hatte zwar nie davon gehört, ob es in Goldmans Fall ein Gutachten gegeben hatte, aber Jeds Frau war tatsächlich die Klägerin gewesen. Er wollte mit der Angelegenheit nichts mehr zu tun haben, nachdem die Polizei sie eingesperrt hatte, und zog in den Osten.«

»Laut Auskunft der Polizei von L. A. wurde keine Diagnose erstellt«, berichtete Mike. »Sie wurde wegen schwerer Belästigung verurteilt, aufgrund der Aufzeichnungen, die das Telefonunternehmen von ihren Anrufen bei Segals Privat- und Geschäftsanschluß vorliegen hatte, sowie der Briefe an seine Frau. Nur eine Haftstrafe, kein psychiatrisches Gutachten.«

»Ellen Goldman ist ein klassischer Fall. Ich habe bei Dietz, Zona, Sharma nachgelesen – all den gegenwärtigen Experten zu diesem Thema.«

»Was ist eine ›klassische‹ Erotomanin?« wollte ich wissen.

»Zunächst einmal«, erwiderte David, »sind die meisten Patienten mit dieser Störung Frauen, junge Frauen Anfang Dreißig – wie Ellen Goldman. Ihre Opfer sind Männer, gewöhnlich älter und einer höheren Schicht angehörend – oder gar unerreichbare öffentliche Persönlichkeiten, Prominente oder Politiker. Auf Jed trafen all diese Kriterien zu, als sie ihm zum erstenmal in Kalifornien begegnete.«

Wir hörten ihm alle aufmerksam zu.

»Interessanterweise stammen fast die Hälfte aller untersuchten Patientinnen aus dem Ausland. Genau wie Goldman. Und sehr viele schlüpfen in eine andere Rolle, in der sie dann Briefe an ihre Opfer schreiben, weil sie ja so klug sind und sich so geschickt auszudrücken wissen – in diesem Fall war das also die Korrespondenz von Cordelia Jeffers.«

»Wie lange dauert es, bis sie diese Wahnvorstellung aufgeben?« wollte Joan wissen.

»Bei anderen Formen der Obsession, sogenannten ›einfachen‹ Obsessionen«, erwiderte David, »halten die Patienten den Kontakt nicht einmal ein Jahr lang aufrecht. Bei Erotomaninnen dauern diese Phasen zehn oder zwölf Jahre, und sie bemühen sich wiederholt, in Verbindung mit dem Mann zu bleiben. Sie rufen ihre Opfer an, schreiben ihnen Briefe, lauern ihnen vor ihrem Haus auf, folgen ihnen ins Büro, in Flugzeugen, in Hotels – überall hin. Sie sind überzeugt – und das ist die Wahnvorstellung –, falls es ihnen gelingt, das Hindernis, die andere Frau, aus dem Weg zu räumen, wird sich der Mann, von dem sie besessen sind, mit ihnen vereinen und seine Liebe erklären.«

»Hat Jed denn bei Isabella nichts davon gemerkt? Ist ihm nie der Gedanke gekommen, daß Goldman ihre Mörderin war?« wollte ich wissen.

»Nein«, erwiderte David. »Als die Goldman aus dem Gefängnis kam, war die einstweilige Verfügung des Gerichts noch in

Kraft. Sie durfte zu keinem der Segals Kontakt aufnehmen. Und sie war ansonsten geistig so normal, daß sie ihnen anfangs aus dem Weg ging, weil sie wußte, daß sie sonst wieder im Gefängnis landen würde. Daher belästigte sie Jed auch nicht, als sie letzten Monat zum erstenmal nach New York kam. Zumindest nicht direkt – so, daß er es merkte. Nach seiner vergeblichen Kandidatur für den Senat gab es genügend Publicity wegen seiner Übersiedlung, so daß sie ohne Schwierigkeiten herausfand, wo sein Büro bei CommPlex war. Aber ich muß wohl davon ausgehen, daß sie mehr Energie darauf verwendete, alles über dich herauszufinden, sobald sie erfahren hatte, daß du mit ihm zusammen warst. Stand darüber jemals was in den Zeitungen?«

»Klar, Liz Smith hat darüber sogar eine Kolumne geschrieben«, warf Mike ein, »KÄMPFERIN GEGEN SEXUALVERBRECHEN TREIBT ES MIT GESCHEITERTEM SENATSKANDIDATEN oder so ähnlich. Auf diese Weise wußte sie über dich Bescheid. Wir nehmen an, sie hat von Isabella erfahren, weil sie einige von Jeds Nachrichten auf seinem Anrufbeantworter bei CommPlex abgehört hat. Er sagte jedenfalls, daß sie das die ganze Zeit getan habe, als er noch in Kalifornien war.«

»Sie hat dich genau beobachtet, Alex«, fuhr David fort, »und versuchte herauszufinden, wie lange du mit ihm zusammensein würdest. Und dann kam die Gegnerin schlechthin, in Form einer Hollywood-Göttin: Isabella Lascar. Du warst eine gewöhnliche Sterbliche, aber Isabella war eine ernsthafte Konkurrentin.«

Das hatten Ellen und ich offenbar gemeinsam.

»Aber ich dachte, Jed und Isabella haben miteinander über ihre jeweiligen Verfolger gesprochen?« sprach ich meine Gedanken laut aus, als ich mich an das Gespräch mit ihm erinnerte.

»Ja, das stimmt schon, jedenfalls ganz allgemein«, erklärte David uns. »Aber keinem von beiden kam jemals in den Sinn, daß sie von ein und derselben Person belästigt wurden. Isabella war prominent und immer wieder unerwünschter Aufmerksamkeit ausgesetzt, wie du weißt, Alex. Als die anonymen Anrufe in ihrem Hotel anfingen, wußte sie nicht, wer dahintersteckte, und die Briefe von Cordelia Jeffers waren ihr ein absolutes Rätsel. Sie hat sie ihm nie gezeigt – Jed glaubt, weil sie wußte, wie schuldig er sich fühlte, daß er dich betrog.«

»Als David mich gestern abend nach seinem Treffen mit Segal anrief, bat er mich, zu ihm in die Wohnung zu kommen, um mit ihm über das Gespräch zu reden. Ich war gegen neun da, mit Joe Duffy« – einem der Jungs, die zu Mikes Einheit gehörten. »Bis dahin war ich überzeugt, daß Segal der Mörder wäre. Aber David sagte, Segal könne sein Alibi beweisen – sein Anwalt hätte die Quittung von dem Cape-Air-Ticket, und daraus würde hervorgehen, daß er bereits von Vineyard weggeflogen war, als Iz erschossen wurde. Sein Anwalt mauert bloß deshalb, weil wir die genaue Zeit ihres Todes noch nicht bekanntgegeben haben. Er will uns das Flugticket erst zeigen, wenn wir ihm die Todeszeit nennen.«

David nickte bestätigend. »Und Jed hat dir deshalb ständig aufs Band gesprochen, Alex, weil Goldman es schließlich doch wagte, sich ihm zu nähern. Isabellas Filofax war eine Goldgrube für sie und machte es ihr viel zu leicht. Er enthielt jede Menge Informationen, wie sie an Jed und dich herankommen konnte. Sie hat nicht nur die Nachrichten gelöscht, die er für dich hinterlassen hat«, erklärte er, »sondern auch an den letzten paar Vormittagen vor seinem Bürogebäude gewartet – nicht, um mit ihm in Kontakt zu treten, sondern einfach, um ihn zu sehen. Das ist typisch für diese Störung.«

»Und wer ist nun draufgekommen, daß Ellen die Mörderin war?« Ich sah von David zu Mike, aber beide schüttelten den Kopf.

»Eigentlich sind wir gar nicht draufgekommen«, sagte Chapman. »Als David mir vom Wiederauftauchen von Jeds Verfolgerin erzählte, bat ich ihn, Segal anzurufen und sie sich beschreiben zu lassen. Er sagte uns, wie sie aussieht, erwähnte sogar den Akzent und berichtete uns, sie fahre eine weiße Celica, mit dem Nummernschild einer Leihwagenfirma. Ich muß schon sagen, Alex, ich hab' genau wie du gedacht. Es kam mir nie in den Sinn, daß der Mörder eine Frau sein könnte. Ich war mir so sicher, daß es Jed war – oder irgendein anderer verschmähter Liebhaber. Aber als David und ich uns mit all diesem Zeug über Erotomanie beschäftigt hatten und wußten, daß die Person in der Mitte am meisten in Gefahr ist, und Jed darauf bestand, er habe dir Nachrichten hinterlassen, die du nicht bekommen hast – da nahmen wir einfach an, daß *du* in Gefahr wärst, ganz gleich, ob das nun was mit Isabella Lascar zu tun hatte oder nicht.«

»Und warum hast du mich noch einmal auf dem Revier angerufen, du weißt schon, der letzte Anruf?«

David und Mike zögerten, bis David schließlich erwiderte: »Eigentlich war es Jeds Idee.«

Ich sah ihn mit steinerner Miene an, aber David fuhr fort: »Mike hatte mir gesagt, ich solle ihn anrufen und mir die Frau beschreiben lassen. Jed bat mich eindringlich, ich solle dir unbedingt sagen, wie gefährlich sie seiner Meinung nach sein könnte. Sobald er sie hier in New York gesehen hatte – und da er wußte, wie sehr sie seiner Frau zugesetzt hatte –, fürchtete er, sie würde als nächstes dich belästigen. Er dachte allerdings nicht an Mord, sondern an irgendwelche Unannehmlichkeiten, die du aufgrund der öffentlichen Bedeutung deiner Arbeit nicht brauchen könntest.«

»Also rief ich auf dem Revier an und sagte denen, sie sollten dich nicht allein nach Hause fahren lassen«, erklärte Mike. »Sie sollten dafür sorgen, daß Mercer dich in einem Streifenwagen zu deiner Wohnung bringen läßt und am nächsten Morgen zu deiner Behörde, jedenfalls bis wir die Frau gefunden und identifiziert hätten. Aber ich bekam Mercer nicht an den Apparat. Wirklich alarmierend wurde es erst, als der Kerl am Empfang mir sagte, es ginge dir gut – du seist gerade mit irgendeiner Frau in ein Auto an der Ecke eingestiegen. Ein weißes Auto.«

»Verdammt, mir passiert so was nie«, warf Joan ein.

Mike schilderte dann, wie er auf dem Morddezernat angerufen und einen Einsatzwagen angefordert habe, der ihn an der Ecke der Fifth Avenue und Seventy-second Street abholen solle. Er wollte zur West Side hinüber fahren, zur Special Victims Squad, und sich bei Leuten auf der Straße erkundigen, ob sie irgendwas gesehen oder gehört hätten, was ihm einen Hinweis geben würde. Er ersuchte das Polizeipräsidium, eine Suchmeldung in Manhattan North nach einer weißen Celica mit zwei Frauen darin herauszugeben. Dann war er mit Duffy von Davids Wohnung losgefahren – David hatte darauf bestanden mitzukommen.

Acht Minuten später war Chapman zum Einsatzteam am Parkeingang Fifth Avenue gestoßen, und zusammen fuhren sie auf der Transverse Road nach Westen.

»Wie Mercer immer sagt: Detektivarbeit ist 99 Prozent Genialität und ein Prozent Glück«, erinnerte mich Mike. »Während ich auf der Transverse wie ein Tornado durch den Park fege, brüllt der Doc auf dem Rücksitz plötzlich, da würde eine weiße Celica rechts von uns unter einem Baum stehen. Ich bremste, drehte um und parkte gegenüber dem Weg, vor dem Konzertpavillon. Wir schwärmten alle aus, und David schlug den Trick mit dem Hund vor – er dachte, du würdest entweder seine Stimme erkennen oder den Namen des Hundes mitbekommen. Das Beste, was *du* getan hast, war, uns wegen der Waffe zu warnen. Ich wußte zwar, daß wir es mit einer Verrückten zu tun hatten, aber ich rechnete noch immer nicht damit, daß sie die Mörderin war.«

»Da wir gerade über Blindheit reden – ich bin ja schließlich bei ihr ins Auto eingestiegen«, sagte ich leise und fragte mich, wie eine so intelligente Person wie Ellen Goldman so extrem aus der Bahn geraten konnte.

»Was tut dir denn mehr weh, Coop«, wollte Mike wissen, »deine Gefühle oder dein Hals?«

»Im Augenblick etwa beides gleich«, erwiderte ich und lächelte seit Stunden zum erstenmal.

»Sie wird bei mir bleiben, solange ihr Arzt sie in der Stadt haben will, und dann nehm' ich sie mit, und wir tanken ein bißchen tropische Sonne auf«, verkündete Joan.

»Also das ist ja nicht gerade die richtige Zeit, um –«

»Hey, glaubst du vielleicht, in zwei Wochen gibt's keine Perversen mehr in der Stadt, mit denen du dich herumschlagen kannst? Meinst du, sie legen die Hände in den Schoß, während du Pause machst, Cooper? Laß gut sein – du bist der einzige Mensch, den ich kenne, der in absehbarer Zukunft nicht arbeitslos werden wird.«

Ich wollte meine drei Freunde weiter um mich haben und mit ihnen noch stundenlang reden, trotz meiner Erschöpfung, bis es vor den Fenstern über dem Fluß hell wurde. Ich wollte meine Träume so lange wie möglich aufschieben – Träume, in denen mich unweigerlich Wahn und Verrat, Mord und Tod heimsuchen würden.

Red weiter, sagte ich mir, red einfach weiter. Es hatte bei Ellen Goldman funktioniert, vielleicht würde es auch meine Alpträume fernhalten.

»Hat Alex euch eigentlich schon mal von dem ersten Fall erzählt, an dem wir miteinander gearbeitet haben?« fragte Mike Joan und David, während ich meinen Körper in dem bequemen Sessel verlagerte, meinen Kopf auf die Kissen legte und nach dem Sonnenaufgang Ausschau hielt.